欣梦享
ENJOY LIVING

墨湖生那一夜穿上甲胄，只有一个信念，

八荒与她，都要好好的。

藤萝为枝

〈下册〉

目录

〈上册〉

你这样紧张我，莫不是还喜欢我？

第一章

幽冥之地

琉双再天真单纯，
也知道，
爱一个人不是这样的。

擎苍山又下起了雪，山顶顷刻间变得雪白一片。

长欢拿着披风，迈着碎步跑过来，将衣衫披在琉双的身上，责备道："娘娘，您怎么又在等妖君了？您的身子骨弱，妖君说了，让您不用总是在这里等他。"

雪花落满琉双的头发，她伸出手，看雪花化在掌心，忍不住笑起来，快乐地对长欢说："你知道吗？人间的十二月，也是最冷的季节。"

长欢笑着摇摇头，她自幼生活在幽冥之地，从没去过人间，不过在娘娘的口中，人间是很美的地方，听得她也心生向往。

琉双的一张小脸被严寒的天气衬得如冰雪雕琢一般，连昔日娇艳的唇，也变得苍白了几分。可她眼睛里的光很亮，因为这个月，她在外征战四方、对抗仙族的夫君——晏潮生，就会归来了。

琉双拉住长欢，问她："我的衣裳可还好？头发呢？有没有乱？"

长欢说："娘娘天人之姿，都好着呢。妖君见了您，肯定不想再离开了。"

琉双笑起来，两只大眼睛弯成月牙。

长欢也为琉双感到高兴，在长欢看来，妖君嗜杀好战，与娘娘大婚以后，总是聚少离多，忙得不可开交。有时候好几年，才回一次擎苍山陪伴娘娘，待不了几日，就又要离开。

如今八荒渐渐安稳，各方订立和平条约，妖君不必总是奔波在外，仙、妖、魔、幽冥各界的混战结束，天地朗朗，四海安然。没了那些要紧事，妖君便可以多陪陪娘娘，乃至和她安安心心地生个小殿下了。

见琉双冷得直搓手，长欢忍不住劝道："娘娘，咱们回殿里去等吧。"

琉双笑着摇摇头，她的修为不高，出身也不好，能为晏潮生做的事极少。这极少的事，她件件用心备至，亲力亲为。

她记得百年前自己站在擎苍山等他，彼时他驭赤鸢归来，看见在擎苍山挥手等待的她，眸带笑意，第一次浅浅地弯起了唇。

琉双眨着眼睛，雀跃不已，虽然他们是道侣，她却鲜少见晏潮生笑。

他是妖君，亦是幽冥之地的王，作为高高在上的两界君主，常年不苟言笑，令她怯怯。那一次她感受到他的愉快，自此每逢他征战归来，她总是等在幽冥之地的入口擎苍山，让他回家时第一眼便能看见她。

等待的时间漫长，有时他初一传话说要归来，遇上战事胶着，十五才能出现，一回来便是满身血腥气。因此对于两个人的相处时光，琉双备感珍惜。

琉双倒没有觉得在擎苍山的严寒之下等待有多煎熬，事实上，身后的幽冥之地才更令她感到难过，她的本体是苍蓝仙境的一棵蓝色小仙草。虽然灵力低微，可到底也是仙体。仙身生活在沉闷、压抑的幽冥之地，若不是晏潮生的修为深不可测，偶尔与她双修，从指间漏出的灵力便够她笨拙地修行，她万万撑不下去。

幽冥之地虽然不像其入口处的擎苍山这般寒冷，但总是渗出丝丝阴寒之气，这令她感觉浑身不适，不愿迈出宫殿一步。

晏潮生也曾让琉双回温暖的妖界去住，可被琉双拒绝了。他在为动荡的幽冥之地征战，回到妖界琉双便看不到他，对琉双来说，没有什么比看见他、赖在他的怀里，更令她快乐。

长欢陪琉双等到亥时，见天色晚了，便道："娘娘，咱们先回去吧，妖君指不定明天才会回来，见您这样，他会心疼。"

琉双点头，决定明日再来，今日已是十四，晏潮生往往不会超过十五不归。

琉双结了个印，天边飞过来一只青色的巨鸟。巨鸟温顺地落在琉双的身前，它的羽毛十分美丽，流光溢彩。

琉双摸摸它的脖子："回家吧，青鸾。"

青鸾妥帖地驮着她，扇动翅膀，凌空而起，在幽冥之地暗沉如血的天空，划过一道流光。

琉双的这只青鸾，与晏潮生的赤鸢原本是上古的一对妖鸟，是晏潮生年少时机缘巧合得到的，它们恩爱异常，跟了他七百年有余。

琉双嫁给晏潮生后，撒娇央求着向他讨一只，讨了足足半年，他才把青鸾给她当坐骑。为了驯服这只妖鸟，琉双又花了几十年时间，磕磕绊绊地学着给它梳理羽毛，想办法讨它的欢心，青鸾这才心甘情愿地保护她，任她驱使。

青鸾日行数万里，离开擎苍山，没用多久便到了幽冥之地。

幽冥之地的宫殿肃然阴森，数十个脸色白惨惨的将领镇守着宫殿的大门。

琉双看一眼上面浓烈如血的空气，轻轻吸了口气。她抓住青鸾羽毛的手暗暗用力，不愿泄露出内心对这个地方天生的恐惧。她的夫君是八荒唯一的两界君主，以妖身修诡道，待在幽冥之地对他来说最为舒适。她即便不喜欢这个地方，也不愿为了自己无足轻重的喜好，来让他折损修为。

“娘娘，小心些。”长欢伸出手，扶着琉双跃下鸟背。

青鸾感知到了什么，朝着殿内轻啸一声，有几分异常的躁动。没一会儿，殿内也传来一声清脆的鸟鸣，一只鲜红如火的鸢鸟从幽冥之地飞出来，与青鸾交颈缠绵，互相梳理羽毛。

长欢惊喜地说："娘娘，是妖君回来了！"

赤鸢在这里，证明晏潮生已经在幽冥之地的宫殿中，琉双颊边笑意晕开，提着裙摆朝殿内跑。

长欢追着琉双："娘娘，您慢些。"

琉双穿着绯色纱裙，纱裙上面绣着大朵盛放的海棠，她奔跑过庭院，海棠朵朵怒放，熠熠生辉。

纵是死气沉沉的幽冥之地的护卫们，也免不了悄悄看向琉双，行礼道："娘娘。"

琉双推开自己宫殿的门，却没有在里面看见晏潮生。琉双偏头，问一旁的小侍从："妖君陛下人呢？"

侍从说："妖君受伤归来，如今在无情殿。"

琉双："他受伤了！伤得严重吗？"

侍从："属下不知。"

琉双忧心忡忡地进入自己的寝宫，她十分担忧，可是不敢踏足无情殿。无情殿中有一处冷池，散发出的寒气足以冻坏她的肉身，可对晏潮生来说，那里是极好的疗伤地点。他曾下过禁令，不许她踏足那边半步。

琉双失神地坐在院子里的秋千上，周边几只千鬼凤蝶围着她飞，她挥手喝退它们："你们自己玩吧，夫君回来了，他受伤了，我很担心他。"

凤蝶们一听说晏潮生回来了，立刻四散而去。院子里花团锦簇，与外面阴沉的幽冥之地完全不是一个画风。

本来幽冥之地寸草不生，因为没有生气，自然不会生长此类生机勃勃的东西。琉双搬来以后，她本身仙气氤氲，加上无聊、寂寞，便朝晏潮生的属下要来草籽，以灵力哺育，试着在庭院中种植。没想到真的被她种成功了，渐渐地，万般冷暗、压抑的幽冥之地中，唯她与晏潮生的寝殿这一处，花团锦簇，绿草悠悠。

连喜好鲜亮色彩的千鬼凤蝶也爱趁晏潮生不在，悄悄飞到这里。但若是晏潮生在，他身上的威压太甚，这些小东西是不敢来的。他曾当着琉双的面，捏碎了一只来不及飞走的千鬼凤蝶。

木质长廊曲曲折折的，上面挂满了琉璃灯笼。

血红的天空暗下来，晏潮生依旧没回来。长欢说："妖君在疗伤，娘娘，您先休息吧。"

琉双点点头，只好先进入室内。

长欢给琉双散了发，卸了妆，又帮她细细地涂了一遍香膏。琉双窝进温暖的被子，心里却在惦记无情殿中的晏潮生。他怎么样了？伤得重不重？疼不疼呀？

想到后半夜，琉双依旧辗转难眠，睁着眼睛。直到外面乌鸦飞过，嘎嘎的叫声嘶哑难听，她才惊觉床边立了一个人。

晏潮生似乎毫不意外："还没睡？"

声音冷冷的，却让琉双的眼睛一亮，她忙从床上爬起来。晏潮生沉默片刻，手指一动，屋内柔和的南海夜明珠次第亮起。

琉双终于看见了他。她的夫君，两界君主，晏潮生。

晏潮生生得极其俊美，薄唇长眉，漆黑的眼瞳，身穿一件金色绲边黑衣，居高临下地看着她。

琉双冲晏潮生伸出手，晏潮生看了她一眼，把左手递给她。这只修长的手冰冷，一如他这个人，冷得让人发抖。她被冰得颤抖了一下，却将他的手放进怀里焐着，睁着一双大眼睛看着他："夫君，你伤得重吗？"

灯光下，琉双的小脸红扑扑的，眼眸水汪汪的，唇色也变成娇艳的红色。她忘记了晏潮生的身体里流淌着妖蛇的血液，体温焐不暖。

晏潮生的表情不变，眸中的神色却不经意地软了一分，道："无碍。"

琉双没有同晏潮生计较为何这次他回来不经过擎苍山，让她白白等待，而是悄无声息地用法阵回到无情殿。她挂心晏潮生的伤，要去解他的衣带："我看看。"

晏潮生按住琉双的手，道："别胡闹。"

晏潮生不允许旁人做一件事的时候，往往会不自觉地释放出威严。琉双的本体怕他，一股怯意由心底生出，但对他的关心仍旧占了上风。她忍住心脏被挤压的感觉，坚持道："夫君，给我看看，不然我不放心。"

最终，晏潮生的衣衫还是被她褪了下来。晏潮生的肤色比起常人，透着一股阴沉的惨白，然而他的肌肉轮廓漂亮，身材修长，一副躯体仿佛经过精雕细琢，美得不像话。

琉双看见晏潮生的肩膀处有黑血渗出来，伤口深可见骨，心疼得不行，暗道：如今他在八荒少有敌手，能伤他至此的，到底是谁？

琉双抬起手，覆盖住那处，试图用源源不断的灵力帮他修复。他反扣住琉双的手，阖上衣衫："自己几斤几两还不知道吗？不需你帮我疗伤，睡觉。"

琉双的本体是小仙草，就治愈这一类的仙术修炼得最好，虽然待在幽冥之地多年，可她从不敢荒废，就怕有一日晏潮生受伤归来，她什么都不能为他做。

如今她被晏潮生摁住手腕，已是身不由己。他没用多少力气，只轻轻一推，琉双便陷入云衾之中，动弹不得。晏潮生撑在她两侧，表情冷淡，俯视着她。

那是一个高高在上的君主，旁人见到最多的眼神，往往令人退避三舍，唇齿发颤。云衾中的琉双却并不这样觉得。

琉双在晏潮生眼里，看见了自己的模样：云鬓花颜，眸若春水。琉璃灯明亮，灯光下，她只着一件漂亮、轻软的小衣，胸脯鼓鼓的，腰肢纤细。琉双迎着他的眼神，脸颊不自觉地红了："夫君？"

琉双的脚趾紧张地蜷起来，虽然他们一同欢爱的次数并不多，可次次令她心惊胆战，又觉得脸红心跳。晏潮生体质偏冷，纵然她的本体是天生柔和的仙草，也不太受得住。可是她心悦晏潮生，他即便冷漠，在她眼中却千好万好，哪里都令她欢喜。

见晏潮生没反对，琉双忍住害羞，空出身边的地方，抱住他的脖子："夫君，你上来休息吧。"

晏潮生受了伤，她当然不是要与晏潮生做什么，只是想窝在他的怀里，轻声与他说些体己话。

晏潮生盯着琉双如花般的娇颜，半晌，目光暗了下去，不动声色地把她软软的小手从自己的身上拿下去："不必，吾今日不歇在这里。"

琉双疑惑地眨了眨眼睛，乌鸦啼叫，说明现在已经是三更天之后，晏潮生既然从无情殿中出来，便应该不会再回去才是。这么晚了，他如果不打算睡觉，又为何回来？又要去哪里？

晏潮生："明玺珠可还在？借我一用。"

听他这样说，琉双立刻翻身下床，抱起一旁储物的翡翠小马。翡翠小马是她前两年过生辰时晏潮生用法力给她捏的，她喜爱得不行。晏潮生见琉双心喜，又花了些功夫，将它变成可以储物的灵器。

"都在呢，夫君。"琉双纤细、白皙的手指轻点。翡翠小马里全是这些年晏潮生送给她的东西，密密麻麻地摆了一堆，琳琅满目，看得人眼花缭乱。

琉双盘腿坐好，乖巧地取出明玺珠给他，翡翠小马中的大多数物什，都是晏潮生所赠，唯有这颗明玺珠不同，是一位故人赠予的，可挡劫雷，安魂魄。

琉双好奇地看着晏潮生："夫君，有人要渡劫吗？"

晏潮生接过珠子，珠子还带着琉双独有的气息，熨帖地挨着他的掌心。他低头，不经意地看见她天真、亲昵的目光，淡淡地道："不是，你好好待在这里，别乱走，我有空会来陪你。"

琉双点点头。

晏潮生停顿了一下，又说道："明玺珠……用完会还你。"

琉双说："无碍的，离我渡劫还有一段日子，没有明玺珠，我还有夫君，夫君答应过我，我渡劫时会陪着我。有你在，天雷不会伤到我。"琉双即将遇到的天劫，对她来说是灭顶之灾，对晏潮生来说，抬手一挥便可散去。

晏潮生不置可否地道："你乖一点，我走了。"尽管他知道，这么说对琉双是多此一举，她总是很乖。他在的时候，乖巧地黏着他，什么不害臊的话都说得出来。他不在的时候也乖，他不回幽冥之地时，她甚至鲜少出门，只是在庭院里侍弄她的花花草草。

琉双见晏潮生就要走到门外了，用金线绣着饕餮的衣摆被风吹起，一股不舍涌上心头。她已经两个月没有见到他了。她光着脚，追上去，抱住晏潮生的腰。

晏潮生没有回头："怎么了？"

琉双踮起脚，在晏潮生冰冷的侧脸上亲了亲，轻声道："夫君，我只是想告诉你，我很思念你。"

晏潮生黑色的睫毛在脸上投下一片阴影，自始至终腰都不曾弯，淡淡地道："嗯，回去吧。”

晏潮生走出琉双精巧布置的长廊，长廊上的琉璃灯轻轻摇晃着。

这些奇怪的东西，都是琉双央着他从八荒搜集来的。晏潮生摸出怀里的明玺珠，皱眉，连他自己都不知道，何时送了她这么多东西。他的脸颊上被琉双轻轻吻过的地方，似乎还残留着与他冰冷的皮肤不同的温度。

晏潮生眼中无波无澜，走出长廊，徘徊的乌鸦散去，恭敬地给君主让路，他不曾留恋，一眼也不曾回头看她。

晏潮生说有空就来陪她，可一连过了好几日，他都没有来。

倒是晏潮生身边的宿伦来了，宿伦的本体是一只褐色皮毛的狐狸，他来的时候，带了一盒桃花酥，笑眯眯地道：“娘娘，别来无恙，来看看属下给你带的礼物，可还喜欢？”

狐族本该天生一副好相貌，宿伦却不然，他相貌平平，完全没有狐族的媚态。他心生八窍，旁的本事普通，揣摩人心、讨好人的本领却是一等一。他每次随晏潮生外出，都不忘给琉双带些礼物。

“谢谢你，宿伦。”琉双接过来，“这次征战，为何那么久？不是说六界条款早已订立了吗？又是谁重伤了妖君？”

宿伦的目光闪了闪，他笑道：“本来不必这般久，可在妖君镇守幽冥之地时，妖族的那几个老家伙动了不该动的心思，妖君料理他们花了些时间。”

琉双说：“一路风尘，宿伦大人也辛苦了。”

宿伦：“其实属下今日来，还有一件事。以娘娘的体质，在幽冥之地住着会觉得不舒服，可要属下护送你回妖界居住？”

琉双轻轻咬了一口桃花酥，动作停顿了一下：“这是你的意思，还是……他的意思？”她的一汪剪水清瞳看着他，任是巧舌如簧的宿伦，也生出几分心虚的感觉。

宿伦说：“娘娘多虑了，自然不是妖君的意思。妖君舍不得与娘娘分隔两地，是属下，怕娘娘的仙体受不住这森寒的阴气，眼下战乱结束，日后妖君与娘娘的日子还长，娘娘宜保重身体才是。”

琉双的语气温和：“没关系的，我很好。”

宿伦笑了笑，不再提这事，又挑几件趣事与她说了，这才离去。宿伦走出琉双住的院子，方敛去眸中的笑意。

“宿伦大人，如何？”隐匿在暗中的将士问。

宿伦弯起唇，道：“娘娘仍旧不愿意去妖界，也罢，反正她也不爱在幽冥之地行走，暂时应该也发现不了什么。如实禀告妖君吧。”

“是。”

宿伦手中的扇子一开，摇了摇头，他特意撒了个谎，多给妖君陛下一次选择的机会。里面那位，既赤诚又单纯，起初几十年，他对着这样一个可怜的小可爱撒谎信手拈来，到了现在，脸皮厚如他，竟然也开始觉得不自在了。

被他们这群心肝既黑又坏的人包围着过日子，还能那般开心的，八荒也只能找出这么一个来。

宿伦离去后，幽冥之地依旧没出现晏潮生的身影。

连千鬼凤蝶都以为妖君不在幽冥之地，又开始绕着琉双的秋千架飞舞了。琉双失落了几日，想起珍藏许久的双鱼佩，上面开始有了奇怪的裂痕。这块玉佩是当初少幽离开时赠给她的，为何如今开始碎裂了？

琉双坐在凤凰树下，指尖溢出嫩绿色的灵力，灵力如萤火，丝丝缕缕地覆盖住双鱼佩，试图修复它。凤凰树摇摆着枝叶，大红色的花朵簌簌坠落，像是在伤心垂泪，在她脚边晕开一片红。

玉佩上依旧带着难看的裂痕，她的灵力竟然丝毫没有作用！

长欢在门外站了一会儿，见琉双失神的模样，连忙进来：“娘娘？”

“妖君回来啦？”琉双眼睛亮了一下，问道。

长欢欲言又止，最后摇摇头：“奴婢来问您，晚间想吃些什么。”

琉双收起玉佩，晏潮生往常回幽冥之地，虽然也忙，可是因为她黏人，他总会抽出一些时间来陪她，这次却连个人影都没看见。

“都可以，清淡一些就好。”琉双想起什么，微笑起来，“长欢，你得了空，给我寻些天蚕丝，要明亮些的颜色。”

长欢问：“娘娘用来做什么？大概要多少？”

“夫君的生辰要到了，做一条发带吧。”琉双每次给晏潮生送生辰礼物，委实都不容易，她的一切几乎都是晏潮生送的，若不是汲取了妖君陛下的血，她如今还只是一棵无法化形的小仙草。百年来，她悉心照料他的生活，为他缝制战袍，绣腰带，甚至他衣衫上威武的凶兽，也是她亲自用金线，一丝一缕地缝制的。

琉双虽然在修炼一事上并无多少天资，可是在这方面十分机敏，知道他身份不凡，越发手巧，做的衣物饰品精巧漂亮。

尽管晏潮生或许并不在意这些，但琉双总是坚定地认为，当他在外征战身上穿戴之物均出自她手时，会让她有种陪伴他的感觉。

长欢张了张嘴，最后道："是，奴婢今日便去给娘娘寻。"

幽冥之地的天始终像覆盖着一层血雾，令人难以分清时辰，报时的反倒成了枝头的乌鸦。

长欢离去之后，琉双才想起来，晏潮生此次征战的时间前所未有地长，他归来后战袍应该也不能用了。虽然如今八荒安定下来，但她习惯了未雨绸缪。

琉双追出去："长欢！"

宫殿外，长欢的身影已经不见了。她的身形本就出神入化地快，只是几十年的相处被琉双养得更像一个"凡人"，穿绣鞋走路，还无师自通地学会了用脂粉覆盖住惨白的脸。但背着琉双的时候，天性还是让她怎么舒服怎么来，顷刻间便不见了人影。

琉双走出去，看见宫殿之外，无数低着头的侍女穿行而过。她们的下半身虚化，像是一层黑雾，手中捧着精致的玉盘。玉盘上面的东西让琉双十分好奇。

琉双凑过去看，她是仙身，单站在一旁，便觉察到里面的天材地宝必是不凡，连幽冥之地带给她的不适都淡了。

琉双问："这是什么？你们去何处？"

"回娘娘，是安魂仙药。"一个侍女回头，声音平板，"属下将这些东西，送往香泽殿去。"

听到"香泽殿"三个字，琉双愣了一下。香泽殿本来是不住人的。她还记得，约莫几十年前，她初到幽冥之地时，晏潮生说，除了会伤害她的无情殿和一处地方，她哪里都可以去。香泽殿就是她不许去，其他人也不许去的地方。

漫长的几十年时间里，香泽殿一直是幽冥之地中的禁地。

琉双有一次迷了路，险些误打误撞地进去，却在关键时刻被瞬移到她面前的晏潮生，冷冷地揪住了后领子。

那次之后，晏潮生对她总是冷冷的，外出征战半年，只言片语都不曾让人带回来。

自此，琉双便不再踏入那儿。本来琉双的好奇心不强，这件事渐渐就过去了。

直到有一日，妖界的大妖们过来给晏潮生祝寿，琉双听到一个传闻。

他们说，香泽殿曾经住过一位女仙，那位女仙与晏潮生的关系非比寻常，一度险些成为妖君的未婚妻。若不是那位仙子入主仙宫，成了天君的妃子，如今的妖后，是谁还说不准。

琉双并不相信，她虽然只是一棵不到百岁的小仙草，可她知晓，她的夫君不曾有过别的女人。晏潮生与她的第一次，是在醉酒之后，他不得要领，有些粗暴，不是如鱼得水的模样。后来得了意趣，才舒展眉头。她愿意相信他俩的相爱是晏潮生在漫长岁月里，唯一的一段情，她的夫君怎么可能喜欢旁人？若是喜欢旁人，又为何要娶她呢？

可她出生得太晚，修成人形时，晏潮生已经声名煊赫，是世间谁也不敢轻易招惹的妖君。会不会真的在几百年前，他有个捧在心尖上的人？

那么多妖怪都说得兴致盎然，信誓旦旦的。这些老妖怪，比她活得久多了，而他年少时的事，她确实了解得不多。

琉双的失魂落魄被晏潮生看出来，他却只是佯装不知。琉双终于忍不住问他，是不是有过这么一段情。

晏潮生掐住她的下巴，冷冷地看着她的眼睛："你说呢？"

琉双看着晏潮生冷淡的双眸，不知为何，有一种发自心底的战栗。众所周知，妖君不喜任何人谈论他的过往。

据说，他年少时，过得并不好，以妖身修正道，结果被百般歧视，步履维艰。

琉双看着晏潮生漆黑的双眸，如同淬了冰，突然意识到来质问他，错得离谱。她为何不相信晏潮生呢？琉双心想，若是晏潮生怀疑自己与少幽有什么，她一定也要生气的。

于是琉双揉揉通红的眼角，没再追问，说："夫君，夏天雷雨频繁时，你陪我回苍蓝湖住几日，可好？"晏潮生只要跟她回去住几日，就能拯救苍蓝湖中她的无数的同族。

晏潮生看了琉双良久，"嗯"了一声。

口头之约，落在琉双的心头，无异于蜜糖般甜。她喜笑颜开，自此再没过问香泽殿的事。左右不过一处宫殿，人是她的，心是他的，哪里是冷冰冰的院子能抢走的？那位女仙，也已经是天君的妃子啦，仙子应当都是很好的人，一定不会与她抢晏潮生的。

可那一天之后，琉双隐约明白，她与晏潮生之间，不仅是身份，还隔了长达七百年的光阴。

晏潮生艰难的过去，琉双不曾与他分担过风霜雨露，甚至对那段过往一无所知。如今再从侍女们口中听到香泽殿，不知为何，她从心里生出一种不舒服的感觉。

或许每个女孩子，天生就会有觉察危机的能力。为何久久尘封的香泽殿，突然打开了，还有无数侍女往里面送安魂的好东西？为何她的夫君这次从仙界征战归来，明明平定了八荒，大事也可以慢慢处理，却不再与她同床？就如……在为谁守身。

晏潮生的感情虽然不炽烈，但琉双知道，晏潮生面对她时，并非无动于衷。当他动情到极致时，她用小脚丫踩他的肩膀，他也不会同她计较，只是面无表情地捏她的脸："以下犯上，放肆。"

晏潮生看起来威严、冷酷，可是也纵容着她的胡闹。

琉双又想起来，晏潮生回来向她要明玺珠那一晚，她亲昵地抱住晏潮生的脖子，却被他拨开手。仿佛内心有什么东西缓缓长成巨兽，朝她张开血盆大口。她生出一个但凡想到就会浑身战栗的猜测。

长欢拿了布料过来，就见琉双呆呆地站在幽冥之地的宫殿小径上，连忙过去："娘娘，怎么了？"

琉双："长欢，他们说，香泽殿里面住了人。你说，妖君这几日不曾回来，是住在香泽殿吗？"

长欢的手指一抖，瞧见琉双的眼睛里的紧张，平静地道："娘娘，你想什么呢？此次妖君伤得这么严重，奴婢早几日就问过伏珩大哥了，伏珩大哥说妖君大人夜里都在无情殿疗伤。"

琉双咬着嘴唇，勉强地点点头。

长欢连忙把拿来的东西给琉双看："娘娘要的料子寻来了，妖君的生辰就快到了，若不抓紧时间，恐怕来不及。"

"嗯。"夫君作为两界君主，每日处理的都是大事，远不是她心中的这些儿女情长。

琉双嘘了口气，二十年前她吃的一通飞醋，还闹出了一个笑话：晏潮生和人关在大殿三日三夜，不曾出来。她都以为夫君不要她了，结果那个与夫君在大殿密谈的人，是一个胡子拉碴、走起路来地面都要颤一颤的男性大妖怪。

知道琉双误会了什么，晏潮生当时脸都黑了。

这次她可不能再胡思乱想，误会他，她接了天蚕丝，缓缓走回殿中。

长欢看着琉双的背影，咬紧了嘴唇，默默地跟上她。

入夜，乌鸦啼叫了三声，进入三更天了。

琉双枕着手臂，无法入睡，看着琉璃灯盏中灯火跳动。她的身边还放着裁剪好的天蚕丝，不知为何，她又想起双鱼佩上的裂痕。

双鱼佩和明玺珠，是少幽离开前送给她的两样东西。

琉双还记得那日风和日丽，他穿着一袭白衣，温润如玉："我再问你最后一次，可愿和我走，游遍山川，去我曾向你提过的江南郡？"

琉双笑着摇摇头，眼睛明亮："我喜欢和他在一起。"

少幽黯淡了双眸："那这两样东西你收好，当作我赠你的大婚贺礼吧。双鱼佩，别弄丢了，它若一直完好，你便陪着他。它若……有了碎裂之态，你即刻动身，回苍蓝湖也好，回人间也罢，别再留在他的身边了。至于明玺珠，你灵力低微，待在他身边不适合你修行，待你渡血脉劫之时，它许能帮你挡几分劫雷。"

那之后，少幽扔下这两样东西，再也没有回来，连琉双大婚也没回来。她不明白这两样东西的价值，但少幽送的，一定是好的。少幽身属上古血脉旁支桃木一族，说起来与她的本体，倒勉强算是同类。

少幽天生精通治愈、占卜之法，为人谦逊，性子温和。琉双化形后不久在人间认识了他，和他一起走过凡尘河间道，懵懵懂懂地跟着他学了不少东西。

少幽对于琉双来说，是良师，也是挚友。她曾双手交叠于额前，要恭恭敬敬地跪下来，脆生生地喊他师尊。

少幽抿紧了嘴唇，用桃木捆住她的膝盖："我不当你的师尊。"

为此，琉双以为是自己愚笨，被少幽嫌弃，很是伤心了一段时间。

如今，少幽送的双鱼佩竟然自发地开始碎裂。好好的玉，为何会碎呢？她记起少幽的占卜之术世间无人能敌，揪紧了锦被，心中感到不安。

思量许久，琉双穿好衣衫，向外走去。

一定是她的灵力低微，才无法修复这块玉。她不能修复，但夫君肯定可以，他那般神通广大，对他来说，一定不是什么难事。少幽肯定是算错了，琉双不相信这般不祥的预言，她要长长久久地陪着她的夫君，陪他过完这一生。

琉双拎着琉璃灯盏，在夜间穿过狂风呼号的幽冥之地，最后在一处玉石砌就的宫殿前停下。

这里是幽冥之地的正殿，晏潮生处理大事的场所，他生性好战，喜杀伐，心怀大略，无惧无畏，生生把仙界昌盛的时代，演变成众界共同鼎立的时代。

史书上所说的，七百年前，以仙为尊，妖族后裔活得连牲畜都不如，那样的场面她从未见过。她出生时，妖们就已经拥有尊严了。

尽管自知不该来打扰他，但如今琉双已顾不上许多。

“娘娘，您怎么来了？”殿外的侍从拦住琉双，“夜已深，娘娘请回。”

琉双道：“我来找妖君。”

“妖君不在此处。”

琉双看了一眼巍峨、漆黑的宫殿，确实不像里面有人的模样。不在此处，他又会在哪里？

有个声音仿佛笃定地说出一个地点。

琉双的手心出了汗，她握紧掌心带着裂痕的玉，朝香泽殿的方向走去。

去香泽殿，需要穿过一片骨林。

琉双踩过白骨，听到嘎吱嘎吱骨头响的声音，在这样的夜里，令人感到毛骨悚然。她化形时和凡人一同生活，久了，也沾上些他们的习性。譬如，害怕恐怖、阴森的东西。

两界君主晏潮生，约莫是琉双用尽一辈子的果敢与勇气，才爱上的人。

掌心的双鱼佩发热，鼓励她前进。这条路实在漫长，不知道走了多久，琉双看见了香泽殿。

这座宫殿依旧森然，却是除了正殿之外幽冥之地中最富丽堂皇的地方。

琉双一路走到这里，竟然没有一个人拦她。琉双知道，在幽冥之地，晏潮生就是绝对的权威，他说出口的命令，无人敢违背。香泽殿为禁地，没有晏潮生的应允，平日自然无人敢来。

其实琉双也不知道，为何会来挑战他的威信。双鱼佩裂开，带给她的不安太过强烈，她急切地想要证明一些东西。譬如，晏潮生爱她、重她。晏潮生不许旁人来香泽殿，可即使她违背了他的命令，他也不舍得真正责罚她的，对不对？

香泽殿的大门就在眼前，琉双把手放在门上，咬牙，便要推开。

琉双的心高高地悬起来，那个答案，就在这扇门后。可是下一刻，她的手腕，被一只冰冷得近乎刺骨的手握住。她的眼睫毛颤抖了一下，她看见了站在她的身边、神情冷漠的晏潮生。

晏潮生说："怎么，吾的命令，你视若无睹？"

琉双从来没听过晏潮生用这般冰冷可怕的语气与她说话，巨大的压力铺天盖地袭来，她知晓，晏潮生动怒了。

五脏六腑隐隐作痛，琉双低咳一声，唇边溢出一丝血来。

"没有，夫君，我……"琉双想要解释，可是不知道要解释什么。她来此，是要修复玉佩，还是想看看殿中的贵客到底是谁？抑或者是为了弄清晏潮生对她擅闯"禁地"的态度？

可晏潮生的态度，如今不是很明显了吗？

琉双眼眶温热，她低下头，慌乱极了，不知是应该先擦去唇边的血，还是眼中快要溢出的泪。

晏潮生冷眼看着琉双，黑漆漆的眼睛显得毫无感情，眼见着她的泪珠如掉线的珠帘般掉落。

暗沉如血的天幕下，琉双满脸的委屈，像只小鸵鸟，头埋下去，肩膀一颤一颤的。

晏潮生强行抬起琉双的下巴，看见她唇边的血，晏潮生的手停顿了一下，皱起眉头，用拇指狠狠地把她唇边的血迹擦去。

晏潮生打横抱起琉双，她来时花了几乎半个时辰，他却在瞬息之间，抱着她回到了她的寝殿。

妖君的大氅几乎把她玲珑的身子全部遮盖住，她在晏潮生的怀里颤抖着，抖得像一片快要枯萎的落叶。

"不许哭。"晏潮生转身，抱着琉双在床边坐下，手抚上她娇弱的脊背，掌心一翻，灵力涌入她的身体。

晏潮生的灵力森然霸道，而琉双所能承受的灵力需要柔和如涓涓细流。弱小成这样，竟连他一怒都承受不住。他操控着灵力，把妖力化作仙灵之力，一点点渡给她。明明伤已经被他治好，她还红着和兔子眼一样的眼圈，呆呆地看着地面。

晏潮生转过琉双的脸，让她看着自己。自从六百年前成为妖王，他狂妄如斯，从来没人忤逆过他，违者无不魂飞魄散。

琉双以身试法，莫说这点威压下的轻伤，晏潮生不管怎么惩罚她，都不为过。

对上琉双通红的眼睛、带着泪的睫毛，晏潮生语带讥讽，说："禁地你都敢闯，本君不曾罚你，你倒还委屈上了？"

琉双摇摇头，眼泪依旧吧嗒吧嗒地往下掉。

晏潮生抬手把她的泪擦去，最后手指在她唇瓣上碾了碾，威胁道："再哭，就把你扔到水牢去，信不信？"

琉双哽咽着道："那你扔好了。"

说着无所谓的话，琉双的手指却悄悄捏紧晏潮生的衣摆。他垂眸看一眼，嘴角轻翘，道："真的让我扔？别回头又哭着求我。"

晏潮生的话虽刻薄，可琉双与他长期相处，知道他这已经是变相让步，手段拙劣地在哄她。百年来，晏潮生的柔情并不多。他伸手给她擦完泪，仍抵着她的脊背，往她的身体里输送灵力。

琉双留恋这一刻的温情，她鼓起的鱼死网破般的勇气，在这样的温情里消散。她闯入禁地，晏潮生竟然真的没有罚她，虽然没控制住力道伤了她，却也一直在给她治伤。他并非不在意她，对不对？快要枯死的心，又一点点地开出生命力顽强的花。

琉双抱住晏潮生的脖子，把小脸埋在他的颈窝里："夫君，你答应过我很快回来的，可你一直没有回来。"

晏潮生抬手，抚上她的脑袋："所以，怨我？"

琉双摇摇头，从自己的怀里摸出双鱼佩递过去："是我的玉，它……不知为何，有了裂痕，不论如何我都修复不好，想让夫君帮我。"她的两只小手，抱住他的手。

晏潮生看了琉双一眼，顺从着她，掌中泛出灵力。妖君的力量何其强大，本就精美的双鱼佩，上面的两尾鱼儿几乎活灵活现地动了起来。

琉双的眼睛一眨不眨地看着。可过了良久，双鱼佩几乎发出荧荧光芒了，那几条裂痕依旧在，丝毫没有被修复的痕迹。晏潮生微微挑眉："神农玉？"这是上古神器神农鼎中炼出的玉，可占卜，而且玉碎无法逆转。

琉双愣了一下，从晏潮生的手中拿回双鱼佩："没关系，修复不好便算了，反正只是……一块玉而已，夫君改日，赠我一块更好看的吧。"

晏潮生看了琉双一眼，没有追问玉的事："要什么，对宿伦说。"

琉双点点头，总算露出浅浅的笑靥。晏潮生要放下她，她闷闷地抱住他："夫君，这么晚了，难道还有什么大事要立刻去做吗？你留在这里，陪陪我好不好？”

晏潮生对上琉双眼中的期待之色，半晌，“嗯”了一声，索性抱着她，一同躺下去。云衾轻软温暖，正如她这个人。

琉璃灯盏里的烛火轻轻晃动，窗台上投着千纸鹤的剪影。晏潮生知晓，他这个小妻子，有许多特异的技能，会做很多奇怪的事情。比如烹茶、剪纸、刺绣、做衣……

琉双化形时，被凡间一对七品官宦夫妇捡到。这对凡间夫妇的亲生女儿早逝，见她冰雪可爱，以为是哪家走丢的小姑娘，起了怜悯之心收留她。她自己也傻，懵懂无知，不知道自己是个什么，没觉得小仙草是不能和凡人一同生活的。那时候的人间流行雅士风骨，她这样一棵小仙草，被当作官家闺女，养得娇娇可爱，学了许多凡人女子才会的东西。

可对于修炼，琉双一方面天资不够，另一方面不感兴趣，也不够勤勉。该学的不学，不该学的，她倒是学了一堆。

八荒人士素来崇尚力量，晏潮生也不例外，可琉双这般“不学无术”，百年里，他不但没“纠正”，反倒一直默许。

“夫君，”琉双掰着指头算，“还有三个月零四天，我就要渡劫了。”

晏潮生拉起被子盖住琉双，淡淡地答应一声，没有主动继续聊这个话题。琉双的本体与幽冥之地相悖，幽冥之地没有一丝仙气，她几乎无法修炼，但不论是妖还是仙，一生中会有两种劫雷。

一种为“修为劫”，是努力修行，勘破境界的劫雷，渡之修为更进一层；另一种为“血脉劫”，就是血脉淬炼的劫雷，每五十年一次，熬过去，血脉会更加精纯强大。

对琉双来说，她的修为几乎原地踏步，勘破境界更是痴心妄想，不用应对修为劫。而血脉淬炼，是必须经历的，她躲不过去。可要应对这样的劫雷，需要她有足以匹配的修为。五十年前那一次，便是晏潮生帮着渡过的。

彼时大婚后不久，晏潮生与仙界打了场仗并且胜利归来，意气风发。原本挥挥手就可以帮她渡过的劫雷，他却选择用了一种更旖旎的方式。他与她在寝殿双修，颠鸾倒凤三日，把她折腾得动动手指头都困难，然后捏着她的脸蛋肆意地笑：“这回若你不能自己渡劫，出去别说是我晏潮生的妻。”

说归说，真等天雷劈下来了，见琉双弱小成那样，他还是嗤笑着帮她挡了大部分。

如今，又是五十年过去了。

这一次，晏潮生仍旧打了胜仗归来，甚至八荒安定，他手握两界权柄，御下森严。

琉双忆起往事，心中泛起丝丝缕缕的甜，云衾下，她握住晏潮生的手，将自己纤细的手指，嵌入他的指缝中。也不知道哪里来的胆子，她翻身而起："夫，夫君，这一次，我要自己渡劫。"

琉双自以为很大声，出口却低了无数个声调，耳朵还红了。而两界君主纵然在她身下，气势半点不折。他俊美的眉目如画，闻言眸中泛起浅浅的涟漪，也不知是嘲笑，还是轻蔑。他问道："你行？"

琉双的小手握紧晏潮生的衣带，脸颊上带着绯色："你，你行呀。"

晏潮生垂下眸，嘴角轻轻翘了翘。干脆不动，任她施为，看兔子胆的她到底敢不敢。

琉双从未主动过，她几乎颤抖着手，解开他的衣服。

晏潮生抬眸看她，少女才把他的衣衫脱完，就紧张得出了一层香汗。方才惨白的脸颊，此刻粉扑扑的，煞是好看。他的神情依旧冷然，眼底却泛起浅浅涟漪，抬手触上她的脸颊。柔软娇俏，冰肌玉骨。他等得不耐烦，正待反客为主，窗外乌鸦鸣叫五声，依稀还夹杂着悠扬的笛声。如泣如诉，满是伤怀。

晏潮生手指一停，目光暗下去，按住了琉双的手。

琉双歪着头，不解地看着晏潮生："夫君？"

晏潮生推开琉双，翻身下床，披上大氅，音色重新恢复清冷："你先睡，我记起来，还有些要事。"他抬腿出门。

琉双团坐在榻上，双鱼佩从她的袖中滑落出来，依旧是带着裂痕的模样，她颤抖了一下："夫君！"她没有意识到，这一声几乎是提高了嗓音喊出来的。

晏潮生停住了脚步，回头看她，不辨情绪："说。"

琉双说："我害怕。"

"犀妖四将，守着娘娘。"

那一刻琉双有许多话想要脱口而出，最后却变成一声叮嘱："夜里风冷，夫君多穿些。"

琉双透过窗户，看长风拂过那人的袖，晏潮生走过曲曲折折的回廊，似乎又变成了杀伐果决的妖君。

琉双捡起榻上的双鱼佩，它上面的裂痕，不知不觉变得更深了。

晏潮生走后，琉双睡得不安稳，后半夜做了个梦。她梦到自己刚化形的时候的一些事，那时，是人间的夏季。

就像狐狸天性狡猾一样，仙草一族的天性就是宅。他们往往不怎么喜欢挪窝，尤其是化形前。于是当苍蓝湖每隔十年，噼里啪啦的雷电和孽火到来时，除了水生植物，没几个跑得掉。惫懒的天性刻在骨子里，知道危险，却又屡教不改。

他们虽然宅，却是世间最单纯、善良的种族，因为大家都是天生地养的，又住在毗邻人间，美丽宁和的仙地，出生不久就学会了相互照应。

琉双化形时，荷花姐姐用莲叶给她做衣裳，枝头的海棠幻化成手环，扣在她纤细的手腕上，粉蝶花托风婆婆送来半枚优雅的蓝色花钿，为她的额头做点缀，树爷爷为她遮住太阳，还给她讲孽火到来时该如何躲避。

琉双沐浴月华朝露，饮山涧清泉。大家都很关心她，纷纷道贺她修成仙身。树爷爷问她："今后想做什么？到哪里去？"

琉双想了想："去找上次受伤掉落在咱们苍蓝湖的那位仙君，我不小心食了他的血，忍不住汲取了灵力。我不是故意的，我找到他，就还给他。"

树爷爷："哎哟，他可不是什么仙君，而是幽冥之地里的妖，小仙草，你没看见他额间黑色的祭火印记吗？"

琉双好奇地问："妖，是什么？"

树爷爷用垂下来的枝条，摸摸琉双的头："就是一群又坏又凶的人，动动指头，就可以把你碾碎。你可别去找他，修炼好就去仙界，听说仙界比我们苍蓝湖还漂亮，最适合仙子生活。"

琉双："幽冥之地呢？幽冥之地好不好看？"

树爷爷："苍穹如血墨，寒冷刺骨，阴气森然，没有丝毫仙灵之力，修为低下的小仙子去了那里，纵然不被他们吃了，也无法在那种地方生存下去。"

蚂蚁在她的脚下忙忙碌碌地搬东西，琉双为它们在水洼上搭了座桥梁，忍不住感叹道："那他好可怜。"

住在一点都不好看的幽冥之地，无四时，也无仙灵之力，族人还很凶残，一点都不友善。若她能顺利长大，就把他接出来，把灵力还给他，让他也生活在苍蓝湖，她自己再从头修炼。

等到懂事以后，琉双从女孩修炼成玲珑的少女，才知道自己当初的想法有多好笑，两界君主一点都不可怜，也不需要她一棵小仙草的同情。

而琉双俨然成了树爷爷眼中最笨的仙子，竟然陪晏潮生住在无法修行的幽冥之地，住了近百年。若不是修为高深的晏潮生护着，她早就神魂俱灭。

梦中的一切宁静、美好，琉双醒来却觉得心脏的地方酸酸的。她揉揉心口，一片怅然，她其实已经许久没有梦见苍蓝湖了。凡间的说书先生说，人在过得不好的时候，才会怀念美好的过去。可她明明过得很好，妖君只有她这一位娘娘，所有的下人都不敢伤害她，她的身边还有长欢照顾。到底是哪里出了差错，一直觉得幸福的她，开始变得难过起来了？

琉双想起昨晚自己没能问出口的话。她吸了口气，不行，她必须得弄清楚。她和晏潮生是要过一辈子的，哪能有郁结和误会呢？是她先前想岔了，她为什么要害怕？夫君这般喜欢她，一定不会辜负她。她今日就要问个明白。

琉双下定了决心，反倒释然、松快起来。她梳妆好，遍寻晏潮生不见。问正殿的侍从，侍从说："属下不知妖君的行踪。"

抱着非要得到一个答案的决心，琉双掉头就朝香泽殿跑，反正已经闯过一次了，晏潮生没舍得把她扔去水牢，这个认知壮了她的胆子。

琉双的身后有四个晏潮生留下的强壮犀妖，犀妖们并不拘着她，不远不近地跟着，任她跑到骨林外面。

琉双正要进去，却仿佛触到一层厚壁，被弹了出来。

一只犀妖拎着她的领子，接住她，哼哧哼哧地出声道："娘娘小心。"妖族化形后几乎都保留了血脉特色，犀妖们个个身形像小山一样，一个顶两个她。

琉双揉揉额头，看向眼前的这层结界。昨夜没有，今晨反倒凭空出现。她的目光一扫四个属下，指指结界，示意他们打开。

犀妖说："娘娘恕罪，属下无能为力，一则禁地不敢擅闯，二则这个结界属下们打不开。"

琉双咬着嘴唇："去把宿伦大人找来。"

琉双下定了决心，就不会再逃避，他们不可以，宿伦作为晏潮生的心腹，总是可以的。

没一会儿，宿伦摇着扇子来了，他拱拱手，笑着问好："娘娘。"

琉双："宿伦大人，你可否帮我把这个结界打开？"

宿伦看着骨林外的结界，拉长语调："啊，娘娘可真是让属下为难，妖君陛下的结界，哪是属下这点修为能打开的？”

琉双：“你这么聪明，肯定有办法的，若出了事，夫君怪罪下来，我必定一力承担，绝不牵连宿伦大人。”

“娘娘说笑了，属下并非怕被牵连。”宿伦摸着下巴，眸光闪了闪，“娘娘擅闯禁地，是想做什么？”

琉双抿紧嘴唇，不讲话了。这是她和晏潮生的事情，不便说与宿伦听。

“娘娘想知道里面住了谁？”宿伦挑眉，“其实大可不必如此麻烦，也不用闯进去惹得妖君不快，娘娘想知道，可以直接问我呀。”

琉双：“你知道？”

宿伦：“自然。”

琉双说：“那宿伦大人可以告诉我吗？”

宿伦：“娘娘有令，无敢不从。娘娘也知道，妖君还没成为君主时，也就是年少时过得艰难，人惯会捧高踩低，对妖君有恩之人，就格外难得。妖君这次带回来的，是他的一位恩人之后。恩人的后代过得不好，妖君并非冷心冷情之人，对他的后人自然不会不管。那个人身份特殊，又被仙界追杀，住在外面多有不便，所以妖君才把其安置在香泽殿，下令照拂几分，侍从们三缄其口。如今其神魂受损，十分虚弱，在里面养伤。”

琉双听得一愣。

“娘娘不信？”宿伦笑眯眯地从腰间摸出一枚五彩珠子，“属下这里有验谎石，它可以证明，属下并未撒谎。”

宿伦说完，验谎石定格在绿色。若为赤红色，则说明在撒谎，若为鲜亮的绿色，证明句句属实。

原来是这样！琉双被宿伦玩味的目光看得有些尴尬，她知道自己恐怕又误会晏潮生了。

也不能怪她……毕竟大家都不敢议论妖君大人的过往，这还是她第一次听人坦荡地提到妖君的过去，知道他曾有一位对他恩重如山的恩人。

弄清楚以后，琉双羞愧得无地自容。怪不得夫君昨日会那样生气，原来她的任性险些害了那位恩人的后裔。

宿伦冲琉双眨眨眼：“如今娘娘还生气吗？可还要属下想法子帮你打开结界？”

琉双赶紧摇摇头，她可不能害了人家。

宿伦轻笑一声："那娘娘回去休息吧，妖君大人的生辰要到了，彼时娘娘开开心心地陪着妖君大人，好不好？"

琉双弯起唇，眼睛呈一弯月牙儿，露出笑容："宿伦大人，多谢你。"

宿伦把折扇一合，弯腰道："恭送娘娘。"

记起自己的天蚕丝，至今只打了个样子，而晏潮生的生辰，就在五日后，琉双感到有些懊恼，和宿伦道别，回寝殿去了。

宿伦目送着琉双走远，用折扇在掌心敲了敲。他身后的将领道："宿伦大人的话术还真是厉害，把话说得这般诱导人，竟然真让娘娘安下了心。"

"不敢当，你可别冤枉我，我说的都是实话，字字不假。"宿伦的折扇轻点面前的这层结界，也不知后院失火前，妖君陛下能不能想得通。总是这么对一个单纯的小可爱说谎，他也会于心不忍的啊！

从宿伦的口中得知真相后，琉双便精心为晏潮生准备生辰礼物了。

琉双坐在秋千上，手中的银线才穿过发带，天空中传来一声轰鸣，随即血红色的天幕被撕开似的，扯出闪电般的弧度。她坐着的秋千架猛地摇晃起来，把她甩在了地上。

长欢一惊，这回连走过来都忘了，直接飘了过来，扶起琉双："娘娘，没有伤着哪里吧？"

琉双摇摇头："我没事，这是……怎么了？幽冥之地竟然会打雷闪电？"她抬头看天幕，一道又一道的紫红色的痕迹，幽冥之地的天像是要闪坏了。她在幽冥之地几十年，从未见过这样的情形。

长欢皱眉道："有人在进攻幽冥之地。"

进攻幽冥之地？琉双感到十分吃惊。晏潮生本就张狂无度，从来都是别人怕他，在他的面前夹着尾巴做人，生怕哪日妖君想起来，发兵攻打。如今竟然有人有胆子打上门，还把幽冥之地的天弄成这样。

长欢："娘娘别担心，妖君在这里，那些人必然不敢再造次。"

"咱们去看看。"琉双有些担心晏潮生，她放下手中的东西，一路走到幽冥之地的大门，擎苍山入口。这里震动得更加厉害，让人有种幽冥之地大门要被撞开的错觉。不知为何，她想起害得晏潮生受伤的那个人。

琉双一转头，看见身披一身银色战袍、正率部往外走的晏潮生。他的神情冰冷，身后跟着幽冥之地大将伏珩等一众将领。见了琉双，他微微皱眉。

又传来轰隆一声，琉双险些没站稳，晏潮生揽住她的腰肢，让她站稳，言简意赅地命令道：“回去。”

琉双：“夫君，是之前伤你的人来犯吗？你会不会有危险？”

晏潮生嗤笑起来，带着维持了数百年的狂妄之色：“凭他？我不过肩膀处被刺了一剑，他却被我踩碎了八根骨头。”

琉双：“那有没有不用受伤，也能踩碎他五根骨头的打法呀？”

晏潮生的眉梢一挑，笑起来：“有，这就出去打得他哭。”

琉双倒鲜少看见这样的晏潮生，战意满满，连他手中的银色长戟，也流光溢彩，发出声声嗡鸣，与他手掌接触的地方，玄色幽暗的火焰缭绕。幽冥之地的人全都淡定得很，没有露出一点害怕之色，仿佛有他们的君主在，任何人来挑衅，都是死路一条。她的夫君骨子里好战，传闻还真是不假。只不过晏潮生长身玉立，手持一杆银戟，和传闻中妖蛇血脉的阴毒半点都不像。落在她的眼里，真是好看极了。她弯起眼睛：“夫君一切小心。”

怕给晏潮生添麻烦，琉双在幽冥之地的颤动下摇摇晃晃地往寝殿走。腰间凭空多了一只手，下一刻，她被人扛起来。

琉双吓了一跳，错愕地看着地面：“夫君？”

晏潮生说：“反正不差这点工夫，先送你回去。”

晏潮生把琉双放在院子里的秋千上，见她瞪大眼睛，一副不敢相信、乖巧无比的模样。他哈哈一笑：“等着，夫君去扒几片他的鳞片，拿回来给你玩。”

晏潮生的身影化作玄色流光，转瞬间就消失在眼前。

琉双摸摸心口，像揣了一只小鹿，怦怦直跳。她记起那些载有人物传记的书籍，大多批判晏潮生喜好杀伐，过于残暴。可或许是被这天摇地晃的眩晕弄晕了头，她第一次觉得那样的晏潮生似乎别有一番威严。

晏潮生出去以后，幽冥之地重新恢复了正常。琉双招来长欢：“你可知进攻幽冥之地的是谁？”

长欢犹豫了片刻，道：“回娘娘，是天君风伏命。”

“风伏命……”这个名字琉双并不陌生，树爷爷总喜欢提起这位天界的君王，彼时他还不是天君，而是太子，树爷爷说他年轻有为，风流倜傥。怪不得夫君说要拔下他的鳞片，给她带回来。风伏命有上古应龙的血脉，真身或许是龙。

过去这几十年，晏潮生大多数时候是和风伏命开战的。这位天君出身尊荣，根骨不凡，晏潮生用了近百年，才与风伏命订立和平条款，可是一转眼，为什么天君会攻打幽冥之地？

长欢："娘娘别担心，风伏命不是妖君的对手。"

琉双点点头，看向香泽殿的方向，是因为这位恩人的后裔，天君才会向幽冥之地宣战吗？夫君做得没错，他们不是忘恩负义之人，一定要好好保护这位客人。

仙、妖之间发生战役，往往是持续很久的，天幕偶尔会划过一条惊心动魄的闪电状痕迹，对于他们来说，只是须臾，可对于习惯按人间计时方式的琉双来说，眨眼就过去了五日。

妖君的生辰，就在明日了，长欢放下帘子："娘娘可要好好睡一觉？妖君出外迎战后，您已经五日没合眼了。"

"没事的。"在幽冥之地待着，即便什么都不做，琉双的灵力也会慢慢流失。她想等晏潮生，夫君说过，会给她带鳞片回来。她若睡着，万一他受了伤，她都不知道。

终于，长欢高兴地说："娘娘，听说妖君大败天军，赤鸢正飞回幽冥之地。"

琉双的困意全无，她手中的发带已经做好了，这次的礼物与以往都不同。过去夫君总是在外征战，以往的礼物，她担忧他的安全，便在里面加了一道又一道平安符。这次却是情意绵绵的长相守符咒。金色的符咒一道又一道，轻和地飘入发带之中。她的修为本来就不高，一条掺杂祝福的发带，几乎耗尽了她体内为数不多的灵力。

琉双抬起手，感觉皮肤不如昔日那样莹润白嫩，她这棵仙草此刻失去了水分，变得恹恹的。但琉双不难过，只觉得开心，因为当晏潮生收到这份礼物时，便可以明白她的心意。像长欢说的，他们往后就可以安安心心地生一个小殿下。妖君大人的子嗣，肯定是又俊俏又强大。

琉双揉揉脸颊，细心地把发带放在锦盒中，抱着锦盒去擎苍山迎接晏潮生。

擎苍山前，乌鸦嘶叫一声，刹那间钟声齐鸣，大门大开。

琉双抬起头，无数妖界使者涌入大门之内。

原来不知何时天已经亮了，今日便是晏潮生的生辰。墨云之下，他持长戟穿银甲，坐在赤鸢的身上，嘴角带着懒散的笑，肆意狂傲地睥睨众生。

"恭贺妖君大胜归来！"万妖齐声唱喏，齐齐跪拜。

琉双锦葵紫色的纱裙被风吹起来，裙角缀着含苞欲放的小花，紫纱垂地。她站在山门前，像一粒尘埃，汇入汹涌的洪流。妖界以实力为尊，他们中的许多人，承袭了上古妖族的血脉，修为强大，宁愿头破血流也不愿向人低头，却尽数在晏潮生的面前，俯首跪拜，甘心为臣。

晏潮生驾驭赤鸢落下来。

琉双抱着锦盒，想着，她真能与这样强大无双的人，此生长相守吗？她低头看见自己使用了灵力后，就苍白得近乎透明的手指，在幽冥之地陪着他的每一天，其实都在渐渐地损耗寿命。若哪一日失去了晏潮生的关怀与照拂，她就会像树爷爷说的那样，在幽冥之地被吞得连骨头渣都不剩。

琉双轻轻微笑起来，可她不觉得不值，也不觉低落。她没法带着两界君王回到苍蓝湖生活，便陪在他的身边，岁岁又年年。

罡风把晏潮生的衣角吹得翻飞，琉双牵着晏潮生的衣角："夫君，咱们去幽冥之地走走吧，晚些再回宫殿好不好？"

晏潮生收了长戟，没有立刻回答。

伏珩跟在晏潮生的身后，猜不出妖君的想法。谁也没想到与风伏命打这一仗，用了足足五日，此刻大门大开，万妖朝贺，应该回宫殿主事，而非耽于这点儿女情长。

但对琉双来说，能单独和晏潮生在一起的时间太少了，她等了晏潮生五日，一旦晏潮生回了幽冥之地的宫殿，他又会变成两界君主，而非她一个人的夫君。若她不争取，等晏潮生忙起来，她说不定连送出礼物的机会都没有。她摸摸怀里耗尽所有灵力才织好的发带，她太久没和晏潮生好好相处了。

晏潮生嘴角的弧度不变，拂开她的手，声音已经恢复了妖君一贯的冷然，他漫不经心地擦了擦手上风伏命的血迹，道："改日。宿伦，送娘娘回去。"说罢，就要带着伏珩离开。

宿伦看一眼被撇在原地，明明有几分低落，却依旧乖乖巧巧的、不吵不闹的琉双，在心里长叹了一声，笑道："妖君陛下，离宴会开始还有两个时辰，属下们自当部署好一切，今日是您的生辰，幽冥之地中想必极其热闹，娘娘来了幽冥之地这么久，鲜少走动，您就当歇息片刻，其他事情交给伏珩大人就好，相信伏珩大人一定不会辜负您的期望。"

宿伦一双狐狸眼扫向伏珩，笑眯眯地道："伏珩大人，对不对？"

伏珩的嘴角一抽，在心里把这个男狐狸精骂了上万遍，森然的面孔扭曲了一下：

“是，属下会好好安排这些妖使，不让他们作乱。”

宿伦：“看吧，伏珩大人都这样说了，他办不好惩处他便是。妖君您就当和娘娘去巡视一圈幽冥之地。”

晏潮生不置可否，琉双一张素净的小脸有点苍白，因为没有休息好，带着些许脆弱。宿伦为她说话时，她用一双仿佛会说话的水汪汪的眼睛看着晏潮生。晏潮生知道，他就算拒绝，她也只会短暂地失落，下一次再见到他又会开开心心的，眼睛都会亮起来。根本不必他费心去哄，她自己就能把自己哄好。他的眼尾轻轻挑起来，也不知道为什么，他突然对琉双说：“今日邪修出行，街上一群邪修。”

琉双愣了一下，明白过来晏潮生的意思，眼中的笑意晕开，用力地摇摇头：“夫君在，不怕。”

“嗯，”晏潮生头也没回，淡淡地说，“伏珩，若有妖使闹出事，提头来见。”

伏珩看了一眼摇着折扇，人模狗样、风度翩翩的宿伦，咬牙抱拳：“属下明白。”

幽冥之地的屋檐角到处挂满了玄色丝绦。向来阴沉的幽冥之地，只有这一日最为热闹。晏潮生对所有人来说，都是顶好的君主，他平定八荒，创立盛世。如同人间的开国帝王，他因此深受爱戴。

琉双与晏潮生一同穿行过幽冥之地的街道，看见小孩子们在街道上奔跑。迎来往送，他们的脸上都带着清浅的笑意。她在心中为晏潮生感到自豪，幸福得眼睛快要冒泡泡。

琉双还是第一次走在如此热闹的幽冥之地街道上，与人间不同，这里色彩偏阴暗，卖的甚至还有白骨做成的法器。

琉双看什么都觉得十分新奇。

她其实并非不爱热闹，只不过她是仙身，与幽冥之地格格不入，若无人庇护，便容易遇到危险。昔日她知道晏潮生事务繁忙，怕给他惹麻烦，便乖乖地待在自己院子中，不到处走。

走了短短一段路，已经有许多人将垂涎的目光落在她身上。小仙草对于他们来说，不亚于一块香甜的糕点。

晏潮生冷眼看过去，有许多邪修没有见过君王，却被他身上浓烈的威压吓得收回了目光。他身上的战袍还未褪去，远远看着，便是一个充满杀伐之气的强大王者。幽冥之地的人向来以实力为尊，没多久，那些不怀好意的目光就收了回去。

晏潮生发现身边的人没跟上来，他一回头，发现琉双在看一个方向。街道边有一座深蓝色的角楼，角楼的下面，一个胸脯露了一小半的美艳女修，正双手钩着一个男修的脖子，同他吻得缠缠绵绵。而他的小仙草，正在注视着他们。

觉察到琉双的目光，女修朝她抛了个露骨的媚眼，她似乎被吓到，连忙跑到晏潮生的身边来："夫君。"

晏潮生知晓琉双受过的教育不同，她的那个凡人娘亲让她学的，是凡人虚情假意的那一套。而凡人，大多对妖修邪修又怕又嫌恶，晏潮生如今虽然一统两界，却也不能改变他人的看法，总不至于把一群蝼蚁通通杀光。

晏潮生的性子凉薄，此刻语气淡淡的，隐有嘲讽："这就怕了？这么久难道没人告诉过你，妖修与邪修，向来放浪。真怕了就回……"毕竟这种场景，幽冥之地之中到处都是。他话没说完，已经觉察到不是这么一回事。

琉双的眼中写满跃跃欲试。

晏潮生沉默片刻，声音冷硬："你这是什么眼神？"

琉双说："夫君，我们可不可以……"她看看晏潮生掩盖在战袍下修长、苍白的手指，她伸出自己的小手，示意他握住。

晏潮生轻轻嗤笑道："不成体统，本君是妖君。"

琉双想了想，在一旁的小贩的摊位上买了一个白玉面具回来，踮着脚给他戴上。她左右端详，即便遮住了脸，妖君大人依旧显得贵气不凡。

琉双："现在没人认出来啦。"

琉双看不见面具下面的那张脸是什么表情，只能看见晏潮生一双漆黑的、冷如星夜的眸。

两个人僵持了好一会儿，随后，琉双的手被一只冰凉、苍白的手包裹住，琉双的嘴角止不住地上扬，又努力地压下去。也有不放浪的啊。

两个人走到最热闹的地方，琉双惦记着怀里的锦盒："夫君，我有……"

还没说完，一个婢子慌张地在晏潮生的面前跪下："妖君，大事不好，没有本命玉竹，明玺珠也压不住，主子出事了！"

琉双愣了一下，这个婢女她以前从未见过，而且带着一身仙灵之气。

晏潮生的语气冰冷："什么？"

琉双感觉到手被松开，不过一眨眼的工夫，晏潮生带着那个婢女消失在眼前。晏潮生忘记了身边的她，没有给予一字一句安抚，也不曾回头看一眼。白玉面具掉落在琉双的脚边，发出清脆的声响。幽冥之地冷入骨髓的罡风吹在琉双的身上。

暗地里，许多幽暗的眼睛立刻锁定她。身后的冷气袭来，带着一股腥臭的气息。

琉双惊慌地转身，一个披着斗篷的邪修朝她伸出手，磔磔笑道：“他既然不在你的身边，那我们就不客气了。”接着垂涎地说，“好香，好香的仙灵之气。”

不仅是他，其他邪修也涌了过来，抢着要分一杯羹。琉双在宫殿里，从来没有见过这么多人，她就像从清明世界瞬间堕入恐怖的深渊。

无数双惨白的手来拽她，有的邪修甚至只有一具骨架，琉双试图凝结仙法击退他们，可是所有的灵力，连同她对晏潮生的爱意，一同倾注在了锦盒中，她几乎毫无反抗之力，转眼就被人掐住脖子，拖到了身前。

有人道：“魍鸩，见者有份，你独占，吃了她，不怕被那个家伙杀回来算账吗？”

那个邪修森然一笑，说：“怕什么，真那么在意她，会把她丢在这个地方？”他一语道破琉双心底最不愿触碰的想法。

琉双面色惨白，看向不远处地上被扔下的白玉面具。这一切几乎发生在瞬息之间，晏潮生扔下了她。她脸上的表情显得又空洞又茫然，琉双觉得自己像是处于一个荒诞至极的梦境。可惜脖子上的那只手，告诉她这并非一场噩梦。

手中的锦盒被人打翻，掉落在地上。琉双慌张地伸出手，下意识地想护住它。可盒子被摔开，发带已经掉落了出来。她眼睁睁地看着无数双脚从发带上面践踏而过，明蓝色变得脏污不堪。

琉双脖子上的手收紧，白骨几乎陷入她的肉里，她只是看向被践踏过的锦盒，一声也没哭。

就在琉双觉得自己可能就这样死去的下一刻，邪修们似乎觉察到危险，哄然四散而去。

一把扇子划破掐住琉双的邪修的喉咙，那个邪修惨叫了一声，化作一团黑气，扇子回旋，落在来人的手里。

宿伦道：“娘娘……”似怜悯，似叹息。

琉双没说话，蹲下来，拼命地咳嗽起来，捡起被弄脏的发带。她拍了拍发带上面的泥土，发现怎么也拍不干净。

宿伦变出一件锦袍，披在琉双的身上：“娘娘，街道罡风重，属下先送你回去？”

琉双点点头，走在宿伦的身后，就和以往每个日夜一般令人省心，不给任何人添麻烦。

宿伦背对着琉双，脸上的笑意淡下去，说出口的话，连他自己都觉得牵强而艰涩："娘娘见谅，幽冥之地出了大事，妖君才急着赶回去。妖君把属下和长欢留给娘娘，娘娘不会出任何事的，今日是属下的过失，才让娘娘受伤，属下回去，自当领罚，娘娘说怎么罚就怎么罚。"

身后的琉双久久没有反应。

宿伦不敢回头，他这种千年的老妖怪，竟然也怕回头看见一张泪流满面的脸。

许久后，身后传来琉双很轻的声音："宿伦大人。"

宿伦回头，看见一张苍白的小脸。令他感到意外的是，琉双的脸上并没有泪水，她握紧脏兮兮的发带，用一种认真到几乎令人心疼的语气问他："夫君是不是并不爱我？你一直在骗我，对吗？"

琉双再天真单纯，也知道，爱一个人不是这样的。他若是爱自己，就不会因为别人的一句话，而冷漠地离开，把她丢在豺狼环伺之下。

第二章 但愿无悔

活了上万岁的树爷爷说，
世人贪、嗔、痴，
最难过的当是情之一关——你爱一个人，
那个人却不爱你，
你若自己都不珍重自己，
就会变得很可怜。

宿伦叹息一声，没有回答。

琉双没强求，毕竟她要问的人也并非宿伦。她只是不明白，晏潮生若不爱她，又为何要娶她?

宿伦带着琉双回去，靠近幽冥之地的宫殿时，琉双看见许多妖使陆陆续续地往外走。若是以往，她大概不会关心这些，今日却很特殊。

往年晏潮生的生辰，热闹非凡，九头鸟合歌，尾羽如虹霓，觥筹交错。今天宴席的华美布置还在，宴会还未开始，妖使们却被遣散，离开了幽冥之地。

长欢焦急地等在殿前，见了琉双，担忧地道："娘娘，您怎么受伤了？"

琉双白嫩的脖子上，一道青紫色的掐痕看上去分外狰狞。

琉双没有回答长欢的话，而是盯着那些离开的妖使看。

晏潮生非常重视这一天，倒不是他多么在意过生辰，而是这些年他驻守在幽冥之地，为幽冥之地征战，无法顾及妖界。于是大妖们推选出妖使，在这一日来到幽冥之地，一来为妖君陛下庆贺生辰，二来禀告妖界内发生的大事。

清晨，琉双央着晏潮生两人独处片刻，被他拒绝，如今他却遣散妖使。

百年来，他第一次破例。

有些什么东西拨开云雾，露出朦胧的雏影。

宿伦一见琉双注视着那些离开的妖界使者，就知道不好。他说道："娘娘，这里鱼龙混杂，咱们先回去。"

琉双拢紧披风，抿紧唇瓣，第一次没有听宿伦的话，不再乖乖巧巧的，反而往妖使的方向走去。她拾级而上，紫衣飘扬，身边是被命令离开的妖使们，她置身其中，那些风言风语她昔日充耳不闻，如今全部传入她的耳朵：

“妖君为何取消宴席，让吾等离开？妖界许多事还未禀，耽误了怎么办？”

“这你们就不知道了，风伏命那小子向来都不敢招惹妖君，此次发兵幽冥之地，只因为一个人，他的那位宓楚天妃。”

“哦？宓楚天妃，那位被称为仙界第一美人的仙子？”

“正是，据说这位天妃娘娘，数百年前，与咱们妖君有过一段风花雪月，还险些嫁给他。”

“此话当真？”

“自然不假，当初若不是风伏命那小子从中作梗，宓楚天妃恐怕早就嫁给妖君，成为咱们妖界的王后了。”妖使暧昧地笑道，“这么多年过去了，没想到妖君对她依旧有情，这些年四海征战，筹谋数百年，终于从风伏命的手中夺回天妃。”

“宓楚天妃也是个性子烈的，为了和妖君在一起，跟随妖君回来，竟然跳入传世镜，导致神魂受损，险些魂飞魄散。妖君把她救出来，四处为她寻找安魂的灵物，只不过宓楚天妃的本命玉竹没了，身受重伤，才凝聚好的魂魄，随时有再次散去的危险。”

其他人恍然大悟：“安魂需静养，不容吵闹，怪不得妖君下令宴会散去，来日再办，恐怕是宓楚天妃的伤疾犯了。”

“数百年离散，失而复得，妖君可真是宠爱她。”

风吹起琉双身上的披风，层层叠叠的轻纱翻飞，她置身浑浊的妖气中，第一次听到这么多她不知道的故事。妖怪们一个个都走了，她身后那扇幽冥之地宫殿的门，也缓缓阖上。最后宫殿里一片安静，只有长欢与宿伦陪着她。

琉双坐在石阶上，失神地捧着手中的发带。发带上面的仙灵之气被幽冥之地的阴气侵蚀，早就消散了。

宿伦不知道琉双听了这些在想什么，说：“娘娘，别听那些乌合之众的一面之词，妖君少年时，并不如现在这般声名远播，只是一个默默无闻的仙门弟子，那段过往除了他自己，谁都不知晓，如今这些传言，只不过是妄加揣测的结果。”

长欢也低声唤道：“娘娘。”

“你们不必为我担心。”琉双脸色苍白，笑了笑，看向宿伦，“谢谢你，宿伦大人，百年来，哪怕是骗着我，也让我过得满足、开心。我不会想不开的，我只是有些难过，他……他原来并不喜欢我。树爷爷说，天地姻缘，自有定数，没法强求。我和他是百年夫妻，我要听的，我相信的，定然是他亲口说出的，而不是旁人的议论。”

宿伦张了张嘴，看着琉双忍住眼泪、明澈清透的眼睛。到了现在，她依旧相信晏潮生，不会因为旁人说什么，便彻底否认这个人。宿伦沉默下来，从前他作为晏潮生的谋士，刚接近琉双，来为自己谋一个更好的前程时，其实不太看得起她。她灵力低微，人又傻，别人说什么都信，不管自己带去什么不值钱的物件她都喜欢，极其捧场。她脾气好，又爱笑。作为妖君的妃子却这般没有威信和实力，宿伦面上恭敬，心底却微微带着讥嘲，认为她配不上两界君主晏潮生。

可百年时光如白驹过隙，匆匆而过，宿伦开始真正了解她。

琉双心思纯粹，美好明丽，纵然被冷待，可她乐观如斯，在幽冥之地种出一小片花海和参天凤凰木。被辜负，不自怨自艾，心生怨恨，也不轻易听信旁人对晏潮生的议论。她得知宓楚天妃的存在，没有歇斯底里，也并未丑态毕露，而是用那双黑白分明的眼睛，忍住泪意，等晏潮生的一个答案。仿佛只要他解释，她便给予晏潮生信任。

宿伦躬身，这一次是用对待君王的礼仪："娘娘会很幸福。"

百年来，他第一次没有巧舌如簧，而是简单地祝福。

你这样好，谁又会真的讨厌你呢。

长欢帮着琉双洗漱好，发愁地看着她颈间的伤。长欢修习的功法大多阴毒霸道，没有学过治愈类的法术。宿伦大人只是谋臣，为了避嫌不会碰琉双的肌肤，于是这道刺眼的痕迹，一直没有散去。

琉双说："没关系，已经不疼了，只是看起来吓人。你跟禁地的守卫说，若妖君治好了宓楚天妃的伤，可否回来一趟，我有话与他说。"

长欢："奴婢记下了。"

长欢离开后，琉双用云香丝被子盖住自己，蜷缩着身子，轻轻颤抖着，慢慢任由眼泪浸湿丝被。她没有对任何人说，今日被一众邪修包围时她到底有多怕，他们不怀好意的笑声、腥臭的体味，还有朝她伸过来的惨白的手、恐怖的脸，全都令她恐惧极了。与宿伦大人说的那番话，并非她心中所有的想法。她其实很难过，她死死地按住心脏，才能止住那几乎快要溢出的难过和伤心。

活了上万岁的树爷爷说，世人贪、嗔、痴，最难过的当是情之一关——你爱一个人，那个人却不爱你，你若自己都不珍重自己，就会变得很可怜。

琉双不想变得可怜。她乃天生地养，自从出世以来，到如今总共不过两百岁，对于那些活了千万年的仙妖神魔来说，她实在太小了。她却从不觉得自己渺小，反而开心、充实，她的第一个一百年用来学习人情世故，懵懵懂懂地长大。另外一百年，全部用来爱晏潮生。

对妖君晏潮生来说，一百年，或许只是眨眼间就过去的时间，征战无聊时的消遣。可对于琉双来说，是她以往人生的一半。

琉双捂住嘴唇，努力把哽咽声压下去。她想要更加坚强一些，至少等晏潮生回来，即便晏潮生回答从来没有爱过她，她也能落落大方地离开他，告诉他，她没关系的，一百年过去，她已经不像才化形时那般无知脆弱，她一直在努力地长大，想要独当一面。将来哪怕真的离开他，她也可以独自吞咽、消化伤心和难过，还能笑着对他说一声珍重。

然而，这样一个夜里，琉双回到寝殿，就像蜗牛躲进自己的壳，千纸鹤被柔风吹得飘飞，每一缕灯光都透着安抚，她忍不住哭泣起来。平生才会相思，爱晏潮生这件事，她用尽了所有的温柔与心意啊。

这一年，幽冥之地恰逢几十年难得一见的阴年，换作人间，就如同六月出现飞雪奇景。在乌鸦啼叫下，半夜时分，幽冥之地淅淅沥沥地下起了一场雨。

与人间的雨水不同，幽冥之地的雨是黑色的，夹杂着浓烈的阴气。

幽冥之地鲜少下雨，对于此地的邪修来说，这样的雨水是难得的天降甘霖，对于仙和其余万物来说，不亚于腐蚀之毒。

琉双推开窗户，看见院子里的花海沐浴在雨水之下，全都奄奄一息，根脉被侵蚀。她连忙道："长欢！"

并没有人回答琉双，长欢不知道去了何处。呼呼的罡风直刮，地面顷刻便积攒了薄薄的一层黑雨。万籁俱寂，连乌鸦都不见了，天地间仿佛只剩她一个人。

到了此刻，琉双才知道嫁给晏潮生做妃子这件事，她做得多么失败，除了她的夫君、长欢与宿伦大人，还有平日冷着脸的伏珩将军，她在这儿再没认识的人，连求助都不知道找谁。她养活的生命，就在眼前慢慢凋零。这些都是她的回忆，她存在过的证据。

纵然琉双与幽冥之地格格不入，可来了百年，这片小小的天地，几乎成了她的家。她站在廊下，看着精心呵护的院子在暴雨之下变得面目全非。

直到院子中那棵高大的凤凰树也开始收起枝条，透明得快要消失，琉双终于忍不住披上斗篷，跑了出去。她张开双手，指尖才恢复些许的嫩绿色的灵力，源源不断地朝着凤凰树涌去。

这样的举动只能延缓它被侵蚀，没法真正救它，琉双试图找到什么为它挡雨，可是在幽冥之地，她的灵力显得孱弱而渺小，即便她凝出了结界，片刻间结界就碎裂了。没人帮她，原来她连凝出遮风挡雨的结界，来保护这个院子都做不到。

雨水落在琉双的身上，腐蚀的疼痛令她闷哼一声，跌倒在地。那一刻，她终于有些明白树爷爷当年说的话，仙草应当生活在仙草理应存在的地方，吸收月华朝露，不忘大道，踽踽修行，而非为谁停下脚步，画地为牢，放弃向前。

琉双救不了几十年来精心营造的点滴，如今跌坐在雨水中，她连自己都救不了。琉双努力想要爬起来，阴气却开始侵蚀她的身体，她的嘴唇逐渐发乌。

疾风骤雨中一道黑光闪现，有人踏着风雨来到琉双的身边，把她从地上抱了起来。

第一次，琉双觉得自己的体温还不及他，她被阴气侵蚀的身体瑟瑟发抖，竟然觉得晏潮生的身体都是暖的。

晏潮生："怎么，连活都不想活了？"

琉双从来没听过晏潮生用这样的语气说话。他抱得如此之紧，紧得令她的骨头都微微发疼，就像恨不得勒死她，紧得令琉双生出一种错觉，晏潮生并非全然不在意她。

琉双看向院子，大雨之下，本来就是因为她的灵力催生出来的事物，什么都没留下。仿佛几十年的时间里，它们都不曾存在过。今后，幽冥之地还会有她喜欢的色彩和地方吗？

屋檐下的风铃丁零作响，昭示着女主人的生命垂危。那是晏潮生在琉双的院子设下的禁制，平日里不会动，她一旦有危险，风铃会一串接着一串地响。晏潮生抱着琉双穿过回廊，回到室内："来人，备水。"

没一会儿，不知道从哪里出来几个垂着头的仆役，很快打了水进来。晏潮生把琉双放在热水中时，她的全身被阴气侵蚀，睫毛几乎都凝了一层寒霜。

晏潮生冷着脸，张开五指，把琉双身体里的阴气吸出来，她冷得轻轻颤抖，过了好一会儿，才觉出热水的温暖。晏潮生一言不发，手指微动，琉双的衣衫旋即碎裂，这回总算是完全浸泡在了水中。

晏潮生居高临下，冷漠地打量着琉双，令琉双感到微微的恐惧。她从未见过晏潮生这样生气，连上次她试图挑战他的底线闯香泽殿，晏潮生都不像现在这样。

晏潮生修长、苍白的手抚上她的脖子：“你若不想要这条命，我可以帮你了结，何必去淋一场阴雨，我也免得费心救你。”

晏潮生轻轻一笑，笑容凉薄，透着让人畏惧的冷意：“回答我，还想活吗？”

琉双止不住地觉得害怕，隐隐明白这才是众人眼中喜怒无常、狠戾残忍的妖君，所以才会有那么多人畏惧他。琉双从前喜欢他，以为晏潮生也喜欢自己，于是肆无忌惮，天不怕地不怕的。然而今日她的无能为力，让她看清，这个男人在成为她夫君之前，还是八荒人人提起都胆寒的妖君。

晏潮生的怒意那般明显，尽管在琉双脖子上的手没有用丝毫力度，琉双却依旧觉得被压迫得难以呼吸。嫁给他百年，第一次，琉双觉得害怕他。

琉双动了动嘴唇，在晏潮生逼问的目光下，下意识地想要解释，她只是想保住在幽冥之地的家，并非故意淋阴雨招他回来，或者想不开，要寻死。可是一声都发不出来，她的牙齿上下打战。所有的恐惧仿佛聚集在这一瞬间，白日的害怕，方才濒临死亡的无能为力。她急促地呼吸着，觉得自己可能会就此冤死。

晏潮生的目光依旧是冰冷的，他注视着琉双，手指缓缓收紧，琉双以为自己真的要被这样掐死，下意识地挣扎着去掰他的手，没想到他的指尖发出莹莹白光，覆盖住她纤细的脖子，顿时一股温热传来。

琉双快要碰到晏潮生的手僵住，原来晏潮生在给她治伤。她看着晏潮生冷峻的脸，不知道为何，涌上心头的，竟然是酸楚。

晏潮生抬起琉双的下巴，看见她脖子上那道刺眼的伤痕不见了。她不知何时瘦了许多，他记得百年前初见琉双时，她的眼睛清澈得跟水葡萄似的，脸颊还有些许婴儿肥。如今她的脸颊瘦削下去，变得更加清秀、好看，眼睛里的快乐却少了，蕴藏着连他都能看出来的恐惧。

琉双在害怕他。晏潮生的动作停顿了一下。这是晏潮生第一次见琉双害怕他。他在外面阴狠、霸道，八荒从来不缺害怕他的人，对此晏潮生习以为常。就连伏珩和宿伦都不例外，只有琉双，从不害怕他，恨不得时时刻刻钻进他的怀里。如今，琉双黑白分明的眼睛里，也带上了恐惧，是因为不再信任她，而滋生出的恐惧。

琉双竟然觉得晏潮生真的会杀了她。

晏潮生慢慢松开手，后退一步。其实冷静下来，晏潮生很容易就能想通一切，知道她为什么会不顾罡风与阴雨，出现在院子里。琉双不愿意辩解也并非故意与他对着干，而是出自威压之下的本能反应。琉双的本体小仙草，本能地畏惧他，连辩解的话都说不出来了。

晏潮生垂下阴冷的眼睛，拂袖出去了。

晏潮生离开，琉双总算感受到室内的暖意，僵冷的肢体能够动弹。她从水中看见自己的倒影，脖子上的伤不见了，恢复了白皙、柔嫩。可是琉双知道，她真正的伤，不在脖子上，在心里。

琉双动手给自己洗了个澡，把淋的一身阴雨洗去，她穿好衣服出来，本来以为晏潮生已经走了，没想到夜明珠的光芒之下，他竟然还在。他站在琉双经常向外眺望的那个窗户边，滂沱的灵力朝院子外涌出去。

琉双也不知道为何，突然感到有些紧张，她屏息看着，在晏潮生的灵力下，渐渐地，腐烂的植物抽枝发芽，凤凰树重新焕发生机，火红的花朵开在寂静的夜里，显得分外热闹。回廊上的琉璃灯盏发出温暖的光晕，一层透明的结界无声地出现在这片天地的上方。琉双的院子就这样恢复成原状了，不，甚至以后下再大的阴雨都不可能淋得坏。

琉双带着几分茫然看向晏潮生。

晏潮生不知何时收回了手，躺在榻上，他的玄衣未脱，皮肤苍白，显得有些阴冷，依旧是那副凉薄到骨子里的模样。

见琉双看自己，晏潮生睁开眼睛，冷冷地道："看够了吗？过来睡觉。下次再大半夜跑出去淋雨，不如让你直接去千刃潭。"

琉双没有过去，站在原地。"夫君，若你不喜欢我，不必为我做这些。你知道的，我不如宿伦大人那般聪明，能够看透人心。"说出这句话时，她的手指绞紧，用力到心中的酸楚泛滥成海。

晏潮生冷笑了一声，袖子一卷，把琉双按在了怀里："是不是一天到晚太闲？你还有心思想这些乱七八糟的东西。不知道你是从谁的口中知道了宓楚的事，但你最好明白，本君就算再卑劣，也不会有兴趣抢别人的妃子。"

过了好一会儿，琉双才听出晏潮生这算是变相解释。她的一颗心忽上忽下，好半晌，忍不住问道："那你为何要把她带回来？还把香泽殿列为禁地？"

晏潮生嗤笑了一声，把琉双的脸转过来，让琉双趴在自己身上："我捡到她时，她已经跳入了传世镜，那玩意儿通往凡尘，不捞她一把，恐怕她早就魂飞魄散了。她的父亲对我有恩，我曾对她的父亲发过誓，如果有朝一日身居高位会照拂她。”他停顿了一下，又说，“她不愿意回天界，让她留在幽冥之地也并非长久之计，等她安魂后，送她离开便是。”

如果说白日的经历是一场噩梦，如今却又像是置身在一场美梦。琉双的心与身体，比神识更快地感受到了愉悦。她弯起眼睛，抱着晏潮生劲瘦的腰肢。明眸映衬着琉璃灯盏的光芒，似点点星辰。

晏潮生捂住琉双的眼睛，语气刻薄、阴沉 ：“眼神收敛一点，今晚淋雨的事本君还没和你算账。”

尽管晏潮生这样说，可琉双现在的身体已经暖和过来，也不觉得害怕了。

那时，琉双还没有完全明白，喜欢一个人，其实也就是一朝生，一朝死，一朝喜，一朝悲的事。她的喜怒哀乐，均与另一个人缠着千丝万缕，尽数挂钩。你若喜欢上一个很好的人，那便会安稳、幸福，你若爱上一个狼心狗肺的人，便注定前路坎坷。

心头上高高悬起的石头，仿佛一瞬间就落了下去。阴气入体后的疲倦感袭来，琉双甚至没法拿开晏潮生的手，去看他凉薄的语气下，是什么样的表情。

困意让琉双迷糊得快要失去意识，隐约听见回廊有急切的脚步声传来。

窗棂被人敲响 ：“妖君陛下，主子吃了聚灵雪莲还是疼，您救救她吧。”

琉双半梦半醒间，不知道那个声音是否真实。她下意识地握紧了晏潮生的衣袖。

琉双的头顶传来一声低低地笑。

那个人用冷漠的语气说 ：“众将何在？什么时候本君的寝殿，能让人随意乱闯？”

外面的婢女小秋脸色变得惨白，没过一会儿，一位将士把小秋带了出去。

晏潮生看着怀里蜷缩的身影，伸手去触摸她柔软苍白的脸颊，反应过来自己在做什么，他的眸光晦暗，冷淡下来。手一挥，室内的夜明珠尽数散去光芒。

这一晚，是琉双自晏潮生三个月前外出征战以来，睡得最安稳的一个夜晚。

宿伦本来心中不安，结果一大早过来，看见殿外跪着宓楚的婢女小秋。他微微眯了眯眼睛，若有所思地看了看琉双的寝殿，嘴角的弧度更深。

宿伦 ：“小秋仙子这是在做什么？让人知道了，还以为咱们幽冥之地怠慢客人。”

小秋见是宿伦，下意识地咬紧唇瓣。她也说不清楚为什么，总觉得这个看起来谦和、恭敬的人，仿佛能看透一切，让人心里发慌。

小秋："主子的神魂依旧不稳，奴婢怕主子出事，特来请示妖君陛下。"

"这样啊，"宿伦手中的折扇一开，"这你可就找错人了，现如今，妖界与幽冥之地，两界安魂的法宝与灵药，妖君全给宓楚天妃了，若这些都不行，妖君恐怕也无能为力。"

小秋："奴婢、奴婢也是关心则乱，主子一直未醒，奴婢法力低微，怕主子在神魂不稳的情况下香消玉殒。"

宿伦微笑着说："小秋仙子大可放心，别说神魂将散，就算当真魂飞魄散了，妖君大人也总会想办法凝聚魂魄。小秋仙子生得如花似玉，又是仙身，跪在这里恐怕受不住，还会惹怒妖君，听宿某一句劝，先回去陪着你的主子吧。"

乌鸦叫了好几声，小秋总觉得在宿伦戏谑的目光下有些难堪。

幽冥之地的天已经亮了，妖君陛下还不曾出来，小秋知道自己的任务算是失败了，她怕再待下去适得其反，便站起来对着宿伦福了福身："奴婢听宿伦大人的。"

宿伦的眉梢一挑，显得温文儒雅，但微笑不语。

小秋走了，宿伦却在宫殿外面站着，直到晏潮生走出寝殿。

晏潮生看见宿伦："有事？"

宿伦行了礼，看了一眼高耸得宫殿都遮不住的凤凰树，笑道："属下没看错的话，这棵树已经死了吧，妖君陛下用的是障眼法？"

晏潮生说："若你来只是说这些废话，本君给你安排一个好差使做，去看守万灼塔。"

万灼塔里面关着一群活了几千年的大妖怪，全部长着一身反骨，皆为逆党，以宿伦的修为进去，恐怕出来就是一副骨头架子。

宿伦脸上的笑意一僵，连忙说："属下当然有要事，今晨伏珩将军几乎要杀了属下，那群来朝拜的妖使，有的不肯走，说有要事禀报，全部缠着伏珩将军。妖君也知道，今年是阴年，凡间天灾人祸不断，幽冥之地也阴气森然，昨夜还下起了阴雨。而妖界，不少大妖躁动，似乎是因为妖君多年不曾回妖界，有人起了不臣之心，暗地里动作不断。"

晏潮生扯了扯嘴角，眼底却并无笑意，反而冷意弥散："本君多年不曾回去，他们恐怕忘了万灼塔是如何建成的。一群想反却又不敢反的窝囊废！"

宿伦也瞧不上那群人，但不论是谁，单独拎出来，都是祸害世间的大妖，不能不管。

晏潮生说："这些逗留在幽冥之地的妖使，让他们学着凡人写折子，写完让伏珩带回来，本君慢慢看。"

宿伦拱手道："是。"

妖与幽冥邪修都不兴那一套，可有时候不得不说，凡人的法子又省时又省事。

宿伦办完了正事，又把方才看见小秋的事说了一遍。

晏潮生不置可否。

宿伦："宓楚天妃为何会跳入传世镜，属下不得而知。但属下知道，一百年过去了，妖君与当初娶娘娘时，心境不太一样了。"

晏潮生漫不经心地说："你是想说，我对她动了真情？"

不等宿伦说话，晏潮生似乎觉得可笑，轻轻笑出声，语气温柔，却透着莫名的森寒与危险："宿伦，做好你该做的，切莫自作聪明，你可知道何为上古相繇血脉？"

上古相繇一族，又名相柳。原身是九头妖蛇，凶残冷酷。它们好杀伐，擅伪装，做事果断，阴冷毒辣，极难动情。没有任何一位相繇一族的后裔，会全心全意地爱上一个人。晏潮生的一半血脉，便源自相繇一族。

宿伦看了一眼凤凰树，在心中低叹一声。所见为幻境，所言为假象，你以她爱你之心而虚与委蛇。但愿有朝一日你想起今日的情形，不会后悔。

一场对话看似轻松，可是当晏潮生轻描淡写地提起"相繇一族"时，宿伦虽然面上笑意盈盈的，后背却几乎被整个汗湿了。等到晏潮生离开，宿伦看一眼四周，又摸了摸自己的脖子。很好，脑袋还在。

跟了晏潮生数百年，宿伦算是晏潮生的心腹，可并不曾真正了解这位主上。狐族多狡诈，宿伦是八荒之中消息最灵通的人，但对于晏潮生，他知晓的并不算多。

据说，晏潮生尚且年少时，以半妖之身拜入空桑仙境学艺。他体内有一半人类血脉，一半妖蛇血脉。彼时都以为妖蛇血脉只是普通的妖蛇。

七百年前和现在很不一样，那时候以仙族为首，妖族没有地位可言，更何况是听上去就让人觉得恶心黏腻的蛇族。凡人厌恶晏潮生，仙族弟子更是把晏潮生当作一个肮脏卑贱的玩意儿。晏潮生的修行之路极为坎坷，甚至受过剔魂之痛。后来晏潮生叛出师门，焚尽肉身，那一晚，整个空桑仙境被踏平，化作废墟，晏潮生则成为八荒有史以来第一个妖魔，自此作为魄力重新修道。

少年晏潮生，可谓旷世奇才，区区几百年，他的修为日进千里，最后成为一代妖君，统一两界。没人再记得数百年前曾经辉煌一时的空桑仙境，只知道如今叱咤风云的妖君陛下。

可晏潮生的来历，宿伦并不清楚，而上古相繇一族，更是八荒不可说的秘密。

上古某些氏族血脉生来灵力充沛，令人向往、崇敬。

如东方长留、西方不周山、北方昆仑、南方空桑一脉。

这些得了上古传承的仙子与仙君，生下来便高人一等，连天君的继承人都会在这些氏族中挑选。但很少有人知道，很久以前，相繇一脉的灵力高强，曾凌驾于众仙之上，一度代代都是仙界的君王，后来因为猖狂无度，心思狠绝，几乎都是疯王，被上古的其他氏族联手镇压、灭绝。

可是，谁都不知道，本来应该灭绝的相繇一族，还剩最后一个人——混了一半相繇血脉的晏潮生。

数百年前，阴差阳错地知道晏潮生血脉的那一刻，宿伦冷汗涔涔，立刻跪下。

晏潮生支着下巴，高高地坐在妖族的王座之上，饶有兴致地看着宿伦微微发抖的模样。那一刻，应了外界对相繇一族的评价：冷漠，轻慢，又恶劣。

晏潮生没有杀宿伦，只是微笑着道："无妨，既然是秘密，总得有第二个人知道，才不辜负它本身的意义。本君留着你，第三个人知道这个秘密之时，便是本君取你性命之日。"

晏潮生说到做到，一直没有杀宿伦。宿伦也因为知道了妖君的秘密，明白自己上了贼船就下不去，他本来心生八窍，也并不喜欢被人驱使，最后却不得不收起乱七八糟的心思，老老实实地忠心于晏潮生。

而今日，宿伦万万没想到提起琉双，竟然引出这个话题。那一刻，宿伦觉得脖子上的脑袋岌岌可危。

看着院子里枝繁叶茂、绚丽至极的凤凰树，宿伦苦笑一声，他能为娘娘做的，只有这么多。

郎心似铁，君心难测。是福是祸，都未可知。

从刀山火海，万般耻辱走过来的晏潮生，怎么都不会是柔善角色。今后一切种种，就看琉双的命了。

另一边，晏潮生与宿伦分别后，迈步进入无情殿，殿内，一汪白色的寒池深不见底。

整个幽冥之地都以为，无情殿是晏潮生一处疗伤的地方，所以平日里不许人踏足。晏潮生眼中闪过一丝讥讽，盘腿坐下，手一挥，寒池中缓缓飘上来一个温婉、美丽的女子的灵魂。可若有行家在，一眼就能看出她的皮囊之下，魂魄的煞气浓重，是一只含愤不甘的恶魔。

女子福身行礼，轻声细语地道："小主人，我没有感觉错的话，昨夜幽冥之地想必是下了一场阴雨？"

晏潮生答应道："不错。"

女子显得很高兴，眼睛里散发出奇异的光彩，她满脸喜色，喃喃着道："太好了，等了上万年，这一天终于到来，逢阴年，八荒的煞气最重，只要拿到徽灵之心，相柳一族便可重振上古的辉煌！"她神情癫狂，痴痴地道，"我们已经等了百年，什么时候取徽灵之心？"

晏潮生说："还不到时候，血脉不纯，徽灵之力无法发挥出所有的作用，再等等，等她渡过这次雷劫再说。"

女子敛起笑容，原本明媚、温婉的脸，变得扭曲、恐怖起来，她狐疑地看着晏潮生，声音凄厉："你总是用这套说辞来拒绝取心，和她相处上百年，你该不会舍不得了吧？"

晏潮生眯起眼睛："梦姬，你僭越了。"

女子试图从晏潮生脸上看出什么，可晏潮生的眼中一片沉郁、冷漠，只有被触犯威严时的冷漠，毫无异样。

女子又恢复成了正常、温柔的模样："是梦姬的错，梦姬太渴盼这一天了。还有最后一瓶甘霖露，喂她喝下去，徽灵之心便可以成熟。"

晏潮生用手指不紧不慢地点着寒池壁，说："我都知道，不用你一遍遍地提醒我。"

女子笑着，沉入寒池中。

晏潮生拿起桌案上的青玉瓷瓶，走出无情殿。

晏潮生回去时，琉双正蹲在凤凰树下，研究它是怎样"死而复生"的。她满脸的疑惑，见了晏潮生，犹豫着问道："夫君，为什么我从凤凰树上感觉不到一丝生气？"

万物只要活着，身上总是带着生气的。凤凰树明明比以前还茂盛，却一派死气沉沉。

晏潮生看了琉双一会儿，微笑着说："许是灵力不同，毕竟是魔灵催生出来的东西。”

琉双点点头，表示理解，她还没有无理取闹到让一个妖变出灵力来。

晏潮生说：“过来。”

晏潮生抱着琉双，在秋千上坐下来，因为他回来了，凤蝶万万不敢来。长欢平时不在院子里，这片天地就只剩下他们两个人。

琉双问道：“夫君，怎么了？”

晏潮生没有说话，就这样抱着琉双，搂住琉双的手很紧。琉双伸手去抚晏潮生眉间的褶皱，她感觉到了不对劲：“你有心事吗？”

听了这句话，晏潮生淡淡地说：“没有。”他凝视着怀里的琉双，她昨日那般伤心，可是被哄好了，今日又是明媚的模样。她的眼睛里漾着笑意和亲昵，像开在三月里的春花，让人情不自禁地被她感染，也觉得开心。

晏潮生弯起唇，拿出怀中用青玉做的瓷瓶，方才的糟糕情绪仿佛只是琉双的错觉。

琉双看了一眼晏潮生手中的青玉瓷瓶，伸手拿过来打开，要喝下去的时候，手被按住。琉双抬起眼睛，正对上晏潮生晦涩不明的眼神，只见他问道：“怎么喝得这么爽快，不怕疼了？”

琉双不好意思地道：“有点害怕，可是总不能一直让夫君哄着我。”

青玉瓷瓶中的含翠朝露每十年琉双就会喝一次，晏潮生说，这是能保护她不受阴气侵蚀的东西。以仙身嫁给一个妖，总得付出些代价的。

第一次喝下时，琉双痛得全身发抖，几乎尖叫出声，他冷眼看着，让她忍过片刻。

那以后，琉双就对含翠朝露有了阴影，总是找借口想躲过去，但从来都没成功就是了，晏潮生总是能轻易地拆穿她的把戏。

可是今日晏潮生有点奇怪，琉双心想，这一次她打算长痛不如短痛，直接一口喝掉，神情复杂的人却变成了晏潮生。

晏潮生握住琉双的手，连带握住那个瓷瓶。

“夫君，你弄疼我了。”琉双忍不住说。

晏潮生闭了一下眼睛，再次睁开眼睛时，那些复杂的感觉通通不见了，他松开了她的手。

琉双看了一眼青玉瓶：“那我喝啦？”

晏潮生的语气冷淡：“嗯。”

最近他们之间发生了太多事，晏潮生哄她的次数比过去一年加在一起都多，琉双虽然爱撒娇，可她其实也是很坚强的，并不过分地矫情。她压下内心的胆怯，含翠朝露发作那一刻，尽管已经有了心理准备，她依旧痛得瑟瑟发抖，忍不住死死地咬住嘴唇，几乎把嘴唇咬出血来，才能不呻吟出声。

晏潮生起初冷眼看着，随后笑了一声，捏住琉双的下巴，把他的手腕递过来。

琉双按住几乎快要碎裂，又仿佛在重组的心脏，不明白晏潮生这是做什么，一时间没动。

晏潮生说："觉得痛就咬我。"

琉双强撑着，摇摇头，晏潮生眼里的阴郁之色更浓，干脆强行把手腕塞进她的嘴里："让你咬你就咬！"

琉双傻眼了，叼着晏潮生苍白的手腕，也不知道晏潮生怎么了，竟散去妖君的不坏之身，没有做任何防御措施。她若一口咬下去，他必定鲜血淋漓。她怎么舍得伤害晏潮生呢？最后琉双忍着疼，在晏潮生苍白的手腕上凸起的骨头处轻轻亲了一下。

晏潮生愣了许久，最后死死地抱紧她，大笑起来。也许是琉双痛糊涂了，那一刻，她竟然觉得晏潮生的笑声显得决绝而悲凉。

过了好一会儿，那股痛劲儿才过去。琉双的额头印上来一个冰冷的吻。可是再一看，晏潮生不知道何时已经不见了，只剩她一个人还在秋千上，琉双眨眨眼睛，摸了摸额头，一时间分不清这个吻是现实还是幻觉。

晏潮生很少亲她，他并没有这个习惯，琉双有时候耍赖，要亲他，还会被他冷笑着掐住脸颊，无情地说，一边儿去。哪怕百年来少数几次缠绵动情时，他也总是努力克制，每次到了她唇边，都像是生生转了个弯，又恨又爱地轻咬一口其他地方。

琉双伸手按住自己的心脏，每一次喝下含翠朝露，心脏的韧性就会增强几分。总归确实是对她的身体很好。

琉双算算日子，苍蓝湖的孽火又快降临了。她幼时被哥哥、姐姐，还有长辈们庇护着，如今长大，庇护苍蓝湖更小的晚辈，也成了她的责任。同族互助友爱，一个种族才能长长久久地传承下去。

琉双唤道："长欢。"

没一会儿，长欢进来："娘娘，何事？"

琉双："你让青鸾帮我带一封信回苍蓝湖给树爷爷。就说我过几日就回苍蓝湖保护他们度过孽火。”琉双想了想，又摇摇头，“等等！晚一点再说吧。”

如今晏潮生也在幽冥之地，琉双想问问他，愿不愿意和她一同回去，去那个很早以前，就想和他一起安家的地方。

琉双还没来得及问晏潮生要不要一起回苍蓝湖，幽冥之地外面出了事。来幽冥之地为晏潮生庆贺生辰的一位妖使大人死了，像是被杀的。

晏潮生一得到消息，就立刻带着伏珩和宿伦出去了。

长欢说道：“奴婢猜，说不定是那位天君干的。他如今打不过咱们妖君，就喜欢背地里使坏。妖界与幽冥之地这些年的关系本来就不算和睦，挑唆两界关系这件事，像是天君能干出来的。”

琉双点点头，她也觉得风伏命的嫌疑最大。这位天君大人端的一副温润、谦和的样子，可是手段并不磊落。不过用兵之道，谈不上谁对谁错，论阴毒，晏潮生也不遑多让。

这种事情琉双帮不上什么忙，晏潮生这边有事，她说不定只能自己回苍蓝湖了。于是她提前写好书信，只留了最后一行不曾动笔。到底还是心存希望，万一晏潮生这几日回来了呢？

带着晏潮生回苍蓝湖，是琉双一直以来的心愿。琉双拉开抽屉，拿出一个锦缎盒子，她打开盒子，里面林林总总，全是陈旧的首饰，虽然陈旧，却又精巧别致。这些都是属于凡人的东西，也是收留她的那位凡人娘亲留给她的嫁妆。

在人间的那几年，是琉双生命中最单纯、快乐的时光。凡人娘亲总是说，按照人间的习俗，女儿家嫁了人，需和夫君一道回门，才能长长久久，恩爱到老，举案齐眉。等她日后出嫁，一定要和夫君一同回门。

可是，她还没来得及给琉双找一位品貌俱佳的夫君，有一天，路过的道士说琉双是妖孽，会祸害整个齐国，那个道士德高望重，是上一任国师的弟子，他这样一说，所有人都开始列举琉双的怪异之处。说琉双一副祸水妖颜，两日不吃东西也不会觉得饿，被针扎了手竟然不曾流血。人心惶惶，最后凡人爹娘把琉双赶出了家门。

后来，那位养她的凡人娘亲快死了，临死前琉双去看她，琉双依旧是少女模样，凡人娘亲却已经是风霜满面，两鬓斑白。琉双穿过人间的墙壁走进去，在她的床边蹲下，握住她的手。凡人娘亲眼中含着泪水，用手指细细描摹琉双的眉目，问琉双怪不怪她。琉双摇摇头，轻轻梳理着凡人娘亲的鬓发。

大抵世间之事都是这样，父母子女一场，谁也不会轻易舍下谁。他们在琉双懵懂无知的时候带她回家，教她读书识字，养成美好纯善的品格，给予她温暖关怀。琉双理解他们为什么害怕她，她随好友少幽走过凡尘，学了不少东西，忘了他们当年一时的坏，却依旧记得他们长长久久的好。

凡人娘亲泣不成声，泪流满面，除了琉双，她后来再也没有孩子。听说，是不愿生。

那是琉双第一次经历生离死别。小仙草为凡人娘亲办好后事，跪着守灵，她被赶出家门时懵懵懂懂的，如今物是人非，沧海桑田，她却已经能独当一面，能把什么都处置妥当了。

年迈的凡人父亲走进来，已经不是当年英俊的模样，他摸了摸琉双的头，给了她一个匣子。

那里面是他们大半生的积蓄，留给女儿的嫁妆。纵然知道琉双不是凡人，凡人父亲依旧告诉她："觅良人不易，做自己却不难。若今后的夫君对你好，那便是良辰美景，安乐一生。若夫君对你不好，让你伤了心，你就做自己，离开他，去寻新的幸福与快乐。别为了任何一个人，丢失自己。"

少幽说，他们当初把她赶出家门，或许不是因为害怕她，而是为了保护她。后来没两年，这位记忆里温和的凡人父亲也去世了。琉双便在苍蓝湖为他们立了牌位。

琉双意识到，世间的生灵与她是不同的，她生命中的须臾一瞬，一次外出游历，就是凡人爹娘的一辈子。

一匣嫁妆却被琉双珍藏百年，带到妖界，现在又带到了幽冥之地。首饰陈旧，却并不褪色，如琉双曾收到的温暖爱意。

琉双想带着晏潮生回苍蓝湖，去看看属于她的一切。告诉凡人爹娘，她没有过得不好，一直很幸福。她的夫君是经天纬地的两界君主，保两界安泰，庇佑了无数生灵。

其实琉双才认识晏潮生不久时，对晏潮生提起过苍蓝湖，晏潮生漫不经心地问："哦？什么地方？"

琉双："你忘了吗？你去过的！"

两百年前，晏潮生与仙界一场大战后受重伤，阴差阳错落入苍蓝湖仙境内，鲜血染红了一片土地。彼时琉双神识初开，以为即将遭受灭顶之灾，她吓了一跳，想求一旁的老树救救她。晏潮生的鲜血霸道地融入她的茎脉，灵气滂沱，琉双还没反应过来，就凭着本能把人家的灵气吞了。

琉双急忙想分出灵力还给晏潮生，可对方不等小仙草分完灵气，就单手支撑着站起来，满不在乎地擦擦唇角的鲜血，化作玄色流光消失了。

那之后，琉双才得以化形，后来又被凡人爹娘捡到。她所有鲜活的记忆，是从晏潮生开始的，尽管他什么都不知道。

其后每隔十年，苍蓝湖逢孽火，晏潮生都派一群妖将随琉双回去，平定孽火，庇佑琉双的同族。

琉双揣着半成品信出门，想让青鸾帮忙送信，若是以青鸾的速度，想必很快就能来回。才出门，她看见了神色不太好的长欢。

琉双："长欢，怎么了？"

长欢："娘娘，青鸾不见了！"

"什么！"琉双一听，感到十分吃惊。

长欢："今日奴婢唤青鸾，许久都不见青鸾来，让将士们去找，也没有任何人看见它。青鸾是忠心的妖兽，若召唤不来，肯定出了事。"

长欢的未尽之言琉双一听就明白，青鸾召唤不到，只有两种情况，要么它重伤到已经飞不起来，要么它已然身死魂灭。无论是哪种情况，都让人心中一沉。

琉双："妖君回来了吗？"

长欢："还没有。"

琉双努力镇定下来："那赤鸢在不在？妖君出幽冥之地，可曾带了赤鸢？"

长欢："赤鸢也随妖君一同出去了。"

这下就难办了，能轻易感知青鸾位置的晏潮生和赤鸢都不在。琉双怕青鸾出事，果断地做了决定，道："青鸾不可能擅自飞出幽冥之地，我的寝殿有妖君的手谕，调动闲暇的将士们，去找青鸾！"

"是！"没一会儿，数十个将士出动，身影穿梭在幽冥之地，寻找青鸾。

长欢安慰道："娘娘，别急，青鸾那么厉害，不会轻易出事的。"

琉双点点头，顾不得和长欢说什么，亲自去青鸾平日喜欢去的地方找。

青鸾跟了琉双百年，性子傲娇，她亲自给青鸾梳理羽毛，又为它动手做窝，还时常做小点心投喂，青鸾才慢慢认了她为主。青鸾认她为主以后，极其喜欢黏着她，有一次琉双险些遇到危险，青鸾以身作挡。

在幽冥之地，除了长欢陪琉双最多的，就是青鸾了。

如今琉双心中隐隐觉得不安，十分担心青鸾出了事。她钻进青鸾和赤鸢憩息的松檀石，里面除了几片掉落的羽毛，什么都没有。

琉双很失望，如今宿伦大人不在，她没办法去幽冥之地的其他地方寻找青鸾。

晚些时候，将士们也回来了，全都没有看见青鸾。

外面的乌鸦叫了两声，琉双坐在寝殿，青鸾出了事，她根本不可能睡得着，亮着琉璃灯，在纸上一一列举青鸾可能会去的地方，打算让将士们继续去找。乌鸦鸣叫第三声时，琉双突然听见一声凄婉的长鸣。是青鸾求救的声音！

琉双连一件抵御寒冷的披风都来不及系上，拎着琉璃灯往外走："长欢！"

长欢不见人影，去寻找青鸾的将士也不在。想必他们这时仍旧在尽职尽责地寻找青鸾。

空中传来一声长长的哀鸣，琉双再也顾不得，拎着裙摆循声跑去。经历过暴雨的事，她知道自己灵力低微，于是告诉自己，若青鸾在幽冥之地宫殿的范围之外，她就不能一个人冒冒失失地跑出去，否则救不回青鸾，还得搭上自己。

可是没跑几步，琉双发现青鸾竟然就在宫殿中。奇怪，琉双心想，既然就在宫殿中，大家怎么会找不到青鸾？

此处空旷，有一汪血池，血池的中央，有一座凉亭。半夜时分，这个平日算得上雅致的地方显得阴森森的。

琉双谨慎地蹲在山石后面，朝凉亭中看去。

一个背对着她的白须老人，正在用巨大的鼎炼制着什么。而青鸾的嘶鸣，就是从鼎中发出的。

琉双瞳孔紧缩，老人竟然在用青鸾炼丹！青鸾是上古妖兽，若是用它炼丹，服下后修为确实可以暴涨。不知道谁胆子这么大，竟然敢把主意打到青鸾的身上？

琉双暗暗握紧手中用来防身的匕首，盯着老人的背影，弃了琉璃灯盏，朝老人走过去。少幽曾经说过，炼丹如同入定，丹炉不开，炼丹之人没法苏醒。果然，她都走到老人的身后了，那个人依旧毫无察觉。鼎中的青鸾似乎感受到她的靠近，哀鸣声更加凄切。

眼看青鸾就要被炼化，琉双再也顾不上任何事，眸光一厉，朝着老人后背心脏处扎去。匕首带着晏潮生的灵力，竟然轻易就扎入了老人的身体，他喷出一大口血来，缓缓倒下。

琉双连忙去丹炉旁，要放出青鸾。可是她刚碰到丹炉，身后就突然传来一声诡异的笑，琉双回头，身后倒下的老人，不知道什么时候站了起来，正朝她古怪地笑着。她心知不妙，正要放出青鸾，和它一同对敌，可是掌下的丹炉不知何时竟然不见了。

亭中的老人，慢慢地发生了改变，从一个鹤发老翁慢慢变成一个风华绝代的年轻女子。乌鸦齐声叫着，那个女子不再冲琉双笑，而是虚弱地滑倒在地，捂着腹部的伤口，面色惨白。

而看清女子的脸的那一刻，琉双感到如遭晴天霹雳，那是一张最熟悉不过的脸。几乎每日对镜梳妆，她都能看见一张与之八分相似的脸。那个女子与琉双竟然长得非常相似！

那个女子也是一身的仙灵之气，若不是琉双着青衣，女子着白衣，在幽冥之地血雾的笼罩下，几乎分辨不清两个人。那个女子捂着伤口，也不知道怎么回事，原本在她背心处的伤口到了腹部。女子踉跄了一步，一个玄色身影瞬息而至，扶住她："宓楚，你怎么样？"

宓楚的嘴角溢出鲜血，她靠在晏潮生的怀里，忍住疼痛摇了摇头："我没事。"

宓楚看向琉双，语气凄然："娘娘，我知道你不喜欢我，是宓楚不好，来了幽冥之地贸然叨扰。"

宓楚的话让琉双明白过来，这是一个阴谋！诡异的凉亭，她看见的老人，还有炼化青鸾的炉子，全都是这位天妃设的圈套。

琉双看向晏潮生。

晏潮生冷笑着问道："为何伤她？"

琉双从来没有见过晏潮生如此生疏、冰冷的眼神，仿佛看她只是看一个陌生人。这一刻他相信谁，一眼就能分明。看着那张与自己八分相似的脸，琉双只觉得全身发冷。宓楚天妃，原来这就是宓楚天妃。才被反复淬炼过的心微微泛疼。她抿紧了嘴唇，远远地看着他们。原本心中模糊的影子，在此刻全被串联起来，让她几乎连牙齿都打着战。

琉双弯唇笑了笑，脸色却苍白无比："晏潮生，你娶我，是因为她吗？"

百年相守，原来都是因为，她和宓楚，生了相似的脸吗？

乌鸦凄厉地叫了五声，琉双嫁给晏潮生整整一百年，向来都是甜甜地喊他夫君，这是第一次，带着痛苦的笑，唤他晏潮生。

晏潮生看着琉双，神色都没变半分，他低声说："来人，娘娘举止无度，罚去炼血海思过。”

“晏潮生……”琉双低低地唤。

凉亭的罡风吹起琉双单薄的衣衫，她站在冷风中，看着她爱了百年，为了另一个女子罚她去炼血海的夫君。

琉双说不清那一刻自己是什么感觉，是伤心多几分？还是荒诞多几分？她像是做了一场漫长的美梦，当她沉溺于梦中，当了真时，却发现一切都是假的。她几近执着地重复一遍：“我要一个答案，你娶我，是因为我与宓楚天妃的容貌相似吗？”

琉双死死地盯着晏潮生，希望他告诉自己，并不是这样的。可是晏潮生看着她带着泪意、尚且带着最后一分希冀的眼睛，冷酷地道：“你不是都看见了吗？何必再问？”

琉双眼中的希冀碎裂，一滴眼泪掉下来，掉落在幽冥之地的地面，带着浅浅的白色光华。

晏潮生盯着她的那一滴泪，习以为常。彼时他并不知道，后来这成了他记忆里琉双为他流的最后一滴泪。

其实这百年，琉双为他流过很多次泪，她本性娇嫩、柔弱，有时候在晏潮生看来，一些无关紧要的小事，他征战归来身上的一道血痕，也能让琉双哭得死去活来。哭得多了，有时候他还能恶劣地、饶有兴致地看她落泪。

那时候他并不知道女子流下来的每一滴泪，都带着爱意，弥足珍贵。而爱意终究是会被消耗的。

晏潮生说：“本君的命令没人听见吗？送娘娘去炼血海。”

八个将士出现在琉双的面前，欲动手来束琉双。琉双避开他们的手：“我自己去！”

琉双袖中的双鱼佩掉落出来，彻底裂成两半。琉双看着那两尾彻底被分开的鱼，笑得比哭还难看。原来有些事情，真是命中注定。从前她不信命，她只相信晏潮生，可是百年深爱，换来的是晏潮生不相信她，她被关到炼血海。

琉双蹲下来，在所有人的目光中捡起碎裂成两半的玉。这是少幽留给她的东西，纵然她的爱只是一场笑话，也不能让它们埋在幽冥之地的泥土下。

琉双把它们收起来，走向宓楚天妃：“你说我伤了你？”

宓楚点点头，轻声说：“我知道，娘娘不是故意的。”

“不，我现在是故意的。”琉双紧抿着嘴唇，说道。

琉双手中的匕首一翻，再次扎进宓楚的腹部。

宓楚瞪大眼睛，如果说方才是憔悴，如今不稳的魂魄则是真的被重伤！宓楚的修为比琉双高太多，她本来能躲过去，可是她根本没想到，琉双敢当着晏潮生的面这样做！于是宓楚根本没有躲。

她没有想到自己瞧不起的这株杂草，二话不说就捅了她一刀。

在晏潮生的目光下，琉双松开手，微微一笑，对宓楚说："少幽说，人不能为自己没做过的事受罚。现在可以了，我确实伤了你，我认罚。"

宓楚喷出一口血，晕了过去。

琉双垂着头，没看晏潮生是什么表情，反倒是他冷静地开口："押下去。"

琉双路过晏潮生，被妖将们捆着走出很远，忍不住最后回头看晏潮生，像是要把他刻在记忆里。

晏潮生身上的大氅翻飞，一派冷漠、残忍的模样。琉双忍不住想，她为什么现在才发现，晏潮生其实是这般心肠冷硬的人。即便琉双是当着他的面，捅了他的心上人一刀，他依旧能用看跳梁小丑般的目光，冷酷地看她。从前晏潮生的好，也是骗她的吗？晏潮生依旧是琉双记忆里好看的模样，只不过这一次，她再也不会唤晏潮生夫君了。

琉双的鼻子和眼眶都酸酸的，她不怨恨宓楚的设计，也不埋怨晏潮生的不信任，只是觉得难过，无穷无尽的难过，生命里第一次热烈的爱，从这一晚开始慢慢死去。

琉双没和晏潮生说过，她不喜欢幽冥之地。晏潮生自然也不知道，比起水牢，琉双更讨厌炼血海。炼血海上，一朵血昙为牢笼，琉双被困在昙花之上的方寸之地。

四周空无一人，连哭声都没有，琉双的脚下血海翻腾，腥味、浊气极重。琉双生长在美丽、热闹的地方，原以为这些年已经习惯了孤单，可是人会习惯幸福，却不会习惯孤单和痛苦。

身处炼血海的人不知四时，不知冷热，连五感都会麻痹，甚至不确定自己还活着。琉双感觉很难受，被淬炼过的心脏，每一次跳动，都仿佛在夺取她的呼吸，晏潮生还会放她出去吗？她下意识地用灵力去攻击昙花，灵力全部反噬回来，她的唇角流下鲜血。

琉双想喊夫君，最后抿紧了嘴唇，喃喃着道："长欢，宿伦大人……"

长欢在两日后闯了进来。小姑娘一身魄力几乎溃散，她的脚步踉跄着，隔着血红色的昙花，拍打着："娘娘，娘娘，你还好吧？对不起，长欢来晚了。"

相处近百年，琉双从未见长欢哭过。琉双知道，大多数邪修都是冷心冷情，阴毒自私的。

可长欢不是。她捡到长欢时，长欢被人踩在脚下，目光涣散，连魂魄都几乎快破碎了。她把长欢带回家，起初像娘亲照顾自己一样照顾长欢，为长欢补好魂魄。后来不知道从哪一天开始，就成了长欢照顾她。她们的角色对调过来，长欢帮着琉双，在幽冥之地活下去。

琉双从来没有见过长欢难过，可是今日，这个邪修小姑娘的眼中，全是悲恸。

"我没关系的，长欢。"琉双悄悄擦去唇边的血迹，轻松地说，"你别担心我，都会好起来。青鸾回来了吗？它没事吧？"

长欢："青鸾？它一直好好地待在山石窝里，娘娘为什么会问这个？"

琉双："几日前，你和我说青鸾不见了。"

"长欢并未告知娘娘青鸾不见了，娘娘，发生了什么？"长欢问道。

琉双沉默下来，事已至此，她几乎都明白了，宓楚天妃为她设了一个幻境，让她以为青鸾危在旦夕，最后用匕首捅进老人的身体里，甚至一开始看到的假长欢，所见所闻，皆为幻象。

琉双觉得有些好笑，什么时候，"正主"竟然也会用这种不入流的办法对付一个"替身"？

宓楚大可不必这样的，琉双要的，从来都不是爱着别人的晏潮生。

琉双："长欢，可否帮我一个忙？"

长欢："娘娘尽管吩咐。"

"送一只纸鹤传音，给妖君晏潮生，告诉他……"琉双脸色苍白，闭了一下眼睛，"琉双愿与他解灵，好聚好散。"

长欢睁大眼睛："娘娘！"

"去吧。"琉双说。

琉双明白，爱一个人本来就是不讲道理的事，可是她也知道，晏潮生既然选择宓楚，偌大的幽冥之地，她再也无处安身。双鱼佩碎了，琉双不想活得更可怜。她不要这样的晏潮生，不希望再看到宓楚的那张脸。琉双知道，不管是妖界还是幽冥之地的人，大抵都是看不上她的。

妖和邪修都以实力为尊，琉双出身寒微，灵力也低微，他们看轻她，也一并看轻她的感情，觉得她嫁给妖君是攀了高枝。

琉双闭上眼睛，她太累了。近百年，她在幽冥之地一直活得很辛苦，除了长欢，没有人愿意主动和她说话。身为晏潮生的妃子，她必须出动晏潮生的手谕才能调动其他人。宿伦来接近她的那一日，哪怕知道宿伦不怀好意，她也如获至宝，只因又多了一个能听她说话的人。

纵然从不抱怨，也总是微笑，可只有琉双自己知道，她感到越来越惶恐，也变得越来越可怜。晏潮生驰骋天地间，她被困在一方小小的宫殿里，日复一日，能做的事只有等他回来。她就像狼群中的一只兔子，有赖晏潮生的爱才得以存活，却只是蜷缩在窝里，不敢踏出洞穴一步。可是现在，她想离开这个困住自己的洞穴了。晏潮生不要她，她可以去人间，去苍蓝湖。

"娘娘，"长欢的语气急切，"您真的要这样做吗？一旦解灵，您和妖君的情分，就彻底断了。那位宓楚天妃不是好东西，您怎么就这样把妖君让给了她？您向妖君服服软，他不会真的一直无情，把您关在这里的。"

"你错了，晏潮生从来就不属于我。"琉双脸色苍白地笑笑，"算算时间，人间风吹飞雪时节，孽火快要降临了。"她该回家了，担起肩上的责任，像数百年间，苍蓝湖的长者保护她一样，回去庇佑苍蓝湖新生的生灵。

长欢劝不动琉双，只好黯然离开。

琉双本来以为，这一次依旧要等很久，才能等来晏潮生。她发觉，自己好像习惯了这样的等待。

可出乎意料，这一次晏潮生来得很快。

晏潮生踏过炼血海，来到昙花前，眼神冰冷，语气也如同淬了冰："你要解灵？"

琉双："是。"

晏潮生："不后悔？"

琉双抿了抿干涩的唇，摇摇头。

晏潮生看了她好一会儿，冷笑起来："好，好，好！"一连三个好字，说罢，他的手一挥，琉双脚下的血昙散去，她失去依仗，朝炼血海坠去，琉双下意识地尖叫出声，伸手去抓他。

晏潮生冷眼看着，在琉双最后快要落入炼血海时，伸手把她拎上了岸："现在清醒了，回答本君，还要解灵吗？"

琉双瑟瑟发抖，抬头看着晏潮生，咬着牙一字一顿地道："解！"

晏潮生的拳头死死地握紧："如你所愿。"

琉双抬起手,强行凝出灵力,试图取出自己眉心的一滴心头血。两个人结为道侣,神魂交融，如今要解灵，取血灵之痛不亚于神魂分离，过程缓慢而痛苦。

晏潮生冷冷地看着琉双的动作，他知道琉双向来怕痛，这样抽髓断筋般的痛，他以为琉双忍不了，早晚会放弃，连同放弃解灵这个念头。可纵然疼得浑身冷汗直冒，嘴唇泛白，琉双依旧一声没吭，甚至没有开口向他求助。

在晏潮生的记忆里，琉双依赖他，如今痛成这样，竟然是为了与他一刀两断，离开他。晏潮生的心里蹿起一股连他自己都无法控制的火气，他握住琉双的手腕，想要说什么。

琉双别过头，声音嘶哑地道："不消妖君帮忙，我可以。"

晏潮生把要说出口的话硬生生地收住，冷笑道："行。"

八荒浩瀚，相爱从来不需要任何代价，而相离，要付出的代价是很惨重的。琉双想记住这样的痛，想铭记错爱一个人，到底会落得什么样的下场。

最后，一滴血从她的额间被取了出来。那滴血是晏潮生的，在血海翻涌间，鲜艳无比。鲜血凝在她的掌间，里面隐约能看见一个蜷缩的男孩雏形，这就是血灵。

琉双克制着，不让自己的手颤抖，抬手将血灵朝空中递去："妖君，该你了。"

晏潮生迎着琉双坚持的目光，抬起手。他取血灵的动作，不比琉双慢。琉双盘腿坐在地上，安静地等着晏潮生把属于自己的血灵取出来。整整百年，或许只有此刻，他们之间才是绝对公平的。她方才有多痛，如今的晏潮生也会一样痛。

他们共同立于一处石台上，石台之下，血海翻浪，像是大片大片喜庆的红，与当初他们合灵一样的色彩。

琉双的视线落在晏潮生的眉眼间，即便到了这个时候，他的神情依旧不见半点痛色，眉头都没有皱一下，仿佛取灵的过程只是闲庭信步一般。隐忍如斯，琉双恍然记起，自己当初为什么会喜欢晏潮生。因为晏潮生与自己是截然相反的两种人，他的身上始终带着琉双向往的品质。她安于一隅，他却能带领两个被欺压的种族为崛起而征战，夺回属于他们的一片领地。

晏潮生强大、成熟、冷静、理智，一切疼痛落在他身上，就像不痛不痒地吹过的一阵春风。

有一次，晏潮生受了伤归来，胸膛几乎被掏出了一个血窟窿，琉双都能看见骨头了，晏潮生还能支着下巴，看着她："吓呆了，怎么还不开始哭？"

等琉双慢半拍，终于反应过来心疼得不行的时候，晏潮生才好笑地说："行了，等本君战死的时候，哭得这么惨才应景。"

琉双曾经也一度想成为晏潮生这样的人，能坚强到渡己，也能渡人。可是仙草本性怯弱，渐渐地，琉双忘记了最初敬慕他的本心，最后成为攀附他而生的菟丝花。

今日，离开晏潮生，被遗忘的心绪通通又被拾起。琉双的视线离开晏潮生的脸，看见他衣衫上漂亮的金丝绣线，那全都是她当初一针一线缝上去的。

或许是琉双的错觉，她总觉得晏潮生取血灵，比她还要久。甚至可以用漫长来形容，仿佛留给她很长的时间，让她可以反悔。

但琉双不会反悔，她的性子一直不像晏潮生，离开他的时候，反倒像他了。血海翻涌着浪花，琉双轻轻闭上了眼睛。

取血灵的时间再漫长，也终有结束的时刻，晏潮生取出血灵，灵识在他的掌中悬浮着，里面依稀蜷缩着一个女娃娃。

空中，两滴血交融在一起，立刻成了亲昵拥抱的姿势。

晏潮生俯瞰着盘坐在地上的琉双，几乎是咬着牙冷笑道："解灵之后，妖界与幽冥之地再容不得你，他日再相见，你便只如同砧板上的鱼肉，哪怕于本君，也是如此。"

琉双："我不怕。"

晏潮生的语气冷冷的："别反悔，别来求本君。"

琉双点点头，从地上站起来："妖君大人，解灵吧。"

拥抱在一起的两个灵识，光华璀璨。晏潮生把它们握在掌中，目光落在那个安静、温柔的女性外形的灵识上，他收紧手指，两个灵识分开、碎裂，化作红色的光华，从他的指缝滑落出去，一直落入炼血海，消失不见。

琉双愣愣地注视血灵飘散，露出怅然若失的表情。

晏潮生闭上眼睛："滚，滚出幽冥之地，永远别再出现在本君的面前！"

琉双向来知晓晏潮生的性格，但是这么快赶她走，她的心里依旧不好受。

琉双走到炼血海的出口，晏潮生依旧背对着她，没有回头。她以为自己多多少少会怨恨晏潮生，可是她的心中生不出怨恨的情绪。她想起晏潮生许许多多的好。

在妖界那个夏日，他们新婚，天气像火炉一样炎热，晏潮生任由琉双把他的身体当成冰块来降暑。他孤身一人，青鸾跟了他七百年，如同他的亲人，最后他也在她的软磨硬泡下，把青鸾送给了她当坐骑。原本凶残的妖鸟，最后被她养成膘肥体壮的废物鸟儿，晏潮生见了只是冷冷地嗤笑着，从不多说什么。琉双还记起血脉雷劫之下，他站在自己的身前，挡住紫色的滚滚玄雷。那些雷，劈进晏潮生的身体，最后化作暖光，尽数流入她的体内。他挡着风雨，护佑着她成长。

一百年间，除了常常外出征战，晏潮生并没有对琉双不好，唯一的不好，或许只是晏潮生不爱她罢了。

尽管知道晏潮生看不见，琉双依旧远远地对晏潮生行了个礼：“琉双拜别妖君，多谢百年照拂。”

耳边吹过凄厉的罡风，除此之外，炼血海中再无人应答。

琉双无法忽视心中残存的一点难过和不舍，但除此之外，还有一丝她自己都说不上来的轻松。整整百年，围着一个人团团转的生活终于结束了。她也终于能离开幽冥之地，回家修炼。

琉双在回宫殿的路上，碰见了宿伦，宿伦苦笑着看着琉双：“真是让属下意外，娘娘，你怎么就和妖君走到如此地步？”

本以为晏潮生的性格强势就够了，另一个软得跟糯米一样，却不想当琉双决定不再留下时，比晏潮生还要决绝。

琉双说：“我已经不是娘娘了，宿伦大人，你还不知道我的名字吧？我叫琉双。我家就在人间极北仙境苍蓝湖，宿伦大人有空可以来玩。”

琉双腼腆地笑笑：“不过苍蓝湖都是小仙，咱们没什么能招待你的，宿伦大人不要介意。”

宿伦低声道：“不会的。”

琉双：“那我回家了。”

宿伦：“娘娘不用收拾什么吗？”

琉双叹了口气，看来宿伦一时半会儿改不过来这个叫了上百年的称号：“幽冥之地没有任何东西属于我。”

宿伦愣了一下，看见琉双微笑的模样，他的心里反而生出无尽的难过。

琉双走出很远，背对着宿伦挥挥手：“宿伦大人，你回去吧，别担心我！”

琉双又去看了青鸾。青鸾正在山石窝中，和赤鸢你侬我侬，见琉双来了，欢喜地飞出来，大翅膀带起的气流险些把琉双扇飞。

琉双抱住青鸾的翅膀，轻声道：“别闹啦。”

离开琉双，青鸾就要随着晏潮生和赤鸢上战场了，他日再见，说不定它也会变成威风凛凛的模样。

琉双亲自喂青鸾吃了顿灵果，又给它细细梳理了羽毛，青鸾浑然不知即将离别，得了主人的照顾，开心得跟什么似的。

琉双感到有些惆怅，晏潮生说得没错，这只妖鸟本来令人闻风丧胆，如今看来还真是被她养得有点傻。

赤鸢居高临下，睥睨着青鸾和琉双，它的爪子又长又尖锐，翅膀燃着极火，眼中带着锐利的光，懒懒地站在最高处的山石上，等青鸾回来。

琉双摸摸青鸾的头："你回去吧。"

最后，只剩长欢了。

长欢抿着嘴唇："娘娘，我跟您走！"

"说什么傻话呢？"琉双说，"你是魂体，跟我回了苍蓝湖，修为永远不会精进的。"

就像幽冥之地不适合琉双生活一样，苍蓝湖也不适合长欢生活。

"晏潮生，他是很好的君王。"琉双笑道，"说不定某一天，邪修也能和仙族一样，备受喜欢。"

长欢难过地看着琉双："那奴婢替娘娘守着院子，等娘娘回来的那一日。"

琉双张了张嘴，想说自己或许永远不会回来了，可是看着长欢坚决的眼神，她只是说："好好保重。"

琉双只带走了凡人爹娘给她的一匣嫁妆。

长欢一路把琉双送到幽冥之地的出口，琉双在出口的千层阶梯上，看见了一个白衣飘飘的身影。

是宓楚天妃。她走过来，轻声道："我其实没想过害你。"

"你想过的，"琉双抱着匣子，看了宓楚天妃一眼，说道，"你知道我的灵力低微，故意设局，制造幻境，想要害我，还故意让晏潮生看见。"

宓楚动了动唇角，有些恼怒地看着琉双，跟这种耿直的仙草说话就是让人生气，她竟然连客套都不懂。

宓楚："当初我是为了救妖君，才嫁给了风伏命。七百年前，妖君经历过什么，你知道吗？不，你什么都不知道。你没有与他共患难，只知道享受他的好。这些年我总是思念他，可是你呢？就因为长着一张和我相似的脸，夺走了原本属于我的东西。你知道当我在天界得知你的存在时，有多难过吗？为何我的付出，却给你搭了桥梁？”

琉双：“哦。”

琉双和长欢站在一起，平静地看着宓楚，反倒是宓楚先说不下去，转身离开了。

长欢恨恨地看着宓楚的背影，琉双说：“长欢，别去招惹她，她是妖君的心上人，灵力也浑厚，我没有觉得委屈，我捅了她两刀呢。我离开后，你跟着宿伦大人或者伏珩大人吧，他们都会好好安置你的。”

琉双走过寒冷的擎苍山，恍如隔世。

琉双不知道自己以前在擎苍山的宫殿里等待了晏潮生多少次，但今后再也不会了。人人都对她说，她不了解晏潮生过去的那七百年，不知道他年少时经历过什么。

可是，若琉双真的生在七百年前，见证过晏潮生的年少，见了他与宓楚的过去，她绝对不会嫁给晏潮生！

琉双也不知道走了多久，没了青鸾，回苍蓝湖的路显得格外遥远，她飞飞停停，一直在努力地赶路。

直到一只扑腾着翅膀飞过来的绿羽翠鸟落到她的肩头，她欣喜地叫道：“树爷爷！”

翠鸟化作一片落叶，落在琉双的掌心，琉双的耳边出现浑厚、苍老的嗓音。

“琉双！大事不好！苍蓝湖的外面不知道谁用神器布置了结界，许进不许出，我有预感，孽火会提前到来，你千万别回来，知道吗？若有可能，求妖君陛下帮忙，只有他，才能救苍蓝湖的所有生灵。”

琉双听得心头发紧，竟然有人故意趁着孽火来临之前，把苍蓝湖的所有生灵困住！若众人跑不掉，全部都会死在苍蓝湖。树爷爷不知道琉双已经与晏潮生解灵，才会求她让晏潮生去救苍蓝湖的生灵。换作以前，或许轻而易举，然而几日前，晏潮生说过让她永远别回去求他的话。

掌中传音的绿叶没了灵力的支撑，掉落在地。苍蓝湖有整整一万三千个生灵！若全死在孽火中……

琉双咬牙，掉头往幽冥之地飞。

第三章 如此告别

琉双站在幽冥之地的山门下，
像一只仰望浩瀚天地的蝼蚁。
她第一次后悔嫁给晏潮生，
虚度百年光阴。

琉双从来没想过自己的速度能这么快，她没日没夜地赶路，到达幽冥之地的边界时，已经狼狈不堪。

擎苍山的外面有一处山门，山门百丈高，高耸巍峨，每一根柱梁上都缠绕着森森阴气，令人望而生畏。

琉双试图飞入擎苍山，却被守门的侍卫拦下："何人如此大胆，竟敢犯我幽冥之地？"

两把漆黑的大刀拦住琉双的去路，琉双不得不从空中跃下，对脸色惨白，看上去阴森森的两个侍卫说明缘由："将军见谅，小仙并非冒犯幽冥之地，实在有要紧之事，求见妖君陛下。"

两个将领凭空出现在最前面，其后还站了十八个拿着武器的邪修，将前往擎苍山的门堵得严严实实的。

其中一个衣服漆黑，下半身全是阴气的侍卫语气森然地道："就凭你，也想求见咱们陛下，哪儿来回哪儿去，否则别怪我一口吞了你。"

若不是晏潮生治下森严，他们恐怕真的二话不说，就把人给吸干了。

另一个侍卫看了一眼琉双，拿着刀往前挥："去去去，速速离开。幽冥之地的大门往常不开，若要进幽冥之地，等邪修夜行那一日。"

邪修夜行，要等到盛夏去了，那时候别说救人，恐怕苍蓝湖已经被烧得寸草不生。

琉双被挡在门外面，方知道原来不做晏潮生的妃子，进幽冥之地的门都困难。

她摸出身上的几颗灵珠："大人们可否通融？"

黑衣侍卫看见灵珠，眼睛一亮，另一个守山的侍卫拦住他："不可！"

黑衣侍卫只好愠怒地吼道："速速离开！"

这一声大喝带了法力，落在耳中振聋发聩。琉双捂住耳朵，本来不愿说自己尴尬的身份，可她能等，苍蓝湖不能等。今日若见不到晏潮生，她的家人、族人，全部都得被孽火烧死。

琉双："我是……妖君陛下曾经的妃子琉双，大人们收下灵珠，不必为我开门，只要帮我带一句话给妖君陛下，不，带给宿伦大人，或者伏珩大人，哪怕是长欢姑娘也行。就说琉双有急事求见，望妖君出手救援，今后琉双结草衔环，愿付出一切报答！"

"你说你是娘娘？"两个侍卫对视一眼，妖君有一位娘娘众所周知，只不过因为娘娘鲜少外出，所以见过她的人并不多。

两个人窃窃私语一阵，琉双听见他们在商议。

"她说的不会是真的吧？"

"可若是娘娘，怎么会出现在这里？而不是幽冥之地的宫殿内。"

"她长得这么美，还知道伏珩和宿伦大人，有可能真是娘娘，要不试试，反正收了灵珠，也耽误不了什么事。"

琉双紧张地听着，觉得啼笑皆非。

黑衣侍卫收了珠子，身影消失不见，进去回禀了。

琉双的内心十分焦灼，孽火随时都会到来，她晚回去一刻，就意味着危险多一分。

时间一点一滴地过去，黑衣侍卫的身影终于出现在琉双的面前。

琉双："如何？"

黑衣侍卫的脸色很不好看："走走走，伏珩大人让你走！"为了通传这件事，他身上还挨了伏珩大人几鞭子，现在怎么看琉双都不顺眼。

琉双咬牙，干脆化作白光往里面冲。

侍卫彻底发怒："拦下，犯我幽冥之地，杀无赦！"

十八道玄色邪修的魂魄死死地缠住琉双的身影，黑衣侍卫一掌击来，打在琉双的后背上，琉双坠落下去，吐出一口鲜血。下一刻，另一把利刀以雷霆之势落下，眼看就要斩下琉双的头颅。

“晏潮生！妖君！我知道你看得见，求求你，求求你救救苍蓝！”

利刀在触碰到琉双的身体前，被一条血红色的鞭子缠住了。侍卫们看见来人，通通跪下。

“拜见伏珩大人。”

伏珩收回鞭子，居高临下地看着琉双，面无表情地说：“琉双仙子，请回吧。禁止你入幽冥之地，是妖君的命令。陛下说，他从来没有任何妃子，即便有，也不叫琉双，望仙子自重。”

琉双擦净唇边的鲜血，站起来，艰难地说：“我知世间没有谁应当为谁无条件地帮扶，我以苍蓝仙境来使的身份，求妖君和伏珩大人，出手驰援苍蓝，他日，苍蓝数万生灵，为妖君上供百年，以做报答。”

以往也有这样的事发生，来使只要说出交换条件，无伤大雅的忙，晏潮生心情好时愿意帮。

伏珩不语，沉默地看着琉双，心想，她赶了几日路，脸色苍白得不行，还受了伤，妖君说这样绝情的话，她却只流露出一瞬间的难过，立刻就抛弃个人情感，用来使的身份与自己谈条件。就像宿伦说的，和妖君解灵以后，琉双似乎一夜之间就长大了，变得坚强起来，哪怕现在情况危急，她眼中的光却灼灼。

伏珩不比笑眯眯的宿伦，他的性格冷清，十足像晏潮生。其实，不论是什么事，有百年相识的情谊在，伏珩无论如何都应该帮琉双禀报一声，可是想到妖君说这些话时冷漠的态度，伏珩冷漠地转身：“关门，轰出去，传妖君令，仙子琉双，永不可入幽冥之地，若擅闯，杀！”

侍卫们尽数消失在琉双的眼前，大门顷刻合拢，琉双拍门：“伏珩！伏珩大人！”

琉双无力地滑坐在地。晏潮生就这样讨厌她吗？讨厌到连见她一面都不肯，晏潮生明知道她为苍蓝求他，并未让他以昔日的情分来帮忙，可他讨厌她讨厌到，连苍蓝仙境以百年上供来求助都不允。

有了心爱的宓楚，过往琉双和晏潮生共度的百年，就成了过眼烟云。

心脏有力地跳动着，琉双按住胸膛，告诉自己，别难过，千万别难过。晏潮生确实没有理由帮助一个陌生人，他行事本来就捉摸不定，全凭心情。解灵的那一刻，她就告诉自己，再也不要为他觉得委屈、难过。

琉双看着眼前闭合的门，晏潮生不愿意帮她，少幽不知道去了何处。连活了上万年的树爷爷，都无法解开神器布下的结界，她自然也不可能解得开，琉双第一次发现，谁也没法帮她。

琉双站在幽冥之地的山门下，像一只仰望浩瀚天地的蝼蚁。她第一次后悔嫁给晏潮生，虚度百年光阴。这一百年，她什么都没学会，修为没有丝毫长进。她救不了自己的家，救不了苍蓝数万的生灵。

晏潮生若肯怜惜她，她就是他帐中一朵缠绕着他的菟丝花，若他冷酷无情，她就什么也不是。晏潮生是两界君主，没有他的应允，她连宿伦和长欢的面都见不到。

后背处被侍卫打伤的地方钻心地疼，琉双一时竟然不知道该去哪里，谁才能救苍蓝？一股深深的绝望涌上心头，琉双咬牙，转头离开。她不能放弃，总得一试，最糟糕的结果，无非是解不开结界，她与树爷爷他们一同死在孽火下。

可琉双还没飞出去多远，一张金色的网铺天盖地落下来，将她笼罩其中。脑袋一阵剧疼，琉双陷入昏迷。

失去意识前，她听见一个男人的声音说：“咦，好像抓错人了？”

珠帘被风吹动，琉双睁开眼睛时，发现自己的手脚都被绳子捆住。她试图挣开，金色的绳子像是有了生命，越收越紧，几乎陷入她的血肉中去。

“醒了？劝你别白费力气，捆仙绳要是这么容易被挣脱，我仙界早就灭亡了。”

琉双循声看去，一个白袍男子缓步走来，他戴着金色的玉冠，一派清正、威仪的样子。

他的仪态却完全不是这么一回事。男子的脖子上还带着水珠，衣袍懒散地系着，衣领半敞开，透着一股放浪的味道。他的身后有一汪热气氤氲的浴池，显然在她昏迷之时，这个人就在殿中洗澡。

还没走过来，他的衣衫就散开了，琉双连忙移开视线。男子愉快地笑出声。

琉双咬牙道：“尊驾是何人？小仙不记得得罪过尊驾，烦请尊驾放小仙离开。”

男子施施然地捏住她的下巴，把她的脸转过来，笑吟吟地道：“你不妨猜猜，我觉得你已经猜到了。”

他的动作虽然随和，可是行事透着一股不容否决的坚定。琉双觉得下巴可能都要被他捏青了。

琉双不得不开口：“天君风伏命？”

风伏命笑起来：“我就说，你能猜中。”

风伏命松开琉双，手一挥，桌上出现一套茶具，他一面行云流水地煮茶，一面道："晏潮生敢带宓楚走，就应该预料到有今日。他敢掳走本君的妃子，他的妃子自然要以身作偿。"

想到苍蓝的众人如今生死未卜，琉双急忙说道："天君大人，我已经不是妖君的妃子了，我与他行过解灵之礼，再无瓜葛，我也不是宓楚天妃，不是你要的人。如今我有急事要救人，您能不能放了我？"

风伏命已经泡好了茶，他浅浅地抿一口，懒懒地看着她："当然可以。"

不等琉双高兴，风伏命慢悠悠地补充了后半句："让晏潮生拿宓楚来换便可，你放心，我已经派人通知了他，明日正午，在天界的大门口，若是他带着宓楚来了，本君自然不会为难你一个女子。若他不来……"

风伏命一笑："小仙草，你不会知道后果的。"

风伏命虽然笑着，琉双却被他看得不寒而栗。能轻易看破他人本体，天君风伏命不容小觑。她在晏潮生的身边时，也常听人说起过这位天君的行事风格。他相貌清隽，行事却果决狠辣，往往谈笑间，做出的事令人意想不到。

琉双抿了抿嘴唇："妖君不会同意的。他喜欢宓楚天妃，他们好不容易才在一起，不可能会同意用宓楚天妃来换我，天君大人，我只是一棵小仙草，灵力不高，什么都帮不到你，你即便捉了我，也无法掣肘晏潮生。"

风伏命的目光在琉双的脸上转了一圈，笑道："那可未必。"

风伏命递给琉双一杯茶，琉双摇摇头。

也不见风伏命怎么动作，玉桌上的茶盏尽数消失。

风伏命："你不了解男人，他纵然不爱你，不再要你，可也不见得能容忍你被人玷污。就如同本君也不爱宓楚，可哪怕亲手杀了她，也不容许她与晏潮生苟且。"

琉双的心中有股不祥的预感："天君什么意思？"

风伏命微笑着道："本君派人同他说，他若不换，他曾经的美貌妃子，就得去服侍天界最丑的那几个守卫。"

琉双的脸色变得铁青。

风伏命说："不过你也别担心，本君现在改变了主意。"

见琉双看过来，风伏命轻笑一声："你比本君想象中的可爱、漂亮，与宓楚确实有几分相似，不过你比她还要美几分。宓楚见了你，恐怕恨得要发抖了吧？她那张美丽的脸……"

风伏命沉吟片刻："连晏潮生都不知道，是数百年前使了些法子得来的，而你是天生的。所以，晏潮生不来也好，他喜欢宓楚就拿去，你跟着本君，本君也不吃亏。”

琉双现在根本没心情纠结脸的事，她病急乱投医，焦急地说道：“天君大人，不论你们几人间有何瓜葛，我真的急着救人。苍蓝被神器封印，孽火即将来临，你作为仙界主君，即便不放我，去救救苍蓝仙境的生灵可好？”

风伏命眸光晦暗，轻叹着摇摇头：“孽火乃八荒所有草木之灵的定数，本君不可出手干预。”

他的语气随意，眼神漠然：“不过是一群无法化形的草木，若它们真死了，也是命中该有的一劫。小仙草，开心一点，万一晏潮生明日来了呢？他若愿意用宓楚来换你，自然也愿意为了你，干预旁人的命数，承受雷劫。”

琉双要被这个人气死了，没想到天界之主竟然也如此凉薄，苍蓝众生本来就是风伏命的子民。然而，数万生灵在他的眼里，什么也不是。八荒辽阔，仙境数不胜数，风伏命全然不把小小荒芜之境的生灵的命放在眼里。琉双觉得心寒。

被捆住，琉双睡不着，殿内有风伏命在，她更是十分警惕。脑海里反复计算着时辰，每一刻都在担心她来不及赶回去孽火便已经屠戮苍蓝。

被困在其中无法跑出去，该有多绝望？

不知道过了多久，一只神鸟出现在风伏命的身边，风伏命把琉双也带上，笑着说：“走吧，晏潮生愿不愿意救你，救你一族之人，待会儿就知道了。”

风伏命带着琉双穿过天界飘浮的楼阁，来到天界的大门前。

此前琉双从未来过天界，与幽冥之地不同，一片白色的天界，看起来便灵力干净、充裕。

仙子们鱼贯而出，转瞬间就在大门处布置出一处可供休息、谈判之处。

一位身穿白色衣衫的仙子托着灵果和茶盏，另外两位仙子轻轻地扇着扇子。琉双被捆得严严实实的，扔在风伏命的脚边。

琉双没回头看风伏命，反而往更加广袤的天界领地看去。出生以来，她待过四个地方：苍蓝仙境、人间、妖界、幽冥之地，天界显然与她曾经去过的地方都不同。

无数祥瑞之鸟拖着长长的尾羽飞过，美得不可方物，琉双愣愣地看着，这么美的景象出现在眼前，她却想到了自己的青鸾。

青鸾是妖鸟，因为生活在寸草不生的幽冥之地，它与赤鸢只能在山石间搭窝，不像这些自由的仙鸟，能够懒散地梳理着羽毛，徜徉在一片充满灵气的世界。

曾经，青鸾和赤鸢跟着晏潮生外出征战时，只要它们还能飞，哪怕受伤了都必须上战场。后来妖界和幽冥之地渐渐有了地位，打仗不再那么艰难，青鸾跟了琉双，才过得稍微好一点。琉双看着一派祥和，氤氲着灵力的仙界，突然有些懂了百年来晏潮生为何四处征战。

一颗灵果递到唇边，琉双抬眼，看见微笑的风伏命："你喜欢这群鸟？它们唤作青鸐（"鸐"音同"迪"），本君送一只给你？"

"谢谢天君，不必了。"琉双本想避开风伏命喂来的那颗灵果，停顿了一下，张嘴吃了下去。

风伏命挑眉，似乎来了兴致，一颗接一颗地喂她，琉双来者不拒，全部吃了。

风伏命拿眼睛斜觑着她："你倒吃得开心，还有半刻钟，就到了约定的时辰，你不担心晏潮生不来？"

琉双咽下口中的灵果，没有吭声。琉双奔波数日，体内的灵力几乎尽数耗光，如今几颗灵果解了她的燃眉之急，身体里渐渐有灵力在游走。若是以前，她绝不会吃风伏命递过来的东西，只一心一意地盼着夫君赶紧来救她。

可经历了被拦在幽冥之地之外，琉双开始懂得，这个世间，除了自己，谁也靠不住。若真的出事，她的体内有灵力，至少多一分自保之力。

风伏命的手指点在玉桌上，玉桌上有一个彩色沙漏，流沙越来越少，而广袤的天界白茫茫的一片，至今没有看见任何人的身影。

琉双也看向沙漏，直到最后一点沙子落尽，天界一片安静，晏潮生依旧没有来。

风伏命去看琉双的反应，本来以为会在她的脸上看见难过、痛苦之色，谁曾想她比自己想象的沉静，轻轻抿着唇角，一言不发。

"晏潮生没来，失望了吗？"风伏命说，"看来外界的传闻不假，晏潮生娶了一位妃子，却视之为可有可无的存在，百年间，没给予她半点儿妖界与幽冥之地的权利，也不带她出席任何宴会，仅仅把她当作宓楚的替身。"

风伏命用玉笛挑起琉双的下巴，怜惜地叹道："琉双仙子，他甚至不在乎，你落到我的手上，会有怎样悲惨的下场。"

风伏命的话，像一根尖锐的刺，狠狠地刺痛琉双的心脏。她瞳孔一缩，倔强地咬牙，不肯露出半点失落、胆怯的表情。其实……她比谁都希望晏潮生来救她，琉双清楚地知道自己不能再被困在风伏命的身边，苍蓝仙境还等着救援，若晏潮生不来，她与整个苍蓝，等不到人间的春日，就会埋葬在冬天。

沙漏变空那一刻，深深的低落让琉双的眼泪险些掉落来。原来即使解灵了，她依旧相信那个人，相信晏潮生能像过去百年那般，将她护在身后，哪怕天空中劫雷滚滚，可他一身玄衣，桀骜地站在她的面前，就是睥睨一切的战神，一切都会雨过天晴。

若晏潮生从来没对琉双好过，琉双大抵也不会心存希望。可晏潮生给了她一次又一次庇佑，整整百年，让琉双以为即便晏潮生不爱她，也不舍得真的抛下她。是她高估了晏潮生对她的怜悯，低估了晏潮生对宓楚的喜欢。

琉双不会在风伏命的面前哭，晏潮生不是什么好人，风伏命也不是。她不愿意把自己的感情剖开在这个人的面前，供他取乐、玩笑。

风伏命十分可惜地看着琉双："竟然不难过啊，真是害本君白白地期待一出好戏。走吧，小可怜，身为本君的阶下囚，这些日子本君对晏潮生的怨气，恐怕得你来偿还了。毕竟，前段时间妖君陛下可没对本君手下留情。"

最后几个字，风伏命是咬牙切齿地说出来的。

风伏命带琉双离开前一刻，有人出声道："等等。"

听到这个熟悉的声音，琉双连忙回头看去。来人身着青色衣袍，羽扇纶巾，一派端方。

"宿伦大人！"

宿伦："天君安好，琉双仙子安好，我家妖君派在下前来，与天君谈一桩买卖。"

"哦？"风伏命看了一眼琉双，虽然懒懒地笑着，眼睛里却透着危险的光，"晏潮生让你来谈判，他不亲自来，是瞧不起本君，还是畏惧了本君？想做一只缩头乌龟？"

宿伦不卑不亢地说："天君，您与妖君陛下打了百年的仗，咱们君上可曾后退半分？今日妖君不来，是因为宓楚仙子的神魂不稳，妖君得帮她安魂。毕竟您也清楚，跳入传世镜，就意味着踏入轮回，宓楚仙子的身体如今很是不好。加上您不顾及旧情，抽出宓楚仙子的本命玉竹，她的情况变得更加岌岌可危。"

风伏命："你为宓楚而来？"

"正是，"宿伦笑道，拿出一个锦盒，"听闻天君陛下苦寻浮屠红莲数百年而不得。正巧，浮屠红莲是妖界的珍宝之一，今日妖君愿割爱让与天君，只要……"

宿伦的目光在琉双的身上滑过，他继续说道："只要天君把当日宓楚天妃的本命玉竹残骸交予在下。"

风伏命嘴角的笑容更大："浮屠红莲，本君确实需要。宿伦，本君给你一个恩典，今日你可以选择，带走这棵小仙草，或是已经碎裂的玉竹。"

宿伦的眸光没有变化："妖君所需，唯有宓楚天妃的本命玉竹。"

"如此，便拿去吧。"风伏命把手中的东西往宿伦的方向一扔，只见方才在他掌中的那支笛子，顷刻变成一截剔透的、仿似玉竹般的灵物。原来风伏命将宓楚的本命灵髓，化作了笛子把玩。

宿伦也遵守承诺，把浮屠红莲送了过来。

风伏命说："替本君给晏潮生带句话，他的妃子长得极美，真是可惜，得去伺候我那些粗鄙不堪的守林人下属了。"

宿伦笑道："天君说笑了，妖君陛下从未有过妃子，在下告辞。"

宿伦的身影走了很远，天界只余几只青鹳飞过的残影。风伏命看也没看那朵红莲，把东西一扔，扔在身后仙子的手中，对琉双说："你在他的眼里，原来连一根破碎的玉竹都比不上。小可怜，嗯？怎么就混到了这种地步？"

风伏命啧啧着摇头："宓楚被称为八荒第一美人，你长着一张和她相似的脸，怎么如此难堪？"

琉双不说话，只觉得心脏钝痛。捆仙绳死死地陷入肉中，当她等来宿伦的那一刻，她心中的欢喜难以言明。可宿伦的到来，只是为了宓楚的本命玉竹。百年相处，只有她一个人把这份感情当了真。

琉双被带回仙界的宫殿，风伏命凑近她，不怀好意地道："打扮得好看点，今晚就得送你离开，那些守林人如此辛苦，你可是本君千年来给他们最大的犒赏。不如这样，你好歹在晏潮生身边待了几十年，告诉本君他的命门，本君就放你离开，可好？"

琉双张了张嘴。她很想离开，没有谁能体会到她此刻的煎熬，即将要面临的事，还有苍蓝仙境的下场，统统令她绝望。她也有片刻是怨恨晏潮生的，可她知道，风伏命不可相信，等他验证完真假，大概率也来不及救苍蓝了。哪怕风伏命可以相信，一旦把晏潮生的事告诉风伏命，等来的后果便是，晏潮生的百年心血化为乌有。宿伦、伏珩、青鸾、赤鸢、长欢……还有曾经保护她的犀牛妖，这些人，会被一个个杀死。

琉双仿佛被抽干了力气，想到最后还为她坚守院子的长欢，她摇摇头："我什么都不知道。"

风伏命眯着眼睛看着琉双，有一刻不得不承认，他竟然有几分羡慕晏潮生。换作宓楚，为了族人和自己，恐怕早就不计后果，统统说了，他忍不住一笑。没关系，晏潮生不要，他挺乐意要，来日方长。

婢女们把琉双带走，风伏命迎面遇见烬熙仙君，没能交换回来宓楚，风伏命的心情不见糟糕，他反而露出少见的笑容，烬熙仙君看出他的心情不错："天君，可有喜事？"

风伏命笑道："自然有喜，传令下去，今晚本君大婚封妃。"

风伏命虽然在故意气晏潮生，也故意吓唬琉双。不过他真没想把琉双扔给那些人凌辱。小仙草怪可爱的，眼泪都快憋到眼眶里了，还忍住不肯掉下来，生怕他看出她的脆弱。她本来是个单纯的人，什么情绪都写在眼睛里，只有她自己觉得隐藏得很好。

失望，难过，琉双真的伤心了。风伏命说那些话，大半是在诳琉双，想看看她对晏潮生失望以后，会不会说出晏潮生的秘辛。毕竟他和晏潮生当了数百年对手，这个人实在令他恼怒，感到棘手。可琉双什么都没说。

几个仙婢把琉双带走，仔细为她清洗。琉双身上的捆仙绳未解，不得不任由她们摆弄。

池中仙气氤氲，仙婢们看着她，眼睛里划过浅浅的一丝惊艳。

走到绝境，琉双反而彻底冷静下来了。今日宓楚的玉竹，让她想到了另一个东西，她摸到了自己胸膛里跳动的心脏。

八荒之中，人人都有灵髓，那是修炼之本，也是神魂凝聚的根本。灵髓在，人就能长长久久地活下去，灵髓没了，便会像宓楚一样，魂魄不稳，甚至会死去。

琉双什么都没有了，她孑然一身，如今剩下的，只有一颗心。诞生之初，树爷爷就告诉过她，这里是她的灵髓所在之处，本来小仙草是不会有心的，那里只是冷冰冰的一块紫色的玉石。后来不知道哪一天，它渐渐会跳动了，就像凡人的心脏。

宓楚付出碎了本命玉竹的代价，去晏潮生的身边，琉双也可以捏碎这颗心，逃出天界，回到苍蓝仙境。不管是生是死，她都要找回最初的自己，和族人在一起。

琉双抚上自己胸口。它跳动得如此有力，她曾经用这颗心爱了晏潮生一百年，用它感知苦乐悲喜，如今要亲自捏碎它，斩断往昔的一切。

回去，琉双听见一个声音说，回家去。

本命灵髓碎裂，等同于仙体自爆，那一瞬间，自身的修为可以提高到极致，能越过修为伤人，也能去八荒中任意地方。

宓楚当初的情况不一样，宓楚本来想通过传世镜去别的地方，没想付出本命灵髓碎裂的代价，结果出逃时，被风伏命发现，风伏命抽出她的本命玉竹，她不得不咬牙使玉竹碎裂，趁风伏命停下，得以脱身。饶是如此，宓楚也不舍得真的完全弄碎灵髓，只敢弄出裂痕暂时借取法力，等待他日补好玉竹，重新安回体内。

琉双若要离开，不可能只付出几条裂痕的代价。她的修为远远不及几千岁的宓楚，她只能捏碎整颗心来脱困。琉双也不知道，若真的失去一颗心，会变成什么样子。

会死？还是会魂飞魄散？琉双清楚，她没有宓楚天妃那样好的运气，若真的付出碎裂本命灵髓的代价来离开，晏潮生不会救她，也不会像对待宓楚那样，用一切温养灵魂的天材地宝来为她养魂。甚至连少幽留给她的碧玺珠，也落到了宓楚的手中。没了这颗心，世间就再也没有琉双了，琉双的眼神黯淡下来。

仙婢们没有发觉琉双的出神，给她梳洗好以后，拿来一套白色的华丽衣衫。

琉双："这是什么？"

来这里服侍的仙婢大多知道前因后果，不敢插手天君的事，因此不敢多说。只能道："这是仙子的婚服。"

琉双拿手指拂过白色婚服上的绣线，低声道："我不喜欢这样的颜色，能给我换一套红色的吗？"

几个仙婢面面相觑，琉双这样乖巧、配合，一点都没有阶下囚的失态、怒吼，好声好气地商量，反倒让人不愿意让她失望。最后有人说："奴婢去请示一下。"

没多久，仙婢回来说："仙子好福气，天君允了。"

琉双只是笑笑，她可没有什么好福气。仙婢们还算恭敬的态度，让琉双隐约猜到，风伏命只是吓唬她，大概率是风伏命想要娶她，来气晏潮生。

如果说琉双之前还会害怕、生气，现在知道该做什么，反倒不怕了。

第二次穿婚服，对琉双来说，等于穿得漂漂亮亮地赴死。她不再回到晏潮生的身边，也不会再给任何人当玩物，包括风伏命。他们都是一样的，这些高高在上的上位者，不会救苍蓝，不会真的爱她。风伏命又是想把她当成谁的替身，也是宓楚吗？

琉双没要他们动手，自己穿上衣裳，她对着镜子打量着，微微一笑，仿佛看见了一百年前天真烂漫的自己。

真好看，她心想。

仙婢们要动手替琉双装扮，被她轻轻拂开：“不必，我自己可以的。”

仙婢们垂首等着，依旧没人敢解开琉双身上的捆仙绳，见她的动作受制，帮她松了松。琉双说：“多谢。”

琉双蘸了点胭脂，只在唇上点了点。她本来就生得极美，只是这段时间发生的事情，令她的脸色显得越发苍白起来，如今有了这点颜色衬托，看上去脸色好看了些。

琉双学着记忆里的样子，笨拙地模仿着百年前梳过的那个发髻。她记得百年前，第一次穿上大红衣衫，是少幽替她梳的头。

本该说无数祝福、吉利的话，到了嘴边，少幽看着镜子里欢欢喜喜的小仙草，声音苦涩：“此去妖界，愿他爱你、惜你。”

琉双：“谢谢少幽。”

琉双生来无父无母，只有苍蓝的一群生灵、小仙做伴。琉双单纯，不谙世事，苍蓝的生灵同样如此。她坐上金翅鸟拉着的云辇离开时，回头看少幽和苍蓝仙境的家，不知为何，突然生出无数对未来的忐忑。

少幽站在氤氲的仙池旁，眉眼如画，微笑着注视着她。似乎在用眼神安慰她，让她别怕。莫名地，琉双就真的不怕了。她笑着冲他挥手：“少幽再见。”

那个时候，琉双不懂，天界的婚服是白色，妖界的婚服是紫色，只有人间的婚服，才是喜庆的红色。

大婚前，她按娘亲说的，认认真真地向晏潮生要十里红妆为聘，晏潮生当时只是笑了笑，道：“嗯，还要什么？”

琉双掰着手指头，认真地回想：“要合八字，要红枣、花生、桂圆、莲子，还要大红色的婚服。”

晏潮生长眉一挑：“本君记下了。”

后来，晏潮生竟然张狂地到捉了占卜仙君来为他们合八字。仙君的腿颤抖着，他看了一眼妖君陛下，晏潮生的表情似笑非笑，占卜仙君立刻把妖君和琉双的八字说得天上有、地下无地般配，琉双高兴得眉开眼笑，一个劲儿地说：“谢谢仙君伯伯。”

晏潮生让侍卫们送来的聘礼，几乎占了一方小小的苍蓝仙境的三分之一，何止十里。

百年前，琉双出嫁的那日，草木葳蕤，仙灵们一起欢呼，那个时候少幽也在，琉双有亲人，有朋友，有爱人。

晏潮生站在赤鸾的背上，身穿一袭红衣迎接她，眼带笑意。新婚夜，他剥开一颗莲子问她："知道这堆东西是什么意思吗？"

琉双摇摇头。反正娘亲说过必须要有，那就必然是不可或缺的好东西。

晏潮生看了琉双一眼，笑着道："不害臊。"

很久以后，琉双回想起当初，依稀能记起那时的感觉。她抱着无尽的欢喜和希冀嫁给晏潮生，一度也以为晏潮生是真的爱极了她，愿意陪着她按照凡尘的习俗，脱下玄衣，换上一身红裳。

百年过去，琉双终于明白：原来晏潮生并不是因为迁就她才与她一同穿大红喜服成婚；其实在晏潮生的心里，那场大婚如同儿戏，他的紫色婚服，为另一个人留着。

琉双笑笑，这样也好，至少浑浑噩噩地过了百年，她还能醒来。

来服侍琉双的仙婢们从来没有做过这样轻松的工作，她们什么都不用做，只是站在一旁呆呆地看着，这位和宓楚天妃颇为神似的仙子，自己穿好衣衫，装扮好，跟着她们上了由九只神鸟拉着的云辇。纱帐中，一抹红色极其明艳。琉双的双手交叠在膝盖上，整个人显得十分安静、平和。

仙婢们的目光不由自主地追随着琉双，说来奇怪，这位仙子明明和宓楚天妃生得极其相似，可是竟然没有一个人会把她们认错。

除了长得像，其他的地方实在太不一样了。宓楚天妃恨不得时时刻刻地张扬着存在感，把仙界的一众仙子管得服服帖帖，而这位仙子安静得像一幅画，笑起来又极为干净、娇俏。没有给人压迫感，却让人忍不住看她。

拥有相似的脸的两个人，所拥有的生活竟然可以完全不同。

神鸟飞起来那一刻，金色的羽翼极美，它们带着琉双在偌大、美丽的天界穿梭。

琉双不知道宿伦回去多久了，这一刻晏潮生是否已经拿到了宓楚的本命玉竹。

琉双的眼睫毛微微垂着，天界实在美丽，怪不得曾经晏潮生四处征战，为常年只能苟活在阴暗处的子民寻找新的领地。作为帝君，晏潮生早晚有一日会成为八荒最恢宏的一个传奇。

琉双的手放在心脏的位置，手掌下的心跳规律而有力。她的本命玉髓仿佛感知到什么，哀伤无比，求她不要这样做。她想说别怕，不知道是安慰这颗紫色的玉石，还是安慰心底蜷缩着的自己。她的手凝出绿色的光华，硬生生地取出了自己的心。

刹那间，神鸟尽数嘶鸣起来，竟然不再往前飞。仙婢和将领感觉到了不对，然而无法窥探云辇的纱帐中发生了何事，只能看见红衣、墨发的琉双，还有一抹不经意地泄漏出来的浅浅的紫色光华。

浅紫的色彩映照在琉双的眼中，琉双脸色惨白，松开手，看见了这颗美丽的石头。它十分纯净，给人温暖的感觉，还有明亮的光华在其中流转。被这样一颗心爱着，本来应该是谁也无法拒绝的事。

琉双合上手。浅紫色的荧光散落漫天，如今星河坠地，再不见白芒。

殿内的风伏命猛地睁开眼睛，飞掠出来，转瞬间就到了云辇所在之处，只见云辇周围的将士、婢女全部昏迷过去，四周只有无数紫色的荧光如流羽般片片散落。

紧跟其后赶过来的仙君不计其数，通通为这样美丽的景象惊叹起来。

风伏命掀开云辇上的纱帐，纱帐里面空无一人，只留一抹残香。紫色的荧光落在风伏命的掌中，他愣了许久，生平第一次不知道做什么表情好。

而数千里之外，宿伦把刚得来的本命玉竹递给晏潮生，只见身着一袭玄衣的妖君，陡然变了脸色。

宿伦跟了晏潮生几百年，从来没有在他的脸上见过这样的神色，似乎有一瞬间的茫然，随后愣住了。几乎就在一瞬间，晏潮生化作一道玄色的流光，消失在宿伦的眼前。

晏潮生离开后，宿伦愕然，浑然不知发生了什么事。先前，妖君派他出使天界，本来他心里十分欢喜，以为晏潮生想通了，要把琉双接回来。没想到晏潮生用浮屠红莲去换的，竟然是宓楚天妃破碎的本命玉竹。

风伏命问宿伦选择琉双还是玉竹的时候，宿伦的心里有片刻挣扎，然而记起此次来之前晏潮生的话，他只能淡淡地微笑着选择了玉竹。

一向儒雅示人的宿伦，有一刻真想爆粗口，去你的本命玉竹，谁要本命玉竹了，他只想接回琉双！

或许是知道宿伦可能会动摇，在宿伦离开前，晏潮生冷冷地道："若带不回来宓楚的本命玉竹，你提头来见。"

宿伦试图规劝晏潮生，让晏潮生动一分恻隐之心："妖君，恕属下多言，风伏命从来不是宽和、心慈的好人，娘娘……琉双仙子落在他的手中，必定会受折辱。妖君数百年来与风伏命针锋相对，对您的怨气，风伏命少不得会发作在娘娘的身上。”

晏潮生仿佛看穿了宿伦的想法，看着他：“哦？那又如何？”

宿伦：“琉双仙子与您有百年夫妻的情谊，您真的舍得不管她吗？”

“宿伦，你管得太宽了，”晏潮生道，“笑话，你竟然和我说不舍得？左右不过一个女人。她既然有离开幽冥之地的骨气，就应该承担离开的后果。”

晏潮生冷冷地说：“去吧，别让本君说第三遍，只需要带回玉竹，旁的全然不必管。”

回来的路上，宿伦捏着一截剔透的玉竹，唏嘘不已。

在宿伦看来，哪怕妖君当初娶琉双的时候，琉双只是一个替身，可百年过去，晏潮生怎么真的舍得把她留给风伏命？尽管不知道七百年前宓楚和晏潮生之间发生过什么，但宿伦并不觉得，这位嫁了风伏命，现在又反悔，回到妖君身边的宓楚有多么好。朝三暮四，令人不齿。

可谁能想到，用浮屠红莲换回来的玉竹，宿伦还未完全交到晏潮生手中，晏潮生会突然消失。那截漂亮、剔透的玉竹，因为无人接收，掉落在地上。

宿伦眉梢一挑，眼睁睁地看着玉竹上面的裂痕又多了一道，感到十分意外。他眼睛一眨，内心突然涌出一个不可思议的想法。风伏命难缠、多疑，若是让他知道妖君有半点在乎琉双，别说把人换回来，琉双恐怕会被风伏命永远捏在手中，成为一枚对付妖君的筹码。或许只有毫不在意，琉双才会有一线生机。

宿伦眸光流转，这个想法令他生出些许惊讶。再看到落在地上的本命玉竹，宿伦不愿意承认自己的幸灾乐祸，本命灵髓就是这般脆弱嘛，受不得半点损伤。雪上加霜可怪不得他。

可若是如此，有些事令人想不通，妖君若真的不如表现出来的这般毫不动容，为何与琉双解灵？又为何下令永不许她进入幽冥之地？片刻前，让妖君瞬间就变了脸色的事，到底是什么？

宿伦想了想，作为谋士，他到底不敢真的随意踩宓楚的本命玉竹几脚，只能摇摇头，捡起来，暂时放进乾坤袋中。

宿伦走出幽冥之地，意外地看见另一个人。

“伏珩？”

伏珩皱眉看着天际，难得露出一脸沉重的表情。听见宿伦叫他，也没像平时那样怒目相待，只略微点了点头。

“发生什么事了？”宿伦问，伏珩作为常年跟着晏潮生征战的左膀右臂，谋略、沉着比不上宿伦，法力却比宿伦高不少。

伏珩：“不清楚，天界滂沱的灵气四溢，浓郁到连幽冥之地中都能感知一二，不信你听，邪修魂魄开始躁动不安。”

宿伦凝神，果然听见炼狱之中无数邪修凄厉的哭号声。像是十分恐惧，又像是在哀泣。

宿伦的脸色一沉：“妖君去天界去了？”

不管是去做什么，只身一人上天界，完全是不要命的做法。伏珩也立刻明白过来宿伦的意思：“我立刻调兵，跟过去。”

无令发兵，属于违背命令，但不论如何，也不能真的让他们的陛下独自前往天界。

然而等他们赶到九重天之外时，天幕传来阵阵雷声，显然风伏命和晏潮生已经打起来了。

晏潮生死死地扼住风伏命的脖子，长戟就悬在风伏命的头顶，稍微下去一寸，风伏命就会头颅落地。

而原本玄衣墨发的晏潮生，此刻脸上银色的纹路蔓延开来，连瞳孔，竟然也成了银华一般的冷：“说，人去哪里了？”

风伏命眯起眼睛，他和晏潮生数百年交手，这还是第一次完全处在下风。看着晏潮生的银瞳、银纹，风伏命露出若有所思的表情：“原来如此，原来如此！”他就说，世间哪里来的修行天才，区区数百年，就能敌得过他这个万年修为的天界之君。

原来是叛军留下的，世间最后一个孽种——相繇帝子。晏潮生面上毫无波澜，可血脉引出来的纹路出卖了他，他竟然因为琉双捏碎灵髓，控制不住变成了这副模样，还是在众目睽睽之下。

风伏命看了一眼远处神情各异的众人，诡谲地笑起来，对晏潮生道：“现在来问本君做什么？你不是早就不要她了吗？碎了灵髓有何下场，你不是比本君更清楚吗？”

晏潮生冰冷的银色瞳孔紧缩，就在这一刻！风伏命趁机击退他，回到天界众将的身边，命令道：“擅闯天界，杀！”

仙界的将领们忌惮地看着晏潮生的银瞳，窃窃私语。

“是他……”

“相柳一族不是灭亡了吗？怎么还会……”

伏珩立刻上前：“妖君！”

晏潮生看着手背上的银纹，闭了一下眼睛，数百年的谋划不能毁于一旦，今日……他怎么能如此冲动？

空中随处都是飘散的紫色片羽，似乎在无声地诉说着曾经发生的惨烈一幕。

晏潮生压下心中的隐痛，收回长戟，声音沙哑地道：“退兵。”

宿伦看着晏潮生的银发、银瞳重新变成黑色，心想：隐瞒了数百年，这一刻，恐怕相繇出世，再不是秘密。

琉双付出灵髓破碎的代价，顷刻回到了苍蓝仙境的外面。口中的鲜血不断上涌，琉双知道自己时日无多，连忙爬起来往里面跑：“树爷爷、修琅、山语……”

琉双本来以为进入苍蓝仙境前，会触碰到树爷爷口中说的那层结界，结果什么都没有。

那一瞬间，琉双并不觉得庆幸，反而感到不寒而栗。鼻端飘来一股焦煳味，让她的心中涌出强烈的不安。

琉双如同被抽走魂魄，一步步走进苍蓝仙境。

脚下是一片焦土，发出令人作呕的味道。琉双蹲下来，干呕了两声，很快咬牙爬起来，不死心地继续往前走。直到看见清澈的溪流上面漂浮着无数黑灰。她知道这些黑灰是什么，草木燃尽，就如这般。

孽火燎原，寸草不留。

昔日记忆里的欢声笑语，草长莺飞的苍蓝仙境，已变成一片焦土。

琉双到底没能赶上。一路强忍的痛苦终于在这一刻迸发，琉双拼命地在一片焦土中翻找，哽咽着道：“为什么会这样？为什么？我已经尽快赶回来了，树爷爷、修琅、山语姐姐……你们回来，你们回来啊！”

无人回答她，也没人安慰她。

灵髓碎了，失去感知喜怒哀乐的心脏，琉双已经流不出眼泪，只剩大颗大颗的血泪掉落在焦土中。

“谁能救救他们，谁能救救苍蓝，啊——”

琉双本来以为，空荡荡的胸腔中如今什么都没了，她早已不会难受。可是当孽火燎原，知晓亲人全部死在孽火下，她还是忍不住崩溃、痛哭起来："我错了，是琉双错了，琉双不该嫁给晏潮生，不该离开苍蓝，是我没有好好地保护你们，是我不思进取，荒废了修炼。"

黑色的草木灰被风吹起来，染脏了琉双一身红色的婚服，空荡荡的心口，不知道是因为失去了心脏更痛，还是残留的感情令琉双感到更加难受。

渐渐地，心口仿佛冷却了，琉双以为自己会死，可是动动手指，发现自己还活着。她从地上爬起来，浑浑噩噩地到了凡人爹娘的墓碑处。

孽火之下，万物不存，连墓碑也被烧尽了。

对，她还有家，还有人间最后一所宅子。那是爹娘住过的。

琉双转动心念，转瞬回到了人间。琉双将一身外溢的灵力收敛起来，如今她像撑着最后一口气的活死人，琉双清楚地知道，等这股碎裂灵髓换来的力量散尽，就是她死亡的那一刻。

两百年过去了，宅子和记忆里有些相似，又并不一样。她抬头看着上面的匾额，轻声念道："张府，怎么会是张府呢？"

爹爹姓岳，应该是岳府才对。娘亲还曾开玩笑说，给你取名岳琉双，音同"月流霜"，心若琉璃，是我们的天下无双。

他们的……天下无双。

琉双上前去敲门，彼时人间恰逢午后，阳光正好。一个小厮嚷嚷着："来了来了，稍等一下。"

小厮推开门，看见日光下站着一个身穿红衣的妙龄女子。小厮呆呆地看了半晌，实在是活了大半辈子，从来没有见过这般好看的人。家里的大小姐被称为天人之姿，甚至做了皇上的宠妃，可是不及面前这一位的半分颜色。她身着一身红衣，梳着人间出嫁时最常见的发髻，身上和白净的脸上都沾了黑灰，可是依旧没有折损半分美丽。

小厮紧张地问道："姑、姑娘……你找谁？"

琉双："岳大人还有亲眷在吗？"

"没、没听说过岳大人啊？小的主人姓张，是张凭栏张大人，姑娘找错地方了。"

"找错地方了？"琉双低声道，"是我找错了？"

小厮还待安慰她，一抬头，却发现她已经不见了身影。

八荒很大，琉双小时候就知晓，她的家苍蓝仙境很大，可是苍蓝仙境外面，还有更大的人间，人间下方是幽冥之地，上方是妖界，再往上则是九重天。九重天中，有数个美丽的仙境，每一个都比她的家苍蓝仙境好看。

可是八荒那么大，琉双不知道去哪里。

琉双从人间的午后逛到天黑，人间的冬日还未过去，或许是灵气越来越少的原因，她竟然连人间的寒冷都抵御不住了。

琉双只能蜷缩在一个山洞中。

凡间的寒冬少雨，正是雪化时，天空闷闷地打着雷。仙人的一瞬，她的百年光阴，凡间已是朝代更替，物是人非。

过冬的松鼠妖见了琉双，吱吱叫着跑了，生怕仙子出手对付自己。

琉双远远地看着它们逃跑，从来没想到自己的家没了，阴差阳错地抢了别人的家。她窝在山洞中，一动也不想动，再没有半分力气。

松鼠叽叽喳喳地讲着话，不肯彻底跑远，只好远远地观望："这些仙子、仙君怎么了？前几天打雷，天空都快撕裂了。奶奶说天界在和妖界开战才会如此，今日来了个仙子，还霸占了咱们的洞穴。"

"仙子不是有洞府吗？"

"对，"松鼠们七嘴八舌地议论道，"仙子都有洞府的，有的还有一整个仙境呢，听说仙境十分漂亮，怎么会来人间？她没有看见洞里的松子吧，我囤积了一年呢！"

"瞧你那点出息，讨好这个仙子，说不定她会收我们做徒弟。"

"算了吧，若她真有出路，有地方可去，也不会来咱们这种破地方，只要不动我们的松子就好。"

轰隆轰隆的雷声下，琉双蜷缩着身子，冷得浑身发抖。

等到第二日天亮，松鼠探头去看，那位落魄的仙子已经不在了，只留下半枚灵气充沛的玉佩，是一尾活灵活现的鱼。

松鼠们围过去："嘻嘻，快来看，仙子给咱们留了宝物，这不是一位坏仙子。"

手中的玉还没焐热，就落在了一个男子的手中。

那只松鼠刚要叫嚷，就被同伴捂住嘴巴，旋即，松鼠们感觉到来人身上的威压，尽数俯首跪拜，发着抖问道："大人，饶命啊！大人。"

晏潮生问："给你们这块玉的仙子，往哪个方向去了？"

晏潮生一路追踪若有若无的仙气到此处，却断了踪迹。他握住手中的半枚双鱼佩，脸色阴沉，带着两界之主的威压。他自负惯了，如今还不到山穷水尽的时候，八荒能人异士这么多，总能有办法找到人。

“不知道，仙子留下这个就走了，小妖们不敢过问。”

晏潮生不语。小妖怪们见他没有为难他们之意，连忙四散离开。

晏潮生重新启用追踪术找人，可是琉双身上最后一点仙气都消散了，遍寻不见。他皱眉，于是转身离开这片丛林。

没走几步，天空突然又开始响起闷雷。

晏潮生抬头看了一下，这种闷雷他并不陌生，他并非肉眼凡胎，自然一眼就能看出来，闷雷不是因为天气变化，是因为有人要应劫。他不再深想，走了数步，身后悄无声息地出现伏珩的身影。

晏潮生：“如何？”

伏珩摇摇头：“属下无能，找不到娘娘。”琉双的灵髓碎了，又刻意地不漏出仙气，如同凡人，在茫茫八荒这样找人，如同大海捞针。

晏潮生冷冷地吐出几个字：“一群废物。”

犹豫了半晌，伏珩说：“苍蓝仙境……变成这般，妖君，娘娘回去过，都看见了。”说这句话时，伏珩难得觉得有些艰难。

伏珩看了一眼晏潮生的掌中，是晏潮生焚尽整个苍蓝仙境才得来的一颗碧绿色的珠子。

炼化万物，杀孽横生。

晏潮生摩挲着珠子，眼皮一抬：“怎么，你也对本君有异议？”

“属下不敢！”伏珩连忙跪下。

“那就继续找。”晏潮生的声音无波无澜。

伏珩张了张嘴，很想说，哪怕找到了，又能怎样呢？灵髓碎了，苍蓝仙境没了，命运已经注定。可当伏珩抬起头，看到晏潮生冷冰、决绝的眼神，想起他当日失控露出的真身时，突然什么都说不出来。

“是。”伏珩领命。他何必多话？隐忍的面具下，死死地压抑着惊涛骇浪的，到底不是自己。

只待一个时机，晏潮生恐怕就会崩溃。

晏潮生沉思片刻，握着绿色的珠子往北方去。

往北便是昆仑仙山，大片桃树开得灼灼，氤氲的仙池旁，几个巴掌大的桃木娃娃老远看见他，跳将起来："师尊，师尊，不好啦，妖王来了！"

来得及逃窜的逃入殿中，来不及跑的，被晏潮生残忍地捏在手上："说，你家老头去哪了？"

桃木娃娃委屈地说道："闭关，师尊在闭关。"

晏潮生冷冷地一笑，收紧了手中的力道："他算不到我会来？在这个时候闭关？"

桃木娃娃哇的一声大哭起来："妖君饶命，妖君饶命，师尊就说他闭关去了。"

晏潮生说："待我烧了昆仑，想必他会出山。"

桃木娃娃的灵气溃散，转瞬间化作一张白纸落在他的脚下。晏潮生的手中燃烧着幽幽冷焰，如地狱炎火，随后他迈步走入桃林。

似乎是感觉到晏潮生冷冰皮囊下冷酷的杀意，桃林中成了精怪的树木通通嚷嚷起来："仙尊救命，救命啊！"

一道炎火从晏潮生的脚下蔓延开来，下一刻就要燃尽桃林。

一个穿着绿色衣袍的老头，哇哇乱叫着跑出来，上蹿下跳地四处灭火，最后好不容易把冷焰给灭了，他的袍子却着了火，他便缩成一团，在地上滚起来，就这么来到了晏潮生的面前。

老头赶紧在屁股上拍了拍，不满地道："狂妄小子，几百年过去了，还是这么个臭脾气，来我昆仑地盘做客，半点也不知道客气。若是真毁了我的桃林，当心老夫和你算账！"

晏潮生冷眼旁观着老头灭火，见老头还要忙着去给桃木娃娃吹气，抬手把老头抓到自己面前："本君不是来和你说废话的，上古即墨一族擅占卜，知天命，你知道本君为何来此，只需为我算上一卦，本君立刻就走，绝不逗留。"

这个老头，也就是沃姜仙尊，知道今日恐怕假装闭关躲不过去，苦着一张脸叹气道："那你也可以去找别人啊，怎么就非和我过不去。放开放开，无知后生，这般拎着老夫，成何体统？"

晏潮生放开手。

沃姜招呼道："你且过来，我同你说。"

二人在一处石桌旁坐下，沃姜从桃树下拿了一壶酒，给晏潮生倒上。

晏潮生一言不发，端起杯子。从始至终，他看上去都十分沉静。若不是看了一眼他用力到发白的指节，沃姜险些被他这副不疾不徐的模样骗了过去。

沃姜不满晏潮生一来就捏死一个桃木娃娃，故意插科打诨，说些有的没的，晏潮生放下酒杯，终于再次冷冷地出声：“算卦，本君要寻人！”

沃姜撇了撇嘴，说道：“不是老夫故意耽误你的时间，你寻到了又如何？你比老夫更清楚，真让你找到，也无非已经是个死人。”

晏潮生：“满口胡言！”

沃姜：“草木没了心尚且能存活，徽灵玉碎便再难两全，你不是不懂这个道理，若不然，晏潮生，以你的狂妄肆意，便早挖了她那颗心又何妨？你如今贵为两界之主，天下之人但凡有一口气在，你找谁不可得，且不论如何都找不到她，因为她身上再无半点生机，如同行尸走肉。”

沃姜见晏潮生的神色越发冷淡，摇头叹息：“你什么都清楚，却还在自欺欺人。老夫并不想点破，当初你娶她，少主占卜出不祥，几番想阻止，若不是她真心爱你，少主如何会放手？今日有此结局，也是命中注定，老夫看在七百年前你曾有恩于昆仑，在此劝你一句，让她一个人走完这条路，别再寻她。你的道，注定无情、孤独，你若不动情，能好好地做你的两界君主，假以时日，一统八荒也未可知。”

沃姜饶有深意地看着晏潮生：“但若你动摇，是什么下场，老夫虽然算不到，可也知道不会是什么好结局。奉劝你一句，别看，莫听，勿寻。”

晏潮生垂下眼皮，语气毫无波澜，说：“本君从不曾动情，只是她还有最后的用处。”

晏潮生拿出袖中绿色的珠子，珠子的光华虽然清澈，却也有些黯淡。

沃姜倒抽一口凉气，全身发冷：“为了徽灵之力，你竟然造了如此多的杀孽！晏潮生，你可曾想过后果？”

晏潮生的唇角露出嘲讽的笑意：“后果？无非八荒不容，永不超生。”

沃姜：“你找回她，是要她身上最后那点徽灵之力？”

晏潮生说：“是，这颗珠子远远不够。”

沃姜生起气来：“那你当初为何不直接挖了她的心，有了她的心，你何愁大业不成？”

晏潮生抿着嘴唇，不说话。半晌，他说道：“徽灵之心尚未成熟，没来得及。”

“放屁！放屁！”沃姜气得连酒杯都拿不稳了，原地跳起来，“你堂堂妖君，相柳后人，你要催熟一颗心，办法有的是。你分明就是对她……”

晏潮生神色冰冷，一双黑瞳犹如深潭，盯着他。沃姜咽下去要说的话，无力地坐在石凳上，不知道是可怜晏潮生，还是痛恨晏潮生。沃姜叹了口气，从怀里摸出几块占卜用的桃木来。桃木无边角，光泽极好，一看就是存在了千年的神物。

沃姜一边施法，一边喃喃着道：“你是个混账，当初不该娶那个小丫头的。若少主还在……若少主还在，不知道会心疼成什么样。还好他早早离开了，小丫头也什么都不知道。天真无知最是快乐。如今你竟然还来难为老夫，不知道占卜是需要消耗修为的吗？”

沃姜口中的“混账”坐在他的对面，始终冷静地看着他的动作。

随着沃姜的占卜，凭空浮出一幅画面，是三月的桥头，烟火人间——女子身着嫁衣，撑着伞，站在桥上，目光迷茫，不知道该去往何方。

沃姜不看还好，这一看，他忍不住鼻子一酸。旁人不清楚，沃姜却清楚琉双在做什么，她在等少幽。他们昆仑仙境的少主，即墨少幽。

她没了家，没了可去的地方，因为失去心，茫然不知去处，整个八荒，她只剩下最后一个朋友——少幽。

琉双到现在都以为，少幽只是上古血脉旁支桃木一族的一名小弟子。却不知昆山有仙，少主即墨，名为少幽。

慧极必伤，自从百年前琉双出嫁，少幽回到昆仑仙境，得知昆仑仙脉逐渐凋零，自愿以身化境，成为新的灵脉，永保昆仑。少幽陨落在昆仑仙境之中，化作仙境的清风与朝露，自此逐渐没落的昆仑仙境，渐渐又有了当初恢宏的模样。守护即墨少幽长大的沃姜长老，黯然神伤，来了此处归隐。

少幽心中深埋的那段情，沃姜再清楚不过，若不是琉双心有归属，少幽即便不忍心昆仑仙境没落，也不会毅然以身化作灵脉，庇佑昆仑仙境千年安好。

沃姜越想越生气，嚷嚷着道：“好了，人也找到了，看到了吗？你不要她，她也不要你了，弥留之际，她等待的是我家少主。快滚快滚，能做的老夫都为你做了，从此昆仑仙境再不欠妖君什么！”

晏潮生看着画面中的少女，果然站起来就往外走。连沃姜用即墨少幽刺激他，他都没有抬一下眼皮。

沃姜气呼呼地扔了个杯子去砸他，到底不敢真的砸到，只敢砸旁边的桃树，骂道：“你个禽兽，人家最后一程，也不愿放过，非得榨干最后的价值！丧尽天良！爱取什么徽灵之力尽管取，反正人家也对你心灰意冷了。”

刚骂完，晏潮生的脚步一顿。沃姜怕他心胸狭隘，与自己计较，打也打不过，正心虚地准备开溜，没承想晏潮生并未回头，几步便消失在桃林间。

沃姜把手中的桃木娃娃救活，轻轻叹了口气。桃林中风簌簌，好似有谁在低泣。

“少主啊，你若活着，你若活着，唉……”

风过花落，曾桥头折柳的男子，再也回不来。

琉双站在桥上，不知道送出去多少只柳叶纸鹤了。到了今日，少幽依旧没来。她的灵力也快耗尽，不知道自己还能不能等到少幽。她记得，两百年前，少幽教给她的第一个法术，就是用柳叶变纸鹤。

当时，少幽看着琉双懵懂的眼睛，说：“你到底不是真的凡人，不会法术傍身，难免会遇到意外。我教你寻人之术，学会此术，下次遇到难事，可以来找我。”

少幽沉吟片刻，随手摘下柳叶，片片柳叶在他的手中变作纸鹤，围着琉双翩翩起舞。

琉双的眼睛都亮了，握了一只纸鹤放在掌中。这是她学会的第一个法术，与少幽游历的时候，她总用这样的法术找少幽。

前几日琉双的眼中还有血泪，这几日她已经不再伤心，更确切地说，没了心，她感觉不到伤心。她的眼中茫然，不知道该做什么。便依着记忆，站在桥头，等八荒最后一个朋友少幽。她总觉得自己或许快死了，摸摸胸膛，里面空荡荡的，什么也没有。

琉双想和少幽道个别。若世上还有什么值得珍惜、留恋的，恐怕也只剩下少幽。她觉得自己有些没用，少幽知道她生在何处，长在何处，她却不知道少幽的家乡在哪里，想来他那般洒脱的人，作为一位散仙，总是居无定所的。若是能等来少幽，她想听听看，这些年少幽游遍的山河有多美丽。

琉双不知道自己有没有后悔，小雨淅淅沥沥地下了起来。她原本没有带分文银钱，也买不起伞，一位卖伞的老汉见她可怜，送了一把绯色油纸伞给她。

琉双没什么能给他的，便悄悄把最后半块双鱼佩，放进他的背篓里。

原本人来人往的烟柳堤畔，由于下雨无人逗留，最后只剩琉双一个人。没了心，她也不觉得多难熬，往那儿一站，几乎成了一块没有感觉的石头。

其实这样的滋味并不坏，琉双想，比之前好很多。她不难过了。若等来少幽，她也不至于流出血泪吓到他。

天色渐渐暗了，琉双感到很失望，想来今日也等不到少幽了。只是不知道，还能撑多久。她收了伞，刚要离开，转头便看见柳树下一袭青衣的身影。他站在那里，不知看了她多久。

见琉双愣住了，他才伸出手："我回来了。"

琉双不知道残破的心中，那一刻的滋味是否能被称作故人相逢的喜悦，少幽果然没骗她。

琉双飞奔过去，在他的面前站定，原本有很多话要说，可是失去心以后人变得木讷起来，最后只能干巴巴地喊："少幽。"

他的眼睛如同深邃寒潭，嘴角扯出一个笑意，回应她："嗯。"

他的眼睛中含了太多东西，隐隐让琉双觉得陌生、害怕，她下意识地后退一步，立刻看见他的眸光晦涩，她连忙停下动作。她怎么可以害怕少幽呢？或许是百年历练，使他身上的清隽褪去不少，留下更多阴沉的感觉？她是少幽的挚友，总不能因为这点嫌弃他。

于是琉双说："你离开那么久，这些年一定遇到很多有趣的事，我请你喝茶，你给我讲故事吧。"

少幽喜欢喝茶，可是琉双说完才想起来，她的身上没有灵石，也没有可以换钱的东西了。

好在没了心，她生不出赧然的情绪，反应过来，只好说："忘记没有银钱了，那我们去桥下坐坐。"

眼前这个"少幽"沉默着点点头。

但最后到底还是没能在桥头坐下，他不知道从哪里租了一叶小舟。在上面温了酒，让她过去。

琉双还未说话，身上多出一条白色狐裘披风，是他给琉双系上的。琉双被冻得僵冷的身体原本没了感觉，如今披风加身，倒觉得温暖起来。此情此景，倒颇有些百年前游历人间的感觉，琉双说："可惜了，没有月亮。"

人间黑漆漆的，雨才停，天空中奇怪的闷雷不断，哪里会有月亮呢？

"少幽"的视线细细地扫过她的眉眼，半晌，他动了动手指，说："出来看。"

琉双迈步走到船头，轻轻地"咦"了一声，果然看见漫天繁星、一弯朗月，如影随形的闷雷也不见了。

真奇怪。

琉双："少幽，这些年你去哪里了？过得好吗？"

"去了很多地方，还好。"他抬眸，黑漆漆的眸，"你……你过得好吗？晏潮生对你好不好？”

他本来以为，从琉双的口中，会听到比沃姜老儿还要怨恨、生气的话。

可是脸色苍白的少女点点头：“我也过得挺好的，晏潮生很好，过去我的血脉劫，都是他替我挡的。只是终究没有缘分，百年来，是我强求了。”

“你不怪他？”

“不怪。”琉双说。左右是她自己选择的男人，后来也是她自己放弃的。她没有后悔嫁给晏潮生，也没有后悔不要晏潮生。对晏潮生不救苍蓝仙境的寒心，已经随着心脏被捏碎飘散了，琉双尚且不记得苍蓝仙境化作焦土的痛苦滋味，怎么可能还记得对晏潮生一闪而过的怨恨？解灵过后，说起来，他们之间不过是陌路人罢了。

“那你还爱他吗？”

“少幽，这不像你了。”琉双的长睫毛湿漉漉的，沾上了雨水，她奇怪地问道，“百年不见，你怎生这般直白了？”

眼前的“少幽”不说话，也不解释。

头顶明月皎皎，他突然听见琉双用沉静、温柔的声音说：“也不爱了。”

袖中绿色的珠子险些掉落出来，他用力攥紧它，几乎快要捏碎，许久，他不欲让人看出心中所想，闭了闭眼睛：“挺好的。”

船过桥堤，明月刚好挂在枝头。

琉双端起一杯温好的酒：“少幽，你同我讲讲你的故事吧。”

他手指一顿：“你想听什么？”

“什么都好。”琉双说，她的一双眼睛失去了神采，不如以往动人，小脸埋在狐裘中。明明人间已经迎来了春日，她看上去却病恹恹的。

琉双没了心，但还有记忆在，不知道该做什么，听少幽讲故事，似乎是她很久之前的心愿。这具身体如同行尸走肉，僵硬地执行着记忆中的执着。

琉双孤单得太久了，有时候总会有种错觉：少幽走过的路，原本是她应当走过的路。曲水流觞，合拍踏歌，人间才子佳人风流韵事无数。

眼前的男子沉默许久，当真给她讲起故事。他讲得不怎么好，不够新奇、有趣，但琉双听得十分认真。

待他说完，琉双的眼睛已经阖上。

“少幽”突然握住她的肩膀，手在发抖，力道大得琉双立刻睁开了眼睛。

琉双看见他的神色，轻声说：“不好意思啊，我有些累。少幽，你说你的，我都听着的。”

“别睡，”他声音嘶哑地道，“别睡过去。”

“可我好累，”琉双说，“我就只是歇一会儿，很快就好。”

琉双没有得到他的首肯，却骤然落入一个冰冷的怀抱。他抱得很紧，几乎让她本来就濒临破碎的身子感到疼痛。她感觉到抱住自己的身体隐隐在颤抖，想去看他的脸：“少幽，你怎么了？”

他死死地按住琉双的头，让她没法看到他的神色。

琉双似乎明白过来什么：“你知道我活不了多长时间啦？”

她轻轻一笑，抬手摸摸他的头：“没关系的，少幽，我没有很害怕，你也别害怕，为什么你颤抖得这么厉害？”

“我没有。”他否认道。

语速又快又冷，突然让琉双想到另一个人。她停顿了许久，突然问：“少幽，百年前我放在你这里的平安锁呢？你能给我吗？”

他只愣了片刻，说：“弄丢了。”

琉双在他的怀里，睁开困倦的眼睛，不再说话。她身上萦绕的浅浅的温柔不见了，在他看不见的地方，带着淡淡的寒意。

琉双从未在少幽这里存放过什么东西。他并不是少幽。她认出来了，以至于原本吊着的最后一口气，没法就此在他的怀中咽下去。

琉双虽然没有了感知喜怒哀乐的能力，但她并不傻，他们二人这般不同，她早该看出来的，他是晏潮生。

但琉双并没有拆穿他，她对抗着虚弱的感觉，对他说：“少幽，等天亮了，你去街对面给我买一串糖葫芦吧，我很久没有吃过糖葫芦了。”

他不语。

琉双：“我不会睡过去，我就在这里等着你。”

他这才道：“好。”

琉双果然没有食言，顽强地用一口气撑着，不曾睡过去。第一缕阳光照在她苍白的脸颊上，晏潮生放下她：“你等等我，我很快就回来。”

琉双本想笑笑的，可是发觉脸颊僵硬，笑不出来，想再模仿一下，已经忘记怎么笑了。她说：“好。”

他下了船，当着琉双的面，怕她看出来，并未用瞬移的法术。

琉双慢慢坐起来，看着他走远。她随后也下了船，朝着与他相反的方向走去。离开他的庇护，原本晴朗的天空不见了，闷雷阵阵压在琉双的头顶，似乎随时都要劈下来。它们跟了她好几日，琉双早就知道，这是她的血脉劫，它竟然提前两个月来了。

好在感知不到害怕，琉双解开身上的狐裘，任由它从身上滑落，她穿着一身大红色的嫁衣，红得似火。

琉双知道，她等不到少幽了。她不知道晏潮生是来做什么的，现在的她，也不会深想这个问题。记忆告诉她，她要离晏潮生远远的。她宁肯死在雷劫下，也不愿死在晏潮生的怀里。

琉双看着黑云压顶的天空，疲惫地叹了口气。晏潮生为何要来？真是麻烦，害得她拖着疲惫的身子还要离开。

有了这个想法，琉双一愣，模模糊糊地想起曾经日复一日在擎苍山等着晏潮生的少女，若看见晏潮生与赤鸢的身影，她便感到欢喜、雀跃。可如今晏潮生再出现在她的身边，她竟然只剩下这样的念头。

原来琉双想等的、想见的人，已经不是晏潮生。

街对面并没有卖糖葫芦的，晏潮生最后用了法力在人群中搜寻，也不曾找到。他蹙着眉，最后找了一个甜汤铺子的小贩，扔了一颗灵石过去，说：“按我说的做。”

好半晌，小贩不太熟练地做出一串糖葫芦，还未自请重做，一抬头人已经不见了。连同那串不太像样的糖葫芦，一并消失。

晏潮生看到小船时，抿了抿嘴唇，好一会儿才过去，掀开帘子，果然里面空无一人。他垂下眼睛，看见江水中自己幻化出来的脸。

糖葫芦掉落下去，江水晕开，模糊了他的神色。晏潮生坐在船头，空气中似乎还隐约残留着她身上的冷香。

晏潮生知道，现在动身去追她还来得及。可他不该去，他是两界君主，八荒都害怕他，他法力滔天，手段残忍。而她只是一棵连心都没了的小仙草。昨晚，他已经有些失态了。他没有按照和沃姜说的那样，汲取她身上最后一点徽灵之力，他失控地选择了拥抱她。

水中的波纹一圈一圈地晕开。晏潮生想起沃姜的话，昆仑仙境即墨一族的占卜向来不怎么出错。沃姜老儿说，他就这样走下去，早晚有一日，能成为八荒共主。他没有必要去追一具没了心，即将溃散的躯壳。

不会有人这么蠢，两者哪个更有利都区分不清楚。晏潮生很清醒，七百年来，他从来都知道自己要的是什么，为此不惜付出一切代价。幽冥之地有一堆烂摊子等着他处理，梦姬的暴怒，族人的蠢蠢欲动，他不该浪费时间，哪怕是一刻。

晏潮生猛地起身离开，他走了数十步，身后闷雷轰鸣。别回头，往前走。他听见一个声音这样说。不回头，他从来就不会后悔，也不会回头！既然不曾对她动过心，何必再去寻一具破碎的躯壳。

琉双思量了许久，最终还是回到了苍蓝仙境。她用尽最后一口仙气，跌跌撞撞地到了苍蓝湖畔。湖水映出了少女的身影，她看见自己的妆容已经花了，发髻散乱。

琉双蘸了水，想把自己打扮得体面一些。

劫雷在天空中疯狂地向她示威，她哼着凡人娘亲教她的歌，“没心没肺”这个词，此时用在她的身上极为合适。她是真的没有心了，于是，能坦然面对即将来临的命运。

苍蓝的湖水还不太干净，她离开几日，荒芜的苍蓝仙境并未恢复过来，仍旧是一片寂寥的景象。

琉双满意地看见水中倒映出来的美人，心道，要是下一场雨就好了。

若能下一场干净的雨，或许再过个几百年，苍蓝仙境又能生出许多小生灵。

或许是听到了琉双的愿望，真的下起一场雨。雨水转眼就淋湿了她单薄的衣衫，愿望成真，她按理应该高兴，可是心中无论如何也生不出这样的情绪。

雨水滴落在湖中，琉双慢吞吞地挪到了自己出生的地方。琉双记得，树爷爷的本体就在不远处，她出生时，孱弱得不行，整个苍蓝仙境的生灵竭尽所能地照顾她。树爷爷怕她被风吹折了叶片，遮天的树冠，耐心地笼罩着她。可惜如今，他们都不见了。

雨越下越大，这是一场能带来生机的春雨，头顶的劫雷却越发显得狰狞起来。几日前，它们才如手指般粗细，如今已似巨蟒。

琉双比谁都清楚，这次的雷劫，她渡不过去。因为即便没有劫雷，她也没法活下去了，她的灵识在没有心脏那一刻，已经死掉了。都说到了最后关头，人总喜欢回忆生前的憾事，琉双想了许久，也不知道自己遗憾的是什么。或许这辈子，本来就处处是缺憾，生命的留白太大，她什么都没来得及做。

大雨滂沱，砸在她纤弱的身体上，第一道劫雷，蕴含着万钧之力劈下来。

紫色的玄雷劈在琉双身上的那一刻，她皮开肉绽，手指死死地抓握着泥土，看向苍蓝仙境伴着自己长大的湖。这场春雨，落在她的眼中，分外具有生机。

旁人的劫雷顶多三十六道，她的劫雷却有九九八十一道，每一道都恨不得撕裂她的身体。她明明这般弱小，天道却太过看得起她。

琉双的眼神空蒙，视线慢慢变得模糊，她知道，不会再继续下去了。她要死了。从心口到四肢百骸，轻轻泛出疼痛。很幸运，埋藏在记忆里的甘甜尽数涌上来，走马观花而过的，都是这辈子快乐的回忆。

苍蓝仙境里昔日的欢声笑语，凡人娘亲温柔的手，做人间闺阁小姐时院子里漂亮、精巧的秋千，总是严肃的、在朝为官的爹爹，还有少幽温润的脸。

她犯错时，少幽无奈地轻轻敲敲她的额头，那些少幽带领她一同走过的路……

到了最后，弥留之际，琉双也没想到，记忆里还会有晏潮生。他们第一次同眠，两人喝得酩酊大醉，晏潮生笑着看她，问她："怕不怕？"她摇摇头，满眼都是信任。晏潮生嗤笑，真是傻。

红被翻浪，一夜欢愉。琉双喝得醉醺醺的，还不忘提醒晏潮生："你忘记说爱我啦。"晏潮生不语，把她折腾得死去活来。那句话，到了最后，琉双也没有听晏潮生说过。

琉双又想起了第一次应血脉劫，那日天空中电闪雷鸣，她早有预感。晏潮生带着妖兵打仗去了，琉双慌慌张张地拿着少幽给她的明玺珠，祈祷它能帮她挡上一挡。她几乎团成了一个小球，怕破坏晏潮生的宫殿，殃及自己的院子和长欢，连忙找了个没人的地方应劫。

劫雷落下来，她抱住头不敢看。在劫雷将要劈到她身上时，一个身影把她护在了身后。

晏潮生冷冷地嗤笑一声，几乎看笑了："你就是这样应劫的？"

晏潮生的脸色铁青，却任由劫雷往他身上劈，张牙舞爪的劫雷，没入他的身体，他一把摁住她，一边嘲讽一边转化成了灵力往她的体内渡。

琉双突然抬头看他，晏潮生掐着她的脸："我不在，你该怎么办？等着被雷劈死？"

琉双的心突突地跳，像只小鹿般雀跃不已，眼睛亮亮地看着他："夫君会一直在的。"

晏潮生忍了忍，最后还是笑了：“想得真美！”

现在看来，当年的种种依赖，属实不该。靠山山要倒，靠人人会跑。世间种种，只有自己才最靠得住。到了最后，晏潮生确实不在，不仅没有保护她，连少幽留给她挡劫雷的明玺珠，也被他拿去送给宓楚了。

第二道劫雷劈下来之前，琉双的视线彻底模糊。她等来了人间的春日，却再也无法迎来苍蓝仙境的春日了。看不到万物复苏，看不到苍蓝仙境的未来。她错了，她一开始就不应该嫁给晏潮生，若还有一次机会，她一定好好地守护苍蓝仙境，她再也不会爱上晏潮生。

琉双的眼睛阖上，手指无力地松开，狂风骤雨下，劫雷也慢慢散去。她不曾看到，大雨里踉跄着朝她而来的那个身影。

曾叱咤八荒的妖君晏潮生，那一刻竟然连腾云都不会了。

第四章 赤水琉双

指尖的火焰熄灭以后，
又被琉双点亮，
她凑近了看，
确认自己没有看错，
真的是未来的妖君晏潮生。

琉双没想过自己有一天还能恢复意识。她记忆里最后的画面，是紫色的天雷狰狞着落下来，苍蓝湖畔大雨滂沱。识海浑浑噩噩的，又好似大梦将醒。她知道自己可能死了，她捏碎灵髓之后，魂魄已经渐渐溃散。晏潮生找到她的那一日，她已经成了一具行尸走肉。没了心，死在天雷下，她连不甘的情绪都没法生出来。她这种情况，也无法轮回，没有来生。

琉双安然地等待着意识溃散，没想到等啊等，等来等去，意识竟然变得越发清晰起来。她感觉到有人用帕子轻轻地擦着她的手，气愤地念叨着："少主，那个弟子已经抓回来了，任你处置，你可要快些醒过来。"

琉双也想睁开眼睛，可一时半会儿做不到。琉双有个极为大胆，令她感到兴奋的猜测。

少时，又有人来探望她。这一次，是一个陌生的男人的声音，清冷好听："琉双，不愿与昆仑结亲便罢了，大哥去帮你同境主说。"

琉双听了觉得很好奇，这个人怎么知道她叫琉双？她明明不认识他！

除了大哥，还来了一个比较讨厌的人。

这个人是半夜悄悄来的，十分恶劣地用手掐住她的脸颊，扯来扯去："行了，别装了，演得真像，我的兄长都被你骗着去向境主求情，取消结亲，他都在境主的殿外跪三日了。还不醒过来，要闹到什么时候？总不可能真的被一个小妖孽给害得半死不活了吧？"

琉双被他扯得脸颊生疼，自从灵髓没了，她鲜少再感觉到如此明显的疼痛。这个人非常过分，她不用看，也知道自己的脸几乎被捏变形了。琉双想要反抗，打掉他的手，可是无能为力。

半晌，这个人郁闷地道："这样都不醒，莫不是真的出了问题？幻颜珠没吐出来，这张脸看得好别扭。你怎么这么丑？多看一眼，小爷都觉得眼睛疼。赤水琉双，让你偷跑出空桑，真是报应，现在变不回去了，看你到时候怎么哭。"

幸灾乐祸够了，他又狠狠地揉了一把她的脑袋，直到把她精美的发髻揉成鸡窝："小爷不会让你白白变成这样，这就去折磨那妖族血脉的孽种！敢动我赤水一脉，真是不想活了。"他来时像一团烈火，气势汹汹，走时说走就走，一听他的话便知道他是个急性子。

琉双直挺挺地躺在软榻上，一直等到第二日，仙婢们惊呼着冲进来，发现"少主"变成鸡窝头，慌忙给她整理。

两百年来，琉双从来没有这么好奇过。她被困在一具躯壳中，无法说话，也不能动，更不能睁开眼睛看看情况如何。琉双只好将这段时间收集到的信息反复推敲——

仙婢们喊她少主，清冷的男子唤她琉双，说愿意帮她求境主取消结亲。

"境主"，据琉双所知，一方仙境中权力最大的那个人，才能被称作境主。像长留山仙境、不周山仙境的境主，都是举世闻名的人物。其余的小仙境，也都有各自的境主。琉双所在的苍蓝仙境却是没有境主的，以前问树爷爷，树爷爷给出的回答非常洒脱，没有，反正就是没有。

而捏她脸蛋的"坏人"，叫她赤水琉双。这令琉双的心中感到一惊。赤水，琉双对这个姓氏并不陌生。四大仙境中，空桑仙境的主人，便是赤水一族。只有境主一脉的后嗣，才有资格承袭上古"赤水"的姓氏。可是赤水一族早在七百年前就灭亡了，还是覆灭在晏潮生的手中，怎么会有人称呼她为"赤水琉双"呢？还有他口中的幻颜珠……妖族血脉的妖孽……到底都是什么东西？

琉双想得脑袋疼，索性也不想了，每日躺着无聊，她就勤勤恳恳地把记忆中的术法拿出来温习，不管能不能活下来，反正再也不能依赖任何人了，有机会就修炼。

就这样不知白日黑夜地躺了很久，有一日下雨，沙沙小雨仿佛在试图唤醒她的神识。

琉双下意识地觉得心口痛，想去按住那处。愣了一下，想起自己如今被困在一具躯壳中，心口也不再疼。她又安然地睡了一会儿，一个身影走进来，扶起她，打开瓷瓶在她的鼻端一晃。

浓郁的香气使琉双混沌的思绪如拨开迷雾，她试着睁开眼睛，没想到这次竟然成功了！入眼的情景，四周仙气袅袅，一串又一串漂亮的琉璃珠帘垂落着，青衣小丫头惊喜的脸在眼前放大。窗外黑漆漆的，看上去像是夜晚，寝殿内倒是温暖、明亮。

琉双试图坐起来，小丫头连忙来扶她："少主，你还好吧？"

琉双觉得自己恐怕不太好，不知道为何旁人看不出来，她却能感觉到这具身体是死气沉沉的。她打量着眼前的小丫头。

小丫头的身上萦绕着浅浅的仙灵之力，能看出来是一位仙子，琉双不认识她。琉双微微舒了口气，不管什么情况，好歹不是最糟糕那一种，没在幽冥之地，也不在妖窟。

小丫头哇的一声哭出来："少主睡了这么久，拂柳还以为这仙药失效了，奴婢去找宓楚仙子，想问问该如何，宓楚仙子闭门不见，可急死奴婢了。"

琉双骤然抬起眼睛。这个熟悉的名字，把她从遥远的记忆里拉回现实，宓楚？眼前的小仙婢说的是她知道的那个宓楚吗？难道自己还没有死？

琉双试着调动灵力，在手掌中化出一面水镜。没想到一下子就成功了，在拂柳哭泣的嘤嘤声中，她看向水镜，看清自己模样的那一刻，骤然失语。只见镜子中一个脸如大饼，嘴唇厚肿，眉毛稀疏的女子与自己大眼瞪小眼。

琉双险些吓得扔掉了水镜，这……这是她？虽说琉双自出生以来，从没有在意过容貌，可是对着一张美貌的脸看了两百年，突然看见这样的一张脸，险些难以呼吸。

琉双还没为自己突然变得这么丑感到难过，一旁的拂柳反倒是哭得撕心裂肺。

拂柳："少主，你别怕，咱们去求求境主，他一定能取出你体内的幻颜珠，到时候少主就可以恢复容貌了。"

琉双："幻颜珠？"

拂柳："没错，少主是因为吃了幻颜珠才变成这样的，境主虽然为少主出逃、毁约生气，可是一定会想办法救少主的。"

看来故事并不简单。琉双并不难过，努力压住激动的心情："拂柳，我醒来后忘了很多事，你可否细细与我说说？"

拂柳好不容易收住眼泪，面露同情之色："少主真是太惨了！"

"还好，还好，不算很惨。"再惨，这具身体的主人也没有死在天雷下的自己惨。琉双给小丫头擦了擦眼泪，眼前的拂柳让她想起了长欢，长欢看上去也这么大，只是长欢难过时从不流泪。琉双觉得拂柳十分亲切，于是她轻声道，“你别哭，不是说可以变回去吗？”

琉双的镇定安抚到了拂柳，小丫头整理好情绪，把前因后果对琉双说了一遍。好奇这么久，琉双终于知道如今是个什么情况——

琉双如今是空桑仙境境主唯一的女儿，赤水琉双。

原来，在这个时代，四大仙境中，不周仙山的风家独大，其余三大仙境，灵脉开始渐渐凋零。空桑仙境的境主，琉双的爹爹想了一个办法：与昆仑仙境结亲，让女儿与昆仑仙境即墨氏少主合灵，从而促使两族的灵脉交融，保仙境万年不衰。

赤水琉双从小千娇万宠地长大，一听要嫁给素未谋面的昆仑少主，十分不乐意，她心中有更加中意的人，是此时还是天界太子的风伏命。

赤水琉双不愿解除婚约，又害怕威严的父亲，于是在赤水一族旁支姐姐的唆使下，吞了幻颜珠，逃出空桑，想逼着那位昆仑少主解除婚约。她存了小心思，故意用幻颜珠把自己变得奇丑无比。

赤水琉双离开空桑仙境，又入昆仑，人是见到了，昆仑少主也冷着脸同意了。但在她回来的路上，发生了一点儿意外，以至于一直沉睡着。昆仑不欲再结亲的消息传来，空桑仙境的境主被她气得不轻，以为她故意躲避责罚，封闭灵识不愿意醒来，下令不许旁人来看她，只待她一醒便去问责。

知女莫若父，琉双确实是因为害怕被罚才故意服了仙丹，封闭灵识。

直到今夜，照顾琉双的拂柳拿了仙药来，琉双才能睁开眼睛。

拂柳讲话如蹦豆子似的，琉双听得一愣一愣的，惊叹不已。本来以为百年前的自己已经够傻了，没想到还有个比自己更傻的赤水家少主。

他们都不懂，但琉双知道，赤水琉双服食下仙药的时候，身体已无生气，直到她的灵魂注入，才重新有了生机。赤水琉双吃下的仙药一定有问题。

琉双：“拂柳，你说，仙药是谁给你的？”

拂柳：“是宓楚仙子。”

琉双摸摸心口，胸腔里的心脏原本跳得不疾不徐，听到这个名字，一股怨恨涌入，激烈抖动起来。琉双按住胸口，低声说：“这个仇，我会想办法帮你报。”

心跳渐渐缓和下来，麻木的四肢也开始恢复知觉。这具身体残留的情感仿佛能与她共鸣似的，这一刻开始接纳她。

琉双忍不住笑起来。

拂柳看琉双带着一张大饼脸笑得惨不忍睹："少主，你笑什么？"

琉双说："活着真好。"

心脏欢喜地跳动着，她真的活过来了！现在才知道，活着真好。而且这一次，她有了更好的机会，一切都来得及。她不但活过来了，还是在七百年前！这一次，苍蓝仙境还在，挚友少幽也未远行，她来得及好好修炼，护住苍蓝，什么都来得及！甚至赤水一族，她也不会让它重蹈苍蓝的覆辙。她一定会保住空桑，向宓楚报仇。

更重要的是，属于她的心已经死去了，胸腔里，平静地跳动着的，是另一颗心。一颗不再爱晏潮生，能坦然地视他为陌路人的心。

不久，少主醒来的消息传遍了整个空桑，没等琉双出门，有人过来，说境主传话。

拂柳一听，急忙说道："少主，境主肯定要追究你擅自去昆仑仙境的事。怎么办，怎么办啊？"

能怎么办？只能兵来将挡，水来土掩。琉双虽说并非故意夺舍赤水琉双的身体，可事情阴差阳错地发生，能有重来一次的机会，她总不能让境主把她当恶意夺舍给杀了。她一旦死了，别提报仇和守护空桑，还有苍蓝了，这世上赤水琉双和琉双将同时不存在。当务之急，一定不能让人看出不同。

琉双努力搜集一切信息，从夜半到天明，琉双从拂柳的口中了解到不少信息，结合自己曾经在妖界藏书阁看过的书，对于这位赤水氏少主，琉双并非全无印象！

藏书阁传记中，有关赤水琉双的，仅仅只言片语，据说这位赤水少主本该天资奇佳，却生来缺失一魄。因为少了一魄，自小笨拙，境主夫人心疼女儿，对她十分溺爱。赤水琉双修为很低，为人跋扈、莽撞。身为上古赤水一族的金枝玉叶，她没活过三百岁就陨落了，死因不详。

而如今，琉双成了这位赤水氏少主。也难怪自己醒来说不记事，仙婢拂柳能这么快就接受她了，缺失一魄的赤水琉双，性格暴躁，其实却没有太大主见，别人说什么就信什么。

若非有人唆使，她万万不敢吞下幻颜珠，也不敢去昆仑羞辱那位即墨少主。

几位仙族战士炯炯有神地盯着琉双，把寝殿堵得严严实实的，客客气气地说："少主，请。"

琉双知道这锅不背也得背，只好暂且走一步看一步。

一路上，琉双怕自己露馅儿，拼命地回想仅仅存在于古籍中的空桑仙境和老境主。

比起早早香消玉殒的“赤水琉双”，关于老境主的记载多得多，传闻空桑境主法力高强，活了两万岁，严肃、耿直，与夫人伉俪情深。境主在位时，空桑团结友爱，欣欣向荣，若比作人间帝王，他是个爱民如子的帝王。

可正因为这样，琉双才感到头疼，作为他唯一的掌上明珠，赤水琉双逃出空桑，解除婚约，闹得两大仙境的关系紧张，从境主数日不来探望昏迷的女儿，也不许夫人来探望，就知道他有多生气。她这次去，不知道这位境主父亲会怎样罚她。

琉双随着几位将士走到宫门口，领头的那位仙君大概是知道琉双大难临头，怜悯地说：“少主自求多福，千万别再惹境主生气了。”

琉双点点头。仙君看着她惨不忍睹的脸，嘴角抽了抽。

仙君心想：少主的心真是大，原本生得天姿国色，幻颜珠说吞就吞，那么好看的脸，真是暴殄天物。又想起她缺少一魄，懵懂如稚子，做出什么事都不奇怪，只能叹口气。

琉双来不及思考这些乱七八糟的事，她只想先在这位爹爹的面前应付过去，进到殿内，还未见到境主其人，反而先听到了境主威严的声音：“跪下！”

念及赤水琉双害怕她的爹爹，琉双二话没说，“扑通”一声跪在殿前，一个标准的认错的姿势。琉双抬起头，看到一个威严、俊美的中年男子。

空桑境主赤水翀，表情严肃，此时板着脸看她：“你可知错？”

拂柳说过赤水琉双很怂，琉双立刻道：“知错知错。”

琉双认错如此利落，赤水翀一噎，说：“你若实在不满意这门亲事，也不能用这样下作的法子，变幻了容颜去叱骂昆仑少主，若非人家大度，性子好，你以为你能活着走出昆仑？”

赤水翀越想越觉得心累，还好女儿闯的是昆仑仙境，昆仑那位少主出了名的性子好，又念及父辈的交情，放她平安离开。若赤水琉双闯的是不周山风氏一族，竖着进去，恐怕得横着出来。

琉双也曾经有过严厉的父亲，几句话间，她就看得出来，境主十分疼爱女儿，比起她犯下的错，赤水翀更担心她在昆仑出了事。赤水琉双非常害怕赤水翀的威严，但琉双能看出来，赤水翀是个好父亲，她松了口气，确定赤水翀并不会伤害自己。

在这样的情况下，以赤水琉双害怕受罚的性格，肯定会说实话，顺带无意甩锅，琉双心里一定，当即说：“宓楚仙子说，可以这般去昆仑。”

赤水翀皱着眉头："你说，是宓楚让你去的？"

琉双点头。

"荒谬！"赤水翀说，"做错了事，还冤枉旁人！本君今日打死你这个小混账！"他扬起手，作势就要打。

告状不成，变成挨打，琉双哭笑不得，抱住脑袋，看来赤水琉双经常胡乱告状，在亲爹这里劣迹斑斑，没了信任可言。

这顿打琉双没打算跑，境主真要动手，她根本跑不掉，也不知道赤水翀打得重不重。

结果赤水翀的手还没落下来，琉双身前就站了个人。

一个男子挡在琉双的身前，跪下求情："境主息怒，少主少不更事，是追旭没有看好她，才让她闯下如此祸事，追旭愿代少主受罚。"

赤水翀说："追旭，此事与你无关，你让开。"

白追旭沉默着不说话，分毫未让。赤水翀拿他倔强的性子毫无办法，甩袖道："赤水琉双，滚去九思潭中思过，修为不突破，不许出来！"

白追旭皱眉，要说什么，赤水翀说："再为她说一句话，你也去九思潭里面跪着。"

白追旭磕了个头，毫不犹豫地道："追旭陪少主领罚。"

赤水翀的手一挥，示意他们赶紧滚，眼不见心不烦。

琉双被白追旭扶起来，带到殿外。她看着眼前衣衫上绣着青竹的男子，十分不好意思，本来自己被罚就算了，没想到还连累了旁人。

白追旭的声音很耳熟，正是她昏迷时，说为她求境主解除婚约的那一位。

白追旭见琉双面带愧疚之色看着他，轻轻一笑："莫怕，追旭哥哥陪着你。"

琉双还未说话，一个轻蔑的声音响起来："她如此蠢笨，待她顿悟、突破那一日，恐怕百年之后了。兄长，你真要陪着她，去九思潭关上一百年？"

白追旭："羽嚣，不可这样说少主！"

琉双回头，见一个少年从树上飞下来，他笑得十分夸张，一把掐住她如今丑兮兮的脸蛋："赤水琉双，你自己去领罚，别害我兄长！"

琉双看了他一眼，很好，这个人是谁，也一下子就清楚了。她拍了一下少年的手，用了十足的力气，这人当她的脸是面团吗？就差把她的皮肉揪起来掐了。疼得不行。

琉双说："我不会连累旁人，你别动手动脚。"

白羽嚣的面色古怪，他感到十分意外，赤水琉双的胆子比老鼠还小，九思潭漆黑一片，就一个莲花座，没人进去陪她，她真有勇气进去被关到突破？

琉双揉着脸，对白追旭道："谢谢你，不过真的不用陪我进去。若方便，你领我去，可好？"

白追旭担忧地看着她，他从来不拒绝少主，听她这般说，当即点点头："你若是害怕，随时唤我。"

白羽嚣"哼"了一声。

九思潭深不见底，入口漆黑，像个吞噬人的黑洞。好在琉双连幽冥之地的炼血海都待过，在如此安静的地方反思，不算难熬。

他们兄弟二人把琉双送到九思潭入口，一个面露忧虑，一个幸灾乐祸。

白羽嚣："怎么？不敢进？要不要小爷补一脚踹你下去？谁让你作妖，还冤枉宓楚。"

琉双没和白羽嚣计较，权当他是空气，她初来乍到，作为魂飞魄散、又意外重聚的魂魄，能重活一次已是十分感激。

琉双回身朝白追旭行了一礼，当作求情的感谢，迈步踏入九思潭。反正境主没有重罚她，只是让她修行，对赤水琉双来说天都要塌下来的事，对琉双来说算不得什么处罚。这甚至给了她时间，让她能好好梳理下现在的情况，想清楚怎么适应新的身份。

见琉双的背影消失在入口，白羽嚣沉着脸。他心里非常不爽快，又说不出来为什么。这位小少主蠢笨，十分经不起挑衅，以往自己刺她一句，她恨不得扑过来和他厮打，这次却没什么反应，还朝白追旭行礼。

琉双的身姿婀娜，盈盈一拜，有种说不出来的风姿。

白羽嚣看得别扭，在心里冷笑，左右顶着一张丑脸，做什么都难看！

白追旭也愣了好一会儿，抿嘴轻笑，欣慰地说："少主长大了。"

白羽嚣怼亲兄长："别露出这么一副表情，不知道的人，还以为你看上了一个丑八怪！"

白追旭："羽嚣，别胡说。"

白羽嚣："哪句是胡说？说你看上她这一句？还是说她丑这一句？"

白追旭默默地拔出剑，注视着弟弟，白羽嚣退后一步，撇嘴道："老古板，没意思。"

他们在外面争吵，琉双听不到，她此时已经完全进入九思潭。九思潭里漆黑一片，就像白追旭说的，里面除了一汪寒潭和一个巨大的莲花座，什么都没有。她凝神沉思，总觉得这个格局，很像幽冥之地拿来关押人的炼血海，只不过炼血海恐怖多了。

琉双飞上莲花台，盘腿坐下。

没有成功地揭露宓楚，她的心中并不觉得沮丧，毕竟来日方长。从空桑众人的反应，琉双看得出来，宓楚在空桑颇受欢迎。

局面对赤水琉双不利。赤水琉双虽然被许多人护着，可是因为生来少一魄，所有人看她的目光，都夹杂着怜悯。作为少主，因为弱小，所以旁人对她并没有爱戴。想来赤水琉双的心中也有几分无力。宓楚陷害赤水琉双，从自己的嘴里说出来，却没人会相信。

没事，琉双吸了口气，慢慢来。先保护好自己，在仙境安顿下来。寒潭水烟雾袅袅，琉双闭眼凝气，从醒来到现在，她还没有好好地审视这具身体的状况。如今进入九思潭，终于有了机会。

琉双细细地梳理经脉，惊讶地发现，赤水琉双的根骨竟然很不错，至少比曾经的自己适合修炼多了，只不过因为缺少一魄，修炼起来事倍功半，十分吃力。久而久之，赤水琉双感到自卑，不乐意修炼。

如今身体里换了魂魄，缺少的东西仿佛骤然完整，琉双只认真地打坐了一会儿，便觉得全身舒畅，妙不可言。在妖界和幽冥之地的百年，琉双因为修为低下，有无数缺憾，如今惊喜地发现，她修炼起来十分得心应手。重活一回，她心如明镜，再也没有比自己的实力强大更令人安心的事。

琉双当即收敛所有心神，不去管什么宓楚，也暂时不去思考自己体内的幻颜珠，一心一意地沉浸在识海中。

头顶突然照出一缕明光，一个声音得意地道："赤水琉双，你不会偷偷躲在里面哭吧？"

琉双睁开眼睛，听出是白羽嚣的声音。琉双感到有些头疼，白羽嚣的性格恶劣，还精力充沛。他不待见自己，不是应该离自己远远的吗？怎么总往她面前凑？她抬起头，果然看见一张不怀好意的脸。

赤水琉双是怎么对白羽嚣的，打一架？

少年俯身说："我借了传世镜，给你送一样大礼。先前你自昆仑归来受伤，陷入昏迷，是因为一个小妖孽，还记得吗？”

琉双的脸上露出迷茫的表情。

白羽嚣默认琉双懂了，嘴唇一弯：“我抓了他，现在把他扔进来，任你欺负，放心，此事境主大人不会知道，好好玩，不必感谢我，你也别指望我的兄长进来陪你了。”

不等琉双回答，白羽嚣的手一抬，扔下来一个人。

琉双连忙往后一退，额头上的青筋突突直跳，只见“轰隆”一声，那个人摔在她的旁边，浑身是血，无力地趴着，竟然被生生地挑断了四肢的经脉！琉双还没来得及拒绝，白羽嚣已经消失不见，连同头顶的天光也不见了。漆黑的世界，除了她，只有身旁不知死活的“小妖孽”。

琉双过去，用好不容易凝出来的灵力，在指尖点亮幽蓝色的火焰，俯下身，轻轻推了推掉下来的人：“醒醒，你还好吗？”

他一动不动。

琉双把他翻过来，下一刻，看清他的脸，她抿着嘴唇，指尖的火焰无声地熄灭了。

……是他啊。

指尖的火焰熄灭以后，又被琉双点亮，她凑近了看，确认自己没有看错，真的是未来的妖君晏潮生。真是冤家路窄，一来就遇见最不想遇见的人。

琉双记得，宿伦大人说过，七百多年前，晏潮生年少时，曾经拜入空桑学艺，掐指一算，大概就是这段时间。

只不过如今的晏潮生看上去稚嫩太多了，少年的发带松松垮垮的，整个人狼狈不堪。他趴在莲花台上，肌肤苍白，墨发铺开，四肢以一种奇怪的姿态扭曲着。看得出白羽嚣下手极狠。

琉双注意到，晏潮生略微散乱的衣襟下，肌肤被片片蛇鳞包裹着。这些漆黑的、冰冷的蛇鳞狰狞、难看，还有几片朝外翻着，正汩汩地流着血。她感到有些意外，记忆里，她没有见过晏潮生的身上有这样的鳞片。

琉双支着下巴，双眸打量晏潮生，心里却冷冰冰的。她前世的夫君，哦不，前夫。她还记得，上辈子她很喜欢这个人，心甘情愿地陪他在幽冥之地生活了百年，种出一片灿烂的花，在又冷又孤单的山上等他回家。他最后却连少幽给她的明玺珠都没留给她。也不知道她死的那日，晏潮生知道以后会是怎样的情形，有了宓楚，他应该也不会再想起她。

没了心，人就变得聪明起来。当局者迷，旁观者清，琉双跳到局外，客观地分析，顿时觉得晏潮生这个人挺坏的。他不爱她不要紧，可是他既然有喜欢的人，那一开始就不应该欺骗她，把她当作一个替身。后来因为他心爱的宓楚，自己被抓走，只能捏碎心逃离天界回家，从而魂飞魄散。

前世已成过去，爱与恨，没了能感知一切的心，都没有意义。琉双摸摸胸口，再见晏潮生，这具身体的心，跳动得不疾不徐，就像在冷静地分析一个无关紧要的陌生人。

琉双重活一回，知道许多将来注定会发生的事——晏潮生将来会覆灭空桑。

若要阻止事情的发生，保护赤水琉双的家，最简单的办法是这个时候杀了他。没有晏潮生，空桑仙境自然不会覆灭。

念及此，琉双的指尖凝聚出幽幽蓝焰，抵上晏潮生的脖子。

过了好一会儿，琉双收回手。不太妥当。赤水琉双爱闯祸，可是胆子小，别说杀人，境主骂大声点都能把她骂哭。白羽嚣把他扔进来，过一段时间她出九思潭，若是境主亲自来接她，发现她杀了人，肯定会知道她不是赤水琉双，到时候就不好收场了。虽然琉双不大待见晏潮生，可是好不容易得来的生命，总不能给他陪葬。

晏潮生身上的血腥味太过浓烈，琉双嫌弃地离他远了点。

琉双看看四周，莲花座漂浮在潭水之上，她伸出腿，打算趁晏潮生没醒，悄悄把他往潭水中踹。

九思潭是化雾之水，淹不死人，等晏潮生泡干净了，白羽嚣回来，她就让白羽嚣赶紧把晏潮生弄走。

琉双小巧漂亮的浅紫色鞋子，才蹬上晏潮生的肩膀，他的睫毛颤抖了一下，眼睛也睁开了。

黑暗中，琉双连忙缩回了脚，与曾经的晏潮生相处久了，她下意识地以为他还是呼风唤雨的妖君。她心道，敌不动我不动。

琉双有意观察晏潮生的反应，轻轻地一眨眼睛，明眸中流光滑过，在这样的环境下，琉双足以看清晏潮生的举动。

少年晏潮生没有抬起头来看琉双，他挣扎着，把断了的手臂努力往回缩，似乎要完成什么动作。他的动作十分吃力，经脉断裂处流下的血染红莲花台。

晏潮生浑然不觉，眼尾发红，咬紧牙关，带着执着之意。血迹蜿蜒，晏潮生的身体颤抖着，终于把手臂收了回去，琉双听见骨头的摩擦声，感到毛骨悚然，看着晏潮生的动作都觉得疼。

最后，晏潮生用两只断手，颤抖着整理自己散开的衣襟。散开的衣衫被重新拉上，再也看不见丑陋的蛇鳞。他似乎用尽了所有的力气，额头上全是冷汗，剧烈地喘着气。

莲花台染上晏潮生的血，花瓣微微开合，似乎在水中颤抖。

琉双瞥了一眼潭水，浅浅的红色一层层晕开。琉双的心里冒出一个很坏的主意，如果告诉晏潮生，她早就全部看见了，不知道晏潮生会不会一口血喷出来，就地死亡。想到晏潮生不能死在莲花台上，琉双极力按捺住了蠢蠢欲动的心。

琉双看着晏潮生合拢衣衫的动作，被他身上的血腥味熏得头昏脑涨。白羽嚣把他折磨得很惨。他的身上实在太脏了，一身衣裳不知道穿了多久，不仅脏，血腥气更明显。

琉双屏住了呼吸好一会儿，本来打算无视，但快憋不下去了，嫌弃得不行，只好开口："我给你用清洁术清理一下？"

晏潮生肩膀颤抖了一下，好半晌，冷冰冰地说："不劳少主费心。"

哟，竟然又是一个赤水琉双的熟人。联想到晏潮生是白羽嚣口中的"小妖孽"，琉双终于记起了拂柳所说。那日赤水琉双悔婚后，从昆仑回到空桑，撞见一名守山门的弟子，弟子要查她入山的腰牌，核查身份。赤水琉双当初匆匆忙忙地逃离空桑仙境，哪里记得住带上自己的玉牌。

玄衣弟子冷着脸："无玉牌，不得进入空桑。"

赤水琉双说："我是空桑少主！你胆敢拦我，让开！"

"我没见过少主，"玄衣弟子手中的棍子一横，"不听你的片面胡言，有玉牌则进，无玉牌离开。"

赤水琉双试图贿赂他，他冷笑一声，一棍子打了过来，就砸在赤水琉双拿着灵石贿赂他的那只手上。

这下，娇生惯养的少主彻底生了气，哪怕白氏一族的大公子，平素都把她捧在掌心疼，一个给空桑仙境守门的，竟然敢对她动手，她当即想要硬闯。

这个弟子却并非善茬，在废柴少主的手下过了数十招，竟硬生生地把她逼出山门。

赤水琉双顶着一张幻化的脸，气得直哆嗦，又止不住地感到羞恼，她堂堂空桑少主，竟然打不过一个守门的！

眼看拂柳的身影出现，赤水琉双干脆把眼睛一闭，关闭灵识，把自己昏迷的事，赖在这个不知好歹的可恶少年的身上。赤水琉双早早打算好，回来就关闭灵识逃避责罚，还顺带牵连了一下这个守门的。

谁知道赤水琉双昏睡以后，再醒来，就变成了现在的琉双。

琉双想起不久前的夜里，白羽嚣闯进来，说帮她教训小妖孽，顿时忍不住叹气。原来晏潮生就是那个连少主都敢打的倒霉弟子！旁人不知道怎么回事，她和拂柳却清楚，这件事对于晏潮生来说，简直是无妄之灾。他守卫山门，尽职尽责，如今因为背上伤害少主的罪名，被白羽嚣折磨成这样。晏潮生不恨她和白羽嚣都不可能。这下好了，莫说为了空桑的安危要除去晏潮生，就是为了自己好好活着，也不能让他活下去。晏潮生是修炼奇才，等他变成妖君，自己修炼一万年都打不过他。现在虽然不能动他，等出了九思潭，她立刻想办法。

琉双观察了良久，晏潮生看上去好像真的很虚弱。这就好办了，还商量什么呀。琉双直接把晏潮生拖过来，用了一个清洁术帮他清理干净。

空中的血腥气散去，总算好闻起来，琉双只觉得身心舒畅，满意地松开他，晏潮生被她这么一通折腾，脸颊染上一层薄红，不知是羞是气，他胸膛的起伏大了些，睁开眼睛冷冷地看着琉双。

晏潮生的瞳孔带着浅浅的银色，四目相对，琉双知道，恐怕他也能在黑暗中视物。

琉双下意识地以为晏潮生要骂人，可是过了半晌，晏潮生的嘴唇动了动，愣是没说出一句话。

琉双无趣地垂下眼，她不再分出精力关注晏潮生，干脆坐得远远的，继续修炼。

晏潮生一言不发，十分安静。

两个人原本相安无事，可是没过一会儿，琉双感觉到鞋子沾上濡湿的东西，血腥味又重了起来。琉双睁开眼睛，看见晏潮生的身下重新渗出来的血，都流到她的脚边来了。

琉双深吸一口气，妖族好像有很多血，只要吊着一口气，就不会死。这样一来，过不了多久，他的血必定会流满莲花台，沾她一身，反反复复，无休无止。

琉双打了一个激灵，被那可能出现的情景搞得全身发毛。恶心感促使琉双赶紧挪过去，伸出手覆盖在晏潮生身体的上方。先止血，不能让晏潮生打扰她的修炼，不然被关着出不去，岂不是要在这里对着他一辈子。她不是仙草了，不喜欢和他待在一起。

琉双掌中柔和的绿色光芒笼罩着晏潮生的身体，修复晏潮生身上的伤。琉双一帮他治疗，立刻发现晏潮生的情况有多糟糕。他的四肢被扭断后，又被挑了经脉，心、肺出了血不说，还断了数根肋骨，修为也被废了。好不容易，总算止住了血，但她不会帮晏潮生治别的伤。琉双离得远远的，给自己施了一个清洁术。

整个过程，晏潮生一声不吭，任由琉双摆弄，若非他偶尔抽搐一下，琉双还以为晏潮生已经没气了。

琉双这回闭上眼睛，再不受任何打扰。

晏潮生被扔到莲花台上时，心中感觉很绝望，他知道白羽嚣捉了自己羞辱，是为了给九思潭中的这个无能的少主解气。他忍住不去想即将发生的事情，阖上眼眸，生怕泄露眼中的憎恨。

被传世镜送入莲花台时，晏潮生几乎以为自己的死期要到了，开始回忆这辈子少有的、乏味的经历。

晏潮生身负妖脉出生，自有记忆开始，他和一群小妖怪生活在一片山林中。说来奇怪，所有妖都有原形本体，比如虎妖的本体是老虎，豹子精可以变成猎豹，连鸟妖，都有自己的本体，只有晏潮生没有。

晏潮生有意识时就一副凡人男孩七八岁大的模样，以前的记忆全没了，除了身覆漆黑的鳞片，看上去与凡人无二。妖怪们向来以实力为尊，晏潮生的模样看上去柔弱可欺，所有妖怪便都想从他的身下撕下一块肉。

晏潮生已经想不起来那些艰难的日子，都是怎样过来的。他讨好逢迎大妖，任由他们踩在他弱小的脊背上。屡次奄奄一息，还挣扎着给人磕头。他忍辱负重，挣扎着活下去，不怕辛劳，不怕吃苦，日夜不停地修炼，终于，他的法力比山林中大多数妖怪高强，不用被人踩在脚下，也不用担心会被吃掉。

可渐渐地，晏潮生越长大，需要的食物越多，胃像个无底洞，山林中能跑、能动的被他吃光了，他饿得难受，想要去别的地方寻找吃的，收服的妖怪小弟们拦住他，一个个都摇头，说不可以。

他们说，如今这世间，仙界为大，自从上古帝君相柳没落后，散落八荒的妖怪们，个个夹着尾巴度日。神仙们看不上法力低微的妖怪，不屑于收服他们，可若他们敢沾染其他仙境的土地，不说仙人们，就是道士，都会收了他们。

晏潮生只好忍着饥肠辘辘，依旧躲在山林里修炼。

但不是所有的妖怪都像晏潮生这样能忍，终于有一天，有妖怪踏出山林，没多久，就在道士的符纸下，惨叫着化作飞灰。

过了一日又一日，山林的妖怪越来越少。晏潮生不再坐以待毙，他出去找出路，几只跟着他的妖怪同他一起，战战兢兢地走在人世间。

他们认真地做了伪装，但没想到，还是遇上了道士，晏潮生一开始不欲伤人，他知道一旦杀人，就是一条血腥的不归路。晏潮生被关在笼子里，听见道士们轻蔑地嘲笑："以为穿上衣衫就能当凡人，畜生就是畜生，一定为非作歹，为祸苍生。生来低贱，也就死后，还有点价值。"

道士们看过去，妖怪们瑟瑟发抖地缩在笼子中。

"这个妖怪的皮毛不错，或许能炼一件护体的法器。咦，那个妖怪的牙齿或许能做利器。"

"师兄，还有这个小崽子，没想到运气不错，逮到一只人参精，炖了必定功力大增。"

轮到晏潮生，为首的道士皱眉打量了他一会儿："别无所长，把他的眼珠抠出来，再挖了内丹吧。"

晏潮生的眼里泛出血腥和冷意，他掰断笼子的栅栏，那是他第一次杀人。

道士们的血在晏潮生的脚下淌了一地，道士们死了，晏潮生被各大修仙者追杀，说他恶贯满盈，劣根不改。

晏潮生屡次逃出险境，但他身边的妖怪们没有他这般好运。他们追随晏潮生，晏潮生却没有能力让他们吃饱，甚至，没办法保住他们的命，杀了小道士，总会招来老道士。依旧应了当初的命运，有些妖怪被剥了皮，有些妖怪被拔了牙，最惨的妖怪，被挖了内丹，锁住魂魄。

最后一次，身边的小妖为了救晏潮生，全部都死了，只有晏潮生一个人活了下来。

晏潮生抢到一只小狼妖，背着小狼妖逃跑，小狼妖眼里带着泪，气若游丝地说："老大，你去修仙吧，听说妖怪也可以修仙，修了仙，就能活下去，不用挨饿受冻，也不会被所有人觊觎内丹，可能做一方帝君，受万千香火供奉。老大，你今后要凶一点，凶一点，别人才怕你。"

小狼妖说完，便在晏潮生的背上断了气。

晏潮生沉默着点头。从那以后，他开始努力求仙问道。小狼妖的话响在耳边，晏潮生受了许多苦，碰了无数次壁，终于，三年前，空桑仙门大开，要在八荒广收弟子。晏潮生匍匐在他们脚下，把头都磕破了，终于换来一个测试的资格。他心生向往：若能拜入一位师尊的门下，从此就能受到尊敬，踏入仙途。

晏潮生通过重重考验，比所有新弟子的法力都高，却在测验血脉时受阻，那个人摇摇头："妖脉弟子，只可以干杂活，不可以拜入仙门，你要么自行离去，要么站在那一处，等候安排。"

晏潮生心里生出无尽的失望，到底没舍得走，领了牌子，选择留在空桑。他被分配去守仙境的入口，他听说，三年后，空桑会有一场大比，只要是空桑弟子，哪怕是最低等的弟子，若能参加，有优异的表现，或许会被几大家族的仙尊们看上，破格收入门下。

为了这个机会，晏潮生不顾寒霜雨露，日日守在空桑的入口，兢兢业业地守卫空桑仙境。

晏潮生害怕出半点差错，丢掉这个宝贵的机会。有时候他抬头，空中仙气袅袅，往上看是万重天，而一旦低头，往下便是无尽深渊，是那些死在他的身边，被挖了内丹妖的累累骸骨。

晏潮生不想步小狼妖的后尘。他要赢得大比，哪怕最后一个灵力不怎么高强，地位也不高的仙君愿意收他做弟子，他也会感激不已，一定好好地侍奉师尊。

春来秋去，抱着这一线希望，眼看这一日越来越近，如今却什么都被毁了。因为拦了一个身份不明的女子，晏潮生日夜不停地修炼出来的修为被废，经脉寸断。

多可笑，只因为她是少主。她是天上云，他是任人践踏的地上泥。

被扔下来，感觉到琉双的打量时，晏潮生趴在地上，控制住自己憎恨的双眸。熬过那么多风霜雨雪，人间数不清的悲苦岁月，连修真的门槛都没摸到，就要这样死了吗？他的心中十分痛苦又不甘。

赤水琉双会怎么对他？是干脆利落地灼魂，还是像白羽嚣那样慢慢地折磨他？

没多久，一只秀气、小巧，绣着灼灼海棠的鞋，踩在他的肩膀上，就要用力蹬下去的时候，晏潮生睁开了眼睛。

晏潮生不愿意把自己难看的躯体暴露于人前，不论是谁。他知道，在所有人的眼里，这具包裹着蛇鳞的身体都不好看。想起那些道士看着自己浑身漆黑的蛇鳞嫌恶的目光，反正也要死了，世上还无人会替他殓尸，不妨死得体面些。晏潮生咬牙整理好了衣衫，这才有空应付她。

入目的是一张令人作呕的丑脸。都说仙界出美人，也的确如此，晏潮生守在空桑，来来往往，见过不少好看的仙子。可眼前这个，上古高贵的赤水氏，丑得令人一言难尽。

也难怪晏潮生不相信她是空桑少主，换作任何长了眼睛的人，恐怕都不会相信。

传闻中的空桑少主，年纪虽然小，却是万年难遇的美人，姝色无双，这张脸，也当得起姝色无双？

晏潮生强忍疼痛，都做好和她同归于尽的准备了，却没想到，听见她说："我给你用清洁术清理一下。"

琉双的声音清脆，如珠落玉盘，好听极了，和她的脸半点不符。

晏潮生不知道她葫芦里卖的什么药，但他深知赤水琉双和白羽嚣都又狠毒又坏，他当即出言拒绝。本来以为她会暴怒，没想到她眨了一下眼睛，就此作罢。过了好一会儿，她突然又把他拖了过去。

晏潮生的全身紧绷，看来她仍有折磨人的兴致。他心中冷意泛滥，十分憎恨自己此时的无力，要是能更强大些就好了，今日就不会任她摆布。只见她掐了个决，晏潮生等待着身上疼痛来临，白光闪过，他脏污的衣服变得干干净净的，血渍也没了。

晏潮生无法控制地，大口大口地喘着气。意识到少女没有折磨他，反而施了一个清洁术，晏潮生抬起头。

漆黑的九思潭，在晏潮生的眼中，与白昼时并无区别。他看上去冷冰冰的妖瞳足以忽略一切黑暗，本来黑暗之处才应该是他生存的地方。

她没有碰他，给他在狭窄的莲花台上留出一片空地，兀自修炼去了。

晏潮生有片刻不解，就这样？他等待了好一会儿，也不见她有别的动作，在疲惫和疼痛感侵袭下，晏潮生无力地垂下长睫毛。比起被扔下来前，身上舒服、干净了不少。

晏潮生没出声，只要赤水琉双不想起自己，也许他就能活下去。没想到过了一会儿，她又来了。晏潮生握紧拳头，他憎恨这样提心吊胆，把命运交给别人的感觉。一如当初小狼妖和其他妖怪的死，他什么都做不了。绝望与恨意让晏潮生忍不住思索，若是自爆没了修为的内丹，够不够让她也受伤？

可是还没等他自爆内丹，她掌心柔和的光芒覆盖在他的身上。晏潮生如置身在轻柔的水雾中，绿芒拂过，一点点平息了他的痛楚。他的身体因为被治愈而不自觉地颤抖着，银色冷瞳划过一丝恼怒和茫然。她到底想做什么？把他害成这样，毁了他最后的希望，现在不仅给他清洁，划出一小块地盘给他，还为他治疗白羽嚣弄出来的伤。

直到身上不那么痛了，晏潮生依旧没有明白她的用意。真的不杀他吗？血止住后，他在莲花台上待了三日，不动声色地观察她。晏潮生清楚，赤水琉双虽然法力低微，可到底有赤水氏的仙脉，如今想杀他很容易。

她闭着眼睛，一张脸怎么看怎么难看，唯有长睫毛，如扇轻盈。

晏潮生隐隐有种感觉，她或许连他在旁边这件事，都忘了。晏潮生的瞳孔变幻着，曾因伤重化作银色，在伤势好转一些以后，终于能变成正常的漆黑。他垂下头，心中充满警惕与憎恶，她与白羽嚣一唱一和，一个唱白脸，一个唱红脸，打一棍子又给颗甜枣，必定有所图。不管是什么，他冷冷地想，她都不可能得逞。

对琉双来说，如今修炼是生命中的头等大事，她没有关注晏潮生打量她的眼神，一心一意地观察赤水琉双的灵髓。

琉双努力吸纳灵力充盈灵髓，也不知道过了多久，终于有了效果，仿佛有一只手，将上面的灰尘拭去。琉双的欣喜自不待言，她的身上泛出一层浅浅的冰蓝色的雾气，轻如丝絮。

过了一会儿，琉双发现情况不妙。她虽然能往身体里输送灵力，却不能很好地调度它们。体内的灵力乱飞，一时间莲花台仿佛飘散着蓝色的雪花。

琉双感到有些后悔，不该修炼得这样急切，赤水琉双的身体习惯了不疾不徐，现在修炼的进度加快，身体无法适应，隐隐有生出心魔的可能。

琉双试图控制暴动的灵力。想到上辈子最精通治愈之术，她只好试着把灵力转化成柔和的治愈之术。

对面，晏潮生发出低低的一声闷哼。

琉双睁开眼睛，看见莲花台另一边的晏潮生十分狼狈，晏潮生在她暴动的仙灵之力下，本来就没有接好的筋脉疼痛不堪。这些灵力如刀，一点一点地反复割裂着他的身体。想来他忍了许久，终于忍不住了，才闷哼出声。

眼见晏潮生的手背青筋鼓起，试图去攻破莲花台，琉双连忙说：“别动！”她处在灵髓受损的关头，九思潭可不能出岔子。

可是让人家一动不动地承受痛苦，显然很难做到。

琉双想想宿伦一本正经地骗自己的样子，当即看着晏潮生，说道：“你忍忍，你不想续上经脉，重新修炼吗？”

晏潮生的嘴角溢出一声冷笑：“少主既然把我害成这样，为何还会帮我？”

琉双不敢让晏潮生发现自己的灵髓正在经历巨大的考验，这个时候她若能控制好灵力，不损伤灵髓，日后的修炼会很快，若不能，灵髓受损，再好的根骨也坏了。她咳了一声，柔声说道："我意识到自己错了，不该那样对你，我后悔了，真的，回来以后我一直在昏睡，不知道白羽嚚把你折磨成这样，我想补救，真的，我只想治好你，你给我一个补救的机会吧。"

以前小仙草对着晏潮生说话，总是带着满满的爱意，琉双现在虽然不能体会那种感觉了，但这个技能信手拈来。

晏潮生注视她许久，琉双感到特别紧张。终于，晏潮生咬紧牙关，忍住不吭声了。晏潮生竟然信了，琉双感到非常开心，专注地转换灵力。

渐渐地，冰蓝色的灵力变得柔和下来，丝丝环绕翻飞在莲花台附近。琉双学着调动灵力，最后成功地护住灵髓，没有损伤，暴动的灵力也转化成治愈的嫩绿色。

琉双嘘了口气，睁开眼睛，意外地发现，莲花台另一边的晏潮生，几近虚脱地倒在莲花台上。

晏潮生的全身被汗水浸湿，脸色惨白，像是疼得死过一回。然而，阴差阳错，琉双本来随便说说，骗他的话，竟然成了真。

晏潮生被困在莲花台上，受了她的灵髓最纯净的灵力，嫩绿色的灵力拂过他的身体，如穿针引线，竟然把他的经脉接上了。

琉双："……"

都不知道说晏潮生是运气好，还是运气差。承受了数百倍的痛苦，重新换来完整的经脉。她第一次意识到眼前的这个人，果然还是稚嫩的少年时代，她骗晏潮生别动，他即使痛成这样，为了那一分治愈经脉的希望，竟然真的一动不动。换作七百年后狂妄的妖君晏潮生，只怕直接跳起来砍人了。

晏潮生在暴动的灵力下，忍无可忍地闷哼出声时，几乎想要不顾一切地杀了对面的少女。她体内的灵力横飞，那些灵力，如锐利、残忍的尖刀，刺痛他残破的经脉。他痛得浑浑噩噩的，想不顾一切地撞破莲花台。

血液几乎逆流，他的牙齿打着战，对面的人突然睁开眼睛，说道："你忍忍，我在给你治疗经脉呢，你不想续上经脉，重新修炼吗？"

想，当然想。晏潮生做梦都想着拜入仙门，成为这世上最强大的存在，不必被道士追杀，不必被人任意摆弄。真的成了废人，他如何能甘心？可是，这简直是天大的笑话，她怎么会愿意给他接上经脉？晏潮生完全不相信她的话。陷害他的人是她，如今说要治好他的人也是她。实在太过可笑，他不信。

晏潮生听见她放柔声音，软声说："我意识到自己错了，不该那样对你，我后悔了，真的，回来以后我一直在昏睡，不知道白羽嚣把你折磨成这样，我想补救，真的，我只想治好你，你给我一个补救的机会吧。"

她真的不知道白羽嚣的所作所为吗？不，有个声音告诉他，别信，她就是个骗子。

可是，晏潮生一个人不知道走过多少孤寂的岁月，从来没有人用这么柔和的语气哄他。或许是疼得不清醒了，晏潮生竟然也想着去搏一搏，她口中的那一分可能性。他还想再入仙道，参加大比，不能死在这里。她若真的想杀他，大可不必费劲哄他，直接杀死他便是。想到这里，他忍住疼痛，默认一赌。

晏潮生对自己从来足够狠心，在她的灵力肆意下，他几乎度日如年，千万种疼痛穿梭而过，他全部咬牙忍了下来。到了最后，他疼得连颤抖都没力气，晕厥过去。

晕过去之前，晏潮生心想，还好，经脉真的接上了。她方才不是在骗他。

不知道过了多久，晏潮生恢复意识，睁开眼睛。他闻到一股香气，是从对面的少女身上散发出来的。晏潮生是妖身，只要他愿意，万物皆可吞，赤水琉双是上古血脉，修炼出来的灵力，使人垂涎。

晏潮生以前听人说，空桑少主是个废物，现在看来却并非如此，她的修炼可谓十分迅速，短短数日，原本稀薄如雾的灵气，就已形成几乎凝实的片羽。

晏潮生的喉结动了动，收回目光，他现在能坐起来了。审视着自己被废修为后小了好几圈的元丹，他微微收紧拳头。不久之后就是空桑大比，一切却已付诸东流。

晏潮生眼中的嘲弄一闪而过：若是可以，他真想吞了赤水琉双，那样一身丢失的灵力就回来了。可这样修炼，一方面为天地所不容，另一方面，他杀了空桑少主，不可能逃得出空桑。老境主的一根手指就能让他魂飞魄散。他压下心中的杀意，垂下眼皮。她以为帮他接好经脉，有了悔意就能弥补他吗？真是白日做梦！

过了几日，片羽消散，莲花台花瓣盛放，骤然开到极致，琉双惊喜地睁开眼睛，发现自己突破了！

九思潭外传来一阵阵钟声，琉双一看，果然，莲花台的禁锢，已经在无形中消失。琉双步履轻盈地站起来，飞出九思潭，一次也没回眸看留在莲花台上的晏潮生。

如琉双先前所想，境主表面严肃，实则无比疼爱女儿。九思潭一有波动，早早地就在外面等她，琉双才出去，就被搂入一个香气扑鼻的温暖的怀抱。

女子摸着琉双的脸，心疼得快要掉泪：“娘的双双，怎么消瘦成这样，都怪你爹不好，非要这样罚你，依娘说，灵脉是他的事，他怎么舍得牺牲我的双双。”

女子的眼泪掉入琉双的头发中，在女子的怀抱中，琉双冷冰冰的心，仿佛被一只手轻轻一拨。与见到威严的赤水翀不同，她看到眼前温和的紫夫人，孺慕和委屈之感，忍都忍不住。琉双一时都分不清是自己的感受，还是赤水琉双残留的情绪。琉双恍然想起，凡人娘亲的怀抱也曾这样温暖。

紫夫人拍着琉双的背：“娘在这儿呢，再不让你爹罚你。”

琉双的眼眶莫名有点儿酸。

身后有人低咳一声，琉双站好，境主赤水翀站在不远处，白追旭也来了，白羽嚣不见人影。

赤水翀的审视让琉双打了一个激灵。

琉双骤然想起，赤水琉双的修炼是很缓慢的，如今自己这么快出关，紫夫人爱女心切，或许不会第一时间觉出异样，却瞒不过境主。

赤水翀的目光复杂：“琉双，过来用灵石一测。”

境主的掌心出现一个透明的琉璃珠子，紫夫人想起什么，见琉双不动，惊喜地推了推琉双：“双儿，快去呀。”

这几个人，琉双一个都打不过，他们一个个虎视眈眈地盯着她。琉双悔不当初，早知道不该这么早出来。如今在众人的目光下，不得不把手放上去。

透明的琉璃珠一开始出现浅蓝，后来逐渐转变成绚丽的明蓝色。

琉双的手僵住。

赤水翀哈哈大笑：“好，好！我赤水氏后继有人了！”

琉双一愣，赤水翀的反应竟然是高兴？

白追旭眼里也出现喜色，道：“恭喜少主，魂魄归位。”

只有琉双不明所以，心惊胆战不已。

紫夫人摸摸琉双的头发，温和地说：“即墨氏占卜果然名不虚传，三百年前你出生，即墨境主前来道贺，为你占卜一卦，说你的命中有一劫，渡过则魂魄归位，光复空桑有望。”

紫夫人没说让她想起来就害怕的后半句，若渡不过，则香消玉殒，世间再无空桑一族。于是，这么多年，大家都提心吊胆，生怕少主出事，日日盼着她的魂魄完整。

琉双收回手，心中一片茫然，只有她知晓，她并不是原来的赤水琉双。这到底是怎么回事？庄周梦蝶，还是蝶梦庄周？琉双百思不得其解。

紫夫人心疼过了女儿，抚着琉双的脸，又止不住心疼女儿没了花容月貌，说："双双，你先前怎么这般糊涂，竟然吞幻颜珠，那是能随便吃的吗？"

琉双说："都是我的错，以后再也不敢了。"

"如今想变回去，恐怕不容易。"紫夫人叹息一声，看向境主："你救救双双，她已经知错了。"

赤水翀看见琉双的这张脸，也是额角的青筋一跳，实在不知道自己的女儿怎么这么能作："幻颜珠不可逆，我也没有办法。"

紫夫人急得不行，赤水翀低叹一声："不过，我没办法，不意味着旁人没有办法，昆仑有神器神农鼎，神农鼎能炼玉化珠，若他们肯借神器一用，琉双体内的幻颜珠或可取出。"

紫夫人一听，尴尬不已："神器一开，势必耗费无数灵力，双儿才得罪了昆仑少主，昆仑愿意为她使用神农鼎吗？"

赤水翀一瞪琉双："你问她自己怎么办。"

琉双自知理亏，商量道："要不，不取了？"她现在的目标是八荒第一高手，又不是八荒第一美人，大不了今后出行用面纱。

紫夫人眼泪涌到眼睛里，悲恸不已，琉双见了，连忙给她擦泪："别哭别哭，娘亲，我去借，我去道歉，我给昆仑少主认错，一定求他原谅我，好不好？"

赤水翀说："你不会又要去气人家吧？"

"琉双不敢。"

赤水翀说："自己做下的错事，自己想办法解决，即墨氏大度，你亲自上门道歉，许能冰释前嫌。若借不到神农鼎，你就一辈子顶着这张脸，当作教训！"

琉双点头。

见琉双乖巧、听话，是真心去认错的样子，赤水翀叹了口气："追旭，你带着羽嚣陪她一起去，别让她闯祸，昆仑有何要求，空桑均可商议，务必取出她体内的幻颜珠。"

白追旭连忙答应道："追旭一定好好保护少主。"

赤水翀并不太放心，白氏的两位公子，虽然修为都不错，大公子太过服从琉双，二公子则过于叛逆，看热闹不嫌事大。如今琉双灵脉受损，其余仙君都走不开，琉双本来就得罪了昆仑，真去了那边，万一没人管得住她，出了岔子，幻颜珠永远也别想取出来了。

赤水翀心念一动，神识外放，感知到九思潭中还有人："上次在空桑入口，拦住少主的那弟子是何来历？"

白追旭愣了一下："回境主话，是一境外弟子，平素守仙境的入口，唤作晏潮生。"

赤水翀收回看向九思潭的目光，说："让他带着十诫环跟着去。"

琉双万万没想到，境主竟然会做出这样的决定："境……父亲，可否换一个人？"

赤水翀说："就让他去，放心，他纵然拿着十诫环，也不敢妄自伤你。"

琉双还要说什么，紫夫人拉住她："双双，听娘的，先取出幻颜珠，可好？"

琉双只好闷闷不乐地说："嗯。"她想了想，也好，刚好路上找机会，为空桑解决后患。

琉双走后，晏潮生也出了九思潭，走回平日住的地方，空桑的天已经黑了。他住在一片竹林里，竹林里有许多屋子，全是境外低等弟子的住所。

晏潮生脸色阴沉地回去，不料有人见到他，笑道："晏师弟，你可算回来了，今日空桑仙境有使者过来，你快去看看吧，境主有令。"

晏潮生想到自己的处境，心中烦躁，境主有令？境主也想给他的宝贝女儿出气？这一条贱命，还真是人人都惦记。他冷笑一声："境主说什么？"

师兄摇摇头："使者在等你，晏师弟去看看就知晓了。"

晏潮生走到自己的竹屋旁，果然看见一位仙君在等他，晏潮生收敛脸上的阴沉，笑着行礼。

仙君淡淡地看了晏潮生一眼，说："境主赐十诫环，让你明日跟着少主前往昆仑仙境，防止少主闯祸。"

晏潮生："十诫环？"

仙君见他姿态恭敬，解释道："是可越阶束缚仙人的法器，你收下方能明白。境主说，少主年幼不懂事，怕闯了祸，你且随行照应一下，待你归来，必有重谢。"

晏潮生在心里冷笑，没让仙君看见自己的表情，一字一顿地，含着笑道："仙君放心，弟子一定好好照顾少主。"

"照顾"二字说出时，咬得比所有字都重。

第五章

前往昆仑

留在原地，
仙气散尽就是死期，
跟着晏潮生，
或许真的有一线生机。

琉双也没想到，在空桑都还没安定下来，就得为了幻颜珠去昆仑仙境，出发前，她特意找拂柳补了功课，大体了解了该怎么对待白氏的两位公子。

赤水琉双有点憨，她在熟人面前憨点儿准没错。

第二天，白追旭早早地来琉双的寝殿接她。琉双一出来，白追旭看着她的装束愣住。

琉双扯扯自己的衣裙："是不是很奇怪？拂柳非要我这样穿。"

只见琉双身上的仙衣，里三层外三层的，生生把原本窈窕的身姿裹成一个粽子。拂柳一大早就把这些护体仙衣往琉双身上套，担心少主去昆仑被打。

琉双拗不过护主心切的小丫头，想少穿一件都不行。

最后拂柳还找出一条面纱，给琉双戴上，说昆仑少主也是男人，少主遮了脸，若模样可怜些，说不定昆仑少主就心软了。琉双吃下幻颜珠后的样貌实在太令人想捂住眼睛，遮一遮比较好，免得再次勾起昆仑少主的愤怒。

以至于琉双磨磨蹭蹭地出门时，成了一个戴着面纱的粉色粽子。

白追旭把手握成拳头，掩盖住眼中的笑意，咳了一声："不会，出门在外，少主如此装扮……不错。"

琉双看出白追旭在安慰自己，小声说："那你倒是别笑啊。"

白追旭果然不笑了，只是眼中还有些许笑意："少主，羽嚣已经在外面等我们，走吧。"

果然，琉双随着白追旭出去，一眼便看见白羽嚣在仙境边缘等着，正在逗一匹玉顶火龙驹，白羽嚣看见琉双，不像白追旭这样收敛，完全不讲礼貌地放肆大笑："赤水琉双，你这是破罐子破摔了？打算入锅蒸？"

白追旭："羽嚣，不得对少主无礼。"

白羽嚣笑了一会儿，见琉双站在自己的哥哥身边，完全没有冲上来和自己打一架的意思，两个人像看傻子一样看他，他立刻收起笑，板着脸："走吧，早日启程，早点儿回来，听说昆仑仙境中的人，皆是一板一眼的木头似的性子，一点儿都不好玩。"

说罢，白羽嚣拿出几枚铜钱，在掌心抛了抛，铜钱落地，立刻越来越大，最后变成一条金灿灿的船，险些闪瞎琉双的眼睛。

白羽嚣得意地一笑："昆仑在极北，需要长途跋涉，我早早从父亲那里拿来了七宝铜钱，走吧，我们可以睡在里面，舒舒服服地到昆仑。"

琉双的眼睛一眨不眨地看着七宝铜钱化作的金色船只，上面流苏晃荡，看上去金碧辉煌，奢华得令人瞠目结舌。

真不错，重活一回，还能长不少见识。

白追旭扶她上去，琉双的眼前，赫然是一间金屋。

琉双以前没有见过这样奢华的仙器。上辈子苍蓝仙境十分质朴，要什么几乎都没有，后来住在幽冥之地，晏潮生好战，不讲究排场，实用的东西不少，但这种华丽、享受的东西，几乎不曾见他用过。空桑不愧是上古遗留的仙境，底蕴深厚，好东西真多。

白羽嚣往桌前一坐，见琉双到处看，心里有些得意："好看吧？"

琉双点点头，还在摸索怎么和每一个人相处，肯定他："好看。"

她不抬杠了，白羽嚣看着她这副仿佛没见过世面的小模样，冷笑一声："没见识。"

不过白氏的两位公子都知晓，因为赤水琉双缺失一魄，又有渡命劫的占卜，境主管女儿管得非常严格，赤水琉双在空桑长到三百岁，几乎从未涉足境外。外界只知道空桑有一名少主，却不知她修为几何，是什么模样。也因此，赤水琉双之前私自去昆仑，让赤水狰不仅急怒攻心，又担忧不已。

白羽嚣正要驱使仙器，白追旭说："等等，还有一个人。"

话音刚落，玄衣少年就出现了。

晏潮生走出清晨的薄雾，从仙池边过来，行礼道："白大公子、二公子。"最后目光落在琉双的身上，平静地喊："少主。"

琉双下意识地看了一眼白羽嚣，白羽嚣私下废了晏潮生的修为，还挑断他的经脉，八荒之中，废人修为比杀了他还严重，可谓深仇大恨。

白羽嚣看见晏潮生，脸色果然微微一变。

倒是晏潮生，他面无表情，仿佛先前折磨他的事情从未发生。他这般沉得住气，反而让琉双多看了他几眼，以她对晏潮生的了解，总觉得晏潮生憋着坏水。

琉双打量着晏潮生，试图找出赤水翀给他的十诫环在哪里。境主父亲到底给了晏潮生一个什么东西？

感受到琉双的目光，晏潮生回过头，平静地看了她一眼："少主在看什么？可是有何不妥？"

琉双当然不会主动提起十诫环，否认道："没事。"

晏潮生的唇角一勾，不再说话。

浑然不知几人发生过什么的白追旭说："出发吧。"

白羽嚣驱使着七宝铜钱行在云霞之中，琉双随便找了一间屋子，准备继续修炼。此去昆仑仙境，即便顺利，以七宝铜钱的速度，至少也得十日。

四个人一起去昆仑，琉双最有好感的便是白追旭，白羽嚣像一只暴躁的刺猬，而晏潮生，她心里憋着自己的打算，一时半会儿却想不到什么办法，能在不暴露自己的情况下，在白氏两位公子的眼皮底下解决人。

至于到昆仑以后如何赔罪，琉双更想不出来，她做小仙草时性情温和，从来没有像赤水琉双这样能闯祸，属实缺乏赔罪的经验。琉双不知道那日赤水琉双对昆仑的少主说了什么，又做了些什么折辱人家，心里有些忐忑。但愿昆仑少主性子好些，不过分为难她。

七宝铜钱飞了三日，最先耐不住性子的当属白羽嚣，他拍琉双的门："赤水琉双，别告诉小爷你在修炼啊？你可别跑了！"

琉双被白羽嚣打扰，还没来得及应对他，身下突然剧烈地震动了一下。

外面的白羽嚣也被这样剧烈的震动弄蒙了，怎么回事？众人还没来得及反应，七宝铜钱仙器骤然散开，化作铜钱落下，仙器中的琉双没了支撑，失控地往下掉。

琉双想要飞身而起，稳住身子，没想到灵力根本使不出来，下方仿佛有什么可怕的东西，一股巨大的吸力把她吸进去。

慌乱中，耳边传来白追旭还算冷静的声音："不知是何情况，少主，别怕，千万别走散。少主，把手给我。”

琉双连忙把手递给他。

然而琉双还未触碰到白追旭的手，一只冰凉的镯子突然扣在她的手腕上。

旋即天旋地转，琉双坠了下去。

这个时候，足以证明拂柳多有先见之明，她粉粽子的作用充分发挥出来，从云海中摔下去，六件仙衣护体，愣是没有受伤！

反而身边传来一声闷哼，琉双看过去，晏潮生摔在她的身边，嘴角流下一丝鲜血。她手腕的镯子，不知何时把她与晏潮生的手腕扣在了一起。银色的镯子里带着浅浅的光华，又如汹涌暗潮。他竟用了十诫环。

琉双一看周围，除了她和晏潮生，白氏两兄弟都不见了。她有些生气："你搞什么鬼？"

晏潮生从地上爬起来，擦了擦嘴角血迹，见她问也不问便认定是自己做的，他眼中的冷意多了些："我没搞鬼。"

琉双本来不相信，可是抬头一看，也觉得有些不对劲。头顶的天空阴沉沉的，在他们的身后，挂着一块玉牌匾，上面写着"泰川城"。

方才在天上没有感觉到，此刻落下来，周围浓重的妖气令人感到毛骨悚然。晏潮生现在有这样大的本事吗？

琉双抬头看向城中，只见街道上人迹寥落，然而房屋鳞次栉比，所有屋檐下都挂上了红灯笼，看着十分喜庆，仿佛要办什么喜事。

一种不好的预感在琉双的心中升起来。这种落入污浊之地的感觉，琉双最熟悉不过，第一次到死气森森的幽冥之地，看到的便是这样的景象。

身上的仙气仿佛被什么无形的东西抽走，她试图凝聚灵力，可灵力刚到指尖，便溃散了。

身后有一只手突然拉住琉双，把她拽进小巷中，晏潮生死死地捂住琉双的嘴，低声在她的耳边道："情况不对，不想死就别出声。"

晏潮生的语气很不好，眼睛眯着，盯着小巷外面。

琉双在晏潮生的怀里下意识地要挣扎，注意到晏潮生的脸色，也跟着转头往外看，原来不知何时，所有房门紧闭的宅院，都打开了。

人们提着红灯笼，目光呆滞，从宅院里走出来。

一户如此，户户如此。

不多时，数百人走在街道上，他们的动作完全一致，垂着头，像是被操控的傀儡，全往一个方向去。

等他们完全离开，晏潮生松开琉双。

晏潮生的目光带着几分奇异，在灰蒙蒙的天空下亮得惊人："少主，我们跟上去看看。"

"我不去。"琉双坚决地摇摇头，这里一看就不是什么好地方，处处透着诡异，在这里灵力会慢慢溃散，她觉得很没有安全感，自然不会再把自己往危险处送，好不容易捡回来的命呢！

"你解开我，要去你自己去，我要去找白追旭和白羽嚣。"琉双示意晏潮生解开将两个人扣在一起的银色镯子，她的脸色平静，拿出作为空桑少主的威严和气势，生怕晏潮生看出她的灵力无法使用。晏潮生是妖身，在这里似乎没受什么影响，他又拿着十诫环，若让他知道自己的无力，保不齐会因为失去修为报复她。

晏潮生低头看她，见琉双冷着脸，确实不愿与他同行。而城中有一处地方，强烈地吸引着他，有个声音告诉晏潮生，一定要过去探个究竟。

晏潮生只思量了片刻，便解开了十诫环。

琉双舒了口气，掉头就往城外走，牌匾就在不远处，她出去正方便。先保命，下次再解决晏潮生吧。琉双看到挂着牌匾的城门一喜，当即就要往外走，可是才走出去，下一刻，只觉得一晃，她竟然又回到了原地。琉双不信邪地试了好几次，每一次才出城，就会回到原点！

"原来在这个地方，少主的灵力会溃散。"琉双顺着说话的声音看过去，晏潮生提了两盏灯笼，意味不明地看着她。

晏潮生迈步靠近，琉双心道不好，竟然被他看见了，她连连后退，直到被他逼到牌匾下。

两个人一进一退，琉双满心都是"完了完了"。晏潮生的狂妄和睚眦必报，她比谁都清楚，这下他肯定要和她算账了。被他发现以后，少主的身份根本震慑不了他。她想起莲花台上发生的事，顿时觉得苦恼起来。

晏潮生低头看她，说话声音很轻，带着三分讥讽："少主也会怕？"

琉双努力保持镇定："没有，你离我远点。"

琉双伸手去推他，晏潮生看着单薄，她伸手推上去，他却一动不动。

晏潮生的眸光晦暗不明，虚虚地握住琉双身上溃散的仙灵之力，不知道在想些什么。

琉双的全身紧绷起来，若晏潮生真的要做什么，她绝不会坐以待毙，必定和他一拼。

半晌，琉双的手里被塞进来一盏红灯笼，晏潮生对琉双说："拿着，跟上我。"

被塞过来的灯笼靡丽，上面还画了鸳鸯戏水，琉双一动不动。

晏潮生走了几步，见琉双没跟上来，有些不太耐烦，回头的那一瞬间，阴郁的眸光却散去了，变得缓和："少主，我不会害你，你这样出不去，我有预感，出口在城中，你相信我可好？"

琉双像个小粉粽子站在牌匾下，拎着红灯笼，面纱遮住了她的脸，她的眼睛圆圆的，狐疑地看着他。

此刻，两个人心中都是对彼此的鄙夷。

晏潮生心道：就这副怂样，竟然是仙境少主？

琉双心道：自己找死就够了，竟然还想带上我？

见琉双不动，晏潮生诱哄她似的，声音更柔和了，冲她伸出手："少主，相信我。"相信他，若是有什么危险，晏潮生吞了她，就有足够的修为应对任何情况。而如若安全出去，救了空桑少主，也是个不错的功劳。挟恩图报，他学会了。

琉双并不相信晏潮生。这个人冷心冷血，对待自己的妃子尚且毫不动容，不可能会在危险的情况下护住她。但她衡量片刻，仍然跟上了晏潮生。

琉双纵然可以万般不信，但是她相信晏潮生活下去的能力，毕竟七百年后，他活得好好的，世间却没有赤水琉双这个人。留在原地，仙气散尽就是死期，跟着晏潮生，或许真的有一线生机。

琉双暗暗警惕晏潮生，摸摸腰间的一堆保命的小玩意，心中有了打算。她可不是仙草了，她现在是赤水琉双，一起走就一起走！

两个人一路往城中走，看见的所有宅院，都亮着灯笼。

城中十分安静，一片树叶落下，都能听见声音。

突然，唢呐声响起来，格外刺耳。嫁娶时的乐声明明十分喜庆，此时却透着一股难言的凄厉。

"过来。"晏潮生说。他和琉双躲在外面看，只见吹唢呐的队伍朝着城主府而去。

城主府外，人山人海，人们的脸上都带着僵硬的笑意，他们拎着灯笼，直勾勾地注视着一顶花轿。

唢呐声中，花轿停下来。

喜婆背着一个女子出来，女子一把掀开自己的盖头，在喜婆的背上疯狂地挣扎着，绝望地吼："放开我，我不嫁给他，我绝不嫁给一只畜生！"

女子疯狂地捶打着喜婆，喜婆却仿佛感觉不到痛，笑得喜气洋洋，用呆滞的声音说："新郎迎新娘——"

城主府的大门骤然打开，琉双盯着那扇门，心里莫名有点儿紧张。

少顷，一个男子被人扶着"走"了出来。

琉双怎么看都觉得他走路的姿势，有种说不出的怪异。

男子脸色苍白，嘴唇是深深的黑色，看上去竟格外地俊美。他似乎没有看见新娘的挣扎，笑着迎上去："芸儿，拜堂吧。"

女子看见他，瑟瑟发抖，搂紧了身下喜婆的脖子，不敢看他。

男子体贴地道："你身子弱，拜堂前，先吃些东西，待会儿才有精力。"

男子的话音刚落，那个唤作"芸儿"的女子身体里，骤然张牙舞爪地伸出无数红色的丝线，红丝生出荆棘，刺向一旁观礼的百姓，转瞬，好几个被红丝缠绕的凡人滑倒在地。而"芸儿"面色更加红润。

琉双抿紧了嘴唇，不妙呀。她虽然阅历不够，可目前的情况还是能分析出来的，那男子明显是妖怪，就是不知道是什么妖怪。赤水琉双的修为低，若白追旭在，应该一眼能看出来。

芸儿身上的妖气也很重，刺完百姓后，她的神情变得更加痛苦，看起来并不愿意这样做。

晏潮生的目光注视着男子喜袍下的腿，神色晦暗不明。

眼见人们涌进城主府，看两个人拜堂，晏潮生开口道："少主，你可知泰川城是什么地方？"

琉双："什么地方？"

晏潮生回头，迎着她不解的目光，他敛去嘴角的恶意，轻轻一笑，温柔地说："泰川自数千年前，就隶属于南境空桑，所以这里，是少主你的辖地。"

琉双闻言，脸都要绿了。

作为空桑赤水一脉，琉双自然肩负斩妖除魔的重任。没遇到这种事还好，遇到了当真不能袖手旁观。她是赤水琉双，不能不管。

晏潮生说：“少主，放心去，弟子观察过了，能动、能打的就两个，少主神威，想必不在话下。”

琉双觉得无语，没想到，她还未感受到空桑少主的快乐，首先面临的，就是沉重的义务。琉双在心里懊恼地叹了口气，苍蓝是她过去的责任，如今用了赤水琉双的身份，赤水琉双要做的事，也是她需要去做的事。她理应像守护苍蓝一样，守护现在的空桑仙境。琉双不知道在这种情况下，赤水琉双会不会去，但自己一定会去。虽然失去了感知喜乐的心脏，她的骨子里却还是那个人，以前能为了苍蓝舍弃一切，现在也会肩负起对空桑的责任。可是——

琉双抬起手，示意晏潮生看，她凝出冰蓝色灵力，顷刻又溃散：“我这样没法和他们打。”

“那可真是可惜，他们得一个个死了。”晏潮生的语气冷淡，本来就是在耍琉双，没指望她真去。

晏潮生在心中冷嘲，正要敷衍琉双，让她好好待着，他进去一探。却不料他还没动身，衣摆缠上一只白嫩的手，轻轻地扯扯他。

“粉粽子”摊开掌心，没注意晏潮生冷淡的脸色，琢磨着跟他说：“不过不能放任妖怪作恶，你身负妖脉，帮我看看，这些东西，哪些能用得上，我们试试。”她的掌心里躺着一个乾坤袋。

晏潮生看着琉双掌中的乾坤袋，好半晌，才说：“你怎知我身负妖脉？”

琉双没法解释这个问题，只好诚实地说：“那天看见了。”指的是她在九思潭中目睹的晏潮生身上漆黑、丑陋的鳞片。

听罢，晏潮生低下头，陷入沉默。片刻后，晏潮生伸出手拿过琉双的乾坤袋。也不与她讲话，冷着脸，活像被人戳了痛处，不再继续这个话题。

这一看，晏潮生还真的找到不少好东西。他拿了一根红色的香，又拿了一支笛子。

晏潮生问琉双：“少主会用月洛笛吗？”

琉双看着晏潮生手中碧色的长笛，摇摇头。当小仙草时，凡人娘亲不教笛子，府上闺阁女孩都教古筝的。

晏潮生说：“我用月洛笛去对付那个妖怪，点香少主会不会？”

琉双从晏潮生平淡的语气中，感受到了“如果什么都不会就去死”的威胁，接过来点点头。她肯定地说：“会。”

晏潮生看了琉双一眼。

见晏潮生看她，“小粉粽子”拿着手中的香，还认真地补充了一句：“你放心，我会做好的。”反正不会比你差。

面纱遮住她丑陋的容貌，一双眼眸如水似的明亮，仿佛在说不会拖他后腿。晏潮生收回目光，可笑，这还是第一次……身份高贵的人，让她去救人，她当真就去了。

上辈子琉双生活的时代，妖怪完全没有现在凶残，因为比妖怪更凶残的，是制定了严明律令的妖君晏潮生。众妖在晏潮生铁血手段下，没有一个敢生事，生事的妖怪往往坟头的草都三米高了。

琉双打晕一个凡人，混入新娘送亲队伍中。泰川的百姓归她保护，严格说起来，这次是晏潮生在帮她。没想到还没反目杀他，先是合作去办同一件事。也不知道晏潮生愿意救泰川城的目的是什么。

他们分头行动，琉双的任务是用一念香去迷倒新娘。琉双收起面纱，低着头，学着周围傀儡人的模样，让自己的目光呆滞，不言不语。周围都是被控制的凡人，没人发现她是刚刚混进来的。

琉双跟在众人的身后，城主府里假山嶙峋，再往里走是金鱼池，琉双悄悄看了一眼，池中的金鱼全部一动不动，像被定格一般。天上没有一只鸟儿在飞，看来泰川城中所有活物都被控制住了。琉双心想，能控制一座城，还能让他们在城中仙气溃散，妖物的来头肯定不小。

送亲的队伍停在新房外，琉双和一群傀儡人一起规规矩矩地站着，没多久，新娘被送回来，仍旧是喜婆背着她，想来已经拜完天地。

琉双低着头，新娘路过时，她闻到很重的一股妖气。

正发愁怎么进去点香不被里面的女妖发现，有人往琉双的手里塞了一个盆，刻板的声音响起来：“你去伺候姑娘洗漱。”

琉双求之不得，立刻端着盆进去。

新房里燃着红烛，那女妖芸儿坐在床头，喜婆和几个丫头冷冷地盯着芸儿，不许她离开喜榻。

琉双进去，知道这些喜婆和丫头恐怕是男妖怪的人，不像外面的傀儡人那么傻。琉双不敢直接惊动她们，低眉顺眼地蹲下，给新娘芸儿擦手。

芸儿的脸色灰败，如花的娇颜上神色恹恹。

半晌，芸儿突然看着琉双的衣裳，目光如炬："你是谁，我的丫鬟巧巧呢？"

琉双一惊，没想到芸儿认识被自己打晕调包的丫头。

随着芸儿的话，神情僵硬的婆子们，猛地抬起眼睛，盯着琉双。

琉双心都快要跳到嗓子眼，手摸到了香，却见芸儿低声说："是阿莲啊。"

婆子们重新恢复喜庆的笑容。

琉双抬眼看着芸儿，芸儿悄悄地捏了一下她的手，借着帕子的遮掩，芸儿在琉双掌心写字："帮我。"

琉双握紧手指，装作什么都没发生，端着水盆出去。离开前，她在一念香上一抹，把香悄无声息地放在无人看到的角落，在外间静静地等待着。

一念香本来是境主夫人送给赤水琉双安魂的，晏潮生告诉琉双，对于妖怪来说，一念香是猛烈的迷香，哪怕功力高深，闻久了也会睡死过去。赤水琉双一直没用上，没想到阴差阳错地在这里派上了用场。

琉双在心里默默数着数，过了好一会儿，她走入里间，只见站立着的丫鬟、婆子都不见了，地上有好几条色彩斑斓的小蛇，一动不动的。原来是蛇妖！

芸儿却没有昏迷过去，她渴盼地望着琉双，激动得语无伦次："我就知道，你是神仙！仙子是来救我们泰川城的吗？"

琉双疑惑地道："你是凡人？"芸儿似乎不是妖怪，完全不受一念香的影响，可是凡人的身上，为什么会有这么重的妖气？

芸儿苦笑着说："小女子的确是凡人，只不过吞下了那个怪物的妖丹，这才变成这个模样。"

芸儿绕开一地的蛇，走过来向琉双跪下行礼："我叫席芸儿，是泰川城城主的女儿，求仙子大发慈悲，救救小女，救救小女的家人和泰川城的百姓。"

琉双把芸儿扶起来："你先起来，我会帮你的，席姑娘，你和我说说现在是什么情况。"

席芸儿神情难过地说："都怪芸儿不好，招惹了那个妖孽，这才为泰川城带来祸患。妖孽用神器控制了一城的人，现在城中被结界覆盖，许进不许出，凡是在其中的活物，皆如傀儡，生机一日日消失，最后死去。"

"神器？"琉双感到十分惊讶，一个妖怪，手中竟然会有神器，怪不得七宝铜钱飞过泰川城时会溃散坠落，而白追旭在第一时间没有觉察异样！许进不许出……不知为何，琉双想起上辈子困住苍蓝的结界。树爷爷曾经传信，说有神器困住苍蓝仙境，没有一个人能跑出去，还让琉双千万不要回去。和席芸儿如今说的情况何其相似！会是同一件神器吗？那件神器，导致苍蓝覆灭，寸草不生。琉双的心里感觉沉甸甸的，过去她没有时间和能力找出害了苍蓝的凶手，这次或许有机会！

“我没有见过这件神器。”席芸儿继续说，“三日前，泰川城突然变成这个样子，所有人仿佛失去了神志，受那个妖孽的控制，在我的逼问之下，他才告诉我原因，可是不愿让我看到神器放在何处。”

琉双问：“你说的妖孽，是那个要娶你的男子吗？”

席芸儿：“是他，他叫毕巡。他对我说，他有上古腾蛇血脉，仙子，纵然他再厉害，可如今没了内丹，必定极其虚弱，若你要除他，现在是最好的时机。”

琉双看了一眼席芸儿的腹部：“可是，他把内丹给了你，你真的要我杀他？”

席芸儿一僵，随即别开头：“我只觉得他恶心，仙子，邪魔妖道，人人得而诛之！我不会嫁给一条蛇。”

琉双心中忖度着，上古腾蛇血脉啊，这样的大妖，内丹何止修炼了千百年！他们一行人真够倒霉，出门遇上这样的大妖，更何况人家还有神器在手。别说是白家的两位公子，怕是赤水翀来了，也会觉得有些棘手。

这样的一方大妖，掏出内丹，不惜用神器作孽，连天罚都不顾，只为了娶一个凡人姑娘。为了一个人，困住一座城。当真是疯了。

可他喜欢的姑娘偏偏要他去死，看席芸儿脸上厌恶的表情，琉双深深地体会到，七百年前，妖的存在实在令八荒厌恶。琉双那样问，是因为本来还怕有内丹的席芸儿舍不得让毕巡死，会帮着毕巡。现在看来，席芸儿对毕巡只有恶心和憎恨的感觉。这就好办了，至少不会再多一个敌人。

“妖都该死。”席芸儿低声喃喃着道。

琉双不置可否，毕巡在城中残忍屠戮，确实该死。琉双没有和席芸儿辩解世间也有好妖，就像她曾经认识的宿伦大人。如今这个时代，人人憎恶妖族。不是三言两语能说清的，当务之急，还有更重要的事做。

笛声幽幽地响起来，琉双知道，晏潮生在对付毕巡了。

琉双的神情一凛，糟了！先前不知，莽撞地来除妖，现在知道对方是腾蛇后嗣，她的心沉下去。一支月洛笛，不可能对付得了毕巡，哪怕人家没了内丹，看上去病成那副模样，但数千年的修为，不是说笑的。他们不可能打得过毕巡！

琉双："席姑娘，出事了！你知道毕巡现在在何处吗？可否带我过去？"

席芸儿说："跟我来。"

城主府毕竟是席芸儿的家，两个人很快来到大堂前，只见穿着喜服的男子，此刻下半身化作蛇尾，死死地缠绕住一人脖子，赫然是晏潮生。

毕巡的蛇尾赤红，他的双眸也变成血腥的红色，先前在门前迎接新娘时的端方公子，骤然变得嗜血残暴。

晏潮生被勒住脖子，神色阴冷，眸光一狠，不管自己会不会被活活勒死，反手把手中玉笛刺入毕巡的蛇尾内。就算死，他也要拉一个陪葬。

毕巡吃痛，怒叱一声，化作一条赤蟒，从衣衫中游弋出来。只见滑落的衣衫下，一条红色的巨蟒昂起身子，它足足有八尺粗，十丈长，吐着蛇芯，几乎遮住了头顶所有的光。

赤蟒甩着蛇尾，一瞬间便绞碎了体内的玉笛。赤蟒一蛇尾拍在晏潮生的身上，晏潮生没了修为，一口鲜血喷涌而出，眼看赤蟒要一口吞了他，却在凑近晏潮生时一愣。只听赤蟒口吐人言，似讥似讽："你既有妖蛇血脉，见了本座，不知道跪下行礼吗？"

赤蟒打出一道红光，打在晏潮生的肩膀上。

晏潮生被强行逼着跪下，衣衫碎裂，露出一身漆黑的鳞片。

赤蟒冷嘲道："连化形遮羞都做不到，原来是最低贱的黑蛇。"

琉双刚安顿好席芸儿，让她躲好，一回头就看见，跪着的晏潮生的拳头死死地握紧，眼神阴冷。原来少时晏潮生也有痛处……竟然是自卑自己的血脉啊。

晏潮生擦了擦嘴角的血迹，支着身子从地上站起来，赤蟒的蛇尾拍过去，晏潮生试图躲过这一击，但赤蟒的原身太大，这一下狠狠地砸在晏潮生的胸膛上，令他的五脏六腑都快碎裂。

毕巡："本座让你跪下！"

赤蟒一口红色的雾气喷出，似乎有什么无形的力量束缚着晏潮生，让他跪下去。晏潮生的衣衫散乱，手背迸出青筋，死死地摁着地面，不愿屈膝。他的手几乎陷入地面，手腕脱臼。

赤蟒明显恼怒，慢悠悠地折磨着他。大抵妖族的天性就在此，把尊严看得比什么都重，非要人臣服不可。一个逼着对方下跪，另一个抵死不愿跪下。

琉双看得焦急，都不知道是希望晏潮生干掉赤蟒，还是希望赤蟒干掉晏潮生。好歹晏潮生是在帮她庇佑泰川城，晏潮生被赤蟒虐杀了，她也没得跑。她正要出去，席芸儿拉住她的袖子："仙子，你去做什么？"

"救人。"主要还是救自己和泰川城的百姓，现在和晏潮生二打一，总比一会儿自己和赤蟒单打强。

席芸儿说："两个妖孽相争，正好让他们彼此自相残杀，仙子且不要出去，等他们筋疲力尽，再想办法对付活下来那一个。毕巡没有内丹，每一次化身都在消耗妖力，只需再等等。"她语气出奇地冷静，憎恶地看着赤蟒对付晏潮生。

琉双拨开席芸儿的手："席姑娘，你想多了，毕巡要是赢了，我根本打不过。"

席芸儿："……"

琉双说："你躲好，千万别出来。"说罢，琉双飞身而出，扔出一把通体明蓝色的玉骨伞，玉骨伞张开，挡住赤蟒落下的蛇尾。

玉骨伞落到琉双的手中，二十四支骨节的蓝色玉伞旋转，如一朵盛开的明蓝色花朵。琉双握着伞柄，感觉它微微发烫，玉骨伞似乎十分兴奋，燃起战意。这是赤水琉双的仙器"绛珠伞"，是赤水琉双百岁时，赤水翀特意让人锻造的。或许是考虑到女儿的灵力低微，赤水翀没有考虑让赤水琉双使用攻击性仙器，全花功夫在保命、防御的仙器上。出发前，拂柳怕琉双忘了怎么使用，还特地叮嘱了一遍。绛珠伞坚韧，总能撑过赤蟒几击。

毕巡一击打在绛珠伞上，见仙器毫发无损，他居高临下地看着挡在晏潮生面前的琉双："还混入了仙族之人？哼，自不量力，找死。"说罢，他不再留情，蛇尾拍过来，绛珠伞剧烈地颤抖着，虽然依旧没有裂痕，但是看上去也撑不了多久。现在不说使用法力，毕巡用本体都能把他们拍死。

打不过能怎么办？当然是先跑！琉双祭出绛珠伞，绛珠伞凌空护着他们，她赶紧去扶晏潮生："先离开这里。"

晏潮生抬起眼，眼尾发红，踉跄着站起来。他上半身的衣裳碎裂了，明蓝色的伞下，薄光透下来，将少年身上漆黑的鳞片染得幽冷，鳞片缝隙间，汩汩的鲜血流出来。他伤得很重。

琉双的手碰到他的手臂，晏潮生一僵，身子颤抖了一下，随即狠狠拍开琉双的手。

琉双吃痛，瞪着晏潮生："你做什么呀？"

晏潮生说："滚，我不需要你救我。"

琉双险些要被气笑了，这哪是救你，想得挺美。不过没时间解释，眼见绛珠伞快要撑不住，再强行抵抗只会破碎，它颤抖着回到琉双的手中，琉双刚一接住闭合的伞，对上一颗凑上来的巨大的蛇头，她的眼睛都鼓圆了。啊！早知道就不该听晏潮生的，来城里找出口，这哪里是找出口，分明是找死。

蛇口张开，要把琉双吞进去。琉双的反应从来没有这么快，她知道这种情况下谁也保护不了她。她的手指飞快地结印，蓝色浅光打入赤蟒的眼睛，她双臂张开，身子后掠，勉强阻挡了毕巡片刻。

巨蟒嘶嘶吐着信子，蛇瞳被击中，蛇眼猩红，开始发狂。

琉双这一击的伤害不大，但是戳的人家眼睛，侮辱性明显很强。巨蟒一时连晏潮生都忘了，被琉双惹怒，朝她追来。琉双欲哭无泪，撒腿就跑。

巨蟒所过之处，堂前山石坍塌，好好的一个城主府的园林造景，顷刻被毁得七七八八。

赤蟒有暗中看不见的神器作为阵眼，琉双身上的灵力一丝丝消散，巨蟒的蛇尾卷住琉双的腰，把她强行从空中拖了回来。

琉双觉得腰都快被勒断了，喘不上气来。她努力去够乾坤袋，蛇尾收紧，别说去摸乾坤袋，她几乎动弹不得。

蛇口近在眼前，下一刻，一个银环从天而降，死死地扣住赤蟒的七寸。

琉双看见，在赤蟒身后，晏潮生摇摇晃晃地站起来，他满脸的血，几乎模糊了俊秀的五官。晏潮生张开手指，狠狠地一抓，银环收紧，赤蟒翻滚着，不得不放开琉双。

琉双摔在地上，连忙朝晏潮生的方向跑过去。谢天谢地，他们还有境主给的十诫环！二打一果然比单打独斗好。

然而十诫环只能起到捆绑、禁制作用，并不能杀敌，琉双跑回晏潮生身边："走走走，趁他被困住，得赶紧离开，重新想办法。"

晏潮生回头，神色晦暗地看着琉双："赤蟒不死，无法离开，这里布下了阵，只有它身死，我们才能离开这座城，否则不论到哪里，都会被找出来。"晏潮生说着，盯着琉双，"少主，我们得杀了它。"

"怎么杀？"琉双仰头看晏潮生，期盼晏潮生说出一个破局办法。见晏潮生盯着自己，不说话，琉双推了推他，"喂，说呀，毕巡快要挣脱了。"

两个人对视间，琉双的腰带被一根修长的手指钩住。晏潮生一使劲，琉双被拽得凑近他。

晏潮生满脸的血，伤重得快死了，语气却很冷漠："需要少主你的帮忙。"

琉双一面催促晏潮生快说，一面不满地去掰他的手指，虽然晏潮生算是帮她在救人，但说话就说话，做什么动手动脚的！

晏潮生的心情很复杂，他没有想过，面对赤蟒，养尊处优的赤水少主会冲出来救他。以为会被赤蟒杀死那一刻，琉双飞身而来，挡在他的身前，一把明蓝色玉骨伞盛开，美丽如花。但这又如何呢？

晏潮生本来以为是普通的妖怪，得了妖怪的内丹便可以想办法恢复失去的修为，没想到会遇上毕巡这种有上古血脉的大妖。晏潮生低头，在琉双看不见的地方，竖瞳带着杀意。他的办法，当然是让琉双去死。

在毕巡的地盘，拖下去，两个人都得死。晏潮生清楚地知道，现在是最好的机会，只要他杀了眼前的少女，吸光她的生机，就能找回苦苦修炼的灵力，赤水琉双再不济，也是上古仙族的血脉。他的修为因为赤水琉双而失去，也该由她偿还！有了灵力，何愁杀不了失去内丹的毕巡？妖所有的修为，都储存在一颗内丹之中，晏潮生方才观察许久，确定毕巡没有内丹以后，只能用本体对战。

晏潮生的目光暗了下去，在心中盘算着：倘若在泰川城杀了赤水琉双，刚好嫁祸给毕巡，这样自己有了灵力，还能继续回空桑修仙。这一路走来太不容易，赤水琉双死了，就能成全他的修仙之道。

眼前的琉双浑然不觉危险，潜意识里还是信任着他。她的眼神纯净，透着疑惑，似乎在奇怪他为什么不继续说下去，杀赤蟒的"办法"到底是什么。晏潮生心想，还好……还好她被赤水翀养得太傻，竟然丝毫不防备他。她就不该回来救他，他的目光一狠。也只有在这种情况下，他才有机会夺她的灵力。

晏潮生手指刚要动，血肉被刺穿的声音响在耳畔。他的动作一顿，抬头看去，琉双也回头看去。

只见原本被十诫环捆住的巨蟒，七寸处，一把轻剑刺破它的身体。那把轻剑，握在一个女子的手中。

"席姑娘……"琉双也没想到，席芸儿竟然会趁着这个时候，把剑刺入毕巡的身体。

而方才发狂挣扎的巨蟒，此刻突然安静下来。在所有人的注视下，他重新化作一个儒雅的男子。那柄剑，就插在他的心脏上。他赤瞳墨发，眼中只有面前的席芸儿：“你就这般想要我死？”

席芸儿似乎被吓到，颤抖着手松开轻剑，连连后退。毕巡悲怆地一笑，平静地拔出心脏上的剑。

毕巡温柔地说：“芸儿，凡人的剑，杀不死我，或许要让你失望了。”

席芸儿不敢看他，连忙对琉双说：“仙子，仙子快杀了他，他受了伤，已经是强弩之末，我能感受到，他命不久矣，仙子，你快杀了他！”

毕巡僵硬地站着，嘴角的笑意也不见了。风吹过，拂动他身上新婚喜服的衣摆，他的真身那般强大，化作人形，却也看上去脆弱得可怜。

“为什么？”毕巡说，“为什么这样对我？”

“你是妖孽，你害了那么多人，你该死！”席芸儿这些日子的恐惧和惊慌，全然在今日不管不顾地发泄了出来，“是你逼我的，我本不想赶尽杀绝，谁让你缠着我！”

毕巡：“我修炼了七千年，从来没想过害人，芸儿，我是为了让你活下去。”毕巡上前一步，席芸儿推开他。

琉双看见，重新化作人形的毕巡，身后依旧是一条蛇尾。连连打击，到底是强弩之末，他连人身都快维持不住了。

席芸儿一脸厌恶的表情：“要是知道你的内丹是这种肮脏玩意，打死我，我也不会想认识你！”

毕巡的脸色惨白，嘴唇嗫嚅着，一个字都说不出来。

席芸儿拔下头上的发簪，对准自己的腹部：“你去死，你现在就去死，否则我刺破你的内丹，你照样活不了。你不是爱我吗？我活着你应该很高兴才对。”说罢，席芸儿作势就要刺入腹部。

临到最后，被一只手握住。蛇族的体温常年冰冷，冷得席芸儿的手指一抖。

席芸儿抬眼，看见一张俊美妖异的脸，毕巡说：“我成全你，别伤害自己，我成全你。”

在席芸儿满是喜色的目光中，毕巡的手刺入自己的胸腔，剜出一颗艳红的心脏。

“你瞧，”毕巡的眼中滚出一滴眼泪，“妖族的心，和你们是一样的，不脏。”

席芸儿厌恶地后退一步，看也不看他掌中那颗心，她连忙询问琉双：“仙子，这样他是不是就会死了？”

琉双看看毕巡手中鲜红的心，沉默着点点头。没了内丹本来还可以苟活，再剜出心脏，便彻底没了活路。俊美的红衣男子倒下去，化作一条赤蟒，阖上了眼睛。修炼了七千年的腾蛇后嗣啊，不知道经历过多少次天劫的痛苦，熬过多少寂寞的光阴走到了现在，他的尸体几乎覆盖了大半个院子。神器没了操控的主人，灰蒙蒙的天空下起雨来，结界屏障消失，雨水滴滴答答地落在皮肤上，有些许凉意。

被操控的人清醒过来，纷纷跑到席芸儿的身边：“小姐，你没事吧！”

席芸儿摇头，笑道：“我没事，”她看了一眼赤蟒的尸身，冷冷地说，“把这个妖孽剁碎了，扔出去喂野狗。至于他，”席芸儿反手一指晏潮生，“他也是妖孽，赶紧找城中术士，把他给杀了。”

城中几乎所有的百姓都来了城主府，此刻没被操控，经席芸儿一提醒，纷纷看向晏潮生。

小雨中，晏潮生颀长的身体，失去遮盖的衣衫，漆黑的蛇鳞遍布，血水从他的身上滚落下来。他目光森寒，冷冷地与一城百姓对峙着。

人们忌惮地后退一步：“妖孽，竟然还有蛇妖同党！”

“杀了他，快杀了他！”

百姓们捡起府中被炸碎的石头，纷纷朝晏潮生砸过去。

锐利的石块在晏潮生脸上划过一丝血痕，晏潮生闭了闭眼，知道现在虚弱成这样，没法同一城百姓和将士抗衡，他踉跄着脚步，收回十诫环，咬牙掉头离开。

席芸儿说：“快追，别让妖孽跑了。”

琉双撑着伞，不说话。席姑娘被蛇妖逼婚是很可怜，但她和晏潮生都是来救人的，席芸儿逼死毕巡，转眼又要杀晏潮生。旁人不知道，席芸儿明明清楚所有的事，却还要这样做。人心凉薄。看，他们即便有心，也和自己没有差别。

琉双懒得看席芸儿一眼，找人去了。

只靠凡人，可杀不了身负妖脉的晏潮生。弄巧成拙不说，还会造成泰川城子民的伤亡。毕巡死了，晏潮生身受重伤，可不就是她一直想要的机会？

没了神器的束缚，灵力终于可以再次使用，琉双在一处荒废的宅院，找到了晏潮生。

晏潮生坐在角落，眼神阴冷，宅院的门关着，百姓们看出晏潮生身受重伤，纷纷试图撬开门。

琉双穿墙而过，在晏潮生的面前蹲下来。

“晏潮生，”琉双有点小小的激动，打量着他，轻轻地喊，“你没事吧？”

其实这句话，琉双知道，问了也是白问，晏潮生的目光阴沉，盯着雨水冲刷开的血痕，一言不发，他疼得轻轻颤抖着。血水在他的身下，几乎都聚集成小水洼了。他赤裸着上身，目光注视着血水中的自己。

晏潮生光着身体怪尴尬的，琉双早就想找理由脱掉身上这六层傻乎乎的衣服，刚刚和赤蟒大战，她没被毕巡勒死，差点被衣服闷得喘不过气来，想到什么，说：“你等等啊。”

琉双心想，百姓们就快破门而入，她不能当着他们的面杀晏潮生。反正有时间，她把晏潮生带走，慢慢杀，哈哈！想怎么杀怎么杀。终于只剩一件，她随便拎了脱下来的最后一件衣服，递过去给晏潮生，心想，穿好衣服，送你上路。

见晏潮生接过去，琉双没兴趣看他穿衣服，当即背过身去。她撑着伞，遮住自己，美滋滋地思考着，离开了百姓们的视线，一会儿怎么杀晏潮生呢？

晏潮生没想到琉双还会找来，她轻声问他：“你没事吧？”

晏潮生没说话，盯着血水中自己模糊的脸。好一会，窸窸窣窣的声音传来。人间刚下了一场大雨，他眼角的余光中看见血水中不同的色彩翻飞，冷漠地抬起眼睛，就看见琉双在一层层地脱衣服——粉色、浅紫色、白色纱裙……到了最后，是一层墨蓝色的仙衣。只见她脱下那件墨蓝色的仙衣，身着金色小软甲回头，晏潮生顿感到身上一暖，墨蓝色的仙衣披在了他的身上。

晏潮生听见琉双软软道：“放心，这个颜色男子也能穿。”

琉双的手腕一动，绛珠伞撑开，她背过身去，绛珠伞遮住这一方天地，为他隔绝天空落下的雨。墨蓝色的仙衣还带着琉双身上的温度，盖住他身上斑驳难看的黑鳞。

晏潮生冷冷地抬眼看过去。玉骨伞宽大，在小小的角落里，完好地遮住他们。琉双为他遮着雨，没有回头。晏潮生漂泊了不知多久，第一次有人，为他撑伞。晏潮生抿着嘴唇，恨恨地低下头去。

什么模样都被她看见了，还有这一城百姓，实在该死！胸口血气上涌，晏潮生不知道是该恨，该怒，还是该……

晏潮生感到有些气恼，即便琉双做这些，他依然不会原谅她，不会忘记是谁害他如此狼狈。晏潮生闭了闭眼睛，就应该在方才把她灵力吸干了！

琉双看着绿瓦上掉落的雨珠，心里在想一件事。泰川城的神器，藏在了哪里？到底是什么？她之前来不及查清是谁害了苍蓝，如今这件神器，是离真相最近的答案。毕巡死了，神器最后落到谁的手中，谁就可能是想害苍蓝的凶手。

琉双想得出神，身后的晏潮生已经穿好了衣裳。仙衣本来就能根据人的体型变化，墨蓝色的仙衣在晏潮生的身上十分妥帖。这时木门受不住外面百姓的冲击，被撞倒在地。

“先离开。”琉双连忙拽着晏潮生穿过墙壁。外面冲进来的百姓见没有人，面面相觑。

琉双打量晏潮生，晏潮生的脸上到处是擦伤，他的五脏六腑受损，身上没有一块儿好肉。晏潮生的眼神阴沉，他回头看了一眼墙外的百姓，那股冷意让琉双心里打了个战。妖族向来睚眦必报，尊严不容践踏。晏潮生间接救了泰川城的百姓，百姓们喊着要杀死他，就能让他露出这样的眼神。那自己和白羽嚣呢？赤水琉双冤枉嫁祸晏潮生，白羽嚣雪上加霜毁了他，废去他辛辛苦苦修来的修为。如此深仇大恨，恐怕在晏潮生的心里，自己和白羽嚣的坟都准备好了。她的决定果然没错，还是得趁着晏潮生没有成为妖君，早早就把一切后患扼杀。

想起方才对战赤蟒时，晏潮生把自己拽过去的眼神，琉双的心里感到一阵后怕。他、他刚才不会是要吃了她吧！琉双看晏潮生的眼神都不对了，好哇，原来大家都心怀不轨。

赶紧地，一刻也不要再等了，在这里谁也不会看见，她不会崩赤水琉双胆小的人设。琉双趁晏潮生没注意，疯狂地在乾坤袋中翻找着，看有什么能直接杀死他。

乾坤袋中有一柄精巧的匕首，琉双连忙藏在手中。晏潮生捂着嘴咳嗽，他伤得很重。也幸得他身负妖脉，换作常人早就死了。他若不死，就是自己死了啊，琉双举起匕首，想赶紧戳死他，戳心脏能死的吧？她毫不犹豫地向前一挥，晏潮生恰巧滑坐下去。

晏潮生松开掌心，咳出一手的血，他抬眼要和琉双说什么，刚好看见她差点命中的匕首。

两个人四目相对，四周安静下来。

晏潮生看了一眼琉双手中的匕首，第一次觉得，他可能判断错了，这分明还是那个害他的空桑少主，和白羽嚚同流合污的女人。那为何要脱仙衣给他，又为他撑伞？到底哪一个，才是真的？

他转头看向琉双，声音清冷地问道："少主想做什么？"

琉双："……"

琉双在心里衡量了一下她打不打得过晏潮生。权衡结果是完全没问题，趁他病，要他命。她刚要翻脸动手，却见晏潮生冷冷地盯着她，也不知是有意还是无意，他广袖下滑，露出手腕上的银环。琉双认出来，那是境主交给晏潮生用来捆她的十诫环，方才连毕巡都能暂时困住，琉双倒吸了口冷气。

晏潮生靠着墙壁，不动声色地看着琉双："少主，嗯？"

晏潮生的声音很轻，表面上是询问，琉双却莫名感觉到被威胁。琉双收回视线，晏潮生有十诫环，别不小心到时候被他给反杀了。不急，办法总比困难多。她还是把他扔回人群中去，再暗中解决他。十诫环再厉害，总不能把她和百姓同时锁住吧？

想通以后，琉双连忙真诚地解释说："赤蟒虽然死了，可是泰川城说不定还有未知的危险，百姓们认得你，你需要一样东西防身。你看这匕首，它好不好看？"

琉双心虚地弯起眼睛，把匕首捧到晏潮生的面前，讨好地说："送给你。"

镶嵌着宝石的匕首极其漂亮，在晏潮生苍白的手掌中，光华流转。

晏潮生抬眼，就看见一双笑盈盈的眸，琉双不知何时把面纱重新戴上了，没了六层衣裳，只穿着一件漂亮的金色小马甲。像是犯了错急于补救，她殷勤地说："你能站起来吗？要不要我扶你？"

晏潮生不动声色盯着琉双，把玩着手中的匕首。

这把小小的匕首，也是一件很不错的灵器。不知道是不是他的错觉，方才他分明感觉到琉双的不怀好意，此刻那些感觉全部消失了。本以为她想杀自己，没想到再一看，琉双弯起眼睛，无比真诚地把匕首交到了他的手中。

晏潮生紧绷的身体没有放松，心里泛起寒意，不知道琉双想耍什么花招。他收起匕首，笑道："好啊，少主扶我。"

琉双面纱下的脸色变了一下，怕晏潮生知道自己要杀他，起防备之心，用十诫环困住自己，只好认命地扶他。她从来没有这么强烈地意识到，境主才是最可怕的队友。

琉双憋足了一口气，把晏潮生从地上扶起来，往人群中拖。外面一群术士等着呢！

不知道晏潮生是不是故意的，重量全压在她的身上，险些压得琉双的腿一软。此时晏潮生身量纤弱，比七百年后还要矮上一些，还未完全长开，顶多比她高半个头。可是琉双去扶他，才知道他比自己想象的沉得多。晏潮生的大半个身子往她身上倒过去，没了六层衣服的阻挡，她的身子几乎被他压住。琉双连忙调动体内灵力，总算不觉得他沉，拖着他往外走。

晏潮生本来心里憋着一腔对泰川百姓的怒火，这会儿看琉双吭哧吭哧费力来扶他的模样，莫名有些想笑。他靠在琉双的肩膀上，重新戴上虚伪的假面，百无聊赖地打量她："少主这是往哪走？把我往人群里送？"

琉双干巴巴地一笑："哪有？我看你伤重，准备给你找大夫呢。"

"凡人的大夫治不好我，少主也许可以。"晏潮生故意露出手腕上的十诫环，让她看见，"弟子为了少主的泰川城才变成这样，少主会照顾好弟子吗？"

琉双憋着一口气，道："嗯嗯嗯，当然。"

晏潮生看见，琉双面纱下的脸颊气得鼓了鼓。他收回视线，嘴角不自觉地扬了扬。算了，反正还没有看出她的意图，留着下次再吞掉。

晏潮生说："少主，来，这边没人，走这边。"

琉双从来没有如此迫切地想看见白羽嚣，她以前觉得白羽嚣讨厌，现在恨不得白羽嚣立刻出现在面前，她就能大喊一声：白羽嚣，快来除后患！毕竟人是他们一起得罪的，没道理下黑手是她一个人的任务。

琉双是仙体，带着晏潮生躲在城中很容易。她几次试图做一些小动作，让晏潮生暴露在术士的面前，然而晏潮生跟背后长了眼睛似的，每回都把她的脸掰过来："少主，专心找路。"

毕巡带来的破坏很大，如今城中百废待兴，琉双在晏潮生手中十诫环的威慑下，找了一家没人的客栈，把晏潮生扔在床上。

晏潮生脸色惨白，忍住一声没吭。

琉双蠢蠢欲动，说："我出去给你布一个养伤的聚灵阵。"把晏潮生扔在这里，她就可以掉头跑，带术士们来围攻他。

晏潮生睁开眼睛，幽幽地看着琉双："少主会丢下我吗？"

琉双摇摇头，一脸正气："不会，身为空桑少主，我自当照顾好门下弟子，以前是我不好，害得你变成这样，放心，经历这么多事，我已经意识到自己不好，绝不会扔下你。"

晏潮生一脸木然地说："弟子好感动。"

琉双半点没看出晏潮生的感动，她走到门边，感到手腕一凉，只见晏潮生手中的银环一分为二，换作银色手镯，扣住她的手腕。床上的晏潮生手一动，仿佛有无形的丝线拉扯，琉双的手也被拽得动了动。琉双扶住门，回头看去。

晏潮生弯起唇："少主去吧，早些回来。"

琉双咬牙，也笑道："好的。"千算万算，琉双还是没想到，都这样了，晏潮生还是不相信她，依旧把十诫环扣在了她手上。

琉双忙活完回来时，真想用一个枕头把闭目养伤的晏潮生捂死，如果捂得死的话。

晏潮生闭着眼睛在打坐，琉双布置的聚灵阵很敷衍，她尚且还是小仙草时，最擅长治愈之术，可今日不希望晏潮生好起来，便草草地做了个样子。

回来的路上，琉双折了一根柳枝，把上面的叶子通通变成纸鹤，让他们去找白追旭和白羽嚣。一大群绿色的纸鹤围着她飞，齐声喊道："主人，主人，有何吩咐？"

琉双双手结印，倾注灵力在纸鹤的身上，把它们全部送走。没了神器的压制，这些日子修炼的好处就体现出来，以往这些法术琉双施起来吃力，如今得心应手。琉双没有想过去找神器。若要找到毁灭苍蓝的凶手，只能观望最后这件神器落到了谁的手中。

放出纸鹤以后无事可做，琉双索性去隔壁修炼。晏潮生也不管她，两个人相安无事。

约莫三日后，晏潮生的伤好了许多。他推开门时，面色无异。琉双不得不感叹妖族的恢复力惊人，再重的伤，只要能喘息，就可以活下去。

琉双试图在晏潮生的脸上看出残留的痛苦，他平静地说："少主，该走了。"

琉双："去哪里，不留在这里等白追旭他们吗？"

晏潮生兀自往前走，说："去杀席芸儿。"

琉双："你、你恨她让百姓来杀你，所以要杀了她？"

晏潮生："在少主的眼里，我这么小气？"

琉双心道，可不是吗？然而这话不能直接说，她用一双眼睛表达出来自己的鄙夷。

晏潮生的脸色一黑，他不痛快地道："少主怎么没出去打听，泰川城这几日可死了人？"

琉双皱眉道："什么意思？"她被十诫环困在他的身边，想出去也没机会啊。

晏潮生说："修炼了七千年的腾蛇的内丹，席芸儿一个凡人，承受不起。"

晏潮生这样一说，琉双立刻想起几日前，席芸儿体内杀人的红丝。当时以为是毕巡干的，没想到红丝由席芸儿控制。

琉双当机立断，怕席芸儿真的杀人："走，回城主府看看。"

果然，如晏潮生所说，城主府被淡淡的妖气笼罩着，除此之外，四周阴气冲天。

琉双心道，糟了，她和晏潮生去席芸儿的闺房附近，恰好看见这一幕：席芸儿又在用红丝控制五个凡人。

席芸儿面色红润，抚着自己的脸，笑着说："拖出去，别让人发现。"

被席芸儿命令的府中的侍卫垂着头，脸色都很难看。

席芸儿看不见隐了身的琉双和晏潮生，她当即甩了身后的一个侍卫一巴掌："我的命令，你们听不见吗？还是你们也想死？告诉你们，别背叛我，那个蛇妖都能死在我的手上，你们算什么？"

侍卫们连忙拖走凡人。

只剩席芸儿一个人时，她把玩起掌中生出的红丝，突然低声道："这内丹，可真好用。"她娇美的脸上满是喜悦，全然不似那日逼死毕巡时表露出对妖丹的嫌弃与排斥。

晏潮生冷冷地问琉双："少主，按仙律，是否席芸儿也当死？"

琉双沉默地点点头。

下一刻，席芸儿只觉得耳畔有风掠过，强大的妖丹警觉地提醒她有危险，她的脸上慌乱起来，却不知道如何控制自己拥有的强大的力量。她慌乱地任由红丝到处翻飞，试图找出暗中隐藏的人。突然，她感到腹部一痛，嘴角溢出鲜血。

晏潮生冷眼看着席芸儿倒下去。

临到死，席芸儿的眼睛空茫地看着一处，仿佛终于想起什么，下意识地嗫嚅着道："毕巡，救……救救我……再救我……一次。"大颗大颗的眼泪从她的眼睛里滚落，院子里一阵风吹过，再也没有哪个又强大又呆傻的妖怪，会慌慌张张地付出一切给她了。她的瞳孔渐渐涣散，她终于想起来，道士对她说，失去内丹后的妖怪，都是没用的。因为怕毕巡要回内丹，她已经把他逼死了。

晏潮生的手掌中红光熠熠。他低头看着腾蛇的内丹，敛住眸中的情绪。

琉双绷紧了身体，下意识地觉得晏潮生会把妖丹给吞了。这样一颗内丹吞下去，多少失去的灵力都回来了。谁知道他走过来，带着嫌弃似的，把内丹塞到她的手中，转头就走。

琉双掌心的内丹灼热，还带着席芸儿的血，琉双连忙施了一个清洁术，清理干净后，把它放入乾坤袋。琉双追上去，不太敢相信地问：“你真的给我呀？”

晏潮生冷着脸，恶毒地道：“蠢物的内丹，不要也罢。”

琉双：“那你是专门来杀席芸儿的？”

晏潮生眼中闪过一丝冷嘲：“我幼时，听说过毕巡。他是一方妖山的领主，龟缩在山头，数千年不敢出去，也从不招惹凡人。他统领的妖山的妖怪，从不会生事。”

毕巡爱上城主的女儿席芸儿，席芸儿病入膏肓，快要死了，毕巡舍不得她死，便送了内丹给她，那些凡人一直都是席芸儿主动控制的，包括迎亲那一次。只不过席芸儿不愿承认，就推脱给毕巡。毕巡也默认了，最后还是被席芸儿逼死。说出来都可笑，天底下竟然有这么单纯又傻的蛇妖。

琉双隐隐明白了什么，看了看晏潮生的脸色，了然地问道：“你幼时尊敬他呀？”

晏潮生冷笑着说：“谁会尊敬一个蠢货？反正在那个女人和你们的眼里，妖没有一个好东西，生来低贱、该死。”

这就不对了，琉双心想。

“我信，”琉双说，“我信毕巡是好妖。”

晏潮生停住脚步，抿着嘴唇回头看她，琉双站在泰川城的阳光下，说：“我知道，妖并不都是坏的。”她的青鸾就是好妖嘛。

在说他？晏潮生莫名觉得嗓子干涩，他压平上翘的唇角，避开琉双的眼神：“你信不信，关我何事？”

第六章 再遇少幽

眼前男子的脸与百年前的挚友的脸重合，
琉双又是欢喜又是伤感，
死在天雷下，
唯一的不甘和遗憾，
在此时慢慢圆满。

虽然晏潮生没承认，但琉双几乎能认定，晏潮生就是尊敬毕巡。原来少时的晏潮生，也有尊敬的人，琉双几乎能脑补，一个弱小的、身上布满蛇鳞的男孩，眼睛亮亮地听别人说着领主毕巡多么勇武。

同样是妖蛇血脉，毕巡是上古腾蛇的后嗣，在晏潮生看来，恐怕毕巡处处值得他羡慕。晏潮生幼时听着毕巡的故事，一定也曾想过，长大后做毕巡那样的人。可惜来一遭泰川城，遇到这样的事。毕巡惨死，还自己把心掏出来递给了席家小姐。

琉双看了一眼晏潮生，她做小仙草的时候，知道他的身体凉，有妖蛇血脉，但不知道他是哪种妖蛇的后嗣。上辈子晏潮生从来不提这个，她便也从来不问。不过，先前毕巡那般鄙夷他的血脉，想来晏潮生的血脉，在妖族也并不算好。

晏潮生不吃毕巡的内丹就行，琉双捂紧乾坤袋，不然她还怎么杀晏潮生?

琉双对这枚妖丹也没有别的想法，七千年腾蛇后嗣的妖丹，不能流落到任何一个妖族的手中，她准备把妖丹带回空桑，让赤水翀来处置。

琉双打算先去昆仑仙境。毕巡的事情解决了，百姓们认得晏潮生，再留在泰川城恐怕会徒生事端。琉双摘了柳叶，依样画葫芦，让它们飞去找白氏的两位公子，若他们看到信，也会往昆仑赶，到时候在路上会合便是。绿色的纸鹤扑棱着翅膀满天飞。

晏潮生抱着双臂注视琉双，若有所思："少主这是从哪里学的仙法？以花草做媒介，不像空桑的仙术。"

琉双挥挥手赶走纸鹤："那你说像哪里的仙术？"

晏潮生看了琉双一眼，不说话。

琉双在心里“哼”了一声，晏潮生少时历经千辛万苦，入空桑修仙，眼界和胆识自是不必说，但他作为一个守卫外镜的弟子，不能暴露太多见识。纵然晏潮生知道这些仙术的来源，也不会说与她听。这些法术都是少幽曾经教给她的，一想到少幽，琉双难免觉得怅然，也不知道这位前世来不及见的故友，今生是否还有缘再见。即便再次见到少幽，少幽也认不出她了吧？

别想那么多，暂且安身立命。当务之急，得想办法解决晏潮生的事，留一个妖界君王在仙境，无异于把一只狼放入羊群。

或许是这次的运气终于好起来，两个人才出泰川城，身后有两道流光追了上来。

琉双的眼睛都亮了起来，挥挥手：“白羽嚣！”她这一声欢喜无比的亲切的招呼，让白家的两位公子同时愣住，白羽嚣见了鬼似的看着琉双，他没听错吧？赤水琉双第一眼看见的不是他的兄长，而是他？

眼见琉双朝着他们跑过来，白羽嚣的手指抵着琉双的额头，不让她靠近自己，不自然地对白追旭说：“哥，赶紧给她看看，赤水琉双中邪了。”

白追旭担忧地打量着琉双：“少主，泰川城有妖物作祟，你没事吧？”

“没事没事，我很好。”琉双现在见到白羽嚣，跟见到亲人一样，从来没觉得他这么亲切。白羽嚣都来了，晏潮生的死期还远吗？没有晏潮生这个心腹大患，空桑就能安全。

白追旭还在一旁，琉双不敢直接和白羽嚣商议弄死晏潮生的事，只好暂时忍住，她问白追旭：“白大公子，你们去哪里了？”她并非赤水琉双，无法自然地叫白追旭哥哥，这样称呼白追旭习惯些。

白追旭叹了口气：“少主怎么和我如此见外？是因为我这次没有保护好少主，少主生气了？”

琉双连忙说：“没有生气。”琉双憋了半晌，也找不出一个合理的理由，只能道，“爹爹告诫，以后要保护空桑，做少主要有做少主的样子，礼贤下士。”

白追旭皱眉，勉强接受了这个说法，向琉双说起分开后发生的事：“我和羽嚣落入泰川城中，灵力俱都消散，泰川城里被人布置了结界，无法出去，七宝铜钱被吞，我们追着七宝铜钱散落的方向，看见了这个。”

说着，白追旭拿出一面镜子。只见那面镜子如琉璃般剔透，通身带着草木的气息，上面还有绿色的荧光在流转。

琉双：“这是什么？”

白追旭没有把镜子递给琉双：“少主别碰，此物唤作太初镜，是上古洪荒时代，一位真神的神器，我和羽嚣也没想到，会在泰川城看见它。太初镜内设天地阴阳，能造幻境，设结界，吞灵气、法宝，它流落妖族多年，现在沾染了太多煞气，容易侵蚀少主的仙体。”

白追旭说不能碰，琉双相信他，立刻缩回了手：“你说这是在泰川城找到的？那它能设置结界，把结界内的生灵都控制住，烧死里面的生灵吗？”

白追旭沉吟片刻：“没有见过，但理当可以。”

琉双抿了抿嘴唇，太初镜可以做到困住生灵，以火焚毁其中的万物，那么很有可能，她记忆里的孽火，并非孽火，而是太初镜造成的。是谁想要焚毁苍蓝？如今太初镜在白追旭的手中，总不至于是白追旭吧？

史书上，空桑白氏随着仙境一同湮灭在历史之中，不可能是白追旭。事情变得复杂起来，她还得观望一下，太初镜最后会落到谁的手中。琉双稳住心神，让自己沉住气，把自己和晏潮生的经历也说了一遍。

白羽嚣说：“世间有那么傻的蛇妖，把内丹送给一个凡人？总归是妖，劣性难改，死便死了。”

琉双下意识地看了一眼晏潮生，也不知道他有没有被影射到。

身穿墨蓝色衣衫的晏潮生冷笑一声，没有说话。

白追旭的关注点还比较正常，说：“怪不得神器后来无人控制，我和羽嚣能顺利地取走它。”他妥帖地收好沾了煞气的太初镜，“少主，我们已在泰川延误数日，当务之急，前往昆仑吧。”

琉双点头。

白追旭召出自己的剑，剑身流光溢彩，施了仙术以后，足以坐下十数人：“少主，我扶你。”

白大公子的温柔让人感觉如沐春风，琉双觉得自己很倒霉，怎么先前就和晏潮生掉在了一起。

白羽嚣嫌弃地敲敲兄长的仙剑：“可惜七宝铜钱被太初镜吞了。”

众人乘仙剑飞往昆仑。

路上琉双终于得了空，凑近白羽嚣，悄悄设置了一个结界，与他密谋：“我有件事和你商量。”

被琉双暖暖的气息一扫，白羽嚣身上的汗毛都竖起来了，他瞪着琉双，摆出打架的姿势："小爷警告你啊，别乱来。小爷不上你的当。"

琉双压低嗓音："不是要害你，我是想问你有没有什么办法，解决掉晏潮生。"

白羽嚣的眉毛一挑："怎么，他在城中欺负了你？你要对人家赶尽杀绝。"

琉双不好说原因，只好点头承认。她撩起袖子，给白羽嚣看自己手腕上的十诫环："欺负得可狠了！他那个人记仇，一定不会放过我们的，所以我们要想个办法。"

白羽嚣不屑地说："小爷会怕他？一个修为尽失的守门弟子。"

琉双心想，你未来还真的就死在一个守门弟子手中，挣扎都挣扎不了。人家碾压着你打。琉双说："以防万一，还是得想个办法。"

白羽嚣的性子本就亦正亦邪，不服管教，从他私自抓门中弟子，废其修为就能看出，他和白追旭这种一身正气的仙界仙君不同。他只思索了一会儿，推开琉双的脑袋："别凑这么近，这件事我来想办法，走开，赤水琉双，你太无能了，别拖小爷的后腿。"

合谋做坏事，还被人嫌弃，琉双的嘴角抽了抽，叮嘱道："那你一定要靠谱些啊。"

白羽嚣说："你别让我兄长知道就成，你若敢说，到时候别怪我拖你下水。"

琉双："不说，我一定不说。"琉双刚刚敲定，衣领突然被一只手捏住，她感到脊背一凉，回头望去，晏潮生垂眸看她，冷冷地一笑："少主，弟子忘了一件事。"

琉双："什……什么？"

晏潮生："十诫环，忘了给少主解开，如今已经安全，弟子不用心系少主的安危，自然要给少主解开。"

琉双暗骂晏潮生虚伪，哪里是担心她的安全，他先前都想吸她的灵气了！她把戴着十诫环的左手背在身后，一本正经地瞎说："我想过啦，你现在没有灵力，我戴着十诫环，可以在你需要的时候保护你。"

空中有流云划过，晏潮生的脸皮抽了抽，他面无表情看着琉双。

琉双赶紧说："这个镯子挺漂亮的，我乐意戴着。"

晏潮生扯了扯嘴角："少主喜欢便好。"

开玩笑，琉双心想，她才不会把十诫环还给晏潮生，否则到时候晏潮生能从白羽嚣处脱困。

十诫环的束缚力再强，总归只能困住一个人。这就是赤水翀放心地把十诫环交给晏潮生的原因，赤水翀想，女儿的身边有法力高强的白氏的两位公子，不会让人真的欺负了她。先前泰川城发生的事实属意外，赤水翀估计也没预料到几个人会阴差阳错地分开。

跟白羽嚣商量好以后，琉双开始期待白羽嚣下黑手。

白羽嚣一直没有动静，琉双只好用眼神暗示他，白羽嚣笑得一脸欠揍的模样：“急什么，好戏在后头。”

御剑飞行的第三日，已经到了昆仑管辖的人间地界，白羽嚣说：“兄长，在庆乌城停下，少主不太舒服。”

白追旭连忙看向琉双：“少主，你不舒服？”

琉双有点蒙，见白羽嚣挤眉弄眼的，她只好配合地捂住心口：“嗯嗯嗯，难受，觉得累，咱们歇歇吧。”

白追旭不疑有他，一切以琉双为重，带着众人在庆乌城外落脚。

庆乌城外有一片竹林，白追旭手一挥，一处精致典雅的小院出现在竹林中。看着白追旭忙前忙后，琉双心里有点不是滋味，白追旭是真的对赤水琉双很好。

为了配合白羽嚣，琉双躺好，白追旭要替琉双看看哪里不舒服，琉双连忙躲开，眨了眨眼睛：“可能之前在泰川城受了惊吓，我歇歇就好。”

白追旭微微一笑，没说什么。他是仙君，哪里看不出琉双没有不舒服，只不过任由她胡闹，他以为到了昆仑的地界，琉双害怕面对昆仑的那位少主，能拖一天是一天。

白追旭说：“那少主好好休息，有事叫我。”

琉双连连点头。

人间月上枝头，林间窸窸窣窣，琉双推开窗户，感觉不对劲。此处半夜起了雾，似乎与别处不同，阴气特别浓郁。她仔细感知，却又感觉不到什么不对劲。

直到月亮隐去，竹林里惬意地走出来一个人。

白羽嚣翻进琉双的屋子，得意地一笑：“放心，都解决了。”

琉双也很高兴，白羽嚣，不愧是你啊！她竖起大拇指。这下好了，空桑再也不用担心被灭族了。她虚心地请教：“请问白二公子，你用哪种办法把晏潮生弄死呢？”

白羽嚣说：“布了个万魂冢，送他上路。”

琉双的笑容僵在脸上。好样的！好样的啊！白二，你竟然用一群小厮，去杀未来的两界之君。还不如她自己来。

白羽嚣的性子跳脱，做事全凭心情，他是个修炼奇才。法力比起兄长白追旭，甚至略胜一筹。他特意挑了阴气最重的庆乌城，在城外设了一个万魂冢，把城中大半的冤魂吸引过来，让它们厮杀阵中的活物。

修士如果被硬生生地逼出生魂，以魂入道，这就是邪修。邪修的法力一日千里，却伤人伤己，常被列为邪魔外道。晏潮生以妖身成为邪修，是八荒第一人。

知道白羽嚣干的好事，琉双顿时觉得无语，白羽嚣还好意思嫌弃她，他这分明是提前把空桑送上不归路!

两个人说话，惊动了另一处的白追旭，琉双赶紧道 :“白羽嚣，你去稳住大公子，别让他知道咱们在干坏事，我去去就回。”

白羽嚣来不及叫住琉双，她的身影消失在林间。

琉双赶过去，看见万魂冢时，顿时觉得毛骨悚然。整片竹林黑漆漆的，邪修魂魄遮住月光，浓郁的阴气让周围的温度降低。

如果不是琉双对晏潮生的来历有所了解，还真的会和白羽嚣一样，以为他死定了。表面上看去，是那些邪修魂魄在分食晏潮生，实则仔细一看，靠近晏潮生的魂魄，阴气都越来越弱。晏潮生在下意识地吸收这些阴气。再这样下去，人没杀成，人家直接入道了!

琉双在心里唾弃白羽嚣这个猪队友，当务之急顾不了那么多，得阻止晏潮生入幽冥诡道。他强大起来，空桑就危险了。琉双的手腕一转，绛珠伞出现在手中，仗着仙体属阳，她百无禁忌，用绛珠伞挡着，往晏潮生的身边走。她一路挥开障碍物，顾不上那么多，咬牙进入万魂冢，终于赶到晏潮生的身边。

晏潮生盘腿，闭着眼睛，皮肤冷冰冰的。琉双的手指带着白色的萤芒，一个个地消灭在他身上的邪修魂魄。去去去，别给他增加功力啊!

琉双心一横，干脆用绛珠伞做了个结界，把自己和晏潮生困在里面。果然，普通的魂魄无法冲破绛珠伞，等天亮太阳升起后，万魂冢的法阵自然会消失。

琉双蹲下去看晏潮生，还好，来得及时，他尚且没有彻底顿悟入诡道。晏潮生的嘴唇乌黑，皮肤开始变成僵冷的灰白色。

这个时候，如果给他一刀?琉双悄悄地四处看看，很好，白追旭不在，她给晏潮生一刀也不会“崩人设”。琉双的手指化作利刃，刺向晏潮生的胸膛。她的手指触及晏潮生的胸膛，像戳到硬邦邦的石头，琉双的指尖一痛。晏潮生的皮肤仿佛石化，僵冷得像一具万年僵尸的身体。其他地方呢？琉双在晏潮生的脑袋、腹部、后背处全部试了试，发现晏潮生僵冷的身体确实无法损坏。也就是说，她没法用仙法化作刀刃杀了他。

琉双不信邪，那用火烧呢？烧总烧得死吧？她打了个响指，周围燃起明亮的蓝火，火舌舔上晏潮生的身体，他闭着眼睛，神色没有变化。琉双加大了灵力，让火烧得更加旺盛，晏潮生乌黑的头发衬托着蓝色的火焰，有种说不出来的妖异。再烧，琉双气愤地想，她就不信烧不死他！

被白羽嚣扔进万魂冢，邪修魂魄们纷纷撕咬着晏潮生的身体。晏潮生的眼神冰冷。阴气入体，却看不见伤口。他深知，没了修为，他跑不出万魂冢，法阵犹如鬼打墙，死死地困住他。他并非仙体，学的法术不能对付他们。

走到山穷水尽，他反而发了狠，干脆不再闪躲，在原地盘腿坐下，它们既然想要吞吃了他，不如他反客为主，把这些邪修魂魄吃了。若他能活着回去，一定不会放过白羽嚣！

入定的那一刻，晏潮生难免觉得讽刺，都说仙境中人爱护门内弟子。可他起初抱着一腔赤诚拜入空桑，得到的却是仙族后嗣视他的命为草芥。仙、妖，丑陋的心又有什么不同？

晏潮生没指望任何人来救他，每一次九死一生时，全凭他自己熬过去。这一次，他们最好不要期待他依旧能回去！阴气阴寒，寻常凡人受了一点，便会折寿十年。对于有妖族血脉的晏潮生来说，阴气也如同致命的剧毒。

这样的煎熬下，晏潮生甚至已经不知道自己是活着还是死了。耳边回荡着凄厉的哭声，不知道什么时候，才能彻底结束。

突然，有脚步声靠近。晏潮生处于极寒的阴气中，五感却依旧存在，他闭着眼睛，听见轻巧的脚步声，来人打散了撕咬他的邪修魂魄。他嗅到一股浅浅的香气，像雨后初绽放的海棠。那股香气很近，来人在他的身边蹲了下来。随后，短暂的安静之后，那些邪修魂魄全都不见了。

晏潮生几乎立刻认出了她是谁，在泰川城，两个人单独相处时，他曾从琉双身上闻到过一样的香味。是赤水琉双。晏潮生分不清自己的想法，明明片刻前，他还在想，如果自己能活着回去，白羽嚣、白追旭，包括赤水琉双，一个都别想活。然而在他最痛苦的时候，赤水琉双来了。

随后，一只小手，摸上了他的胸膛。晏潮生愣住，有一瞬间连阴气带来的痛苦都冲淡了，只剩一股羞恼涌上心头。他能明显地感觉到那只手在自己的胸膛上游移，滑过他的脸，他的腹部，又转而触及他的后腰。晏潮生庆幸自己的身体已经僵化，否则他此刻或许会一把掐死她。赤水琉双到底在做什么？

晏潮生能感觉到，却看不到。好在琉双摸了几下，没有继续。她打了个响指，身边骤然燃起幽幽蓝焰。晏潮生的身体本来如同冰封，每一丝阴气都引得他连呼吸都泛着麻木的痛，温暖的火焰拂过他的身体那一刻，令人难以忍受的疼痛，竟然渐渐消失。

晏潮生想起第一次在莲花台见琉双，她点亮的蓝色火焰，倒映在九思潭中，像一片孔雀羽毛。这火焰一旦停下来，他一定又会坠入阴气之中，可是过了许久，久到太阳都出来了，她依旧在为他取暖。

第一缕阳光照射到他们的身上时，晏潮生睫毛颤抖了一下，睁开眼睛。许多年后，晏潮生都无法忘记这一幕，绛珠伞下，第一缕金色的光芒照在他们周围，邪修魂魄统统消散，阳光洒入竹林间。人间朝阳初升，蒙着面纱的琉双额头渗出细汗，依旧死死地维持着绛珠伞。阳光拂过她的发梢，她因灵力耗尽虚脱，直直地倒下来，恰巧倒入他的怀中。

晏潮生本来以为自己的第一个动作是推开她，然而手仿佛不听脑子的使唤，接住了她。绛珠伞落下来，在砸到她的脸颊之前，晏潮生伸手握住。他低头去看怀里的琉双，她人事不省，看上去累坏了。

昨夜一腔对空桑众人的怨恨，在清晨变得令人烦躁。或许……白羽嚣做的事，她真的没有参与，一切和她无关。不然为什么在万魂冢这样的地方，她也能守自己一夜，还为他取暖。或许就像她在莲花台上说的，她已经后悔最初做的事，诚心悔过，想要对他好。

晏潮生冷着脸，脑海里翻涌过无数想法，最后落在她纤长的手上。空桑的这位少主，长了一张奇丑无比的脸，却有一双白皙、纤细的手，指尖一点樱粉，好看极了。晏潮生跟被烫到一样收回目光，不可避免地又恨恨地想起昨晚琉双在他的身上摸来摸去的事。

有个想法渐渐浮出水面。赤水琉双在莲花台上为他治伤，又在泰川城连蛇妖都不怕，挡在他的身前，给他仙衣，又为他撑伞。此刻，竟然趁他吸收了阴气入定，在他的身上摸来摸去，还在万魂冢里耗费灵力为他整夜取暖。简直……不知廉耻！

早就听说过有些仙族后嗣荒淫无度，她不会是喜……

难道一开始赤水琉双故意在空桑入口为难他，就是想吸引他的注意力，没想到弄巧成拙？想到这里，晏潮生冷笑一声，他是不会喜欢这个丑八怪的。她的心思皆是枉然。绛珠伞都快被他握热了，晏潮生又看见了自己手腕上的十诫环，和她白嫩的手腕上的一模一样。他抿紧嘴唇，冷着脸，一把将她抱起来。既然她对他有企图，直接拒绝没有好处，不如利用这个愚蠢的少主，谋夺自己想要的东西。

空桑仙境如此，八荒的其他仙境也不会好到哪里去，他一定要恢复修为，找一个师尊，踏上仙道。怀里软乎乎的少女，或许就是一块不错的踏脚石。只要自己不动心，到时候她知道真相，一定会伤心欲绝，这就是对她最好的报复。

晏潮生找好了理由，心安理得地抱着琉双回去。

阴气入体，阴差阳错地让晏潮生体内的妖脉发生了变化，如今肉身再不像之前那般脆弱，反而是一件好事。虽然暂时还打不过白羽嚣，没关系，徐徐图之，来日方长，他一定会手刃白羽嚣。

晏潮生面无表情地想，至于赤水琉双，伤心欲绝以后，他如果心情好，说不定会大发慈悲放她一条生路。

琉双努力地烧了晏潮生一夜，换成一座山石，也该被烧毁成灰了，可晏潮生丝毫没事。后半夜，她舍不得这个千载难逢的好机会，加大火势。绛珠伞结界的维系本来就需要灵力，琉双修炼的时间不长，天刚亮，体内的灵力耗尽，她晕了过去。

一醒来，已经在白追旭的仙剑上了。琉双噌地一下坐起来，去看晏潮生，怎么样？烧死了没？

晏潮生觉察到琉双的打量，回过头来，两个人四目相对，她清楚地在晏潮生的眼睛里看到一抹浅浅的了然，随即他冷着脸，扫了她一眼，似乎是不屑地转过头去。

琉双失望地垂下肩膀，这样都不死，那之后可怎么办？

白羽嚣也感到很纳闷，凑过来和她悄悄说："那小子到底是个什么来路？小爷第一次听说有人能从万魂冢出来，他抱着你回来时，不仅没事，还装作什么都没发生，竟然没向我哥告状。"

琉双："你说什么，他抱我回来的？"

白羽嚣："对，你昨晚去做什么了？"

一想到晏潮生抱了自己，琉双整个人都感到不好了，她立刻施了好几遍清洁术，这才好受些。

晏潮生装作什么都没发生，往往是因为那个人在他的眼里已经是个死人。

琉双同情地看了一眼白羽嚣 :“你好好地修炼，一定要有足够的实力保护自己。”

白羽嚣说 :“那还用你说，什么时候轮到你和小爷说这些道理了。你都自身难保，还是担心你自己吧。”他换上幸灾乐祸的语气，“你瞧瞧，这会儿到哪里了？”

琉双一看，大惊失色。原来在她灵力耗尽的昏睡期间，白追旭已经十分靠谱地把他们带到了昆仑仙境。

白追旭驱使仙剑过去，在昆仑仙境的大门处停下。

入目便是一片灼灼桃林，人间这个时节，桃花早已开败，昆仑却依旧生机蓬勃。

白追旭看着眼前的美景，笑道 :“昆仑自上古时期，便以桃木占卜，桃花，也只有昆仑能开得如此好。草木温良，一如昆仑之中即墨氏一族的脾气。少主，不用担心，昆仑少主不会为难你的。”

琉双本来很少想这件事，被白追旭这样一说，反而生出几分忐忑。“她”先前都找上门对着人家羞辱，退婚了，昆仑少主真的会原谅她？

其他仙境都有守境弟子，昆仑则不然。

琉双刚刚走入桃林，桃花簌簌落了她一身，风吹过，原本安静的桃林像是炸开了锅，桃树们叽叽喳喳地说 :“不好啦，不好啦，空桑那个丑八怪少主又来欺负少主啦！”

“她又来啦，又来啦……”

数万棵桃树，报复似的，往琉双的身上扔桃花，像是要生生把她埋进去。琉双感到十分沮丧，看吧，再来昆仑，果然是不受待见的，桃树精怪都尚且如此，昆仑少主见了她，岂不是要一刀捅死她？

白羽嚣哈哈大笑起来 :“赤水琉双，你看看，你上次来是多可恶，这些精怪都记得你了。”

白追旭看着灰头土脸的琉双，半是无奈半是好笑，他行事妥帖，刚要上前报上来历，求见昆仑境主或者少主，却见眼前的桃树悠悠而动，方才通达的道路已经不见，被桃树们挡得严严实实。转瞬间，路被堵死。

晏潮生在心中冷笑，看吧，那个丑八怪果然不讨人喜欢。

白追旭上前一步，说 :“在下空桑白氏长子白追旭，随少主而来，向昆仑少主道歉，还望通融一二。”

路依旧被堵死，桃树们认死理，依旧不愿意让他们过去。

琉双说：“我真的是来道歉的。”

桃树们不为所动。

白羽嚣道：“跟它们说这么多干吗？一把火过去，还愁它们敢不让开？”他是个火暴性子，话音刚落，熊熊火焰已经在指尖燃起，琉双连忙拉住他：“不要！”

琉双头疼起来：“我们是来道歉的，烧毁人家的仙境只会结仇更深。上次是我做错了，做错事受惩罚，没什么，再等等，或许有昆仑中人愿意回禀一声。”

白追旭也阻止道：“羽嚣，不可鲁莽。”

白羽嚣只得收回手，哼道：“怕是等到地老天荒，人家也不愿开仙境的门。精怪们哪敢这么大胆拦路，不是有人授意，小爷都不信，昆仑一脉最擅占卜，恐怕咱们踏入昆仑地界时，他们就早已知晓。”

早已知晓，却故意让他们吃闭门羹，还让精怪出来讽刺琉双。琉双好歹是空桑少主，按理昆仑不会这样行事，她上次来，到底是做了什么人憎狗嫌的事？

三个男人不约而同地看向琉双，目光微妙。

琉双后退一步，快冤枉死了。她也不知道赤水琉双做了什么，心里比谁都慌。

本以为桃林为阵，顶多困他们几日，出一口气便罢，没想到数日过去，路还是被桃树们堵着，仙境中也没有一个人出来。

这回连白追旭都没法再拿昆仑气消以后就会放他们进去安慰自己，他看了一眼琉双面纱下的脸，幻颜珠在体内越久，容颜便越难改回去，为了少主的容颜，不想硬闯也不行。他叹了口气，说：“强行出桃林。”

琉双连忙拦住白追旭：“不行不行。”

真的强行闯进去了，恐怕昆仑那位少主更加生气，别说幻颜珠了，两大仙境一定会交恶。

白追旭也不是不懂这个道理，只不过他忧心赤水琉双的脸，不得不出此下策。

“我有办法！”琉双说，“先让我试试。”

琉双看了一眼晏潮生，记忆里，小仙草险些误闯无情殿，那一次妖君十分生气，两个人冷战数日，小仙草都快在被窝里哭死了，晏潮生就是用这个办法哄她。小仙草当即就不生气了，当初的心境不记得，但是哄人的心意，兴许是有用的。之前晏潮生用来哄自己的办法，如今自己用来哄昆仑少主，没毛病。

琉双心道，厚不下脸皮道不了歉。反正她这个空桑少主在昆仑也没有什么面子可言，她干脆双掌结印，手指翻花间，空中冉冉升起一行金色的流光。

流光飞到昆仑上空，几乎传遍整个昆仑。

沃姜美滋滋地在水镜中看着琉双等人，他们一进昆仑地界，他便知晓，却暗中让桃树们堵住入口，不让那位少主进来。

开玩笑，上次这个丑丫头风风火火地飞过来，整个昆仑因为她是少主的未婚妻，全部都恭恭敬敬的，以礼相待，结果这个丫头二话不说，把少主贬得一无是处，还说她嫁谁都不会嫁少主，让少主死了这条心。

这就算了，当初少主为了仙脉，皱眉说姻亲是两大仙境的事，他要与父亲商议商议时，那个少主直接指了指她自己的肚子，说里面可能已经有孩子了，若少主愿意当这个绿王八，她不介意空桑与昆仑联姻。

少主脾气再好，也忍不住冷笑了一声。一个男人被羞辱到这种地步，如何能忍？少主当即同意解除婚约。丑丫头高高兴兴地就走了，沃姜好几百年没看过少主这么冷的脸。也是，本来二人就无任何感情可言，少主为了昆仑，牺牲自己的姻缘，本想日后与丑丫头相敬如宾，共同守护仙境，没想到被人找上门嫌弃，还意指珠胎暗结让少主接手。那之后，少主一直在闭关。

既然知道这门亲事不成，总得自己有能力拯救枯竭的灵脉，此次赤水琉双再来仙境，少主在闭关，是不知晓的。

沃姜下定决心要教训教训这个被宠坏的臭丫头。他曾暗暗为少主和赤水琉双占卜，发现少主与她无法走到最后，既然如此，早些处理了才好。没了赤水家的小坏蛋，真要联姻，风伏命不还有个妹妹吗？听说东方长留氏也有不错的女子。

赤水氏当初来商讨结亲时，说他们家少主容色倾城，姝丽无双，结果这个丑丫头上门挑衅，完全看得人眼疼。她觉得少主配不上她，以沃姜的角度看，她还配不上少主呢！

桃树精怪变化的法阵把他们困在外面后，沃姜本来以为她会暴跳如雷，硬闯昆仑，没想到她耐着性子等了数日，竟然乖乖地在外面罚站。沃姜的心里冷哼一声，反正脾气好的少主在闭关，就是不让她进来怎么着？赤水老儿放任亲闺女大闹昆仑，是何意思现在都不清楚，正好借此机会，一试对方的用意。

沃姜观察了几日，终于累了，他悠闲地小憩了一会儿，门被人敲响。沃姜上前去开门，惊讶地道：“少主？”

门外赫然是即墨少幽，他青衣玉冠，行了一礼，无奈地道："师尊，你为何为难她？"

沃姜讪讪地说："少主怎么出关了？"

少幽叹了口气："闹出如此大的动静，我再闭关，父亲也会责怪。"

"什么？"沃姜一愣，哪里就闹出动静了，水镜里的几个人不是好好的吗？

少幽："师尊且出来看。"

沃姜跟着少幽出去，一抬头，脸皮一抽。只见整个昆仑上空，一行金灿灿的用灵力写的大字，上书："即墨少主，我错了，你原谅我，见一见我好不好？"真是把自己的姿态放得极低，乖巧得不像是哄准夫婿，反而像在哄小娘子。

少幽的手一挥，那行字淡去。

沃姜没想到那个小丫头这么会来事，少主都被惊扰得不能再闭关。沃姜问："少主怎么看？既然已经退婚了，便没有必要与空桑往来，四大仙境素日少有来往，数十万年各自安居一隅，少主不必总是事事为仙境考虑，偶尔也顾及一下自己的心情和喜好。"

少幽的目光干净、柔和，闻言他温和地一笑："师尊说的是。"

沃姜叹了口气，他们少主哪里都好，就是忧思太甚，活得不像个有血有肉的人。少幽唤他一声师尊，沃姜实在受之有愧，少幽儿时曾跟着他学艺，学的不过只有占卜一术，后来少幽博采众家之长，不论是占卜还是术法，早就皆在他之上，境主也另为少幽寻了师尊，可他数千年如一日对自己十分敬重。

沃姜看着少幽长大，不仅把他当作少主，昆仑未来的希望，更是比自己的亲骨血还疼爱他。少幽少年时端方，这样的性子多情易折，太过无私。沃姜反倒希望他自私些，不要事事为旁人考虑："那少主，你见赤水琉双吗？"

少幽说："请他们进来吧，虽不再有婚约，却也是空桑来的客人。父亲与赤水伯父交好，总不能让他的女儿在昆仑难堪。"

沃姜："若她再无礼，少主该当如何？"

少幽低头，沉思片刻，淡淡地道："师尊多虑，昆仑不是任由人撒野的地方。"

沃姜的心里舒服了，少主这样说，也就是那个小丫头再敢目中无人，口出恶言，少主肯定不会轻饶了她。沃姜心念一动，让桃木精怪放人进来。唉！真是不知羞耻的小丫头，知道他们少主的脸皮薄，竟然想出这一招！

琉双也不确定有没有用，半晌过去，桃林里悄无声息。她感到有些懊恼，当着昆仑全境的人哄那位少主都没用呀？

白追旭等人不知道她做了什么，见里面没反应，白追旭安慰道："无妨，还是我来吧，少主。"

白追旭倒不如白羽嚣那般粗暴，要破坏桃林，他只是想强行破阵，移开桃树。刚要施法，那些精怪却像是得到了什么命令，向两边撤开，齐声说："恭迎赤水少主。"

白羽嚣纳闷地道："是赤水琉双的法子起了作用？还是这些精怪怕了我兄长？"

"不管哪一种，先进去。"琉双说，她看了一眼晏潮生，妖君的哄人大法真好用。

他们进入昆仑，与空桑讲究灵韵不同，昆仑讲究自然和合，仙气氤氲间，无数花朵盛放，琉双竟然还在不远处看到一窝小兔子。昆仑应是最包容其他生灵的仙境了。

有人来引路："赤水少主，诸位仙君，请跟小人这边来。"

走了不远，终于看见悬浮在空中的亭台楼阁。

"到了，少主在里面等诸位，小人告退。"

说实话，琉双的心中挺紧张的，一会儿见了昆仑少主，说些什么好呢？是直接走程序，道歉认错，还是应该寒暄几句？

琉双迈步走进楼阁中，心里打着道歉和认错的腹稿。然而当背对着她的仙君转过身来的那一刻，琉双看着他的脸，一时间什么都忘了。没想到有朝一日，她的心还能跳得如此激烈。她几乎不受控制地跑到他的跟前去，嘴唇颤抖了一下："是你吗？少幽？"

琉双穷尽一生，曾经最想见，却到死也没有见上一面的故人。一眼百年，身死心碎，重来一次，少幽变成记忆里的执念。

少幽神色冷淡地回头，本来以为会像上次一样，看见一个暴跳如雷的女子，没承想她跑到他的面前，一双雾气蒙蒙的眼睛看着他，脸上露出又欢喜又酸楚的表情，犹如看见世间最喜爱的亲人一般，似乎下一刻就会委屈得扑进他的怀里哭泣。

即墨少幽愣住。

眼前男子的脸与百年前的挚友的脸重合，琉双又是欢喜又是伤感，死在天雷下，唯一的不甘和遗憾，在此时慢慢圆满。

"少幽，这些年，你……你过得怎么样？"琉双无论如何也没敢想，少幽竟然就是昆仑少主。她一直以为少幽是上古桃木一族的散仙，再见少幽，对她而言，简直是莫大的幸运。

少幽的心中感到不解，赤水琉双上次还蛮横无理，一副恨不得赶紧摆脱他的模样，这次的态度却全都变了。少幽以为她又在耍花招，皱着眉，语气带着淡淡的冷意："仙子不是不久前才见过在下吗？哪来的阔别已久？"

这句话像一盆冷水浇下来，琉双从见到少幽的欢喜中清醒过来。眼前的少幽看着自己的目光没有温度，带着浅浅的冷意，他蹙着眉，虽然神情不甚明显，态度尚且还算温和，可是以琉双对他的了解，他现在不太高兴。他不喜欢现在的琉双。只有她一个人有过往的记忆，少幽不会记得她。

琉双很快整理好心情，她所求的不多，她曾经遗憾没能与少幽游遍山川，共饮花酿，这辈子所有的遗憾都可以圆满。她深吸一口气，很快进入赤水琉双的角色："即墨少主，上次我来昆仑，多有得罪，还请你别放在心上，是我蛮横无理，犯下了错。"她屈膝行了个礼，"望即墨少主宽宥。"

少幽坐下来，抬手煮一壶茶，动作行云流水，他淡淡地扫了琉双一眼："我没有怪罪仙子。"

琉双说："那即墨少主原谅我以后，我们能好好相处吗？"

她这句话一说出来，少幽还没说话，在场的其他几个人面色各异。

白羽嚣心想：哟！赤水琉双变聪明了啊！还知道逢场作戏，先假意和人交好，再借神农鼎。

白追旭则感到十分意外，赤水琉双讨厌即墨少幽，抗拒这场婚事，是整个空桑都知道的事，本以为逼她来道歉已是不易，此刻她与即墨少主相处，却完全不像这么回事。没有剑拔弩张，在少幽的面前，赤水琉双的态度带着仰慕，还处处透露着喜爱和亲近？

赤水琉双喜爱、亲近即墨少幽？

角落里一直没吭声的晏潮生，此刻抬起头，眼神泛着冷意，落在琉双的身上，又慢慢看向少幽。

晏潮生的心里有点郁闷。他自己也说不清为什么，早在桃林里琉双用灵力写字时，他感到十分惊讶，白氏的两位公子没看出来，他却知晓，这个法术很眼熟，他幼时遇到的一位散仙教过他。

晏潮生的修为虽然没有了，但异于旁人的妖瞳还在，他一眼就看出灵力裹挟了些什么字进入昆仑。她在向那个男人曲意低头。晏潮生皱起眉头，难免揣测着赤水琉双的用意。此次来昆仑，四个人中，只有他不知晓琉双来此的完整用意，还以为空桑不欲与昆仑交恶，故让少主亲自登门道歉。这倒也能理解，可琉双第一眼看少幽的眼神，哪里是憎恶和不愿嫁？

少幽转身时，琉双上前，眼睛里带着晏潮生从来没有见过的光彩。

晏潮生不得不承认，从初遇交手，到后来莲花台上发生的事，甚至这一路空桑到昆仑，就算是白追旭，也没能让她露出这样的眼神。

晏潮生死死地盯着琉双。站得那么近，都快贴少幽的怀里去了！她就如此饥渴吗？还说不想嫁给少幽。晏潮生冷笑起来，这哪里是不想嫁？她敢不敢再明显一点。不仅问少幽过得怎么样，她还想以后与他好好相处。一男一女，相处能做什么？果然，就像他先前想的那样，赤水琉双就属于他曾见过的那些仙族，这种仙族……晏潮生心里涌上一阵又一阵的不悦。他先前竟然还想过等她受到了教训就放过她！

晏潮生在心里冷嘲热讽，不知道是对赤水琉双，还是对前几日晚上抱着赤水琉双回去的自己。心中思绪交杂，最后汇聚成眼里的冷意。

此刻，少幽已经泡好了茶，他广袖一挥，茶盏飞到每个人桌案前。他说："赤水仙子若是喜爱昆仑，随时可来小住。"

晏潮生心想，谁都听得出，这是一句冷冰冰的客套话，明面上是允许赤水琉双随时前来，但少幽说的是来昆仑，而不是与他相处。

晏潮生嘲讽地看向琉双，她也愣了一下，却不见气恼，捧着少幽送过来的茶盏，轻笑道："好，日后我一定常来昆仑游玩，若再惹即墨少主生气，少主随时可以赶我出去。"

少幽微微一愣，眼里染上微不可察的笑意。

咔嚓一声。晏潮生手中茶盏捏碎了，所有人都看过来。晏潮生面无表情地拢好碎片："弟子失礼，即墨少主勿怪。"

少幽颔首："无碍。"

晏潮生在心里冷笑，他一路上是瞎了眼，才会觉得赤水琉双只是任性了点，不知道会害自己至此，认为她和白羽嚣不一样。他以为赤水琉双知道错了，心怀愧疚，才会在莲花台上为自己治伤。他以为赤水琉双的秉性还算善良、果敢，才会在泰川城敢对上毕巡。他以为，他以为她对自己……此时想起这件事，简直是又气又恼。

她分明是见一个爱一个，和白追旭不清不楚，表面上与白羽嚣不合，若真的不合，白羽嚣哪能为她出气，废了自己的修为？现在还多了个即墨少主。

晏潮生记起被自己遗忘了许久的往事。

还未拜入空桑时，也有喜欢过他的女子，他自幼生得好，妖族不缺美人，容颜绝世，甚至比仙族更甚，尤其是狐族，出了不少绝色妖姬，至今还在凡人的话本中传唱，晏潮生褪去稚童之身成为少年时，小狼妖还活着。

他们一行人从一座山林，辗转到另一处山林，无数女妖围着晏潮生示好。晏潮生没有经历过男女之事，他生来的每一天，都努力地活下去，想见到第二天的朝阳，女妖们挨上来的柔软身子，媚眼如丝的眼神，令他脸颊绯红，手足无措，偏偏她们不是来伤害他的，他无法狠辣地捏碎她们的喉咙。

晏潮生长那么大，第一次被如此多的人喜爱。少年慕艾，当他还是山林中的妖怪时，并没有现在的修仙理想，心性也不似现在一般冷酷。他甚至幻想过，等日后强大些了，找个女妖好好过日子。他一定能护着她，不让她受苦挨饿，不让她像自己一样被欺负。走上一条血腥的厮杀之路前，他渴望的，其实只是有人爱他，他能有一个家。

晏潮生出生时便是孩童样貌，之前的所有记忆，他都没有。嘴上虽然不说，有时候一个人孤单地走在月光下，看见别的妖都有家可归，他的心里难免有几分艳羡和落寞。所以当他知道女妖们喜欢他时，他的心里既感到害羞，又有些期待。

不过这样的心情只维持了两天，第三天，再没任何人向他献殷勤。晏潮生偶然看到，不久前说想与他合灵的女子，与小狼妖一同滚入山林的花丛间。灿烂的花朵被他们压倒一片。

晏潮生听见女子欢愉的呻吟，一声高过一声，两个人细碎的声音传来。

小狼妖疑惑地问：“你不是中意我们老大吗？”

女子笑道：“他呀，都看他长得那般俊俏，想来很厉害，没想到是个原形都无法化出来的残妖。”

小狼妖喘着粗气说：“老大很厉害的，你、你别这样说他。”

女子不以为意地道：“我可不想生出他那样带着残缺血脉的孩子，还……嗯啊……还是你好……”

月光皎洁，花丛外的少年，握紧了拳头，神色淡漠地离开。那一晚，彻底碎裂了晏潮生少年时可笑的情怀。也是从那一刻开始，晏潮生知道，原来无法化形，不仅幼时要忍受着欺辱，长大后纵然努力变强，也会令人厌弃。不论他如何努力，他始终是其他妖怪眼中，连原形都化不出来的残妖。

妖族与其他几族不同，容貌和实力挂钩，往往修为越高，形貌越绮丽好看，晏潮生长着一张丰神俊茂的脸，却并没有与之匹配的血脉和实力。晏潮生没有怪小狼妖，也不曾怪女妖。但从那以后，他拒绝一切女妖的靠近，有的女妖看上他的容貌，并不想与他有后嗣，只想和他春风一度，他冷笑着，再无少年时的慌乱无措，冷冷地吐字，让她们滚。

这段往事再回想起来，已经过去了很久。两百年？还是三百年？其后漫长的时光，他一门心思地想要变强大，渴盼力量，渴望入仙道，再没想过这些。

晏潮生的脸皮紧绷着，如今一个赤水琉双，竟然让他破功。他先前竟然真的以为她对自己……难得，时隔这么久，他再一次体会到了恼羞成怒的滋味。不知是气赤水琉双的水性杨花，还是气自己的自作多情。

偏偏她还在与少幽搭话，原来她软声、温柔地讲话是这个样子。

“即墨少主，你去过人间游历吗？可会用柳叶做传音纸鹤？”

“即墨少主，人间七月时节，可泛舟游湖，看莲女采摘莲蓬，别有一番滋味。”

“少主，空桑也很美的，待日后你来空桑做客，我一定好好接待你。”

不似在白追旭面前的守礼，也不似与白羽嚣的剑拔弩张，更不似在自己身边的虚情假意。她对着少幽，眸中仿佛落满星子，有着说不出的信任。像是外壳都不见了，只露出内里的柔软给少幽看。

晏潮生看得暗暗冷笑，他倒是不知道被空桑保护着不许外出的赤水琉双，何时这么博学有见识，真是……长着一张丑脸，比白兔妖都造作。少幽偶尔回答她几句，她眉眼皆含笑。

晏潮生再没碰过茶盏，此刻的画面每每让他想到先前自己的心境，让他感到恼怒无比。他只能在心里嘲讽她，一个丑八怪，得罪了人，现在又觍着脸黏上去，昆仑少主看得上她才怪。

起初，白追旭也感到疑惑万分，以为琉双在使什么缓兵之计，结果听她越聊越开心，少幽都帮她的茶盏续杯了，她半句也没提幻颜珠的事。

白追旭只能无奈地开口：“即墨少主，实不相瞒，今日我等前来，有一事相求。”

少幽道：“白大公子请说。”

白追旭：“少主误吞仙宝幻颜珠，失去了原本的容颜，空桑想借昆仑神器神农鼎一用，融化少主体内的幻颜珠。”

白追旭的话音一落，晏潮生抬眸。他心中的羞恼因为这句话消减不少，原来赤水琉双如此殷勤，是因为要借仙境至宝神器，而不是看上了即墨少幽。那就难怪了，要借神器，以她得罪人的程度，的确很难。

晏潮生对幻颜珠有所耳闻，据说是服下后能改变人容貌的珠子，修为再高的尊者，纵然是天君，也无法看穿幻化出来的容颜。但是吞下便不可再恢复本身的容颜。原来赤水琉双不长这样，全是因为幻颜珠。那她原本长什么样子？

少幽抿了口茶，他的容色清和，方才琉双与他说话，他不疾不徐地，偶尔微微一笑，端方有礼。此刻听他们提到昆仑的神器神农鼎，他的面色依旧没有半分更改，他冷静、沉着地道：“事关神农鼎，在下一人无法做主，容我向父亲回禀，再给赤水仙子一个答案，诸位可在昆仑暂且住下。”

白追旭的心里十分焦急，却也只能道：“多谢即墨少主。”

少幽颔首，说：“沙棠，带客人去歇息。”

一位白衫婢女笑吟吟地上前来，引琉双他们出去。

白羽嚣低声道：“哥，即墨少幽这意思，到底是借还是不借啊？”

白追旭摇头，略略苦笑。他自持稳重，可是今日方知，和即墨氏这位少主比起来，自己还差得很远。白追旭刚要安慰琉双，让她别难过，琉双突然说：“即墨少主会借的。”

白追旭：“少主如何得知？”

琉双说：“他看着冷淡，实际是个很好的人。”

相识百年，少幽几乎从不令她失望难过。琉双曾经不懂他的谦和他的好，再来一辈子，她才知道世上简直没有比少幽更好的人。直到如今，她总有种信念，她走过跌宕的一生，带着累累伤痕再次见到少幽，他依旧是那个会在花间不厌其烦地为她讲人情世故的男子。

尽管这次，他们相识之初有点糟糕，少幽一开始对她的印象并不好。但也因为失去过，琉双如今更懂得保护和珍惜。少幽借不借神农鼎都没关系。兜兜转转，历经生死，还能安好无恙地见到故人，对琉双来说，已经是命运最好的馈赠。

不似空桑处处是仙殿，昆仑仙境的仙人们的住所大多是悬浮的楼阁。楼阁之下是万层云梯，看上去巍峨浩瀚，十分大气。

自从那日看到少幽，琉双再也没有见过他。少幽总是在仙阁中忙碌，不见外人。

昆仑仙境的臣子一个又一个地在仙阁中来来去去。与赤水琉双这个闲得不像话的少主相比，少幽身上的责任显然重得多，出关以后，便一直在料理昆仑仙境内部的事务。

琉双这个“前未婚妻”在昆仑虽然没有受冷遇，却也没什么存在感。

白追旭急坏了，生怕赤水琉双体内的幻颜珠久了再也取不出来，日日在外面打听昆仑仙境的情况。

白羽嚣找到琉双说：“那个即墨少主看着温和，实际软硬不吃，不如咱们偷偷去找神农鼎？”

琉双看了白羽嚣一眼：“然后使用神农鼎被发现，一个都别想活着走出昆仑？”敢动人家仙境的神器，就要做好被打死在这里的觉悟。不愧是白羽嚣，糟糕的主意一个接着一个。

白羽嚣撇了撇嘴：“我看我兄长为你的事急成这样，还不是想帮你。”他不说这句话还好，一说，琉双立刻意味深长地看他一眼，问：“你不会是……”

白羽嚣差点跳起脚来：“你你你……小爷警告你，别乱猜测！整个空桑，小爷最讨厌的就是你！”

白羽嚣此地无银三百两的样子琉双看笑了，她调侃道：“最讨厌的是我，那最喜欢的是谁？宓楚仙子？”

白羽嚣：“反正，宓楚就是比你好，比你好看，比你温柔，善解人意，还比你刻苦努力。”

琉双冷笑一声。若早几日，她一定会为赤水琉双觉得委屈，这一路从空桑到昆仑，琉双也算看明白了，白羽嚣就是一个心口不一，嘴硬心软的人。若白羽嚣真的厌恶赤水琉双，就不会配合赤水琉双的鬼主意折磨晏潮生。他的嘴里说着吃了幻颜珠的赤水琉双是丑八怪，可是眼神里并无嫌弃之意，只是因为从小到大抬杠抬惯了，让他对赤水琉双和颜悦色，恐怕浑身都难受。

琉双有点儿理解白羽嚣这种扭曲的心态，他的哥哥白氏大公子自小疼爱赤水琉双，白羽嚣对赤水琉双又羡慕又恨得咬牙切齿的。可是偏偏白羽嚣也是看着赤水琉双长大的，真说多讨厌她，怎么都不可能，两个人的相处模式便是互怼，白羽嚣的心里却还是很疼爱赤水琉双的。

赤水翀也明白这一点，才放心地让白羽嚣也跟着来保护赤水琉双。

至于白羽嚣多欣赏宓楚，琉双没见过，自然没法衡量。这位潜在的敌人，在空桑很受欢迎，不说白羽嚣，便是白追旭提起宓楚，也没有半句恶言。如果不是上辈子曾经被宓楚布置的幻境伤害过，琉双或许也会以为是赤水琉双不对，冤枉了宓楚。

不过久走夜路总会撞鬼，既然知道宓楚不是好人，总会有让宓楚露马脚的时候。现在没办法揭穿，日后再与宓楚算账。赤水琉双这条命，可不能白白地葬送在宓楚的手中。

白追旭为了神农鼎的事愁眉不展，琉双心道，她也得为取出幻颜珠努力。若没法取出幻颜珠，自己可能还能接受，紫夫人那么疼爱女儿，绝对受不了。

于是，这几日，琉双得了空就去少幽的仙阁外等他。她先前说有把握，并不是说来哄白追旭的，她从几百年后活过来，与少幽相识百年，对他的事很了解。她知道一件事，一定能满足此时的少幽的心愿。

本来以为少幽的住处会如他的性格那般，外面要么种了竹子，要么栽种着清雅的兰花，谁知道他的仙阁外面开的是一大片灿烂的蓝紫色木槿花，好看极了。

少幽一直在忙着处理事务，几乎没有回来过，琉双便耐心地等他，得了空就为这些生灵输送些灵力。她的手指张开，嫩绿色的萤芒遍布整个仙阁，木槿们还没开灵识，但日日得她的好处，一见她到来，便舒展起叶子，随着风沙沙作响，欢迎她。

以前在幽冥之地琉双都能种出一片花海，在仙气浓郁的昆仑，更是不用提。

又一日无功而返，第二天，少幽得了空，没有在议事的大殿，回了自己的仙阁。

琉双去找少幽，远远地被两个仙童拦在了阁楼外。

仙童为难地说："仙子见谅，少主已经有了客人，仙子此时不便进去。"

"有客人？"

琉双还未问清楚情况，就见少幽走出来，身后还追着一个女子，女子懊恼地说："少幽哥哥，你为什么不答应？我都听说了，是赤水氏先悔婚的！她那般对你，难不成你还对她有所希冀？我是风家后人，赤水氏能给昆仑的，我能给得更多！只要……只要我们两大仙境结为姻亲，什么都会好起来。你难道，不想知道风家的灵脉为何从不枯竭吗？"

最后一句话，包含着巨大的诱惑，连琉双都忍不住抬眼看过去。四大仙境，三个仙境的灵脉都在枯竭，只有风氏一族，不仅灵脉仙灵之力旺盛，还代代出天君，风家的后嗣们个个出类拔萃。

少幽却不为所动："采意仙子，说够了便回去，我已经通知太子派人过来接你。灵脉是各仙境之间的事，而非你我之事。"

风采意十分不服气："那为何赤水琉双可以？"

少幽停顿了一下："父辈之事，少幽莫敢不从。"

风采意咬着嘴唇："那……那也就是说，少幽哥哥，你也不喜欢她，对不对？"

少幽淡淡地看着风采意。他虽然温和，然而到底是仙境未来的主人，不言不语时，莫名令风采意生出怯意，她知道自己不该管少幽的事，然而恋慕一个人，怎么会不在意这些？

琉双在花丛掩映中，猝不及防听到这些，再一抬眼，就对上了少幽和风采意的目光。

风采意瞪了琉双一眼，说："你竟然偷听！"

这就冤枉了，是他们要在这里谈话，琉双连仙阁都没能进去。

风采意走过来，绕着琉双走了几圈："我没在昆仑见过你，你就是那个赤水少主吧？怎么，之前不是那般对少幽哥哥吗？又来昆仑做什么？"

琉双："你是风氏后人？"

风采意说："正是。"她嘴唇微勾，在琉双的面前，倒是没了在少幽面前的女儿家情态，多了作为风家天之娇女的蛮横。

也是，琉双心想，如今的天君姓风，下一任准天君风伏命，是这位风采意的兄长，换作在人间，风采意也是个公主。不过同为境主的女儿，琉双还是赤水家的独苗，谁也不怕谁。

琉双微微一笑说："我来做什么，是我的事，与采意仙子无关。"

风采意冷笑，若有所思地盯着琉双的面纱："早就听说赤水少主生得俏丽动人，今日一见，怎么不敢把面纱取下见人？"说罢，她便要伸手取下琉双的面纱。

琉双眼疾手快，格挡了回去，两个人的灵力相触，风采意收回手，琉双觉得手腕都麻了。

风采意比赤水琉双大上几百岁，修为自然高上不少，琉双虽然疼，却忍住了不外露。如今琉双的魂魄完整，加上生就根骨奇佳，勤加修炼，日后定能胜过风采意，不过现在若真的要打起来，她肯定打不过风采意。

风采意则感到很意外，她仗着自己比赤水琉双年长，知道赤水少主是个废物才突然出手，没想到琉双接住了自己突如其来的一击。

风采意还要动手摘琉双的面纱，一道青色的光芒打过来，风采意后退了一步，回头看见少幽冷漠的脸："采意仙子，昆仑不容闹事。"

风采意咬牙，跺了跺脚，不甘心，但又不敢造次，只能跟着自己的婢女暂且离开了。

"多谢即墨少主。"琉双赶紧道。

少幽说："是在下招待不周，让赤水仙子在昆仑受了委屈。"

琉双悄悄看了一眼少幽。少幽整个人像水，端方平和，偏偏又有斩不断的柔韧。他上辈子说过最重的话，莫过于让她别叫他师尊，他不想做她的师尊。

少幽冷冷地道："赤水仙子若没事，便回去歇息吧，在下还有事，先行告辞。"

"等等，"琉双说，"我今日来，是要告诉你一件事的，我知晓你一直在找一缕残魂，我知道那缕残魂在哪里！"

少幽停住脚步，回头看着琉双。

琉双压低声音："你想找你娘亲的残魂对不对？"

少幽的目光十分冷静，无波无澜："仙子僭越了，我的心思如何，我最清楚。你若想借神农鼎，还需要我父亲的同意，我早已说过，我无法开启神农鼎。"

"我没有开玩笑，也不是在骗你。"琉双抿抿嘴唇，看着他，"我知道你想见她，你跟我去看看，只要去了，你就知道我没有骗你。"

少幽曾经暗地找了他娘亲的残魂五百年，他的夙愿，从来只有这一个，既然能早一点成全他的夙愿，让他不必以境主之子的身份，借由闭关在外苦寻，琉双自然会帮他。少幽曾对她说，为了寻找这一抹残魂，他八荒都走了一遭，还曾走过错路，在一次危机中散去千年修为。从来都是少幽帮助她，这一次，她终于也有能力帮助少幽了。

少幽不语，淡淡地看着琉双，看不出喜怒，甚至不见多渴望。

琉双心道，少幽生来便肩负昆仑重担，本来就怀疑自己从何得知他的心愿，自然不会信自己。

她眨了眨眼睛，指了指自己的脸，胡扯道："即墨少主就当给我个机会，我想要回自己原来的脸，又想不出怎么祈求你的原谅，让你帮忙开启神农鼎，便费尽心思打听了关于你的消息，这都是我猜的，你看这样好不好，我尽力一试帮你寻找你娘亲的残魂，你尽力帮我开启神农鼎作为交换？即墨少主若同意，今夜子时，咱们在这里见。"说罢，她笑着挥挥手。

少幽看了琉双一眼，转身离开。

琉双回去以后，立刻去找白羽嚣："二公子，我向你借一样东西可好？"

白羽嚣挑眉问道："什么？"

琉双："传世镜？"

"哟，赤水琉双，你也有求我的一天。"白羽嚣特别得意，掐住琉双的脸，"你求小爷啊，小爷高兴，就借给你。"

琉双的脸都被白羽嚣扯疼了，她淡定地笑道："求你。"

白羽嚣一噎："你的骨气呢？"

"用来求你了，"琉双说，"你要是还不开心，我多求你两声？"

白羽嚣咬牙道："不行，这个不能借给你。"

琉双揉着脸瞪白羽嚣："既然不给借，那你还让我求你？"

白羽嚣咳了一声："反正就是不能借，这是我们白氏的宝贝。"

琉双的双手合十："我就借一天，一天！"

白羽嚣："一天也不行。"

琉双："小气！"

白羽嚣瞪着琉双，脸色白了红，红了白，他该怎么说？这面传世镜是他家传给族长夫人的？赤水琉双是想嫁给他，还是想嫁他哥呢？

在琉双鄙夷的目光下，白羽嚣咬牙道："你到底用来做什么？我告诉你啊，借也行，就一天，你借了得还，你要是敢弄丢，小爷饶不了你！"算了，算了，他行事本就不羁，在意这个做什么。

琉双说："做什么暂时不能告诉你，不过我保证完璧归赵。此次来昆仑不是为了神农鼎吗，我借这个，是为了早日取出幻颜珠。"

琉双从白羽嚣手中拿到传世镜以后，十分好奇，向白羽嚣讨教了用法。

上辈子在天界时，听说宓楚使用过传世镜，而自己在赤水琉双的身体里醒来时，白羽嚣通过这面传世镜把晏潮生扔进了九思潭，传世镜天底下只此一面，若付出一定的代价，就能在八荒穿梭，没想到是白氏一族的宝贝。那七百年后，传世镜为何会在宓楚手里？

传世镜里像有一圈圈水纹，琉双用手指一触，水纹层层晕开。

子时前，琉双小心地抱着传世镜出门。

万事俱备，如今只看少幽肯不肯相信她没有害他之心，会不会来。

子时是幽冥之门大开的最佳时刻，眼见将至，琉双依旧没有看到少幽。

月凉如水，琉双抱着传世镜，心里带着浅浅的低落。她现在才知晓之前的自己有多幸运，懵懵懂懂地遇到少幽，什么也没能为他做，就得到了他的关怀与照顾。

“别等了，他不会来。”

琉双回头，看见抱着双臂的晏潮生站在她的身后。晏潮生的眼里带着看笑话的冷嘲：“我方才看见，风采意在与他饮酒。”

晏潮生不出现还好，他出现在琉双的面前，琉双这才意识到，已经有许多天没有见过他：“你这几日做什么去了？为何不见人影？”

晏潮生冷笑了一声：“怎么，我去哪里，用得着和你说？你日日守着即墨少幽，还会在意我去哪里？”

琉双心想：好好说话，发什么火？她也没想到随口一问，会得到这般带刺的回答。怀中的传世镜清亮，两个人四目相对，她不解地看着晏潮生，不过问了他一句话，他怎么像吃了炮仗一样？之前她朝晏潮生挥匕首，也没见他这般阴阳怪气。

晏潮生率先错开视线，冷着脸不看她。

琉双撇撇嘴，她不关心晏潮生去了哪里，只要不祸害昆仑仙境就好。子时将至，她没空和晏潮生说这些无聊的问题，少幽不来，让她感到有些低落。

琉双先前也设想过这种糟糕的情况，若少幽不来，她还是得去一趟幽冥之地的，白羽嚣只借给她传世镜一天，错过了这次机会，找不到少幽娘亲的魂魄，不但不会扭转少幽对她的印象，也定然借不到神农鼎。

不过，琉双没有打算逞强，她的身上有一颗留影珠，若带不走少幽娘亲的残魂，她带回影像也好，这样少幽就会相信她。

琉双狠狠心，施法引出心头血，将心头血滴在传世镜上。水纹吸收了她的血，显得越发明亮起来，堪比月光。琉双把手摁在镜子上，传世镜像活了过来，水纹波动，如潮水般涌动，开始源源不断地吸取她的灵力。

琉双的额头上渗出冷汗，白羽嚣一早就说过，使用传世镜需要付出代价，不但需要三滴心头血，还需要吸纳使用者的灵力，如此使用者方可顷刻间在八荒穿梭。去多远，决定灵力会被吸纳多少。此刻传世镜生出的水纹越发汹涌，传世镜像一张贪婪的大口，几乎快把她这段时间修炼出来的灵力吸干。

琉双额头上冷汗涔涔，手腕突然被一只手握住。

“你疯了！”晏潮生说，“为了借神农鼎，你这么豁得出去？还是说，你是为了即墨少幽？”说到最后几个字，他连语气都冷了。

琉双赶紧说：“你快放开我！”

一会儿，传世镜启动，晏潮生这样拉着她，也会被吸入镜子中去的。

晏潮生试图把琉双的手拿出来，斩断琉双与传世镜的联系，但传世镜只要吸了使用者的心头血，便不会停止，他试了好几次，琉双的手仿佛长在了镜子上一样。两个人大眼瞪小眼。

晏潮生的脸色更加难看：“蠢货，你快被这面镜子吸干灵力了，你是想死吗？”

琉双这就不乐意了，晏潮生还不是妖君呢，只是他们空桑的一个小弟子，竟然不叫她少主了，叫她蠢货？几日不见，晏潮生连假装恭敬都不装了？她也对晏潮生说：“那你还不放开我，是想和我一起死吗？你似乎也聪明不到哪里去。”

手腕上的那只手一僵，晏潮生冷冷地看了琉双一眼，慢慢松开了手。

琉双心道，还好，还好晏潮生松开得及时。

下一刻，传世镜的光华更甚，琉双的心头一喜，身影转瞬间没入传世镜中，天旋地转间，似乎有人也跟着跳了进来。

琉双来不及查看情况，屏息收敛一身溃散的灵力。上辈子在幽冥之地生活，她知道幽冥之地有多危险，如今是七百年前，晏潮生还未成为妖君，幽冥之地没有晏潮生的镇压，必定更乱。收敛了灵力才安全，她可不想一来就被众邪修吃掉。

跟着赤水琉双一起跳入传世镜时，晏潮生心里有过片刻的后悔。他不是这么冲动的人。一路从空桑来昆仑，发生了许多出乎他意料的事。其中最令他感到心情复杂的，是空桑少主对他的觊觎之心。

赤水琉双百般对他好，给他治伤，挡在他的身体前，在万魂冢里守了他一夜……就连看到他一身漆黑、丑陋的蛇鳞，她也没有露出任何嫌恶之色，还脱下衣服给他穿。偏偏最可恶的也是她，如果不是她的肆意任性，导致自己的修为被废，如今他已经在为大比做准备了，而不是绞尽脑汁地想要恢复修为。

这几天，晏潮生的脑海里反反复复地有两个声音在交替响着。

一个声音说，赤水琉双对你的喜欢不是出自真心，她也和那些女妖一样，只是暂时看上你的皮囊。她贵为赤水一脉的嫡女，未来还是一大仙境的主人，哪里会看上一个身负妖脉的小弟子？你向来睚眦必报，这次也不应该放过她，最好利用完她恢复修为，再把她和白羽嚣一起解决掉。

另一个声音为赤水琉双辩解，事情都是白羽嚣做的，她已经在尽力挽救，何况这一路走来，没有她，你说不定早就死了，放她一次又何妨？

这一年的晏潮生到底才六百岁，比起许多大妖，他依旧是个少年，没有经历过后来的许多事，也没有彻底变得冷心冷情。他还没能理清自己的思绪，以后应该冷待赤水琉双，保持距离，让她不要痴心妄想，放她一马，还是干脆利用她后杀了她？没承想，她反倒日日守着即墨少幽去了。

有一次晏潮生从琉双的身边路过，她连头也没回，朝着少幽的仙阁而去。

晏潮生抬手，掐碎了旁边的枝叶。他知道，她是为了借神农鼎，才对少幽虚情假意。不过她这么积极，也着实令人烦躁。还是掐死她才对，他就不应该犹豫。

然而晏潮生也没想到，看见她不顾安危地使用传世镜时，他一度气得不轻。他的疑心病再次作祟，她到底是为了恢复她的脸，还是为了挽回前未婚夫即墨少幽？

她刺激他说，是不是想和她一起死时，晏潮生立刻松开了她的手，在心中冷冷地想道：好，去死吧！死了他也免得烦恼到底该如何待她。

可是当琉双脸色惨白地被吸入传世镜中时，他在脑海空白了一瞬间后竟下意识地想拉住她，结果一同被带进了镜子中去。晏潮生没有付出心头血，自然要比混混沌沌地摔下去的琉双清醒得多。

他们被吸入传世镜时，一抹青衣身影翩然而至，少幽竟然在最后一刻赶来，随他们一同坠入传世镜中。少幽到底还是相信了琉双。

不知为何，那一刻晏潮生的心里生出淡淡的不悦。

此刻，晏潮生的脚下一堆白骨骷髅，远处横亘着一条燃着幽幽火焰的河流。他一回头，就看见了琉双和少幽。

琉双昏倒在河流边，少幽正扶着她。少幽低头看她，神色依旧是属于仙君的不辨悲喜。他注视了片刻火河的另一边，停顿了一下，要抱起琉双。

一只手拦住了少幽。

少幽回头，看见一名微笑着的冷峻少年。晏潮生道："我们空桑的少主就不劳烦仙君了，还是我来吧。"

少幽记性极好，一眼就认出这个少年是那日随着赤水仙子一同来的。

饶是以少幽的眼力，也只能看出晏潮生身负妖脉，却无法看出他的身上承袭了哪一种妖的血脉。他身上的气息混沌，像是笼罩着层层浓雾，令人看不真切。

晏潮生冷笑道："即墨少主试图用灵力探查我，可算不上有礼貌。"

少幽惊讶于晏潮生的敏锐，神色却依旧淡淡的："是我唐突了。"

两个人对峙的氛围，让少幽看出来，这名空桑的弟子，似乎并不喜欢他。念及晏潮生是琉双的同伴，少幽也没坚持，把琉双交给了晏潮生。

晏潮生没再多说什么，把琉双接过去，背在背上，回头问少幽："即墨少主可知，这是何处，怎么走？"

少幽沉吟片刻："若我没猜错，这里应当是幽冥之地的不忘城。蹚过火河，是上一任君王的葬魂之地。"

晏潮生假惺惺地一笑："即墨少主好见识。"晏潮生也曾听说过幽冥之地的传说，不过自古以来，妖界与幽冥之地两不相干，唯一的交集，或许是每一只妖死后，同样会变成魂魄。没想到赤水琉双的胆子这么肥，竟然利用传世镜，进入幽冥之地。

如今的幽冥之地群龙无首，到处是飘零的残魂，有的荡出幽冥之地，不愿往生，便会危害最脆弱的凡人。

在幽冥火河上无法使用灵力，不能飞过去，只能一步步地蹚过去。

少幽率先踩上紫红色的冥火，他的步履从容，丝毫不像踩在能灼烧身体和灵魂的冥火上，而像是在闲庭信步。

没多久，晏潮生皱着眉头，也跟着踩了上去。火河宽阔，一眼看上去，像是看不见边际的海。

少幽本来以为身后的空桑弟子坚持不了多久，便会向他求助，谁知蹚过火河已经过半，他依旧一声未吭。少幽回头，见晏潮生稳稳地背着琉双走在火河上。紫红色的火焰倒映在晏潮生的眼里，像是诡谲又暗沉的光，他的额头上渗出冷汗，他却一声没吭，也不愿把背上的琉双交给少幽。

少幽叹息一声，他修炼了近万年才有这样的修为，仙体淬炼得水火不侵，这个少年是个能忍的。

少幽："把赤水少主给我吧。"

带人蹚过火河，会承受两倍的灼烧之痛。

晏潮生淡淡地看着少幽："不必，我能带她过去。"说罢，晏潮生从少幽的身边走过去。

少幽收回手，没说什么。

蹚过了火河，终于摆脱了被冥火灼烧的痛苦。少幽的身上依旧一尘不染，他回头看向晏潮生，看见后者的靴子几乎被灼破，但琉双趴在他的背上，睡得很安稳。

少幽说："你对空桑少主很好。"

晏潮生嗤笑道："她是空桑少主，我作为空桑弟子，自然想讨好她。"

两个人说话间，消耗灵力过度的琉双终于醒过来。她第一眼看到的不是身下的晏潮生，也不是后面的火河，而是身边目光干净、冷漠的少幽。

少幽正看着琉双，见琉双醒了，微微一笑："赤水仙子可还好？"

琉双万万没想到，少幽竟然跟着她进来了，他竟然真的愿意相信自己。琉双心中感到喜悦，轻轻地笑道："我很好，少幽，谢谢你能相信我。"

少幽眼中闪过一丝暖意，笑着没说话。

琉双还要说什么，突然被人扔了下去。她被摔得猝不及防，愣愣地坐在地上，屁股疼得她的嘴角一抽。琉双抬起头，看见一张冷笑着的脸。

晏潮生居高临下，又用那种怪异、冷漠的语气说："少主看起来精力如此充沛，想来一个人闯过前君王的葬魂之地，应该也没什么问题。"他说完就走，只留下一个背影。

琉双微微睁大眼睛，晏潮生他、他怎么也跟着进来了？

第七章 记忆迟来

琉双突然明白过来为何赤水琉双当初要退与少幽的婚约，不是因为什么恋慕风伏命，而是因为有人使用手段，令赤水琉双做了类似这样的梦。

少幽扶起琉双："没事吧？"

琉双摇摇头："他怎么了？"

少幽看了一眼琉双，心里感到有几分好笑，他不欲过问旁人的事，便说："不知。"他先前便知道赤水氏的少主脾气暴躁，并非心机深重之辈，如今见她对感情之事懵懂无知，不再像之前跋扈，被人摔了还一脸蒙的表情，倒还有几分纯真可爱。

琉双拍拍裙子，说："不管他，我们先办正事，对了，这里是幽冥之地，我先前和你说，能找到你娘亲的残魂，没有骗你。我曾机缘巧合得知，她的残魂在幽冥之王的墓中。"

少幽答应了一声，打量着琉双的模样，见琉双不像在撒谎，他眼中的笑意不见，不知道在想些什么。他天生体贴，没问琉双是如何得知的。人人皆有自己的秘密，就算今日琉双在骗他，只要有一线找到娘亲残魂的希望，他知道自己依旧会来。他总得问问，问她为什么抛下他与父亲，不告而别。

少幽自从有能力开始，便在八荒各处寻她，即便被父亲训斥，勒令不许再找她，说她是族中叛徒，他依旧没有放弃。少幽不信记忆里温柔、强大的母亲，会背叛父亲与族人。

琉双明白少幽的娘亲是他的逆鳞，也不多话，打量着周围的环境。

一座漆黑的碑高高地耸立。

琉双低声念出上面的字："不忘城。"这几个字，还有幽冥之地压抑、阴沉的天空，恍然勾起了琉双的回忆。她记得自己在幽冥之地生活了许久，却只在幽冥之地的王宫和擎苍山之间往返，从来没有来过不忘城。

晏潮生倒没有禁止琉双来，他知道，以她的胆子，不敢往这里闯。有一次，琉双从宿伦的口中知晓，成为幽冥之王需要付出代价，即死后不入轮回，魂魄消散后，魂归不忘城，永远镇压着幽冥之地。

琉双听说后，以为晏潮生最后的结局也是这样，有今生，没来世，只能永远孤独地守着一座城，化作阴气成为幽冥之地的灵脉的一部分。她哭得眼睛都红了，说若是夫君的魂魄消散，她也随着他去，不让他一个人永世孤单。

彼时晏潮生饶有兴趣地在旁边，一边剥龙眼，一边看她脑补伤心的剧情，闻言倒是动作停顿了一下，往她的嘴里塞了颗龙眼，道："闭嘴，哭什么，我是妖身，又并非真正的魂魄，自然有轮回，不要你陪葬。"

这些往事在琉双的脑海里一晃而过，当年的感觉琉双已经记不清楚，没了心，连同胆怯也消失无踪，她无法再感受到自己曾经多么害怕幽冥之地。

再看晏潮生，他已经穿过不忘城前的石碑，往里面去了。

石碑旁有大片大片枯树、银花，褐色的树，银灿灿的花朵，极为好看。

琉双意识到什么，连忙提醒少幽："小心，别碰到这些树。"

少幽从树下走过，那些漂亮的银花露出森寒的牙齿，他的手一挥，仙气扫过，银花收起了尖牙。

琉双松了口气，严肃地说："它们会吃魂魄。"

少幽早就从典籍上看过这些，却并不托大，依然温和地对琉双道谢道："多谢赤水仙子的提醒。"

幽冥之地的枯树并非枯树，只是阴气长成了树的形态，若靠近它们，它们便会融成沼泽一般的形态，将人吞噬。幽冥之地常年贫瘠、恐怖，没有任何美好的事物。生长在幽冥之地最美的花朵，或许就是这些大片大片的银花，然而就算是银花，除去美丽的外表，也令人感到恐惧。

琉双真的想不通，她之前怎么会在这样的地方，生活了近百年？外面明明那么美，她以前多傻啊！

眼见晏潮生的人影都瞧不见了，琉双的心里感到窃喜，晏潮生要是在幽冥之地出了什么事，就不用自己绞尽脑汁去想怎么除去这个空桑未来的祸害了。

穿过石碑，眼前骇然是漫天飘散的魂魄。琉双和少幽身上纯白的仙灵之力，顷刻间变成了令人觊觎的香饽饽。

少幽的目光冰冷，手一转，掌中出现一柄轻轻嗡鸣的白色仙剑，邪修撞在仙剑上，尖叫着消散。他见琉双看向自己，她白纱覆面，一动不动，似乎被扑过来的邪修魂魄吓到了。

少幽想起这位“前未婚妻”的前科，心里低低地叹息一声。不管这位赤水氏少主是从哪里得知自己要寻找娘亲的残魂，又是否不怀好意，她都不过三百岁，只是自己年龄的一个零头。

这场婚事，怨不得她害怕、排斥，做出那样的事。连少幽自己，当初得知与空桑结为姻亲，需要娶一个这么小的小仙子，亦是感到十分无奈。

先前少幽被琉双上门羞辱，确实也曾气得动了怒。她也是好本事，本来对少幽来说，合灵之事可有可无，他的性子谦和、淡然，偏偏被她气得不轻。任谁被嫌弃，逼他去退亲，还说日后要天天给他戴绿帽子，都不能保持好脾气。因此，琉双再来拜访，少幽虽然没有报复之心，也不想搭理她，把她冷冷地晾在昆仑。

可此刻，见琉双委屈地站在他的身后，也不过才比他的肩膀高出一点点，还吃了幻颜珠把自己搞成这副样子，少幽的心里一软。罢了，他这是怎么了？本来也没记仇，何必和一个小丫头过不去。纵然她有什么坏点子，也伤不到他什么。

少幽：“别怕，你走我的身后。”

本以为琉双会害怕地靠过来，没想到她一掐仙诀，绛珠伞凭空旋转而下，她踮脚举起伞，把他遮得严严实实，认真地说：“我不怕，是我把你带到这里来的，我会好好保护你的，即墨少主。”

少幽一愣，笑道：“嗯。”亏她说得信誓旦旦，还真是初生牛犊不怕虎。少幽的手指微微一动，暗自帮琉双的绛珠伞加强灵力，金色的光芒一笼罩下来，都不必刻意去对付邪修，万般邪魔退散。

琉双一路往城中走，感到很奇怪，咦，绛珠伞在她的手中，何时这么厉害了？她狐疑地看向少幽，少幽负着剑，神色淡然，仿佛这里不是幽冥之地，而是他的昆仑。

晏潮生往前走了许久，本来以为琉双会追上来。没想到半晌也不见身后有人跟上来，他的脚步开始迟疑，该不会是他走得太快，她跟不上吧？

晏潮生放慢了脚步，许久，身后依旧一个人都没有。而眼前，他的妖瞳觉察到了危险，竟不受控制地变成银色，晏潮生眯了眯眼睛，前方空茫一片的山谷，在他看来，赫然变成了一片漆黑的炼狱。其中万魔啼哭，阴魂索命，前路变成了一个个戏台，无数爱恨别离在里面一幕幕地上演。

有人抱着自己的孩子哭得声嘶力竭，有人在床榻之上病得奄奄一息，甚至还有女子分娩之痛，被丈夫抛弃之苦……这么多画面骤然闯入眼中，晏潮生银瞳微缩，皱起眉头。

前面必定不能去。晏潮生的这双妖瞳自小便与其他的妖不同，也是靠着这双银瞳，他方能屡次避开危险，平安长大。他看得见的东西，赤水琉双和即墨少幽不一定能看见。晏潮生冷着脸往回走，他心想，他得回去提醒她，绝不是怕她会出什么事，而是她若死了，他去向谁讨回白白丢失的六百年修为？

没承想，突然看见这一幕：幽冥之地血红色的天幕下，琉双踮着脚为少幽撑着伞。晏潮生握紧拳头，冷笑了一声。他不应该感到意外的，她能在毕巡的面前，撑起绛珠伞保护自己，自然也能为少幽做这一切。何况现在她还有求于少幽。

晏潮生的心里生出一股厌弃的情绪，不知道是对琉双，还是对先前的自己。晏潮生想，他就不应该在最后一刻抓住她，陪她到这个鬼地方来。就让她和少幽在这里自生自灭好了，他得想个办法回去。他们来寻找残魂，他来做什么？

晏潮生忽略心头上那点微弱的恼怒的感觉，转头就走。对琉双的怒意，甚至让他不想提醒他们别往前走。回来寻她的路上他便想明白了，前面是传说中的八苦谷。平静似人间，却需得历经八苦，脱了一层皮，失了一身修为，或许都出不来。

谁也没想到，只存在于上古传说中的八苦谷，竟然在幽冥之地的不忘城，难怪明明作为历代幽冥之王的魂归之地，幽冥之地的命脉之所，这里却无人镇守，分明是诱人前来，一片平和之下，把人作为养料吞噬。

晏潮生冷冷地掉头走了数十步，握紧拳头，转身大步朝琉双的方向走过去。

或许是晏潮生冷着脸的模样非常难看，琉双显得十分惊讶："你怎么还在这里？"

晏潮生险些被琉双给气笑了。是啊，他也想知道，他为什么还在这个鬼地方，没有一走了之！

晏潮生："你们非去幽冥王墓不可，纵然前面有八苦谷？"

琉双看向少幽，少幽沉默片刻，道："是。"

少幽道："赤水仙子，你能告诉我这一消息，在下已是感激不尽，既然前路危险，你便先行回昆仑吧，不必再与我一道。"

晏潮生在心里嗤笑，不耐烦地对琉双说："少主，你若是相信我，现在和我一起离开。你若相信他能护住你，便和他继续往前走。"

琉双："我当然……"

晏潮生盯着琉双，连他自己都不知道，这一刻他在希冀她说出什么答案。

琉双的后半句理直气壮地说出来："和少幽走。"

"好，好得很。"晏潮生弯起唇，他表面上笑得无所谓，心里只觉得一股气血往上冲，就不应该回来问这句话自取其辱。她哪里有多在乎自己，如今看来，她在乎的只有她自己的容颜和少幽。

晏潮生冷冷地说："祝二位好运。"说罢，他拂袖离开。

三人分道扬镳，晏潮生一路走回幽冥火河，他回头看向不忘城的碑，那里大片大片的银花盛开。好看得紧，也注定是那两个人的葬身之所。身体里感觉空荡荡的，是因为他失去了六百年修为。空桑少主，简直是他这辈子遇到过最大的灾星。现在别说利，他失去的，连本都收不回来。

晏潮生闭了闭眼睛，忍住不去想自己脚上被幽冥火河灼烧的疼痛，咬着牙往回走。她自己要寻死，他何必阻拦？他本来也不算什么好人，就应该如以前一般，笑盈盈地看笑话才对。

晏潮生一步步地踏上回去的路，心里却越来越空。来的时候背着她没觉得多痛，回去的时候，只有一个人，却觉得冥火痛得让他难忍。

也不知道为何，想起那日对付毕巡时，他本来想看琉双的笑话，觉得高高在上的仙子们大多自私、冷漠，她却拿出乾坤袋，小心翼翼地扯他衣角，那模样别提多傻气、娇憨。他从未说过，那一夜在万魂冢，他放弃自己的魂魄，以为自己会变成人不人、鬼不鬼的怪物，他其实强忍着心中的恐惧，是她的温暖让他咬牙坚持下去。天明时，她脸色苍白地倒下去，刚好落入他的怀中，他第一次下意识地拥抱一个人。

脚下是幽冥火河，晏潮生抿着嘴唇，不再回头。

晏潮生离开后，琉双道："即墨少主，要不我们别去了？"她心里感到十分不安。

晏潮生说前方是八苦谷时，琉双的心中感到震惊，顿时明白以前从少幽的口中，曾经历的九死一生是什么，他身为昆仑少主，本有近万年的修为，生来就有上古仙脉，应该是一方境主，等同于君王。为何后来却灵力流失，七魄溃散，只能去人间寻找？

原来少幽曾经闯过八苦谷，付出了极大的代价，七魄从不忘城飘向人间，琉双才会在人间遇到他。七魄包括喜、怒、哀、惧、爱、恶、欲。

少幽认识琉双前，已经收集齐了六魄，只差最后一魄。琉双好奇地问他："还差哪一魄没寻得？"

树爷爷幽幽地道："你问他做什么，那一魄不是在你的身上吗？"

琉双震惊不已，试图回想何时她竟然误吞了少幽的一魄，自己却全然不知。

少幽的脸微红，低咳一声，对琉双说："他逗你的，别当真。"

可直到自己大婚，少幽离开，琉双也没能从他的口中问出他缺失的那一魄到底是什么。他也没有说到底遭遇了什么危险，才让他七魄尽散，要自己孤零零地去寻找。

如今想来，能奈何少幽，还把他害得那么惨的，只有八苦谷。

琉双悔不当初，她要是早些知道幽冥王墓里有上古遗址八苦谷，绝不会把少幽往这里带。她连忙拉住少幽的广袖："你听我说，我之前都是胡说的，你娘亲的魂魄，其实不在这里，我想借神农鼎才说的谎，即墨少主，你骂我吧，罚我吧，别再往前走了。"

少幽低头看向琉双。琉双看上去就差张开手臂拦住他了。少幽说："我知道，赤水仙子没有撒谎。"

"说谎了，说谎了！我原先是骗你的，只是为了骗你为我开启神农鼎。"琉双一把扯下面纱，"你看，我是想尽快取出幻颜珠，才出此下策。"

少幽看着琉双，嘴唇轻轻勾了勾。娘亲的魂灯至今未灭，为了这一缕残魂，上万年来，他已经把八荒所有地方都找遍，连风氏的天宫都去过了，幽冥之地也来过好几次。唯一没来过的地方，只剩幽冥王的葬魂之地不忘城。当琉双把他带到这个地方时，他就知道，琉双没骗他。这句阻止他向前走的话，才是谎言。

看着琉双惊慌无措的样子，又自责得连面纱都扯下来了，少幽停顿了一下，从怀里拿出一块玉佩递给她："拿着这个，回到昆仑，见到沃姜仙君以后，让他想办法助你开启神农鼎。"少幽见她不接，微微蹙眉道，"怎么了？可还有别的疑问？放心，这是我的贴身灵玉，你不必担心沃姜仙君不相信你。"

琉双说："那你呢？你还是要一个人去八苦谷？"

少幽本来以为琉双只是担心自己回不来后，无法开启神农鼎，没想到她达到目的以后，依旧还关心他的去留，他长长的睫毛垂下来，挡住视线，他轻声道："我尚且有一探之力。"

"你若非要去，我和你一起去！"琉双见劝说不动，只好叹了口气。她说什么也不可能真的让少幽一个人进去，提前散去七魄。

“行了，别胡闹，回去。”少幽说，他生来便是昆仑仙境的上位者，冷漠、严肃时，血脉和气度在他身上体现得淋漓尽致，他真动怒时，连师尊沃姜也不敢招惹，只能讪讪地听从他的吩咐。本想逼琉双回去，谁知道她一点也没露出怯意，还胆大包天地把他的玉佩塞了回来。

琉双：“你的玉佩自己拿着，我要你全须全尾地活着回去，兑现帮我开启神农鼎的承诺。”

手中猝不及防地被塞回来的玉似乎还带着她的暖意。少幽的手指微微蜷缩，他冷冷地道：“我是昆仑少主，你若再不回去，就别借神农鼎了。”

琉双说：“我还是空桑少主呢，我要走这里，你没资格拦我。”

少幽抬起手。

琉双立刻抱头蹲下去：“不要一言不合就动手，就算你强行送我离开，我也会回来的，别忘了，我还有传世镜。”

少幽的冷脸再也维持不住，他在心里低低地叹息，活了近万年，他从未想过，自己都快当上一方境主了，竟然被一个小仙子吃得死死的。

见少幽果然不再动手，琉双蹲在地上抬头冲少幽笑了一下。她试图晓之以理：“我没胡闹，据说上古有一位大能神君进过八苦谷，可他也没有出来，可见八苦谷与修为没有关系。万物相生相克，不是修为高就能通过八苦谷，也并非修为低就没有机会。你若真的一个人去，回不了昆仑仙境怎么办？你看这个，这盏魂灯，至少能留住你的魂魄，我还能带你回家。”

琉双赶紧从乾坤袋里捧起一盏魂灯给少幽看，金色的魂灯温暖、明亮，倒映在她的眼睛里，像落了星子。

少幽抿唇不语，心中感到忧虑。八荒中人都知晓八苦谷，有些长辈还会刻意用八苦谷来吓唬家中的小仙子、小仙君，但是八苦谷里面到底是什么样子的，无人可知。因为从没人出来过。少幽不想因为自己的私事连累旁人，可是已经找了数千年，眼见很快就可以找到，他没法不进去一探。沉吟半晌，他说道：“走吧。”

琉双连忙捧着魂灯跟上少幽，走了没几步，少幽的手掌一翻转，身后的琉双软软地倒下。

少幽扶住琉双，把她抱到一处空旷之地，他引血布阵，在她的周围设置了一个魂魄、邪修不侵的法阵结界。少幽低头看她，她躺在法阵中，金色魂灯依旧被她抱在怀里。少幽把自己的灵玉放在她的旁边，退出结界之外，信步朝幽冥王墓的方向走去。

琉双揉着脑袋醒来时，气愤得咬牙切齿。人果真会变，七百年前的少幽竟然这么霸道，完全不如后来的温柔。她本来就对少幽没有防备，没想到他根本就没打算和她商量。她拍打着眼前的结界，心里担心得不行，少幽若真去了幽冥王墓，七魄散去，连为他敛七魄的人都没有。

结界的时效还没过，琉双无法冲破结界，急着去救少幽，她把脑子里能想到的破阵之法全部想了一遍，灵力撞上少幽的结界，悄无声息地散去，完全没有作用。突然，怀里的一样东西落下来，琉双一喜，她怎么没有想到传世镜！

片刻后，琉双从结界内挪到结界外，一步之差，这一回仅耗费了她一点灵力。她连忙拎起魂灯朝幽冥王墓的方向走去。

越靠近幽冥王墓，空中的邪修越少，到了幽冥王墓边缘，竟然干净得一只邪修也没了。偏偏这样的地方最危险，只有最可怕的东西在，才会数十里无一活物。

琉双的脚步停顿住，不知该不该往前走。少幽先她一步进了幽冥王墓，若自己贸然进去，不仅找不到少幽，可能连自己也得搭在这里。金色魂灯的光芒柔和，她思索片刻，也不进幽冥王墓，把魂灯往前递了递，又把灵玉放进魂灯里。还好少幽给她留了一样沾染了他气息的东西。

琉双闭上眼睛，十指交错，临空控制着魂灯往里游移。这不失为一个好主意，若她来晚了，少幽还会像上辈子一样，折损了修为，七魄散去。魂灯感应到玉佩的主人，会主动吸纳少幽散去的七魄，到时少幽逃出八苦谷，她可以直接把七魄还给他。若魂灯无法找到魂魄，证明少幽暂时没有危险，总比大家都贸然进去的好。

魂灯在幽冥王墓中被琉双操控着慢悠悠地往前飞。刚有所感应，魂灯突然从空中坠落，摔得粉碎，琉双猛然回头，看见一袭青衣的少幽半跪在不远处，他的全身都是血，一柄仙剑也断裂了，见了琉双，他的瞳孔一缩："别过来！速速离开！"

话音刚落，身后仿佛有一只无形的手，缠住少幽的身体，把他往幽冥王墓里拖。少幽把断剑插在地上，一声不吭。

琉双的手中化出白绫，缠住少幽的腰，把他往幽冥王墓的外面拉。

灵力化出的白绫顷刻就被融解，少幽对琉双说："走！"

眼见少幽就要被吞噬，琉双飞身上前，拉住他的手："少幽！"

少幽抬头看琉双，痛苦的神情慢慢化作微笑，琉双心道不好，刚要松开手，下一刻，身子仿若掉入无尽深渊。地面轰然裂开，琉双连声音都来不及发出，已经坠入八苦谷中。

琉双恢复意识时，天上正滴滴答答地下着雨，风吹起纱帘，她从床上坐起来，发现自己变小了。她成了一个小女孩，穿着浅蓝色的纱裙，手指软软的，胖乎乎的。

还没弄清怎么回事，外面有人说："少主还在睡？"

琉双赶紧躺回去。

"可不是，"另一个声音说，"她倒好，闯了祸，把夫人害成那样，自己在寝宫呼呼大睡。也是境主下令瞒着，不然如今恐怕八荒都知道，咱们空桑的少主，这里有问题，是个傻子。"

仙婢扑哧一笑："也不能这样说，毕竟少主少了魂魄，懵懂一些也正常。"

"她贸然跑出去玩，结果被大妖抓起来，紫夫人为了救她，连元丹都碎了。我看即便这个小傻子长大了，也是没什么用。哪像人家风氏和即墨氏的少主。"

"别这样说，人家到底是境主的女儿。"

"她也就是投了个好胎，还得让咱们来伺候一个傻仙子。"

听到他们的话，琉双的心里感到闷闷的痛。有个很小的声音说，不是这样的。有人告诉她，长白崖上有一朵最好看的神花，能治疗紫夫人诞下女儿后身上的隐疾。

她挪着小小的身体一次次地往上飞，飞到一半掉下来，摔得鼻青脸肿的，最后好不容易看到那朵玉色花朵，却被人捏在手中。

那个大妖眯着眼睛笑道："她果然没撒谎，遵守了承诺，把你骗到这里。"

随后那个大妖在她的心口打入一道妖力，琉双便痛得昏了过去，再次醒来，就是令她痛彻心扉的一幕，紫夫人为了救她，碎裂了元丹，她趴在紫夫人的怀中，心里难过得不知如何是好，偏偏一滴眼泪都掉不出来。她魂魄残缺，连正常的哭和笑都做不到，便显得格外无情和冷漠，她一口血涌上喉咙。

琉双再次睁开眼睛，便听见仙婢们窃窃私语，说她贪玩，罔顾娘亲的生死，是个没心肝的小傻子。

琉双觉得小小的身体上，到处都很疼，她僵硬地躺在床上，想叫她们帮帮她，张了张嘴，什么都没说。一种无形的压抑和难过侵袭了她。她翻身下床，身体自发地朝记忆中的紫夫人的住处走去。却不料听见紫夫人和赤水翀在争吵。

紫夫人说："她是我的女儿，说什么我也不会放弃她。你们都说她傻，有朝一日魂魄归位就好了。"

"不是让你放弃她，"赤水翀皱眉道，"世间根本没有寻不到魂魄的人，我们用尽了法子，也不能寻到琉双缺失的魂魄，琉双太过顽劣，不堪大任。"

赤水翀冷冷地说："空桑需要一个合格的少主。"

紫夫人冷笑道："你觉得谁合格？是白氏被你接到身边培养的白追旭，还是白羽嚣？抑或是楼氏的宓楚？在你的心中，是否人人都比她好？"

赤水翀："你明知道我不是这个意思！"

琉双愣愣地听着，按住难过的心。这些都是赤水琉双过去的记忆。她在用赤水琉双的心脏感受赤水琉双的曾经，接受这段迟来的记忆。

八苦谷里，琉双经历着赤水琉双记忆里的成长。赤水琉双一直懂得父亲需要怎样的少主，她无疑是一个令他们感到丢人的女儿。她听说风氏太子伏命，出生时伴着九霄龙吟，北方昆仑的即墨少主，生来便使得山巅的泗水，变成一条灵泉。

这些上古血脉的天之骄子，人人都有骇人的神迹。唯独她，出生时平平无奇，连魂魄都是不完整的。紫夫人甚至用了很长时间，为她开灵识，教她说话。而她总是闯祸，如今还把紫夫人害成这样。

琉双感受到了赤水琉双深深的低落和痛苦，无力的挫败感和自责，就像一只屡屡试飞的雏鹰，摔得遍体鳞伤，才明白自己不过是鹰群中一只断了翅膀的燕子。

这一晚以后，赤水琉双开始改变。她分不清真假，分不清旁人的善恶，怕再伤害到紫夫人和赤水翀，便把自己变成一个谁也不相信的人，她变得多疑、暴躁、易怒。这具小身体，做得最多的事，竟然是日日夜夜地偷偷修炼。尽管小姑娘的修炼并没有成效。

琉双还在赤水琉双的记忆中，看见了宓楚。

原来赤水灵脉慢慢枯竭后，开始一寸寸地碎裂，需要人时刻守卫、修复，楼氏族长主动请缨，前去镇守南仙境天之灵脉。唯一的请求是，请境主夫妇帮忙照顾他的女儿宓楚。

宓楚来到空桑天殿后，几乎受到了所有人的喜爱。她聪明善思、温柔大方，也十分勤奋刻苦。

琉双第一眼看到赤水琉双记忆中的宓楚，还以为自己认错了人！此时的宓楚，与后来琉双见到的完全不同。尽管也能称得上仙姿动人，却与自己无半分相似。琉双隐约想起，风伏命说过，宓楚一开始不长那样。

如今，宓楚主动朝赤水琉双示好，小仙子又害怕又渴望，屡次赶走她，宓楚却丝毫不介意，还屡次教不少有趣的术法给赤水琉双，一来二去，赤水琉双最终接受了这个朋友。可惜赤水琉双怎么学也学不会这些术法。见她失望，宓楚轻声道，猜测："渡过雷劫，方能提升修为。双双的修为凝滞，是否与雷劫迟迟不来有关？"

赤水琉双看过去。

宓楚轻轻一笑。

这一晚，赤水琉双走出门，手里颤巍巍地拿着天雷幡。

琉双很想阻止她，告诉她宓楚这样说不怀好意，可是琉双怕一旦阻止了，就不能再看到赤水琉双的经历，强忍着没有自行掌控这具身体。

果然，赤水琉双去往九思潭，把自己关在莲花台，挥动手中的天雷幡。天雷一道道落下，琉双在这具身体里，感受到细细碎碎的疼。

赤水琉双无力地倒在莲花台上，看向平静的潭水中的自己，她的全身是血，眼神空洞："我会变好的，不会再伤害娘亲，会努力护住空桑，我能的……"再不然……她眸光黯淡地想，别人能也好。爹爹说得没错，空桑灵脉即将枯竭，追旭哥哥也好，羽嚣也好，哪怕是宓楚，只要能护住空桑，不让爹爹忧心、失望，不让娘亲再受这样的伤，都可以当少主。她愿意抽出体内赤水一脉的灵髓给那个人，只要他肯守护她的家。

琉双叹息，幸好天雷幡引来的并非真正的天雷，只是人间的雷电罢了。她看着赤水琉双熬过在莲花台的伤，又看着她一天天长大。

一切仿佛都很平静，琉双却暗暗打起了精神，她还记得自己在八苦谷，这样的地方，不可能好心到让她过平静的生活。

果然，很快，到了赤水琉双和少幽订下婚约那一天。

琉双心想，来了，就是这个时候，后面就是她熟悉的一切。

按照发展，赤水琉双应该去昆仑退亲了。可面前的景象并非这样——

八苦谷里的赤水琉双，竟然满怀希冀地嫁给了少幽。赤水琉双得知婚约以后，心想，若她做不到保护空桑，那么让一个厉害的人守护空桑也好。

眼前发生的事，与琉双的记忆完全不符。他们甚至已经顺利地举行合灵仪式了。入目皆是喜庆的红，琉双的心里感到隐隐不安，尽管祝福的仙子、仙君们个个带着笑脸。身边还有熟悉的少幽。按照合灵仪式的礼仪，赤水琉双取出心头血。

琉双心里的不安越来越浓重。

只见赤水琉双身边的少幽冷冷地一笑，陡然出手，扼住她，竟生生抽出了她的灵髓！少幽反手一剑刺过去。谁也没料到会这样，赤水琉双毫无反抗之力，惶恐地看着少幽，那一剑穿胸而过，却没有伤到赤水琉双分毫。

琉双愣愣地看过去，心里一沉。

鲜血晕开，那柄剑，刺入了紫夫人的身体，赤水琉双的娘亲在最后一刻，挡在了赤水琉双的身前。少幽抚着剑，轻笑："谁会为了遏制灵力枯竭，娶一个灵魂残缺的傻仙子？若占了空桑的灵脉，昆仑才会更好。"他的身后，无数昆仑仙境的士兵闯入，仙君们穿着战甲，一场仙界内部的战役一触即发。

少幽蹲下来，掐住赤水琉双的下巴，笑道："多谢你了，空桑少主。"最后几个字，被他说得极其讽刺。

琉双还未反应过来，属于赤水琉双的心狠狠一痛，几乎不亚于魂魄撕碎之感。有什么东西硬生生地从体内分离出去，无能为力的颓败和痛苦，像一座山，压得她几乎喘不过气。琉双努力维持着清醒，却只能看着哀魄与惧魄从体内分离出去……

这个过程既漫长又短暂，琉双痛晕以后，再次睁开眼睛。天上依旧滴滴答答地下着雨，风吹起纱帘，她猛地从床上坐起来，发现回到了最初的场景。她低头看，依旧是小小的手，小小的身体。果然，仙婢们再次议论起来。

"少主还在睡？"

琉双额头上冷汗涔涔，终于意识到八苦谷的恐怖。不好，这样下去，不仅是哀魄与惧魄，喜、怒、爱、恶、欲，一个个分离后，她连三魂也保不住，会因为赤水琉双内心的恐惧，熬死在八苦谷中。

赤水琉双害怕因为自己的无能，连累空桑覆灭，像年少时那样，害得自己的母亲受伤甚至死亡。

偏偏在八苦谷中，全部成真，噩梦永远循环，直到人魂飞魄散。

眼看着这具身体又往紫夫人的方向走去了……

琉双咬破了嘴唇，试图主动掌控身体。这些都是假的，少幽还在八苦谷中等着她！他也不可能做出夺人灵髓和灵脉这样的事。

琉双突然明白过来为何赤水琉双当初要退与少幽的婚约，不是因为什么恋慕风伏命，而是因为有人使用手段，令赤水琉双做了类似这样的梦。琉双咬牙，宓楚！

可惜如今进入八苦谷，琉双本以为能掌控的身体，完全不听使唤。她像被操控的傀儡，一遍遍重复着赤水琉双心中的噩梦。

琉双赤色和青色的魂魄飘散，还未散去，被折返的晏潮生拢入怀中。

晏潮生回来时，心道，赤水琉双要死也不能让她死在这里，好歹她是赤水氏的后裔，他吞了才不亏。既然她要跟着少幽那个伪君子赴死，不如死得其所，为他做些贡献，偿还他因为她失去的修为。

没想到一过来，琉双从八苦谷中飘散的哀魄和惧魄，慌张得像个寻求庇护的孩子，因为害怕周围的怪物，一头撞入他的怀中。魂魄不知冷暖，也没有记忆，唯懂善意和恶意。在幽冥之地中，它们只感受到面前的人没有伤害他们的意思，不顾一切地往他的怀里钻。恰巧就撞在晏潮生的心脏的位置。

晏潮生冷笑一声，把它们拢入怀里，朝幽冥王墓的方向去。她现在才知道，那个伪君子不可靠，魂魄都散了，才来他的怀里哭，当初在外面怎么不知道服软，斩钉截铁地选择跟少幽走?

晏潮生觉得讽刺，少幽就是这样带她去闯八苦谷的?晏潮生带着哀魄和惧魄赶到幽冥王墓时，眼睛已成银瞳。

戏台之下，黑漆漆的地方，就是无数人的埋骨之处，八苦谷。

所谓八苦，生、老、病、死、求不得、怨憎会、爱别离、五阴盛。没人能把这些全部经历个遍，不管是凡人，还是仙，人人皆有弱点。

晏潮生沉着脸。这种地方，他自然也不敢去，他的野心和渴望太盛，他不可能扛得住八苦谷的痛。他死死地皱着眉，不能进去的，他疯了才会进去。回头也不是没有收获，如今得了这两缕散魄，吞了聊胜于无，何必再闯八苦谷，把人捞出来?可飘出来的是哀魄和惧魄，一定又苦又涩，无半分甜美。

晏潮生站在幽冥王墓外，捂住怀里嘤嘤哭泣的散魄，哭什么，烦死了。再催他，他也不会进去的，他又不傻。

这时候一缕粉色的散魄飘出来。晏潮生下意识地伸手，想把它握在手中。谁知懵懂的散魄带着暖意，直直地扑上他的脸，它像个撒娇的女流氓，冒冒失失地吧唧一声亲在他的脸上，脸上蜻蜓点水般的一暖。

晏潮生咬牙，飞快地把它扯下来。这是……她的爱魄。三缕散魄中，就它最讨厌！粉红色的散魄丝毫看不懂他的嫌弃和不满，其余两缕传达着压抑和害怕，它却像个孩子，在他的衣襟里面蹭来蹭去，好几次触到他冷冰冰的鳞片。

晏潮生简直要发疯，把它揪出来，凶狠地道："老子先吞了你信不信？"

粉色的散魄听不懂，缠绕住他的手指，还在撒着娇。他盯着它看，其实没什么好看的，只是散魄，连小小的人形都看不太出来，半晌，晏潮生才感觉到确实没什么好看的，把它重新塞回怀里。

"看在那两缕散魄的面子上，"晏潮生抿了抿嘴唇，"绝不是你。"他迈步走入幽冥王墓，阴风呼号，卷得他的衣袍翻飞，晏潮生没有反抗，任由他们把他带入八苦谷中。他稳住身子落地，妖瞳全开，熠熠生辉的银色显得诡谲而冰冷。

眼前的景象落入晏潮生的妖瞳里，全是剥离魂魄的白色哀怨的念力，这些念力一旦沾上灵魂，便会把魂魄硬生生地撕裂下来。

八苦谷，他沉思着，意味着要世人受尽各种苦楚，永远在里面受折磨。既然如此，那么如果比它伤得更快、更狠，它是否便不会再将痛苦强加于身？

晏潮生闭了闭眼睛，掌心出现一把匕首，他用它狠狠地往自己手臂的皮肉上一削。大片漆黑的蛇鳞掉落，他一声不吭，在八苦谷中穿行。这个法子果然有用，八苦谷在他的眼里毫无变化，每隔片刻，晏潮生便削下一块鳞片来。他的身影飞快地穿行，最终，他看到了倒在地上的赤水琉双。

琉双被一个看不见的白色巨茧裹住，呼吸微不可闻，缺失了三魄，恐怕如今神识都已浑浑噩噩。

晏潮生掠过去，试图用匕首破开巨茧，巨茧毫无反应，匕首却翻得卷了刃。晏潮生皱眉，他不似那些底蕴深厚的仙君，出手便是各种坚不可摧的天材地宝。去空桑学艺后，作为守门弟子，他甚至连一把像样的仙剑都没有。他沉默地看着琉双。

爱魄似乎还在他的怀里不安分地蹭，晏潮生恨不得弄死它："别闹了。"

真的不行。眼见又一缕橙色的散魄从赤水琉双的体内飘散出来，是喜魄。晏潮生冷着脸，从心口拔下护心鳞。硬生生地拔下护心鳞，他疼得全身颤抖。这约莫是他身上最好看的一片鳞片，它不像别的细小的蛇鳞那样黏腻、恶心，反而带着淡淡的黑金色的光华。

晏潮生脸色惨白，拿着护心鳞，往琉双身上的白色巨茧上面划。鲜血滴答着落下，果然，妖身上最珍贵的护心鳞，比世上大多数的仙剑还锐利。把琉双从巨茧中抱出来时，差点耗尽了他的所有力气。

晏潮生抱着琉双，几乎站立不稳，他半跪着喘气，脑海里疼得嗡鸣，他明白不能久待，来时的路太长了，他没有自信抱着她走回去，一旦保持不了清醒，就只能和她一起死在八苦谷。

那就只剩一条路，晏潮生抬眼，幽冷的银瞳看着她身后的地方，阴气森然，赫然是藏在八苦谷中的历代幽冥王的墓。他咬着牙，抱着她往里走。

漫天的阴气下，终于不再受八苦谷的控制，晏潮生闷哼一声，摔倒在地。琉双毫无知觉的身子压在他的身上，碰到他的伤，让晏潮生疼得发抖。他没力气推开她，一想到周围全是阴气，他干脆翻身，把她压在身下。反正万魂冢他都待过了，这里也差不多。那些阴气里，琉双缺少散魄待不得，他却可以挡住。

长这么大，晏潮生从来没有做过如此愚蠢的事。她在晏潮生的身下，呼吸声很轻，蒙着面纱，睫毛又长又翘。这样看，倒也没有不顺眼的感觉。他本来应该很痛的，伤成这样，他也应该生气，气自己今日脑子简直不清醒。

可晏潮生护着她，从八苦谷里走出来，胸口汩汩流着血，银瞳里映出她的模样，怀里四缕散魂在躁动，他却莫名地不觉得后悔。

晏潮生艰难地放出四缕散魄，散魄进入琉双的身体，她惨白的脸色总算好了些，手指紧握，似乎在做什么噩梦。

面纱下，琉双无意识地呢喃着什么，晏潮生无力地倒在她的身上，两个人贴得这么近，他几乎一下子听清了琉双模糊地呢喃。

失去护心鳞的妖，脆弱不堪，心口还在流着血。身后是万重森寒的阴气，他听见琉双在梦中轻轻地唤一个人：“少幽……”

晏潮生的脸色立刻冷淡到惨白。

“醒了？”男子的声音清和，琉双睁开眼睛，便看见坐在冰上的人。

琉双起身，身上的衣衫滑落，她警惕地道：“少幽？”

天上不知何时下起了白色的飞雪，眼前的少幽神情清冷，眸中露出一丝愧色，琉双身上的青袍也是他的，一旦滑落，冷气直往骨子里钻。

少幽说：“暂且披着吧，幽冥王墓的阴气太盛，会侵蚀仙体。”

此刻他们的脚下是一片幽蓝色的玄冰，冰下像是流动的水，清透而诡谲。

琉双不知道眼前的少幽，是真实的，还是八苦谷造成的恶意的幻境？她最后的记忆，还在八苦谷中，经历整整四个轮回，眼睁睁地看着七魄飘散，可现在显然不同，她能掌控自己的身体，难道阴差阳错地从八苦谷中出来了？

琉双："少幽，是你救了我？"

少幽摇头："是他。"

少幽示意琉双往另一处看，琉双看过去，只见幽蓝的冰湖不远处，一个玄衣少年侧对着她坐着。晏潮生靠着一块类似礁石的东西，脸色苍白着，全身湿透，看也不看她一眼。

"晏潮生……"琉双感到更加意外，他怎么也在这里？少幽还说他救了自己？

听见琉双的声音，晏潮生转头看了她和少幽一眼，目光冰冷而嫌恶。

琉双这才发现，晏潮生看上去挺狼狈的，全身湿漉漉的，肩上全是积雪，嘴唇惨白。

琉双默默地离少幽近了些，远离晏潮生。

晏潮生冷冷地盯着琉双，嘴角露出一抹嘲讽之意，收回目光。

琉双小声地问少幽："他这个样子，你确定他是救了我，不是想杀我？"

明明晏潮生的眼神里，全是对她的杀意。

少幽见琉双戚戚然的样子，失笑道："确实是他，我落入八苦谷时，险些魂魄飘散，后来是你的魂灯找到了我，帮我收敛了七魄，我自散修为从杀阵中清醒过来，一路往幽冥王墓中走，恰好见到你们坠入灵脉湖。"

少幽说："那时候，他受了伤，帮你挡着阴气。"

原来琉双看到的魂灯破碎是假的，那盏魂灯载着少幽的灵玉找到了少幽，少幽散了修为，才勉强保住三魂不散，然后他拎着魂灯，反其道而行之，一路朝杀阵中的死门方向走，终于进入传说中的"幽冥王墓"。

幽冥王墓并非是一座墓，而是瞬息万变的幽冥之地的灵脉。

少幽走了没多远，脚下一会儿变成森森刀山，一会儿变成熊熊火海，遇见琉双时，刚好看见晏潮生和琉双一同坠入冰湖。

少幽施法把他们捞了上来，令人感到头疼的是，幽冥王墓的一切都是真实的。譬如此刻的冰湖，寒气入骨，只有少幽的那件仙袍尚有些微挡住风雪之力。少幽布了个阵，勉强抵御着外面的严寒。他自散修为走到此处，情况也不怎么好。

琉双拿出怀里的传世镜："少幽，我们还是先回去吧，幽冥王墓太危险了，不能再继续往里走。"

一会儿是八苦谷，一会儿又是变化奇怪的幽冥之地灵脉，真正到了幽冥王们的魂归之处，可能他们三个，一个都活不了。

少幽抿了抿嘴唇说：“回不去了。”

琉双：“怎么会？我有传世镜。”

远处的晏潮生发出一声嗤笑。

少幽道：“看看脚下。”

琉双低头，看到冰下有什么在游动，她凝神观察，发现竟然是一条长达七八尺的鱼。

“这是上古横公鱼，横公鱼生于恒冰的石湖，长七八尺，形如鲤而赤，昼在水中，夜化为人，刺之不入，煮之不死。此乃古书所载，然而我所知的横公鱼，能破一切穿行空间之法，不得进入，不可离开，白日飞雪湖水结冰，夜晚待冰融化，它就会将境内所有活物吞进去。”少幽解释道。

琉双：“也就是说，它能使传世镜无效，等到这个地方的时辰变作夜晚，雪一停，我们就会被它吃掉？”

少幽的眼睛里带着浓浓的愧色：“抱歉，是我连累了你们。”

琉双再看脚下像大锦鲤一样的东西，立刻觉得它面目可憎。天哪！好不容易重活一回，竟然要被一尾妖鱼给吞了。听少幽的意思，横公鱼还杀不死。

少幽垂着头，轻抿唇角，他的睫毛和头发上，都落满了雪。

“是我自己要跟进来的，和你没有关系。”琉双轻轻地拉了拉少幽的衣摆，露出一个浅浅的笑容，“天还没黑，雪也没停，我们还有机会寻找出路。”

少幽看着琉双冷得哆嗦，还努力露出的笑容，也轻轻一笑。以往都是他宽慰别人，自他出生开始，昆仑将他视作依靠，昆仑仙境的人都觉得少主无所不能，数千年来，他一直在为别人而活，这是第一次，有人宽慰他，试着保护他。

琉双：“万物相生相克，谁都会有弱点，横公鱼应该也不例外，少幽，你知道它的弱点是什么吗？”

少幽沉吟片刻，倒真想到了一样东西：“鬼石乌梅，据说，用这种乌梅投入融化的湖中，以湖而煮，横公鱼亡。不过关于鬼石乌梅的记载少之又少，传说它长得像乌梅的形状，实际是一块遇水则沸的沸石。”

眼见雪越来越小，离幽冥之地中的天黑也越来越近，这个时候去找不知道在哪里的鬼石乌梅，几乎不可能。琉双也有些丧气，难道真的要这样死去？

远处的晏潮生摇摇晃晃地走过来，朝少幽伸出手，声音暗哑、冷淡：“即墨少主，可否借仙剑一用。”

少幽没有多话，身边的仙剑飞起，落入晏潮生的手中。

对于少幽的信任，晏潮生愣了一下，然后冷眼看向琉双。

琉双见晏潮生握着剑看向自己，表情非常难看，几乎有一瞬间，以为他会一剑劈下来。还好，晏潮生没打算对她做什么，他转身走向刚刚靠着的礁石，一剑劈下。少幽的仙剑可劈山断玉，一剑下去，礁石粉碎。晏潮生微微喘着气，漆黑的眼睛，看向另一块礁石。

“你怀疑鬼石乌梅在礁石中？”少幽问。

晏潮生说：“千里冰封，没有别的活物，唯有在礁石中一试。”说罢，晏潮生忍不住低低地咳嗽两声，他的手捂着嘴，待看到咳出的血，晏潮生不动声色地握紧了拳头，一言不发。

琉双的心里觉得怪怪的，从少幽说晏潮生救了她开始，她觉得这里发生的事比在八苦谷经历的更像做梦。也难怪她会这样想，按理说，她与晏潮生恩断义绝，赤水琉双与晏潮生更是有深仇大恨。自己进来救少幽，他也进来做什么？他不是离开了吗？他出手救自己，有什么阴谋？

此刻见晏潮生身体虚弱，还不要命地带着一股狠劲劈石头，像是发泄怒意似的，琉双更是觉得莫名其妙。怎么从八苦谷出来，晏潮生整个人都变得特别奇怪？

少幽说：“既然如此，我来吧。”他召回仙剑，双手结印，仙剑所过之处，礁石俱都碎裂。琉双蹲下去寻找碎石，没有一块类似乌梅的石头。

他们在冰湖上试了很多地方，都不想放弃。

琉双还在试图找鬼石乌梅的时候，晏潮生突然冷冷地说：“雪停了。”她回头，见晏潮生看着天空，眼瞳乌黑，透着一股寒意。琉双也觉得浑身发冷，雪停了，天要黑了。果然，冰湖下开始剧烈震动起来。

湖面开始融化了！冰裂只在顷刻间，脚下突然裂开一条缝隙，琉双险些掉下去，一只比冰还冷的手，拎住她后领。

晏潮生冷着脸说：“召唤你的绛珠伞，好歹能撑一会儿。”说罢，他看也不看琉双，松开手。

琉双捂着脖子，被晏潮生不小心碰到的肌肤，触到他指尖的冷意，让她鸡皮疙瘩都起来了。她连忙将绛珠伞化作一叶扁舟，她足尖轻点，落在扁舟之上。

横公鱼从湖面一跃而起，张大嘴，就要把几人吞下去。

晏潮生和少幽都到了绛珠伞所化的小舟之上，琉双顾不得其他，连忙驱使着小舟在湖中飞奔。身后有阴影拔空而起，横公鱼全然没有追他们的意思，而是将原本几尺大小的身子，越化越大，转眼，成了一座小山峰的大小。

这样下去，他们跑出再远，也会进入横公鱼的腹中。少幽皱眉："这样跑不了。"

晏潮生冷冷地眯起眼睛，打量着越来越大的横公鱼。

琉双从前在幽冥之地生活百年，从来不知道幽冥王墓中还有这种可怕的东西。纵然它的攻击力不强，可只要它有不死之身，磨也能把他们磨死。

横公鱼胀大的速度太快了，方才还是一座小山峰，此刻竟然成了数座山峰的大小。

天空被遮住，下一刻，少幽说："走！"

横公鱼张口，少幽的仙剑化作数道残影，护着琉双和晏潮生离开横公鱼的攻击范围。他自己则飞身过去，与横公鱼战在一处。

琉双坐在仙剑上，少幽散了修为，也受了伤，他的攻击落在妖鱼的身上，不能伤它分毫。眼见妖鱼要将少幽吞进去，琉双欲飞过去。她的手臂骤然被人拽住，紧得她发疼。

"晏潮生，你做什么？"她怒视着身边的人。

晏潮生不知道发什么疯，冰冷的手指握住琉双，几乎要陷入她的肉里去，听见她的质问，他冷冷地说："怎么，少主要去殉情？"

琉双恨不得踹开晏潮生，殉什么情？少幽死了，大家不也得跟着死，只不过是时间早晚的问题。

晏潮生放开琉双："你去。"

话音一落，却已经晚了，横公鱼又比先前大了一倍，就要吞下少幽。

一声鸟鸣响起，琉双抬眼，看见天边一只青色的鸟飞过来，妖鸟的口中衔着什么，飞到湖面上张口把衔着的东西扔入湖中。

只见平静的冰湖，顷刻间仿若沸腾起来，方才嚣张的横公鱼，痛苦地下坠，渐渐化作红色的烟雾消散了。

少幽凌空而起，飞到仙剑之上。

众人都意外地看着突然出现的妖鸟，若不是这只妖鸟带来了鬼石乌梅，此刻大家就都死了。

琉双越看越觉得眼前的妖鸟眼熟，到底在哪里见过？她心里一惊，下意识地道：

“青鸾？”像青鸾，却又不太像。现在是七百年前，而青鸾应该才出生不久，按理应该是一只小妖鸟。难道……这只妖鸟是青鸾的母亲？

只见妖鸟围着湖面飞，声音凄厉而尖锐，还不忘用幽冷的妖瞳盯着琉双他们，不安地躁动着，似乎要表达什么。

少幽猜测道：“它想要我们下冰湖？方才我飞上来时，看见什么东西沉下去了。”

琉双荒诞地想，她的小青鸾，不会就被困在冰湖之下吧？她看向青鸾的主人，身边的晏潮生，只见他的神情冷漠，一副事不关己的样子，完全没有动手的意思。

从琉双喊出少幽的名字那一刻，晏潮生的心里冷冷的。也是这一声，让晏潮生终于清醒过来，他到底干了一件怎样的蠢事！与她一同坠入冰湖中，他心想，若是还有一次选择的机会，他绝不会回头。本来就不应该贪恋一点虚妄的温暖，他怎么会为了这种不切实际的东西，走入幽冥王墓。

看琉双醒过来，还不忘往少幽的身边靠，他的心中更是感到嘲讽。谈情说爱滚远些，别碍他的眼。他承认自己后悔了，不再被那些虚妄的东西冲昏头脑，晏潮生现在最想做的事情，就是活下去。不管他们死不死，要如何在这里表演生死情深，他必须走出去。所以听到少幽提起鬼石乌梅，他的第一反应便是去寻找。

向少幽借剑，晏潮生并无把握。要破开这些怪异的礁石，他本来可以用那片被他血淋淋地拔下来的护心鳞。然而不知道为什么，触及琉双的眼神，他不愿意把这片护心鳞拿出来，让她看见。愚蠢，真是蠢透了。

晏潮生不确定少幽是否会借剑，在他的印象中，仙君们一个个都对自己的仙剑爱若珍宝，不少仙剑都会在数万年后生出灵智，犹如他们的左膀右臂。然而这位即墨少主，没有丝毫犹豫，将仙剑借给了他。

晏潮生把仙剑握在手中那一刻，面上不显，心中有些难言的滋味。这是真正的仙君，光风霁月，如日月一般清朗。少幽不会有自己时常有的那些龌龊心思，也不必像自己这样，不择手段地往上爬。他曾经装得瞧不上这些人，其实心中多有羡慕。他越是大度，便越发凸显自己心中的一隅黑暗。

晏潮生握着剑，看了一眼披着少幽仙衣的琉双。她眨着眼睛，许是以为他会对她不利，她的眼中带着十足的警惕和惊慌。倒是敏锐，他确实后悔得不行，真是疯了，才来这个破地方。

他们没有找到鬼石乌梅。冰裂的那一刻，晏潮生离琉双很近，下意识地伸手拽住了她。晏潮生在飞雪中冻了数个时辰，而她那时甜甜地睡在少幽的身边，有那个人的仙衣护体，她的身体都是暖的。他的手指不经意地滑过她颈间的肌肤，看见她的眼睛都瞪大了，活像一只被射中的濒死的小鹿，无比惊慌。

晏潮生的心里涌上一股说不明白的火气，恨不得把她摁在冰湖中。在她的心里，他真就那么坏？他只能冷冷地道："召唤你的绛珠伞，好歹能撑一会儿。"

三人好不容易维持了片刻，横公鱼却追了上来，晏潮生心往下一沉，知道今日恐怕得死在这里了。纵然他再睁开妖瞳，也无济于事，他有些不甘心。

没想到少幽舍身阻拦横公鱼，让他们暂且躲避，看见琉双不管不顾地朝少幽而去，他说不清自己心里的冷意更多，还是嘲讽更多。

此刻救了他们的妖鸟，在他们头顶盘旋，同为妖族，晏潮生自然听懂了它在说什么。它想让他们下水，去打捞一枚蛋。

晏潮生冷眼看着，完全不打算动手，也不想替它翻译。他现在感觉烦躁极了，只想离赤水琉双这个祸害远一点。倘若下次他再……

还没想完，身边的琉双突然跃入冰湖之中。

不仅是晏潮生，连少幽都没反应过来："赤水仙子！"

琉双在水中下潜，朝那枚下沉的蛋而去，妖鸟的叫声更加急切，围着她下水的地方焦急不已。很快，水面上有人冒出了头。琉双全身湿透，身体颤抖着，小心地抱着一枚蛋，飞上仙剑。妖鸟围着她飞，凄厉的嘶鸣不绝于耳。

晏潮生看过去。

琉双的身上滴着水，看着手中的蛋，一副天塌下来的悲伤模样。

少幽注视了片刻，道："它没有生机了。"

晏潮生冷眼旁观，丝毫没有靠近他们的打算。不管琉双再做什么，都与他无关。

琉双抬起手指试图往蛋里面输入仙气，那枚花里胡哨的蛋接受了她的仙气，却依旧死气沉沉的。她焦急不已："青鸾。"

头顶的妖鸟，也难过得一声接一声地叫着。

琉双似乎想起什么，迟疑地抬起头，看向晏潮生。

晏潮生冷着脸，面无表情与她对视着。他心里想着，琉双为什么这样看他？自从琉双醒来，就没有用这样带着希冀的眼神看过他。果然，过一会儿，琉双挪了过来，捧着那颗丑蛋，小心翼翼地问他："你想救它吗？"

"不想。"晏潮生冷冷地吐字，只想你离我远一点，有多远滚多远。灾星！

琉双："你看看它，不觉得亲切吗？"

晏潮生回以冷笑。亲切？一枚死蛋，她是在讥讽他同为妖族血脉吗？何况她在做什么白日梦，怎么会以为他一个连修为都几乎没有了的小弟子能救一枚失去生机的蛋。她怎么不去问少幽能不能救？

晏潮生面无表情地道："少主没事就把蛋还给那只妖鸟。"这话多少有点讽刺的意味在，那只妖鸟大概也知道，这枚蛋已经失去生机，此刻一双妖瞳，竟然隐隐流出血泪来。

晏潮生注视着妖鸟的血泪，平静地低下头。一路走来，他看过不少这样的生离死别，小时候特别希望有母亲，希望有人保护自己，后来长大了，明白没有的东西，再怎么奢求，也不会属于自己。这些无力回天的事，便再难触动他。

琉双点点自己的颈侧，说："这里是生脉，你救它，我把修为都给你。虽然不多，可是好歹有三百年，这样一来，回到门派你就能参加大比了。如……如何？"说到最后，她越来越紧张，眼巴巴地看着他。

晏潮生："少主是在求我？"

琉双立刻点头："嗯嗯！"

晏潮生沉默下来，他瞥了一眼她的手腕，问道："用三百年修为交换？"

琉双："换，绝不骗你。即墨少主做证。"

少幽皱眉，没有多说。

"我考虑一下。"晏潮生淡淡地说。

琉双立刻把那枚蛋塞过来，速度快到晏潮生以为琉双默认他同意了。

晏潮生并不会同意。妖族要救同类，确实有办法，那便是把心脉分出去，以他的心脉，来延续这枚丑蛋的生机。能延续多久不好说，但一旦这枚蛋折损，他的心脉也会一并折损，届时生死由命。他不会救这枚蛋，正如他不会再自作多情地以为，赤水琉双对他好，是因为对他有意。晏潮生冷冷地想，她把自己害得如此惨，要她而已，还当真了？

琉双时不时地就看晏潮生一眼，他可有可无地捏着还是一颗蛋的青鸾。她看得提心吊胆，总觉得晏潮生反手就会把蛋扔下去。

此时青色的妖鸟驮着他们在幽冥王墓中穿行，幽冥王墓又下起了雪，只不过这次不必担心会有横公鱼吞掉他们，从少幽的口中，琉双终于知道了青鸾的血脉由来，原来这只妖鸟是青鳼（wén）的后代。

青鳼原本也是神鸟，后来与黄鷔在人间作乱，导致风云变色，无数凡人国破家亡，被仙人们联手镇压，一族全部堕落为妖鸟。它们起初住在西方的不周山，沦为妖鸟以后，世间再无它们容身之地，便不知道去往了何处。没想到会在幽冥王墓见到青鳼。

怪不得，琉双心想，小青鸾才七百岁，就那么厉害，能跟着晏潮生上战场，它天生就是破坏力惊人的上古神鸟，纵然后来堕为妖鸟，生来的血脉之力不容小觑。

凡人提起青鳼都会变色，十分痛恨。虽然她的小青鸾没有做过坏事，但依旧人人喊打。上辈子琉双问过青鸾的血脉，晏潮生不咸不淡地说："普通妖鸟罢了。"对青鸾的身世只口不提。

琉双只知青鸾和赤鸢都是晏潮生救回来的，但从来不知道，原来在七百年前，遇见青鸾时，它没了生机。与此同时，她的心里感到一沉。若她先前杀晏潮生成功，此刻的青鸾，也绝无活命的机会，不仅是青鸾，后来的赤鸢、宿伦，甚至长欢，他们都因为晏潮生而活，宿伦曾说："若无妖君，臣等或许早就不知魂归何处。"

或者，后来衍生出来的苍蓝仙境，也与晏潮生有关。树爷爷说，曾有妖误闯苍蓝，来诛杀那妖的仙君，只顾用极火焚烧苍蓝，没管刚刚开启灵识的小妖的死活。是一位妖君大人，挡了那极火，把妖带走，苍蓝才无事发生。

因此，后来晏潮生受伤掉入苍蓝，树爷爷一眼就认出了他，还告诉琉双，晏潮生是谁。这样说来，若晏潮生没了，很有可能，许多人都会死。

可如果晏潮生活着，空桑的命运又该如何？

琉双皱着眉，第一次感觉这样为难。若不诛杀晏潮生，空桑危险，若杀了，苍蓝的部分生灵，还有她如同亲人的长欢怎么办？

琉双陷入两难。如今似乎只剩下一种办法，消除晏潮生对空桑的恨，再把他赶出空桑，自此他爱去哪里学艺去哪里，只要不与空桑结怨，空桑仙境就不会覆灭。没看到后来的风氏、昆仑，都还好好的嘛！晏潮生甚至还帮过昆仑。这样说来，晏潮生爱憎分明，若与他无冤无仇，他便不会闲得没事灭空桑。

琉双觉得有点郁闷，她来得再早些就好了，必定不诬陷他，也不害他失去修为。白羽嚣和他的梁子更是结大了，怎么才能平息他的怨恨，把他赶出空桑，让他赶紧有多远滚多远呢？

琉双冥思苦想，眼睛突然一亮。她可以先想办法把修为还给晏潮生，得空自己和白羽嚣去道个歉，然后，把自己最讨厌的宓楚嫁给他嘛！再让他和宓楚去自立门户，这样一来，他得到了前世错过的“白月光”，必定心满意足，宓楚好歹也是空桑的人，他总不至于去覆灭夫人的娘家。

琉双越想越觉得真是个绝妙的主意。瘟神一送就送走两个，简直不能再完美了。让宓楚跟着他去幽冥之地过悲惨的生活，又保住了空桑，一举两得。

当务之急，先让晏潮生把小青鸾救了。

青鸾驮着他们不知道飞了多久，眼前出现一座断桥。它用脑袋顶了顶少幽，示意少幽踏上断桥。

断桥下，全是飘飞的阴气，桥的另一端，则完全看不清是什么。

少幽沉吟片刻，收起剑，踏上断桥。

青鸾用巨大的身体拦住琉双和晏潮生，示意他们不必跟过去。

琉双看着少幽的身影越来越远，最终消失不见，她心想，青鸾的母亲，应该能信任……吧？

琉双掏出传世镜，镜子盈盈的水华亮起，她松了口气，不论如何，这回能脱身离开了。若非运气好，遇到青鸾，他们不可能找到这个地方。

晏潮生盘腿坐在地上，闭眼修炼。

鸟蛋被他随手放在一旁，像扔什么脏东西般随意，青鸾也不知道为何，恹恹地在他的旁边，没有对此表示愤怒，反而和琉双一样，用爪子轻轻地把小鸟蛋往晏潮生的身边拨了拨。小心极了，是在讨好。它的叫声如泣如诉，让听者伤心。

琉双看得有点儿好奇，青鸾怎么知道晏潮生能救它的孩子？

可惜，盘腿坐着的晏潮生不为所动，他睁开眼睛，冷漠地说：“别叫了，很吵。”

青鸾闭上嘴。

琉双看得愣愣的，原来晏潮生还能和青鸾交流。

想到接下来不能再杀晏潮生，而是撮合他和宓楚，再把他赶走，让他离开空桑仙境，琉双捡起鸟蛋，往他的怀里一放。

晏潮生转头看她，语气冷冷地道：“做什么？”

琉双：“你想好了吗？要不要救青……青鸾的孩子。”

“心情不好。”晏潮生冷冷地说，“不救。”

琉双想问晏潮生为什么心情不好，转念一想，她的心情也不好，少幽看上去心情也不怎么好。任谁在幽冥王墓，也不可能觉得高兴，她立刻表示理解。可是她能等，青鸾不能等，再不救就真的死透了。

一旁青鸢都要哭了。

琉双把心一横，拉了拉衣领："要不你先吸一百年的修为？"

两个人四目相对，晏潮生不吭声。

琉双不清楚晏潮生的想法，以为不够，忍痛说："两百年，暂时不能再多了，再多我就没法带你们离开这里了。"

"少主认真的？"晏潮生冷笑一声，"好啊。"

琉双慢吞吞地挪过去，第一次感受到什么叫真正的引颈待戮。渡修为，有两种办法，一种是非自愿，吸取别人修为的人，走邪魔外道强行吸取，这种往往会遭天谴；而另一种，则是透过生脉，自愿渡给他人，连同血脉之力一起。生脉在左边颈部，与灵髓和心脏相连，灵力生生不息。

之前发生的变故太多，阴差阳错下，晏潮生不再愿意救青鸾。左右不过三百年带着血脉之力的修为，还能修炼回来，青鸾不能因为她带来的改变被害死。

说实话，琉双现在很紧张。她靠近晏潮生，微微偏头，感觉到他的目光落在自己的颈侧，却一言不发。她闭上眼睛催促道："要取灵力快点。"免得一会儿少幽回来阻止她。

太糟糕了，晏潮生的呼吸渐渐靠近，喷洒在肌肤上，琉双承认，她整个人都感觉不好了，想一脚踹开他，也想反悔，然而青鸾都快变成死蛋了，委实容不得她退缩。

半晌，晏潮生依然没动静。

琉双睁开眼睛皱眉看向晏潮生，怎么？这是取人的灵力之前还想折磨一下她的心灵？他的眼尾带着浅浅的晕红，也冷冷地瞪过来。

"你还不动，该不是想出尔反尔？"琉双说。

晏潮生含讽带刺地道："少主连三百年修为都舍得，弟子怎么敢反口，弟子不过怕少主反悔，像先前一样污蔑、报复。"这种时候还翻赤水琉双的黑历史。

琉双咳了一声："不会再害你。"她摸出一颗留影珠，让它对准自己和晏潮生，说道，"今日在此见证，是我为了让门下弟子晏潮生救一枚蛋，才让他取我两百年的修为，谨此记之。"

琉双收回留影珠，一并递给晏潮生："这下你放心了。"她蹲在晏潮生的面前，闭上眼睛，"取灵力吧。"

晏潮生低头，看见琉双搭在膝盖上，因为紧张微微握住的双拳，又瞥了一眼她白皙、柔软的脖子。他低下头，在快接触到她的肌肤时停住，眸光变幻，不知道在想些什么。

琉双这回已经等了半晌，还是不见晏潮生动作，她已经开始生气了，疑心病有完没完？她睁开眼睛，要瞪过去。颈部感到微微一冰，有什么又软又凉的东西，落在她的肌肤上。从她的角度看过去，晏潮生墨发如瀑，埋首在她的颈间。她愣了好半晌，咬牙没有被冻得一抖。

片刻后，琉双觉得不对劲，疑惑地道："修为渡过去了？"不是啊，她没觉得虚弱下来。

晏潮生抬首，冷冷地看她一眼："少主若是不愿渡修为，不必勉强，弟子的灵力低微，无法强取少主灵力。"

琉双："……"

难道她如此口是心非，嘴上说愿意换，其实是不愿意让晏潮生取灵力救青鸾的？不是的，她真的想救自己的小青鸾。

晏潮生背过身，喉结动了动。

第八章 恢复容颜

她收起幻颜珠，
解下面纱，
化出一枚水镜捧着。

晏潮生一抬头，不远处的青鸾炯炯有神地看着他。方才发生的事，赤水琉双不清楚，却全被这只畜生看了去。青鸾的两只眼睛带着亮金色，哪怕在山谷中，也亮如两盏幽幽的琉璃灯。

晏潮生抿紧了嘴唇，冷冷地盯着它。

青鸾感受到了晏潮生的恼羞成怒，识趣地拖着庞大的身子到一边去，还不忘把脑袋埋进翅膀中。

身后传来琉双的声音，她纳闷地问道："青鸾怎么了？"

晏潮生平静说："或许是累了。"

两个人在断桥的另一边等少幽，晏潮生阖着眼，他现在不想看见琉双，也不想看见青鸾。

晏潮生不是蠢人，若说之前自欺欺人，是舍不得她身上浓厚的血脉之力。方才琉双就差把血脉之力双手奉上，可落在他眼里的，并非是少女身上的上古血脉之力，而是……

晏潮生的手指收紧，他不太能接受这个突然想通的事实，这比那日白羽嚣取走他辛苦修炼来的灵力更让他觉得难受。上古残存至今的氏族，往往都会互相联姻，如此血脉方能延续下去，后嗣生来便能带有神力。即便不能，也会在仙境之中，找最有潜力的仙族子弟。琉双现在对他还有几分耐心和兴趣，日后呢？把他当成一个玩物来逗趣儿吗？

晏潮生越想，心中越冷，更是厌恶方才一时脑子不清醒的自己。他来空桑学艺，目的是登上仙途，不再受人欺辱，不再被抓进笼子里，被人品评，说只有一双眼珠子能挖出来勉强做镶嵌灵器之用。他不能自己毁了自己，也不能让一个赤水琉双毁了他。赤水琉双把他害成这样，使他原本的计划全部被打乱，还没开始便险些全盘皆输。如此，必须早早断个干净，莫再动任何心思。即便要与她相处，也一定要踩着她上去，得到一切能得到的东西。

晏潮生睁开眼睛，眼神冷冷的，当断则断，他既然意识到，便不会放任最糟糕的事情发生。趁现在还来得及，他陷得不深，及时清醒了过来。怀中的这枚蛋，也要找个机会扔了。他不可能与一只来历不明的妖鸟分享自己的心脉。

晏潮生刚决定好自己的前路，眼前的断桥轰然坍塌。山涧下升起浓浓的白雾，琉双看过去："少幽还在对面！"

只见本来就破败不堪的断桥，顷刻在眼前消失得干干净净。青鳶衔住琉双的衣裙，阻止她飞过去一探究竟，没多久，无数山石从白雾中升起，有人踏着一块块空中的石头走回来，石头铺就出一条路。

晏潮生眯着眼睛看过去，浓雾后，少幽缓步走来。

"少幽，你怎么了？"琉双问道。

少幽从对面回来以后，便一直神思不属，想着心事。

琉双："你见到你的母亲了吗？"

少幽颔首，眼里带着浅浅的悲伤，不欲多言。数千年的执念一朝如愿以偿，他整个人看上去却并没有轻松愉快，反而带着说不出来的沉重。

琉双没有执意追问，为何少幽的母亲的一魄会永远被镇压在幽冥王墓，每个人都有自己不想提起的事。开启传世镜前，她为难地打量一旁体型巨大的青鳶："我们回去的话，它怎么办？"

少幽说："青鳶是上古妖鸟，如今的仙界，不会容它。"若把青鳶带回去，妖鸟现世只会闹得人心惶惶。

琉双说："那枚蛋我们还没救活。"只带一枚蛋走，青鳶作为母亲，会愿意吗？

晏潮生直接把那枚蛋扔回青鳶的怀里，冷冷地道："物归原主，现在不用再考虑它了。"

琉双瞪着晏潮生，你是认真的吗？这可是将来你作为妖君征战四方的左膀右臂，青鸾的翅膀一扇，便是千里冰封。命定的主仆间，难道没一点惺惺相惜吗？

很显然，并没有，晏潮生无情无义地扔掉了还是蛋的青鸾，青鳶护住那枚蛋，眼中再次留下血泪来。

琉双在典籍上看到过，上古妖族从来不会轻易哭泣，它们生来没有眼泪，一旦流泪，每一滴泪都是自己的心头血。

见晏潮生决心不出手，琉双只能问：“少幽，你能救它的孩子吗？”

少幽摇头：“恕在下无能为力，它的心脉已经消失，若是重伤还好说，可它已经没了生机，我无法使它复活。”

青鸾听懂了他们的话，叫声一声比一声凄厉、哀婉。

晏潮生皱眉，对琉双说：“少主还愣着做什么？开启传世镜，我们回去。”

不能回去啊，若一走了之，青鸾就死了。

琉双还未想到对策，一颗硕大的鸟头在晏潮生的面前垂下来，青鸾突然匍匐在晏潮生的面前，翅膀垂落下来铺平。它哀哀地叫着，血泪落入脚下的泥土中，同时拔下一片翎毛，把那根翎羽，连同没了生机的蛋，一同轻轻地推到晏潮生的脚边。

晏潮生皱眉：“拿回去，别让我说第二遍，我救不了，你给我也没用。”

青鸾长鸣一声，俯冲飞下山谷。

冲天的火焰燃起，上古妖鸟青鸾就在众人的眼前，一点点被烧成灰烬，最后凝成一条黑金色的鞭子，飞入晏潮生的手中。青鸾竟然牺牲了自己，化作仙器，以此央求晏潮生救青鸾。鞭子通体带着煞气，蕴含的妖力澎湃，落入晏潮生的手中时，似乎通他的心意，浊气一荡，煞气与妖气变为浓郁的灵力。

晏潮生沉默良久，俯身捡起地上的蛋和彩色的翎羽，将它们收入怀中。

琉双见了这一幕，心里说不出是什么滋味：“你会救它的孩子吗？”

晏潮生冷冷地嗤笑一声：“看情况，少主这样看着我，是觉得我自私残忍，唯利是图？”

琉双没这样想，她自己没有能力救青鸾，总不能硬逼着别人去救，因此先前请求晏潮生，也只是尽量用自己的灵力交换。她摇摇头，低落地说：“没有，只是觉得难过。”

想起那位人间至死记着自己的凡人母亲，还有紫夫人。大抵天下间所有的母亲都这般伟大，能为了自己的孩子舍弃一切，妖鸟青鸾临终托孤，也不乏舐犊情深。

晏潮生沉默不语。

琉双不再多说，启动传世镜，少幽阻止道：“你先前便损耗过度，我来吧。”

琉双没有勉强，折腾这么久，她早是强弩之末，没有信心可以直接带着他们回到昆仑。

少幽接过传世镜，没一会儿，水纹亮起。

琉双听见身边的晏潮生冷冷地说：“我会尽量救它。”

琉双高兴地看过去，晏潮生的神情冷淡：“不过我的确唯利是图，若不是这件仙器，我看都不会看它一眼。”

琉双还要说什么，光华一闪，传世镜已经启动。琉双松了口气，可算平安回来了，少幽见过了母亲，还带回了青鸾，与曾经不同，这一次的少幽没有失去七魄。

琉双回来时，昆仑恰值深夜，顾不得旁的，她倒头就睡。

这一趟幽冥之行实在太累，魂魄离体又归位，还被横公鱼追着撵。她睡得昏天黑地，再醒来，眼前看到的是白追旭。

白追旭叹了口气：“少主，一别半个月，你让我十分担心。你和即墨少主去了哪里？怎么没有和任何人说？”

琉双坐起来：“我们离开有半个月了？”

旁边一个吊儿郎当的声音说：“兄长数落了我半个月，现在她平安回来，你总算不会再怪我了吧？”

白追旭怒道：“你还说，你怎么敢把传世镜借给少主！若不是你跟着胡闹，少主怎么会陷入险境。”

白羽嚣：“嘁，她自己讨要的，胆子大，敢到处乱跑，你怎么不好好教训她？”

白追旭闻言，转头看向琉双。

琉双有了赤水琉双的记忆，再看他们，只觉得无比亲切，她说：“白羽嚣没说谎，是我央求他借我的。”

白羽嚣“哼”了一声，白追旭深深地叹了口气，温和地说：“少主，以你的修为，开启传世镜很危险，下次万万不可再这样。”

白追旭若是像责备白羽嚣一样责备琉双还好，可偏偏温和得让琉双觉得不好意思，又想到让他担忧了半个月，这半个月，白追旭一定是在上天入地到处寻人。见到他脸上的倦色，琉双连忙乖乖地点头。

琉双不后悔没告诉白追旭，以他的性子，要么不许她冒险，要么一定会跟着去，想到这次九死一生，不靠众人的实力，全靠运气，白追旭要是去了，运气不好，很有可能便会陨落在里面。

“对了，传世镜还给你。”琉双把传世镜递给白羽嚣，白氏的两位公子目光都落在镜子上，二人四目相对。

白追旭微微皱眉：“羽嚣，这镜子明明是……你……”

白羽嚣险些跳脚：“我……我不是那个意思！兄长，你别乱想。”说罢，他狠狠地瞪了琉双一眼，抢过传世镜夺门而出，活像身后有人在追，连琉双不仅仅只借了一日，也没再提。

琉双好奇地问道：“他怎么了？”

白追旭低咳一声：“无事，少主既然醒了，我们便去昆仑正殿吧，即墨少主在那里等你。”白追旭停顿了一下，眼里总算露出笑意：“虽然不知道少主这段时间去做了什么，不过即墨少主既然愿意借出神农鼎，少主功不可没，以往是在下想偏颇了，少主如今长大，已经能独当一面。”

琉双亦回以一笑，温和地道：“追旭哥哥，谢谢你。”

白追旭一愣：“怎么突然说这些？”之前不是说，长大了便不再叫他追旭哥哥吗？

琉双认真地说：“在我的心里，你一直是亲兄长一样的存在，三百年来，谢谢你一直以来的耐心和包容。”这些全是赤水琉双一直想对白追旭说，却从未说出口的话。赤水琉双缺少魂魄，除了紫夫人，就要数白追旭对她最好，最有耐心，在空桑也只有白追旭一个人，在心里把她当作真正的少主来敬重。

白追旭的眼神一暖：“少主值得世间最好的对待。”

摆放着神农鼎的大殿，果然已经到了不少人，琉双一眼就看见八卦中间盘腿坐着的少幽。他沐浴、焚香后，穿了一身白色的长袍，其余另外七个方位，七名仙人长老也盘坐着。他们看向琉双的眼神都不太友好，沃姜也在其中。

少幽对琉双说：“去乾位坐好，我们开启神农鼎，为你取出体内的幻颜珠。”

琉双对着众人行了礼：“麻烦诸位仙长了。”她依言坐好。

少幽的身边的一位老人吹胡子瞪眼地道：“也就少主宽宏，既往不咎，还肯借神器。”

少幽失笑：“拜托慈唯长老了。”

琉双乖乖地跟着说：“拜托慈唯长老了，拜托诸位长老了。”

琉双这样懂礼听话，慈唯倒是不好再说什么，“哼”了一声闭上眼睛。少幽含笑看了琉双一眼：“别怕，守脉护心，按照我说的做。”

琉双点头。

少幽和长老们布阵，少幽指引神农鼎之力到琉双的身上，琉双只觉得自己仿佛置身一个火热的炉鼎中，不太舒服。

少幽说：“忍一忍。”

琉双没吭声，这点难受她还忍得住，体内有什么东西在运转，神农鼎之力一遍又一遍地涤净她的身体和脉络。少顷，她的身上有金色的雾气溢出来，雾气化作金色的珠子，悬在空中。

几人一起收手，少幽睁开眼睛，接住幻颜珠递给琉双：“赤水少主，取出来了。”

琉双也很高兴，折腾这么久，总算回去能交差。虽然先前没有特别介意自己的容颜，可女子总是爱美的，她很好奇赤水琉双到底长什么样子。她收起幻颜珠，解下面纱，化出一枚水镜捧着。

只见镜子里，是一张熟悉无比的脸。眼若春水，桃腮杏眸，嫣然姝色无双。琉双愣住，赤水琉双竟然和自己长得完全一样！她震惊地放下水镜，只见殿中的八双眼睛，更加震惊地、齐刷刷看着她。

方才还恨不得痛骂她的慈唯长老瞠目结舌：“你……你……”

沃姜喃喃着道：“原来赤水老儿没说谎啊。”

其余的长老看看琉双，又看看少幽，个个神情微妙。以前赤水的少主，困于空桑不得出，因此三百年来，无人窥其容颜。先前赤水翀来结亲，说自己的女儿容色娇妍，结果整个昆仑见到的赤水琉双貌丑无礼。当时人人都以为赤水翀睁眼说瞎话，坑了他们少主，直到今日她恢复容貌，他们才知道，赤水翀哪里是吹嘘，简直是谦逊！这容貌，哪里只是娇妍，简直是若多看上几眼，老房子都要着火的祸水！

少幽对上琉双的目光，微微一笑：“恭喜。”

琉双甜甜地一笑，说：“谢谢少幽。”若不是少幽顶住所有人的压力，为她开神农鼎，她不可能恢复容貌。

少幽的神情依旧浅淡如水，对比一屋子长老们的震惊，仿佛什么都不能使他有丝毫波动。

可琉双眼尖地看见，少幽的耳根开始泛起浅浅的红。少幽不等那红晕一路蔓延至脸颊，长叹一声，无奈地说：“仙子先行回去休息吧，我等还要重新封印神农鼎。”

等琉双乖巧地走出殿门，几个长老回头，齐刷刷地看着少幽。

“这位赤水仙子，好像也没有那么无礼嘛，左右赤水翀万年才得了一个闺女，宝贝些罢了。”

“对，还挺懂事，方才行礼也周到。”

“没错，小丫头这次来，不仅不搅事，看起来还特别听咱们少主的话，少主说什么她做什么。”

“所以——”

“少主要不再考虑一下联姻之事？”

少幽扫视过去：“在你们看来，本少主朝令夕改，此等大事也可恣意妄为，嗯？”

众人都忍不住笑起来，越说越过分。他们这群人在外人面前自然是给足了少幽面子，敬他为少主，不过其实他们皆是少幽父亲的股肱之臣，少幽幼年失去母亲，自此所有长老都悉心栽培他，说是臣下，其实也等同长辈。这群老人如今一看琉双恢复容貌，个个唆使着少幽重提联姻一事。

少幽沉得住气，面色平静，听他们嚷嚷。

等老人们嚷嚷累了，他略一抬眸：“不继续说了？”

长老们的脸上都讪讪的。

少幽：“行了，诸位长老回去吧，各司其职，过不了多久，父亲便要渡劫，昆仑还要多多倚仗诸位。灵脉枯竭一事，需内省而求源，不能将之压在一名女子的身上。”

众人行礼离开。

沃姜走到门口，笑嘻嘻地回头，看着沉静的徒弟，调侃道：“少幽，赤水少主美不美？哟，装什么老成正经哦，有本事人家刚刚对着你笑，你别脸红。”

少幽无奈地道：“……师尊！”

“别生气嘛。”沃姜大笑着离开，昆仑剑仙至纯至真，纵然自出生开始，便身负一境重担，到底还是少年心性啊。

琉双走出大殿，还在琢磨容貌一事。世间少有容颜如此相似之人，而且她的魂魄完全能契合赤水琉双的身体，难道她和赤水琉双有什么渊源？她摸摸自己的脸，肌肤柔软白皙，吹弹可破。

也还好是这张脸，她看着既亲切又熟悉，很有归属感。来昆仑的目的已经完成，还意外地再次结识挚友少幽，化干戈为玉帛，琉双一想，觉得这一趟来得值。回去见到紫夫人和赤水翀，也算有个交代了。

琉双一路朝仙阁而去，路上遇到的昆仑弟子，不论男女，一个个见了她都愣住了，甚至还有人大着胆子来问她姓甚名谁。

琉双偏头看向拦住自己的昆仑弟子，直把那人看得心头如小鹿乱撞，说话语无伦次。琉双心里感叹，上一回遇到这种事，还是在人间做人家闺女的时候，那一次万人空巷，险些挤破家门，皇帝都掺和着下旨封妃。可惜结果不太好，人人误以为她是妖孽，爹娘还忍痛把她赶出了家门。

后来她嫁给晏潮生，再也没有这种事发生。妖君的女人无人敢觊觎，那以后，没人敢打她的主意，幽冥之地和妖界也无人敢欺负她。

时间过去太久，琉双都险些忘记这张脸的魅力了，宓楚曾被誉为八荒第一美人，想来自己的容貌也不会差到哪里去。

有人注意到她衣角独有的盛放的海棠花，终于反应过来，惊讶地道："空空空空……空桑少主？"

琉双颔首，表示他们没认错。她本来不想这么惹人注意，还把面纱戴了回去，后来心想，上辈子已经够憋屈的，长什么样不是她能选择的，为什么要折腾自己？作为空桑少主，哪里见不得人了？就又把面纱取下了。

琉双回到仙阁，白追旭和白羽嚣在下一局棋。

白羽嚣执黑子，白追旭执白子，一见琉双进来，白追旭连忙把棋子放回去，惊喜地道："少主取出幻颜珠了？"

琉双说："在这里。"她从怀中拿出金色的珠子。

白追旭："神农鼎果然神奇，能逆转此事。此次多亏昆仑少主宽厚仁德。"

琉双："我先前就说过，少幽人很好的。"

白羽嚣懒懒地坐在椅子上："我说，好不容易终于变回来了，这个破珠子你还是别拿着，晦气，给我兄长吧，免得你哪天想不开再吞进去。"

琉双："得了教训，我定然不会再用。"

白追旭沉吟片刻，伸出手："少主还是交予在下保管吧。"

白羽嚣幸灾乐祸地一笑，琉双见白追旭坚持，只好不舍地把幻颜珠递给他。她现在特别缺修为、缺宝贝，哪怕幻颜珠算不得什么珍宝，可天上地下，能改变仙人容貌而不朽的，只有这一枚珠子。她不用，拿在手里也好啊。

白追旭性子温和，纵容她，但在这种可能会伤害到她的事情上，他无比固执，琉双知道犟不过，只能放弃幻颜珠。算了，日后再找别的宝物。

琉双问：“我们何时回空桑？”

白追旭：“自然看少主的意思。”

琉双想了想：“要不明日便动身吧，我们在昆仑叨扰太久了，父亲还在为灵脉一事发愁，早些回去，说不定能帮上忙。”

白追旭笑道：“好，再不久，便是四海宴，少主也得回去好好准备。”

白追旭：“四海宴？”

白追旭：“届时天君会宴请各方氏族，往年少主缺少一魄，没有去过，此次少主魂魄归位，容貌恢复，正好去看看，也好认识其他三大氏族的仙君和仙子。”

哦，这样说琉双就懂了，也就是仙界交友大会。往后，她得接管空桑，总不能其他仙界氏族的人一个都不认识。天君应该也想看看她这个空桑未来的境主。

白追旭：“如此，羽嚣，你准备一下，我们明日便启程回空桑。我去和晏潮生说一声。”

“等等！”琉双想到什么，“我去和晏潮生说。”

好不容易把晏潮生这个灾星带出来，怎么可能再让他回空桑？这正是好时机，劝他另谋高就，去别处学艺。他们空桑庙小，供不起这座大佛。

琉双转过拐角，朝晏潮生住的仙阁走去。来昆仑这么久，她第一次去晏潮生的屋子。

晏潮生住在最偏僻的角落，他生性不喜与人来往，日后成了妖君，除了征战和必要的议事，往往也是沉浸在修炼中。

到了晏潮生的门外，待要敲门，琉双开始犹豫起来，她琢磨着，如何有礼貌地赶走一个人，又不让他心生怨恨呢？这也太难了。

对于大部分人来说，一入仙境，便终身是仙境的弟子，若被逐出仙境，无异于杀人诛心，但若让他主动放弃离开，在外人的眼中，也等同于背弃师门。何况，仙境中还有个宓楚没有塞给他。失策了，此事还需要从长计议。

琉双刚收回手要离开，屋子里面传来冷冰冰的警觉的声音：“谁？”

一条黑金长鞭抽过来，角度阴毒、刁钻。

琉双没想到晏潮生会突然出手，下意识地想躲开，脑子一转，她只微微侧身，任由那鞭子扫到自己手臂。只蹭了一下，眼前的门突然打开，一只手掐住琉双的脖子。

晏潮生略带阴冷的眼睛，在触及她的脸时微微一滞，下一刻，晏潮生瞳孔猛缩，手指僵住，慢慢地松开她，咬着牙往后退了一步。他退得很急，连同方才那一瞬间的阴狠都维持不住。手背在背后轻轻颤抖，活像碰了什么脏东西。

“你……”晏潮生略显狼狈地别过头，“取出幻颜珠了？”

这回轮到琉双感到震惊，她十分好奇，只一个照面，晏潮生是怎么认出她的？

不过这并不重要，她想到来此的目的，别过身，露出被他方才抽伤的那条手臂：“晏潮生，你打伤我了。”

晏潮生皱眉看过来，看到她的脸，又冷冷地道：“少主恕罪，往日不曾有人到这里来，白大公子偶尔来，也会直接敲门，不会一直站在外面不出声，弟子错认为少主是心怀不轨之人，这才出手，请少主见谅。”

晏潮生解释得有理有据，琉双不知道该说什么。她故意让自己受点伤，是为了让他有负罪感，不再追究先前赤水琉双和白羽嚣做过的事。他这样一解释，她还怎么追究晏潮生的过错，用来抵消先前赤水琉双对他做的错事，顺利地把人赶走？

琉双轻轻地一抽气，在脑海里一转，学着宓楚上辈子受伤后的脆弱，抿着嘴唇委屈地道：“我来叫你准备，明日启程回空桑。不管怎样，你伤了我，是事实。这是仙器所伤，等闲术法无法治愈。”

晏潮生抬眼，目光冰冷：“你想如何？难道还要弟子帮你上药疗伤？”

琉双一想，也行啊，得让晏潮生看到伤口，才会愧疚。于是她点点头。

晏潮生眉头拧得死紧，依旧不看她：“少主，我给你一次机会反悔，从这里出去，右转去白大公子的房里，他自有给你疗伤的法子。”

那她不就白挨这一鞭子了吗？琉双摇头：“谁打伤的谁善后，你做错的事，为什么推给白追旭？”

晏潮生冷笑道：“行，你自己选的。”他侧身，示意琉双进去。他所在的仙阁布置极其简单，远没有琉双和白氏两位公子的仙阁好，想来昆仑布置住所的人也知道，他只是一个普通的空桑弟子。

晏潮生看了琉双一眼，进入室内，拿了一瓶药过来。他的神情冷淡，也不看她，不像是要给她上药，反而像给她上坟：“撩袖子。”

琉双不知为何，心里有些不安，她撩起广袖，露出被伤的小臂。她方才有意闪躲，鞭子只是擦了她一下，出了一点血，带着血痕。晏潮生在她旁边的凳子坐下来，拽过她的手臂，看似粗鲁地要上药。

“喂！”琉双感到头皮发麻，想把手拽过来，他不会摁在伤口上吧，好歹是伤，会疼的。

突然，银色镯子扣住琉双，她立刻不能动了。

琉双睁大眼睛，这时候才想起晏潮生还有十诫环！只怪这一路后来他再也没有对她使用过，不仅琉双，连白氏两兄弟都忘了这件事。

晏潮生锁住她，终于抬起头。晏潮生的眼睛黑漆漆的，眼尾泛着淡淡的红，他抬眸看她，眼中带着太多奇怪的情绪，琉双看不懂，亦惊慌地回望他。

晏潮生冷冷地嗤笑了一声，垂下眼睛，给她上药。

琉双本来以为得忍住痛，谁知憋了半晌，一点都不疼，晏潮生的手指落下，轻轻地把药推开。浅绿色的膏体还带着薄荷叶的清香。她认不出这是什么药，但立刻就不疼了，一看就知道是好东西。只是药瓶很小、很精致，以晏潮生如今的身份，这样的东西应该并不多。他在伤处抹了三层，浅浅的血痕都消失了。

风吹动窗户，晏潮生的墨发如瀑，眉眼带着一股冷冰冰的感觉。他上完了药，眼眸依旧垂着，没有看她，也不解开她，两个人僵持着，气氛有些古怪。

琉双连忙道："我好了，快解开。"千算万算，怎么忘了十诫环，她现在十分心慌。

晏潮生没搭理她，他起身，坐到另一边去，给她倒了杯茶。

琉双光能看到，不能喝，不知道晏潮生这一举动的意义何在。

晏潮生坐在她的旁边，也给自己倒了一杯茶，慢慢地抿着。

风吹动不远处桌案上的纸张，沙沙响，琉双感觉晏潮生的视线有一下没一下地落在她的脸上。可惜她的眼珠子都要转疼了，也没法看见他。不知道他是什么表情。

琉双有些生气："晏潮生，我是空桑少主，平白无故用十诫环锁住我，你简直胆大包天！"

晏潮生的声音很轻："是吗？不是少主坚持要弟子上药？弟子只是怕少主伤好之前乱动，影响了药效，毕竟少主可能不知，弟子卑贱，这药只有一瓶，你若再受伤了，我拿不出别的药来。"

琉双："不要你治了，我去找白追旭！"

晏潮生嗤笑道："弟子犯的错，怎好让白大公子承担？"

琉双深吸一口气，行行行，反正也不是第一次被锁了，先说正事要紧："你这次也伤了我，可否与之前我不懂事冤枉你一笔勾销？"

晏潮生低低地应道："嗯。"

就这样？晏潮生真的答应了？琉双怎么也不会想到这么容易，她一方面觉得高兴，另一方面又觉得有诈："你不会骗我吧？"

晏潮生注视着她："我骗你做什么？"

琉双："你真的原谅我了？"

晏潮生沉默片刻："你觉得我怪过你？"

琉双觉得晏潮生简直在睁眼说瞎话，路过泰川城的时候，他还想杀自己呢，这还不叫记仇？

琉双："那你……还怪白羽嚣吗？"

晏潮生没说话。他这样的反应，琉双便明白。倒霉的白羽嚣，这么说，晏潮生这是非要弄死他不可了。琉双心道，先记下，这是第一笔烂账。

琉双想了想："空桑还有别人欺负过你吗？"

"少主指的是谁？其他的守门弟子，教习师父，或是灵器库的仙君，裁衣的仙子，还是夺我灵宝，要杀我的人？"

完了完了，原来晏潮生和空桑，已经结仇这么深了啊？怪不得他要灭了空桑。她憋了半晌，小声说："那我替他们道歉，行不行？你若有想要的补偿，可以同我说，我尽量做到。"

身边的晏潮生半晌没吭声。

忽然，他的手一挥，解开琉双身上的十诫环："伤已经好了，你走吧，别再说替谁道歉的话，我要的，你给不了，也不会给，我要休息了。"

琉双回头看晏潮生，他已经背过身去，也懒得看她，往里间的榻上一躺。

琉双："你不说，怎么知道我不会给？"

晏潮生偏过头看她，目光专注，没有冷漠，却也没有半点儿笑意，直把琉双看得后退了一步。

琉双试探着问道："假如，我是说假如，咱们空桑，赠给你灵宝，还许你一位貌美如花的女子，恰好是你的心上人，你待如何？过往的一切，能既往不咎吗？"给你宓楚，你能带着她远离空桑不？

却不料晏潮生听了这句话，猛地咳嗽起来，那层伪装出来的坚冰被打破，他坐起来，脸骤然红了个透。

看吧，果然是白月光，一说到宓楚，被呛得脸都红了。琉双："你愿意？"

晏潮生看了一眼琉双，咬牙，脸更红："你知不知道你到底在说什么？滚出去，我没说愿意！"

晏潮生把琉双赶了出去，倒了杯茶，灌进自己的嘴里。他的眉头深深地皱起来，她这是什么意思？故意来逗他，看他是什么反应吗？他觉得心中烦乱，仙阁的房间逼仄，空气中似乎还有她残留的香味。明知不可能，这样试探他有什么意思？他不明白她的用意，又难以猜测出有何阴谋。

晏潮生垂着眼睛，坐回榻上，继续琉双进来前自己正在做的事。他解开自己玄色的衣衫，衣衫下，缺少护心鳞的地方血肉模糊，又渗出血来。他一整条右臂，被削掉的肉和鳞片还未长出来，一眼看过去，有的地方伤深可见骨。他面无表情地把手中没了药的玉瓶扔掉，面色平静。

虽然他在空桑待了三年，但能得到的灵药太少，这一瓶还是以前在山林中时，一位游方仙人与他交换的。如今是他身上最好的东西，晏潮生一直没舍得用。可就在方才，他用来给琉双涂擦伤。

晏潮生平躺着，他已经重新穿好衣裳，只觉得心烦意乱。妖怪没了护心鳞，等同于把软肋暴露在人前，空桑看似平和，然而对他这样的人来说，一旦回去，必定要面对数不清的危险，在此之前，护心鳞不可能长出来，他不仅得想法子恢复修为，还得找到能代替护心鳞的软甲，护住妖类全身上下最脆弱的心脏。

这些东西岔开了晏潮生的思绪，让他努力不去想赤水琉双如今这张脸。其实八荒之中，妖类是最不注重容貌的，因为人人都长得不差，四处可见美人。偏偏妖类生性放荡、肤浅，正如晏潮生情窦初开时路过的那片山林，女妖们纵然看不上他的血脉，也想因为他的皮囊与他春风一度。这样近乎发情般，令人感到厌恶的放荡天性，晏潮生无法割除。他也是妖族，有妖族一切令八荒不齿的天性。甚至，晏潮生有些难堪地拉过被子盖住自己。

蛇性本淫……纵然是狐族血脉，也不及蛇族血脉放荡。狐族擅长引诱别人，而蛇族……晏潮生脸色难看地想，几乎难以抵御一切诱惑。

晏潮生记得自己幼年生存的那片山林，便有一只大蛇妖，白日夜晚，不分时间场合地与人厮混，总是弄出很多奇怪的味道。晏潮生厌恶那条淫蛇，他总觉得蛇族的血脉，不该是这样肮脏的。可手腕上的银色十诫环耀眼无比，清楚地提醒着他方才做了什么。他死死抿着嘴唇，从来未曾这般痛恨自己的天性。

伤口泛着疼，妖族的自愈能力再快，这个过程也是极其痛苦的，但肉能长出来，护心鳞却无法长出来，或许要百年，或许要千年，晏潮生不知道到底需要多久。毕竟此前，没有哪一只妖会蠢到拔下自己的护心鳞。

晏潮生的嘴唇泛着苍白，他开启妖瞳，观察周围是否有人，见没人，才放任血腥气在房间中散开。晏潮生十分警惕，一夜不敢入睡，第二日天亮之前，他睁开眼睛，勉强凝了个术法，习以为常地把屋子里的血腥味清除干净，又在伤口上加了一层又一层的封印。妖类的生存条件苛刻，从小所有妖怪都知道，不能把自己的脆弱袒露在人前。

仙族露出怯弱会被怜惜。而妖怪们一旦露出自己虚弱的一面，便会被人杀掉或是吃掉。

晏潮生走出门时，面色已与平时别无二致，他见到琉双和白氏的公子们时，琉双正在和少幽辞行。

琉双今日穿了一条蓝色的裙子，没了幻颜珠，她的额间属于上古赤水氏的仙印也自然显露了出来。冰蓝色的片羽半花，显得高贵又清雅，她托着香腮，目光追随着少幽。

晏潮生在下首坐下，冷淡地听着白追旭说离开时的客套话，强忍着没有多看琉双一眼。尽管血液在奔腾、叫嚣，这股令人烦躁的天性还是被他强压了下来，他不曾有半分失态。

琉双舍不得少幽，好不容易与他相遇，没想到不到短短的一月，便要再次分开。

白追旭说："少主，走了。"

琉双坐上仙剑，回头去看少幽，青衣仙君沐浴在阳光下，似乎没想到她会回头，正好对上她看过来的目光。二人的目光不躲不闪，撞了个正着。

琉双刚要因为这样的默契微笑，少幽低咳一声，移开目光："赤水仙子一路平安。"

少幽身边的沃姜笑眯眯地问道："小丫头，经过这段时日相处，你看我家少主如何？"

琉双："少幽自然是极好。"

晏潮生猛地抬头看过来，黑瞳沉沉，不辨喜怒。

沃姜："那你对上次来昆仑做下的那件事，可有后悔？"

琉双以为沃姜指的是赤水琉双过来羞辱少幽的事："自然后悔。"

沃姜嘿嘿笑起来，笑容越发明显，白发、白胡子都拯救不了他原本仙风道骨的形象。既然后悔和少主悔婚了，还能挽救嘛。沃姜还要说什么，少幽不疾不徐地开口："师尊，你的丹炉要炸了。"

沃姜愣了一下，大叫一声，招呼都顾不上打，急匆匆地往自己的桃林而去。

少幽微笑着对琉双道："珍重。"

琉双说："少幽，我过段时间再来探望你。对了，我听大公子说，过不了多久还有四海宴，你会去四海宴吗？"

少幽轻轻颔首。

琉双十分高兴，那过不了多久，又能看见少幽了，等她这次回去适应了空桑的生活，一定要给少幽准备一份礼物。

白羽嚣不耐烦地催促道："行了行了，有完没完？还要不要回空桑了？她这么啰唆，兄长，你就纵着她呗。"

白追旭好笑地摇摇头："少主坐稳。"

白追旭启动仙剑，带着众人离开，琉双朝少幽挥着手。

仙境之中的少幽抬眸望着她，直到他们的身影远得看不见了。

这一幕与之前和少幽告别时的场景重叠起来，琉双的心里感慨万千，上一次这般与少幽道别，她坐着金乌拉的大婚仙车，后来再也没有见过少幽。上次是永别，这次不久后还可相见。

故人一个个重逢，令琉双觉得十分安心、满足。想到故人，她顿时还想起一个快要死得透透的小家伙，连忙看向被忽视得彻底的晏潮生。

晏潮生坐在仙剑的另一头，背对着琉双，目光冷冷的。从一行人与少幽道别开始，他一句话也没说过。此刻看上去，周身都弥散着低气压，也不知谁又招惹了他。

琉双走到晏潮生的面前蹲下，悄悄地问他："那枚蛋呢？"她试图找出晏潮生藏起来的青鸾。

可不能被白氏的人发现。若是被白追旭知晓青鸾的存在，他铁定会诛杀了青鸾，而若是被白羽嚣发现，恐怕他会现场表演一个火烤妖鸟蛋。可她把晏潮生身上能藏妖鸟蛋的地方都打量了一遍，也没找见。琉双感到有些奇怪，不会被晏潮生悄悄扔了吧？

晏潮生转眸道："你管那么多做什么？不继续与即墨仙君惜别？"说罢，他意识到什么，目光突然冷下来。

琉双觉得莫名其妙，她与少幽道别，和问青鸾在哪里有什么关系？她眨了眨眼睛，好声好气地与他商议："它去哪儿了？我先前说的交易还算数，你救它，我给你修为可好？”

晏潮生想也不想，随口冷冷地道：“吃了。”

琉双：“吃了！你把它吃了？”

晏潮生的声音带着淡淡的冷意：“不过一只妖鸟蛋，现在才提起它，何必惺惺作态？”

琉双用神识细细地搜寻，确实没有在晏潮生的身上感觉到任何妖鸟蛋的气息，她不死心地搜寻了一遍又一遍，依旧是这个结果。琉双的脑海有一瞬间的空白。

原本七百年后，青鸾没有死，它还能同赤鸢一道，随晏潮生征战。如今，青鸾的母亲落下血泪自焚，化成一件仙器赠予晏潮生，愿永世成为被他奴役的仙器，他却转眼就把青鸾给杀了。

怎么会这样？青鸾不是晏潮生后来的左膀右臂吗？晏潮生真的舍得把它给吃了？

琉双感到难以置信，一时无法接受，再观察晏潮生的表情，他正冷冷地看着她。琉双福至心灵，目光落在他腰间多出来的锦囊上。那是一个彩色的锦囊，做成祥云的形状，与晏潮生整个人阴沉的感觉显得格格不入。据她所知，晏潮生从不配香囊与玉饰，他的身上永远只有武器与药物。这个锦囊，哪里来的？

不对，昨夜去找晏潮生时，他的房里陈设简单，他去哪里把青鸾给煮了吃了？更何况，青鸾是上古妖鸟，蛋壳尚且没破，他说扔了的可信度都高一些，绝不可能是吃了。

想通以后，琉双松了口气，转而十分疑惑，既然没吃，晏潮生骗她做什么，还是用这样不悦的语气。昨晚和他说宓楚的事，他不是挺高兴的吗？

“你把青鸾装在了锦囊里？”琉双低声问道，可是为什么她感觉不到丝毫青鸾的气息？

晏潮生抬眸，眉眼还透着淡淡的冷意：“没有，别自作聪明。”

琉双：“那锦囊是从哪里来的？”

锦囊那般繁复、美丽，不可能是昆仑的女弟子送的，再说了，他对年少时的“白月光”坚定不移，谁送给他的锦囊他会收啊？

琉双蹲在旁边，可劲儿地盯着那个美丽的锦囊看，猜测青鸾十有八九就在里面。这是一件什么厉害的法器，为何妖的气息都能掩盖？要知道，晏潮生尚且不能掩盖自己的气息。

琉双盯着晏潮生腰间打量了半晌，晏潮生几乎是从喉咙间挤出几个字：“少主很闲？”带着浅浅的恼意。

“不闲。”她也不是非要盯着晏潮生看，如果有那个闲工夫，不如去修炼。

琉双只觉得从昨夜开始，晏潮生整个人便有点奇怪，她取出幻颜珠后，他竟然很快就认出了自己，还用十诫环捆住她，最后讨价还价，把往事一笔勾销，她私自做主把宓楚许配给他时他的反应，包括现在离开空桑，是个人都能看出他的不悦。这样反复的情绪，琉双从未见过。

晏潮生毕竟是她未来的盟友，还是关系到两大仙境存亡的关键所在，若他喜怒无常，得了失心疯，还喜欢口不择言，那她一定要早日重新做好计划，免得出现意外。

琉双知道青鸾注定未来是晏潮生的妖兽，只是她到底和青鸾一起生活了百年，虽然她的心被捏碎了，但记忆还在，这些回忆十分温馨。若不把青鸾当妖兽看，它也是她仅熟悉的故人之一了。琉双希望青鸾活着。

但问题来了，晏潮生到底怎么了？这个未来的盟友他还正常吗？

晏潮生的心情很糟糕。昨夜琉双提出许给他美人，让他与空桑过往发生的恩怨一笔勾销的论调，在他看来荒唐无比。他是一个连内门都没拜入的弟子，她贵为空桑少主，怎么会觉得他有能力、有胆子记恨空桑？

晏潮生一夜没睡，一半是因为伤处疼得厉害，另一半则是因为这句话。琉双到底是什么意思？不怪他想得深远，几乎立刻就联系到了年少时路过的那片山林，许多女妖觊觎他这副皮囊，想要与他春风一度。这般轻佻的戏弄，他遇见过不少。难道赤水琉双也……

晏潮生咬牙，说不清那一刻的感觉是冷嘲多，还是羞愤多。妖怪的皮囊大多美丽，许多灵力低微的妖，甚至还会靠魅术生存。但晏潮生从来没有想过走上这条路，纵然是最艰苦的时刻，他也咬牙爬起来杀了一只觊觎他的豹精。赤水琉双果然荒淫无耻，他们妖怪浪荡无度就算了，她作为上古仙族，竟然也能这般轻飘飘地说出来。好一个许给他美人！

晏潮生今天早晨来的时候，心想不可能令她如愿。荒淫的仙族，往往比妖族更加凉薄。纵然他未入仙门，也知道一个人的道心应当坚决。然而这句烦扰了他一夜的话，她说过似乎便忘了。离开昆仑前，他看琉双依依不舍地与少幽惜别，目光那般真挚。沃姜问她，可有后悔，她立即便道，后悔了。后悔什么？后悔与那个人解除婚约？

晏潮生不可避免地想起在八苦谷，他把琉双一路背到幽冥王墓，俯下身为她挡住漫天的阴气时，她叫出来的那个名字。晏潮生突然觉得可笑，既然如此，昨晚为何要与他说那番话？因此，当琉双满怀希冀地来问他，妖鸟的蛋去了哪里时，晏潮生冷冰冰地说："死了。"别来招惹他，反正他不可能救那颗妖鸟蛋。

晏潮生至今不知道，琉双为何会这么关心一颗妖鸟蛋，他们妖族是欠她、惹她了吗？活的、死的都不放过。他改日便寻个机会，把那颗棘手的妖鸟蛋给扔了。他以为琉双会相信，因为妖族的气息难掩。世间很少有法器能完全掩盖住妖族的气息，纵然是他自己，也常被一眼看出来，若不是妖鸟蛋真的没了，她一定能从他身上，找出它的气息。她起初确实信了，感到震惊，难以置信，接着茫然、伤心等神色，一一从她的脸上滑过。他以为她会说些什么，可谁曾想，她思考了一会儿，盯着他打量，最后目光落在他的腰间。

琉双："你把青鸾装在了锦囊里？"

晏潮生没想到被琉双看了出来，他有片刻的诧异，腰间的锦囊是青鸾的羽毛所化，它死前，明白自己的孩子现世会引起大风波，便留下最珍贵的妖羽，掩盖住妖鸟蛋的气息。连他都没想到，青鸾之羽有这样的作用，更别提琉双。晏潮生心中的多疑再次升起，她怎么会如此笃定妖鸟蛋被装在锦囊之中？而且下意识地以为，他还没有扔了那枚蛋？他的目光冷冷地看过去。

琉双的睫毛纤长，微微垂落下来，视线从他的胸膛慢慢下滑，最后在他的腰腹间徘徊。晏潮生这才意识到，为了获悉妖鸟蛋所在，她凑得极近，若不是上古仙族的礼仪不允许，有一刻他甚至觉得少女会伸手取下锦囊。

没了幻颜珠，琉双如今彻底恢复了容貌，晏潮生昨夜本来没怎么看，如今两个人离得这么近，若不是他先前在故意讽刺她，氛围有片刻的剑拔弩张，晏潮生甚至以为两个人是在背着白氏的两位仙长说悄悄话。

她祸水一样的眼眸，看人天生带着三分温柔，专注起来时，仿佛八荒只有眼前的一个人能入她的眼。而这样一双祸害的眼眸，此刻就落在……

晏潮生咬牙："你很闲？"

"不闲。"琉双摇摇头，视线依旧没有移开，甚至还加上了浅浅的好奇。好奇……她看着那个地方，到底在好奇什么？

一股热气往上涌，晏潮生恨不得捂住她的眼睛。简直放荡，恬不知耻！昨晚她果然就是这个意思。然而更令他感到尴尬的是，体内属于妖族的淫乱血脉，在她的注视下开始抑制不住地沸腾起来。晏潮生厌弃地发现，被她这般看着，先前的糟糕心情，竟然往更糟的方向发展。他脑海里一片空白，旋即近乎粗暴地把锦囊扔到她的怀中："你要就拿去，离我远一点！"

琉双接过锦囊，悄悄地打开看了一眼，低声喃喃着："果然在啊，那你说吃了它做什么？"

晏潮生冷着脸，不想同她讲话。

琉双看见锦囊中果然有妖鸟蛋，松了一口气的同时，免不了再次担心起来。少年妖君……果然阴晴不定，心思难测。

就一段对话的工夫，她不过盯着锦囊多看了几眼，晏潮生的脸色几次改变，有越来越难看的趋势，最后连锦囊都冷冷地扔给了她。恕琉双直言，上一次遇见这种情况，还是上辈子在妖界，有一个练功练得走火入魔的大妖就和他现在很像。

琉双心道，若未来的盟友是这般心性，那他一定是一个分外危险的存在，指不定哪一天，就变得不可控。琉双斟酌着，看来她得做齐全的准备，一方面，要用最快的速度赶走晏潮生，让他带走宓楚，另一方面，她得抓紧修炼，日后才有应对一切的能力。

八荒没有永恒的盟友或仇人。正如琉双觉察到在泰川城时晏潮生对自己的杀心，却也能为了两个仙境的安危与他周旋。晏潮生也一样，按照他现在的性格，哪怕得到了宓楚，若有朝一日脑子一抽，说不定又想攻打空桑。届时若自己的灵力高强，空桑就多了一线生机。

想通以后，琉双把锦囊还给他，也不再想晏潮生先前的古怪，说："青鸾把它托付给了你，还是你好好收着。"

晏潮生冷笑道："给我，不怕我真把它吃了？"

当然会担心。可是，晏潮生才是未来的妖君，八荒妖主，青鸾是妖，跟着他才有被唤醒活命的机会，跟着自己只能是死路一条。再者，若晏潮生丧心病狂到连自己将来的坐骑都能杀了，那所有人的命运也将乱了套，八荒大乱，届时别说青鸾，说不定大家都得完蛋。想通这一点，琉双心情十分愉快，说："我相信你。"

晏潮生抿着嘴唇，错开目光，声音冷冷地道："我要修炼了。"

琉双一听这话，立刻也精神起来，未来能够翻天覆地的妖君尚且如此努力，她怎么能落后太远？琉双立刻找个地方也开始修炼。

一进入修炼状态，时间就过得特别快。仙剑穿梭间，白追旭看见琉双现在的模样，十分欣慰。以往境主亲自教导少主术法，少主总是不太愿意学，白追旭往往充当一个督促的角色。如今他什么也没说，少主却自发上进。

与白追旭的欣慰相反，白羽嚣觉得十分挫败，他起初以为琉双只是做个样子给他兄长看，想让兄长回空桑以后在境主面前多夸夸她——毕竟赤水琉双小时候经常这样，修炼半晌，无甚进展，还总希望得到认可。

白羽嚣感到百无聊赖，发现没人陪自己讲话，以往这种时候，他都会选择赤水琉双，然而不论他在琉双耳边絮絮叨叨地讲什么，都不见她有反应。

琉双眉宇恬静，细看上去，明明还是以前那张脸，只是以往，怎么都带着几分傻气，如今像是长开了，不言不语，闭着眼睛时，显得清冷。

好几日过去了，琉双沉浸于识海中，专心进入至臻境界，白羽嚣看傻了眼，她是认真的？

片羽散去，琉双精神饱满地醒来。她睁开眼睛，看见了神情莫测的白羽嚣。

“怎么了？”琉双偏头，有些疑惑，“你怎么这么一副表情？”

白羽嚣神色复杂，低声道：“你真是赤水琉双？”

白羽嚣或许也明白自己问了什么傻问题，闷闷不乐地不再讲话。他的心情复杂，而且低落，他的兄长稳重、成熟，整个白氏家族中，兄长从小挑大梁。而空桑最需要自己的，其实是小傻子赤水琉双。白羽嚣经常欺负她，却不允许别人欺负她。他没有作为一名仙君的正义凛然与仙风道骨，旁人会指责他的肆意妄为，琉双却从来不在意这些。他在琉双的眼里，总是看到艳羡的星星。她不觉得他坏，欺负她，不觉得他无用。如今，他骤然发现，一个从小跟在自己身后的小傻子，仿佛不再需要他了。

白羽嚣仿佛隐隐看见，未来不必靠他，琉双自己就有一番广阔的天地。上古血脉啊，他一直明白，琉双的血脉，本来就比他的还要高贵。若她有一日开窍，修炼速度哪是他们能及的？

这种失落感来得匆忙，令白羽嚣接下来几日都郁闷地枕着胳膊。白羽嚣仅剩的安慰，或许就是回到空桑以后，能见到宓楚。自从琉双大闹昆仑退婚，他许久没有见过宓楚了。

这样一想，好不容易出来，总不能不给委屈了的宓楚带礼物，白羽嚣的身影化作一道流光，直坠凡间而去。

“羽嚣！”白追旭根本顾不上阻拦。

好在不久后，白羽嚣便回来了，他的手里拿着一整套皮影戏道具，嘴角上扬。

琉双修炼完，恰好就看见白羽嚣在摆弄皮影小人，她幼年时在人间看到过，如今见了，免不了多看上几眼。

白羽嚣挑衅地一笑：“不是给你的，这是给宓楚的礼物。”

琉双：“哦。”宓楚也注定不是你的，反正不是风伏命的，就是晏潮生的，你送什么都没用。

见挑衅不成，白羽嚣“哼”了一声，偃旗息鼓。

白羽嚣临时给宓楚寻找礼物的举动，让琉双意识到，快到空桑了。先前在空桑，她的心情无比忐忑，生怕被看出她是个冒牌货，心里沉沉的。这次回去的心情截然不同，就好像……回家，家中有等待她的爹爹与娘亲。她心里生出浓浓的期待来。

琉双依旧抓紧时间修炼，若稍有懈怠，她就悄悄看一眼晏潮生，心道：看见了吗？这是未来八荒著名的战斗狂，弄不好他就是你未来最大的敌人，届时打不过他，你也活不了。面对敌人，晏潮生从不留活口。这样一想，琉双整个人仿佛打了鸡血般，恨不得连续修炼个几日几夜！

反反复复地看到晏潮生，琉双特别有动力，完全沉浸在了修炼中，看晏潮生的次数多了，晏潮生再也无法装作若无其事，忍无可忍地睁开眼睛，把她的目光抓了个正着。

琉双在心里一直把晏潮生当成最大的宿敌，结果一下子对上他漆黑的眼睛。她本来板着脸，仓促之下，露出一个假惺惺的、友好的笑容。

晏潮生也不知道看没看出来，见琉双笑，他的眼角、眉梢似乎有什么抑制不住的东西，浅浅地晕开，最后被他强行扼制住，抿紧了嘴唇，警告地看了琉双一眼。

晏潮生眉尾锋锐，眸如鹰隼，如此凶狠的眸光，琉双险些以为他知晓了自己在心里钻研如何揍他的事。她叹了口气，终于不再看他。

去昆仑时，路上遇到意外，回来却十分顺利，半个月就到达了空桑。

看到熟悉的仙门，琉双竟然有种恍若隔世的感觉，她知道，是属于赤水琉双的那部分记忆在作祟。

守仙境第一层禁制大门的小弟子们，连忙上前为他们打开仙境，恭敬地行礼：“白大公子，二公子，这位是……”

白追旭说："这是少主。"

外门弟子们的脸上露出谄媚的笑，一迭声地见礼，不敢多往少主的身上看。一行人连玉牌都没有用，便进了空桑仙境。几只仙鹤高飞，仙境中灵气绵延。

晏潮生面无表情，眼中闪过一丝讥讽。

琉双想起赤水琉双初见晏潮生时，所有的守门弟子，听说她是少主，有顾忌疑虑，都不太敢拦，犹犹豫豫的。只有晏潮生一个人上前，横起棍子把她打了出去。但最后，他的结果不怎么好就是了，被白羽嚣揍得皮开肉绽，一身辛苦修炼的修为，至今还没回来。

八荒哪里都有捧高踩低的现象，不仅是人间，仙境也是如此。琉双的印象中，只有一个地方，大家都是平等的，那就是苍蓝仙境。

陆续穿过第二层与第三层禁制，琉双终于看见了熟悉的人影。仙池前，仙婢们迤逦排开，一名黛衫美妇人笑盈盈地等着她。

琉双："娘亲！"

紫夫人面露喜色，爱怜地抚摸着她的脸颊："收到追旭发来的仙讯，我早早便过来了，这一路可还好，昆仑有无为难你？"

琉双："很好，路上一切都好，昆仑也并没有为难我。"

紫夫人说："还好，我儿的容貌变了回来。你父亲此时在议事，走，随娘回去。"

"琉双，恭喜你。"有人微笑着道，声音清和好听。

琉双一愣，转眸，便看见静静地站在一旁的碧衣仙子，她云鬓轻挽，眉目温和清雅，令人一看便容易心生好感，此时正笑着看向琉双。

琉双的心里一冷，见到紫夫人的欣喜，也一并消散不少。

紫夫人拍拍琉双的手，嗔怪道："怎么了？见到宓楚，还不高兴？宓楚这孩子，一大早知道你要回来，陪我在这里等到现在，还陪娘解乏，可比你懂事。"

宓楚闻言，浅浅地一笑："夫人过誉了，宓楚自然比不上少主。"她转眸看着琉双，目光诚挚地道，"琉双，这几日我十分担心你，还好你平安地回来了。"

琉双在心里冷笑，她扫视一圈，发现众人的情态各异。白追旭一如既往地态度温和，白羽嚣露出二傻子一样的笑容，晏潮生也盯着宓楚，那目光无悲无喜，令人猜不出他的心里在想什么。

宓楚得人心，赤水琉双以前势单力薄，从琉双重生过来那日告状失败就看得出来。

琉双吸取前车之鉴，明白在揭露宓楚的嘴脸前，不能与她硬碰硬，于是在宓楚伸过手，亲昵地挽着她时，琉双只是不动声色地避开。

琉双说："我很好，谢谢你，宓楚，令你担心了。"

宓楚笑着摇头。细说起来，确实令她担心了，世人皆道幻颜珠不可逆，赤水琉双服下幻颜珠，先前那般得罪昆仑少主，竟然还可以借到神农鼎将珠子取出来。

一群仙族和乐融融地往里走，谁也没有注意何时默默消失、离开的晏潮生。

白追旭带着白羽嚣复命去了，紫夫人陪着两个年轻的小仙子说了会儿话，也回了自己的寝殿。

只剩下琉双与宓楚，宓楚问："双双的幻颜珠取了出来，可有不适？"

琉双看了宓楚一眼，摇摇头。

宓楚真心实意地笑道："这样也好，你的心愿得偿，与昆仑少主退了婚，还不必毁去容貌。"

琉双撑着下巴看向宓楚，说："是，多亏宓楚仙子给我出的主意，否则我都想不到吞下幻颜珠。"

宓楚抬头："双双，这是在怪我吗？我先前并不知道幻颜珠是什么。"她的眼里多了几分感伤，"若知晓，我一定阻止你吞下去。"

如果琉双没有赤水琉双的记忆，不够了解宓楚，或许就相信了，如今心中一片清明，平静地看宓楚做戏。

宓楚等了半晌，也不见琉双来安慰自己，心中感到有几分奇怪和诧异。以往这个少主，一看到自己低落、垂泪，恨不得拿出所有的天材地宝来哄她，还会慌张地道歉。

可今日，宓楚抬眸，琉双撑着下巴，有一口没一口地抿着仙露，一双剪水清瞳含笑看着她，似乎并不在意宓楚难不难过。就是眼前这张哪怕不刻意，也迷惑人心的绝色容颜，令宓楚的心里十分妒忌。

宓楚看着琉双，琉双才道："我没有怪你的意思。"却也再也没有慌张、安慰的举动。

宓楚说不上来，有什么似乎变了。

琉双放下仙露："我今日很累，宓楚仙子先回去休息吧，我们改日再叙可好？"

宓楚酝酿的感伤还在眼里，堪堪憋住。她立刻体贴地颔首离开，打算去问白羽嚣昆仑是何情况。

走到门口，身后突然传来琉双清甜的嗓音：“对了，忘记问一件事，宓楚仙子如此温柔好看，不知道将来想要怎样的夫君？”

宓楚脚步顿住，回眸看向琉双。

却见琉双笑起来：“不知一界君主，可如宓楚仙子意？”

宓楚的眼眸微睁，尽是惊诧，袖中的手指几乎都握紧了，她蹙起眉，平静地轻声道：“我不想着嫁人，只想多陪陪境主和夫人，以报恩情，还有父亲，镇守灵脉不易，我只想等他归来，承欢膝下。”

“这样啊，”琉双说，“我知道了。”

宓楚看了琉双一眼，离开。

琉双相信她才怪，以宓楚的身份，并非上古仙族，最后却能嫁给风伏命，若非她自己愿意筹谋，那便是风伏命爱她爱得死去活来。可上辈子短暂的交锋，琉双看得出来，风伏命风流成性，不是心系儿女情长的人，只能出自宓楚的自愿。

那么，从现在，琉双的计划正式开始。

晏潮生回到竹林小屋时，许多人都在偷偷看他。

外门弟子们窃窃私语道：“不是说他先前得罪了少主，一定回不来吗？”

“对，他怎么回来了？看上去还没受什么惩罚。”

“少主难道没看出他身负妖脉？”

“少主怎么可能不知道？必定是他讨好献媚，少主才饶了他一条性命。”

“他回来以后看到屋子成了那样，不会生气吧？这里可没人打得过他。”

有人讥诮地笑道：“怕什么？他一个身负妖脉的妖怪，本来就没有资格留在空桑仙境，听说当初他跪了半个月求鸣霄阁的仙长，磕了数百个头，才破格能留在空桑，以沐仙泽。当初他承诺过，不惹事，不动用妖术，友爱同门。去年丁奉师兄让他去洗剑池洗剑，他不也一句话不敢说就去了？如今他修为被废，还得罪了少主，朝不保夕，哪里敢做什么。”

晏潮生眸光晦暗，回到竹屋，眼神彻底冷了下来。只见房间凌乱，俨然被人翻了一遍。床铺上的被子被人拿走了，木枕掉在地上，窗户被人拆了。地上有一个碎裂的木盒，果然，里面镶嵌了狼牙的中品仙剑不知所终。

那本是晏潮生在修为被废前，在洗剑池洗了数月任由剑意凌迟，火焰灼烧，才得洗剑阁掌阁长老赐的仙剑。

长老说，数百年来，所有进洗剑池的弟子，无一不怨声载道。只有晏潮生，每日辰时来，沉默地洗剑，没有半句怨言，子时默然离去。经过他手的仙剑光华熠熠。长老念他心诚，无抱怨，便把剑池边一把废弃无主的中品仙剑赠予他。

晏潮生得了剑后，日日擦拭，爱护至极，这也是来空桑以后，晏潮生少数收到的善意。他本来打算用这柄剑去参加大比，争取拔得头筹，拜一个好的师傅，摆脱守门弟子的身份。为了养剑，他把当初小狼妖临终留给自己的狼牙，也镶嵌在了上面。

这把剑，曾负载晏潮生所有的希望。三年来，他不惹事，步步退让，尽忠职守，本来就差三个月，他就能参加大比，实现心愿。

可一朝拦下空桑少主，什么都毁了。

此行去昆仑前，晏潮生没有打算带上这柄剑，他不知道琉双是否会公报私仇，这柄剑他们看不上，却是他唯一能拿得出手的武器。晏潮生当时想，若仙剑在路上有所折损，失去修为的他参加大比更加无望。他藏好了仙剑才出发，没想到回来就看见屋子几乎被毁，仙剑不知所终。

真可笑，晏潮生心想，他在此忍辱三年，本欲不惹事，熬出头，可显然只要身负妖脉，做什么都是错的。八荒杀人夺宝者不在少数，可他人还活着，就取走他的东西，还真当他是死人了。他神色平静地把枕头捡起来，把屋子收拾好，踱步出门，不见一丝怒意，冷静得过分。

妖身听觉敏锐，没走多远，晏潮生听见不远处，几个弟子一边饮酒一边嘲笑道：“我就说，他惯于当缩头乌龟，不敢与丁奉师兄对上。”

“依我说，他如今没了修为，参加大比也赢不了，这柄剑还是适合丁奉师兄。”

叫“丁奉”的男子阴沉着脸：“够了，不会说话就别说！”

毕竟凭实力夺人家的灵宝还光彩些，偷人家的仙剑，怎么说都十分丢人。丁奉在入空桑求仙前，是一位官员的公子，他带了不少金银细软上山，可惜资质不太好，最终当了外门弟子。

仙族便是这样，任你王孙贵族、贩夫走卒，若资质不好，连仙门都进不去。

丁奉不甘心离开，便在渡生竹林中住了下来，成为外门弟子的领头人。仙人不吃丁奉的身份这一套，这些外门弟子本来就是俗世凡人，倒很吃这一套，私下里以丁奉马首是瞻。

对于丁奉来说，仙门大比，同样是他最好的机会。凡人的寿命不过数十载，三年对于一个凡人来说尤为可贵。仙人抚我顶，结发受长生，丁奉不可能让自己三年的光阴蹉跎，最后灰溜溜地滚下山去。

守门弟子大多是资质庸俗之辈，丁奉最终把目光放在了晏潮生身上。这个本来就修为很高的妖脉弟子，一开始丁奉从不招惹，毕竟凡人天性害怕妖怪。可是后来丁奉见晏潮生比谁都老实、沉默，守仙境时从不偷懒，待人也和气，他便动了打压的心思。可是，无论丁奉做什么，怎样挑衅，晏潮生都只是避开。

晏潮生机缘巧合，得了仙剑，早就令丁奉感到眼红。以往存着打不过，不敢动的念头，此次听说晏潮生的修为被废，丁奉便趁着他外出，拿了那柄仙剑，据为己有。如今几个弟子聚在一起喝酒，虽然人人都在奉承丁奉。但听说晏潮生回来时，丁奉起初一惊，后来想到，在空桑仙境中，身负妖脉的晏潮生，本来就比所有人都低贱，大比在即，他万万不敢闹出什么事端，否则就会被赶下山，这才放下心来。

几个男弟子聊天，无外乎聊自己过往俗世的那些经历，还有即将到来的大比，以及守门时遇上的仙子姿容。

晏潮生抱着双臂，不咸不淡地听他们说话，始终没有出现在他们的面前，神情平静得近乎冷漠。

有一个弟子说："我今日守门，遇见空桑少主了。"

其余弟子纷纷感兴趣地问道："如何？以前听闻少主容色清绝，后来又听闻少主貌丑似无盐，少主到底长什么样？传闻哪一个是真，哪一个是假？"

那个弟子表情神秘，隐有痴迷之色："何止容色清绝，说是貌胜妲己、褒姒也不为过。"

"真的假的？妲己可是祸国妖姬。"

"我亲眼所见，那还有假？"

几个弟子纷纷笑闹起来，这样的氛围令丁奉心中的郁结散去不少，眉眼舒展开。

绿竹后，晏潮生修长的手抚过自己黑金色的鞭子，动作慢条斯理的，鞭子像一条嘶嘶吐着芯子的毒蛇。

月亮升起来前，琉双听说父亲派了仙使去找晏潮生。

赤水翀之前就说过，若晏潮生能完成任务，会许他重赏。如今派遣仙使去渡生竹林，琉双猜测赤水翀的目的有二，一为颁赏，二为收回十诫环。在上古时，十诫环也曾有过辉煌的日子，听说它能同时幻化出十只降魔环，束大妖，驱魔罗。

然而到后来，使用十诫环的方法失传，往往使用者只能使出一个银环，还只能暂时束缚。犹如鸡肋，食之无味，弃之可惜，连普通的仙器都比不上。纵然十诫环如今不顶用，赤水掰也不可能任由它落在外门弟子的手中，因此，派人从晏潮生那里收回去。

琉双舒舒服服地整理完着装，拂柳提醒道："今夜的月色很好，少主要不要去天凤池修炼？"

一提起修炼，琉双就不困了。以往月光皎洁，赤水琉双喜欢一个人去天凤池修炼。天凤池是空桑灵力最充沛的仙池之一，在里面修炼，事半功倍。仙子、仙君们往往白日去，辟出一块空间，加上结界，静心修炼。之前赤水琉双自卑，知道自己再努力修炼，成效也不好，因为不愿被人看见自己暗暗下功夫的样子，便每次只敢夜间前往。

琉双想了想，点头。正好去看看，如今在天凤池中修炼有何不同。现在一想到修炼她就全身都是劲儿。

拂柳笑着说："正巧清盈玉也在那里，少主可以净化浊气。"

琉双觉得"清盈玉"三个字好耳熟，但一时半会儿又想不起来在哪里看到过。她出了门，没让拂柳跟着，一路来到天凤池前。眼前白雾袅袅，在月光下显得如梦如幻般美丽，琉双踏入池水，池水丝毫不沾衣裙，却有暖意将她包裹住。她打量一番，发现天凤池是离主殿最远的仙池，都快靠近仙境外的渡生竹林了。

八只凤凰玉雕口中吐着水，每一只凤凰都美轮美奂。赤水琉双选择这里，也是不想被人看见。琉双修炼了一会儿，进展迅速。她本来应该高兴，可总觉得哪里不对劲，一抬眼，看见月华之下，一块皎洁的玉石在池外的高台上供奉着。

这就是拂柳口中说的、能净化浊气与杂念的"清盈玉"。在赤水琉双的记忆中，仙子、仙君若有杂念，可能生出心魔，便引出清盈玉之力，净化仙体，由此得以清净，不生心魔，避开心魔劫。

四大仙境中，只空桑有这么一块灵石。它轻柔无害地旋转着，琉双看着看着，心里却一惊。坏了，这哪里是什么清盈玉，分明是"妖骨石"！

琉双曾在幽冥之地看过一本记载着空桑灭亡历史的书，书上说得模糊，只道：空桑曾误将妖石作仙石供奉。

后来晏潮生灭空桑，神识一动，许多仙君、仙子妖化，为他所用。清盈玉根本不是什么净化杂念的好东西，人人皆害怕生出心魔，以为这是个宝物，但道心本来就需要自己坚定，每一场磨难都不容逃避。

依靠清盈玉表面上走了捷径，实际上清盈玉吸纳了所有人内心的杂念，只要一朝被强大的妖魔驱使，便能控制住许多仙族，造成内乱。这块妖石决不能留在空桑！多留一日，妖化的仙族就会越多。

可清盈玉是妖骨石，说出来谁都不会相信，若不是琉双看过幽冥之地的书籍，她也不会知晓这些，只当清盈玉是空桑的宝物。她必须得想办法毁了清盈玉。可这玩意儿坚不可摧，难道还要带着它去找神农鼎炼化？

别说炼化，琉双若拿了清盈玉就跑，没等跑到空桑，就会被赤水狲捉回去训斥。不，还有一个办法，可以毁了清盈玉。

琉双思来想去，未来的妖君，一定可以压住“妖骨石”！

琉双飞上高台，高台有结界，她划破手指，让赤水仙族的血滴在结界上，结界顷刻间化去，她拿了清盈玉往一旁的竹林走去。

但愿在被境主发现、阻止前毁掉这个晦气的害人的玩意儿，但愿晏潮生能配合一下。

竹林的深处，一个人影被高高地吊在空中，黑金色的鞭子在他的脖子间收紧。

丁奉的眼睛圆睁，因为充血，整张脸成了猪肝色，眼中尽是恐惧之色，看着竹林里的晏潮生：“求……求……”

晏潮生修长的手指收紧，丁奉脖子上的鞭子也收紧。在他快要断气时，晏潮生的手又松开。反反复复地，晏潮生带着嘲讽的神色，慢慢地折磨他。

三年了，丁奉羞辱过晏潮生多少回，他全都记着。

丁奉被折磨得差不多了，晏潮生张开手，幽幽的白气从丁奉的身上，往晏潮生额间飘。

正在晏潮生要取完修为的时候，竹林间传来脚步声，是他熟悉的脚步声。晏潮生的眉头一皱，手犹豫片刻，收回来，丁奉从空中掉下来，掉在竹林间，人事不省。

晏潮生收回鞭子，恰好看见月光下走出来的琉双。

琉双问：“你在这里做什么？”她看看晏潮生身后的丁奉，面带狐疑之色。

晏潮生面不改色，心不跳，说：“他外出受伤了，我担心，跟过来看看，正在救人。”

琉双神色微妙，看看晏潮生，又看看还有一口气在的丁奉。

被人看见这种场面，晏潮生冷冷地问：“你为什么在这里？”

琉双走过来，拉拉晏潮生的衣摆，悄悄地道：“你先同我来。”

琉双说话的气息拂过晏潮生的耳郭，痒痒的，晏潮生抿了抿嘴唇，没管身后昏迷的丁奉，跟着她走。

两个人走到另一处，琉双的眼睛亮晶晶，拿出一个东西递给晏潮生：“我说过会帮你恢复修为，你看，我给你带的礼物。”

月光下，一块莹白的石头在闪闪发亮。

晏潮生：“专门给我带的？”

“我看到你想杀人。”琉双突然轻声道。

晏潮生目光一冷，正思索如何善后，最糟糕的结果尽数在心里过了一遍，却听见琉双突然开口说：“你吃了这个，修为也能回来。你别杀人，晏潮生，杀人有孽障的。”月光下，琉双轻声道，“他不值得，你要爱护自己。”

晏潮生猛然抬头。月华下，身着天蓝色流仙裙的琉双也正看着他。她桃腮微粉，眸中是他的身影。她说，晏潮生，杀人是有孽障的，他不值得，你要爱护自己。

第九章 空桑大比

他看着高高的仙台，
那里所有的仙君都走了。
他的眼中有什么东西渐渐湮灭，
又似乎以另一种方式燃烧。

琉双没想到自己会撞见晏潮生杀人的情景。

空桑有仙规，弟子不可内斗，不可自相残杀，若有犯事者，一切按空桑的刑律处置。晏潮生罔顾空桑律令，想在渡生竹林中杀人。若这件事被发现，晏潮生一定会被赶出空桑。可惜，若他受了刑罚被逐出空桑仙境，一定会心生怨怼，更加痛恨空桑。那就不能放任他杀人，一来琉双作为少主，不管有何缘由，不可能任由晏潮生在仙境内放肆；二来现在还是毁了清盈玉要紧。于是，琉双叫住了晏潮生。

以琉双的经验，撞破晏潮生的杀人现场，晏潮生很有可能一不做、二不休，连同升起对她的杀意。好在他如今没了十诫环，自己的修为比他高，倒是不用过于担心。

两个人走到一旁，琉双拿出清盈玉。

琉双心想，总不可能告诉晏潮生，这块石头对于空桑来说，是个害人的玩意儿，麻烦你接手一下。晏潮生又不傻，或许方才升起一半的杀意，此时已经全满。于是她说："我说过会帮你恢复修为的，你看，这是我给你带的礼物。"

其实也算真话。把清盈玉给晏潮生的决定，并非是琉双一时冲动。她早就在想，怎么尽快与晏潮生两清，把他赶走。别看清盈玉对于仙族来说是个祸害，可它作为妖骨石，由来也是有考究的。

据说上古魔神，生来具有魔骨，魔骨可毁天灭地。后来八荒天朗气清，神魔皆无，仙族当道，就鲜少有人提起忌讳的魔骨了。而妖骨石，据说是许多大妖陨落后，体内唯一纯净的残气所化。对于仙族来说，妖骨石会残害人心，导致仙族被妖气侵蚀，但对妖族来说，完全算得上补品。只是一般的妖没有这么大的"福气"，十全大补石一入腹，说不定就补过头、补傻了。

晏潮生不一样，琉双钻研过，记载中，他能成为妖王，必定是天赋异禀，而且身怀大机缘。

从上古妖鸟青鸾在晏潮生的面前俯身哀求就能看出来，晏潮生少年时就是个人物。能救青鸾，必定能炼化妖骨石。

晏潮生问："专门给我带的？"

确实，主要是这个东西没办法带到昆仑去，而晏潮生为了修为，都要走上杀人的歧途了。琉双想了想，说："我看到你想杀人。"

话音一落，对面的晏潮生的脸色冷下来。

晏潮生的想法，倒是有一部分和琉双不谋而合，又有一部分截然相反，晏潮生迫切地想恢复修为，赢得大比，成为正式弟子。琉双想赶紧补偿晏潮生被废掉的修为，将仇怨化作恩情，然后把他撵走，不让他报复空桑。

如今，第一步对上了，恢复修为，那就没什么问题。琉双要毁掉清盈玉，晏潮生要恢复修为，可谓双赢。

琉双："你吃了这个，修为也能回来。你别杀人，晏潮生，杀人有孽障的。"

月光照在晏潮生的身上，琉双见他的神情冷漠，吓不到他，看上去吃了秤砣铁了心，她只好又补充了一句："他不值得，你要爱护自己。"

琉双反思，刚刚的语气太冷漠了，晏潮生可能觉得自己要害他，很好，现在加一句，看上去总算像是来自真诚的盟友的关怀了。

果然，琉双说完这句话，方才冷漠的晏潮生，骤然抬起眼，他的眼里带着许多叫人捉摸不定的复杂的东西，最后略有软化："我不杀他，你走吧，我也不要你的东西。"

琉双心想：你要啊，你得要！琉双努力地向他推荐这块玉石："晏潮生，它叫清盈玉，原本是空桑的一宝，其中蕴含了无数灵力，别说你先前的修为了，更多的损失都能补回来。"她保证，没有一句是夸大其词的。

晏潮生蹙眉道："我信。"

轮到琉双感到困惑了："你相信，为什么不要？"

晏潮生看着琉双的脸，看了半晌，别过眼睛："我靠自己，也能强大，不消你帮我。"

行吧，还是个大男子主义的人，拒绝女人帮忙。

琉双道："我当然信你会变得很厉害。可是距离大比只剩下半个月了，你若恢复不了灵力，无法取胜，还如何拜师？晏潮生，下一次大比需要十年，你能等吗？"

晏潮生冷冷地道："行了，别说了，大不了我等。"

"你能等，我不能！"琉双一听，简直快急死了，难不成还要再对着他十年，日日担心他反叛，消灭空桑！

晏潮生顿时愣住。

"赤水琉双，你……"也不知她的那句话戳到了晏潮生的哪个点，简短的一句话，他说得十分艰难，半晌没说完。

四周安静了片刻，晏潮生垂眸，嘴唇微微一扬。

琉双不知道晏潮生在高兴什么，赖在空桑不肯走，还想再赖上十年，对他来说很高兴吗？

琉双偏头看晏潮生，算了，好歹晏潮生的心情，看上去十分好。这辈子自遇见晏潮生以来，琉双少见他的心情这么好。她第一次见晏潮生笑，不是虚伪，惺惺作态，也并非嘲讽的嗤笑。清风夜月下，晏潮生如一棵葱茏的绿竹，整个人散发着年少时才有的，简单纯粹的笑意。

以至于即使晏潮生垂下了眼睛，哪怕第一时间掩盖情绪，琉双还是能看出，他笑了。

琉双实在没办法了，根据她对晏潮的了解。做了一下心理建设，学习宿伦大人的厚脸皮："那你先收下，就当暂时欠着，日后慢慢还好不好？"

硬送晏潮生不要，说让他慢慢还，他只停顿了片刻，接过去。晏潮生眉眼清隽，低声说："好，我不让你久等。"

琉双疑惑地看着晏潮生，行吧，这意思大概、似乎、应该是一致了。

见晏潮生要离开，琉双道："你去哪里？"

晏潮生看了琉双一眼："处理丁奉。"

琉双不放心，她得亲自看晏潮生毁了清盈玉。若发生意外，也能及时制止："我跟你一起去。"

晏潮生皱眉道："我说了不杀他，就绝不杀他。"

"我不是担心他。"琉双严肃、认真地说。她相信晏潮生不屑于撒这样的谎。

晏潮生猛然噤声，月色下，她本来就十分好看，双眸莹润，似乎带着晶莹的水色。也不知道为何，晏潮生骤然想起白日里那些弟子的胡侃。

“少主到底长什么样？传闻哪一个是真，哪一个是假？”

“何止容色清绝，说是貌胜妲己、褒姒也不为过。”

当时晏潮生的心里，只盘算着如何在夜间引丁奉出来，悄无声息地杀了人，处理好痕迹，没太在意。此刻月光明亮皎洁，林间间或有细弱的虫鸣，渡生竹林中，每一片叶子，似乎都带上了动人的色彩，眼前所见之景，无不美丽。然而无数美景之中，最美的，却是眼前的人。

晏潮生本想拒绝，不想让琉双看到自己是怎么处理丁奉的，然而迎着她略带恳求的目光，他沉默半晌，再回去时，身后就跟了一个小尾巴。

琉双问：“丁奉欺负过你吗？”

晏潮生不语。靠近丁奉了，晏潮生才说：“站远些，这人脏。”

琉双从善如流地点点头，后退了两步。

晏潮生回头，又道：“烦请少主背过身。”

琉双低声道：“我又不偷学，小气。”

晏潮生执意看着琉双，琉双背过身去。晏潮生舒了口气，面无表情地掐了一下丁奉的人中，把他给掐醒了。

丁奉一醒来，看见晏潮生便要尖叫起来，下一刻，直直地撞入一双妖异的银瞳之中。丁奉的目光渐渐变得呆滞。

晏潮生冷笑一声，闭上眼睛再睁开，妖瞳变为纯黑。他再看向琉双，她背过身，遵守承诺，很乖地没有回头看。

晏潮生：“丁师兄，今夜多有得罪，你回去吧。”

丁奉听了晏潮生的话，木讷地站起来，点头道：“我知道了，也是我不对在先，师弟见谅。”说罢，绕过琉双，往竹林的深处去。

琉双回头，不太敢相信：“他就这样走了？”

晏潮生说：“误会解释清楚，自然好了。”

走了好几步，晏潮生见琉双还亦步亦趋地跟在自己的身后。他的心里泛起浅浅的，并不令人排斥的无奈：“又怎么了？少主还有何事？”

“你不吃下清盈玉，我不放心。这个东西很厉害。”她停顿了一下，“我得提前告诉你，也许会有痛苦。”

晏潮生看了琉双一眼，也没管她话里说的会痛苦，说：“我现在要回去。”

琉双的眼里带上舒了一口气的笑意，说："那我随你回去。"

琉双心想，妖君的疑心病又犯了，自从她说完那句"我随你回去"，他的神色就变得很奇怪，最后斩钉截铁咬牙地说："不行。"

琉双看着晏潮生。

晏潮生说："很晚了。"

是的，琉双想，所以得抓紧时间，说不定天一亮，仙族发现清盈玉不见了，就要找她算账了。那时候清盈玉被带回去，晏潮生恢复修为也无望了。

半晌，晏潮生神色有些不自然，问："你一定要看着我吃下去？"

琉双点头。

"行，那就在这里。"晏潮生说道。

琉双没什么意见，只要事情能解决，在哪里解决都行。

晏潮生吞下了清盈玉。

琉双紧张地观察晏潮生，渐渐地，他的额头上冒出一层冷汗，嘴唇惨白，捂住腹部，轰隆一声，倒在地上。琉双凑近晏潮生，见他实在痛苦，想着他虽然是为恢复修为，可是到底也帮了她一个大忙，她的手指凝出绿色的灵力，轻轻点在他的额头上。

琉双的手突然被晏潮生握住。

"晏潮生？"她不解地喊。

"那样……没用。"晏潮生急促地呼吸着，身子剧烈地发抖。

"你，你很痛吗？"琉双说，她也没遇到过这种情况，"要不我给你念一段清心咒？"成为妖君的晏潮生，偶尔就会念这个。

"不必，"晏潮生攥紧琉双的手，"会唱歌吗？"

琉双："不会。"

晏潮生："讲故事？"

琉双老实地摇头："不会。"人间不教这个呀。

半晌，晏潮生在颤抖中低笑出声："你真是……"

还能笑，看起来也不严重。只是握着她的手越发紧了。琉双没挣脱，叹了口气，认命地由他握住。这种情况她有所了解，人间有些妇人生孩子，痛极了就喜欢握住一些什么，或者咬些什么。

琉双体贴地道："我折段竹子给你咬着吧。"

琉双空闲着的手一挥，一段细细的竹节到了手中。她递到晏潮生的嘴边，晏潮生给气笑了："用不着，我忍得住。"

琉双："哦。"

也不知道熬了多久，琉双的手都要被晏潮生捏断了，晏潮生都忍得住，琉双自然也不吭声。她心想，自己不能比他差劲。

晏潮生趴在竹林间，没有要求琉双扶他，只是偶尔身子颤抖，甚至没有发出痛哼，仿佛没有这回事一样。

渐渐地，天边露出鱼肚白。晏潮生突然停止颤抖，脸色惨白地站起来，神色有几分阴郁。

两个人四目相对，琉双轻轻地道："晏潮生？"

晏潮生的表情很奇怪，瞳孔幽深，眼神若有若无地打量琉双，琉双感到有点毛骨悚然，手背上似乎被什么轻轻摩挲了一下。但手麻了，应该是错觉。半晌，晏潮生收回目光，放开她，喘息着道："我没事。"

琉双："你还好吗？"

晏潮生没说话，手一翻，一小片绿竹轰然碎成齑粉。看上去修为不弱，但也没有很厉害。

琉双问："修为回来了？"

晏潮生不看琉双："嗯。"

琉双舒了口气："我得回去了，你若觉得有异样，随时可以来找我。"

晏潮生点点头，琉双这才离开。

待琉双一走，晏潮生的手指轻轻动了动，化作齑粉的绿竹顷刻间恢复成原样，他的灵力充沛到简直能抬手劈山断海。只是……晏潮生咬牙，这到底是个什么东西？他的妖性变得几乎难以压抑，他炼化清盈玉的那一刻睁开眼睛，还以为自己已经退化成了最末等的蛇族，发情期到了。

看见琉双的那一刻，他竟然异常亢奋。还好外门弟子的衣袍宽大。他当时的脑子几乎转不动，失控地想要挑逗她，还想化作原形，每一寸都缠绕到她的身上，真是疯了。还好，他用尽所有意志力移开视线，她没发觉任何异样。

晏潮生僵硬地往竹屋走，这块石头不对劲，最近最好别再见她。

天将明，清盈玉被发现不见了，消息传到境主的寝殿时，赤水翀立刻下令封锁整个仙境，捉拿偷走清盈玉的贼人。

消息还没彻底传达下去，琉双“扑通”一声老老实实地跪在了正殿前。

外面的仙侍感到很惊讶：“少主这是做什么？”

琉双：“来请罪。”

没一会儿，里面说赤水翀让她进去。琉双进去以后，二话不说又跪着。

赤水翀揉揉眉心，道：“清盈玉不见了，我没空料理你犯了什么错，好好回去待着，待我找到清盈玉，再跟你这个小混球算账。”

琉双把双手交叠于额头一拜，说：“我来就是为了清盈玉，爹爹，你不用找，清盈玉已经被我毁了。”

赤水翀愣了好半晌：“你说清盈玉被你毁了？”

琉双点点头。

赤水翀下意识地问道：“你有这么大本事？”

父女二人大眼瞪小眼。许久，赤水翀看着琉双无辜的表情，才反应过来，重点不是琉双有没有能力毁了清盈玉，而是她说清盈玉已经被毁！

赤水翀的神情冷下来：“琉双，你知道自己在说什么吗？昔日你闯下的祸，都可不论。但如今，你竟然胆大包天，敢动清盈玉，清盈玉对仙族来说是至宝，你可知晓，过不了多久，就会有人来请命，让我惩处你。纵然他们不说，本境主也绝不可能轻饶你！”他的神情冰冷、威严，然而眼中的无力一闪而过，仿佛一瞬间苍老不少。

赤水翀首先是一个仙境的境主，其次才是琉双的父亲。这次琉双捅出这么大的篓子，不说别人，作为严明的君主，他第一个不会放过琉双。

琉双再一拜，心里感到十分愧疚。曾经没有赤水琉双的记忆，她看赤水翀，只觉得他威严，内心害怕他，怕他发现自己魂魄的异样。如今有了点点滴滴的回忆，眼前的人便成了她的父亲。

一个必须惩处女儿的父亲，心里有多难受，只有赤水翀知道。

“父亲，女儿必须得毁了清盈玉，只因为那不是什么仙族至宝，而是妖骨石。”琉双也不隐瞒，把自己知道的一切娓娓道来。她主动来坦承做过的事，就是不愿造成后续的误会。赤水翀通达而且严明，一定会听她好好说。

赤水翀听罢，眉头越皱越紧：“若真如你所说，此前从未有人知道清盈玉是妖骨石，你又如何得知？”

琉双不能说出实情，只能道："先祖托梦告知女儿，妖骨石必须毁掉，否则表面上看起来是清除了仙族中人的浊气，实则令所有人的心魔更强大，会危及整个空桑。"

赤水翀："胡扯！"

琉双看了赤水翀一眼："风伏命出生有祥瑞，即墨少幽出生化灵泉，我有先祖托梦又怎么了？爹爹，您又不差。"

赤水翀一时无言以对，很想说，你能跟人家那两个相比吗？

这一番解释，赤水翀虽然不全信，可也生出几分疑虑来。一则他的女儿他清楚，若不是真的觉得清盈玉有问题，不会胆子大到毁去神玉。二则心魔本来就该自己克服，不应该借助外物，仙道寂寞，因果循环，清盈玉的作用，意在走捷径，不用稳固、修炼道心，这何尝不是歪道？

再者，赤水翀看了一眼跪得老老实实的女儿，以往她犯了错，不是想办法逃避，就是推给旁人，这是第一次主动来认错，没有牵扯任何人。魂魄归位后，倒有了担当。

赤水翀沉默许久："就算我相信你，旁人也不会相信。"

琉双点头："我明白。"这就是她为什么不告诉赤水翀清盈玉有问题，而是选择直接毁了它。因为仙族无人会相信她，赤水翀作为境主，会因为职责而保护清盈玉，空桑会更加谨慎地看守清盈玉，她再想毁掉也没了机会。如今清盈玉没了，只要空桑消除了隐患，什么惩罚她都认。

赤水翀闭了闭眼睛，对琉双说："去一旁跪着。"

没多久，空桑的臣子们陆陆续续来了，他们来的路上，全都听说了少主毁"神玉"的事，一个个义愤填膺。

"境主，不可任由少主胡作非为。"

"对，今日敢毁神玉，日后就敢危害空桑。境主不可徇私。"

……

赤水翀坐在仙座之上，平静地道："传吾令，赤水琉双擅动清盈玉，导致清盈玉被毁，今褫夺少主的身份，罚其看守镇妖塔五十年，一步不得外出。"

赤水翀的话音一落，臣子们纷纷噤声，面面相觑。

当初四海平和，八荒无恙，妖怪们纷纷俯首称臣，唯镇妖塔是世间极恶之地，四大仙境集力，把所有作乱的大妖，纷纷关在了神器镇妖塔中。如今，镇妖塔如同炼狱，发配到镇妖塔，别说五十年，以少主的修为，能活过几日都说不准。好歹这是空桑赤水氏一脉的独苗。

“这个惩罚太过了，境主三思。”

“对，罚少主去九思潭反思几日即可。”

“少主应当知道错了，境主不必如此。”

赤水翀看向琉双，琉双叩首低声道：“女儿领罚。”

“我意已决，都下去，不必为她求情。”赤水翀说，“琉双留下。”

待臣子们散去，赤水翀走下来，摸了摸琉双的发顶：“怪不怪爹？”

琉双摇摇头，她虽然也害怕镇妖塔，可是她信赤水翀不会害她。

赤水翀叹息，第一次把她看作可以肩负空桑未来的君主：“爹相信你说的是真的，琉双，你没做错，为君者，只要能保领土安然，可背负万千骂名，甚至为此牺牲。大道孤独，有时候一件对的事，永远不会得到理解和谅解。只有你被罚得最狠，旁人才不会心存怨恨，甚至会为你唏嘘叹惜。爹让你去镇妖塔，绝不是害你，届时你便明白了。至于什么时候能出来，是五十年，还是五个月，一切看你的机缘。”

琉双似懂非懂地点点头。

“大比后再去吧，好不容易才从昆仑回来，陪陪你娘亲。”这也是赤水翀作为父亲和丈夫，唯一能为妻女做的事。

少主被罚去镇妖塔的事，几日就传遍了整个空桑。

晏潮生是最晚知道的，彼时他的情况不太好，他的妖身被琉双送来的清盈玉唤醒了。作为一个自小无父无母的蛇族，他没有原身，亦没有亲族，不像普通小蛇那样长大，亦不会像他们那样繁衍。但族中最基本的常识，他该知道的都知道。

蛇族一次交配，可以持续几个时辰到几日不等。山林里的那条淫蛇，每逢发情期，便同时与好几个女妖厮混，有时候足足三日才结束。

那日晏潮生吃下清盈玉，就觉得不对劲，也没敢回竹屋，直接去了后山的溪水中，沉下溪底。然而，并不管用，妖身的觉醒，意味着骨子里所有潜藏的东西，一并觉醒。冷酷、残暴，以及蛇族本身的淫邪。他沉入溪底时，脑子里反反复复地响着的竟然只有一句话，她说随时可以去找她。

晏潮生把自己埋进淤泥中。不会的，不会有人喜欢蛇族。妖类里面，狼族忠贞，狐族聪慧，虎族勇武善战，只有蛇族不同，他们的性子阴冷，常年身体冰冷，却比所有妖怪都放浪不堪。

况且他的衣衫下，没了那片漂亮的护心鳞，只剩下黑色的鳞片，如今这些鳞片伴随着妖身的觉醒，显得更难看。晏潮生厌弃这样的自己，更不会让琉双看见。埋进淤泥里其实并没有什么作用，好在如今修为回来了，晏潮生干脆把自己冰封起来，强行唤醒另一个天性，改变气候，进入冬眠。整整七日，个中滋味他不愿意回想，直到第七日，他终于从溪水中爬了上来，走回竹屋。

有人看见他，骂骂咧咧地抱怨："你去了哪里？不告假就消失，不想留在空桑了？"

晏潮生停顿了一下，平静地说："抱歉。"

"算了算了，如今空桑出了大事，也没人管你。"

晏潮生："什么大事？"

晏潮生终于知道，琉双因为擅动空桑宝物清盈玉，被流放镇妖塔五十年，过段时间出发，大比之前，她要在九思潭中跪着思过。

那个弟子还没八卦完，却见眼前头发还带着湿气的晏潮生不见了。

这是晏潮生第二次去九思潭。他记得上一次被人丢入这里时，满心的怨愤与绝望，恨不得生啖赤水琉双的血肉，如今才短短的几个月，他主动踏入这个地方。

四周的潭水幽静、空明，莲花台上，琉双蜷缩着，墨发铺了小半个莲花台。她的脸颊有些苍白，眼睛紧闭着，唇角微微抿着，看上去显得又委屈又可怜。三百岁的小仙子，此刻孱弱无比，像一朵刚刚盛放就恹恹的海棠花儿。莲花台随着她的一呼一吸，微微翕动，她睡得很熟，睡梦中肩膀还轻轻颤动。

晏潮生站在原地，没了护心鳞的地方，像有一只手，死死地捏紧，令他难以呼吸，上一次这种感觉，还是他尚且孱弱幼小时，被一群道士围攻，偏偏不久后，天劫来临。那次他离死亡最近。可即便是那一日，也不及此刻令他难受。

琉双觉得不妙时，立刻清醒过来，对上晏潮生一双漆黑的眼睛。那眼神怎么说呢？令她感到毛骨悚然，鸡皮疙瘩都要起来了。只见原本只有她一个人的莲花台，多了一个晏潮生坐在她的面前。

晏潮生的脸色沉暗、难看，活像……嗯，受了天大的委屈。晏潮生通身散发着阴郁，让她甚至有种错觉，眼前的人是七百年后的妖君。但她很快发现，并不是，这还是那个脑子缺根弦的少年。

因为晏潮生带着那种可怕的眼神，拉起她的手，幽幽地放在他的腹部："少主，清盈玉没了，但我有元丹。"

"哦。"琉双愣愣地回应，所有人都有元丹，怎么了？

“我把元丹挖给你。”晏潮生的嗓音喑哑。

琉双一愣。看吧，果然还是有毛病。要是有人要挖她的灵髓，她一定会竭力反抗。他是不是没睡醒？嫌活得不够长？

“我不要。”琉双要晏潮生的元丹做什么啊？她要缩回手，晏潮生的脸色很难看，按住她的那只手犹如铁钳，愣是让她一动不能动。

晏潮生：“你为我盗取清盈玉，我炼化了清盈玉，没办法还给你，只能给你我的元丹。”

琉双的神色一凛，说：“那个……我不是为你，我是有私心的。”

晏潮生的眼神更加阴郁，还带着沉重的表情：“现在我相信你是认真的。”

琉双也点头，是啊，她一直很认真，认真地在修炼，也是认真地要毁掉清盈玉，认真地想赶走他。

“你先松……”松开我。

晏潮生的身体冰冷，九思潭本来就比其他地方温度低，琉双好不容易暂且纳化、学会了赤水翀送过来的神器，本来就冷得不行，被他一贴，她整个人都觉得不好了，微微发着抖。晏潮生的身量渐渐长开，有了男人的雏形。他腹部的肌理坚硬，她又不喜欢他，一点都不想摸他，还有点嫌弃。然而她的话还没说完，晏潮生竟然一下子扔开她的手。那只白嫩的小手被扔回莲花台上，琉双足足愣了许久，好家伙，这是想挑事吗？

琉双这几日明白了父亲的苦心，知道去镇妖塔只会因祸得福，因而在莲花台悄悄纳化父亲暗自送来的神器之力，母亲偶尔来看她，母女俩有说有笑的，本来琉双心情极好，刚刚累极，才睡了一会儿。现在好心情全被破坏，短暂地纳化神器之力后，她的肉身变得脆弱。这一蹭，掌心都发红了。盟友也不能这么欺负人，她昆仑少主是个摆设吗？

“晏潮生！”

晏潮生的神情古怪，眼尾发红，语气严厉：“赤水琉双，你最好别过来！否则你会后悔。”

琉双气愤地从莲花台上爬起来，是不是想打架？看谁后悔求饶！还没说出口，晏潮生一头扎入潭水中。气得琉双往水里扔了好几个奔雷术，水底的晏潮生毫无反应。

过了许久，琉双狐疑地扒着莲花台看：“晏潮生。”

晏潮生咬字道：“别说话了，我……等一会儿，亲自去向境主请罪，承认是我盗取清盈玉，与你无关。”

琉双说：“这样你会死的。”

晏潮生：“嗯。”

琉双感到心累：“你得活着呀。”至少暂时不能死。以前日日想杀他不成，现在得天天阻止少年妖君犯病求死。她觉得挺愁人的，这个盟友怎么总是拖后腿，“你死了，许多人活不成，清盈玉本来就是我拿的，你去认下才会坏我的事。”

晏潮生：“……”

许久后，潭底的晏潮生飞身而出，略带狼狈往外走。他的墨发被水打湿，睫毛滴着水，却没有施清洁术。他通身阴郁、沉默的模样，突然停住脚步，回头看向琉双：“少主，我会去镇妖塔接你。”

见鬼了，或许是水波盈盈造成的错觉，她竟从晏潮生的话里，听出几分浅浅的柔情。

晏潮生离开后没几日，就要空桑大比。大比最初是年轻仙族子弟间的切磋较量，沿袭至今，变成不少氏族的收徒大会。通俗点来说，对仙境的重要性来说，就像人间的考科举。

只要上了试灵台，展露出天资，仙族子弟就能被境主重用，许以仙境内的官职。

至于普通弟子，则有机会一步登天，拜一个法力高强、家族雄厚的仙长为师，也能在仙境中谋一个职位。

清晨，琉双在啃紫夫人送来的灵果，白羽嚣黑着脸走进来。

“我不在几日，你怎么又被关起来了？还被罚去镇妖塔，赤水琉双，你长没长脑子？那地方你能活过三日吗？”

琉双倒是笑眯眯地和他打招呼：“二公子，过来坐。”

“谁要坐禁闭莲花台？晦气。”白羽嚣没好气地道。

白羽嚣刚回来就被父亲叫了去，交代大比事宜。大比对仙族子弟同样重要，白追旭就曾在百年前的大比上一举夺魁，成为境主的左膀右臂。

白羽嚣浪荡多年，白氏族长看不下去，勒令他今年必须上试灵台，要是夺不了魁首，就滚出白家。

琉双：“你答应白大人啦？”

白羽嚣撇了撇嘴，抬手凌空吸了一个灵果在手中，含含糊糊地道：“嗯。”

琉双十分纳闷，有了记忆，她算是看出来，白羽嚣最不喜别人把自己和兄长比较，也不喜走白追旭走过的路。他有反骨。白追旭温和稳重，他便行事荒诞，白追旭疼宠琉双，他便时常故意欺负她。委实是个不成熟的性子，这次怎么想通了，愿意听白大人的话，通过大比正式为空桑效力？

琉双："你可以不去吗？"

白羽嚣点头："可以，我爹就把我从白氏族谱除名。"

"……"琉双心想，看来这次大比，白羽嚣非参加不可。

不过……

"你不是素日爱和族长对着干，原来也怕被除名？"见白羽嚣的脸上有点儿不自然，琉双了然地笑道："哦，原来是想找道侣了，又怕被人嫌弃呀。"

果不其然，这一句话就像捅了马蜂窝，白羽嚣都快跳起来了："赤水琉双，你别乱说，信不信小爷把你踹进潭水里。"

琉双只是笑。

白羽嚣更生气，脸都气红了："我说不是就不是，谁想找道侣了？"

"你脸上就写着呢，"琉双啃着灵果，悠悠地说道，"空桑上下都知道，你喜欢宓楚，就你不承认。不过我劝你还是死了这条心吧，你和她不太配。"一个最恨名利禁锢，一个喜欢当天妃或是妖后，宓楚要的，白羽嚣注定不能给。

白羽嚣恼羞成怒指着琉双："你还有闲心管我的事，我看你还是担心自己，镇妖塔是你能去的地方？"

琉双说："没关系，我有法宝，去镇妖塔不会有事。白羽嚣，此次大比，若是遇上晏潮生，你可得小心。"

白羽嚣："小爷会怕他？"

琉双："我怕你轻敌。"

白羽嚣就差翻白眼了："小爷亲自废了他的修为，能毁一次，就能毁第二次。"

琉双怜悯地看了白羽嚣一眼，提醒道："他现在修为回来了，说不定还更胜从前，至于是个什么情况，我也不清楚。"

白羽嚣漫不经心地摆摆手，显然没有放在心上。

琉双愁得又摸了个果子啃，大比的规矩，一旦登上试灵台，除非主动认输，不然不会停止，死伤自负，荣辱不究，不得事后寻仇。以白羽嚣的性子，若是遇上晏潮生，让他认输，比杀了他都难受。他一定不会认输。而若白羽嚣打得过，也会戏弄晏潮生，不会轻易收手，白羽嚣可是结仇小能手。于公，晏潮生不能死，于琉双自己的私心，从小护着她的白羽嚣也不能死。

原本不知道白羽嚣会上试灵台，现在知道了，在白羽嚣离开前，琉双说："二公子，我也去！"

白羽嚣以为琉双想去看热闹，说："境主让你在这里反思。"

赤水狰的本意不是关她的禁闭，是悄悄让琉双炼化神器之力！况且如今都知道少主被废，琉双遭受的惩罚过重，无人会在意她此前在不在九思潭。

琉双："你难道怕我爹爹？"

白羽嚣"哼"了一声："小爷天不怕地不怕。"

琉双："那你证明给我看，让我跟着你。"

白羽嚣果然经不住刺激："走！"

琉双摇身一变，化作一只粉白毛团吧唧一下黏在他的腰上："走走走。"她变作一只聚灵小兽，这种小毛球是许多仙族子弟会养的宠物，能在一定程度帮助聚集灵气，对修炼有助益。

白羽嚣把小毛球揪起来看，她就一个巴掌大，粉白色的毛团毛发松软，头上有一双水汪汪的眼睛，像两颗漂亮的紫葡萄。风一吹，它身上的粉白色的毛像炸开，可爱得白羽嚣直盯着它瞧，还想捏一下。这也太萌了吧。她比别的聚灵兽眼睛大，还不是那种纯白毛，反而就像染着一层害羞的粉色，软得不像话。

琉双忐忑不安地说："不像吗？我才练好的幻化术。"

白羽嚣咳了一声："勉勉强强，也就那么回事。"

许久，白羽嚣才反应过来："你能用幻化术了！"他当年能熟练地使用幻化术，也用了近一年。她才多久，一个月？

手掌上的小毛球自豪地道："对，我厉害吧！"

白羽嚣："美得你，小爷当年只用了十日。"

两个人一路拌嘴往外走，白羽嚣干脆把她揣了回去，反正明日便是大比。

第二天，白羽嚣换好衣服，琉双直接往他的腰带上一趴，一人一毛球雄赳赳地往试灵场去。

试灵场在空桑的后山，他们过去时，已经聚集了许多人。

不少人过来和白羽嚣打招呼，白羽嚣虽然嘴上不饶人，但平时出手阔绰，狐朋狗友不少。

有人一眼就注意到了琉双："二公子什么时候养了一只聚灵兽？"说着，就好奇地想拎起琉双看。

白羽嚣拍掉他们的手："去去去，小爷的灵兽，你们看什么看？是都很有把握一会儿战胜我？"

作为年轻一辈仙族子弟中的佼佼者，白羽嚣确实有资格说这话，几个人讪讪地告辞离开。

琉双用一双毛团大眼睛往外打量。如今一定也算空桑最好的时代，琼楼玉宇，仙鹤齐飞，参加比试的仙族子弟，络绎不绝。

琉双没有看见晏潮生。

很快到了第一轮抽签，琉双凑过去看白羽嚣手中的签文。

"谢氏，成州。"

琉双有点印象，似乎是谢氏仙族的大公子。空桑仙境旗下四大家族，谢氏也在其中。

试灵台总共设了十处，看来白羽嚣的运气真不怎么好，第一轮就抽到了谢小仙君。

两个人同时踏入试灵台，也亏得白羽嚣狂妄，竟敢把琉双也带上。两位仙君比试时飞沙走石，把她的绒毛都要吹散了，琉双只得紧紧扒着白羽嚣。白羽嚣倒还记得她，有一次她险些掉下去，白羽嚣眼疾手快地把她给捞了回来，完全不耽误比试。

琉双第一次看到白羽嚣真正的实力。当初他在人间城外，能召唤那么多魂魄，她就知道白羽嚣的实力不凡，如今看来。果然如此，他的法器也是一柄仙剑，剑身火红，招式大开大合。

对面的谢小仙君一开始还能招架，后来白羽嚣越战越勇，谢小仙君被刺了好几下以后，主动抱拳认输。

白羽嚣得意地一笑。

琉双舒了口气。

下了试灵台，琉双刚好看到隔壁有人被踹出来，她定睛一看，是个熟人：外门弟子中的佼佼者丁奉。

此刻，丁奉浑身是伤，不甘心地一瘸一拐地往外走。看来晏潮生确实没有再动杀他的念头。

一抬头，另一个熟人款款走来。白羽嚣的眼睛一亮：“宓楚，你也是来看我比赛的吗？”

宓楚笑着点头：“方才我就在试灵台下，二公子风姿卓然，真是厉害。”

白羽嚣说：“那是，你且看接下来小爷是怎么赢的。”

宓楚看向白羽嚣的腰间，眼睛一亮：“咦，好漂亮的聚灵兽。我可否用法器和二公子换？”

往日，宓楚这样说，白羽嚣一定高高兴兴地给她，而且抵死不要她任何东西。

可今日，白羽嚣为难地看着她，支支吾吾地道：“她，她不行，你若是喜欢，改日我另送一只。”

宓楚愣了一下，勉强笑道：“好。”

宓楚的心中有几分不祥的预感，倒不是因为没有得到一只聚灵兽，而是白羽嚣的态度，以往他一直冲在自己前面，对付所有人，只对着自己乖巧听话。如今，他小心地护着聚灵兽，十分珍重的模样，这只灵兽是谁给他的？宓楚隐隐觉得，有什么事情，脱离掌控了。

宓楚还没来得及弄清楚，白羽嚣第二场抽签已经开始。

琉双全程没出声，扮演一只合格的小毛团。白羽嚣没把她送出去，令她舒了口气，还好，青梅竹马的情谊尚在。刚刚她真担心，白羽嚣把自己送给宓楚。

白羽嚣接着一连打了十二场，十二场全胜，只有第一场算得上些微势均力敌，后面都轻而易举拿下。他是来夺魁首的，用他爹的话说，白氏作为空桑第一大家族，若是他夺不了魁首，今日也不用回去了。

琉双有幸跟着他沾光，享受了下面许多弟子的艳羡和助威。

第十二场结束，他们才走下试灵台，听见下面讨论。

“白二公子短短时间连胜十二场，此次大比的魁首已经有数了吧。”

另一个人反驳道：“那不一定，你们不知道隔壁的试灵场，有人已经连胜十三场了吗？”

“十三场？”那人惊讶地问道，“谁？”

“不清楚，听说是个外门弟子，以前是守仙境大门的。”

琉双叹气，还能是谁？

白羽嚣此刻也意识到不对劲了，皱眉：“他已经连胜十三场了？”

恭喜你，终于发现事情不妙。

宓楚也在他们的身边，闻言美眸微转，露出若有所思的表情。

一路打过去，白羽嚣终究还是对上了晏潮生。

因为是最后一场，来观看比试的人非常多，连境主和境主夫人，也坐在了高台之上。还有许多长老和氏族大臣，其中就包括白羽嚣的亲爹。

赤水翀看见白羽嚣腰间的灵兽，脸色一变，低声道："真是胡闹！"

紫夫人疑惑地问道："怎么了？"

赤水翀憋回去，叹了口气："无事。"其他长老也都没看出异样。

白羽嚣虽然狂妄，可也长了脑子，知道最后一场不是儿戏，就要扔下琉双，琉双死死地扒着他，用意念传音："不行不行，我也要去。"

白羽嚣："一会儿打起来，我顾不上你。"

琉双："我到时候自己找个角落蹲着，快点，轮到你进去了，再不进去，别人以为你怕了。"

白羽嚣下意识地被刺激得冲了进去。

一整天过去，琉双终于看见了晏潮生，他今日与昔日打扮有所不用，身穿玄衣劲装，头发高束。以往他的身上还带着妖族的靡丽容色，今日这样一看，反倒也显得硬朗十足。只不过到底是蛇族，他身上的冰冷、阴郁之感，是所有仙族都没有的。

待试练台一开，下面有人纷纷议论道："怎么是个普通弟子？"

"听说还身负妖脉。"

"区区小妖，竟然妄想求得仙道？可笑。"

"连胜十八场又如何，就算最后一场他赢了，仙境也不可能用他，更无人会收他为徒，把他纳入族内。"

……

琉双观察晏潮生的脸色，晏潮生的神色平静，仿佛下面的人轻视的不是他。他看着白羽嚣，嘴角露出一抹阴冷的笑："在下，外境弟子晏潮生，请赐教。"

来了，来了，这笑容，就让琉双感到浑身发毛，觉得不妙。好在他一眼也没看琉双，完全不关心白羽嚣带了什么宠物，在旁人眼里漂亮的毛团，在他看来，仿佛一团死物，他冷漠至极，眼风都懒得分过来，逐渐凝出一条玄金色鞭子。

白羽嚣也眸光一沉，祭出自己的仙剑。

晏潮生漫不经心地抚着鞭子，语调阴森："可要弟子让二公子十招，以报二公子先前的恩情？”

白羽嚣被激怒，冷笑一声迎上去，恨不得用赤红的剑戳死他。

下一刻，晏潮生的身形已不在原地。他的身影犹如墨色浓雾，转眼就到了白羽嚣身后。

白羽嚣心中一凛，回身用剑格挡，仙剑撞上甩过来的鞭子，铮鸣一声，晏潮生冷冷地赞道："不错。"

然而，晏潮生的鞭子，仍旧狠狠地抽在了白羽嚣的腿上。

白羽嚣闷哼一声，咬牙没出声，双掌相合，仙剑化作十二道，朝晏潮生而去。

晏潮生凝眸，也不见他动作，十一道仙剑光影化作乌有，剩下朝他眉心而去的仙剑，一寸寸在他眼前冻结。他手一挥，仙剑掉落在地上。

下面从未这么安静，连呐喊助威的声音都没有了。谁都能看出来，最后一场，两个人的实力完全不符。

琉双也感到震惊不已，她以为晏潮生只是恢复了原本的实力！没想到得了清盈玉，加上上古妖鸟所化的仙器，晏潮生竟然强大到这个地步！上次在竹林，他显然是藏拙了，如今这场大比，是他三年来最期盼的，自然不会有分毫退让，所有的实力全不掩盖。

本来即便有清盈玉，使用者受自身底蕴所限，也未必能完全发挥出它的效用。没想到晏潮生一鸣惊人，她明白过来，很早之前，没被废修为的晏潮生，纵然无门无派，走野路子也已经很强大了。只是为了留下来，他才隐忍白羽嚣做的一切。那时候的他如何遭受屈辱，今日他就会如何对白羽嚣。

晏潮生："二公子可要认输？"

白羽嚣："不！"

"很好。"两个人又过了数十招，鞭子阴狠地朝白羽嚣而去，直取白羽嚣的最痛处。

白羽嚣强忍着，迎身而战。

最糟糕的事情果然发生了，鞭子一下下地抽在白羽嚣的身上。琉双连忙传音说："白羽嚣，认输吧，再这样下去，他会打死你的！"

晏潮生本来就恨白羽嚣，不会放过他。晏潮生也分明知道，白羽嚣不会认输，势必要报仇。

白羽嚣："绝不！"

眼见此景，白族长都忍不住站了起来，下一次鞭子落下前，琉双的心一横，一个粉毛团，吧唧一下落在了晏潮生的手上，张嘴咬了下去。

晏潮生吃痛，神情一冷，他周身的气息暴戾，刚要捏死白羽嚣这只偷袭他的灵兽，动作一顿。晏潮生把毛团拎起来，皱眉打量她。毛团还咬着他，一双乌溜溜的大眼睛瞪着他。

四目相对，他抿了抿嘴："松口。"

毛团摇头。

晏潮生面无表情，冷冷地道："你再这样，我会生气。"

毛团咬着晏潮生的拳头，依旧摇了摇头。

晏潮生说："我不会让他，这是我唯一的机会。"说罢，晏潮生狠狠地把她扯下来，往怀里一揣，再看重伤还不肯认输的白羽嚣，冷着脸，一脚把他踹下试灵台。

晏潮生站在台上，明明是赢了大比的那个人，脸色却比台下的白羽嚣还要难看。

四周一阵安静，许久，司礼仙君道："大比结束。"

晏潮生走下试灵台，宓楚连忙去扶白羽嚣："二公子，你没事吧？"她的目光悄无声息地在晏潮生的身上转了一圈，略微皱眉。妖脉啊，真可惜。

白羽嚣吐出一口血沫，抹了下嘴唇，拦着晏潮生，怒气冲冲地道："还我。"

晏潮生："什么？"

白羽嚣："你知道是什么。"

晏潮生掐着按在怀里的毛团，冷笑一声："二公子，是说你的灵兽？来参试者无人带灵兽，二公子唆使灵兽阴我，我不算这笔账，你倒主动提起。"

晏潮生的力气很大，琉双觉得自己都快窒息了。白羽嚣没死，还活蹦乱跳的，她反而快被晏潮生给掐死。不就是阻止他虐杀白羽嚣吗？多大的仇？他丧心病狂到要杀白羽嚣的灵兽——也就是自己来泄愤了！她就说，晏潮生为什么要揣走自己，原来是留着慢慢折磨！太可怕了，她惊恐地扭着毛团一般的身子，难受得直哼唧。

晏潮生松开了些她，脸色依旧难看。

眼见晏潮生和白羽嚣在台下也要打起来了，赤水狰开始讲话，颁布仙族子弟们的封赏。所有参加大比的弟子，不得不跪下听训。

白羽嚣只能暂时偃旗息鼓，跪在弟子们的中间。他虽然输了，可实力摆在那里，又是白氏一族的翘楚，念到白羽嚣的名字时，赤水狰看过来，目露欣慰，让他司空桑刑罚，成为司刑仙君。

白羽嚣脸色严肃，叩谢境主的恩典。琉双从晏潮生的衣襟里看过去，发现白羽嚣严肃、认真起来，挺像个正经、成熟的仙君的。

一个个封赏安排下去，大多是仙族子弟才有的殊荣，终于，仙脉弟子封赏完，轮到各大仙族收徒。这就好比人间的皇帝点完状元、榜眼、探花，其余大臣在有资质的学子中间找门客。

对于不少外门弟子，人族招收的弟子，乃至旁支仙族子弟来说，都是绝无仅有的机会。所有人目露期盼和紧张，看着各大家族的仙长和长老。哪怕是晏潮生，也忍不住抬起了头，眸中隐含期待。

今年的大比，可圈可点，有好几个人族少年，表现出类拔萃，赢了好几场。谢氏收了两个旁支的仙族弟子，两个人族的少年，连楼家的仙长，也破格收了一个人族的少年。

有几位仙长的目光扫过晏潮生，面露厌弃与轻蔑之色。晏潮生的嘴唇抿成一条线，手指渐渐握紧。

封赏完的白羽嚣在远处，心里其实急得不行，他也不知道晏潮生有没有认出来那只毛球是琉双变的，怕晏潮生把琉双给捏死了。他盯着晏潮生，刚要有动作，就听见一声怒斥道："白羽嚣，你给老子滚过来。"

白羽嚣回头，发现他爹就在不远处。他不耐烦地道："我现在有重要的事，之后再和你说。"

白族长懒得和他废话，使用法器把他绑走了。

白羽嚣被绑得严严实实的，还被下了禁制，有苦说不出，只能眼睁睁地看着自己离琉双越来越远。

晏潮生这边，仙长们次第下来，扶起跪下来的人族弟子，被看中的少年们喜上眉梢，连连谢恩，扬言日后要肝脑涂地，报答师尊。

晏潮生作为魁首，跪在最前面，却无人问津。

渐渐地，仙长们带着弟子回去了，其他人明白自己表现得不好，慢慢散去，只有晏潮生还孤零零地跪着。

仙境的黄昏，天边染上一片红霞，琉双悄悄从他的怀里探出头，不经意看见晏潮生的神情。他看着高高的仙台，那里所有的仙君都走了。他的眼中有什么东西渐渐湮灭，又似乎以另一种方式燃烧。

晏潮生的影子斜斜地映射在夕阳下。上一刻，他在台上，明明还那么骄傲。这一刻，却被人如蝼蚁般轻贱。七百年前的妖族，活得连灵兽都不如。

她从晏潮生怀里跳出来，轻轻朝外蹦，趁这个机会，赶紧跑。此时晏潮生的心情不好，而且他素来与白羽嚣不对付，肯定要拿白羽嚣的灵兽泄愤。她再不走，一定会很惨。

可晏潮生没有朝她看一眼，依旧直直地跪着。她已经跑出老远，他仍然一动不动。仿佛这样，就会有人注意到他，来捡走他，给他一个家。

琉双知道不会有人来，不会有大家族想要一个妖脉弟子，纵然他天资卓绝，可身负妖脉，如同天然的污点，大家族最重名声，不会要他这个污点。这也是她任由晏潮生来参加大比的原因。

琉双始终记得，晏潮生不能留在空桑。得在妖君觉醒前，把他赶走。

晏潮生全身上下完好，今日应该是他来空桑最体面的一次了，只有拳头上有个小小的牙痕在渗着血，那是她咬出来的。但愿他没有注意到。

她一蹦一跳地走出好几步，想到什么，回头看他。晏潮生未来是会性情大变的。一个人为什么会性情大变？

晏潮生依旧孤单地跪在夕阳下，冷待、轻慢、无视，欺辱，这些或许都是未来晏潮生灭了空桑的原因。他的背影看上去真的难过。琉双虽然不懂这种难过，但看了几眼，也有些被感染到。

琉双左顾右盼，想看看宓楚在哪里，此刻若是宓楚能来安慰晏潮生几句，或许晏潮生的内心能枯木逢春，忘记空桑对他的不公平的待遇。

结果一看，好嘛，宓楚早就跟着楼氏的人，走得远远的。除了方才晏潮生在台上大放异彩，宓楚多看了几眼，完全没有来接近晏潮生的想法。

琉双觉得，宓楚仙子真是不上道。既然想当妖后，这个时候就应该陪在妖君身边，宽慰他。

眼见晏潮生神色越发荫翳，琉双心里发怵，生怕他就此性情大变，空桑被毁灭的隐患就此埋下，她连忙又跳回去，仰着头，用一双水汪汪的眼睛看着他。她仗着他不认识自己，卖力扮演一只毛球灵兽："喂，你别伤心啦，你不是一无所获，至少你今日的表现，有人看在了眼里。"

晏潮生收回视线，面无表情地看着她，低声道："是吗？"

她点头，尽管毛球根本没有脖子，她不知道自己看上去滑稽可笑。是啊，没看到宓楚今日多看了你好几眼吗?

琉双:“你想开一些，未来还有很多很好的东西和人，在等你，给人当弟子有什么好的?”比如什么妖君之位啊，幽冥之主啊，全都是你的。还有能臣宿伦与伏珩两位大人，青鸾与赤鸢，总之好多好多。包括宓楚，待她好好规划一下，就让晏潮生和宓楚，有情人终成眷属。

晏潮生打量了她好一会儿，眼神略有些微妙，低声道:“你说得对。”

见晏潮生不复方才的低落了，琉双松了口气，孺子可教。她正要跳走，一只冷冰的手，捏住她的身子，把她抓住。

晏潮生的声音透着阴冷，居高临下地传来:“小灵兽，赢下大比的人，不该什么都没有，是不是?”

琉双觉得有点危险，聪明地没吭声。

“回答我，嗯?”晏潮生的手微微用力，修长的指节陷入毛球的绒毛中。

琉双怕被晏潮生捏死，对上他漆黑阴冷的眼睛，只好说:“是是是。”

晏潮生颔首，道:“我也不是什么都没有，我赢了白羽嚣，这个魁首之礼，我收下了。”

啥?你说你收下啥了?琉双终于觉得不太对劲，晏潮生似乎把自己幻化的毛球，当作战利品收了。琉双急得直在空中蹦跶，本就粉嘟嘟的身子，染上更浓郁的粉色。

晏潮生不理会她的挣扎，也不继续跪了，冷着脸捏着她往外走。

完了完了，白羽嚣呢?去哪儿了?琉双扭头看，完全不见白羽嚣的踪影。她睁着一双水汪汪的眼睛，朝后看的动作，不知哪里惹恼了晏潮生。他的手指一收，琉双险些被捏得背过气，瘫软在他的手掌中，两颗水葡萄似的眼睛发直。

晏潮生冷冷地扫了她一眼:“我倒是忘了，还有一笔账，没和你算。为了他咬我，嗯?”

琉双后悔万分，真想不管不顾地变回去，可是清盈玉的事还没解决，她绝不能出现在人前。她想，先忍着，这里人多，等回到晏潮生的竹屋，夜深了，她就变回去!

晏潮生果然把她带了回去。

她第一次来晏潮生的屋子，和在昆仑的房间一样，半悬空的竹屋干净、整洁，还带着丝丝竹子的清香。

房间里的摆设极其简单，一张床铺，深蓝色的被子，一桌一椅，桌上有一杯水，杯中的水已经凉透。

此刻天色也已经渐渐暗了下来，琉双心想，等晏潮生睡下，她就逃出去，趁人不注意离开，回到九思潭。

晏潮生把她扔在床铺上，出于惯性，她在床上滚了好几圈，最后还脸着床。她翻了好久，才勉强吭哧吭哧地翻坐起来，不满地瞪着他。

晏潮生居高临下，神色不辨，冷淡地看着她。

按照琉双的设想，他今日大比风尘仆仆的，一旦洗漱或是干点别的，自己就能逃走。

人们关押聚灵兽，大多简单设置一个禁制，因为哪怕它们能像别的生灵一样说话，却是最弱小的灵兽了。她现在不同于以前，一个禁制而已，一定能突破。

事情和她所料差不多。仙人们虽然也会清洁术，可是爱洁之人，往往更愿意用水再清洗一次。晏潮生脱了外衫，走过来似乎要设置禁制。

琉双老老实实地等着，结果……天降一个银环，落在毛球的身子上，银环像是有灵性，自发收紧。这熟悉的感觉……她震惊地发现，是十诫环！而此刻，早该把十诫环还给赤水翀的晏潮生，手中竟然把玩着数个一模一样的银环。

晏潮生低头，说："这是十诫环，我前几日才发现，原来用法是一生二，二生三，三生万物。所以，我这里多得很，你最好乖乖的，我暂且不杀你，也不虐待你。"

琉双："……"所以晏潮生掌握了十诫环真正的用法，他还回去了其中一个，还剩一堆？

说完，晏潮生出去冲洗去了。

当初的赤蟒都无法挣开十诫环，琉双怎么可能挣开？她努力尝试了好一会儿，直到晏潮生都回来了，还没松动分毫。更要命的是，被十诫环锁住，等同锁住了灵力，根本变不回去。

晏潮生走到床边，侧躺下去，朝着她，面无表情地说："现在，来算账。"

琉双默默地缩在角落。

也只有在这种时候，晏潮生心想，她变成毛球，他便把她当作一个毛球，而不是高高在上的少主，才能说一些放肆的话。

"今日你为了帮他咬我，我很不高兴。"晏潮生伸出手。

其实已经许久，晏潮生没和人直接说出内心的感受，所谓低等的妖族，他们的心情往往不重要，别人发怒，他们得小心赔笑，别人高兴，他们也得跟着高兴。然而，他今日没法骗自己。孤零零地跪在夕阳下时，他恨空桑，也短暂地恨过赤水琉双。少女的爱情如镜花水月，上一刻能为了他盗取清盈玉，把他哄得连内丹都想挖给她了。可下一刻，她在试灵台上，为了不让另一个男子受伤，会动手伤他。她明知道这场比试对他来说有多重要，却依旧挡在那个人面前。他忍受了三年的屈辱与孤独，到头来却发现自己什么都没有。

晏潮生跪在那里，第一次觉得自己可笑。不做妖，忍住暴戾与内心的冰冷，一心求仙道，临到头，才发现不过一场空。非我族类，其心必异，没有人会接受这样的他。所谓空桑大比，只是吊萝卜骗驴，等他累得筋疲力尽地吃下去，才发现是穿肠毒药。她则让这颗毒药变得更苦涩。

晏潮生有些恨她，若是那么在意白羽嚣，为何要来招惹他？此刻，她不是那个祸水的模样，变成小毛球，被他捆着。还丝毫不懂他的怒火。

她睁着湿漉漉的大眼睛，轻声道："你别生气嘛，要不……我给你吹吹？"说罢，她鼓起腮帮，轻轻地往他的伤口吹气。

暖暖的，轻轻的。他一下子缩回了手，皱眉看她，不愿意被这点小恩小惠贿赂。却不得不承认，心里有个地方，无力得一塌糊涂。尽管这不是她本来的容颜，然而粉嘟嘟的小毛球，团在他的床铺上，鼓起身子，毛发松软的模样，可爱得令人没脾气。

偏偏她看出他的不悦，还试图同他讲道理："我们聚灵兽，都是护主的，我不是故意伤你，只是当时情况紧急，你快要打死白二公子了。不如这样，你放开我，我用治愈术帮你治好。"

晏潮生在心里冷笑，冷冷地看着她："不必，我们妖族也有个规矩。"

她虚心地请教："什么规矩？"

"以眼还眼，以牙还牙。"晏潮生阴狠地吐字道，"你咬我一口，我咬回来，便不追究了。"

她震惊地看着晏潮生，半晌磕磕巴巴地说："道理好像是这个道理，不过你、你确定？"

晏潮生："确定。"

她下定决心，为难地叮嘱道："也行，但是我们聚灵兽比较小，你咬小点啊，别吃下去了。"

晏潮生故作不耐烦地皱眉："嗯。"

小毛球心一横："那我准备好了，来吧，你得说话算数，报完仇就放我走。"

晏潮生俯身，冷冷地张开嘴。

她全身僵硬，垂眸不敢看这可怕的一幕。

晏潮生冷着脸，在她粉嘟嘟的绒毛上，亲了一下。

琉双睁开眼睛，惊喜地发现，或许是灵兽的毛多肉厚，她刚刚几乎都看见晏潮生锋锐、恐怖的牙齿了，结果被他咬一口，愣是不疼。她催促着晏潮生给自己解开十诫环。

晏潮生神色复杂地收回了十诫环。

她更加好奇一件事："我可以问你一个问题吗？"

晏潮生："问。"

琉双："妖族都有什么仇报什么仇？"

晏潮生："是。"

琉双说："那如果你们被狗咬了……"

琉双的话还没说完，晏潮生冷着脸："你敢说完，今日，乃至以后都别走了！"

琉双最后还是没能问完，她被晏潮生放出竹林时，月明星稀，晏潮生送她离开。更深露重，她趴在晏潮生的掌心里，被冻得微微发抖。

晏潮生的身上依旧很凉。人与人的悲欢鲜少能共通，月色之下，晏潮生罕见地安静，而且沉默着。琉双能感觉到，他依旧有些难过。

少年妖君并不如后来那般沉稳冷漠，他的悲欢尚未沉寂成一潭死水，少年时也会感到痛苦和迷惘。

"你有想过，离开空桑吗？"她抖了抖身上的绒毛，问道。

晏潮生拢起手心，给她挡住寒冷的夜风，不语。每个地方对他来说，其实都一样。人间不容妖物，所有的道士都嚷着要捉妖，山林缺吃少穿，而且总有人族会慢慢侵占，仙境更是如此，妖族在哪里生活，都是在夹缝中生存。空桑虽好不到哪里去，却也坏不到哪里去，不过，这里还有他眷恋的东西。

琉双感觉到自己被放下来。

"你回去吧。"晏潮生说。

她一蹦一跳地走出老远，晏潮生还留在原地看她，好像有要来捉她的想法。琉双舒了口气，确信自己安全了，连忙往九思潭飞。

到了莲花台之上，早就有人在等着她。

紫夫人接住琉双："你这孩子，跑到哪里去了？"

琉双变成人，笑着喊："娘亲。"

紫夫人点点女儿的额头，本来赤水翀对她说女儿用幻化术出了九思潭胡闹，她还不信，结果亲眼看见小毛球飞进来，她才知道赤水翀没骗她。

紫夫人："短短时日，双双竟然能用这样的术法了，娘亲为你高兴。"

琉双："娘亲，你怎么来了？"

紫夫人叹息道："过不了几日，你就要去镇妖塔，我心里惴惴不安。"

琉双说："娘亲放心，不会有事的，我不是去打架，也不是去镇压妖物，只是去探听消息。父亲说过，那位前辈没有修为，还被锁住，无法伤我，若我能从他的口中得知第五条仙脉的消息，便能将功赎罪，若不能，便老老实实地在镇妖塔待五十年，静心修炼，也不是坏事。"

见紫夫人依旧郁郁寡欢，琉双道："娘亲莫担心，我纳化了神力，也算因祸得福。"

紫夫人只好点头。她也明白，赤水翀一样疼爱女儿。这个惩罚表面上看严重，其实对琉双来说并无坏处。

镇妖塔里，每一层都关押了无数作恶的大妖，它们法力强大，任意一只出世，都会天下大乱。却鲜少有人知晓，镇妖塔的顶层，只关了一只妖。那只妖被锁了琵琶骨，修为尽失，比人间刚出生的小猫还要孱弱。尽管他曾经也是叱咤风云的大人物，跟随上古相繇帝君平定四海。这些年八荒渐渐安稳，众人都快把他忘了。

灵脉渐渐枯竭后，赤水翀渐渐想起了他。当初上古相繇陨落，天地间的灵脉被一分为五，其中四条灵脉分别被四大仙境所得，各安一隅，得了一条灵脉，仙境便安稳了数万年，绵延不息。

剩下的第五条灵脉，一直不知所终。镇妖塔中那只妖，是唯一知晓灵脉去处的人，但不论谁问他，如何拷打他，他都缄口不言。

赤水琉双毁了与昆仑的婚事，后来又取走了清盈玉，一方面，赤水翀得平息空桑众人对少主胡作非为的不满，另一方面，抱着最小的希望，若女儿前往镇妖塔，问出第五条灵脉的下落，那就最好不过，自此再也不用担心空桑的灵脉枯竭。

琉双此去在顶层待着，哪怕什么都问不出来，只要乖乖地待够五十年，也足以平息空桑仙族对清盈玉被毁的不满。可怜天下父母心，纵然知道没有危险，赤水翀还是让琉双纳化了神器之力，以防万一。

紫夫人心存担忧，唯恐琉双出什么事。若琉双不是去受罚，紫夫人说什么也会跟着去。

琉双："娘亲，我想拜托你一件事。"

紫夫人："什么事？"

琉双："今日在大比上，夺得魁首的那位弟子。父亲什么都没有奖励他，按照规矩，赢了大比，人人都该有封赏。"

紫夫人一愣，倒是回忆起来了："你是说那个妖脉弟子？"

琉双："是他。"

紫夫人皱眉："双双，别的事娘可以答应你，这件事属实不能。妖族穷凶极恶，心术不正，空桑收留他，已是仁至义尽，怎么会把仙境中重要的官职交付于他。就算娘同意，你父亲也不会同意。"

紫夫人停顿了一下，又说道："娘实话对你说，你父亲对他早有安排。"

琉双愣住，她想过许多种可能，晏潮生被无视，或许是因为境主对他印象不深，唯独没有想过，很早之前，赤水翀就在调查晏潮生，并且已经做了决定。

紫夫人说："上次你去昆仑，你父亲派白氏的两位公子，与你一同前往，后来让这名妖族弟子也跟着去，白追旭暗中接了任务，调查这名妖族弟子。晏潮生三年前来空桑，身上并无血孽，掌管弟子招收的那位仙长，见他跪拜磕头诚心，动了恻隐之心，才将他留下。可他的血脉不纯，就算是你父亲，也无法看透，你父亲怀疑他的来历，于是让他去昆仑，一路上让白追旭记录他有何不同。"

紫夫人："白追旭汇报说，你们曾在人间城外，白羽嚣用万魂冢杀他，可他安然无恙。琉双，这本就不同寻常，何况他一个无门无派的妖族，能在试灵台上打赢白羽嚣，此人非池中物！"

紫夫人难得如此正经，厉声道："他的血脉成谜，来历不明，修为高深，不知来空桑是何目的。而且你和羽嚣均伤了他，他却如此能隐忍，没有对你做什么。能忍辱负重，却又野心勃勃，十分好强，这样的人，留在空桑，属实危险。"

琉双震惊不已。她万万没想到，赤水翀和紫夫人看得如此透彻："父亲既然知道他不简单，为何会放心让他跟我去昆仑？"

紫夫人道："还真是个孩子，这就怨上你父亲了？你父亲自然不会让你出事，十诫环上，早就被下了禁制，若是他对你起了杀心，那禁制会立即要了他的命。"

琉双久久不语。晏潮生如今好好的，是不是说明，原来在去昆仑的路上，他从未有过一刻，想要杀她？好几次他看上去凶神恶煞的，可心里没有杀意，所以禁制并未启动。包括今夜，他用十诫环锁住自己，也没有想过要杀她。

琉双："父亲打算如何安置他？"

紫夫人叹了口气："既然看不透，更不能留。每年病逝的外门弟子，不知凡几。"

"不行！"琉双听得心里一冷。她本来想拜托娘亲，在自己不在空桑的这段时间，为晏潮生和宓楚牵线搭桥，没想到会听到这样的话。

旁人参加大比，会得颁赏。而晏潮生，则因为实力出众，从而被忌惮殒命。那条模糊的线，终于在她的心里慢慢清晰，原来在七百年前，没有她的掺和，晏潮生依旧会参加大比，空桑却因此忌惮他，想要除去他。想来不但没成功，还让他彻底转变性格，以妖身入诡道，迎来空桑的覆灭。

琉双惊出一身冷汗。还好，今日与紫夫人有这一番谈话，不然自己前脚去了镇妖塔，后脚赤水狰就会想办法无声无息地除去晏潮生。都要杀他了，晏潮生不反抗才怪。想到他今夜的落寞眼神，他心里的难过失落，可是并无杀意，琉双更加庆幸，自己发现得早。

琉双："娘亲，你听我说，你一定要劝父亲，不能试图杀他！"

紫夫人："为什么？"

琉双："你要相信女儿，就像父亲感觉的那样，此人并不简单，若是杀他不成，会造成反噬。"

紫夫人："双儿多虑，你父亲出手，怎会对付不了一个小小的妖怪？"

琉双心道，可七百年后，大家都死在了这个小小的妖怪手中。

琉双："冤家宜解不宜结，父亲本来也不是残忍之人，不想留他，是为空桑好，既然这样，赶走他就是。再说，他在空桑三年，也没做什么坏事。"

紫夫人心思纯善，闻言倒是有些犹豫。

琉双见有戏，连忙道："娘亲，女儿即将去镇妖塔五十年，只有这一个请求，求您让父亲别害他性命，若看不惯他，打发得远远的就好。我有一个想法，您不如听听。"

琉双凑到紫夫人的耳边说了什么。紫夫人面色古怪："你确定要这样做？"

琉双笑着点点头："娘亲，相信我，这是好事。"

紫夫人一想到女儿要去镇妖塔受苦，心里到底怜惜不舍，只得点头同意。

琉双松了口气。

第十章 解救琉双

他很想问问，
空桑要杀他，
是否也有她的意思。
若一开始就不容他，
为何要为他做那么多事？

三日后，晏潮生被告知，少主即将出发去镇妖塔。

虽然犯下大错，可她的身份到底摆在那里，又是千娇万宠地长大的，不少人去送她。

晏潮生低头，他本来在雕刻手中的东西，有人告诉她："晏潮生，少主……不，赤水仙子有令，让你也过去。"

"她真这样说？"晏潮生抬头打量着报信的弟子。

晏潮生的眼神冷厉，那个弟子磕磕巴巴地道："你去了就知道了，我没有骗你。"

晏潮生见他不似故意作弄自己，颔首道："多谢。"

那个弟子不喜晏潮生周围的阴冷，忙跑开了。

晏潮生没想到琉双会让自己去送行，他放下手中的东西，去仙境大门处，果然不少人在为她送行。

许多人往琉双的乾坤袋里塞东西，她笑盈盈地一一道谢。

赤水翀和紫夫人都不在，想来已经率先同她道过别。她的周围都是年轻的仙族子弟，白氏的两位公子赫然在内。

白羽嚣臭着脸："赤水琉双，你真要去？到时候叫天天不灵，叫地地不应，可别哭鼻子，你若现在反悔，我……我兄长还可以去求境主收回成命。"

白追旭闻言："正是。"

一旁的一位仙子道："宓楚也愿尽绵薄之力。"

琉双："犯了错，哪有逃避的道理？谢谢诸位的关心，我一定能平安归来，若是运气好，用不了五十年的。”

琉双在仙境初升的朝阳与雾气下，笑容很甜，没有怨恨，一点都不像去受罚，这样的笑容感染了为她送行的人，大家并没有觉得很难过。

晏潮生的心里不知是何感受，腹部的元丹吸纳了那块清盈玉以后，一直是充盈的状态。他如今已经悄然恢复了妖身，妖身不稳定，他并不太敢靠近她。她是小毛球时，他不会有这样的顾虑，她变了回去，晏潮生唯恐再次发生那天那样的事。

晏潮生远远地站在天梯的一侧，本来没想立刻过去。没想到琉双眼尖地看见了他，挥手道：“晏潮生，这里！”

晏潮生从未有过这样的感受，每一丝理智都在告诫他，妖性好美色，他戒不了本性中的欲望，聪明的话，离她远一点，可身体已经朝她靠近。

琉双的身上带着春日阳光的气息，她的衣衫上依旧绣着盛放的海棠，今日穿着暖金色的长裙。琉双见了他，一本正经地说：“前几日我得知你赢了大比，恭喜你。”

装得挺像那么回事的，晏潮生有些想笑，心里却有块地方隐隐塌陷下去，率先一步柔软下来。他离琉双几步远，不敢靠近，说：“多谢少主。”

旁边的白羽嚣冷冷地“哼”了一声。

“可我听说，你并未获得什么封赏，”琉双朝晏潮生眨眨眼睛，“出发前，我问了父亲你应有的赏赐。”

晏潮生抬眸看她。

“你去昭然殿，负责巡防可好？”琉双上前几步，左手拉起他的手。

晏潮生的脑袋一空，不论如何也没想到，她会主动靠近，还突然碰触自己。他触到她柔软温暖的小手，几乎没听清她在说什么，心脏狂跳，一股热气直往头上冲。眼里只有她与自己交握的手。他的心还在乱跳，却猝不及防地被她引着，搭上另一只白皙的手。晏潮生骤然抬眼，终于觉得，有哪里不对劲。

琉双从未觉得自己离成功这么近，虽然她人暂时不在空桑，不过计划进行到现在，一切都很顺利。

“宓楚仙子，”琉双的一只手拉着晏潮生，另一只手拉住宓楚，把他们的手一交叠，郑重地说，“今后他负责你所在宫殿的巡防，大家先认识一下。”

琉双看向宓楚。

宓楚停顿了一下，看了一眼晏潮生，轻声道：“既然是琉双你的朋友，我会照拂一二的。”

琉双再去看晏潮生。

晏潮生的脸色难看得吓人，他猛地抽出手，胸膛微微起伏：“你叫我来，就是为了说这个？”

晏潮生的目光冷得如同结了冰碴，就算是前几日，琉双咬他，也没见他的脸色有这么难看。他不是一直心仪宓楚吗？如今他离自己的“白月光”这么近，为什么看着她的眼神，想要生吃了她一样？

琉双：“你不欢喜？”她的记忆里，晏潮生十分珍重宓楚。他寻来天下珍宝为她安魂，还不许任何人踏入宓楚住过的宫殿，她误闯一次，他还发了很大的火，金屋藏娇不外如是。如今得偿所愿，他不应该欣喜若狂吗？

晏潮生冷笑，盯着琉双的眼睛，道：“我欢喜，非常欢喜。”

好好一句欢喜，晏潮生说得跟赌气一样。

晏潮生抽回手，宓楚愣了一下，抿着嘴没吭声。

面上不显，她心里涌上几分恼意。她承认，前几日在试灵台，这个弟子表现十分优异，自己也有一闪而过结交的想法。

当日人人皆有封赏，宓楚远远地看见这个弟子跪在人群中间，无人问津。她知晓，若是此刻施恩，必定如同雪中送炭。犹豫良久，她看出他的妖脉，终究没有过去，只远远观望着。收留一个妖脉弟子，说出去是一件极其丢脸的事，她没有足够的勇气面对闲言碎语。直到后来，他跪了良久，起身离开，宓楚看着他的背影，心中涌起几分懊悔。

收买人心很简单，她若瞧不上晏潮生的妖脉，让族中一个不管事的长老收了他做弟子便是，这样他也会为楼家效力。可惜她明白得太晚，他已经离开。

今日赤水琉双提前来和她商议，说把这个弟子交给她，她一愣，心里涌上浅浅的欣喜，答应了琉双。

再一看晏潮生，当日只在试灵台下远远地看了他几眼，知道他姿容不凡。今日凑近了看，晏潮生的眉眼冷峻，透着妖族独有的荫翳，更显得俊美无双，纵然宓楚见惯了好看的男子，也不得不承认，晏潮生长得真好看。比起白氏的两位公子，乃至风氏那位八荒有名的太子还要出色几分。

琉双把他们的手搭在一起，宓楚惊讶地感觉到，晏潮生体质寒凉，像一块极寒的玄冰。因为琉双提前问过宓楚的意思，她倒是并没有觉得被冒犯。晏潮生虽然血缘卑贱，可实在生得太过好看。宓楚甚至忍不住想，自己这样的仙族肯收留他，还纡尊赠予他善意，他一定会觉得既受宠若惊又羞赧。她院中洒扫的小弟子，得了她赠予的仙药，便是这样的。

可宓楚万万没想到，晏潮生冷冷地抽出手，没有半分她预想的紧张与欣喜，甚至一眼都没看她。宓楚的身边还站着不少仙族子弟，她的脸上多少有几分挂不住。她心里微恼，还不能表露出来，感觉憋得慌。她开始怪琉双，把这个人塞给自己，让自己丢了脸。

自从琉双从昆仑回来，整个人便令她看不透。她偶尔去找琉双，琉双总是闭门不见，也不再对她言听计从。她心里怪琉双，却不能直说。

好在白羽嚣见不得宓楚受委屈，当即开口："赤水琉双，你怎么回事？让这个妖孽去宓楚的宫殿？他踏入那个地方，会弄脏宓楚的地盘。"

晏潮生面无表情地听着。若是说他方才过来的时候，整个人感觉如春日拂柳，此刻就如同坠入阴冷的寒冰中。连白羽嚣羞辱他说，他会弄脏宓楚的宫殿，他也没有多余的反应，整个人出乎意料地沉默。

周围许多年轻的仙子与仙君，看着晏潮生的面色各异。

琉双说："我早已告知过宓楚仙子，再者，入我仙境者，都是仙境弟子，从来没有什么妖孽，二公子，慎言！"

白羽嚣瞪着琉双，他都不知道自己是生气宓楚的地盘被玷污，还是琉双作为上古仙族，在众人面前对晏潮生加以维护！

晏潮生冷淡地垂下头，面色平静。

琉双生怕白羽嚣再作死，去惹晏潮生，好不容易捡回一条命，他就不能好好爱惜吗？等晏潮生真被逼得发疯，到时候谁都别好过。

琉双略有些头疼，悄悄对白羽嚣传音："二公子，你老实些，这是境主做下的决定，你若不服气，可以找境主理论。还有，你少去招惹晏潮生，你再去，便是你心胸狭隘，输了大比，想报私仇。"

白羽嚣受不得刺激，气得不行，回她的传音说："你说小爷报私仇？"

琉双："对，你若再去招惹他，就是报私仇！"

白羽嚣说："小爷绝不会找他！"说罢，他才慢半拍地意识到这是琉双的激将法，气得直磨牙，"赤水琉双，你……"

琉双安慰白羽嚣："好啦，别生气，我是为你好，你好好修炼，等我回来，咱们切磋一番，你可不能输啊。"

白羽嚣本来还想说什么，可是看见琉双信任的眼神，莫名觉得什么都说不出来了。从小到大，所有人都信任哥哥，从不会有人把信任交付于他。琉双是第一个，白羽嚣沉默好半晌："你回来也打不过我。"

琉双有些理解白羽嚣，从某种意义上来说，曾经的赤水琉双和白羽嚣一样，一直不被期待。因此哪怕他看上去全身都是刺，她依旧能够宽和地对待他，就像包容过去的自己。

跟白羽嚣说好别去惹晏潮生以后，琉双看向宓楚："宓楚仙子，那日晏潮生在试灵台上的表现，你也看见了，他是魁首，他能保护好你。"

宓楚低落地道："琉双，你自从昆仑回来，与我越发生疏。你是我的朋友，我自然会答应你的一切请求，不会亏待他。"

琉双颔首。琉双不相信宓楚表现出来的对自己的友善，她也不知道，未来的宓楚拼死离开风伏命，费尽心思地想要回到晏潮生的身边，有几分是出自真心。不过既然如今重来一次，会吸引的，终于会相互吸引，该爱上的人，终究会爱上。

所有的事都交代完了，除了脸色冷漠的晏潮生。

琉双犹豫再三，开口道："……你好好和宓楚仙子相处。"

晏潮生目光阴冷，道："一定，既是你所愿，我怎么会辜负你的期望！"

琉双觉得有哪里不对，时间紧迫，一时半会儿又说不上来。

有人催促着琉双动身去镇妖塔。虽然不少人来送别，可她如今到底是戴罪之身，只好不太放心地一步三回头，跟着几位仙倌离开："琉双拜别诸位。"

晏潮生一眼都没有看她。

待人走完了，宓楚回头道："晏潮生，你跟我来吧。"她的脸色平静，唇角微微带着笑。宓楚仙子在仙界是出了名的亲和，仿佛刚刚晏潮生抽出手的事，这位宽容的仙子并没有放在心上。

晏潮生看着宓楚的笑容，心里感觉冷冰冰的，他第一次意识到，妖身并不如他想象的那般放浪，至少对着眼前温柔可人的仙子，他心里的恼怒半点没减少。

赤水琉双！她倒是离开得很爽快，他纵然气得想掐死她，也没了机会。

见他晏潮生不动，宓楚回眸看他："你可有所顾虑？"

沉默半晌，晏潮生跟上宓楚。他恼怒地想，既然是赤水琉双为自己安排的路，他不领了这份“好意”，岂不是对不起她！

晏潮生一路跟着宓楚回宫殿，却总希望有人追上来，说琉双改了主意，让他先回外境的竹林。琉双虽然被罢黜了少主的身份，但一日姓赤水，就有肆意妄为的权力。可是，一直没有，直到他到了宓楚的住所，依旧没能等到这个消息。

晏潮生冷静地想了一路，脚步越来越慢，终于越发觉得不对劲。若琉双真的很在意他，怎会把他往一个貌美的仙子身边推？他的心思本来就敏感、多疑，从前以为赤水琉双放浪形骸，和其他女妖一样，对他有想法。可这么久过去了，她的行为从不逾矩，甚至方才看她的神情，她根本不知自己为何发怒。难道……他心沉下去。

不，不会的，若她真对自己无意，那先前她为自己做的那么多事做何解释？她被罚去镇妖塔，不都是为了他吗？怀疑的种子一旦种下，相处的点点滴滴，被他在脑海里过了一遍，他的心越来越沉，终于明白缺失的是什么。她的眼睛，看向他时，似乎并无爱意。

宓楚闻见血腥气时，惊讶地回头，就看见跟在身后，身穿深蓝色弟子服的晏潮生，紧握的拳头里，渗出血来。

宓楚：“你怎么了？”

晏潮生抬头，一双眼睛漆黑，轻笑道：“无碍。”

琉双换上守卫镇妖塔的衣衫，独自走进镇妖塔，聚精会神地想着父亲叮嘱过她的话：“夜魔罗在镇妖塔最顶层，即三十五层，镇妖塔中，每一层都极其危险，大部分妖虽然被封印，可还有少部分大妖能动用法力，有的妖尤其擅于蛊惑人心。一路往上走，镇妖塔的层数越高，关押的妖越强，不要多听，不要多看，更不能碰！”

她正色往上走。镇妖塔每一层的入口，都站了好几个仙族战士。

这些战士来自不同仙境，镇妖塔是所有仙境的责任。见琉双走过，他们的神情麻木、冰冷，第一层还有人抬起眼皮子看了琉双一眼，再往上走，直到七八层，听见琉双的脚步声，战士们抱着武器，半阖着眼，一副事不关己的模样。

整座镇妖塔十分安静，仿佛没有一个人、一只妖，琉双恪守父亲的告诫，不往里面看，只一心沿着阶梯与昏暗的灯往上走。

第十层时，里面突然传来桀桀大笑，声音阴寒：“这破地方，又来了新的仙族子弟啊！”

这一句，仿佛突然吵醒所有人。各种尖锐、刺耳的声音与笑声，次第响起。

“快看，竟然是个小仙子！”

“本座活了万年，第一次见这么美的仙子，不知滋味尝起来如何。”

琉双没搭理他们，全当作没听见，继续往上走。

再往上，难听的污言秽语更加多，到了二十层时，还有狐族大妖用娇媚的声音唱起歌来，引得众妖哄笑不已。

到了二十六层，琉双看见了记忆里的一位熟人。

“乌晨师叔。”这是赤水琉双的一位师叔，当初镇妖塔需要有人驻守，这位师叔失去爱人，心灰意冷，主动请缨前去，如今算起来，已经有两百多年。

身穿黑色铠甲的男子，抱着剑，木然地坐在二十六层的大门外。

乌晨听见声音，这才慢慢抬起眼，他迟疑地道：“双双？”

“是我！”琉双欣喜地道，“乌晨师叔，你怎么变成这样了？”

当初，乌晨也是仙族有名的美男子，如今看上去十分落魄、木然，整个人透着冰冷的麻木。

乌晨打量着琉双，苦笑道：“一眨眼，你竟然都长大了。双双，你怎么会来这里？”

琉双简单地解释了一下。

“在镇妖塔的所有战士，都会选择封闭五感和神识。镇妖塔中大妖尚存，有的惯于蛊惑人心，只有封闭五感，才能确保心无旁骛地镇守这里。”

怪不得，琉双一路过来，看见的仙族弟子，表情十分冷漠。最下层的不那么危险，仙族战士便不必五感全封。

“你要去三十五层？”乌晨皱眉问道。

琉双：“是，乌晨师叔在这里两百年，可了解夜魔罗？”

乌晨的神色凝重：“双双，别再往上，就待在师叔这里，封闭五感，五十年很快就过去了，夜魔罗自上古追随妖帝，是个不折不扣的疯子，虽然没了修为，可是比谁都危险。我在这里两百多年，夜魔罗时睡时醒，大部分时间都睡着，可他醒来时，整个镇妖塔，没有一只妖敢出声。”

虽然夜魔罗失去了妖力，可是凭借他这份震慑力，就能让人猜到，他是个多危险的人物。

若是以往，琉双就听师叔的，留在这里，可第五条妖脉，只有上古大战后，唯一活下来的夜魔罗知道去处，她不得不去一趟。

琉双："师叔，您放心，若不对劲，我会及时封闭五感。"她纳化了神器之力，不至于无法自保。

乌晨见琉双坚持，叹息一声："我送你上去。"

一路走到第三十四层，琉双听见塔内有人说："你可想知道，苍蓝仙境是怎样莫名在天地间生成的？"

琉双一愣。如今的苍蓝，还未彻底形成，她转头，就看见了惊骇的一幕。千年玄铁穿过一只妖的琵琶骨，她畸形的尾巴被斩断，面容却诡异地带着笑，幽幽地看着她。

美艳的女子，轻启朱唇，声音婉转动听："小仙子，你很怕空桑重蹈苍蓝的覆辙吧？你且过来，我告诉你，苍蓝的秘密。"她衣不蔽体，笑容却轻和温柔。

一双手捂住琉双的耳朵，乌晨严肃地道："她会读心，别听，别信。"

琉双抿着嘴点头："嗯，我知道了，多谢师叔。"

女子咯咯笑道："我说的可是真话，而且通古晓今，你若好奇，随时可来找我。"

琉双没回头，继续往上走。

到了第三十五层，乌晨说："双双，保重。"

琉双："师叔放心，您也多保重。"

琉双犹豫片刻，推门进去。只见空荡荡一室内，交错的锁链和墙上昏暗的灯光。三十二条玄铁链，穿透一个男子的身体，男子被吊在空中，不仅是琵琶骨，身上的大穴也全部被锁住。他垂着头睡得正香，身上带着干涸的血迹，作为男子，身形竟然十分柔弱。一头漆黑的墨发，一路蜿蜒垂至脚踝。听见声音，他从甜睡中惊醒，缓缓地抬起头来。

琉双看见一张稚弱的脸，怎么说呢？就跟受惊的小兽似的，让人下意识地想安抚，他的长相十分纯良，就像人间十三四岁的体弱少年。更令人惊艳的是，他无辜地睁开眼睛，竟是一双漂亮至极的银瞳！

琉双怀疑自己数错了层数。这里是三十五层吗？眼前的人，别告诉她是夜魔罗？

夜魔罗看向琉双，轻轻动了动鼻翼，嘴唇弯了弯，声音出乎意料地清雅："看来，数万年过去，他顺利出生了啊。"

别的妖只用一条玄铁锁链锁住，唯有夜魔罗的身上有三十二条锁链，一看便知道此人极为危险。

琉双不敢因为他的面容稚嫩轻视他，问道："前辈可是夜魔罗？"

夜魔罗懒洋洋地抬头看她，低声轻笑："夜魔罗？"

"前辈不是吗？"那为何会在三十五层。

夜魔罗动了动被锁住的手腕，露出一个纯然的笑，道："我不叫夜魔罗，难听，我叫夜黎。你呢？你叫什么名字，我从未在镇妖塔见过你。"

"琉双，我叫琉双。"出于谨慎，琉双没有说出自己的姓氏，眼前的夜魔罗虽然看起来苍白、稚弱，可他赫然就是夜魔罗，只不过似乎不太喜欢旁人对他的称呼。

夜魔罗很是愉快的模样，偏头问她："人人都不来这里，你为何会来？"

琉双说："想向前辈请教一件事。"

夜魔罗打断她："夜黎。"

"夜黎，"琉双从善如流地道，"你可知晓，上古第五条灵脉，现在何处？"

夜魔罗弯了弯眼睛，一双银瞳光彩熠熠，略有些苦恼地道："这可如何是好，第五条灵脉？我睡太久，给忘了。"

琉双盘腿坐下，明知夜魔罗大概率是在撒谎，依旧好脾气地说："那我等你想起来。"她也没指望一来就能问出灵脉的下落。

夜魔罗点点头，真诚地说："我在这里困太久了，时睡时醒，沧海桑田已过，以往的记忆日复一日地变得模糊，若我想起来，一定告诉你。"

琉双相信他才怪。她有上辈子的记忆，记得傻乎乎的自己是怎么被宿伦大人骗得团团转的，明白妖物大多心生七窍，狡猾得要命，他们口中的话，能信三分都算多。琉双不愿意在镇妖塔荒废度日，闭眼开始修炼。

夜魔罗看了琉双一眼，闭眼又睡过去。

在琉双不知道的地方，镇妖塔中的妖物叽叽喳喳地闹腾起来，他们在这里被困了上万年，也摸索出一番生存之道。虽然被玄铁锁着，被镇妖塔中的上古法阵压制，不能踏出镇妖塔一步，可是彼此之间能暗自交流，每一个守塔的仙族战士都不知道。

于是众人聊起来——

"她竟然真的往夜魔罗所在之地去了。"

"夜魔罗会怎样对她？他们妖蛇一族，怕是见不得女子吧，还是这么美的女子。"

"夜魔罗素了上万年，恐怕不会轻易放过她，不知道她能不能活着走出镇妖塔。"

众妖越聊越兴奋。在塔中本来就百无聊赖，琉双的到来，如同往湖中扔下一块石子，激起万层涟漪，引得镇妖塔中的妖怪兴奋起来。

这时候，一个慵懒的声音含笑响起：“你们很好奇？”

“自然好奇。”一只花妖回答完，才意识到不对劲。

有人的脸色慢慢变得苍白：“夜……夜大人。”

夜魔罗说：“继续说，不必管我。”

然而没人敢吭声，他们惊疑不定，妖怪们暗自交流，谁也不会丧心病狂地带上夜魔罗，可是他平日不出声，今日幽幽的一句话，让所有人的冷汗簌簌而下。

众人这才意识过来，夜魔罗虽然妖力全失，在镇妖塔中也无法修炼，可一个上古大妖，与天地齐寿，只要法身还在，便能做很多事。更何况他还剩下一双银瞳。

当初所有的仙族，都试图摧毁他那双眼睛，他只是含笑委屈地叫疼，可是不管其他人用什么办法，就像无法毁去他的法身一样，也无法毁去他的妖瞳。

万年来，夜魔罗大多数时间都在沉睡，今日醒来，竟然还兴致勃勃地听他们聊天，就算他说不必管他，可其他妖怪都要震惊了好吗？谁还敢肆无忌惮地谈论？他们始终记得，被关进镇妖塔的最初一百年，有一只妖觉得夜魔罗已经废了，在塔中肆意地羞辱他。夜魔罗一直没什么反应，后来不知为何，那只妖全身溃烂，化作了一摊脓水。

妖蛇一族，心眼很小。

夜魔罗沉睡了太久，塔里又一直相安无事，众人以为他还在睡，没想到他已经醒了。上古大妖的余威尚在，镇妖塔一时安静下来。

唯有夜魔罗略带几分冷漠的嗓音响起来：“无趣。”

琉双浑然不知镇妖塔中的妖怪们的暗潮汹涌，她修炼了两日，偶尔和夜魔罗聊几句天。

夜魔罗性子极好，在她修炼时从不打搅她，有几次，他还出声指点：“灵气上浮，运转周身，抱元守一，事半功倍。”琉双按他的办法做，果然修炼的速度更快。

熟悉一点以后，夜魔罗偶尔会问她一些问题，比如：“你的身上，为何会沾上妖物的血气？”

这话问得莫名其妙，琉双忍不住嗅了嗅自己的袖子，除了淡淡的海棠花香盈袖，别的什么也没有。

夜魔罗闷笑：“只是曾经沾染过而已，你闻不见的，能告诉我，是谁的血吗？你也喜欢杀妖？”

琉双摇摇头："或许……是一位盟友的血。"她仔细回想起来，接触过的妖，除了赤蟒，只有晏潮生。赤蟒非她所杀，应该沾染不上赤蟒的血。晏潮生在幽冥王墓受过伤，或许是那时，沾上了晏潮生的血。

"盟友啊，"夜魔罗眨眨眼睛，"我第一次听说，有仙族会把妖当作盟友。"

"那你呢？"琉双指指自己的眼睛，"你的眼睛，为何是银瞳？"她在《上古山海志》和《异兽传》里看到过，妖物的眼睛大多是褐色的，或者罪孽滔天的血红色的。银色的眼睛看起来如泉水一般干净、圣洁，一如上古诸神眼瞳中有淡淡的一层金色，银瞳在妖族，应当也是极其尊贵的血脉。

夜魔罗道："上古妖族帝王血脉，便是银瞳。"

琉双："你是帝王后嗣？"

"我不是，只不过机缘巧合，得君王恩泽。"夜魔罗看了琉双一眼，微笑着道，"上古妖族的后嗣……已经断绝了呢。"

琉双总觉得哪里不对劲，她记得自己才在赤水琉双的身体里醒来，被罚去九思潭，黑暗中看见的晏潮生。彼时他的眼睛，似乎泛着浅浅的银色，可是后来她再看，又变成了漆黑的颜色。她不确定自己是否记错了。

琉双："银瞳，能掩藏吗？"

夜魔罗一愣，眸光流转，斩钉截铁地笑道："不能。"除了他以外。

琉双舒了口气，看来那日是她看错了，晏潮生用了什么法术，想在黑暗中视物，若晏潮生是上古妖族帝王后嗣，她上辈子就应该有所察觉。史书也说，相繇从未娶妻，从未有子。

两个人相安无事，又过了数日。

琉双在心里算了算，都快一个月了，关于第五条灵脉的事，她依旧没有问出来。

夜魔罗醒着时，十分安静，睡着以后低着头，一头青丝垂落，吊在空中。他偶尔会陆陆续续地想起一些事，叮嘱她："第三十二层别去，那里有一只醉情花妖，他虽然被关着，可只要出现在他的视线范围内，他便可以给你下情花毒。"

"第三十四层也别去，那里有一只会读心的妖怪，最会骗人。"

"还有第十九层，有一只妖热衷于扯出自己的内脏，会吓坏你的。"

夜魔罗说这些时，琉双便在心里记下，乖巧地点头。夜魔罗感到很满意。

又过了几日，夜魔罗的心情似乎很好，清晨时，央求道："我许久没有见过塔外的事物，你能为我摘一朵花吗？"

夜魔罗的银瞳如清泉，锁链贯穿他的身体，他的身上到处是伤口，这点小小的要求，无伤大雅，琉双答应下来："好，你等等。"

琉双封闭五感，走到塔下，也未离开镇妖塔的范围，施法摘了几朵辰时开的小花。

此刻，镇妖塔外，淅淅沥沥地下起一场雨。

琉双捧着花朵推门进入第三十五层，把今晨开的花拿给夜魔罗看："我采来了这些。"

夜魔罗笑着点头，眼里带着细碎的光彩，低声说："多谢了，我很喜欢你，可惜……"

花朵在琉双的手中化作齑粉，融入夜魔罗的银瞳，下一刻，琉双只觉得识海一痛，似乎有什么要生生地剥离肉体，夜魔罗竟然在夺舍她的肉身。她终于清楚地见识到夜魔罗的可怕，几朵花盛开的力量，被他借取纳入银瞳，便可以让他夺舍别人的肉身走出镇妖塔。

琉双昔日从来不敢靠近他，此刻，身体却不受控制般，在那双银瞳的注视下，朝他飞过去。

夜魔罗微笑着，无辜地偏头看她。

琉双咬牙想抵御，可很是困难。她不受控制地飞到夜魔罗的面前，与他平视。

"别这样看着我，我会伤心。"夜魔罗轻笑道，低头，在她的脸颊上轻轻一吻，"别怕，不疼。"

琉双的眼神渐渐涣散，夜魔罗惬意地舒展肢体，眼看琉双就要靠近他的怀里，他即将夺舍她的身体逃出镇妖塔。

被驱使的少女突然抬手，打在他的脸上。

夜魔罗的脸颊一偏，琉双旋身落地。

琉双抬头看向夜魔罗，夜魔罗的脸上露出不可置信的表情，神色也冷了下来："伏羲印？"那是上古神器，他曾经的君主的玺印。

琉双一想到自己差点被夺舍，也气得牙痒痒，说："忘了告诉你，我叫琉双，赤水琉双。"

"赤水一族的后嗣，"夜魔罗冷冷地道，"怪不得。"

琉双："前辈不装了？"

夜魔罗笑道："不，你说错了，我对你的友善，完全出自真心。毕竟，先前我需要一具躯体，我可不舍得伤害你。”

琉双：“那么现在，前辈可还想要？”

“要，”夜魔罗轻声道，他垂下视线，嘴角上扬，“你有备而来，我自然无法夺舍。可有些事，我就算被困住，也能做。”

琉双有种不祥的预感。

夜魔罗舔舔嘴唇，容色靡艳：“我不是告诉过你，第三十二层，有一只醉情花妖？”黑暗中，他如清泉的眸子，迤逦泛出妖异。

琉双后退一步，觉得自己的身体有些不对劲。

夜魔罗道：“赤水小儿既然把女儿送过来，就送我享受一回吧。道貌岸然的仙族小儿，未免也太小看上古妖族了。”

琉双掉头就往门边跑，还未走出门，脚下一软，一股热流瞬间侵袭四肢百骸。一条斑斓的银色长尾，懒洋洋地卷住她的腰，把她拖了回去。只见原本看上去孱弱无害的少年，下半身化作蛇尾。他的上身依旧是人身，一如当初的毕巡。情花毒在琉双的体内泛滥，妖怪们安生了数万年，在夜魔罗的压制下，所有的妖怪都悄无声息，韬光养晦，以至于哪怕是赤水翀，也低估了这群从上古活到如今的妖怪。忘记了他们曾在八荒未定之时，就个个有通天彻地之能。

蛇尾在琉双的腰间收紧，一点点解开她的衣衫。伏羲印的神力，能保护她的肉身，保护她的灵魂，却抵抗不了情花毒。别说是琉双，今日就算是赤水翀来了，也是个无解之局。

琉双努力保持清醒，然而意识在一点点消散，衣衫滑落，耳边有人冷冷地喟叹：“真傻，抵抗什么呢？”

琉双的脸颊染上红晕，眼尾都成了浅浅的桃花色，她无力地被他卷着腰肢，肩膀白皙如玉。

夜魔罗的银瞳更深，妖性在体内一点点苏醒，不得不承认，赤水一族的这个仙子，倒是个难得的绝色美人，纵然放在上古，群芳斗艳的时代，她也不输分毫。既然无法夺舍这具躯体，能细品一番，也不算亏。只是不知道他用原身，她受不受得住。

琉双的身上只剩最后一件藕粉色的肚兜，夜魔罗还待再脱，镇妖塔突然变得热闹起来，雾妖说：“夜魔罗大人，有人……不，有妖闯进了镇妖塔。”

雾妖能感知四方：“仙族在拦他，没能拦得住。”雾妖惊讶地道：“他……”

夜魔罗打断雾妖的话，冷冷地问："他现在在何处？"

雾妖："往上去了，还在往上……在镇妖塔第三十二层了。"

夜魔罗叹道："真是可惜。"

果然，下一刻，第三十五层外，出现一个庞然大物。

它几乎遮住了所有的阳光，高高耸立的墨蛇，长达数丈，它的妖身生得怪异，牙齿锐利，一双蛇瞳，比夜魔罗的银瞳还要冰冷。

夜魔罗似笑非笑地看着他："你在外面守了她数日，如今强化原身闯进来，锁妖塔困妖，或许永远出不去了。殿下，很疼吧？可还有理智？属下送殿下这份大礼，殿下必定喜欢。"说罢，他的尾巴一松，琉双从空中坠落。

只见那条墨蛇卷起少女，他的情况很不好。

夜魔罗道："我还没动她，你不必急着与我清算。倒是她……她似乎很难受呢，殿下，你确定要在这里？属下不介意观赏一番。"

墨蛇的眼瞳冷冷的，一言不发，带着琉双离开。

夜魔罗望着它，若有所思地道："气成这样，还忍着一句话都不肯说，怕事后被她认出来？相繇后嗣，年少时，竟然如此单纯吗？"

不过没关系，会被逼着长大的。

事实上，墨蛇带着琉双无处可去，镇妖塔总共三十五层，每一层都布下无数法阵。处处是对妖族的禁制。而且守卫在此的仙族已被惊动，他去哪里都困难。

妖怪们凑在一起，叽叽喳喳地说着。

到底全是活了上万年的大妖，有人说："这条墨蛇的原身，看着有些眼熟。"

可是又想不起来，到底像谁。

"不管像谁，叨扰了夜魔罗大人，就是死路一条。"

夜魔罗冷不丁地说："还真是被关废了，连他，你们都认不得。他们不认识，梦姬，你呢？你也不认得？"

女妖嗫嚅着嘴唇，睁大眼睛，半晌颤抖起来，一个字都说不出来。

夜魔罗嗤笑道："他好歹借你的肚子孕育了百年，你应该对他很熟悉才是。"

这句话一说出来，众妖不可置信地道："是殿下？"

这个消息如同让一片死海沸腾，众妖谁都没能想到，还能活到见到上古帝君后嗣的这一日。

“不好，殿下的法身还未长成，他不该出现在镇妖塔，如今被仙族的守卫发现，待吾等助他一臂之力。”

大妖们纷纷赞同，他们被困在这里没关系，晏潮生不可以被困在这里，当即就要使出浑身解数，阻拦仙兵们。

夜魔罗道：“不许妄动，尔等要的是一个君王，而非一个觉醒不了血脉的无能之辈。”

“夜魔罗，你胆敢对殿下不敬！”

夜魔罗笑道：“不敬？不，八荒之中，再没人比我更敬重相繇后嗣，可他的血脉并未觉醒，还算不得真正的殿下，不管他的法身是否长成，若是连镇妖塔中的仙兵都怕，那他也无法等到蜕变的那一日，肩负不起相繇一族和妖族的重任，死在今日又何妨？”

夜魔罗舔了舔嘴唇：“别急，待他变得冷血、残忍、好战的那一刻，才会是妖族的王，咱们妖族才能迎来真正的黎明。”

梦姬喃喃者道：“我们能等到那一日吗？”

夜魔罗闭了闭眼睛，平静地说：“不是已经快了吗？”

殿下的元身之上，此刻可全是恨与怒。

晏潮生眼看仙兵们要追上来，心里升腾起一股杀意。他的原身有妖物的一切劣根性，包括傲慢、狂妄自大等。事实上，晏潮生在塔外已经快一个月了。

这段时间发生了许多琉双不知道的事。琉双离开空桑仙境后，晏潮生已经隐隐觉察到了不对劲，琉双的态度，似乎并非深爱他。

晏潮生的心不断下沉，可还没等他动身去找琉双，空桑率先布置下了仙门任务，赤水翀亲自下的令——让晏潮生去人间的一个镇子除妖。接到令牌那一刻，晏潮生的神色平静。递令牌给他的仙使讥笑地看了他一眼，让一个妖去屠戮自己同族的任务，交给晏潮生完成，怎么都像是讽刺。

“可是不愿？”

晏潮生道：“弟子定当完成任务。”没什么不愿，大道殊途，他自然同意小狼妖的话，走上仙途那一刻开始，他已经舍弃了许多东西。他明白，八荒之中的妖族并无尊严。他也不需要这个，一路走来，同伴一个个惨死，他早就明白，只有舍弃自己的身份，融入仙族，才有真正立足的那日。若要融入他们，当一个合格的仙长，需要除妖，他会动手。他甚至会比谁都下手果断。

仙使见到他眼里的冷静，多看了几眼，旋即淡淡地道：“后日出发。”

出发前，宓楚仙子来探望他：“此次出仙境，可有我能帮到你的地方？琉双让我好好照顾你，你来了数日，说来羞愧，没能为你做什么，你收下这件软甲吧，或许能防身。”

她的眼神温柔，带着关怀之色，晏潮生抬眼看过去，有一丝迟疑。按理来说，一个自小缺少关怀与爱的人，若旁人待他好，他是很敏感的。他们大多被施舍一点小小的恩情，就会对人感激不已。晏潮生曾经也不例外。他从前比大多数可怜的人，更加渴望得到爱与关注。

然而世事总是逼着他看清不少东西。他记得，第一个关怀他的人，是幼时遇到的一个女妖。女妖说她丧子，见晏潮生漂亮、可爱，以后想做他的娘亲。小妖蛇没有娘亲，他所渴望的一切从女妖的嘴里吐出来时，他几乎轻易就把自己的小手递了过去。和女妖回家的一路上，小妖蛇幻想了无数次，有家不用过风餐露宿的生活，也幻想着，以后他长大，会怎样保护娘亲。后来，女妖死在了原本用来煮他的锅里，小妖蛇面色阴冷，第一次有人对他示好，是看重他弱小无依，身上却有些修为在，想吃了他。

还有就是晏潮生情窦初开时邂逅的山林中的女妖。可惜那样的好，在爱与善意的种子还未萌发前，只短短地维持了不到三日。她们看中他的皮囊，只想要一段露水情缘。

渐渐长大，晏潮生也遇到过一位散仙，这位散仙，教了他不少东西。散仙帮助晏潮生脱困，躲过道士们的追杀，又带晏潮生回到洞府，给他治伤。晏潮生一度把他当作自己的师尊，后来他才知道，散仙有一个儿子，眼睛被人暗算后失明，需要一双能压制毒素的眼睛，怕杀害仙族招祸，才挑中妖。散仙有些本事，看出晏潮生的一双妖瞳与其他妖怪略有不同，把主意打到了晏潮生的身上。散仙也确实成功了，匕首刺入了晏潮生的眼睛。可惜，散仙使尽浑身解数，都没法将他的一双眼睛剜下来。晏潮生的墨瞳化作银瞳，血丝弥漫，直盯着那位散仙，没流一滴泪。

这么多年过去，晏潮生似乎还记得匕首刺入眼中那种痛苦。

此刻宓楚送来软甲，无疑也是一种示好。晏潮生停顿了一下，笑着收下：“多谢仙子。”

晏潮生低下头，眼神是冷的，揣摩宓楚的用意，这位仙子，又想从他这里得到什么呢？晏潮生难免想起另一个人，亲手把他推到宓楚的身边，让他这几日恨得几乎咬碎了牙的小仙子。

宓楚赠礼的举动，更加令晏潮生感到恼恨。这就是赤水琉双想要的？她当真半点也不在意他会不会与宓楚处出感情？

晏潮生很想去镇妖塔问个清楚，然而身上的令牌告诉他，这是他第一次接到仙门任务，必须出色地完成，才能去找她。

晏潮生随着三名仙门长老去人间的一个小镇。晏潮生巡视一周，并没有发现妖气，镇子上居住的人也极其稀少。他把自己的发现告诉众人，长老不耐烦地道："都说了是作恶的大妖，若是这么容易被你发现踪迹，就不需要我们出马了，区区黄口小儿，做好分内之事。"

晏潮生恭敬地道："是。"

长老们让晏潮生在镇外布阵，晏潮生一一照做，待法阵完成的那一日，已是人间的一个月圆之夜。

"今夜，便是收网之时。"

晏潮生沉默着，觉察到什么，拳头慢慢收紧。

一名长老用剑指着他："来此，收的就是你这名孽障，不知道你为何会来我空桑，但空桑绝不容忍心怀不轨之人。"

晏潮生声音喑哑地道："弟子只是想拜师，寻求仙道，从未有过害空桑之心。"

"非我族类，其心必异。你若真如你说的那般坦荡，为何连血脉都要封印隐藏？以境主之力，都看不透你是何种妖物，还敢说自己并未包藏祸心？"

可晏潮生自出生时，连自己都不知自己是何血脉，也从来不能化出元身，这并不是他的错。

"何必与他废话，杀了他便是。"

那夜刀光剑影，晏潮生虽然恢复了修为，功力大增，却不是三个长老的对手，诛妖阵在他的脚下，层层亮起。他被困在阵中，抬头看这些道貌岸然的仙君，第一次意识到自己这些年来的可笑。他一心寻求的，为之忍辱，下跪央求的，就是这样一群人吗？

晏潮生的眼神越发冷下来，心中恨意横生。快要死在诛妖阵之下时，他的骨骼异动，随即，晏潮生在他们的眼中，看见了自己的模样。他，不，或者说它，它的身形猛然拔高。数十丈高的大蛇，拔地而起，高高地俯视着他们。

晏潮生竟然在这样的关头，为了活下去，第一次强行化出自己的元身。长老们惊疑不定地看着他 ：“这是何妖物？为何从未见过？”

妖身蛮横，竟然硬生生地突破了法阵，晏潮生张开大口，心中恨意横生，目露冷光，心里只有一个念头，杀了他们!

长老们被晏潮生不要命的打法吓到，晏潮生却在咬断一名长老的脖子前，想到什么，目露压抑与几分恨意，突然松口，朝人间的镇子逃去。妖身逃跑的速度极快，徒留三名长老在原地，面面相觑。

晏潮生也不知道，自己为何会来镇妖塔。他的全身都是强化元身渗出的血，包括眸中，都布满了血丝。他知道自己不能杀人，一旦杀人，就会像幼时杀了几个道士那样，被八荒不容。即使是他们先要杀他。

晏潮生仰起头，看向镇妖塔，镇妖塔里面的冲天妖气，他离老远就能闻到。晏潮生的心里恨意森然，不仅是恨不容他的空桑，也在恨她。他并不蠢，他走过戏台万千的人世，虽然没有自己体验过，却也见过许多情深的爱侣与世间的凉薄。

当琉双把他推给宓楚时，他就明白了许多事。赤水狰要杀他，更是成了最后的导火索。他很想问问，空桑要杀他，是否也有她的意思。若一开始就不容他，为何要为他做那么多事?

琉双是不是也像他一路走来遇到的人那样，对他有所图谋。可他的身份这般卑贱，她能从他的身上得到什么呢？是奉了赤水狰的命，试探他的来历和血脉?

晏潮生化作人类少年模样，冷冷地坐在不远处，任由怒意在身体中肆虐猖獗。他不愿承认，滔天的恨意之下，还有浅浅的一份不甘和委屈。

镇妖塔外偶尔会下雨。

晏潮生知道镇妖塔是关押大妖的地方，大妖都出不来，他更不敢进去。一日日过去，他知道自己这些日子遭受的一切琉双看不见，自己的感受琉双也不知道。那日在九思潭，拉起琉双的手，让她剜元丹的自己，仿佛成了一个笑话。若不喜欢他，为何要这样对他？一开始像白羽嚣那样的态度，不好吗?

晏潮生的伤没有好，却也没有离开。晏潮生说不明白自己在等什么，或许等有一日琉双出来，就化作原形绞死她。他受过许多骗，然而被伤害得最狠的，令他最不愿承认的，便是这次。女妖想吃他，被他推进了炉中，散仙要剜他的眼，也被他杀死。只有她……

琉双尚且没有说要什么，晏潮生就拉起了她的手，去触碰妖族最珍贵的元丹。晏潮生想起了毕巡，他当初嘲笑毕巡，觉得毕巡是妖族的耻辱，今日方知，自己和毕巡没什么两样。再不割舍这段莫名其妙的情愫，他最终也会落得和毕巡一样的下场，他会死的。

晏潮生虎视眈眈地等了近一个月，终于在一个清晨，看见琉双走到塔下，然而琉双并未出塔，她双手结印，采了辰时开的最美的一朵花。

晏潮生抬眼，从镇妖塔的最上面，他感知到了危险。他的银瞳若隐若现。他的心口感到沉闷、压抑，一个声音在冷冷地说着，她的父亲要杀你，既然不用你动手，她就有危险，你何必多此一举。

晏潮生低下头，手指收紧。他的银瞳看过去，第三十二层，一层浅浅的红色雾气笼罩，心里的不安越发浓重。忍无可忍化作元身闯入镇妖塔的那一刻，晏潮生告诉自己，他是去要一个答案的。不能让她骗了自己，又死得这样轻易。

此时，晏潮生成功地抢下了琉双，他的蛇瞳如硕大的灯笼，回头看着被他卷着的琉双，缠着她腰肢的尾巴不断地缩紧。她的全身上下只剩一件肚兜，更要命的是，她中了情花毒，根本不知道害怕和厌恶，也看不见墨蛇冰冷的目光，只知他的蛇身冰凉，令她感到舒服，去抱他的蛇尾。

琉双的身体纤弱，在晏潮生这样的庞然躯体下，他动动尾巴，就可以勒死她，以报仇雪恨。

像晏潮生以前说的，妖族都这样，她的父亲要杀他，她还骗了他，他也应该报复她才对。

琉双对他眸中的冷意一无所觉，毫无意识地依赖他。他鳞片下的血，染红了她的衣衫。

眼看仙兵渐近，晏潮生的眸子越发冰冷，烦躁地扔下她。

她掉在地上，睁着一双雾蒙蒙的眼睛看他。要滑落不滑落的肚兜，被这么一折腾，滑落了一半。春色无边。墨蛇的瞳孔一缩，恨不得把她给吞了。

追兵到了，墨蛇身上的光芒一闪，本来用来装青鸾的彩色翎羽，立刻把他们笼罩了进去。

翎羽之中的天地，原本只有一颗半死不活的蛋，现在又凭空出现了一条庞大的墨蛇和一个半裸的少女。

晏潮生冷冷地看着琉双，她中了情花毒，只觉得热。她一旦想靠近他，就被他一尾巴抽离，他自己都没意识到，下手看起来狠，落在她的身上时，却是轻轻的，连印子都没有。

最后，不清醒的琉双只能委屈地贴着一颗蛋降温。那颗妖鸟蛋养大了不少，几乎和她差不多大。

晏潮生看得更生气。用尾巴把她卷过来，死死地摁住。

“热……”琉双呢喃着道。

晏潮生心中的恶意横生，逼近她。他的尾巴从肚兜下钻进去，他的银瞳熠熠发光，一寸寸地缠绕她。骗他，胆敢骗他，骗得他都要挖内丹了！

到了此刻，他还执着于一个答案：“你解释一番，我许能化作人形。”

琉双早已听不清晏潮生在说什么，雾蒙蒙的眼睛水光清绝，低低地喘息着。从未比此刻更像祸水。

晏潮生只看了一眼，分不清是她疯了还是自己疯了。他冷冷地笑道：“把眼睛给我闭上，难不成你想当第一个和妖物在一起被弄死的仙子吗？”

肚兜落在妖鸟蛋的旁边，他声音冷冷地逼近她，妖物的天性再不掩盖，他说道：“是否留你一命，看我一会儿的心情。”

上古大妖青鸾死后，化作了两样东西，一样是晏潮生的凤翎鞭，另一样则是彩色翎羽中的小境界。

小境界并不大，万物都有自己的生存法则，当初青鸾怕自己的孩子为八荒所不容，特以身为殉，化出这隔绝气息的方圆之地。

如今，小小的天地内，只有一枚蛋，一个全身赤裸的少女，还有一条墨蛇。

琉双中了情花毒，情花毒有短暂摧毁灵智的功效。她感到全身燥热，在欲海中沉浮，忘记自己已经成了赤水琉双。她依稀以为，自己还是七百年后，擎苍山等待妖王夫君归来的小仙草。

此刻，作为委屈不已的小仙草，她隐约明白自己被暗算了。宿伦大人以前带过许多话本给她看，那些话本里，就有许多她这样的情况。若是好一点的女主角，便会遇见一位英雄帮她解毒，从此英雄佳人，共携白首。要是糟糕一点的主角，就惨了，被恶徒玷污，一生悲苦。后者实在太惨。

作为小仙草，琉双不记得对晏潮生的感情，却还记得一件事，他是自己的夫君。

八荒最好看的妖君陛下。若是夫君，在这种情况下与他在一起，尚且算是夫妻敦伦，她毕竟爱过他，他还好看，那就不亏。若是旁人……

琉双勉强从混沌中清醒过来，就看见了一条冷冰冰的墨蛇。它的眼神锐利、冰冷，此刻，什么冰凉的东西，在她腿间。她白皙的娇躯被它圈在怀里，她不舒服地闷哼了一声。

小仙草有些蒙，下意识地并拢了腿，不许眼前这只妖寸进一步。她想着，原来还有第三种情况，绝无仅有的糟糕。她颤抖着嘴唇，半晌抖出几个字："你大……大胆……"这只妖蛇完了，必须完了！她是妖君的女人，眼前的大妖作为妖族，竟敢动妖君的女人。

因为琉双意识的片刻清醒，墨蛇停下动作，与她对视着。它的元身其实并不难看。琉双没有见过这样的妖族元身，三分似蛇，三分似龙，四分似蛟。墨色的鳞片，在黯淡的小境界中，虽然显得狰狞，却带着淡淡的光泽。

然而，琉双没法不排斥它。她清醒过来的那一刻，清楚地感觉到了眼前的这个妖对自己的恶意。辗转厮磨，它半是情绪陷入疯狂状态，半是故意折腾她。可它或许没想到，她会有这片刻的清醒。

两个人僵持了好一会儿，情花毒再次发作。琉双连害怕与胆怯的时间都没有，再次被情花毒所侵袭，她难受得想哭，偏偏这条墨蛇也看出来了，眼神中带着恶意，故意戏弄她，抵开她修长的颤抖着的腿。它并无任何动作，仿佛等着她在半迷糊状态下的哀求。

纵然不清醒，琉双也感觉到了，他就是在故意欺负她。她眨了眨眼睛，眼泪从眼眶中滑落，作为被千恩万宠的妖君的妃子，她忍不住哭起来。晏潮生都不曾这样欺负她，她并不害怕妖族，因为说起来，她的原身也是一棵小仙草。可是妖族的元身，何其庞大，用元身来对待此刻比他弱小很多的她，无异于凌辱。

琉双的意识不清醒，记忆还停留在并未与妖君解灵之时，隐约记起来，连自己的夫君，都未用元身来欺负她。这样一想，自己比话本中遇到恶徒的凡人女子还要悲惨。委屈、惊慌，夹杂着害怕，让她蹬着腿，想要远离它。她抽泣着踢它，以为自己是小仙草，下意识地向夫君求救，道："晏潮生，你去哪里啦，救我……"

墨蛇本来冷冷地嗤笑着，看她可怜的反应。听到她的话，突然身体变得僵硬。

琉双只清醒了片刻，又变得浑浑噩噩的，被情花毒完全淹没意识，往这个大妖的身上缠。

墨蛇的鳞片犹如玄铁般冰冷，几乎冷到人的骨子里去。这样的冷，却大为克制她体内的情花毒，这个大妖的元身不稳，在小境界中，并未收敛妖气。

很快，她长长的睫毛，被冻上一层白色的寒霜。她感觉到，缠住自己腰肢的尾巴松开，她被放在地上。仙草的灵力丰厚时，眼泪是很多的。她难受得去抱他的尾巴，被他无情地抽打了一下手。

几只银环凌空而降，把她捆得结结实实的。

琉双清醒后，那只大妖一言未发。琉双肯定，他一定和自己有仇，不然为什么要在她清醒的时候，故意折磨她，在她不清醒、最难受的时候，他却不再与她交缠。情花毒完全淹没识海，后面发生的事，她再也没有记忆。

墨蛇化作人形，坐在琉双的身边。沉默良久，他恨得发笑，掐了掐她的脸蛋，脱下自己的衣衫，盖在她的身上。

晏潮生还穿着空桑弟子的服饰，他从空桑仙境出来时，还带着第一次出门完成任务的自豪感，他很珍视身上这身衣服，没想到后来会变得那般讽刺。正如他一遍遍地告诫自己，不可重蹈毕巡的覆辙。

盖着晏潮生衣衫的琉双，比席芸儿还要可恨。她比席芸儿的身份高贵，比席芸儿美，比席芸儿会哭，也比席芸儿懂得审时度势。将来，或许比席芸儿还残忍。他这样停下来，比她更难受，他别过头，干脆用手按在自己的胸口之上，用来保持清醒。没了护心鳞的地方，一触碰就疼。剧痛之下，他才能克制住身体的本能。

琉双的眼睛没了光亮，一看就是早已神志不清。他妖身的邪性还在，不可控地回味她方才的味道，几乎要反悔刚开了个头就放过她。

沉默良久，晏潮生化出银瞳，只有这时，他的功法最强大。晏潮生不比她好受，她的存在，对他来说，无异于一味情花毒。

不远处的琉双被他短暂控制住，她难受得直落泪。泪珠掉入长发，看上去可怜极了。他面无表情地看了一会儿，心脏却在隐隐作痛。

他看看被他的衣衫盖住的某处，脸色绷紧。不知道她为什么会在方才叫他的名字，他又恨又气这个变故。

晏潮生从不知道，有一刻他的心情能复杂成这样。他觉得难受，又欢愉又痛苦。她叫他救她，可她不知道，让她害怕的，也是自己。

见琉双哭，他抬手，把她的泪擦去。

知道琉双现在认不得人，他道："别哭了，我比你疼。"

琉双的眼泪让他的指尖微微颤抖。情花毒吞噬意识，人会变得脆弱而委屈，他才擦干这张小脸上的泪，她又泪流满面。

晏潮生努力让自己冷漠些，别再走毕巡的老路，冷冷地道："忍忍。"

情花毒又不是人间最卑劣的药，并非不解就会死，只是会让人难受。忍过去就能活，但需要痛苦好几日，法力会削减不少。

琉双小声啜泣着，一张小脸哭花了，桃腮晕出浅浅的粉，难受得泣不成声。

晏潮生沉默良久，看向一旁的妖鸟蛋。

它无声无息的，可好歹是上古妖族的后嗣，应该不至于没用。晏潮生的手掌捂上自己的心脏之处，抽了一丝心脉出来，渡入妖蛋中。他低咳一声，忍住不适。妖鸟蛋旋转着，如同被注入生命，很快，妖鸟蛋破开了一条缝隙。

晏潮生没工夫看它破壳，咬着牙把琉双半抱起来，让她靠在自己的怀里。五指张开，盖住她的腰腹。浓郁的红色气息从琉双的身体，朝他的指尖过渡，渐渐地，情花毒全部渡入他的身体里。燥热感袭来。

怀里的琉双不再难受，方才折腾了那么久，此刻在他的怀里沉沉睡去。晏潮生在她的额头上一点，她睡得更沉。

趁着自己还清醒，晏潮生看向已经破壳的妖鸟。那么大的蛋，如今破壳出来的妖鸟不过巴掌大。一身青色的、柔软的绒毛，小脚丫嫩黄，正偏着头看他们。

晏潮生感知到自己与这个弱小妖鸟的心脉相连，冷冷地吩咐道："我要冬眠一段时间，你看着彩羽小境界，不许任何人进来。"

小妖鸟"啾"地叫了一声。

晏潮生："还有，别让她先醒，一切等我的吩咐。"

小妖鸟："啾！"

晏潮生把怀里的琉双放下："守着她，这里既然是你母亲的地方，维持好这个结界。"他走到离琉双数尺远的地方，盘腿坐下，在情花毒侵蚀自己的意识前，用玄冰冻住自己的躯体。借用妖性来对抗情花毒的痛苦，很快，他的身体开始结冰。

小妖鸟还飞不起来，兢兢业业地跳过来，守在琉双的身边，时不时地看一眼冰里的玄衣少年。它饿了的时候，就回到蛋壳边，把小脑袋埋进去，吸收蛋里留下的营养，随即又张开翅膀，不让小境界溃散。

反反复复数日，蛋壳里的营养也没了，小妖鸟饿得奄奄一息，尽职尽责地没让琉双醒过来，也没让小境界破碎。但它才破壳不久，本来就饥饿，需要进食，能使用的法力也不多，主人若是再不醒，它维持不了多久。

眼见琉双要睁开眼睛，毛茸茸的小妖鸟急得在玄冰处打转，表达自己的焦急。它太小，使用不出法力了。

好歹下一刻，玄冰猛然碎裂，它一身墨色衣衫的主人到了琉双的身边，指尖一点，她再次沉沉睡去。小妖鸟奇怪地看着，不明白主人为什么不让这个漂亮的少女先醒。

晏潮生没吭声，变出一个浴桶，把琉双放进去。

“转过去。”晏潮生冷冷地说。

小妖鸟没反应过来在说自己，直到被粗暴地踹了一脚，它才用翅膀捂着尾巴，慌忙跳开。妖类的好奇心重，良久，它又忍不住悄悄地看了一眼，看见它凶恶的主人，在给那个少女清洗身子。晏潮生蒙着眼睛，面无表情。

许久，晏潮生变出一套衣衫，给小仙子穿上，他抱着琉双，让她靠在怀里，解下眼睛上的布条，又命令它：“过来。”

小妖鸟殷勤地过来。它凶恶的主人，眼尾泛着浅红，与它对视：“有什么本事？”

它瑟瑟发抖半晌，有些茫然。

晏潮生：“治伤，会不会？”

小妖鸟偏头看晏潮生，希望主人说得明白一点，治伤，只要有法力的都会，冷酷、残暴的主人显然比它的法力高多了，为什么会问它这样的问题？

晏潮生沉默了半晌，艰难地问道：“修复术法，会吗？”

小妖鸟：“嗯？”

它顺着主人的视线，看见琉双被盖住的美好的身体，无言以对。

共用心脉，等同天然的自己人，晏潮生显然并没有把它当作一个刚出生的妖鸟宝宝看。他停顿了一下，冷冷地道：“我不是故意的，就这样了。”

小妖鸟：“……”啾啾。人渣。

塔里的妖最近十分躁动。殿下的气息一开始还在，后来就莫名其妙地不见了，连带着那个才来的小仙子，气息也不见了。妖们表示十分担心。

夜魔罗倒是沉得住气，相繇后嗣没那么容易出事。

不仅他们，镇妖塔里的仙族守卫也尽数被吵醒，开始寻找闯入镇妖塔中的妖孽。只有琉双的那位师叔，非常担心琉双的情况，四处在寻她。

仙族各自派人朝自己的仙境回禀，夜魔罗向各个大妖命令道：“都不许有任何动作，如以往一样。”

终于，在近半个月后，第三十五层的外面凭空出现两个人。

琉双睁开了眼睛。她抬头，一眼看见了身边的晏潮生。

晏潮生面色如常，垂头看她：“醒了？”

琉双坐起来，她的识海混混沌沌的，模糊的记忆和画面自脑海中闪过，突然想起什么，琉双的身体一僵，咬着牙，带着怒意：“晏潮生，你有没有看见一条墨蛇？”

晏潮生停顿了一下：“不曾，我进来时，你中了情花毒，我把你带到彩羽小境界中，你似乎一直在做噩梦。”

“做噩梦？”琉双狐疑万分，下意识地感受自己的身体。

晏潮生的表情十分平静。

过了半晌，琉双发现，确实好像是自己做梦，她的身体毫无异常，仙族对自己的身体还是很敏锐的，甚至，她的元阴还在。

“不疼……”情花毒吞噬了她的意识，她恍然还以为自己是小仙草，做一个梦也正常。

琉双松了口气。不过……她看向眼前的晏潮生：“你怎么会在镇妖塔中？”

若是在小境界中是一场梦，那她的记忆，就停留在夜魔罗暗算她的那一刻。奇怪的是，晏潮生明明在空桑，她还撮合了他与宓楚，按理他应该在空桑与宓楚培养感情，怎么会出现在镇妖塔？

“你真的不知道？”晏潮生抬头。

琉双：“这几日，发生了什么吗？”

晏潮生冷笑道：“少主，赤水境主要诛杀我这个妖孽，你们空桑容不下我。”

许久，他又说：“你呢？为何要把我给宓楚？”

琉双听晏潮生说赤水翀要杀他，愣了好一会儿。她离开的那日，母亲明明说，父亲已经答应不会动晏潮生。见晏潮生神情不似在说谎，琉双也沉默下来，她隐约明白，自己的存在，虽然能改变很多事，可也有许多不能改变的。

赤水翀作为境主，不会接纳妖物，也不会放任空桑有任何隐患。但赤水翀不像琉双这样，也就不会想到，晏潮生不会在他的打压下死去。没有死，却结下仇怨，这才是最糟糕的局面。见晏潮生神色难看，没有提起旁的，琉双只好顺着晏潮生的话题问："你与宓楚仙子相处这几日，觉得宓楚仙子如何？"

晏潮生突然抬眼看她，冷冷地审视道："若我说，宓楚仙子很好？"

琉双看了晏潮生一眼，好歹有一件事没有跑偏，前世今生，他的心上人始终是宓楚。没人比她更清楚，晏潮生曾经为了宓楚，如何向天界征战数年，又为宓楚上天入地寻找灵宝，他是爱极了宓楚的。既然心里有宓楚，那就不是死局。

琉双思索片刻："你们既然合得来，若……"

琉双的话还没说完，晏潮生冷笑一声，突然出手掐住琉双的脖子。

晏潮生的体温冰凉，琉双没想到他会突然这样做，脖子上的手冻得她打了一个激灵，她错愕地抬头看他。却不期然看见一双毫无温度的眼睛。明明行凶的人是晏潮生，他的神情却似乎比她还要隐忍。

"我再给你一次机会，"晏潮生一字一句地逼问道，"我若与宓楚相处甚欢，你高兴吗？"

琉双被晏潮生掐得低咳一声。晏潮生的怒意突如其来，她忍不住想，难道晏潮生怕自己觉察他对宓楚的心思，从而拆散他们。

琉双用两只手抵住他，连忙道："我没反对你们。"

晏潮生的神色越发冰冷，眼眶泛着红，本来没怎么使劲的手，突然用力。

琉双被晏潮生逼退几步。身后就是第三十五层的大门，晏潮生的这一动作，几乎把她逼退到门边。琉双的手指结印，下意识地要反击，抬眼看他，却不见他眼中的杀意，她放下手。

"你在为我父亲杀你一事生气吗？"可是这个反应未免也太慢了些，不是都已经说到宓楚的话题了吗？

晏潮生抿着嘴唇死死地盯着她，沉默不语。他不讲话，琉双以为他默认。想到空桑杀他，确实是空桑不对在先。这时的晏潮生，一心向道，绝无反叛、害人之心。被门派这样对待，谁的心里都会觉得不公平。

"对不起，晏潮生。"琉双垂下手，泄气地让他掐，左右是替空桑道歉，道歉的人得有道歉的姿态。她是仙体，晏潮生这样掐不死她，顶多弄疼她。可是等了半晌，那只手也没有继续用力。她困惑地眨了眨眼睛，他的神色紧绷，突然一把甩开她。

镇妖塔中，仙族的气息渐渐靠近，想来仙族战士发现了晏潮生的存在。情况危急，琉双也顾不得考虑晏潮生如今怎样看待空桑，问："你怎么会来镇妖塔？这里下了禁制，妖族许进不许出。若是被他们找到，你会被锁住的。"

"我的事，不需要你管。"晏潮生转身就走，朝着与仙族士兵不同的方向，也不再管身后的琉双。

琉双跟了几步，还没想好对策，一个身穿白色战甲的人，已经到了身边。她再看过去，晏潮生的身影已经不见。

"双双？"

"乌晨师叔。"

乌晨舒展开眉目："竟然真的是你，这几日你去哪里了？所有的仙族之人都没找到你，前段时间镇妖塔异动，被一个妖物闯入，我担心你出了事。"

"我没事，"琉双道，"师叔在找那只闯塔的妖吗？"

乌晨颔首："你可有看见？"

琉双停顿了一下，摇头。

乌晨说："你既然没事，就封闭了五感在这里待着，别四处走动。师叔还有事在身，先走了。"

琉双："乌晨师叔！"

乌晨回头。

琉双："进塔以后的妖，永远都出不去了吗？"

乌晨说："自然。"

琉双说不清自己是什么感受，晏潮生不论是什么原因出现在这里，总归救了自己。待他们一行卫兵走远，琉双去寻找晏潮生。冷不丁身后有个带笑的声音响起："赤水家的小仙子，你找他，是要害他，还是想救他？"

听到这个声音，琉双推开身后的门。

夜魔罗仍旧被高高地束缚在空中，他的神情显得无辜、乖巧，见她推开门，他的目光在她的身上逡巡一圈，然后他别有深意地一笑。似遗憾，似可惜，又似满意。

琉双："前辈又想出什么卑劣的主意？"

"你生我的气了？"夜魔罗偏头，看上去竟然有几分委屈。

琉双："前辈的手段滔天，我哪里敢生前辈的气。不过镇妖塔中，妖族沆瀣一气之事，前辈恐怕瞒不住了。"

夜魔罗低低地笑起来。原本以为是个乖巧的小仙子，没想到也是个有脾气的。他们这些上古老妖怪在镇妖塔中关了这么多年，能彼此交流，确实是个大秘密。她反应过来情有可原。

不过，殿下既然顺利地出生、长大，如今还有谁在乎呢？镇妖塔即便再加固封印，对妖族来说，也有了盼头。这漫长的万年，玄铁刺入身体的痛，早该结束了。没有妖喜欢这样拘束地活着。

见琉双冷冷地看了他一眼就要走，夜魔罗懒洋洋地开口："我记起来第五条灵脉在何处了。"

琉双的脚步停住。

夜魔罗眼中的恶意一闪而过："不过恐怕，你们没本事拿到。"

琉双根本不相信夜魔罗会真的告诉自己第五条灵脉的所在，然而身后的夜魔罗含笑开口："你可听过，妖族旧址——无断境？第五条灵脉，就在无断境的弱水之下。"

琉双手指一紧，无断境，不就是晏潮生成为妖君以后的宫殿？她在妖族住过十年，见过弱水天河。弱水万物不生。昔有传说，上古大战，弱水奔流，祸害众生，所过之处，蚕食无数生灵。本来是天河，却被遗弃，最后到了妖族之中。

宿伦大人曾调侃："被八荒遗弃的河，与被八荒遗弃的种族，倒是般配。娘娘，您可要小心此处，若是掉下去，妖君也没办法救您。"

现在夜魔罗却说，所有仙族赖以生存的灵脉在弱水之下。

"信与不信，全看你们。"夜魔罗肆意地大笑起来，"本座喜欢看你们仙族瞻前顾后，又渴望又胆怯的模样。"

夜魔罗看好戏般地道："小仙子，弱水之中，下去几个死几个哦。"

琉双说："多谢前辈告知。"

琉双再也没看夜魔罗一眼，寻找晏潮生去了。

夜魔罗看着琉双的背影，低声闷笑，漫不经心地道："梦姬。"

一个紧张、惊慌的女人的声音响起来："夜魔罗大人。"

夜魔罗说："你说赤水琉双的心，好似碎裂过。"

"是，"梦姬道，"赤水琉双来的第一日，我试图蛊惑她，就发现了她的记忆很奇怪，她竟然很早就认识了殿下。而且……"

夜魔罗："还有什么？"

梦姬："仿佛她的爱恨痴欲，一并消散过。她想留，却无法留住自己当初的痛苦与感情，心门被迫紧闭，如今只一心守护，守护失去过的东西，守护空桑，还有一个叫作苍蓝的仙境。"

夜魔罗突然低笑道："原来如此，苍蓝……"难怪自己给她种下情花毒，她却没有像别的仙子一样，恼怒至极，对他恨之入骨，来报复他，还能以大局为重，去寻找晏潮生。因为她的心碎裂过，不再记得曾经的痛苦与快乐的痴妄，赤水家的小姑娘，不知道在外面经历了什么，还与他们的殿下有关，连一颗完整的心都没保住。

夜魔罗："何等的痛苦，才会导致灵髓之心碎裂，既如此，让她全部再次感受到好了。"

梦姬说："夜魔罗大人为何对一个小仙子煞费苦心？"

"并非帮她。"夜魔罗勾起嘴唇。

上古蛇族血脉，在那种情况下竟然克制得住，没有伤她，证明殿下如今的心，在她的面前，软得一塌糊涂。而只有当赤水琉双重拾爱恨，化作一把利刃，刺入少年帝君的心里时，才能令他痛不欲生，令他觉醒。妖族需要冷血的帝王，而非为一个女子低下头颅的大蛇。

彩羽小境界，已经溃散。为它倾注的法力本来就不多，如今小妖鸟破了壳，它勉强支撑了几日后，彻底溃散。晏潮生没了可以隐藏的地方，他试图冲出镇妖塔，被层层禁制压了回来，血肉被烫得一阵疼痛。

镇妖塔中，到处是搜寻他的仙族士兵。琉双安全了，他却陷入绝境之中。闯入镇妖塔时，他就看见，遍体鳞伤的妖族都锁在镇妖塔。他明白若是被抓住，也是这样的下场。

小妖鸟蹲在晏潮生的肩膀上，担忧地道："啾啾啾啾！"

晏潮生开口："我知道，我没事。"他捂住胸口，熬过了情花毒，法力大减，方才试图闯出镇妖塔，又被反噬。本来妖族最强大的地方，是有护心鳞护住的心脏处，可他早就没了护心鳞，如今最脆弱的地方，也是胸膛。他松开手，看见指缝隐隐渗出血来。

小妖鸟回头叫了两声："啾啾。"

晏潮生："闭嘴，我不会回去找她，一开始去空桑，就是个错误，不杀她，已经是我的仁慈。"

小妖鸟失落地垂下脑袋，它不明白，主人怎么又变得好凶，在彩羽小境界中，不是好好的吗？别以为它没看见，出来之前，主人一直在盯着人家仙子看。虽然面无表情，但那时他的心里是喜悦的，小妖鸟都能感受到。

可一出来，提起琉双把他推给宓楚，晏潮生又变得阴郁、冰冷。宁愿自己闯塔，也不愿向琉双求助。

琉双的脾气明明挺好的，主人掐她，她眨巴着水汪汪的眼睛让主人掐，也没向仙族通风报信。只要他们回去，她一定会帮他们的，或许她有帮助主人和自己离开镇妖塔的办法。

小妖鸟感觉好痛苦，它的主人丧心病狂，它肯定是八荒之中，第一只在镇妖塔中破壳出生的上古妖鸟。一出生就被关起来，还有可能永远也出不去，要在塔里待一辈子。

眼看追兵渐近，一个女人的声音道："到我这里来，我帮你隐藏，可好？"

晏潮生回头，看见一张美艳、温柔的脸。女子眼波盈盈，肩胛被锁链贯穿，然而看向他的眼波，满是温柔之意。

琉双没有找到晏潮生。他这么大一只妖，如同在塔里蒸发了一样，她从第一层找到第三十五层，也没有看见晏潮生的影子。她找了好几日，最后只得放弃。她知道了第五条灵脉的下落，按理说任务已经完成，可以离开镇妖塔了。

夜魔罗笑道："为何还不走，在想那只小妖？"

琉双："你知道他去了哪里？"

夜魔罗悠然指出："小仙子，念在相识一场，我劝告你，若不是真的在意他，别去招惹他。别看他现在这般脆弱，总是对你心慈手软，有朝一日，把人逼急了，他会弄哭你的，我们妖族，最喜欢吃仙子了。"说罢，他自己神经质地笑起来。

琉双安静地等他笑完："所以，他在哪里？"

夜魔罗顶着一张乖巧的脸，老实地说："第三十二层。"

琉双半信半疑，她来回路过了好几次第三十二层，都没有看见晏潮生的影子，这次她下去，又回到了那个关押无数大妖的地方。

依旧是触目惊心混乱的景象，然而有一只青色小妖鸟，一蹦一跳地出来，它还不会飞，只能衔住她的裙摆，把她往里面拖。

琉双捧起这个小家伙，辨认出来以后，惊喜道："青鸾？"

小妖鸟歪头看她："啾啾！"

它示意琉双跟着它走，琉双迟疑片刻，往第三十二层而去，只见昏暗的天地下，无数藤蔓横生，玄铁穿透大妖的身体，一个美艳的女子横躺在藤蔓床上，玄衣少年，便阖着眼，睡在她怀里。

那个女子见了琉双，挑眉道："你还是回来了。"

琉双记得，来塔里的第一日，见过这个女子，她看向晏潮生："他怎么了

女子眸光微转，凝神感知了片刻，捂着嘴笑："有趣，你竟当真以为他的心是那个叫宓楚的仙子，还在疑惑，他怎么会不顾宓楚，与我这般亲密？"

女妖的手温柔地抚过晏潮生的头发，她怜惜地道："还好他没醒，不然得多小丫头无意伤人心，可男子有时隐忍发怒，只是不愿在你的面前表现出脆弱的我若把他还你，你可要他？你可想知道，他真正喜欢的人是谁？"

欣梦享
ENJOY LIVING

春归晏

藤萝为枝 著

（下）

江苏凤凰文艺出版社
JIANGSU PHOENIX LITERATURE AND
ART PUBLISHING

第十一章

灵脉枯竭

每个仙境的灵脉，
都是这个仙境立足的根本，
若是没了灵脉，
仙境就会溃散，
在仙境中修炼的每一个仙族，
灵髓都会渐渐消失，
悉数死亡。

女妖会读心。琉双记得最初见到她，她说出了“苍蓝”两个字，所以，女妖也从自己这里知晓了宓楚。但这是第一次有人告诉她，晏潮生不喜欢宓楚。怎么可能呢？

琉双怀疑地问：“他若不喜欢宓楚，喜欢的是谁？”

女妖娇笑道：“从我的口中说出，你不一定相信，你何不亲自问他？很多事情，你仔细想想，也许就能明白答案。小仙子，别错了方向。你一定得弄清楚他的心意，不然他可不会感激你。你亲自问问他，他一定会告诉你答案。”

女妖看向琉双，琉双点点头。若真是她弄错了，很有必要纠正。

女妖说：“我们只是让他睡了过去，他伤得很重，身上有三处伤，一处是你们空桑伤的，另一处是闯塔救你时受的伤，还有一处是他试图自己闯塔出去时受的伤。”

琉双低声道：“镇妖塔锁妖，他出不去了。”

镇妖塔为上古真神共同锻造，没有任何一只妖，能从这里出去，不然，夜魔罗也不会挨到现在，依旧被困在此处。

“他能出去，你也能找到第五条灵脉，”女妖笃定地开口道，“只要你敢亲自下到弱水中去取。”

没等琉双问明白她这话是何意，女妖挥了挥手。另一个妖怪控制着藤蔓，把晏潮生送到了琉双的身边，他还昏迷着，琉双不得不扶住他。

女妖诡异地一笑，猝不及防地问道：“小仙子，可见过上古神迹坍塌？”

“什么？”琉双的心中升起不祥的预感。

诸妖放肆地大笑起来。

有人嚷嚷道："被困了数万年，老子着实活够了，数万年过去，牛鼻子们全无长进，连个能灭了老子的人都没有。"

"这座破塔，以后再也不能困住我妖族子民。"

"早就在等这一日，如今也算放心了！"

镇妖塔嗡鸣四起，一时间热闹非凡，还能使用些微灵力的妖怪，更是横行无忌。

琉双从未见过这么多大妖在眼前放肆无状。连小妖鸟也开始感到害怕，蜷缩在晏潮生怀里。

仙族镇守者不知道发生了何事，纷纷被惊动，试图镇压住他们，他们却更加疯狂，犹如毁灭的前兆。

第一只妖笑道："祈狼族越阔，拜别殿下！"

说罢，他竟然自爆了元丹，化作一抹灰色的光束，冲击镇妖塔。旋即第二只妖也这样做，接着是第三只……越来越多的妖自爆元丹，镇妖塔终于开始震动。

仙族士兵震惊不已，乌晨喃喃着道："他们疯了吗？竟妄想毁塔！"

晏潮生不知何时醒来，他站稳了身子，清楚地映入他眼中的，是无数纷乱的景象。

彩色的流光一圈圈晕开。他看见那个妖娆的女子站起来，冲他盈盈一拜，嘴唇动了动。他莫名看懂了，她在说："拜别殿下，殿下珍重。"旋即，化作红色的流光，汇入塔中。

晏潮生手指动了动，心往下一沉，上前两步，却又不知自己为何会感到难受。三日前，他为了躲避仙兵，来到第三十二层，只觉得这个女子有些熟悉。他留在第三十二层，所有大妖对他都很友好，没有一个人伤害他，纷纷来与他说话，问起他如今八荒的情况。

纵然晏潮生沉默寡言，他们也不恼，大妖们一个个对他十分敬重。而这个女子，她也与他聊了几句，声音和目光都很温柔，依稀令他感到恍惚。

晏潮生从来没有在这样友好的妖族氛围里生活过，讽刺的是，这里是镇妖塔。藤妖给他编织了一张床，前些日子，晏潮生不眠不休，这时才第一次睡过去。他的妖瞳，没有感知到杀气。

晏潮生再次醒来，却看到所有妖族，自爆元丹冲击镇妖塔。

他与这些妖，并不熟识。妖们一个个死去，大多数妖都会留下一句不明所以的

“拜别殿下”。

镇妖塔岌岌可危，仙兵们终于意识到大事不妙，所有上古大妖都疯了，镇妖塔或许保不住，他们唤醒五感，纷纷往外跑，直到最后，第三十五层的玄铁链炸开，夜魔罗化作一条银瞳大蛇，冲破桎梏，哈哈大笑。活了数万年的大妖夜魔罗庞大的身躯，就这样出现在了众人面前。他的元身可以用华丽来形容。

夜魔罗俯首来到晏潮生和琉双的面前，他眯着眼睛：“小仙子，赠你一物，弱水之下，祝你好运。”

一道肉眼可见的明光打过来，谁都来不及反应，直接打入琉双的识海中。

夜魔罗又看向晏潮生，道：“一族荣光，尽系一人，你要永远记住今日的情形，别让吾等失望。”

夜魔罗的声音，第一次褪去伪装，变得冰冷而郑重：“上古相繇座下将领夜魔罗，拜别少帝君。”

晏潮生皱起眉头。

琉双捂着额头后退一步，恍惚一瞬，她没有听清夜魔罗对晏潮生说的话，她抬起头，本来以为毕巡死的那日，会是她今生见过最大的妖死去。

可眼前的情形，无疑令人感到震撼。

不知道活了多少年的上古大妖夜魔罗，汇入光影中，银碧色的光芒绚丽，如同漫天惊雷，恢宏地炸开，镇妖塔就像一个被撞出裂痕的钟罩，从底层开始坍塌。

一切快到让人来不及反应。镇妖塔中并不能御剑，琉双站不稳，跌倒，只好凝了个结界，等着碎石自天幕落下。到底是上古神迹，砸下来岂是一个结界能抵挡的?

塔中很少有跑出去的仙兵，哀号声不绝于耳，塔尽数坍塌的那一刻，琉双却没有感觉到疼。

一滴血滴落在她的脸颊边，琉双抬眼，看见撑在自己身体上方的人。

晏潮生紧抿着嘴，冷冷地看了琉双一眼。他的怀里，一只小妖鸟战战兢兢地钻出来。

琉双愣住，她抬眼，对上了晏潮生的眼睛。

晏潮生的眼里心痛之色很浅，阴郁和冷漠居多，妖身并不比仙体坚韧，他同样会受伤。她从晏潮生漆黑、冷漠的眼睛中，清晰地看见了自己的模样。

也不知为何，这一刻，琉双骤然想起女妖的话：“他究竟喜欢谁，很多事情，你仔细想想，也许就能明白答案。”

这一刻，琉双瞳孔猛缩，震惊不已。

晏潮生身上的疼痛只有一瞬，镇妖塔坍塌后，化作烟尘，流入世间。

仙兵们有好几个身受重伤，乌晨也受了伤。

琉双被晏潮生护在身下，见他冷冰冰地别过脸，看也不看她，把小妖鸟往怀里一塞，就要离开。她拽住晏潮生的袖子。

晏潮生嫌恶、嘲讽地说："你还想做什么？抓我回去请罪吗？赤水琉双，我如今，再也不是空桑的弟子！"

"我知道，"琉双说，"我没有要抓你回去，你救我受伤，我理应道谢。"她抬起手，绿色的萤芒从指间汇入他的身体，慢慢治疗晏潮生的伤口。

晏潮生握住她的手腕，近乎压抑地低道："够了，你别碰我。"他起身离开，再没回头。

走了数里远，晏潮生捂嘴咳了两声，一手的鲜血，他平静地坐在一棵树下，把小妖鸟放出来："自己去觅食，有事叫我。"

小妖鸟回头看了晏潮生一眼，十分犹豫。

晏潮生："滚。"

小妖鸟滚了。

晏潮生抬眼看着黑压压的天，他当作家的山林，毁灭那日，也是这样的天气，无数道士和凡人闯进来，离开得慢了的妖，最终化作了飞灰。他看见了无数的妖死去。那些尸骸，足以堆成一座山。他应当是没什么感觉的，可兔死狐悲之感，突然令人感到压抑，这些妖自爆的情形，不知为何会一遍遍地出现在他的脑海，挥之不去，这些尸骸中，或许明日，就有他的身影。他一直这样孤单，孤单地活着，有一日，也会孤单地死去。

小妖鸟太弱小，觅食需要好一会儿。

晏潮生无处可去，干脆在原地打坐疗伤。

不知道过去了多久，轻微的脚步声响起来，晏潮生停顿了一下，睁开眼睛，看见了面前的少女。

琉双衣摆的海棠灼灼，她在晏潮生的面前蹲下，手中捧着一身乱毛，肚皮圆滚滚的小妖鸟。

琉双把狼狈的小妖鸟放进晏潮生的怀里："它太小了，捉鱼被淹到，你得看着点。"

晏潮生冷笑道："若真这般无用，死便死了，无须赤水仙子关心。"

“晏潮生，”琉双停顿了一下，说，“方才你走得太快，我有一个问题，来不及问你。”

晏潮生：“问，问完赶紧走。”

沉默良久，琉双看着她。

晏潮生听见琉双问：“你是不是喜欢我？”

人间春风拂过，他晏潮生的身后是一簇才生出嫩枝的细柳，阴沉的天幕，如此沉闷，它们却在春风下肆无忌惮，蓬勃飘荡。他的喉咙一紧，一股热气上冲，染过脖子，又染过脸颊，一路横冲直撞地到达天灵盖。这样剧烈的感受，再难压得住伤口。

晏潮生低下头去，猛烈地咳嗽起来，不忘否认道：“赤水仙子何时有了自作多情的毛病！晏某就算喜欢路边的山石，也不可能喜欢你！”

“哦，”琉双轻轻地问道，“真不是我？”

晏潮生：“不是！”

琉双：“你看着我的眼睛说。”

晏潮生咬牙，不愿露怯，抬起头，尽量带着恨意与怒意冷冷地看她。

琉双的眸光淡而软，她蹲在晏潮生的身前，探究地看他。

“说啊。”琉双道。

“我……”晏潮生艰难地道，“我不喜……”

晏潮生手中的小妖鸟绝望地尖叫一声，它真不是故意要在这种关头出声的，实在是主人的手越收越紧，快要捏死它了。

晏潮生回过神来，那股直冲天灵盖的热气终于散去。他后知后觉地反应过来，他一个无拘束的妖，凭什么要如此听话地配合她。

晏潮生冷笑一声：“赤水仙子真是闲得慌，镇妖塔都没了，还有闲工夫来找我一个妖孽。”

琉双垂眸低声道：“原来是真的，怎么会这样……”

难得，从九思潭的莲花台初遇开始，这次无须任何人说，两个人的思绪，无缝衔接上，晏潮生立刻明白过来她说的是什么意思。原来是真的，你真的喜欢我。

晏潮生感到恼怒至极，一腔愤恨也无从纾解，自己都不愿承认的心思，被正主这般轻飘飘地点破。最可恨的是，她竟然如此反应……如此反应！满满是震惊和不可置信，夹杂着懊恼，却独独没有一丝欢喜和羞怯。他心中一痛，站起来，眼前之景，没有一处顺眼，最不顺眼的，当属依旧蹲着的琉双。

晏潮生："你愿意怎么想就怎么想，再跟过来，他日见面，便是兵必见血的仇人！"他步子走得急，不愿承认心里翻涌着的难过，即使被轻易伤到，还逞强地想要挽留最后一丝自尊。

一旦她走出误区，其实多明显啊！怎么可能掩盖得住？从晏潮生闯入幽冥王墓救她，到后来握着她的手，触碰自己的内丹，吻她化身的小毛团，还有今日下意识地在镇妖塔里护她……蛛丝马迹太多，他纵然不承认，可几乎连自己都要瞒不过去了。

晏潮生觉得有几分狼狈，不应该这样的，他已经不是空桑弟子，她却还是赤水氏仙族，他们本该从今日起，井水不犯河水，再无交集，就算有什么，也永远烂在肚子里。只要没人点破，依旧可以这样平静下去。可这样脆弱的遮羞的外衣，如今也不剩下。晏潮生走到很晚，才找了个暂且栖息的山洞，外面下起雨来。

外面呼呼刮着风，小妖鸟仰起头看他，道："啾！"

晏潮生怒道："你哪只眼睛看见我难过，瞎了我就给你挖了！"

小妖鸟恹恹地妥协："啾。"

晏潮生闭上眼睛，冷冷地道："不论如何，今后不会再有交集。"

无尽的低落，铺天盖地席卷而来。

琉双在原地愣了良久，目送晏潮生走远。她真没敢想，是这样的。记忆里叱咤风云的妖君，留给她的印象太深刻，她记得他是如何对宓楚好，好到最后与自己解灵，不再让自己踏入幽冥之地一步。若非亲眼看见他的反应，旁人告诉她晏潮生的心思，她一定会以为在说笑。

怎么可能……她处心积虑地撮合晏潮生与宓楚，没想到晏潮生喜欢的，竟然是她。实在太荒唐了，自己是小仙草时喜欢他，却得不到他的垂怜，如今自己已经不喜欢他，却得知他的心意。完了，岂不是一切都搞砸了！她的脸色苍白，事情彻底失控，琉双有些害怕接下来会发生的事。

乌晨找过来："双双？"

琉双连忙站起来："师叔。"

乌晨点头："镇妖塔毁了，这么重大的事，需得立刻回禀空桑，你可要与我一同回去？"

琉双点头："走吧。"她朝山林中看了一眼，心里焦急，事关生死，甚至盖过了晏潮生竟然喜欢自己的荒谬与震惊之感，晏潮生被父亲下令诛杀，想来只剩下屈辱与恨。她说什么，晏潮生或许都不会再相信她。这下可怎么办，撮合晏潮生与宓楚的路走错了，一切还来得及挽救吗？

琉双与乌晨一同回到空桑仙境时，赤水翀正好收到四海宴的请柬。他心事重重，脸色很难看，但不是因为镇妖塔之事。

宫殿里，除了赤水翀，还有一位眼熟的大臣和宓楚。琉双根据记忆辨认出来了这个人是谁，楼辛竺，宓楚的父亲，楼氏一族的将领，常年在南境，镇守空桑的灵脉。他此刻出现在空桑而不在南境，一定有大事发生。

果然，赤水翀沉声道："灵脉异动，已经开始枯竭。"

"什么！"空桑的灵脉，竟然比其他的仙境更早濒临枯竭！每个仙境的灵脉，都是这个仙境立足的根本，若是没了灵脉，仙境就会溃散，在仙境中修炼的每一个仙族，灵髓都会渐渐消失，最后成为凡人，悉数死亡。如同一个底蕴深厚的王朝，面临倾覆。

本来以为镇妖塔被毁，已经是一件大事，没想到空桑的灵脉也出了问题。难怪赤水翀的脸色会这么难看，眉宇间疲惫不已，仿佛苍老了许多。

待乌晨汇报完镇妖塔的情况后，赤水翀道："你是说，七日前镇妖塔被毁？"

乌晨点头。

楼辛竺也感到十分诧异："灵脉出现问题，也正是那一日。"

太过巧合，难免令人心生不安。

琉双说："父亲，我从夜魔罗口中得知了第五条灵脉的下落，但不知真假。"

赤水翀抬了抬手，其他人退出去。宓楚离开前，看了一眼琉双。

赤水翀："没人了，现在说吧。"

琉双抿了抿嘴唇，没有立刻说灵脉的事，反而问道："娘亲说父亲答应我不动晏潮生，父亲为何出尔反尔要杀他？"

赤水翀的脸沉下来："我本来没打算杀他，可是，琉双，他的身上，出现了清盈玉的灵力，你把灵玉，给了一个妖族之人。若被他人知晓，会怎样看你？堂堂空桑少主，为了一个卑贱的妖族之人，拿走神玉，背叛空桑，他们会放过你？"

琉双："父亲……"

赤水翀沉声说："你要我信你，你也应当相信我。"他要保住女儿的名望，别说杀一个妖，杀百个千个，也在所不惜。

“可是，”琉双低声道，“空桑注定无法杀他，折辱和杀意，反而会成就他啊……”然而这些，别说是赤水翀，若琉双不是从七百年后来的，她也不会相信。她感到有些无力，事情弄成这样，晏潮生含恨离开空桑，已经无法再让他与空桑交好。难道必须在空桑与苍蓝之间，选择一个吗？

赤水翀说：“灵脉如何？”

琉双想到如今的困境，只能说：“夜魔罗告诉我，第五条灵脉，在弱水之中。”

本来以为赤水翀也会怀疑，谁知道赤水翀沉默良久，道：“终究是天命所归。弱水之下万物不存，没人能拿到那条灵脉，这个，你且看看。”

是一张四海宴的拜帖。

琉双先前从白追旭那里得知了四海宴之事，后来被罚去镇妖塔，本以为四海宴与自己无关了，没想到镇妖塔被毁发生在四海宴之前。

赤水翀说：“此次四海宴，与以往有所不同。”

楼氏父女走出老远，宓楚再也忍不住回头，看向那座巍峨的、仙气缭绕的宫殿。

楼辛竺叹了口气，摸摸她的头：“宓楚，父亲知道你的心里在想什么，可是少主已经回来了。”

宓楚咬着嘴唇：“父亲，若她回不来，此次参加四海宴的人，能否是我？”

楼辛竺道：“纵然是你又如何，此次四海宴，不再是以往仙族之间切磋往来，谁都明白，是为太子风伏命选妃。天君即将退位，新的天君也即将诞生。所有仙境的灵脉，只有风家那一条完好，可保万世长存，风氏一门荣光，便是长留仙山的境主，也会把女儿送过去。宓楚，风氏眼高于顶，不说少主，长留仙山姬氏的后嗣，你能争得过吗？”

见宓楚要否认，楼辛竺道：“你是我的女儿，我最了解你，宓楚，为自己谋后路并没有错，一切都怪父亲。”他怜爱地看着宓楚，心里涌上无数愧疚。

宓楚幼年丧母，楼辛竺常年驻守灵脉，小时候，宓楚也曾随军在灵脉附近住过，每一次灵脉异动，犹如天塌地陷。楼氏的人，最能体会灵脉枯竭带来的灾难。

而联姻合灵，则是脱离空桑最好的方法，楼辛竺看着柔美的女儿，知晓宓楚的想法，她自小聪颖至极，不愿低嫁，当然会对鼎盛的风氏天族有想法。

可空桑之中，最尊贵的只能是有赤水血脉的少主。风伏命即便要联姻，为了后嗣的天姿，也会选择赤水琉双。

以前的空桑，有古老仙族的傲慢，或许不会让少主去做风伏命的天妃，可如今灵脉要枯竭了，若想天族出手驰援，唯有将少主嫁给风伏命这条出路。哪怕赤水翀再舍不得宝贝闺女，也会送琉双去四海宴。

宓楚抿着嘴唇："父亲怎么知道我全无机会？长留仙山的姬氏性子冷情若男儿，昆仑并无即墨氏直系血脉的女子。若赤水琉双今日不回来，去四海宴的人，只会是我，境主不正也这样想吗？否则今日怎么会让我去殿中？父亲！从小您便告诉我，要让着少主，少主的魂魄残缺，可我与她相处，看她学仙法笨拙如斯，却因为她的少主身份，集万千宠爱于一身，人人对她包容、宽和。我处处比她强，却因为非赤水族人，得让着她，哄着她，每年各大氏族献礼，境主说是把我当作亲生女儿看待，可赤水琉双总能先挑，我得捡她不要的东西。如今好不容易有这个机会，她被困在镇妖塔中，却又突然回来搅我的局，我心里不甘！"

楼辛竺听得心惊肉跳："宓楚！"他只以为女儿想要一条后路，可听宓楚话里的意思，明显是对少主也心存怨恨。他记得少主小时候，是个魂魄残缺的小姑娘，总是在人后咬牙努力，摔得鼻青脸肿。少主关爱空桑的一草一木，爱空桑之心，不比任何一个人差。

"宓楚，楼氏一族世代忠诚，你怎可这般想？那些本就都是属于少主的，若非境主和夫人宽厚，你根本不可能在空桑仙殿中长大，还被照顾有加。"楼辛竺厉声道，"你难道忘记了，以前渡劫受伤，我没在你的身边，都是夫人衣不解带照顾你？"

宓楚见话已说开，忍不住道："那是因为他们需要父亲的忠诚，灵脉所在的南境苦寒，一有异动，就要死不少人，他们怕你不愿意镇守灵脉，才会讨好我。"

"荒唐！"楼辛竺的心里觉得发冷，"你怎么会这般想？我们本来就是空桑子民，镇守灵脉是受了它恩泽的责任，再者，没有我，也会有其他仙族将领。"

宓楚见父亲摇头失望，她红了眼眶："父亲，是女儿想错了，您别怪我，我只是太难受，才会口不择言。"

楼辛竺见宓楚落下一滴泪来，似乎真的知错，叹息一声："好了，父亲没有怪你。"他给宓楚擦去眼泪，"为父不会不管你，若有一日，灵脉真的枯竭，届时为父也会好好安置你。你相信为父，境主让少主去，并非是对你不公，而是，风伏命并非良配，他性情风流，未娶天妃之前，身边早已有一群莺莺燕燕，天族性子凉薄，他不会真心对你的。境主这是宁愿牺牲女儿，也不愿推你入火坑。"

宓楚停顿了一下，点头。楼辛竺以为宓楚想通了，十分欣慰："我听说白家的二公子，一直待你不错，我见过他，他虽然性格不羁，可是待你至情至性，定不会负你，你若也有意……"

"父亲！"宓楚打断他，"我不喜欢他。"

楼辛竺叹气："好。"

父女二人即将分别之时，楼辛竺突然问道："上次的大比，我听说获胜的并非白家的二公子，而是一个天资奇高的妖脉弟子。宓楚，你若不愿意嫁白羽嚣，我收他为徒，把他纳入楼氏，将来他也是个不错的选择。"

宓楚惊讶之余，又觉得屈辱："您让我嫁给妖族？"

难道在父亲的眼里，赤水琉双配嫁给风伏命，自己就只能跟着一个卑贱的妖残喘度日吗？

楼辛竺沉默良久，道："与妖族合灵，也是解脱仙境对仙族之人桎梏的办法之一。若空桑覆灭，白羽嚣活不下来，他却能活下来，为你承受一半的仙境毁灭反噬。"

宓楚的目光渐冷："那还不如死了！"

楼辛竺定定地看着她："你可知道，此次灵脉枯竭前，我看见了什么？"

宓楚看过去。

楼辛竺苦笑："镇妖塔坍塌那日，我看见了濒临枯竭的灵脉中，妖气在蔓延。宓楚，天地玄黄，此消彼长，仙族独大太久，压得别的生灵无法喘息，纵然是受到庇佑的人间，也是怨声载道，天道都看在眼里，总会许以制衡。"

宓楚睁大眼睛。所以，楼辛竺的意思是，有朝一日，妖族也有可能堂堂正正地生活在阳光下，与仙族同等地位吗？不，她不信，怎么可能会有这样的一天？即便有，也不能成为她选择卑贱的妖族的理由。

琉双也没想到，晏潮生的事情还没解决，她就面临这样的选择，要么找到第五条灵脉，要么嫁给风伏命，得到他的垂怜，拯救即将枯竭的灵脉。

前有狼，后有虎。狼的事情越来越糟糕，老虎已经迫不及待地张开了嘴。

还没等晏潮生动手，空桑就快完了。他们必须注入新的灵脉！若夜魔罗说的是真的，第五条灵脉在弱水之下，根本不可能取得，作为境主，赤水翀宁愿含痛让琉双嫁给风伏命。

琉双："父亲，风伏命不可靠，不能将一族荣辱系于他身上，我愿去弱水一试。"

赤水翀难得发怒："胡闹，比起让你死，我宁愿你嫁给他！"

琉双还试图说服他，赤水翀不容置喙地道："我会送你上仙车。来人，带少主出去！"

琉双被赤水翀关了起来，没几日，仙车在外面等着。

拂柳为琉双梳妆打扮，碎碎念道："我听说长留仙山也有一位仙子会去，咱们少主可不能输给她，这件仙衣不行，不够耀眼，这件……这件还不错……"

琉双看了一眼："那件吧，那件我觉得可以。"她手指轻点，一个旋身，衣衫换上，是一袭浅朱色的简洁的护体仙衣。

拂柳连忙摆手："这一件不够好看，少主，你换我手中的这件。"

琉双冲拂柳眨眨眼睛："可它最合适不过，拂柳，你相信我。"

拂柳见自家少主真的喜欢，只好点头，反正少主长得好看，穿什么都好看。

琉双踏上仙车，此次去昆仑不同于上次，她作为空桑的少主，八个执蒲遥灯的仙婢跟着，还有浩浩荡荡的仙兵仪仗。

纱帘放下来，琉双觉得这个场景还真眼熟。上一次，她坐在这么漂亮的仙车上，却是亲手捏碎了自己的心。这一次，又是因为风伏命，简直是孽缘。

琉双与赤水翀的看法不同，赤水翀不了解太子风伏命，他觉得，只要琉双与风伏命合灵，风伏命就会出手挽救空桑的灵脉。可是琉双见过成为天君的风伏命，上辈子，孽火来临前，琉双曾为苍蓝求过当时的天君风伏命。

彼时，风伏命笑着，目光冷淡："孽火乃八荒所有草木之灵的定数，本君不可出手干预。"与他懦弱的父亲不同，此人十分心狠、果决。他不会帮空桑，更何况，经历过上辈子的事，琉双明白，男人并不可靠。若把所有荣辱系在他们的身上，只会得到无尽的、可笑的悲哀。上一世的妖君晏潮生如此，天君风伏命也不例外。即便风伏命现在同意，若他有一日心情不好，收回分出的灵脉，空桑仙境又当如何自处？不可能永远倚仗别人。

能靠得住的，只有自己。她误会晏潮生喜欢宓楚，已经不好收场，空桑要自保，必须做到两点：第一，灵脉不枯竭；第二，强大到能应对晏潮生。这两点，都不是嫁给风伏命就能解决的，唯有寻到第五条灵脉。

赤水翀不知道未来发生的事，不会相信晏潮生一个小小妖怪，能有这么大本事。但琉双必须坚定地去做对的事，她要拿到灵脉，无论如何也要试试！

所以当仙车走到一半时，有一位仙婢掀开纱帘，发现里面只有一封信。

上书：我去寻灵脉，为空桑全力一试，女儿心知父亲的爱护之意，可唯有此法，方得空桑绵延，父亲勿挂怀。

仙婢大惊失色地道：“少主不见了！”

众人惊慌之际，一个女仙飞来，有人道：“宓楚仙子！”

一直暗中随行的宓楚，看了一眼空荡荡的仙车，把琉双留下的信攥在掌心，手不断地握紧，道：“无须慌张，境主说若是中途有变故，便让我代为处理，如今，我们……继续往天界去吧。”

在仙车仪仗继续前往天宫时，琉双已经在妖山的山脚下的小茶肆中。

山前有一座屏障，越过这座山的屏障，另一边，就是尚且荒芜的妖界。

弱水不同于其他地方，人多势众并没有用，她想去看看情况。

琉双摸摸自己额间微疼的地方，夜魔罗临死前将某样东西从那儿打入了她的识海。他说：“祝你在弱水之下，能有好运。”夜魔罗或许早就猜到了，她终究会去妖界的弱水一搏。

七百年后，妖山之外，无人敢逗留，可现在，山下竟然还有小茶肆。

琉双被招呼着喝茶，她便顺势坐下来。她改换了模样，容颜仿佛隐在雾气之中，凡人看不真切，小二一点都不惊讶，反倒上前来主动与她说话，好奇地问她：“姑娘是什么妖？也是去那妖界之中，谋求生存的吗？”

琉双纳闷地道：“你知道妖族之事？不怕我是妖，伤害你吗？”

小二笑道：“多少知晓一些，我们在妖山做生意，迎来送往的，见过不少妖族之人。小的也怕受伤，可是一来，妖族伤人，必定会找来仙族讨伐，他们得不偿失；二来，妖宫就在那座山后，来此的妖族，往往无路可走，也没心情在这里滋事，毕竟他们有更重要的事做。”他倒是通达，把最危险的地方，当作了最安全的地方。

琉双放下一颗上品灵石，问店小二：“你所说的，谋求生存，是怎么回事？”

小二喜滋滋地收下上品灵石，知无不言，笑道：“妖族最近来了个山主，不少女妖，毛遂自荐。跟着他，总比在外面惶惶度日的好。他收留无处可去的妖怪，予以庇护，只要有他看得上的东西。”

琉双：“山主？”

小二暧昧地一笑：“听说他暴虐、挑剔，不过看姑娘的气质不凡，不妨一试。”

这是把琉双当作自荐枕席的女妖了。

琉双也没反驳他，转了转手中的茶杯，她从来没听说过，妖宫以前，竟然还有个山主。她惊讶之余又觉得好奇，这位山主什么来头？她记得毕巡以前也是一座山的山主。若山主也像毕巡那么强大，无疑是个大麻烦。可要去弱水，必须得从这里过，看样子，那位山主，她要么想办法避开，要么少不得正面交锋。

妖山上的宫殿如今都还未建起来，琉双见小二知道的不少，又递给他一块灵石："我确有此意，小二哥可否细细说说这位山主。"

见琉双出手阔绰，机灵的小二欣喜地收下灵石，满脑子搜刮有关这位山主的讯息："不瞒姑娘，小的知晓的并不算多，若是以前那位山主，可以与您说上几个时辰。以前的山主，也算一方霸主，据说还有一些毕方后嗣的血脉，传到前山主这一代，虽然血脉之力不剩多少，可也足以威压一方。前山主好美色，在妖山圈养了一大群奴隶。他还修炼邪功，让手下四处去捉妖，吸取功力强大自身。"

琉双险些以为自己听错了："捉妖？吸取同族的功力，而非捉散仙？"

人间有些道士，就是靠捉妖来修炼功法的，他们用妖族的身体，来镶嵌自己的法器，用它们来炼丹。如此水火不容之势，琉双还以为妖族会反过来对付仙族。

小二说："这您应当知晓，若是动了凡人或散仙，哪怕是另一座山头的道士，都会惊动上面。"他指了指天上，意指仙族。

"别看前山主也算强横，可是在仙族面前，什么都不是。"小二说，"当然是吸取妖族的功法安全，也是因为如此，前山主猖狂数百年，却也越发强大，无人可以奈何他。直到前几日，有人闯了妖山，杀了前山主，把前山主的尸身，吊在妖山上，自己成了新的山主。"

琉双看过去。

小二压低声音："听说这位山主，行事作风与前山主大为不同，他的功法深厚，无人知道他的真身，他放了那一众妖奴，恢复了他们的自由身。听说他冷酷、暴虐，却赏罚分明，周围的妖见妖山换了山主，便一直有试着来投靠的。"

琉双："原来如此，多谢。"

琉双走出几步，小二想想她大方地赠予的灵石，犹豫着追上去叫住她："姑娘，新山主才来不久，性情谁都说不准，他这几日收留了不少美艳的女妖，应当也是好美色的。可前几日，我也听说有女妖冒犯了他，被处死，你若不欲蹚浑水，还可试试献宝，他看得上，应当也会收留你。"

琉双笑了笑："我明白了。"

琉双对七百年前的妖山并不了解，她没有贸然进去，耐心地留在山脚处观察了几日。果然，正如茶肆的小二所说，近期许多妖往妖山去。大多数是美艳的女妖，与无处可去的小妖。

妖山前，甚至有好几个人搭了桌案，登记进山的人。他们的身后，就是一层结界屏障。琉双试探过这道屏障，发现想悄无声息，不惊动任何人就进去，根本不可能，看来她也得混进去。

不与这个山主打交道，过了妖山，直奔弱水之地去就是。

琉双把目光投向桌案登记处，那里有三个站着的妖族男子，正在奋笔疾书，将来人一个个登记。她用了仙法看，发现他们的灵力都不高。

到了琉双时，三个男妖都愣住。彼时琉双以轻纱覆面，没有遮住额间的蓝色羽花，她眸若春水，纵然没有露出全貌，也可隐约窥见面纱下的容颜。

"叫什么名字，是何妖？"

狐族的气息最好模仿，琉双仿了一只狐妖的气息，道："又又，狐妖。"

一个男子回过神，刚要写下，一只白皙的手伸过来，按住男子的手："等等。"

琉双看过去，来者是一个样貌清纯的女妖，灵力也不强，琉双一眼就看出来，她的本体是一只蝴蝶。

蝴蝶精冷笑一声，用手在鼻子下扇了扇："我道是谁的骚味儿这么重呢，原来又是狐族。老实告诉你吧，山主不喜欢你们这副骚样，上一只被处死的狐狸，皮还挂在山主的寝殿外面。你若识相，早日离去，或许还可以保住一条小命。"

琉双不置可否地看着她，一双剪水清瞳微微上挑。无所谓，她毕竟不是来自荐枕席的，只是不得不从这里路过。

蝴蝶精看得更生气，觉得面前的"女妖"更有狐狸精的味了，她挺了挺胸，宣告主权："你早日死了这条心，山主喜欢我这样的，对我宠爱有加，这几日天天宠幸我。"

琉双从她的胸脯一扫而过，那里实在太过抢眼，已经不是普通的大，堪比巨峰。琉双心道，山主的口味还挺重。蝴蝶精长这样，真能飞得起来吗？

琉双不是来惹事的，只是想混进去，当即恭维道："当然，姑娘的样貌一等一的好，体态玲珑，小妖自然是比不上，我只是来献宝的，不敢对山主有何想法。"说罢，她示意蝴蝶精看自己手中的盒子。

蝴蝶精狐疑地看了盒子一眼："你当真不是来勾引山主的？"

琉双点头。

旁边的三个男子也道："从夏姑娘，后面还有人等着。"

从夏"哼"了一声，趾高气扬地看了一眼长长的队伍里的女妖："你们最好老实些，不要动不该有的心思。"

后面的女妖看着山主"宠妾"的示威，心中各有想法。

琉双登记完，总算进了妖山，她与另一批妖站在一起，等着妖将带路。

从夏回头来看她，到底不放心，招了招手，对一个小妖耳语了几句。

小妖犹豫道："这……这不太好吧。"

从夏："你敢不听我的？"

小妖知道山主对她还算不错，只得答应下来："当然不敢，小妖一切都听从夏姑娘的。"

琉双和一群妖跟着妖将往里面走，进入妖宫的秩序之严格令她意外。因为妖山百废待兴，山主又是新上任的，她本来以为山主的心思不会那么缜密，不一会儿，有人来问他们各自擅长什么，能为妖山做何贡献。

琉双学着其他人的模样，编好说辞答话。

紧接着，竟然还有人捧了一颗妖力石过来，为众人测妖力。

琉双："……"她万万没想到，还有这一出，她的本体是仙族，测妖力，恐怕得完蛋。

屋子里站了一群人，琉双在心里思索着全部撂倒再跑到弱水之地的可能性。以她现在的功法，应当没什么问题。她袖子下的手腕一转，刚要动手，一个穿着白色靴子的妖将走进来。

琉双在看见他时，张开的手指握成拳头。

男子眼熟的面孔，冰冷的神色，竟然是伏珩！七百年前的伏珩，比起以后，青涩不少，他穿着一身白衣，脖子上隐有勒痕，冰冷的目光扫视而过，显得十分淡漠。

对比起宿伦，琉双其实不太了解伏珩。她不知道伏珩的身世，只知道他如同妖君手中一柄锐利没有感情的利刃。伏珩永远都在战场上沉浮，心性强大，也鲜少与自己讲话。但他在幽冥之地和妖族士兵里，名声远比宿伦大人响亮得多。因为他的强大。

眼前的伏珩，身上带着冰冷的铁锈气，目光落在琉双的身上，琉双已经很好地收敛起了掌中残存的仙气。

伏珩嗅了嗅，虽然没感知到异常，但敏锐的洞察力让他冷冷地开口："严查。"

糟糕！琉双不确定自己能不能打得过七百年前的伏珩，可就算打得过，也不可能一招以内悄无声息，若是惊动了那位山主，就糟糕了。

此刻，妖力石已经送到了琉双面前。

捧着石头的妖将不耐烦地皱眉："抬手。"

琉双没办法，只能收起灵力，让自己宛如凡人，把手放在妖力石上。透明的妖力石毫无变化。她庆幸自己一直在努力修炼，虽然没法把灵力当作妖力鱼目混珠，可是好歹一时半会儿不会让人看出身份。

伏珩看着妖力石，面无表情地道："赶出去，不许她再进入，妖山不留毫无作用之人。"

琉双不得不出声，说："我练的功法不在此处。"

伏珩冷冷看着她，似乎在等着她要说出什么花样。

琉双眨了眨眼睛："大人，狐族的灵力，可不是粗鲁的打斗。"

伏珩厌恶地皱起眉头，明白过来她的意思，他依旧道："赶出去。"

原本选人的妖族将领，目不转睛地看着琉双，道："慢着，伏珩，你不解风情，山主未必，我看这只小狐狸不错，或许能讨山主的欢心。山主不喜欢之前的女妖，不代表山主不会喜欢她。"

这个妖将大哥太给力了，琉双连连点头。

这个妖将原本在山中也算有地位，可是新山主来了以后，他就处处低伏珩一头，他想讨山主的欢心，于是总想在美人身上动心思，当即决定留下琉双。既然以色事人，那有没有法力，都不重要。

伏珩的面色虽然阴沉，但他没有再出声反驳，毕竟他确实还不能完全明白山主的心意。

琉双被妖将带了回去，他说："摘了面纱。"

琉双看了他一眼，摘下自己的面纱，妖将面露惊艳之色："你……很好，山主总不会拒绝你的。"

琉双一笑："那就多谢将军引见了。"

妖将可惜地咽了咽口水，这么美的女子，他跟着前山主几百年，也从未见过。换作前山主，自己或许还能分一杯羹，可是现在的山主，性子令人捉摸不定，简直是个修炼狂魔，果决、冷酷的模样，不像是会和别人分享女人的人。

此时的妖山，并不如后来修建起绵延的宫殿那般繁华，仅隐约有些后来的雏形。

妖将的屋子里已经有了三名俏丽的女子，妖将示意琉双进去，叮嘱道："今夜我就把你们献给山主，能否讨得山主的欢心，你们各凭本事，若是无法留下来，哼，后果你们也知道！"

女子们齐声应诺。

妖将走出门，与人攀谈。

琉双在三名女子的脸上滑过，妖族果然不缺美人，妖将的目光也果然不错，三个女子都长得不错，身段也十分可观。只可惜，若山主喜欢的是蝴蝶精这样夸张的，这三个人还真没有一个符合。

那个妖将一直守在门外，琉双心里盘算着怎么悄悄去弱水之地。天已经快黑了，她不可能等到妖将把自己献给山主。现在也算是一个比较好的机会，于是，她盯着三名女子仇视、警惕的目光，把她们弄晕了。她踏出房门时，妖将也倒在了门下。还好，并非所有人都是毕巡和伏珩这种级别的，对付这些人她不在话下。

琉双步子很轻，一路掠过妖山，奔着自己记忆中的弱水而去。有了之前的记忆，她十分顺利地找到了弱水的方向。

可是就在要过去时，眼前的屏障幽幽升起。这位山主竟然如此丧心病狂，妖山的后面，竟然也设了结界！她眯眼一看，结界竟然还连接着无数魂玉铃铛！

这些魂玉里面锁了一些散魂，若是打破结界，铃铛必定尽数响起，在魂魄散去之前，声音不灭。禁锢性不强，预警水平却是一等一的好，恐怕铃铛碎裂的那一刻，整个妖山都是铃铛声，届时不知道她赶到弱水之前，那位山主会不会到？

这些东西，令琉双如履薄冰，她忍不住低声咒骂了一句，这些东西，就好像是专门阻止有人去弱水之地一样。

琉双十分为难，即便她到了弱水，也不可能贸然一头扎进去，传说中的弱水，若她真的敢直接跳下去，恐怕仙身被融得连骨头都不剩。她若不跳，在弱水边徘徊，山主还是能追上来。回去好像也不行，她弄晕了妖将，妖将醒来，必定知晓自己有问题，不知道会不会向山主禀告，他又是否会派人来搜寻自己？

进退两难，现在怎么办，难道她得暂时藏在妖山等待时机，或者去直面那个口味很重的山主吗？

暮色下，被打晕在房门口的妖将领着三个女妖，脸色阴沉地警告道："谁也不许把今晚的事说出去。待我把她抓回来，定让她求死不能。”

三个女妖不敢忤逆他，连声答应。

众人心里都清楚，若是让山主知晓，妖将闯了祸，擅自把来历不明的人留在妖宫中，还让她不知道跑到哪里去了，他一定会发怒。

妖将名为劳河，是一名降兵，早在跟着上一任山主时，他就惯于阿谀奉承，讨好献媚，与前山主臭味相投，很得重用。在劳河看来，不管妖山换多少个山主都无所谓，只要他的地位尚且稳固，能够吃香喝辣。妖族慕强，他很懂得见风使舵，上个月新山主捏碎旧山主的脖子时，劳河的腿一软，连反抗都没有，就带着所有旧部归顺于他。尽管劳河的心里并不太看得上新山主。

这小子太年轻了，长得也是一副冷峻模样，姿色比许多女子还好。可他面无表情地捏碎旧山主的骨头时，那种令人胆寒的声音，至今挥散不去。这是个狠角色。

劳河有自己的想法，新山主法力高强，心狠手辣，可到底年轻气盛。前几天他让人观察过，山主竟然妖身不稳。妖身不稳，对于妖族来说，需要面临一段漫长的发情期。

劳河暗暗搜集美人，打算在今夜献上去，越强大的妖，意味着稳定妖身的时间越长，可惜妖宫荒芜太久，真正美丽的女妖来此不多。劳河好不容易弄来了三个。

本来是四个，想到那个令他惊为天人的女妖，劳河狠狠地咬了咬牙。等他抓到她，一定给她颜色瞧瞧，竟敢算计他！

劳河摸不清新山主的脾气，伏珩要赶走的人，自己留下，无疑犯了错，他的地位还没稳固，不敢让山主知晓，只敢吩咐人去寻找，捉回来。他回头看了一眼三个千娇百媚的女妖，道：“前面就是山主的寝殿，能不能留下，会不会受宠，看你们自己的本事。”

女妖们抱紧胳膊，犹豫着道：“为何会这么冷？”

越靠近山主的寝宫，越发寒冷。此刻走近，如同人间的寒冬，令穿着轻纱的她们瑟瑟发抖。

劳河的修为比她们高深多了，自然比她们耐得住冻。他一面觉得她们没用，一面欣赏着她们的美色，意味深长地道：“寝殿中有寒潭，若你们能令山主满意，他自然用不着这玩意了。”

女妖们惊讶不已，同时又感到有些喜悦。她们没敢想，山主竟会如此年轻，妖身竟然都不稳，在情欲最旺盛之时，竟然把自己冰封在寒潭之中。

本来还觉得忐忑不安，担心能不能留下，过上好日子，这不是最好的机会吗？她们来此，大多想效仿那只蝴蝶精丛夏，那丛夏原本是旧山主的女奴，过得十分凄惨，可近来她春风得意，还得了不少宝物，身上也无伤痕，还有人伺候。当真“受宠”。

女妖们也想这样，一步登天，她们不愿在外飘零，或者被法力高强的妖欺辱凌虐。她们的姿色比丛夏还好，一定能留下。毕竟没有哪只厉害的大妖，宁愿受冰封之苦，也不愿沉睡在美人香软的怀里。

子时，劳河上前道："山主，属下劳河，为您准备了一份大礼。"

良久，里面冰冷的声音响起："进来。"

男子的声音微哑，女妖们心里一动，比起一开始的攀附之心，多了几分期待。一个强者，无疑令女妖们心醉而且期待。

劳河行了礼，示意她们进去。她们终于看清了山主寝殿的全貌，比起外面，寝殿里面更冷，犹如下过一场大雪，此时雪化。妖山的环境尚且简陋，可因为前山主喜好奢侈靡丽，这间寝殿便也是华丽好看，飘飞的暖纱后面，一池寒潭幽幽带着白气。

岸边，一个看不清面容的男子，隔着纱帘打量劳河和她们。他很高，身形修长、挺拔，发冠半束，衣衫也并未严谨地系好，想来是刚从寒潭中起来。

女妖们忍住殿内的寒冷，极力展现自己美好的一面。

劳河的语气暧昧："有了她们，山主便不用受极寒之苦。"说罢，劳河抬头，见那个人依旧站着，不言不语，没有反应，心中疑惑地问，"山主？"

那人沉默半晌，道："人留下，你离开。"

劳河心中舒了口气，一股喜色漫上心头，这就是愿意收下他的大礼了，如此，自己就不用担心那个伏珩取代自己的地位。劳河离开，还不忘体贴地关上门。

三个女妖在寝殿跪下，等山主发话，她们冷得发抖，却不敢表露出来，怕纱帘后面的人不悦。

良久，女妖们冷得快受不住了，他在纱帘后面坐下，声音冷漠地道："进来。"

女妖们心头一喜，走过纱帘，终于看清了他的模样。她们一愣，他实在好看，长眉薄唇，漆黑的眸子显得冷淡，介于少年与成熟男人之间的气质，让人的心一动。他修长的手指苍白，连同整个人，也透着一丝病态的美感，嘴唇却嫣红，他的瞳孔比寻常人略细一些，像危险、恐怖的蛇瞳。因为妖身不稳，他的眼尾带着淡淡的红。与其他妖不同，他身上的旖旎揉碎开来，这副模样，在仙族的眼里，无异于是疯魔妖物，在妖族的审美中，却冷峻得不像话。

若说来之前只为荣华富贵，此刻女妖们则暗暗窃喜，谁都没想到，新山主如此年轻，如此俊美。若是她们帮助他度过这段难熬的日子，他想必不会亏待她们。

其中一个女妖叫作念宜，她大胆开口："山主，我们服侍您就寝吧？"

他抬起了眼睛，看向念宜。眼神淡漠如冷玉，若非殿中的气息不对，她们甚至不会有人觉察到他在忍受妖身不稳带来的痛苦。他说："好。"

叫作念宜的女妖靠过来时，晏潮生心想，就该是这样的，这才是你原本该走的路。纵然在空桑待了三年，可他的骨子里，仍旧只是一只他们眼中肮脏、卑贱的妖。

镇妖塔倒后，他带着小妖鸟，在山洞休息了一夜，身体开始发烫。妖身竟然开始成长，不断膨大。从几丈高，到十丈，乃至现在他化出元身，一个寝殿都装不下他。他痛了好几日，小妖鸟都吓坏了，可是不会有人收留他们，他也无法再回空桑，甚至因为强横的妖气，有道士找到了附近。他的鳞片下血迹斑斑，而强化元身，导致从前迟迟未来的妖族发情期，也终于席卷而来。

冰封已经无用，他要么就像其他妖一样，在丛林中随意解决。

小妖鸟都担心得快哭了。它们心脉相连，晏潮生的心实在跳得太快了，快得它觉得他要因血脉爆裂而亡。它也是妖，甚至想，若是能缓过强化元身的痛，找女妖也没什么大不了。

可晏潮生愣是赤红着眼睛，来到妖山，求借妖山寝宫的寒潭来冰封。他也不知道自己在执着什么。他将仙鞭化作妖物法宝，献给前山主。那倒霉的前山主荤素不忌，收了法宝，还不满足。

晏潮生压抑了许久的妖性沸腾起来。那一刻，漫山都是血雾，他一路杀过去，捏住前山主的脖子，面容冰冷："要令你满意才肯借？山主，你现在满意了吗？"

前山主发着抖，也没想到这个看上去孱弱得快断气的人，是个杀神："不，不必，我借给你，借给你。"

"现在，不用了。"晏潮生的手一用力，前山主大睁着眼睛，烂泥一般滑落下去。

那一日，晏潮生数不清自己杀了多少人，反抗的全部死在他的手下，剩下的尽数臣服。

可笑得很，他一心求仙，隐忍三年，换来门派追杀，逼他强化元身。而他无意做妖，一朝发疯杀生，被人恭敬奉为山主。

一只妖的元身，本来要经历数次蜕变，可强化元身，意味着所有成长均在这一次，数倍的痛苦与肆虐的妖性在体内交织。

晏潮生每日只能清醒数个时辰，用来料理妖宫之事，其余所有时间，全部冰封在寒潭里。他垂眸看着自己苍白的指尖，在寒潭里待得太久，加上之前引过情花毒，体内已经生成寒毒。这样下去，他纵然熬过了强化元身的后果，也会英年早逝。

女妖们已经在脱衣裳。

劳河的心思，晏潮生一直都懂，或许这样的人，才是妖族应活下去的姿态。放荡、恶毒、淫秽不堪。他清楚地知道，自己此刻需要什么。

窗户开着，寝宫外面，送来晚风中碎花的香气。他冰冷的指尖紧握，在这样的时刻，他知道自己不该想起那个人。从柳树下的分别开始，他就说过，此生再也不见。他应该是恨她的。她害得他毁去修为，她的父亲要杀他，她留给他的，是如今这一身寒毒，和人不人、鬼不鬼的模样。

比起曾经，他这段时间长高了，面容也发生了不小的变化。

女妖们妖娆的胴体就在眼前，妖族的本能理应让他上前，就此真正与过往一刀两断。

可他久久地坐着未动，浮现在眼前的是，那夜镇妖塔中，琉双委屈地哭着叫他的名字，她哭得那般可怜，又生成那副样貌，抽泣着说让他救救她时，他的恨也变得无力起来，她永远知道，什么是他的软肋。胸膛下，失去护心鳞的地方，又开始疼了。他从彻底堕落为妖，占山为王开始，是不是就再也回不去了？他禁止自己再想起她，强迫自己走原本应该走的路。

念宜见他久久不动，大着胆子，想往他的怀里靠。

夜风送来的花香使人迷醉，新山主抬起手，明明像是拥住她的动作，可令念宜震惊的是，他推开了她。

一室沉默，女妖们心中惶恐地跪下，不知道哪里惹得他不高兴了。

晏潮生似发怒，又似冷嘲："你们回……"

话音还未落下，纱帐上的铃铛，尽数作响，丁零丁零，不绝于耳。

她们看见，山主猛地冷着脸站起来。不知道想到什么，他又冷静地坐了下去，唤道："伏珩。"

一个沉默如影子般的男子出现："山主。"

晏潮生手指缩紧，不知道自己在期待什么：“抓过来。”

伏珩：“是。”

伏珩心道，山主这几日除了料理妖宫的事务，只做了一件事，反复加强原本的结界，更丧心病狂的是，他在后山的结界处，用九个十诫环布了个阵。整整九个！别说常人去闯，就算大罗金仙来了，恐怕都够呛，这实在太过阴损。先前伏珩不理解，怎么会有人去那个地方，没想到今日真的有人去闯。

女妖们已经穿起了衣裳：“山主，我等先行告退？”

“不必，”晏潮生阴沉着脸，道，“留下，都留下！”他的手指一收，座位扶手上的饕餮化作齑粉，他失神地想着，或许弄错了呢？或许他那日，走得太着急，应该弄清楚，她对他的好，哪些是真的，哪些是假的？若她表现得好一点，他不是不能原谅她和她的父亲？

于是琉双被带到寝殿时，就看见了这一幕，三个衣衫不整的女子，半遮半掩，娇笑着跪伏在一旁，讨好一个男子。

这三个人十分眼熟，前不久，还险些成了她的“同伴”。那王座上的人，更加眼熟。竟然是晏潮生。

那日不欢而散，一段时间未见，晏潮生比以前高，也比之前眉眼疏朗，长开了些。此刻看也不看她，垂眸笑着看向脚边讨好的美人。

“本座道是谁闯阵，原来是赤水仙子。”他的话里带着讽刺的笑意，带着刺，“真当我妖宫是无人之地，自不量力。仙子可想好后果了？”

“山主？”

琉双没有被十诫环束缚住，她决心闯阵前，已经觉察到不对劲，脚下有法阵。伏珩来找她时，她没有反抗便跟了过来，打算和新山主谈谈，毕竟从小二的口中，能看出此时的妖族是有几分敬畏仙族的，她只是借地路过，应当有谈判的希望。

可此时，她的视线在他脚边的女子身上逡巡一圈，那个传说中，暴戾、杀人如麻的新山主，竟然是晏潮生？

真是……士别三日，当刮目相看。想起当日分别，她得知他喜欢自己，如今面对他，怎么都觉得怪异。他是怎么回事，怎么不喜欢宓楚，反而喜欢她了呢？

寝殿内的夜明珠幽幽地亮着。

琉双说："山主，我无意冒犯，只是路过贵宝地，烦请行个方便，我愿用珍宝来交换。"她停顿了一下，"或者山主开一个条件，我努力达成。"这番说辞，是她来之前就想好的，并没有因为对方是晏潮生而发生改变。

可也正因为对方换成晏潮生，琉双的心里感到别扭。她觉得妖君的脑子，大抵是有些毛病的。她上辈子爱他爱得死去活来，也没见他喜欢她，反而换来他的冷落与轻慢。对了，他还很恶劣地爱看她哭。

可是这次，她甚至不曾对他好，一开始还想杀他，结果他莫名其妙地就喜欢上了她。妖君这种特性，世间少有。若不是空桑的灵脉枯竭在即，琉双甚至不介意以肉饲鹰，来安抚面前这个未来妖君。哄他开心点，倒也无伤大雅。她要空桑好好的，只要空桑平安，旁的什么都可以不在乎。现在没空，他的事得往后放一下，排在第二去，第一是弱水下的灵脉。

此刻，晏潮生尚未回答琉双的话，他腿边的一个女妖动了，从旁边的玉盘中剥了一颗紫葡萄，声音娇媚地递到晏潮生的唇边。

"山主，切莫为一个无干之人生气，妾身喂您吃葡萄。"是那个叫作念宜的，很有主意的女妖。念宜香肩半露，一双眼眸含情脉脉。

琉双看不懂晏潮生想做什么，决定静观其变。若他"移情别恋"，这几日变了口味，喜欢蝴蝶精，或者这几个这样的……也不是不行。等她找到灵脉回来，找一堆美人送他，交好不是更加简单？

葡萄递到了唇边，晏潮生一愣，下意识地去看琉双的反应，她站在不远处，身后的几个妖将看顾着她，她的视线从三个女妖的身上扫过，又落回他的身上，露出若有所思的表情。她没有愤怒，也没有吃醋。让原本还挣扎着，心存一线希望的晏潮生，心里越发冰冷。她对他的那些好，都是……假的吗？

她不在乎自己和宓楚在一起，也不在乎自己和旁人亲近。他麻木地吃了那粒葡萄，一路苦到心底，唇齿间皆是酸涩的滋味。她哪怕露出一点厌烦和不悦，他心中那点残存的希望，都会死灰复燃，可以不计较赤水翀对他做的一切，也不计较她懵懂时，害得他被废修为。他仍旧不甘心，不可能都是假的。她若对他完全没感觉，没必要待他好，为他取暖，救他的性命。

于是在琉双的注视下，他继续下去，挑起那个念宜的下巴。

念宜的心中一喜，她的心思比另外两个女妖深，胆子也大，早在踏入这座宫殿时，她就一直在琢磨山主的喜好。

无人之时，山主要赶走她们。现在一群人围观，山主反倒不拒绝她的亲密。许多大妖都有些不为人知的隐秘癖好，难道，念宜心想，这位丰神俊朗的新山主，就喜欢在人前？念宜自然不介意，妖族大多性格奔放，她更是其中的翘楚。

晏潮生在挑起她的下巴时，她的眸光放得更柔、更娇媚，等他低头靠近。晏潮生对上念宜的脸，才发现做戏并不容易，至少，他没法毫无芥蒂地吻上去。他回头去看琉双。

琉双也在看他们，那架势，就差摸出一支毛笔和几张纸，尽数记录下来。

晏潮生的心里凉了个彻底。这一刻，他终于确定，自己的感觉没有错。若她和一个男子在一起，他会恨得想要杀了那个人，对少幽就是如此。她只是在睡梦中唤了少幽的名字，他便妒火中烧。如今他做到这样，琉双却全无反应。

今夜妖域并无月色，她在夜明珠的柔光里，依旧澄净美好。夜明珠为她的衣衫渡上浅浅的一层光晕，上古血脉的仙子终究是仙子，哪怕身处妖宫，她的气息依旧干净无瑕。

晏潮生挥袖拂开女妖，闭了闭眼睛，道："都给我滚出去。"他身上浓郁的妖气四溢，甚至在宫殿里漫出明显的紫气来，女妖们不敢说话，狼狈地争相离开。

就连念宜，也看出山主的心情很不好，不敢有别的心思，连忙往外走。

伏珩沉默地行了一礼，带着属下离开。

琉双毕竟也没有观看别人亲密的癖好，因此没有看见晏潮生推开女妖的那一幕，只听见他带着怒意的声音。她迟疑片刻，不知道这个"滚"字包不包括自己。她正要抬腿跟着伏珩出去，腰间一紧，她被人压在了那张椅子上。

椅子十分宽大，是寒玉材质，泛着莹润的光泽，晏潮生的动作粗暴，又狠戾，若琉双只是个凡人女子，此刻想必后背都要红肿了。好在她是仙身，没有觉得多疼。但他这样的举动，实在无礼。

"晏潮生！"她抬眼，发现晏潮生不对劲，他的眼尾泛着红。

晏潮生在微微颤抖，身子冷得如冰，身体坚硬如铁，越发与她记忆中的晏潮生重叠起来，琉双一僵，知道他目前是什么情况，对上他的目光，说："放开我。"

晏潮生没动，他就像信念破灭的人，面上一片死灰，燃尽了自己，绝望地拉着旁人一起下地狱。倒霉的是，这个人是琉双。

寒玉椅宽大，他将琉双压在身下，琉双没有掩盖本身的容貌，她额间一点花钿，是天生蓝色的羽花，姝色无双。

“不是说，我开一个条件，你努力达成吗？”晏潮生的手指收紧，几乎将她纤细的手腕嵌入自己的掌中，他干脆再不遮掩，“反正你不是知道了，赤水琉双，我要你留在我的身边，你能做到吗？”他的身子微微下沉，与她贴得很近。

琉双的瞳孔微微放大，她一声不吭，用手指凝出蓝绿色的光芒，击在他的肩膀上。

晏潮生闷哼一声，跌下寒玉椅。琉双感到很惊讶，她用的仙法很普通，他吸收了清盈玉，不至于躲不过去。除非他根本就没有防着她。

琉双从椅子上坐起来，那把椅子很高大，尽管她的身形纤细，可如今晏潮生被她打下去，便只能仰头看她。

琉双思考了一下，说：“现在不行，我现在急着去弱水，烦请行个方便。”

晏潮生捂住肩膀，抬起头来。他的手指缝中渗出血，眸中清晰地映出她的模样。她没有惊慌，他都说出了这样的话，她依旧没有气恼。晏潮生仰头看她，有种大笑的冲动。原来不仅不喜欢他，也全然不在意他，在她的眼里，自己恐怕和物件一样。

晏潮生伏在座椅边仰头看她，多么像方才仰头看着自己的女妖们。只是如今地位掉转，自己成了仰望的那个人。他这般看着琉双，妖气笼罩着他的脸，他的肩膀还在流血，元身痛苦得自己已经快压制不住了。

琉双坐在晏潮生的座椅上，惊疑不定地看着他，像看一个脑子有病的人。

晏潮生周身的妖气沸腾，紫气已经快弥散到屋子外面了，晏潮生从地上站起来，用一种冷酷的语气说：“不愿意就出去，妖宫不欢迎冰清玉洁的仙子。”说罢，不再看她，踏入寒潭之中，任由寒冰把妖身冰封。

晏潮生以为自己会很恨她，可是并没有。他知道弱水是什么样的地方，连寒铁在里面都会融成一摊水，他不可能让她去。纵然琉双从未喜欢过他，他竟然依旧不希望她死。

琉双暂时留在了妖宫，当然，不是晏潮生的寝殿。

妖山百废待兴，处处都能住人，她找了一间干净的寝殿，有事没事就去敲门，让晏潮生打开结界，放她过去。

晏潮生大多数时候把自己沉在寒潭下，少数时候，他会上岸。不过即便上来了，他也从来不见她，有时候宁愿让蝴蝶精丛夏进去，也不见她。仿佛她是什么会咬人的毒蛇，琉双都忍不住怀疑，自己该不是真的自作多情，误解了镇妖塔里女妖的意思吧！

晏潮生若真的喜欢她，怎么会和别人“厮混”都不见她？

琉双没法再等，反正知会过晏潮生，他不见她，空桑却急得很，她总不能在这座妖山待着养老。

琉双直接去破阵。九个十诫环直接飞起来锁住她，纳化神器后，她的进步一日千里，将将地避开，跳了出来。

一直不见人影的晏潮生，却在这时神出鬼没地出现在她的身后。他脸色阴沉，直接动手，十诫环在他的手中，比布的阵厉害多了，没一会儿，就把她捆得严严实实的。

晏潮生：“你真当我死了？”

琉双辩解道：“我有求见过许多次，是你自己不见我。”

“带下去，关着！”晏潮生冷冷地道，“她若再擅闯法阵，杀……”杀无赦几个字还没说完，他收回了，“看好了，不许她靠近结界一步。”

劳河不知道从哪里冒出来，笑得阴狠，要接过琉双。他等着报仇，已经等了许久了，只是山主一直不表态，他不敢妄动，现在可等到机会了。

没想到晏潮生说：“伏珩，你亲自看着。”

伏珩领命：“是。”

说罢，晏潮生离开，琉双盯着他的背影，他的身上还带着寒潭的湿气，显然是匆匆赶来的。

不愿意见她，却在她闯阵时，出没得比影子还快。

偏偏清盈玉给了他，十诫环还在他的手中，她有些懊恼，真是搬起石头砸了自己的脚。

伏珩把她关进宫殿之中。因为有十诫环，他们不认为她能逃走，看押并不算严苛。

琉双前几日去敲门，算是摸准了晏潮生下寒潭的时刻，她算着时辰，在他进寒潭后不久，嘴唇轻轻上扬，身后咔嗒一声，十诫环解开了。

这一次，晏潮生总不可能再来，除非真的不要命。

第十二章

跳下弱水

弱水之下深万丈，
琉双远远地看着风伏命，
庆幸自己没有先抵达弱水，
也没有被他认出身份。

晏潮生下寒潭不久，听见门外的伏珩禀告，琉双逃了。他咬牙，压住元身的躁动，从寒潭里起来。伏珩看了他一眼，想说什么，然而看见晏潮生的脸色，最后还是闭了嘴。

抵达结界时，劳河已经被琉双捆了起来。妖将狼狈地被一个十诫环束住了手脚，倒在地上，破口大骂。

而琉双足尖轻点，即将冲破结界，去弱水中。若晏潮生犹豫片刻，晚来一步，她已经成功了。

伏珩见状，马上阻止琉双，一掌袭过去。

伏珩的掌风凌厉，带着凶狠的妖气，琉双回头，神情谨慎了些，却也没有退却，与他对了一掌。仙气与妖气同时四散开来，远处的苍松轰然倒下。

晏潮生冷眼看着，没有出手帮伏珩，也没阻止琉双。他第一次意识到，一个上古血脉的觉醒，法力会成长得多快，小半年过去，琉双的进步太大了。他小瞧了琉双，以前会被十诫环束住的仙子，如今已经能轻易将其摆脱。

伏珩吃了前山主囤积的所有妖丹，现在少说有上千年功力。而琉双如今竟然能与伏珩打个平手，晏潮生记得对上毕巡的那一日，她还毫无还手之力。

伏珩的心里也有些纳闷，山主从寒潭里爬起来，结果就在不远处看着，不动手，不表态。伏珩到底是妖，招数阴损，在五指成利爪要抓破眼前仙子的腰际时，一道冷光打来，伏珩连忙缩回手。他看了一眼山主，有些犹疑不定。因为他施展不开，很快，琉双占了上风。山主依旧冷静地看着他们。

直到琉双快要飞出包围圈，一条冰冷的墨红色鞭子，卷住她的腰，带着苍劲之势，把她狠狠地往下一扯，琉双坠回法阵中，晏潮生袖中另一样法器顷刻启动，把她牢牢缚住，原来是一条赤金色的绳子，前山主用来捆大敌的。

伏珩回头复命："山主。"

晏潮生收回鞭子，琉双正回头看他，心里郁闷极了，这都什么事，他竟然宁愿冲出寒潭，连自己的命都不要了，也要来抓她。当山主当得如此尽职尽责，至于吗？大家都活着，难道不比一起死好。

晏潮生沉下脸，命令道："把她……吊起来。"

看来真的决定给她一个教训。小妖们听令把琉双吊了起来，晏潮生转身，往寒潭走，元身反噬的痛，犹如烈火在燃烧，他忍住没有吸气。

这个法子对凡人来说是刑罚，对于仙族来说，毫无作用，顶多延缓她逃离和破阵的时间，琉双被挂在空中，依旧在思考怎么去弱水，晏潮生拦不住她。

夜风习习，万籁俱寂。

整个妖宫，弥散着浓郁的妖气，琉双知道，晏潮生的元身，又开始不稳了。她本来想趁着这个时间，解开身后束缚住自己的赤金绳——她如今颇有心得，已经琢磨出来，该如何解开它。

可还没等琉双解开，赤金绳一松，她掉入一个带着冷香的怀抱。

琉双诧异地抬眸，月下，一个男子发带半松，身穿墨蓝色的衣衫，含笑问她："仙子可还好？"

他扶琉双站稳，温柔地替她把略微凌乱的头发撩至耳后，安抚道："莫怕，办完了事，本君带你离开这个妖窟。"

琉双沉默地看着他，见他不认识自己，所有的话憋了回去。她心里闪过诸多猜测，最后点了点头。

男子的眼眸狭长，眼睛很亮，如果人的眼睛会说话，他的眼里几乎写满了惊艳与志在必得："仙子是我见过八荒最美的人，传说中不露面的赤水氏，也不及仙子美。"

琉双只好恭维道："你也很好看。"

他闷笑一声，伸出手。

琉双心里很复杂，最后把手放上去，果然！他带着她走向了结界处，然后漫不经心地脚下狠狠一踩，前山主布下的结界化作泡影。九枚布阵的十诫环飞起来，他冷笑一声："自不量力。"

袖子一挥，十诫环全部落在地上。琉双看看十诫环，又看看他，心里有些艳羡，实力强横真是好。

可惜，再强横的顷刻破阵，也挡不住锁魂铃铛开始响，丁零丁零，响彻了整个妖山。

以晏潮生的性格，很快又要赶来了。

男子诧异地一挑眉，笑着，抬手，竟残忍地捏碎了所有残魂。尽管这并不能阻止妖宫中的铃铛继续响。

男子看了一眼琉双，果然看见一个带着微怯看向自己的美人。他问道："仙子怕我？"

琉双暗骂他变态，害怕自己的身份被他发现，只能轻轻地点了点头。眼前的人，巧了，也是个熟人，正是本该在四海宴的太子风伏命！

琉双的诚实取悦了风伏命："放心，你这般可怜可爱，本君不伤你。你在这里不安全，和本君一道走。"

风伏命显然以为她是被掳来妖宫的脆弱小散仙，竟毫不避讳地带着她，一路疾驰朝弱水而去。

琉双悄悄回头看了一眼，夜色下，晏潮生仍是需要冰封的时辰，他白日已经出来了一次，这次……不可能还追过来……吧？

有了风伏命，这一路显然顺利得过分。

风伏命说："站远些，这是弱水，能吞万物。"

琉双："仙君为何来这里？"

风伏命回头看琉双，小仙子的脸色在月色下隐约显得有几分苍白、可怜，可那双眼睛澄净明丽，唇不点而朱。她的声音很清脆，又不失女子的轻软。处处令风伏命感到惊艳，他来办事，没想到偶然看见吊在空中的"小俘虏"，破格停下脚步，把她救了下来。

风伏命本来是个喜怒无常的人，听她问，自己都不知为何会如此耐心，他道："此时不便告知你，在这里等本君，日后与你说。"

琉双颔首。

风伏命走到弱水旁，褪去笑意，凝视片刻，抬手，几枚玉珠掉出来，化作几个仙兵，跪下于他行礼。

"尔等替吾探看弱水。"赫然是撒豆成兵。

眼见仙兵们跳入弱水中，琉双的心一沉，越发确定，风伏命不知道从哪里知晓了第五条灵脉之事，明明是她找到的消息，风伏命怎么会知道？而且风氏作为天君族人，灵脉充裕，并不需要额外的灵脉。风伏命的心肠狠辣，心思莫测，从方才他毫不犹豫地捏碎魂魄就看得出来，世间万物，他并不放在心上。利益在前，他一定会毫不犹豫地下手。

弱水之下深万丈，琉双远远地看着风伏命，庆幸自己没有先抵达弱水，也没有被他认出身份。否则，即便她取出灵脉，也会被后赶来的风伏命击杀。

如今面前不仅有弱水，还有风伏命，她如何才能顺利拿到第五条灵脉？

妖宫的铃铛尽数响起时，伏珩正在宫殿外给晏潮生守夜。他死寂的眼睛抬起，有人强行闯阵，还捏碎了那些无处可归的生魂？难道是那位小仙子干的？

殿内的寒气凝滞，伏珩感知到山主在强行破冰。果然，片刻后，一身带着寒气的男子，披着大氅走出来，飞掠到原本吊着琉双的地方。

那里空空荡荡的，一个人都没有，四周看守她的妖兵全部被杀了。

伏珩："山主？"

"不是她，有人带走了她。"再次破冰之后，晏潮生的血脉几乎在灼烧，他强忍疼痛，袖子一挥，空中出现若有若无、丝线般的妖气，他面无表情，循着指引，往弱水之地走去。

伏珩沉默着跟上，看着山主一言不发的背影，一时分不清楚，山主是去救人，还是去杀人。

风伏命的玉珠仙兵，最后只上来了一个。一句话未说，就消散成了齑粉。风伏命微微蹙着眉，弱水万物不生，玉珠无生命，若玉珠都无法做到，他下去，恐怕也有危险。他的目光沉沉的，良久，他抬手，一把神剑握于手中。

神剑散发着浅金色的光芒，琉双猜测，那是轩辕剑。上古三位大帝的神器流传到了今天。

黄帝所向披靡的轩辕神剑，神农氏练百草的神鼎，以及伏羲大帝象征守护的神印。三样神器，分别留在不周山、昆仑与空桑。

风伏命召出这把剑，琉双隐约明白，这一任天君，或许真的要陨落了，以至于神器落到了太子的手中。

风伏命挥出数剑，破开眼前宛如碎银的弱水。弱水浩浩荡荡，被神器慢慢分开，可是更深的地方，依旧有无数危险。

风伏命如同一尾游龙，汇入浩瀚的弱水之中。

琉双并未犹豫，随之一同跳下去。同为上古后嗣，她没有与他们出生时同等的待遇，生来少一魄，但并不缺少为了空桑破釜沉舟、放手一搏的勇气。

风伏命非常自私，第五条灵脉若琉双真的拿不到，空桑早晚会像史书所记载的那般，走向灭亡。伏羲印残留在她体内的神力，变成一道金色的光，护着她如同游鱼在弱水中穿行。

弱水是无尽的银色，如同满天星河被揉碎落入梦中。然而它是不生之水，凡人碰了一滴，便会灼烧至死。万物在内，皆会慢慢消融。琉双一路向下，直到伏羲神印的仙法越来越弱，眼前的弱水，依旧深得令人绝望。

琉双抿着嘴唇，眼神坚毅、沉静，用法力燃烧着精血，化作一道又一道保护自己的盾。护盾层层破碎的声音，犹如海上泡沫被戳破。她专心致志地搜寻着。

灵脉在水中，是五分之一的绿色荧光，握在手中是息壤，融在土地里则又化作源源不绝的灵脉之水。在茫茫银色之中，寻找那一点生机的翠绿，就如这一年险象怀生的空桑，寻找微弱的生机。

琉双没有退路，一旦上去，她连伏羲印的神力都无法再化出来了。她的脸色变得越发苍白，渐渐地，她的身体越来越痛。弱水开始无声又冷漠地融化她的身体。

远处隐隐传来剑啸声，是轩辕剑破水之声。风伏命已经上去了。她也应该上去，毕竟她的灵力还不及风伏命，琉双停顿了一下，忍着疼，往回走。她意识到，弱水太深，她无法走到尽头。不能白白地葬送在这里面。

可就在琉双往回走时，额头上飘出一抹紫色的光，是夜魔罗打入她身体的印记！紫光晕开，在那光晕中，琉双看见了一抹耀眼的绿色荧光。它受了呼应般，盘旋在离她不远之处，第五条灵脉，竟然真遗落在了弱水之中。

夜魔罗的用心，从来都不好。去拿它，她必定来不及上岸，身体将在弱水中消融，骨骼会一寸寸碎裂。但若不去拿，没了伏羲印的神力与这道紫色光芒，她再也拿不到灵脉！是她在弱水中消亡，还是看着空桑在岁月长河里毁灭？

琉双没有犹豫，无声地奔向那一点荧光。赤水琉双没有一天带着赤水后嗣的骄傲活着，但成为她，也意味着肩负起一族兴衰，哪怕背负着这些死去。她最终握住了它，仙体也开始慢慢消失。

恍惚间，琉双仿佛回忆起来，很小的时候，树爷爷给她讲过的故事。远古时，那时甚至还有魔神，弱水溃散，也并未像现在这样汇聚，一位蚌公主便是在弱水中，融化了蚌壳，最后她的夫君哪怕成了神，也只能眼睁睁地看着她魂飞魄散。

万物不生……

琉双痛得开始落泪，死死地护着掌心化作息壤的灵脉，朝回游去。琉双的指尖变得越来越透明。到了最后，只剩下一颗安静、沉默的心。弱水侵蚀了她的心脏，琉双捂着胸口，咬牙继续往上。得在她死之前，把灵脉带出去，带给空桑。

恍惚间，琉双似乎想起来，自己也曾这样拼过命。记忆里的一场大火燎原，连水中的生命都不存。那个地方是苍蓝。她看着自己的心脏在弱水下慢慢被侵蚀，灵力摇曳，弱水令它消融。

琉双的心脏化作片羽，朝四面八方涌去。封印破开。片羽中，她全部想起来了。原来是这样……竟是这样。

每一位上古后嗣，出生皆伴有祥瑞。风氏太子伏命，出生伴着九霄龙吟，北方昆仑的即墨少主，使得山巅的泗水变成一条灵泉。而空桑的少主，赤水琉双，拥有的是一颗徽灵之心，用最宝贵、炽烈的灵魂来温养的徽灵之心。

只存在于传说之中，足以消除一切孽障，世间最纯净的徽灵之心。唯有困顿的躯壳消亡，才能破开封印，把那一缕魂魄释放出来。

原来如此，原来如此……

琉双在漫天银光之中，想起了一切，从来就没有什么真正的苍蓝仙境。

在原本的生命线中，宓楚的药毁灭了她的躯壳，她死后，徽灵之心破开封印，带着她真正的灵魂，流亡世间数百年，最后在人间最美的一处湖畔扎根。她太寂寞、懵懂了，没人和她说话，就把所有片羽散出去。它们扎根在地里，生出一个又一个干净无瑕，简单纯粹、却没有灵魂的生灵。山涧的游鱼、苍老的树爷爷、飞舞的蜻蜓，美丽的荷花……

最后，她骄傲地用力量化出了一整个纯净的仙境，有了令她满意的、有安全感的“家”，她终于生出自己的意识，但灵力所剩不多，只能努力发出一点嫩芽，在所有生灵的关怀、保护下，长成了一棵孱弱的小仙草。

化形的前日，那个风和日丽的日子，她爱上一个全身是血，坠入仙境的妖。误食他的血，自此误了一生。

随着弱水强横地破开封印，她的心重新化作徽灵之心，仙草的一切情潮涌动归来，她曾经的爱与恨，百年在擎苍山等待的日子，在桥上等待至死也未等来少幽的少女。还有她曾深深爱过，最后宁愿死在劫雷下，也不愿再见他一面的人。她那个残酷好战，深爱着别人的夫君——晏潮生。

弱水下，琉双几乎难以喘息。这些东西攫取她所有的情感，迟到了许久的细密的痛感席卷而来。无数次被人放弃，幽冥之地可怕的街道，那片她一手创造的仙境，苍蓝……被焚尽毁灭的苍蓝仙境。

琉双仿佛在哭，却流不出眼泪，只有一滴滴血，绝望地汇入苍蓝被焚烧后荒芜的土地中。她记起解灵之后，她抛弃所有的自尊，为了苍蓝回去求晏潮生。她被关在幽冥之地外，那么害怕，全身都在发抖，却得到晏潮生一句“不见”，伏珩冷漠地转身，说：“关门，轰出去，传妖君令，仙子琉双，永不可入幽冥之地，若擅闯，杀！”

大门在她的眼前合拢，琉双拍门：“伏珩！伏珩大人！”

她的心在无声地恸哭。她就在身后的那一座山，在大雪里，等了他数百年。小仙草一直都知道，妖族和幽冥之地，都瞧不上她，认为她的灵力低下，是晏潮生的累赘。他们觉得妖君给了她庇护，给了她锦衣玉食的生活，给了她八荒最尊崇的地位。

但他们从来不知道，不，是所有人都不知道。小仙草没有对任何人说过，她的体质特殊，原本也可以在幽冥之地修炼。可她悄悄将自己徽灵之心的力量，汇入天蚕丝，缝入他的战袍，护住他的心脉，所以自己变得虚弱而无能。

那个时候，晏潮生的妖兵，并不足以与天兵抗衡，他外出征战，总是受伤。有一次甚至险些伤了心脉，伏珩把他带回来时，庆幸地说：“还好妖君的运气好，灵力避开了心脉，没有造成不可挽救的后果。”

转头，伏珩看见她站在殿内的柱子后面，小脸惨白，转身离开。伏珩沉下脸，以为琉双看见晏潮生恐怖的伤口，不敢过来。

晏潮生养了很久的伤，琉双比他养得更久，因为原本应该出现在他心脉上的伤口，出现在了她的心上。她早就知道自己的心脏特殊，虽然并不知晓这就是传说中的徽灵之心。不过旁人的心脏碎了，难以挽救，徽灵之心生万物，总能慢慢恢复。她只要活着，在外面的晏潮生，就不会轻易死去。

养伤时，徽灵之心要长好需要一段时间，她整夜整夜疼得睡不着，却不敢告诉晏潮生，怕他怜惜她，下次不让她这样做。曾经何等天真可笑，才会以为他爱她。

琉双还记起来，那一天，她穿着新娘的红色嫁衣，坐在风伏命的天车上，绝望地捏碎了自己的心。她不是没有盼着自己的夫君晏潮生来救她，她盼着他像许多年前为她挡住天雷那般，带她离开，平息孽火。可他让人来了，却是用幽冥之地最宝贵的雪莲，换了宓楚仙子的灵髓，把她留给了风伏命。她看着宿伦渐渐走远，自己被押解起来。她忍住身体的颤抖和铺天盖地的脆弱，装作不在意。

如何真的不在意？一个她爱了两百年的男人，最后宁愿换一截心上人破碎的灵骨，而放弃了她。不爱她，何必娶她？何必骗她？捏碎心脏那一刻，真痛，也真的轻松，她知道从这一刻开始，永生永世，自己再也不会对晏潮生有任何期待。

弱水波光漾漾，如剪碎的银色，琉双感觉到自己的躯体透明后，本来应该被腐蚀的心脏，却在慢慢汇聚。

弱水万物不存，徽灵赐予万物新生。两种极端，让她活了下来，琉双知道，自己不会死了。可她实在没了力气，离河岸还有很长一段距离，她的肉身已经快要荡然无存。她从弱水中坠落，像一只翅膀受伤的蝴蝶，缓缓向下，手中依旧不忘握紧息壤。

就在她以为，自己或许很长一段时间，都得长眠弱水之下，直到恢复元气时，一个身影冲着她游了过来。

这个朝她而来的人，与数年前把她抛下的人，渐渐重合。那时的他，残忍冷酷，以看她流泪为乐，此刻的晏潮生，神色绝望，直到看见她时，那种死气散去，焕发出生机来。他握住她的腰肢，一言不发地抱着她往上。

琉双看着晏潮生，眼睛微微睁大，若七百年后，他能这样出现在自己身边，她必定欢欣无比，觉得惊喜。可如今，她在晏潮生的怀中，看见他的脸，仿佛看见狰狞的恶魔。就是她一厢情愿，与他在一起，还喜欢上了他，才会导致苍蓝覆灭，无力回天，她才会待在幽冥之地，苦等百年。

晏潮生没有说话，琉双惊恐地趴在他的肩上，看见他的身上渗出的血丝消散于弱水。她以为自己一直在等这个拥抱，可是当她抱住他时，她竟然再也感受不到过去的缱绻与甜蜜。小仙草一直以为自己在等他的救赎，可他来得太晚了，那伤口经年，已经自己痊愈。太迟了，她早就已经不再需要他。几滴血的恩情，她已经用一辈子和一条命来偿还，如今，她哪里还敢招惹他，欠下他的恩情！她看见晏潮生的肉身正在腐蚀焚毁。犹如看见近在眼前的地狱，他一只手拉着她，想要拽她沉沦。

琉双打了个寒战。不，不要，就算今日在弱水中下坠，也不要和他再纠缠在一起。反正小仙草是不会死的，她有徽灵之心。

四周全是晏潮生的血，他若真要救她上去，说不定他就死了。那时候，她还有什么可以还给这个可怕的男人？她吓得推开了快没力气的晏潮生。他惊愕地回眸看她，琉双的身体已经透明了，却在努力地远离他。她无声地动了动嘴唇："我不要你救我。"

这个男人很恐怖，他的好不能要。她再也不要欠他什么。她强打起精神，握着息壤，催动孱弱的徽灵之心，让她在弱水中前行。也不知道哪里来的力气，她竟然咬牙撑着，看见天光了。

琉双一直没有回头，便没有看见，全身是血的晏潮生，一寸寸在她的身后碎裂。他没有徽灵之心，根本无法像她那样在弱水下存活。他是抱着必死的决心跳下来的。

然而得到的是，她宁愿死，也要推开他。

晏潮生在弱水下，骨血消融。琉双的身影却越来越远，直到再也看不见。

天光破开黎明，妖山迎来朝阳。

弱水更像一条荡漾的银色天河，琉双的手指搭在岸边，爬了上去。身上的弱水不会沾染上她的身体，她微微喘着气，打算恢复力气以后，用徽灵之力重塑肉身。她庆幸地想，她也是很厉害的，绝没有丢空桑的脸。

一只手，突然抓紧她半透明的胳膊："山主呢？"

琉双抬眸，看见一个熟人。总是沉默寡言，像一把利刃的伏珩，原来这么早，他就效忠晏潮生了。她停顿了一下，往身后一指："或许还在弱水里。"

"你，"伏珩怒道，"山主下去救你，你却自己上来不管他！"

琉双抛开在弱水中的惊慌，听见伏珩的质问，觉得有些莫名其妙。

伏珩觉得嗓子发干："山主喜欢你。"

琉双："可我不喜欢他。伏珩大人，我没有让他下来救我，我不需要他这样，也不想让他救。"

琉双脸色苍白地笑了笑，眼睛却很亮，眼神很坚定："我只想他离我远些，你能讲些道理吗？"她又不是任由他们摆布，听从晏潮生心意的木偶，他给她什么，她都得受着。她想起了自己曾经的痛，就是不想和他再有瓜葛，怎么了？有错吗？

伏珩慢慢地松开琉双的胳膊，脸色依旧沉郁，冷着脸，就要往弱水里跳。

他的忠诚倒是毋庸置疑的，动作快得琉双根本拦不住。

琉双还没来得及看弱水下的情况，一道视线已经幽幽地锁定了她，准确地说，是在看着她手中的息壤。她握紧第五条灵脉，皱眉道：“风伏命。”

果然，上空落下一道锐利的残影，直奔她而来。也就在此刻，弱水中光影濯濯，一道玄光阻止了伏珩下去找人的动作，同时，也扣住了风伏命袭向琉双的手。

琉双没想到，挡在自己面前的人，是晏潮生。他竟然上来了！此刻，他的脸色惨白得几乎没有一丝血气，他挡住风伏命的手。他一言不发，挡在了她的面前，没有看风伏命，反而回过头来看琉双。

晏潮生的眼神里带了许多沉重的东西，对上她清澈无瑕的眼眸，喉咙里却说不出一个字。晏潮生快要到弱水水面时，正好听见伏珩说：“山主喜欢你。”旋即他听见琉双说：“可我不喜欢他，我不需要他这样，也不想让他救，我只想他离我远些。”

到底还是听她亲口说出来了，这几日的自欺欺人，彻底沦为泡影。晏潮生说不清自己身上，哪一个地方最痛，弱水会破开封印，他被尘封的丹田与识海，一并在弱水中解开。他终于知道了自己是谁，也明白过来，那日在镇妖塔，为何如此多的大妖，自爆毁塔，因为他们要救他出去。

晏潮生的眼眸中没有多余的情绪，仿佛承载了数万年的死寂，他把琉双从地上拉起来，声音嘶哑地道：“快走，我帮你拖住他。”

她的手那么小，又小又柔软，可只在他的掌心停留了一瞬间，就从他的掌心里抽了出去。

“你别碰我。”琉双下意识地抽出手去，抿了抿嘴唇，轻轻地说。仿佛他是什么她避之不及的脏东西。

晏潮生的心里也像被轻轻扎了一下，很轻的力度，却扎得他生疼。琉双看向另一个方向，眼睛里的光纯净。有一刹那，他几乎分不清，自己是不是恨极了她。

这时，细碎的阳光下，有人从仙鹤上走下来，他缓步而来，步履从容：“看来我来晚了。”

琉双转头看过去，有几分怔然。她如今的心境不同，比当时重活过来，见到少幽，还要复杂。她记起来，在杏花开得最烂漫的时候，眼前的男子在树下为她梳头，那种悠然。她记得，他们结伴走过寂寂人间，她从他的身上，感受到了第一份有温度的温柔。

琉双：“少幽，你也是来寻找灵脉的？”

少幽转头看她，颔首：“不过，看来灵脉已经被仙子拿到了。”

琉双问少幽：“那你会抢吗？”

灵脉对所有人来说都很重要，自然也包括同样面临灵脉枯竭问题的昆仑。

少幽没想到琉双会直白地问出来，他摇头。

“若你需要，我保护你离开。”少幽说道，他其实只是有礼貌地一说，息壤无疑是她用命换来的，他料想琉双不会轻信自己。他不远千里赶来，确实也迫切地需要灵脉化成的息壤。

琉双却因为这一句话，朝少幽走过去。她从晏潮生的身边走向少幽时，一眼也没看晏潮生，一如她当年走向晏潮生，没有看见身后落寞的少幽。

晏潮生的身体，颤抖得厉害，只剩白骨的拳头收紧。

风伏命神情莫测地看着琉双，视线从她手中的息壤上一扫而过。

琉双几次以为他会动手，也不会轻易放他们离开，毕竟这位未来的君上，心狠手辣如毒蝎，谁知她已经坐上少幽的仙鹤了，依旧不见他出手。

“即墨少主，倒是好胸襟。”风伏命满是深意地说道。

琉双低头看风伏命，他似笑非笑地问：“请问仙子的名讳？”

“赤水琉双。”少幽在她的身边，现在不怕他知道了。

“很好，”风伏命眯了眯狭长的眼睛，语气带着笑，“若是仙子取走灵脉，倒和本君拿走，并无区别。赤水仙子缺席了今日的四海宴，只让族女顶上，乃是一大憾事，不过无碍，本君最擅长填补缺憾。”

“族女？”琉双注意到风伏命话里的这两个字，她记得，自己离开天车那日，留了书信给父亲，也不曾让任何人代替自己去四海宴，毕竟这次四海宴是风伏命的选妃宴，她不至于乱来。

风伏命意味不明地低笑，没有过多解释。

这时少幽开口：“在下和赤水仙子先行离开，太子珍重。”

少幽的语气不卑不亢，他也的确有这个地位，早在万年前，天君的位子，是从四大仙境中遴选，有能者居之，若非风氏势大，横行无度，太子之位，落在少幽的身上也未可知。

再者，纵然少幽不是未来的天君，也是未来的昆仑境主，地位尊崇，不必臣服于人。

仙鹤才起飞，一道鹅黄色的光影从远处飞来。

“少幽哥哥！”

少幽目光一顿，并未回头，径自带着琉双离开。

风采意待上前去追，风伏命沉着脸，把她拽了回来。

“兄长，你放开我，我要去找他。”风采意急切地说，今日四海宴，是她兄长的选妃宴，可对于风采意来说，也是最好的日子。她好不容易说服父亲，让父亲将她许配给少幽，少幽沉吟着，并未反对。

风采意躲在帘幕后，又紧张又忐忑，偷偷地看。她欢喜极了，千年夙愿一朝即将达成，若不是天妃娘亲不许她无礼，她一定要让父君少说些废话，直接与昆仑少主议亲。

风采意知道少幽哥哥如今还不喜欢自己，不过没关系，这么久她都坚持过来了，不在乎今后的日子。以少幽的品性，即便他不爱她，也会珍重她，不会令自己的夫人受委屈。她知道，为了昆仑即将枯竭的灵脉，少幽哥哥会同意的。

可是宴席未过半，一个白胡子老头在少幽的耳边低语几句，少幽一愣，竟然找了个托词离开！少幽随手捉了宴席上的一只灵鹤，为他引路，转瞬间就离开了天界。

风采意气得咬碎了牙，连忙追上去，她的修为自然不比少幽，落后他许多，待她赶过来，恰好看见他带着一个女子离开。

风采意只来得及看那个女子一眼，却不得不承认，那个女子美丽极了——眸若春水，唇若丹素，额上蓝色羽花，如含羞半盛开的莲。

震惊之余，风采意发现自己从未见过那个女子，莫大的危机感令她心中一凛，她正要追上去，却被风伏命禁锢住。

风伏命微笑道：“还要追？没丢够风氏一族的脸，嗯？”他的声音极其温柔，可是对上他一双含情的眸子，风采意的身体一抖，低下头。她害怕他。

两个人同父异母，风伏命的母亲，是天妃，而她的母亲，是一个小小的地仙，风采意的出现只是一个意外。只不过仙族血脉，向来稀少、珍贵，她才会被接回天界抚养，从小与风伏命一起长大。这位兄长向来笑容可掬，语气温柔，可她害怕他，害怕极了，没人比她更了解风伏命是怎样可怕的人物。

风伏命是太子，她也是公主，旁人只看见了她的尊崇，只有风采意知道，自己与他天差地别。

风伏命不置可否地、淡淡地道：“回。”

风伏命的身影化作一道流光，骤然消失在弱水前。风采意咬了咬嘴唇，到底不敢忤逆他，看了一眼少幽和琉双离开的方向，跟上风伏命。

待所有人离开，伏珩看向晏潮生。

伏珩第一次见到这么多拥有高贵血脉的仙族中人，他们这些妖物，对这些拥有上古血脉的后嗣来说，不亚于毫无存在感的沙土与动物。不仅太子和公主没有看山主一眼，连那位少主亲自跳下去救的仙子，也不曾看山主一眼。也是，凡人行色匆匆时，岂会停下来看蝼蚁。

山主的手臂只剩下骨架，在初升的朝阳下，散发着异样的光泽。剔肉之痛，常人都无法忍受，可晏潮生的神情很平静，他甚至没有表露出一丝痛意，平静得像暴风雨来临前的天空。

晏潮生神色冷漠地注视着众人离开，良久，突然问道：“你憎恨仙族吗？”

伏珩抬起头。

日光下，晏潮生的眸中一片漆黑，他的语气又轻又低，不带一丝起伏。

当然。伏珩想，他憎恶极了，他永远记得曾经生存过的那片山林，他的父亲是怎样被一个道貌岸然的仙君杀死，他的母亲是怎样被一群俗世修仙的弟子拖走，在破庙中被侮辱。他的母亲是一只漂亮、柔弱的花妖。他们折磨死了她，还不忘用她的元身来做香料。

那一日，整座小镇弥散的香气久久不散，伏珩从躲着的树洞中爬出来，循着那股母亲身上的香气，看见那些香料被人用百两黄金买走。

那些俗世修仙的弟子满意地笑道：“还不错，不枉师叔祖费了那么多心神，解决那只虎妖。你们看没看到？他临死前，还不忘让那个花妖赶紧跑，跑？能跑掉吗？”他们哈哈大笑，旋即感到遗憾，可惜这样漂亮的花妖，世间并不好找，在他们的洞穴里，没有看见后代，真是遗憾。

仅仅是一群得了仙缘的弟子，就可以把万物踩在脚下。那一刻，幼小的伏珩，真想把他们全部杀光。他渐渐长大，没有继承父亲的妖力，却继承了母亲的容貌，躲躲藏藏地长大，没能报仇，反倒被人捉走，献给妖山的山主，被圈禁起来。

漫长的被折磨的岁月中，伏珩忘记了怎么笑，怎么哭，连仇恨都快记不清了。前山主那么强大，却也不敢招惹仙族。

伏珩本来以为，会就这样过一辈子，直到那日，晏潮生到来，妖山血流成河，他被少年拎起来，扯碎了身上的锁链，灌了一堆妖丹。从孱弱的小妖，突然变成功力深厚的大妖。

元身不稳，全身散发着阴戾之气的晏潮生只提了一个要求：“出去守着。”

伏珩一言不发地守在了门外。

如今，眼前的晏潮生问他，憎恨仙族吗？

伏珩沉默良久，“大逆不道”地点了点头，他永远不会欺瞒主子。

晏潮生扬了扬手，弱水奔流，形成一个漩涡。

伏珩震惊地看着这一幕。

此刻，弱水被晏潮生玩弄在鼓掌之间，仿佛不再恐怖、强大。

晏潮生漫不经心地拂过自己的手臂白骨，一层肉重新长出来，他低声道：“既然憎恨，那就，夺回属于我们的东西。”

伏珩看过去。妖山的白日来临，那个曾经拯救了他的人，本还有几分少年意气，此刻却只剩下沉稳的阴冷，他的眸光一片阴暗。他说那些话时，就仿佛吃饭穿衣那般寻常。

伏珩隐约意识到，有什么东西，好像不一样了。他记得当日闯入妖山的晏潮生，纵然暴虐，可是也不愿疯狂杀人，努力地压抑、克制，这才尘封于寒潭下，让他去门外守着。可如今，晏潮生眼里深重的恨，却仿佛沉淀了万年倾涌而至。

这副模样，那位小仙子若是肯回头看晏潮生一眼，必定会发现。晏潮生为她跳下弱水，她哪怕回头看晏潮生一眼，或者不跟少幽离开呢？

琉双此刻和少幽在回空桑的路上。

仙鹤飞得并不快，四月的阳朔城下起了一场春雨，琉双提出下去看看。

少幽没多说什么，颔首带她下去。

琉双穿过小巷，凭借着记忆，来到一扇朱门前。琉双抬头一看，上面赫然写着三个字“贺兰府”。

几百年后，这里会是她在人间的家，那时候，这里叫岳府，她叫岳琉双。她还记得自己曾经穿着一身嫁衣来敲门，开门的小厮说已经是张府的愕然之感。

世事沧桑，人间时过境迁太快。不知道自己提前解开徽灵之心，是否还能在几百年后，遇见曾经的爹娘。

少幽低头看琉双，见她的眼神带着怀念、温柔，以为她会进去。紧闭的大门，对于仙族来说，并非什么障碍，可是等了半晌，琉双什么也没做，示意少幽同她离开。

两个人一起走在人间四月的街道上。

琉双用身上的首饰作抵，买了两把伞，一把给自己，一把递给他。

小贩喜不自胜，她笑道：“找的银子呢？”

少幽看了她一眼。

小贩愣了一下，本以为用珠宝换伞的，是天真无知的大家闺秀，想宰她一笔，没想到她知道自己的伞没有这么值钱。只好讪讪地找了几锭银子。

琉双却微微摇头，只收了一小块，把伞递给少幽。

她还记得，自己起初懵懂无知，在外流落，遇见他，正在被骗，一个包子，收了她一锭银子。她低落地咬着包子想念家人，少幽用剑柄在那个小贩的手腕上点了点，冷冷地说：“纵然她不懂，你也不该骗她。”如今他没了几百年在人间寻找魂魄的经历，反倒是她，还记得少幽教过她的点点滴滴。

少幽不问为何，抬手接过。琉双带他到了一座桥上，行人匆匆避雨，两个仙族之人撑着伞，却走得分外从容。那是上辈子，她死的那一日，等了他许久的桥。没等来少幽，只等来晏潮生那个骗子。桥畔的春柳，一如当年翠绿。

雨声沙沙，风中依稀传来一个声音：“少主，您为何还不动手？”

少幽神色未变，微不可查地摇了摇头。他的视线看过去，淅淅沥沥的春雨中，酒楼后梨花簌簌如雪。琉双趴在桌上，脸色苍白地睡了过去，身边还摆了一壶只喝过一口的酒。可惜，这酒并不能暖她的身子。她的身体几近透明，若是凡人见了，此刻必定惊骇不已。

少幽却淡定地坐着，静静地观察她。原来她也明白，从弱水中上来，她的身体早就支撑不住了，在风伏命的面前，她不敢露怯，强撑着，装作若无其事。她的身体经不住奔波，只能暂且停留在人间，她虚弱得连布置个结界都做不到。亏她方才还能与他一同撑伞坚持走到酒楼。

一个声音气急败坏地道：“少主，现在是最好的时机，若不动手，难道真要等她带着灵脉回到空桑，届时空桑有救了，昆仑怎么办？她现在弱小得如同凡间的一个婴孩，您应该看见她把灵脉收在哪里了，夺过来便是。”

“沃姜，别吵。”少幽抬眸，淡淡地道。

沃姜无言以对，气得不行，收回了千里传音。自从卜卦发现第五条灵脉即将出世，他就没有消停过，如今他们的少主离那条灵脉如此之近，小丫头也身受重伤，少主大可不必拼个你死我活，就能轻松地得到息壤。这样最省事，发愁了数千年的灵脉问题，也终于能解决，顶多……卑劣了些。

可少主迟迟不动手，真是皇帝不急太监急，沃姜恨不得出现在他们的身边，代替少主，把息壤夺过来，洒在北方仙境的裂痕中。

少幽拿过琉双手边的酒，打开盖子，自己饮了一口。

琉双不该选择他的。在灵脉面前，他和风伏命没什么两样，他们首先都不是某个人，而是代表一个仙境。不缺灵脉的风伏命，尚且需要灵脉，更何况是急需灵脉的昆仑。

少幽已经许久没有面临过这样的选择。上一次，他需要做这样的决定，还是父亲说起他的婚约。让他与空桑联姻，合并灵脉。他放弃了自己，选择成全昆仑。而这一次，作为昆仑的少主，他理应像沃姜说的那般，拿走她手中的灵脉，利益面前永无盟友。

作为自己……他看向琉双，她的脸色苍白，看起来脆弱极了，嘴唇轻轻地抿着，不知道是疼痛还是觉得委屈。她的一只手虚虚握着，十分没有安全感的模样。这样的模样，却留给了他看。她到底还是年纪太小，不明白方才三个人中，她选择跟着另外两个人中的谁，都比自己好。

风伏命不缺灵脉，她可以试试和他谈条件。而那个跳下弱水，剐肉碎骨也要救她的大妖，不要灵脉，会好好保护她。只有自己，迫切而且必须拿到灵脉。要么通过迎娶风采意，从歹毒恣意的风氏手中艰难地取得，要么从她这里抢走。

一壶酒饮尽，窗外的雨还未停下来。

少幽沉默良久，在沃姜再一次暴躁的催促下，打开她另一只紧握的拳头，轻而易举地拿出了息壤。万千浓厚的灵力汹涌而来，不必细细感知，就能觉察它的浩瀚。这是她用一条命换来的息壤。能够供养无数仙族的灵脉，此刻就被他握在手中。

沃姜还在疯狂地算卦，老头显然是激动得疯了，终于算到自家少主的命数，与第五条灵脉连在一起。沃姜表示十分欣慰，他生性死板的少主，终于违背行事作风，为昆仑干了件小小的坏事。今后顶多就是空桑和昆仑老死不相往来，能保住昆仑，保住自家少主就好。

可沃姜的欣喜还未蔓延开，下一刻，卦象无风自动，少主与息壤的联系，已经断开。

少幽把息壤装进神农鼎炼制的玉盒中，隔绝了息壤的气息，不令它引发垂涎。他低头，把玉盒放进琉双的小手中。

琉双的睫毛不安地颤抖了一下，她伤得太重，完全没法醒来，那两片微微颤抖的睫毛，像两只扑闪着翅膀的蝴蝶，握住了盒子，才又安心下来。

少幽轻轻笑了笑，手指点在她的额间，渡了自己的灵力与修为过去。她睡得更沉，仙体也开始越发凝实。

淅淅沥沥的雨中，少幽道："睡吧，我在。"

梨花落了满地，琉双陷入一片甜美的梦境，依稀回到了最单纯的，与少幽在人间生活的百年。

沃姜还在四海宴上给自家少主打掩护，老头扯着自己的白发和白胡子，决定进行最后的挣扎。也不叫少主了，他称呼："徒儿。"

少幽的语气也恭敬了几分："师尊。"

沃姜沉着脸："你可得想好，若是错过息壤，你只剩下一条路，娶风氏采意，自此对风氏言听计从。风氏早就看中了你的能力，不可能轻易放过你。"

少幽说："我知晓。"

沃姜："就算这样，你也不夺她的息壤？"

少幽："是。"

沃姜愤恨地想，他家的少主，是不是没见过女人？怎么就偏偏傻成这样！气杀他也！

少幽等待着雨停，他心想，他可以不管儿女情长，但无法舍弃仙族最后的荣光。还有多少仙族，记得自己作为仙族，应有的模样？已经快没有了，这才是灵脉枯竭，仙族走向衰败的原因。

风伏命带着风采意回到四海宴，四海宴已经快要结束。

天妃迎上来，心疼地道："吾儿，怎么弄成这样？"

风伏命下一趟弱水，身上也有不少被腐蚀的伤口，只不过他上来得及时，比琉双和晏潮生都好得多。

风伏命轻声道："无碍，我不在，四海宴可还如常？"

天妃看了一眼风采意，风采意低着头，不敢打扰他们说话，乖觉地走开。

天妃满意了，这才开口："姬香寒，即墨旁支族女，还有风氏的几位女子，都还不错，你若闲下来，可以看看。"

风伏命："楼宓楚呢？"

天妃犹豫着道："她的模样是还不错，可只是空桑仙境中，一个小族长的女儿。"

风伏命一笑："无碍，她这次可是帮了我一个大忙。"胆子真大，在空桑长大，竟敢给空桑少主下药。若不是她，他也不知道灵脉在弱水。若不是她，他也不知道，原来濒临枯竭的灵脉中，妖气在蔓延。天道制衡开始了，当年祖祖辈辈做下的事，若无法埋葬，不妨让它罪孽更深重些，妖族不是要兴起？在它兴起之前，全部消灭即可。

天妃不赞同地说："可是，伏命，你也不用选她做天妃。"

若是上古血脉不够纯粹，很难诞下足够强大的后嗣。

风伏命说："谁跟母妃说，我要选她做天妃了？为何不可以是赤水琉双呢？"

天妃惊讶地看过去，风伏命的脸色无波无澜，眼里却泛起看好戏般的轻谑。风伏命抚了抚手掌，漫不经心问："我那无用的父君呢？"

明明握有不会枯竭的灵脉，还任由仙境一分为四，久久不能统一，甚至令灵脉预警，妖族即将横行。当真是……无用至极。

天君捕妖之令下达时，首当其冲的便是有名有姓的各大妖山。

劳河带着一众部下，脸色难看地往妖山外逃，心里暗暗啐了一口晦气。原以为跟着现在的山主，能过上好日子，结果没几日，天君疯了一般，下达灭杀世间妖物的指令。不仅天兵出动，所有妖的元丹，如今都可换不少上品灵石。

风氏一族的富庶，天下均知，他们有永不枯竭的灵脉，就意味着能炼制可供修炼、源源不断的灵石。

短短数日，妖族四处奔逃。这种本该各自散开逃命的时机，他们的那个山主，竟然下令不许任何人私自潜逃，留在妖山，还让他们接纳天下间无处容身的妖族。疯了，真是疯了，再不逃，留在这里送死吗？可笑，难道指望那个还要靠寒潭维持元身稳定的山主，打赢仙兵，保住他们一条命？

劳河当即决定带着自己的人离开这座最为醒目的妖山。当他走到妖山的边界时，无数锁魂铃铛开始丁零作响。

劳河轻蔑地道："知晓了又如何，此刻还不是只能躲在寒潭下苟延残喘。"

劳河的脚刚刚踏出妖山一步，无数纷乱的铃铛声中，他的脖子，被紧紧缠住。劳河惊恐地回头，看见一条血红色的鞭子，被握在玄衣男子的手中。

晏潮生抬眼，冷冷地笑道："真不听话。"

劳河当即腿软，跪下求饶。他狡猾得紧，知晓自己不是晏潮生的对手，也明白晏潮生的心肠还算软，总是放过有求饶之心的妖族，不愿肆意杀戮。劳河以为，这一次还和以前一样，他不住地磕着头，等待着晏潮生说“这次暂且算了”。可是下一刻，劳河一命呜呼。

晏潮生抬了抬手，劳河的灵魂被捏在他的手中，他的眼神是冷的，又冷又锐，如同十二月冬日的寒风，令灵魂都感受到了恐惧。

眼前的人不一样了……为什么……怎么会这样……类似心慈手软的情绪，已经从他的身上剥离。

其余所有跪在地上的人，见了这一幕，瑟瑟发抖，疯狂地磕头：“山主饶命，山主饶命！”

跟在晏潮生身后的伏珩，无声、冷漠地看着。

晏潮生平静地说：“全都杀了。”

妖山边界，鲜血浸润了土地。

留下来的人，大多是备受前山主折磨的，被晏潮生救下后便乖乖地听他的号令。蝴蝶精从夏跪在下面，仰头看高高在上的男子，她总觉得有些害怕，以往还敢借着他宠爱自己的名号，狐假虎威，如今心里有些发怵。但她莫名觉得，现在的山主才像一只真正的妖。肆意、冷血、残酷的妖。她确实在害怕晏潮生身上的威压，可心脏又忍不住因为他而狂跳。

山风猎猎，第一批来清缴妖族的仙兵，很快到来。

晏潮生让妖山上所有人过去看着，大家惊慌不已，却无人敢违抗他。

从夏在人群后发着抖，以为死期将至，结果迎来的，是一条几乎遮天蔽日的墨色巨蛇。它高高耸立，几乎遮住了头顶的天空。

半座妖山大的巨蛇出现，须臾间，伴随着惊恐的叫声众人四处溃散，却不是他们这些孱弱的妖族，而是那些威武的仙兵。他们惊恐地逃窜，一如曾经的妖族们。最后却在巨蛇的身躯下，全部化作血雾。

从夏摸摸自己脸上溅到的仙兵的血。这些血驱散了恐惧。数万年来，从来没有妖，敢这样屠杀仙族。可现在，有人做到了，就在他们的眼前。原来这些仙兵的血，闻起来并不比他们馨香、高贵。

那一天，墨蛇所过之处，无一仙兵存活。再没有一只妖，想着离开妖宫去人间四处躲藏。一座巍峨的山已经挡在他们的面前，为他们遮住了所有即将来临的狂风骤雨。

晏潮生高高在上地俯瞰他们，所有的死亡，总会显得无比壮烈，妖山被鲜血染红。一如当初在镇妖塔中，那些上古妖族为了他自爆的情景。

晏潮生心想，他错了，一开始就走错了。生来就是妖，何苦去做仙，他一辈子也没法成仙。那日弱水之下，封印破除，万年的传承觉醒，他记起相繇一族倾尽全族之力，将他从一个灵胎蕴养出来，移入梦姬的腹中。记起父君死前，把元丹揉碎，连同灭族的画面与记忆，封印在他的体内。所以他生来无父无母，连元身都化不出。

所有上古大妖为隐瞒他的存在，送他离开后，被尽数关进镇妖塔。数万年，他们忍受酷刑，一言不发。他的族人被尽数屠戮，比今日的仙兵，死得还要惨烈。他们宁可魂飞魄散，也要等晏潮生觉醒，成为君王那一日。相繇王族封印在他身上的数万年灵力，如今已经觉醒。

晏潮生眼里带着残戾，看着血脉仿佛被点燃沸腾的妖族，冷冷吐字道："待你们与仙族平等，甚至凌驾于他们之上，哪一个仙不能杀？"他停顿了一下，语气里带着嘲讽，"又有哪一个仙，得不到？"

一腔愚蠢的心意，换来无视与戏耍。被毁修为，失去护心鳞，被迫强化伤痕累累的元身，跳下弱水，全不能换来高贵的上古仙族一个回眸。

换来她说，只想离他远点。既然低头看不见他，那么，当他站在高处时，他要她不得不抬起头来，仰望他。

琉双在弱水下待得太久，肉身亟须重塑。

当日风伏命下弱水浅尝辄止尚且受了伤，晏潮生也只下去了片刻，就被腐蚀得一条手臂只剩白骨，唯有她在弱水中待得太久，仙身消散，脆弱得宛如婴孩。

哪怕有少幽渡过去的灵力，她也至少得需要十年才能凝出肉身。这个过程很痛苦，少幽记得旁支一个族妹，当初被伤了仙身，用无数天材地宝来养，依旧痛得死去活来。

而琉双的仙体几近透明，却选择安静地睡着，不吵不闹，乖巧极了。

今日她终于醒了片刻，被少幽扶着坐起来。

琉双的脸苍白，觉察到手里有什么，她低下头，却看见一只极其美丽的玉盒，在她的手中流动着浅浅的光泽。

息壤就在里面，气息被完全隔绝。

琉双的心里感到有些惊喜，看向少幽："这个，是你给我的吗？"

琉双沉睡时少幽尚且觉得没什么，灵脉之事，便够他思虑。可如今她醒过来，少幽对上她的目光，莫名想起师尊的话："少主，你是不是没见过女人？不拿人家的息壤便罢了，你连泣露玉盒也白给了人家。什么都没得到，反倒亏了一件举世珍宝。咱昆仑是冤大头吗？"

少幽彼时安静地道："师尊多虑，只是不想引来过多的觊觎。"

如今，对上琉双水色氤氲的眸子，少幽竟觉得有几分赧意。在仙界，赠人仙草灵药实属平常，可是送神器炼出来的玉盒，简直少之又少。少幽略微错开目光："嗯。"

琉双低头瞧了瞧："有神农鼎的气息，是从神农鼎中炼出来的？"

少幽虽然活了近万年，但鲜少有和女孩相处的经历，他幼时便蒙几位师尊轮流教导，被教导得十分正直，唯一有过情感纠葛的女孩是风采意，也是风采意狂热地追求他。

因此，面对琉双的问话，少幽只能继续道："是。"

神农鼎是三件仅剩的神器中唯一能炼制法宝的，但是万年难得炼制一件，琉双突然想起什么："少幽，我可以问问，神农鼎这些年来，总共炼制了多少件法宝吗？"

少幽倒也没有隐瞒她："三件，泣露玉盒，莲生双鱼佩，还有明玺珠。"

话音刚落，榻边的琉双目光带着几分无奈，懊恼地道："原来全送给了我呀。"

少幽说："什么？"

琉双回过神，轻轻地笑起来，小脸苍白，努力不在他的面前露出痛苦之色："我是说，这样珍贵的东西，不可以给我，待我把息壤拿出来，就把泣露玉盒还给你。"

少幽停顿了一下："你不喜欢？"问出来，见琉双愣愣地看着自己，少幽也意识到自己的失言，平静地补充道："好。"

琉双的心里早就有一个疑惑，什么样的挚友，会把家底都掏出来送人。要说少幽单纯，上辈子的许多事，还是少幽教她的。

有次两个人路过扬州河，琉双起身就要穿墙去隔壁。

少幽拉住她："做什么？"

小仙草凝神听了听："我听见那个女子叫得好痛苦，一定有人在欺负她。你不是说为善者当扶弱吗，我去帮她教训那个男子。"

少幽脸色有些不自然，低咳一声："别去，你好好坐着，她……不是在被欺负。"

小仙草很信任他，乖乖地坐下，却疑惑极了："为何？"明明就是很痛苦的声音。

少幽沉默半晌，才挤出几个字："夫妻敦伦之乐。"

小仙草："敦伦之乐？"

少幽命令道："封闭听觉，不许再听，也不许去看。你日后……日后就会懂。"

以前在琉双的心目中，少幽什么都懂，他就如同撑起她在世间的一根天柱，她敬仰他，无条件地信任他，却发现自己未曾看透他。

"少幽，"无双仰起脸，"什么样的情况下，一个男子会陪着女子百年，处处教导、爱护，却不愿当她的师尊？"

少幽不明白琉双为何有此一问，他思索片刻，答道："或许是恋慕。"师徒的名分，到底有悖人伦。

琉双猛地咳嗽起来。她咳得小脸涨红，分不清是那日得知晏潮生喜欢的人是自己，还是今日少幽口中的恋慕二字令她震惊。天哪，少幽他他他他……上辈子就恋慕她吗？不是她没往那方面想，而是一开始，少幽就扮演了严肃的教导者角色，师者，传道、授业、解惑，少幽是她心中无拘无束，丰神俊朗的上古桃木神君，她是一棵傻愣愣的小仙草，她从来没想过那种可能。

后来嫁给晏潮生，也不见少幽有何悲喜，她出嫁那日，他甚至帮她梳头，为她送行。她以前并不知道，双鱼佩和明玺珠原来那般珍贵，以为只是少幽送的普通新婚礼物。如今从少幽的口中，亲自说出那个可能性，她整个人如同被蒸熟的虾。徽灵之心敏感，以前丧失的羞赧，如今铺天盖地而来。少幽竟然……她就不该问。少幽上辈子喜欢她，这辈子呢？她悄悄看了他一眼，没了那层纱，她再也没法像以前那样坦然面对他。

少幽低头看她。琉双问了一个奇怪的问题以后，从白皙的脖子到脸颊都红透了，那份苍白褪去，反而透出不一样的粉色来。

少幽："可是我说错了什么？"

琉双摇摇头，又偷偷看了一眼他。他这辈子呢？还喜欢自己吗？是的话怎么办？

少幽："……"他略有些无奈，问道："赤水仙子，如今你拿到了息壤，仙身却受损，在人间久留不是办法，我有一挚友，名唤战雪央，通天地奇巧，精五行医术，他或许能帮你尽快稳定仙身，你可愿随我去见他一面？"

琉双："谢谢你！少幽，不过我想先回空桑。"

少幽颔首。息壤在身，谁也不会安心，只不过她得多承受好几日的痛。

琉双没醒多久，又睡了过去，她的情况不太好，如今唯有昏睡，能减缓痛苦。

少幽御灵鹤带她回到空桑，已是好几日之后的事。

少幽毕竟是昆仑未来的境主，这一来惊动了许多人，赤水翀在大殿接见了他，此时白氏的两位公子也在，白羽嚣看见琉双的仙身都快保不住的模样，当场发火：“即墨少主，你把她伤成这样？”

还是白追旭冷静些，拦住白羽嚣：“切莫冲动，问清楚再说。”

赤水翀命人接过琉双。

少幽沉着地解释了一遍，赤水翀这才看向被女儿紧紧抱在怀里的玉盒。

空桑的众人又是震惊得不可置信，又是欣喜，赤水翀倒是看不出什么，喜怒不形于色，只多谢少幽送琉双回来。

赤水翀：“即墨少主，近日可收到天君的法令？”

少幽虽然没有回昆仑，带着琉双赶路，但这件事，昆仑早有人通过传音告诉了他。赤水翀看向他：“天君下令，斩杀世间妖族。”

赤水翀问：“天君之令莫敢不从，如今空桑有不少仙兵被征集，讨伐妖族，此时昆仑应当也在执行，少主有何看法？”

少幽说：“在下只是昆仑弟子，此事应当父亲决策，少幽不敢妄言。”

赤水翀难得一笑：“即墨贤侄，倒是远远比小女沉得住气。”

少幽也一笑：“赤水伯父过誉。”

赤水翀屏退众人，没了一境之主的架子，冲少幽和蔼地道：“我从未想过，琉双真能带回来灵脉。”这个时候，他的眼里透着欣慰，又透着几分自责；“她一个娇宠长大的女儿家，伤成这样回来，作为父亲，是我没有保护好她。多谢你，护送她回来，即墨贤侄，也多谢你，没有伤害她，拿走灵脉。”

少幽抬手，沉默地行了一礼。

赤水翀：“我知晓，昆仑如今的情况并不乐观，你和即墨老友，也举步维艰。我听闻你去了四海宴，后来又中途离席，你们仙境世代擅占卜，应当也是觉察到了灵脉现世，为灵脉而去。在此之前，你可是有意与风氏联姻？”

少幽知晓瞒不过赤水翀，道：“是。”

赤水翀：“如今你是何想法？”

少幽开口：“昆仑需要灵脉解燃眉之急，仙族在此时征兵，更是雪上加霜，若与风氏联姻，能解燃眉之急，少幽愿意一试。”

赤水翀走过来，拍了拍他的肩膀：“随着天君密令下达的，还有一道口谕。太子风伏命，似乎对小女琉双有意，以风采意之名，邀她去天界小住。”

少幽抬眸。

赤水狰眼底闪过一丝冷意："风家冷血无情，太子比天君更甚，他要琉双，如今空桑已经没了灵脉之急，我自然不会同意。"

赤水狰看向少幽，微微笑道："少幽，先前琉双莽撞，多有对不起你的地方，但是，她现在长大了许多，也乖了不少。虽然之前因为她胡闹，你们的婚约作罢，但如今若你有意，不妨再问问她……"

赤水狰的最后一句话没有说完，少幽却难免跟着往下想。不妨问她什么？

赤水狰哈哈笑道："来，自你幼时，伯父再难见到你，好不容易来空桑，伯父定当尽地主之谊。"

少幽无法再继续深想，收回心绪。

第二日，赤水狰得知少幽的好友可以帮助琉双疗伤，也不忍女儿受苦，同意让他带琉双离开，紫夫人泪眼婆娑地要跟着去。

少幽只好如实说："战雪央不喜人多。"那个人脾气差，愿不愿意救琉双，还不一定。

他们前脚刚走，一个仙兵匆匆回来报信。

原来围剿妖山的仙兵中，有一部分，也是空桑的仙兵。

赤水狰听得心里一沉：孰料镇妖塔坍塌后，世间竟然还有如此大妖，并且手段残忍暴戾，把仙族杀得片甲不留！这几日去那座妖山的，总共有三批仙兵，一个都没能回来。别说肉身，连灵魂，也被那座妖山的山主冷酷地焚毁。

想到灵脉枯竭时，曾经显露的妖气，赤水狰明白肯定有问题，他当机立断："让所有仙兵远离那座妖山，把白追旭叫来。"

白追旭换上战甲，受命带着太初镜往外走时，看见自己的弟弟站在仙池旁，蹙着眉，一副愁眉不展，心情糟糕的模样。

自大比以来，白羽嚣成熟了不少，心事也开始变多。顺着他的视线，白追旭看见是宓楚宫殿的方向。

白追旭："你在担心她？"

白羽嚣闷闷不乐地道："宓楚说走就走，也没和我打声招呼，现在外面如此乱，妖怪都敢屠杀仙族了，她在外面不安全。"

"你以为她去哪里了？"白追旭问。

白羽嚣："回南境灵脉探望她的父亲啊。"

白追旭看了白羽嚣一眼："楼大人前几日才回来过一次，宓楚仙子若是思念父亲，早就该去了，不会在楼大人前脚刚走，后脚跟上。"

"兄长，你什么意思？"白羽嚣听出兄长的话里有弦外之音，语气也冷了下来，"你是说，宓楚在骗我？"

白追旭沉默许久才说："羽嚣，你若不爱听，就当是我多言。不过如今是多事之秋，你有担忧宓楚仙子的工夫，不如加固空桑的边境结界。"

白羽嚣最不喜白追旭说教的模样，仿佛他做的都是对的，自己什么都是错的。他冷冷地道："我担忧宓楚，也不耽误带兵巡视空桑。你对少主那般好，为何就不能对宓楚公平些？"他也不傻，看得出兄长虽然性子谦和，可是对宓楚比对常人都冷淡。其他人看不出来，白羽嚣却看得明明白白。他出生以来，总有人把他与兄长比较，他们总是说：你的兄长少年英姿，稳重聪颖，不过百岁，就得到境主重用。而你，顽劣不堪，不思进取，像个长不大的孩子。

兄长做什么都是对的，他做什么都是错的。白羽嚣并不曾记恨过白追旭，可他反骨很重，喜欢对着干。他第一次靠近宓楚，就是因为兄长疼爱的少主欺负了宓楚，他想要显得处处与兄长不一样，这才朝宓楚伸出手。兄长越包容少主，他就越要保护宓楚。

白追旭叹了口气，说："不是我对宓楚仙子不公平，是你对少主不公平。羽嚣，我知道你心里在想什么，可是你想没想过，少主以前缺少魂魄，论法力，论聪颖，她从来比不上宓楚仙子，她哪里欺负得了宓楚仙子？"

白羽嚣："她是境主的女儿，宓楚性子温柔，总是退让，有何不对？"

白追旭静静地看着白羽嚣："你真的这样想吗？我们一起长大，你并非不了解她们，你总是看到宓楚哭，可有听见少主对你哭诉？"

白羽嚣梗着脖子："赤水琉双那么蛮横，谁能欺负得了她啊？"

白追旭说："可她也会哭。夜里，一个人悄悄躲在被子里哭，只不过从来不让你看见。"

白追旭低眸回忆道："有一回你看到她凶宓楚，为宓楚鸣不平，还推了她。其实是她白日修习法术受了伤，宓楚还不小心把她的冰玉昙花给摘了，那是她精心种了一年，打算给紫夫人敷腕间疤痕用的。"

白羽嚣身体一僵，抿唇不语。那一日，他也记得，他不仅推了琉双，还与她打了一架，尽管白羽嚣没怎么用力，几乎是在逗弄她，而看她气得牙痒痒，张牙舞爪得跟小狮子似的。但他不知道她在难过，还回去躲在被子里偷偷哭。

白追旭说："羽嚣，我不是在否认你的一切，你的天资在我之上，只是性格有所不同，不必活在叔伯们的逼迫下，别去听那些声音。"白追旭见弟弟不说话，心中也有几分怅然。

白羽嚣最近的心情很糟糕，他应该也觉察到宓楚对他的疏远了，以前他常往宓楚的寝殿跑，如今宓楚总是有事推脱。不仅女孩子的心思敏感，刚长大的男孩子，也会觉察到不对劲。

白追旭本来不是多话的人，但白羽嚣是他至亲血脉，他不可能不管白羽嚣，怕白羽嚣越陷越深，最后受伤害："你好好想想，我不在空桑的日子，看顾好父亲、母亲，守护好空桑。羽嚣，珍重。"

白羽嚣僵硬地站在那里半晌，等白追旭的身影走远了，才说："兄长，在外保重。"

白羽嚣站了良久，转头。那个方向，不仅是宓楚宫殿的方向，也是……少幽带着琉双离开去治伤的方向。他近期的不满、暴躁、怅然，是从宓楚离开那日开始的，可连兄长都忘记了，宓楚离开那日，也是另一个小仙子坐上仙车，参加四海宴之时。他垂下头，睫毛在眼下投下一片阴影。

第十三章 前往泑山

泑山名为山，
其实并不大，
反而像个独立于八荒的小小境界，
不是仙境，
更非人间。

山中不知岁月，转眼人间已是六月。

夏日到了，妖族的鲜血染红土地的同时，仙族的血，也开始溅洒在土地上。

无数妖族，暗暗地往妖山迁移。那里是这段时间唯一没有战争的地方，有人说，曾在妖宫看见一只青色的妖鸟，它张开翅膀，有一座宫殿大，可口吐寒冰，翅膀扇出飓风。多么像只存在于上古时期的青鸾妖鸟。

于是靠着青鸾妖鸟，妖山的名号打了出去。妖宫的妖越来越多，以前宫殿空空荡荡，如今住都住不下，小妖怪们白日帮着扩建妖山，晚上自觉地去打地铺。本来他们用不着睡觉，这些年大隐隐于市，把凡人的毛病学了个十足。

从夏步履轻盈走进来，抱怨道："搞什么？还有带凡人娘子来避难的，当妖宫是避难所吗？"

伏珩也无言以对，问山主："可要赶走一些妖？"

来妖山的妖良莠不齐，不仅难养活，也快要住不下了。他们以为山主是善良的好人，妖鸟才是对抗仙兵的主力，其实并不然。真正杀伐的大魔头，此刻才穿好衣裳，从寒潭中出来。

外面用来招揽妖将的小妖鸟，不过是个吞了天材地宝，被催熟的妖鸟宝宝。若大魔头冲它招招手，它叽叽啾啾，傻得跟什么似的。

晏潮生手下聚集了一堆莽夫，却少有谋士，晏潮生听闻这件事，声音冷漠地道："让他们去杀仙族，杀十个，可留在妖山。若是要带家眷，再杀十个。妖山不养废物，若滋事不满，剁了给其他妖怪为食。"

从夏低下头，唯唯诺诺地应是，纵然十分仰慕面前的冷漠男子，却不敢多看。

短短几日，山主又高了些，以前他是个少年的模样，和伏珩差不多高，如今已比伏珩高出半个头。而且他自从弱水回来后，就变了，变得阴狠杀伐，不再心软。

空气中弥散着浅浅的血腥气，还有不少四散的黑色鳞片，过了一会儿得有宫婢进来打扫。只有自己人知道，晏潮生近来尤其易怒，蛇鳞一直在掉，掉了的地方，呈现病态的灰色。他如今的元身成了什么样，无人知晓，否则不至于放出妖鸟，代替他立威。

前几日，劳河留下的一个女妖，不死心，试图来引诱他，刚好撞见他脱鳞化形，最后被山主化在宫殿内。从夏虽然蠢蠢欲动，听闻这件事，也歇了心思。

晏潮生不喜欢有人看见他的元身。

伏珩倒是没有关心这些，他关心的是："妖山的目标越来越大，之前短短时日，我们杀了数千仙兵，妖山不再安全。有一支仙兵换了新的将领，那人且打且退，也不上来，只在山下截杀，听说，是空桑和长留的仙兵。"空桑和长留的仙兵，负责"清理"他们这一块领土。

晏潮生垂眸，手指收紧。

伏珩心里清楚，等到仙族反应过来，首当其冲的妖山会受到讨伐。

而他们的山主，此时在弱水受的伤还未完全好，光靠一只金玉其外的妖鸟，与妖山为数不多的大妖，很难对抗仙族真正的大军。

山主得养好伤，稳定元身，还要找到一样法器，才能够庇护妖山，否则他们所有人，必须在仙族反应过来之前搬走。他把白追旭带兵的情况说了一遍。

仙族在杀他们的人，他们却没办法杀仙兵，因为笼罩大军的，有一道牢不可破的屏障。

"是一面怪异的镜子。"伏珩说。

晏潮生旋身坐下，手指轻点，突然笑了笑，说："既然自己送上门来，就别怪我不客气。"他的笑容，怎么也不能说是轻快，反而像想起了什么，透着几分阴沉。除了他杀人那日，伏珩还没见过他这样。

晏潮生把十诫环扔给伏珩，笑容阴冷："太初镜，他们恐怕不怎么会用，伏珩，带人去教教他们。"

晏潮生割破手，任由鲜血涌出，涌向十诫环。这些仙族恐怕早就已经不记得，太初镜，最初是他的父君，用来控制灵力，收归天下沼泽，不让沼泽浸入人间的法宝。本就是王族的东西，也不知后来为何会流落到毕巡手中，被他用来困住一座凡间的城。拿到太初镜，今后妖山的结界问题就解决了。

只剩不稳的元身，需要最短的时日稳定下来。元身不稳，他没办法保证真正对上天族仙兵时不出差错。

“我去一趟泑山。”晏潮生突然说。

泑山？这是什么地方？众人几乎都没听说过。

晏潮生扔了一颗元丹，喂一旁的小妖鸟，淡淡地道：“上古时，蓐收住在那里。”他传承的记忆是这样的，蓐收早已随着他父君的时代陨落，不知道过了数万年，泑山的主人会是谁。不重要，终归会为他做一切他想做的。

少幽扶着怀里虚弱、透明的少女，声音轻轻地道：“泑山是西望日的出入之地，满山遍布着紫色的美玉。”

他们抵达时，恰好是日落，夕阳灿烂。

泑山名为山，其实并不大，反而像个独立于八荒的小小境界，不是仙境，更非人间。少幽带着琉双一路西行。进入泑山之后，琉双果然看见无数美玉，还有形形色色的鸡血石，小境界漂亮得不像话，仿佛被色彩堆叠。

仙鹤进不来，少幽说：“我背你，这里的主人是战雪央，他的脾气怪，你见到他，别害怕。”

少幽的神态自若，琉双反而不好扭捏，这辈子毕竟不同于上辈子，她有记忆，少幽什么记忆都没有，她趴在他的背上，想起自己年纪很小的时候，他也曾背着自己走过这样一段路。那时候她为了捞少幽的散魄，着急之下受了伤，在他背上，吵着要下去。少幽说她再动，就扔她下去。

“我爹都没这么背过我。”那时的她这样说，少幽的脸色都变了。想起这些，琉双趴在少幽的背上，忍不住轻笑。

少幽的神识很敏锐：“怎么了？”

琉双重复了一遍，掩盖住眼里的笑意，唏嘘着道：“少幽啊，我爹都没这样背过我呢。”

莫名与赤水翀比肩，年轻的少境主说不清自己是赧然还是恼怒。他又想起被迫与她联姻，得知小仙子的年龄太小，总觉得他像占了什么便宜。

泑山被夕阳衬托得闪闪发亮，琉双趴在少幽背上，突然颤抖了一下。她感觉到，一只手在自己的腰间轻轻摸了一下。

她故作凶巴巴地回头，却什么也没看见。泑山小境界里瑰丽明亮，还没看到战雪央的屋子，只有她和少幽两个人。

是少幽在捉弄她？

琉双看少幽的神色，他看上去很是平静、淡然，似乎不再为她刚刚的玩笑话着恼。那么，是她如今身体透明，产生的错觉？不，不能怀疑少幽。

可是下一刻，那只手更加肆无忌惮，在她的臀部一摸。

琉双的僵硬，连少幽都觉察到了，他微微偏头："怎么了？"

他看见背上的琉双涨红了脸，咬牙摇了摇头。

少幽明显感觉不对劲，放她下来："身子不适？"

少幽见琉双四处看看，什么都没发现。琉双终于憋不住，委屈地向他告状："少幽，有人轻薄我。"

琉双的语气十分委屈，而且因为难以启齿，绯红的脸蛋在夕阳下更添了一抹色彩，她站在他的身边。那一刻，少幽有一种感觉，面前的人对自己十分依赖。

万年老成的少境主，心里像被轻轻撞了一下。他抬起手，桃木在指尖生根发芽，旋即疯长，向四周扩散开。

琉双站在少幽的身边，眼巴巴地等他给她"讨回公道"。

过了许久，窜向西侧的桃木，捆回来一个"流沙人"。

流沙人的身上没有一丝灵气，却能活动自如，甚至能说话，它吱哇乱叫："打劫啦，杀人啦！"

它看上去是凡人孩童六七岁大小，可是动作十分灵活，若不是少幽死死地捆住它，它能一下子窜得很远。它像模像样地穿着一件衣裳，五官用宝石镶嵌而成。若不是少幽驱使的桃木无差别地对待没有生命的物种，绝不可能把这样一个"小贼"捉出来。

琉双半蹲下，用手捉住它："你在捉弄我？"

它被琉双一触碰，立即倒下"碰瓷"："啊，我死啦！"说死就死，下一刻就倒在地上，沙子散去，连宝石也掉在地上。琉双看得哑口无言。

少幽也觉得又好气又好笑："战雪央，别玩了。"

战雪央："哼，你们擅闯我的地盘，还不许我做点什么？"

琉双顺着这个声音寻找，看见夕阳下的一棵大树上，一个长袍男子懒懒散散地坐着，居高临下地打量他们。他的额间佩了玉饰，模样十分清朗，身上的衣袍，带着瑰丽的纹路。与他的清雅十分不同，他的肩上扛着一把斧头，一把大得可怕，带着寒光的斧头。那把斧头破坏了他所有的清雅之气，使他显得匪气十足，加上这样作弄一个才踏入泑山的小仙子，脾气确实一看就不怎么样。

少幽："此次前来，请你帮个忙。"

战雪央跳下树，挑眉微笑道："有事求我？"

少幽说："我知道你的规矩，双鱼佩给你。"

战雪央觊觎他可以算卦的双鱼佩良久，战雪央尤其想知道，什么时候才能不用守着泑山走出去。

没想到，这次战雪央没有应答，反而看向琉双："我不要你的双鱼佩，我要一滴她的血。"

这句话，令少幽和琉双都很诧异。

双鱼佩的价值，琉双很清楚，它可以预知一切吉凶祸福，是昆仑的宝物。而战雪央连双鱼佩都不要了，仅仅要她的一滴血？

战雪央收起斧头，笑眯眯地道："就当我为流沙人赔罪了。"

少幽蹙眉，看向战雪央。

战雪央撇了撇嘴："别这么看着我，你知道的，我对女人不感兴趣，那些流沙人，也是泑山特有的玩意，根本不听我的使唤，也算不得是真正的人，它们好奇她而已。只不过作为这里的主子，我得维护一下泑山的颜面。行不行，你们说句话吧！就一滴血，我可从来没有做过如此亏本的买卖。"

少幽看向琉双，琉双点点头。她在弱水之下，皮囊都几近腐蚀了，不过一滴血，能尽早化出凝实的身体，才是当务之急。仙、妖大战的事情，她出来前有所耳闻，她怕空桑重蹈覆辙，败在晏潮生的手下，也很想治好了赶紧回去。

"伸手。"战雪央说。

战雪央随手取了琉双指尖的一滴血，琉双几乎毫无感觉。

战雪央随意地收起血，道："跟我来。"

往泑山的里面走，有一座两层的竹木小屋。

战雪央得意地炫耀道："怎么样，还不错吧？"

琉双看不出竹木小屋有什么珍贵的。少幽来过这里几次，倒是明白战雪央在得意什么："泑山能长出植物了？"

包括战雪央方才栖身的那棵大树，茂盛得不像泑山能长出来的东西。泑山出宝石，可是偏偏长不出树木。战雪央为此十分发愁，坑了外界不少天材地宝，试图改善泑山“珠光宝气”的环境。这样一座竹木小屋，在外面分文不值，在这里面，意味着无数天材地宝的堆砌。

不过少幽显然不是那种很会捧场的人，只颔首道：“不错。”

战雪央嗤笑一声，也没指望这位少年老成的昆仑少境主，能说些夸他的话。几个人进到屋子，一堆流沙人想涌进来。它们与琉双遇见的那只相差无几，簇拥着要进来端茶送水。

“别挤，我去。”

“让我来，我来！”

“你走开，我先进去。”

战雪央看了一眼琉双，掩盖住眼睛里的笑意，最终有两只流沙人脱颖而出，挤开其他人，到了琉双的身边。

一只羞答答地用蓝宝石眼睛看着她，问她：“仙子，您能抱抱我吗？”

另一只更直白，用红宝石做眼睛，直接抱住了琉双的裙摆。

蓝宝石眼睛的流沙人很可爱，琉双愣了一下，见战雪央不反对，正饶有兴致地品着茶。她伸手，把蓝宝石眼睛的流沙人抱起来：“当然可以呀。”

流沙人没想到琉双如此温柔，还这般好说话，一个两个原地跳脚：“我也要，我也要！”

战雪央冷冷地开口说：“跳垮了我的屋子，就全部去死。”

它们不甘心，却也终于消停了些。

“那排队抱抱可以吗？”一只绿眼睛的流沙人问。

流沙人自觉地排起了队。琉双没有见过这种阵仗，一群各种颜色的流沙人，求她要抱抱。偏偏这种情形还莫名有点眼熟。别说她觉得不可思议，连少幽也蹙起了眉，看向战雪央。

战雪央：“不是我。”他的恶趣味，还没开始呢。

一只只流沙人，排着队来求抱抱，简直无穷无尽，每个流沙人看上去都非常满足，最终竟然是战雪央受不了：“行了，有完没完！全回去！”他一脚踹散一个，捏起琉双怀里的用紫宝石做眼睛的流沙人扔出去，嘭的一声关上门。这下谁都相信不是他搞的鬼了。

外面的流沙人嘤嘤嘤地叫着。

战雪央对琉双说："我看看你的伤。"他的袖子一挥，一条赤红色的小蛇，爬上琉双的手腕。

冰凉的触感，令人瑟缩，琉双不适地缩了缩手。她也不知道为什么，忽地想起镇妖塔里那只故意欺负她的坏墨蛇。

战雪央瞪眼："动什么？诊治呢。"

少幽解释："战雪央是蓐收的后嗣。"

西方蓐收，左耳有蛇，乘两龙。到了战雪央这一代，被困在泑山，唯一的传承约莫就是一把能劈山断海的斧头，还有一条伴生小蛇。

没一会儿，战雪央就收回了小蛇，小蛇消失在他的指尖。

"弱水之下待得太久，很麻烦。"他蹙着眉头，"怎么一个两个……"

这句话戛然而止，战雪央也不说废话："治倒也不是不能治，去玄黄阵里封闭五感淬炼，能祛除弱水带来的寒气。不过仅此而已，你想要在短时间里凝出完整的身体，需要丹药，尽管我许久没炼丹，但是，只要你们寻来龙血，我就帮你炼制，寻不来龙血，我也没什么法子，然后去玄黄阵中待着，凝出身体也用不了十年，顶多三年。"

少幽说："世间已经没有龙了。"

战雪央："也没有让你找神龙族和凤凰族，那是上古神灵，哪里找得到？龙虽然没有，可是有他的后嗣。数桶血凝出一滴精血，倒也不是难事。古时候的神将，上清仙境冥夜听说过没？他的真身是蛟龙，他的血，或者他后嗣的血，都可以。"

这个琉双也听说过："可是他早就和桑酒公主葬在漠河了，他们没有留下任何后嗣。"后来漠河也渐渐没了，世间去哪里寻龙血？

战雪央笑着看少幽："即墨少主，你呢，你有办法的吧？"

少幽沉吟半晌，还真的点了点头。他看向琉双："虽然没有了神龙，不过……"

少幽的话戛然而止，似乎不太好意思说出口。战雪央接话说："不过龙性本淫，它的后嗣可不少。"

战雪央只是用冥夜举个例子，毕竟都是不怕死往弱水掉的仙君。那位才是真厉害，在里面泡了足足三日，硬生生地连神格都丢了。蚌公主也是可怜，在里面融化了所有蚌壳。

这些个神仙，真是不拿弱水当回事，下饺子一样往里面跳。如今神龙族没了，找有一点点关系的后嗣也未尝不可，只不过沾了上古老家伙的血脉，个个都是凶兽，不好招惹。得杀完屠尽它，才能凝出那么一滴血。

少幽说："我会找到龙血，在此之前，请你照顾她。"

战雪央摆摆手："行行行，赶紧去。"

一只白皙的手轻轻拽住少幽的衣摆，琉双看向少幽，少幽温和地说："你在这里等我，少则七日，多则半个月，我会回来的。放心，不是很危险的事。"

琉双坚决地摇头，别去，只是痛一段时间，她可以忍受的。

战雪央看热闹，突然插话道："我做证，他说得不错，少幽从不狂妄自大，他说没问题就是没问题，伤害不到性命。不过，取龙血嘛，怎么都是有点麻烦的，即墨少主，你和她，是什么关系？"

琉双闻言，跟着看向少幽，她也想知道答案，这辈子，少幽是拿她当挚友，还是缄默无言却从来不说出口的心上人呢？她好想想，怎么办。

少幽也看向琉双，想到当初她如此抗拒与自己联姻，平静地低头道："自然是家父挚友之女。"

战雪央带着恶意地扑哧一笑，他的眼睛圆圆的，打量着少幽。

活了几千年，向来清心寡欲的即墨少主，第一次生出类似恼怒的情绪。被人退了婚，他理应洒脱放手。他也不愿这样，可是再端方的人，也总有自己控制不住的情感。

下一刻，手心里钻进来一只软绵绵的小手。

琉双深吸了口气，仿佛下定什么决心道："我知道了，我等你平安回来，届时与你商议昆仑的灵脉如何延续。"

少幽抬眸。他没有夺走她的第五条灵脉，昆仑的灵脉延续，只剩两个办法，要么与风氏联姻，要么……与她。她的眼睛澄净，紧张地映照着他的模样，莫名的虔诚又温柔。如果是少幽一直想要的，她不愿再错过一次。不会再让他在默默地奉献出一切，看着自己嫁人后，消失于世间，再也不剩一丝痕迹。

少幽忍不住眼里泛起了笑意，低声道："好。"

屋子外小流沙人骤然惨嚎起来。

琉双意识到不对劲，战雪央脸色也一变，朝外面看去，低声咒骂了一声。

战雪央："没事，你们该做什么做什么，我这里……还有一位活祖宗。不过他性子冷僻，不会与你们往来。"

琉双看过来："也是你的病人？"

战雪央烦躁地拨了拨自己的额饰："没错，还病得不轻。"那人脾气比他还差，这几日已经踩碎了好几个流沙人。

不过他平日不出来走动，只暗自疗伤，战雪央也不自找没趣去惹他。战雪央前几日去整人，结果被人家丧心病狂地钉在树上，挂了几日。今日他怎么出来了？还心情糟糕透顶的模样？

听外面的流沙人的尖叫就知道了。这尊不请自来的煞神十分不高兴。战雪央想，肯定不是自己的错，那是谁惹的？

屋子外面的动静惊动了众人，少幽推开门，发现外面只有几只被踩碎的流沙人，红色的宝石惨兮兮地散落在地，再无生人的气息。

少幽蹙眉。仙、妖、凡人，皆有自己的气息，然而那个打断他们说话的来客，却不留一丝痕迹。

战雪央不以为然地道："你也知道，来我这里求医的，什么样的人都有，泑山不容许杀伐，你大可放心这位仙子的安全。"

战雪央倒是没有欺骗少幽，泑山是个奇怪的地方，生宝石，无生灵，在境内产生的伤口，均会自动痊愈，没有人能在泑山为非作歹。这也是少幽放心地把琉双留在这里的原因。战雪央需要与人交易天材地宝，不会轻易砸了自己的招牌。

少幽最后看了一眼琉双，动身离开了。

战雪央的视线，从外面被人踩碎的散沙上一扫而过，他掩饰住眼睛里的若有所思，笑眯眯地冲琉双道："跟我来。"

战雪央带着琉双，走到一处山洞前："里面就是玄黄池，能祛除一切寒气，温度有点高，以后你每日子时进去，在里面打坐，运转灵力，第二日午时方可以出来。"

想了想，战雪央又说："为了减缓你的痛苦，我会施针，封闭你的五感。否则你在玄黄池中待久了会受不了，等少幽回来，我开炉为你炼丹。"

琉双没意见："多谢先生。"

战雪央摆摆手："先别言谢，我所说的封闭五感，与你理解的自行封闭五感不同。你许听说过，远古时，半神冥夜从弱水里被救出，与凡人无二，需要进食和睡觉，你届时也会变成这种状态，无法再用神识感知万物，也无法使用仙法。看不见，听不见，自然多有不便，等到少幽拿到龙血，才能为你恢复五感。"

仙族生来就会用神识去接触万物，就像少幽背着琉双，不用回头，也大抵能知道她在做什么。无法启用神识，连穿衣、吃饭都要摸索。琉双连弱水都跳了，这些小小的困难，自然也不在话下。

战雪央说：“泑山能饱腹的，只有后山的灵露，你将就着喝，届时我会派流沙人来照顾你。”

琉双：“我明白了，先生。”

战雪央瞥了琉双一眼，见她对自己还算信任，感到有些好笑，果然是小姑娘，对他的恶劣性子完全不了解。而且尊称他为先生的，她还是第一个。

想起自己取的那滴血，战雪央的心里十分兴奋，他高兴时就比较大方，拿出一条白色鲛绡纱给琉双：“这个，能在玄黄池里护住眼睛，防止流泪。流沙人你自己看着选，没事今晚就去池子里待着。”

琉双接过来，点了点头。

月亮升上天空正中时，战雪央神色兴奋地走到了后山。

后山只有一片清澈透明的溪流，嶙峋的宝石岩下，一个身穿墨蓝色衣衫的男子，闭着双眼，在打坐。他身下的土地法阵在运转，在月光下透着诡谲的黑金色光芒。

战雪央百无聊赖地等着，指尖把玩着那一滴血。终于，法阵运行一圈后，光芒黯淡下去，法阵中的男子，也睁开了眼睛。

两个人四目相对，晏潮生的目光十分冷淡：“何事？”

换作其他人，战雪央一定早就把他赶出泑山，可他是代代单传的族人，在这里等了上万年，就是为了等眼前的这个人，战雪央完全可以原谅他的一切臭脾气。

“知道这是什么吗？”战雪央眼睛很亮，展示给他看，“殿下，当初相繇一族战死，魂魄消散，他们无法入轮回，最终选择附在灵脉中，为灵脉供养灵力。灵脉被一分为五，四大仙族各得了一处，自此风氏、姬氏、赤水氏和即墨氏成为八荒之主。相繇王族表面是灭绝了，但是王甘愿身死道消，换来了两个希望，一个便是，你被蕴养万年后，从原本是蛇族公主的梦姬腹中出生。二……”

战雪央拉长了语调，期盼从这位冷血的殿下的脸上看见兴味，只可惜他失望了。晏潮生脸色十分平静，接话道：“二，合并破碎的灵脉，汇聚为一，以徽灵之心献祭，令相繇一族重生。”

“你……你怎么知道……”战雪央结结巴巴地道。

晏潮生：“父君封印在我体内的，不仅是万年的法力，还有族人陨落时的画面与记忆。”

战雪央原本还挺羡慕晏潮生，为他承袭了上古万年的法力，听他这样一说，突然又觉得他可怜。

一族战死，那些都是无尽的悲哀与伤痛，所有人的痛苦，全部承载在了他的身上。难怪明明身体还年轻，连元身都还未彻底长成，就不爱笑了。兴许晏潮生现在闭上眼睛，脑海里都全然是他族人的鲜血，他能表现得如此平静，已经很了不起。

战雪央不再卖关子："本以为只存在于上古的徽灵之心很难找，结果你猜怎么着？少幽带了一个小仙子来渤山，她身上的气息，吸引了流沙人，这些小东西，都是没有灵魂的死物，却对她过分亲近，我试着取了她的一滴血。"

晏潮生目光落在战雪央的手上。

战雪央招了招手："你，过来。"

蓝宝石眼睛的流沙人乖乖地靠过来，它的身后跟了一队流沙人，艳羡不已。

战雪央把那滴血，融入蓝宝石眼睛的流沙人的额间，它"噗叽"一声，变成一枝可爱的嫩芽，在夜风中生机勃勃地摇摇晃晃。

"这便是徽灵之力，若有更强大的灵力供给，它便能生出自己的形态，与真正的生灵无异，甚至能修仙道，或是妖魔道。可惜，一滴血远远不够。"战雪央十分亢奋，手指一握，那滴血从小嫩芽的身上，重新回到手掌中。

刚才的小嫩芽又变成流沙人，跑去和其他的流沙人会合。

"你是说，徽灵之心在她的体内？"晏潮生沉默良久，开口道。

战雪央激动地道："不错，有了这颗心，你就能光复相繇王族，我也能完成使命，从这个破地方出去。"

晏潮生："被人取了心，她会怎样？"

"自然会死。"旁的仙族没了心还能活，然而琉双本来就是以灵魂供养徽灵之心，她就是徽灵之心的本体，会灰飞烟灭。

"我知道了。"晏潮生说。

战雪央终于意识到不对劲，这个振奋人心的消息，自己起初猜测时，便压抑住了满腔喜悦，作为相繇王族的后人，晏潮生的族人死得惨烈，他肩负使命而生，自然更迫切地寻找徽灵之心。

只存在于传说中的东西，原本千年、万年都不可能找到，现如今徽灵之心就在眼前，他没有一点激动之色，竟是死一般的沉默。

晏潮生如今妖身觉醒，本来是最好杀伐的时刻，不管杀伐多少，晏潮生的眼皮子都不该动一下。这样的人，怎么会问他，被取了心的小仙子，会怎样？

战雪央："我突然想起来，今日你出来，还弄散了几只流沙人。你该不是认识他们吧？"

晏潮生薄唇微动，吐出几个字："不认识。"

战雪央："真不认识？"

晏潮生不再说话。

战雪央见了鬼似的看着晏潮生："你该不会是……"

晏潮生出来时，正好是那两位仙族之人你侬我侬之时。这些年战雪央困在沕山，干得最多的事，就是津津有味地看话本。

晏潮生："没别的事，你可以滚了。"

战雪央露出一个坏笑，瞧瞧发现了什么，向来冷酷的相繇王族，竟然对一个小仙子心存恋慕，关键是人家心里似乎并不待见他。他也好像心存着幽怨。

由爱而生忧，由爱故生怖。

琉双主动牵少幽的手时，殿下一个人坐在这里修补元身，心里很不是滋味吧。

"这就走，不过，昆仑灵脉枯竭，我看那个小仙子的意思，大有融合灵脉，拯救昆仑之意。"战雪央说，"哎哟，就是不知道，什么样的情况，能建立两族的信任，使灵脉相合，莫不是要联姻吧？"

晏潮生垂眸，看都懒得看他。

晏潮生这个样子，战雪央反而一时摸不准他到底怎么想的。不过，纵然有几分意思，可如今那位小仙子，在他的眼里，也只能是一颗拥有无上力量的徽灵之心了。战雪央顿时觉得没有意思，起身告辞。

琉双经过战雪央施针后，便进入了玄黄池。她蒙上鲛绡纱，一开始很不习惯，好在并没有半分痛苦。她第一次体会到，当一个无知无觉的凡人，原来是这样的感受。耳畔没有呼呼的风声，眼睛看不见任何色彩。

第一天，她摔倒了好几次，小流沙人围在她的身边，惊呼不已，纷纷牵着她站起来。如今她熟悉了玄黄池回自己住的屋子的路，鲜少摔倒。

小流沙人很喜欢她，抢着要照顾她，每日天刚亮，它们就去后山采集最新鲜的灵露，等午时琉双从玄黄池中出来，它们就牵着她去后山沐浴——没办法，不能使用灵力，就不能用清洁术。

它们一前一后，叠得高高的，从四面八方围着她，不让她走错路。琉双有一次走反了方向，它们很着急："哎呀，不对，这里这里，那里有大妖怪，很可怕的。"

琉双听不见，它们努力簇拥着，把她带了回来。

沐浴完，就是小流沙人们最喜欢的喂灵露环节，它们哄抢喂她的名额，因为照顾完小仙子，小仙子娇美如鲜花的唇瓣，会轻轻落在它们的脸颊上。她很可爱、温柔，照顾起来一点也不麻烦，不像沏山的主人，对它们颐指气使，动辄毁坏。弄碎它们的身体后，要经过百年才能重新凝聚出一只新的来。那只新的，也不再是它们了。偶尔跳进她的怀里撒娇，她也不赶它们走，还挨个抱抱它们。

那是小流沙人最快活的日子。可这样的快活，终被画上了句号。这日，它们采集完灵露，结伴去玄黄池接她，远远看见了一个墨蓝色的身影。他很高，身上的肃杀之气浓郁，站在玄黄池外，它们全部不敢过去。

蓝宝石眼睛的流沙人急得原地打转，所有的流沙人成了热锅上的蚂蚁——午时到了，它们该叠罗汉，牵着她去沐浴的。

煞神站在那里，没有一只流沙人敢过去，谁也不想百年后再次凝聚身体，而且还不是现在的自己了。

午时一刻，蓝宝石眼睛的流沙人的"眼睛"里，倒映出小仙子摸索着走出来的情形。她磕磕绊绊摸着岩石："小流沙人？"

最后一路到了那个人的身前，所有的流沙人都停下来转圈圈，睁着"宝石眼"看过去。

"你们别闹呀，我看不见。"

那个人不是它们，自然不会伸手牵住她。她的手触到他的胸膛，嘘了口气，笑道："我们走吧。"

流沙人们，集体倒吸了一口凉气。它们"看见"，墨蓝色衣衫的冷酷大妖怪，一动不动地，垂眸看她。

琉双觉得很奇怪，以前这些流沙人，虽然有调皮捣蛋的时候，但往往都是为了争夺被她拥抱的资格，可是今日，它们误了时辰来接她，她努力找到了它们，它们一动也不动。是要她抱吗？她张开手，轻轻环住他。她感知不到温度，只觉得今日它们融成的"人"，格外高，比她还要高出不少。鲛绡纱蒙住她的眼睛，显得她一张脸更加小巧精致。

晏潮生冷冷地看着，她在自己的怀里，显得格外娇小。随着元身的稳定，他长高了不少，通身的阴郁、肃杀之气，更为浓重。

自从弱水分别，晏潮生这还是第一次见到琉双。

身后的流沙人吱哇乱叫，在它们又伤心又惊恐的视线中，他拽住她的手，冷酷地道："走。"

琉双看不见，只能乖巧地跟上他，全然不知危险。

蓝宝石眼睛的流沙人跟上来，他伸脚踱了踱，无情地踩碎了它，冷冷地道："滚，再跟上来试试？"

晏潮生的行为，令其他流沙人更加害怕，不过，等它们忘记蓝宝石眼睛的流沙人死掉的恐惧，又继续被琉双身上的徽灵之力吸引了过去。

琉双在往日沐浴的小溪中。溪水里没有石头，取代石头的是在阳光下闪闪发亮的宝石。

那些流沙人本来以为，小仙子已经遭遇不测，可是当它们靠近时，那个可怕的大妖，就在一旁守着她。他背对着溪水坐下，神色晦暗，没有看溪水中半裸的少女。

流沙人手拉手地跟过来，他冷冷一笑，凭空吸过来几只，全部捏碎："我只说最后一次，给我滚。"

宝石在他的脚下掉了一地，他不是在开玩笑，他会弄碎所有的流沙人！这回其他流沙人再也不敢惹他，呼啦呼啦地四处散去，连装着灵露的器皿也给吓得扔了。

晏潮生目光冰冷地看着洒落一地的灵露，沉默着。头顶的太阳炙热，身后是哗哗的水声，他一直没有回头看她。

琉双看不见，不知道一堆哼哼唧唧求她抱抱的小流沙人，已经化作了散沙。她洗完出来，磕磕绊绊地爬上岸。

昔日争先恐后地围着她的流沙人，这次一点都不尽责，没有立刻来扶她，她偏了偏头。等待了一会，那个人拽着她，往她住的小屋拖。他的动作并不温柔，透着妖邪的粗暴。她感知不到，只能跟着他，反倒显得极其乖巧。

晏潮生回头看琉双，不稳的妖身，把所有负面的情绪放大，琉双那日绝情的话语，仿佛还在耳边。他心里又闷得难受，不明白自己为什么还要靠近她。她已经亲口说了，想离他远点。

回到屋子以后，琉双显然自在许多，来沩山住了这么些日子，她蒙着白色鲛绡，渐渐熟悉了屋子里的摆设。她坐在榻前，仰头看着"他"，提醒道："小流沙人，该吃饭啦。”

晏潮生没有动，冷冰冰地注视她。

琉双食用的灵露，已经在刚才被摔没了，她自己全然不知。眼前的琉双如今脆弱得与凡人无异，像一只丝毫不能觉察危险的羔羊，那些尘封的记忆，叫嚣着让他动手。

一颗纯净的徽灵之心，唾手可得。他如今再与她相处，不应该再有其他，只应该因为这个。

晏潮生抬起手，手中汇聚了一团玄金色的光。

流沙人排队向战雪央哭诉，大妖怪要杀它们，战雪央跷着腿，若有所思："难道他发现了？"

战雪央捉起一只红宝石眼睛的流沙人，五指张开，从它的头顶吸出一片白色片羽，赫然是徽灵之力，又把它扔开，小流沙人挠挠脑袋，它们都比较傻，不知道自己被当作从琉双身上吸取徽灵之力的工具，也看不懂战雪央做了什么，还在吱哇吱哇地告状。

"行行行，知道了。"战雪央从它们的身上采集完徽灵之力，摸着下巴，忍不住一笑，笑容却不达眼底，"有趣。"

晏潮生表面上是要伤害琉双，可其实阻止了战雪央。徽灵之力等同于赤水琉双的命脉，这些时间，战雪央仗着她看不见，与小流沙人们朝夕共处，在它们的身上下了禁制，让它们盗取徽灵之力。

战雪央以前并不会这样做，他固然亦正亦邪，可是从来不会苛待自己的病人。少幽也是因此，才十分信任他，战雪央脾气古怪，对待每一个病人，历来都很认真、尽责。

可那又如何呢？战雪央心想：他们来来去去，被困在这个死气沉沉的结界里的，永远只有他一个人。他耗费灵力、耗费法宝救他们，每当他们好起来，就急匆匆地离开，连和他多说一句话都嫌麻烦。

数千年的孤单和寂寞，足够让一个君子沦落成卑鄙的囚徒。后来有一日，战雪央就想，他要么从这里出去，要么活得尽兴些，他开始提出各种古怪的要求，不再救治每一个上门来求医的人。

有一次，战雪央甚至提出，让一个人陪他一年。她同意了，真的待够了一年，久到他心生欣喜，以为自己可以留下她，终于有人愿意陪他留在这个没有生灵的地方。可一年的最后一日过去，他再也没有看见她的身影。战雪央在她住过的屋子枯坐了一日，无数次试图从泑山的入口闯出去。他一次次被弹回来，口中吐出鲜血，许久，他走回了屋子。

战雪央深刻地明白，要从这里离开，除非破了上古时他祖先发的誓言：灵脉不合，泑山不破，后代永世不出，候殿下归来，兴相繇王族。

战雪央已经不记得自己等待了多少年，好几次他都想着，这样活着没什么意思，可是在泑山中受的伤，总会复原，在泑山死去，也总能活过来。

多么嘲讽，他唯一能死去的办法，是让人给他生下后嗣，把使命交付给自己的孩子，他才能死在妖山——战雪央的父亲，就是这样做的。

战雪央不想这样做。或许是为了那点微末的希望，或许是为了那个留下来陪了他一年的仙族姑娘，会陪着他种树，把他的脑袋强行按在怀里，故意看他面红耳赤，逗弄他的人。时间过去得太久，他已经不记得她的名字，也快忘记了她的模样。

没关系，都过去了，战雪央嘲讽地弯起唇。他要离开这个地方，哪怕踏出这里的下一刻，就立即死去。也不要像年少时，在这里日日心碎地渴盼。

为此，变得卑鄙又何妨？殿下不能心软，必须取出那颗徽灵之心！太多的族人，为了他的降临而牺牲，以骸骨铺路，鲜血为引。

战雪央一挥手，本来想看琉双屋子中的情形，没想到视线被结界隔绝。战雪央气笑了。可以，很不错。战雪央就没见过比自己还偏执、愚蠢的人，殿下对她再好有什么用？她会知道吗？还不是永远不会喜欢他，终究会嫁给少幽！

行行行，也有万年没看过笑话了，越陷越深，看他怎么收场！

小流沙人扒着窗户，紧张地偏头往里看，却什么也看不见，哎呀，大妖怪在做什么？要杀小仙子吗？小仙子那么好，还带着甜甜的香，大妖怪太残暴了！

晏潮生一想到如今仙界对妖族下的屠杀令，就努力忽略内心的感受，只把她当作“徽灵之心”看待。下一秒他的手中却拿了一个琉璃碗，碗里面是他昨晚出去摘的灵果。灵果香甜，比灵露不知好吃多少倍，尽管琉双吃不出来区别。

晏潮生坐在一旁，冷冷地道：“张嘴。”

琉双听不见，困惑地偏了偏头，晏潮生干脆不废话，勺子抵在她的嘴边，她愣了一下，张嘴。他一勺勺地喂，表情不像在喂灵果，反倒像喂毒药。他并不太会照顾人，喂食的速度很快，她还来不及吞下去，又一勺递到了她的唇边。小仙子忍了又忍，最后无奈地咬住勺子，含糊着道：“你等我吃完再喂下一勺好不好？”

晏潮生收回手，看她桃腮微微鼓起来咀嚼。半晌没等到新的动静，琉双心想，今日的小流沙人，似乎格外笨。她在心里叹息一声，握住他的手腕，晃了晃，示意他现在可以继续了。

晏潮生冷冷地把碗塞到她的手里。他觉得有些嘲讽，少幽就愚蠢成这样，把她丢给了战雪央！想死他不介意亲自动手，送他们一程。这就是她亲自选择的人吗？连她的命，都危在旦夕。他本来不该再管她的事，弱水的那一幕，她宁死也不要他救，挣脱开他的怀抱，仿佛在他的灵魂中，打下屈辱的烙印。如今唯有把她当作“徽灵之心”，没有其他的杂念，他的心里才能平静些，他才能不带痛楚地与她相处。

晏潮生摊开掌心，这是捏碎那些流沙人后，取回来的徽灵之力。他不是泑山的主人，只能用这样简单粗暴的办法。晏潮生握住这些白色片羽，捏过她的脸，让她“看着”自己，把徽灵之力，从她额间渡了回去。

琉双的脸很软，因为没了五感，她不知道自己被他冰冷的手指捏得变了形。

晏潮生渡完徽灵之力，低头看她，闭了闭眼睛，心里感到有些无力。

琉双茫然地捧着碗，不明白发生了什么事。今日的小流沙人，不仅有些笨笨的，脾气似乎也有点儿大，她丧失了五感，哪怕一只胳膊被砍断，也感觉不到疼。她的心中惊疑不定，只觉得自己的掌心被一撞，隐约猜到，喂灵露的碗，被他塞了过来。旋即晏潮生引着她，找到勺子：“自己吃。”

晏潮生克制着，不愿再为她做更多的事，因为再做这些事，只会是自取其辱。他不愿意这段时间努力愈合的伤口，一见到琉双，再次被生生撕裂。

琉双听不见，就不生气，失去触感，做什么都很麻烦，他引着她碰到了勺子，她费了好半晌力气，才递到自己的嘴边，安安静静地吃起来。

她其实没有表现得可怜，只是眼睛被蒙住，俏生生的，落在他的眼里，成了另一种模样。晏潮生冷漠地看着，没有出手帮忙。

半碗灵果，她吃了一个时辰，她自己倒是很有耐心。碗空了都不知道，直到被人抢过去，她有几分惊讶地弯了弯眼睛：“你们没走啊？”还是又回来了？

她以为战雪央有事找它们，把它们全部调走了。尽管今天这一只不太尽责，但她还是偏头问：“要今日的谢礼吗？”

晏潮生知道她说的什么谢礼，昨日他就站在门外，看一只蠢笨不堪的流沙人往她的怀里拱，她垂下眸，笑着轻轻亲了一下它。蓝宝石眼睛的流沙人开心得不行，在原地疯狂地转圈圈。

他沉默良久，拳头松了又紧，僵硬地坐着没有动，她触碰到自己的手臂，他不知道自己那一瞬在渴望什么，竟然有片刻怔忡。一个轻轻的吻，落在他的脸颊上。

他猛地颤抖了一下，回过了神，连忙想避开这个吻，可已经来不及了，它已经落了下来，像烫在心口的一个烙印，撕开他的伪装。罪恶感与自我厌弃，如缠绕的藤蔓，将他的心一圈一圈地牢牢锁住，几乎令他窒闷。他到底在做什么？

晏潮生猛然站起来，往门外走。

门外，战雪央笑眯眯看着他：“殿下，可还玩得开心？”

晏潮生冷冷看着战雪央：“战雪央，这句话应该我问你。我何时下令让你动徽灵之心了？没经过淬炼的徽灵之心，根本无法成事。”

战雪央倒是没想到晏潮生会称琉双为“徽灵之心”，他说：“殿下，她在等少幽回来。”

晏潮生收紧手指，几乎掐出血来，从战雪央的身边走过去：“我知道，用不着你提醒我。”

然而半个月过去，少幽仍旧没有回来。

晏潮生夜晚出去采灵果时，收到消息，昆仑出事了。昆仑的灵脉大波动，驻守灵脉的将领死去，还死了不计其数的弟子。这件事引发昆仑境主的旧疾，一口血吐出来，他昏死了过去。

那时候，少幽还在潜龙谷。

上古距离现在已经过了许久，女娲造人后，世间邪恶之源的承载物变成魔神，与之相对的，是上古神族。神族为了对抗魔神牺牲，其后世间不再有神。

最后一个神族之女，与魔神在魔宫隐居后，再无他们的传说，他们的后嗣，那位小帝姬，神魔的血脉也被父母封印了起来。一代代过去，别说神龙族的后嗣，到了如今，所有的仙族，已与当年的神族有很大区别。曾经妖族压仙族一头，让仙族连修炼都没灵气，如今仙族当道，成了妖族没有生存空间。

世间再无神，也无生来就有邪骨的魔。还带有神龙血脉的妖兽，少之又少，能活到如今都是狡猾的家伙，不怎么好杀。

晏潮生把夜晚才结出来的灵果放进怀里，重新进入泐山时，战雪央就在月色下擦拭他那把大得吓人的斧头。

几个流沙人不甘不愿地围着他而坐，它们也想去找琉双，可是若被晏潮生看见，就是死路一条。

“少幽没来，出什么事了吗？”战雪央见晏潮生回来，收起斧头问道。

晏潮生把情况简单地对战雪央说了一遍。

战雪央摸着下巴：“我听说昆仑如今能顶事的，只有少幽，他的父亲，年轻时挺厉害的，后来少幽的母亲死了，他生出了心魔，险些渡劫失败，这些年一直不愿见人。”

“心魔？”晏潮生还是第一次听说这件事。

“是啊，”战雪央笑道，“不然殿下以为，我怎么会认识少幽，数千年前，他曾经带着昆仑境主来找过我一次，我保住了境主的命，但其实即墨境主已经无法胜任他的职务了。那时候的少幽，好像也不大，就比里面那个小仙子大不了多少，却表现得很沉稳，一个人支撑起了昆仑，还对外瞒住这件事。”

战雪央回忆道：“我本来以为，从那以后昆仑就要开始没落，或者被其他仙境瓜分灵脉，没想到愣是让他支撑到了今日，昆仑灵脉不够，即墨少幽就用自己的灵力，化用灵泉。哦，他的天赋就是这个。”所以昆仑的灵脉不至于像空桑枯竭得那样快，灵泉多少能缓和一下灵脉干涸的速度。

战雪央想到什么，笑得意味深长：“殿下，少幽如今一定已经回到昆仑去稳定局面了，他的心里，从来没有自身的利益，只会作为昆仑的脊梁活着。哪怕他再想回来救琉双，也不会回来。就算有朝一日，昆仑灵脉彻底枯竭，让他化作灵脉，供仙境弟子吸取，他的眼睛都不会眨一下。”

这个过早就承担起了一个仙境命脉的少主，他不像风伏命，有足够深厚的家族底蕴，世代做了好几任天君；也不似琉双，有父亲作为后盾，他只有自己，昆仑也只有他。

两个人都清楚，昆仑出了大事，少幽暂时不会回来了。

晏潮生低头听着，没有露出过多的表情，等战雪央说完，晏潮生冷静地开口：“我明日也要离开，回妖宫去。”在这里留半个月，已经是极限，他每夜出去，除了采灵果，就是与远在妖宫的伏珩通信。

伏珩那边也发生了一件大事，抢夺太初镜的过程中，那个叫作白追旭的将领，被逼到绝境，宁愿殉了太初镜，也不让它落到伏珩的手中。

如今白追旭的神魂融入太初镜，眼看就要魂飞魄散，连同太初镜也要毁了。晏潮生必须离开，他需要这面镜子，护佑住自己的领地。他要么以最快的速度绞杀白追旭的魂魄，要么把他炼制成器灵。这些伏珩都做不到，需要他来动手。

战雪央撇了撇嘴，道：“真是无情，如此可爱的小仙子，竟然都不救她，把她扔在了我这个破地方。”

晏潮生并没有什么表示，揣着果子，往里面去了。

晏潮生走后，战雪央从不远处捉了一只紫宝石眼睛的流沙人，取下它的紫宝石眼睛，给它摁上了两颗蓝宝石。

战雪央左右打量着：“不错，还挺像那只撒娇精。”

晏潮生过来，便看见了这样的情形。

霜华满屋，琉双没在屋子里，反而抱膝坐在一块宝石岩下。她的下巴抵着膝盖，双眼被鲛绡纱蒙住。脸色没有白日对着“小流沙人”的温柔笑意，她在发呆。宝石盈盈亮着，是冰莹的蓝色，照亮了她四周的一小块地方。她如今使不出法力，也无法修炼。自封印破除后，她再也没有睡过觉。在这样看不见、听不见的夜晚，小流沙人都走了，她只剩下自己，就一个人愣愣地坐着。

琉双在脑海里绘制一幅画，曾经的苍蓝，她创造出一草一木的苍蓝仙境。它们至今如此清晰。夜魔罗设计让她下弱水，破除徽灵之心的封印，阴差阳错地，她无法再像记忆里那样，魂魄裹挟着徽灵之心去往人间，凭借懵懂的想象力，历经百年，创造这些生灵。她明白，苍蓝仙境不会回来了，这辈子它根本不会诞生。这里才是原本属于她的世界，空桑才是真的。

她曾经为之泣血的苍蓝，一同湮灭在了弱水之下。苍蓝的生灵们，它们没有真正的灵魂，全是她散开的力量，但在她还未觉醒，尚且“年幼”的时候，这些生灵，如同爱护她的亲人，陪着她生根发芽地长大。它们没有灵魂，却有灵智。琉双能感受到，每一个生命都很爱她。如今，苍蓝注定再也无法衍生出来。世间会怀念苍蓝的，只剩下她一个人。她不知道自己在流泪。

失去了五感，琉双流泪也是静悄悄的，没有发出一点声音，她甚至以为自己很坚强，只是在缅怀告别过去，并没有多难过。

清风拂过琉双的脸颊，她感受不到，随后那只轻轻落在她头上的大手，她自然也不知晓。

成为小仙草的代价，是她的心也会变得柔软、脆弱。她在想永远回不来的树爷爷，荷花姐姐，那些记忆明明是快乐的。她也以为自己很快乐，可眼泪不知不觉地浸湿了鲛绡纱。

晏潮生第一次看见琉双哭成这样。在他的印象中，初见赤水琉双时她很嚣张，后来在泰川城，她虽然也会害怕，可毕巡都快杀死她了，她还能生龙活虎地逃跑，弱水之下，她的仙体都没了，换一个人，早就痛不欲生，她也没哭，安安静静地下沉。然而此刻，一个安静平常的夜晚，她靠着一块盈盈发光的石头，眼泪悄无声息地流了满脸。从弱水中上来，他杀了那么多人，还没把屠刀对准她，她在哭什么？

晏潮生缓缓地蹲下，不知道她怎么了，许久，他抬手，擦去她脸颊上挂着的晶莹的泪。琉双的泪珠子还在掉。他就没有见过有人能呆呆地一直哭的，还偏偏她自己都毫无察觉，这些眼泪，全部蹭在了晏潮生的掌心上，烫得他沉默下来。

这是怎么了？她又不知道少幽不回来了，还是说今日是最后一日，她自己也暗自数着少幽归来的日子，因为没有龙血，她猜到少幽不要她了，所以伤心成这样？

晏潮生默然良久，捧起她的脸，耐心地把她的眼泪擦干。她没有五感，身体却很脆弱，鼻尖都哭红了，小脸也泛着粉，他擦得很轻，连他自己都不太懂，他正处在杀欲最旺盛的时期，居然能这样捧着一个少女的脸颊，给她擦眼泪！她呆呆地哭了多久，他随她哭个够，也跟着蹲在那里许久。等她终于不再无声地流泪，他抱起她，把她送回屋子，身子凌空，总归有些不一样，她回过神来，惊慌了一下，挣扎着问道："是谁？"

晏潮生没说话，说了她也听不见，琉双隐隐猜到什么，没有再动，反而偏头来"看他"，心里涌出种种可能性。晏潮生把她放下，掌下的灵力汇入她的识海，他把灵力焐热了渡过去，这成了琉双这些日子，唯一感受到的暖意。她不得不承认，这股灵力惬意、温柔极了，仿佛难过都被慢慢抚平。她握住他的手腕，不确定地问："少幽，是你回来了吗？"她认识的人中，会这么温柔对她的，只有少幽。

晏潮生没什么表情，掰开她的手，继续渡灵力。那股灵力实在太舒服，仿佛泡在温泉之中，她如今等同凡人，这么多日不睡觉，身体已经到达极限。

琉双努力想保持清醒，可最终还是慢慢地睡了过去，这一次睡得无比香甜。

晏潮生又渡了会儿灵力，没有多看她，收回手，离开她的屋子。

战雪央大半夜的，本来在捯饬一种可以在洳山开花的种子，他做事很专注，被人吵到，推开门，自然有几分火大，没好气地说："何事，殿下？"

来人没吭声，塞给他一个东西。

战雪央低头一看，好家伙，一大桶血！满满当当的，换作是凡人的血，早已流干、流尽。

血腥气在空中交杂，泛出浓郁的妖气，战雪央看着晏潮生略微苍白的脸色，语气古怪地道："你的血？"

晏潮生冷冷道："不是，少幽托人带回来的，妖兽的龙血。"

战雪央一时无言以对，愣愣地拎着一大桶妖血。它们在熹微晨光中，带着浅浅的银色，微不可察，足够凝出战雪央制作药丸所需要的龙血。

晏潮生平静地道："元身已经稳定，我走了。"

那个时候渤山的天蒙蒙亮，战雪央看着晏潮生背影，鼻端嗅到浓郁的妖血的气息，第一次有火也发不出来。

战雪央仅剩的记忆里，七千四百年前，在一个清晨，他迎来了一位仙族的病人。

渤山最美的时刻在黄昏，往西望出去，夕阳西下，宝石在阳光下闪烁着熠熠的光彩。彼时他还是少年心性，一个人被关在渤山久了，每一个来求医的人，对他来说都是馈赠。他尽心尽力地医治他们，他们留在渤山的日子，也会对他说起许多外面的事，说如今四大仙族的境况，说人间会下雨，还会下雪。

战雪央活了那么大，从未见过雨或者雪。渤山能留住的，只有一轮夕阳，还有夜间偶尔能看见的月亮。他想象不到那是怎样一种情景，小雨翩翩，或者整个大地银装素裹，雪花比羽毛还要清盈美丽，他抿紧嘴唇，努力不让自己生出"向往"的情绪。

战雪央生来就知道，他得留在这座渤山，独自度过千万年，直到王族的后嗣出生，拼合灵脉，那才是他重获自由的一日。

那位仙族的病人来的时候，不是渤山最美的时辰。天空难得这样雾蒙蒙的，连太阳都还没升起，她身着一袭红衣，眉间朱砂烈烈，缓步而来，红色仙衣绣着一朵朵银色的莲花，随着她的步子，露出纤白的腿，仙衣竟然一路开到了大腿。

战雪央在擦他的斧头，见到她，险些手滑弄伤自己。

她惊讶片刻，弯唇笑道："小妖怪，你的眼睛不规矩啊？看哪里呢？"

战雪央面红耳赤，一半是羞的，一半是气的。他居住在渤山，也是一个境界的主人，虽然这主人当得寒碜，整座山，只有他一个活物，不过渤山除了没有活物，有世间罕见的法器，还有涓涓的灵泉，以及仅存的上古法阵。无数人求他救命，对他自然是毕恭毕敬的，有求必应，只有这个奇怪的仙子，穿得……跟妖精似的，身上的气息却是浓烈、纯净的仙气。可若是仙子，仙子怎会这么穿？她不羞吗？

战雪央也是一时之间怀疑她的身份，才多看了两眼。没想到她叫他“小妖怪”，还冤枉他是个色坯。医者哪里有“色坯”？他的年龄不是很大，还没到想女人的时候，一心只想等到殿下，或者惦记去人间看一场美丽的风雪。他当即拉下脸来，拿出泑山一境之主的威严：“我不治你，你走。”这还是第一次，他把人拒之门外。

她没有生气，也不惊慌，反而走过来，弯下腰看他：“别那么小气嘛，我只是同你开个玩笑，不然，我向你赔罪好不好？我真的很疼，你帮我看看呗。”她伸手捂住胸口，一副哄孩子的语气，面上却笑嘻嘻的。

战雪央听了冷笑，拎着她的后领，想亲自把她从泑山扔出去。这是他见过……最讨厌的病人。在泑山，他就是最厉害的存在，她纵然看起来嚣张，却也反抗不了。

战雪央真的要扔她出去时，一声低低的无奈的叹息，传到他的耳边。

她抱住战雪央的小臂，轻轻说道：“真的疼……你轻一点儿呀。还泑山之主，心怀仁念，人家快死在你的手上了。”

战雪央觉得自己被戏弄了，他回头，怒视着她。她却软软倒了下去。

她没有骗战雪央，她真的伤得很重，本来见她走进来，还有兴致嘴欠，战雪央以为她是无病呻吟，故意来找碴。没想到她比那一年其他来找他的病人都伤得重。她的心口有一个大窟窿，魂魄都要散了，灵髓也有隐隐溃散之势，这对任何一个仙族人来说，都是致命的伤。她却还笑得出来。

那时战雪央年少，他救的人太多，没法真的看着她仙魂散去而死。犹豫良久，他还是把她抱了回去。

这是一场很奇妙的体验，对于战雪央来说，亏得不行。她死气沉沉地躺在他的床上，作为他第一个心不甘情不愿救治的病人，她什么都没给，连像其他人一样，与他讲外面的世界都做不到。

她沉沉地睡着，身体伤得太重，战雪央还得拿出自己囤积的宝物来填这个无底洞。他每次从她的身边路过，就是一阵生气。气着气着，觉得憋屈极了。哪有医者掏出家底来为不付账的病人医治的？

更令他气不顺的是，旁人来求医，涉及脱衣，总是一脸浩然正气：“境主尽管医治，我相信境主。”泑山境主——战雪央，治疗别人时，总是心平气和，严肃得像在看一摊死肉，或者像在看外面的流沙人。唯独在给她脱衣衫时，不敢多看，仿佛多看了一眼，他就成了她先前说的那样，占她的便宜。

在他快要发怒前，她终于醒了过来。

战雪央采集了灵泉回来，见她抱着一只流沙人，这里捏捏，那里掐掐，她怀里的小流沙人，拼命挣扎。

眉眼如春花盛开，她高兴得不行："好可爱！"

战雪央："……"他冷着脸过去，放下灵泉，"没事了就滚，滚之前，把诊金给了。"

她搂了一堆小流沙人，盘腿坐在他的身边："没灵石，被家里赶出来了，也没诊金，要不你再捅回去？"

这是战境主第一次被人赖诊金，赖得如此理直气壮。他回头，结果看见她仰头冲他笑，笑容狡黠，明显在胡说。那股气又开始不顺了。他沉着脸，在琢磨给她下什么药，让她肠穿肚烂之时，手被人掰开，一朵小小的金色莲花，被放入他的手掌中。

"生气啦？只有这个，我的伴生莲花，当作诊金给你可好？"

那是一朵很美的莲花，颤巍巍地在他的手心，含苞欲放。战雪央很想有骨气地表达自己的厌恶，扔回她的脸上，可犹豫半晌，他根本没能移开眼睛。

泐山，是不能开出花的。纵然有人送给他生机勃勃的花，或者灵兽、动物，第二日它们也会死去。他没有见过这么美的莲花，浅金色的光芒流转，美得不可方物。

她偏头看他，这个尚且稚气的，自己的救命恩人。见他像个孩子似的，明明喜欢得不行，最后还是扔给了她，冷冷地道："不必，泐山之中，没有花朵能活过第二日。"

她捧着伴生莲花，重新放回他的怀里："它可以，我活着，它就不会败。不信试试，嗯？"

战雪央嘴唇动了动，最后犹豫地捧住了莲花。他把它放进屋子里，一整夜没睡，时不时去观察它，第二天，太阳升起，他慌忙去看，它果然还在！娇艳欲滴，和昨日一样美。他心里升起的惊喜，绵延不绝，仙子站在门口，轻轻地笑道："难得见你笑了，很喜欢它？"

战雪央就像被发现做了坏事一样，立刻收敛起笑意："我没让你进来。"

她打了个呵欠："小妖怪，我也没办法的呀，你盯着我看了一夜，口水都要留出来了，我怕你把我吃掉，陪着你一夜不睡，我怕你日日这般，看花看傻了怎么办？"

战雪央皱眉："谁看了你一夜？"

她指指他窗棂上的花："我说了，那是我的伴生莲花，我能感觉到它的一切。"

她眨眨眼睛："就像方才你摸它，等同……"

热气上涌，战雪央说："放肆！荒唐！"

她的笑声清脆："没办法呀，你救我一命，它也是我的命，我只有这个能给你，我堂堂……”她停顿了一下，“可不会赖账。”

战雪央抿紧嘴唇，手里的莲花，跟烫手似的，他扔也不是，不扔也不是。她捧起他的脸，叹息道着：“答应我，今夜别用那种目光看它了，它害怕，我也害怕呀。”

战雪央飞快地拍开她的手。仙子白嫩的手，瞬间嫣红一片，他的目光落在她的手上，心里莫名有几分惊慌。她却挑了挑眉，不甚在意的模样，甚是洒脱。问他：“可有酒？”

战雪央心里很乱，没反应过来，随手一指。

她说：“小妖怪真好。”翩然去抱酒坛子去了。等她走远，战雪央才回过神来，连忙把手中的莲花放下，离它数丈远，如临大敌。它可怜、无辜地散发着美丽的气息，安安静静的，与它的主人全然不同。

良久，战雪央才想起自己的酒来！那酒是世间最烈的神仙酿，整个八荒，仅仅数坛，他自己都没舍得喝。果然，他跑过去，仙子已经醉倒在宝石岩下。他咬牙切齿，很好，一滴都没给他留。然而这并不能怪她，他自己给她指的方向，算是默认她可以喝。

战雪央觉得很心疼，脸都黑了。他这个身怀传承的小妖，还从来没有喝过酒呢。他闻着酒香，怕自己醉了惹事，打算等忙完，安顿好流沙人做事才喝的，现在全部被她给喝了。

战雪央粗暴地摇醒她：“带着你的莲花，明日就滚。”

仙子蒙昽地睁开眼睛，看见他，脸颊绯红，带着倾倒众生的笑意：“小妖怪。”

战雪央：“老子不是小妖怪。”

她说：“哦，那是得了传承的大妖怪？”

战雪央气得咬牙：“你、你怎么看出来的？”他的妖族血脉，本来是个秘密，所有人都以为他是仙族。她笑盈盈地冲他勾勾手：“你过来，我悄悄告诉你。”那时候他的好奇心还很旺盛，犹疑着凑过去。

她吐气如兰：“这是我的天赋呀，能一眼看透人的本体，只告诉你一个人哦。”

战雪央感到有些震惊，没听说过世上还有人有这样的天赋。战雪央知道她的出生必定不凡，能有伴生仙莲的，怎么会是普通的仙子？还一眼能看透他的本体，这比上古时的照妖镜还可怕。

战雪央又想起什么，脸腾的一下红了：“你……你能看到我的本体？”

她歪头，伏在他的膝盖上：“是呀，你是什么？蛇吗？不像，又像犬，还有老虎的爪子……”

她说着说着，自己笑起来，好奇地问：“你有两个那个吗？”

“什么？”战雪央到底太年轻，没反应过来她在说什么。

她在他的耳边低低地呢喃了几个字，他的脑海一片空白，旋即脸都要烫化了，他咬牙：“我不是蛇族！”

“哦，”她遗憾地说，“那就只有一个呀。”

战雪央的声音颤抖着：“老子要杀了你！”

她水色氤氲的眼睛眨了眨，喝了神仙酿，她的眼尾眉梢，春色无边，却又醉得厉害，她坐起来，一把摁住他的脖子，笑得不可自抑：“谁教你说这些粗鄙之词的？你知道这是什么意思吗？”

战雪央其实并不是很懂，看的那些话本里，自称“老子”，可以显得很有气势，很凶恶。他的脖子被人摁住，仿佛被扼住命运的后颈。战雪央僵着身子：“你……你要做什么？”他并不怕她伤害自己，泑山无法杀人。他死了也能活过来。

两个人四目相对，战雪央控制不住，想要转过头去，结果下一刻，醉得不像话的仙子，做了一件令他想要与她同归于尽的事——尽管这在泑山不现实。她把他的头，摁在她的怀里，拍拍他的后脑勺，跟拍小狗一样。

“不许说粗鄙之词，我不爱听，别像我那个讨人厌的继兄，乖。”她嘟囔着道，“我伤成这样，他应该非死即残了吧？”

战雪央什么都听不见，只因为他的脸颊一软，女子的馨香扑面而来。他愣了一下，猛地推开她，几乎落荒而逃。他狂奔到后山的小溪旁，掬起水，疯狂地洗脸。他他他他……他被坏女人弄脏了。

冰冷的水流并不能驱散他的热意，他干脆一头埋了进去。然而没有用，半点作用都没有。他搭上自己的脉搏，脉搏跳得飞快。他恨得咬牙，湿漉漉地抬起头，又忍不住去触碰自己的脸。

刚刚那种感觉……不行，不能回想，他揪过一个流沙人：“扔出去，你们把她给我扔了。”

流沙人们领命离开。

“慢着，”战雪央咬着牙，“她……她还没给诊金，谁要她的破莲花？”

流沙人挠挠头，看战雪央，他仿佛被看透：“看什么看？给老……给我滚！”

第十四章 似曾相识

重新开始。
这四个字，
带着万般诱惑力，
砸在晏潮生的心上。

晏潮生离开泑山，立刻朝妖宫赶过去。

伏珩一早就在妖宫的入口迎接他："山主。"

晏潮生："如何了？"

伏珩跪下："属下无能，无法炼化太初镜，现如今已经惊动了空桑仙境和天族。"

"起来说话，"晏潮生的面色冷静，"妖宫这么大的阵仗，惊动风氏是早晚的事。"

伏珩垂下头，平日没什么表情，此刻眸中浮现出一抹愧疚，若不是他办事不力，不会让山主不得不赶回来善后，还死了那么多妖兵。那个叫作白追旭的，看着温和，没想到宁肯毁了太初镜，也不让他们得到，他的刚烈让所有人震惊，也被杀了个措手不及。如今无法收回太初镜，还惊动了风家。听说天兵已经在赶来的路上，空桑也派了不少仙族前来驰援。若不能在他们来之前炼化太初镜，护住妖宫，那么所有人都不得不离开这座妖山，沦为丧家之犬，或死在天族的刀刃下。

伏珩都能分析清楚的战局，晏潮生自然也明白，他冷冷地道："事后自去领罚，如今，先随我去绞碎白追旭的魂魄。"

再僵持下去，太初镜破碎，各大仙族剑指妖宫，妖宫没有防护大阵，岌岌可危。

一只庞大的妖鸟飞过来，乖顺地落在晏潮生的脚下，它收起大翅膀，心里完全对自己魁梧的身子没有数，要去蹭晏潮生。短短数日，它比晏潮生离开妖宫时又大了一倍。只不过依旧没有变得聪明起来，还是个鸟宝宝。

晏潮生按住它撒娇的头，问："谁喂的？"

"从夏姑娘。"伏珩回答。山主虽然没在妖宫，从夏却时时刻刻惦记着讨好晏潮生，找到什么都往妖鸟的嘴里喂，偏偏它也不挑食，什么都吃，越长越大。

晏潮生不置可否，翻身骑上它：“去仙族驻扎地。”

妖鸟与他的心意相通，展开翅膀，要不了多久，就带着他们来到白追旭殉太初镜的地方。

只见空中一面金红色的镜子旋转着，周围数百里，没有一个人。太初镜虽然只是守护法器，可它自上古诞生，本身的攻击力并不弱，当初落在毕巡的手中，它能吞其他法宝和灵气，还能让一城百姓进入幻梦。因此，空桑的仙兵，哪怕想要救白追旭的魂魄，也只能因为群龙无首，怕陷入幻梦中无奈撤离。

不仅是他们，妖宫也无人敢来。

伏珩为晏潮生撑开一把紫色的伞，隔绝太初镜散发出来的诡异光芒。

从夏本来在很远处蹲着，也撑着一把和他们一模一样的伞。它唤作无化伞，是妖宫中一名擅长炼器的妖所锻造。那只妖看着孱弱，连琵琶骨都碎了，本来要把他赶下山去，晏潮生听说他会炼器，让人把他留了下来，好吃好喝地供着，现在他每日都在妖山后面炼器，像个只会炼器的疯子。他锻造的东西不多，但是出乎意料好用，就像此刻，太初镜的情况，妖宫比仙族知道得更清楚，就是因为这把伞，让他们可以靠近太初镜，不陷入太初镜中的幻梦，可惜目前只炼成两把。

从夏飞过来，惊喜万分地道：“山主，你回来了。”她连忙捧上一个匣子，“元魏已经炼好了，山主看看可有问题，他说名唤‘葬天’。”元魏就是那只擅长炼器的妖。

晏潮生抬手接过来，打开匣子，一柄银色的戟躺在里面，它一丈六尺长，周身泛着濯濯银光，戟末端一点绚丽的红，仿佛朱砂，又如赤血。它的前身正是曾经青鸢的灵魂所化的鞭子。

那日在弱水下，晏潮生没了血肉，鞭子也被腐蚀得不成样子，仅剩一息精魂。晏潮生拢了精魂，把它随同无数天材地宝一同送去给元魏锻造。

元魏当时问他：“山主想要什么样的兵器？”

晏潮生说：“杀人顺手的。”

元魏便自作主张地炼了一柄唤作“葬天”的长戟，它实在是好看，躺在匣子中，便让人隐约觉得不凡，连一旁的伏珩，也忍不住多看了两眼。

晏潮生把它从匣子中取出，他握住兵器，手腕一转，“葬天”随他舞动，地动山摇，地面出现一条深不见底的裂痕。纵然是晏潮生，也不免有些意外，赞道：“不错。”配得上这个名字：葬天。

从夏就更吃惊了，她的心里其实没有多瞧得起元魏，那个妖怪瘦骨嶙峋的，看上去还弱小，山主却对他极好，比对自己都看重许多。

从夏不服气，元魏把匣子交给她，她这些日子也悄悄试着拿出葬天观摩。没想到这根长戟，重逾千斤，她的脸都绿了，也没能拿出匣子。

本来以为元魏造了一样废物法器，没想到落在晏潮生的手中，当真可以开山劈海。

若说一开始晏潮生成为山主时，从夏只是动了攀附的心思，如今看他的眼神，几乎炽烈得能滴出水来。她柔柔地靠过去，关心地道："山主此次去泑山，可还顺利，元身稳了吗？"她是蝴蝶精，身段婀娜，身前的峰峦更是波涛汹涌。

晏潮生离开的这些日子，她每次路过妖宫里他的寝殿时，都忍不住后悔自己没有尝试引诱，毕竟元身不稳时，是她最好的机会。越想越后悔，心道山主回来，她不能再错过任何机会。

她胸前波涛漾漾，面前的两个男人，一个赛一个不为所动。晏潮生甚至冷冷地说："你若没事，就回妖宫去。"

从夏扁着嘴跺跺脚，都忍不住怀疑起来，山主到底喜不喜欢女人。彼时她也没想到，过几日她便会知道，山主也喜欢女人的，只不过喜欢的，不是她这一款。

晏潮生握着葬天，化作一抹玄色流光，飞入太初镜中，去寻白追旭的那一缕魂魄，将之绞杀。

泑山的天色渐明，琉双睡了一夜，醒来总觉得心绪不宁，似乎有什么大事即将发生。她按住狂跳的心，跌跌撞撞地出门去找战雪央。

流沙人们簇拥着她，把她带到战雪央的屋子外。她敲门："先生。"

战雪央刚好在炼药，把她放了进来："仙子，有何事？"

琉双说不清令自己心绪烦乱，感到担忧的事到底是什么："先生，我心悸得厉害。总觉得有何大事会发生，您可知道外面如今怎样了？"

战雪央眸光一闪，想到在太初镜里的白追旭即将魂飞魄散，他道："你们仙境，可有出征在外的仙将？"

琉双嘴唇微微上扬，说道："有的，他叫白追旭，宽和勇武，慈悲仁厚。"

"他是你的什么人？"见琉双这样的神情，战雪央忍不住问道。

"是我的兄长。"琉双的声音清脆。

战雪央："你们的感情很好吗？"

琉双不明白战雪央怎么会突然对白追旭感兴趣，想起少幽说，战雪央的性子很怪，喜欢听别人的故事，她颔首，只当作为回报，给他讲故事："是，我从小与白追旭一起长大，小时候，我缺了一魄，总是闯祸，有一次拿了父亲的天雷幡，在空桑引雷，那雷劈坏了整个后山，毁了小半个灵池，父亲生气极了，要惩罚我。结果棍子落下来时，全部打在了白追旭的身上。"

回忆起往事，琉双忍不住轻轻一笑："他其实也疼，但把我护得严严实实，没让我挨一下。"

琉双继续说道："以前我很怕黑，父亲总让我跪九思潭，您知道九思潭吗？里面黑得伸手不见五指。我一个人很害怕，后来白追旭进来，他与我一起被关在莲花台上，教我法术，给我藏了很多吃的，还让我枕着他的衣裳睡觉，在里面变出漫天的萤火虫。我被关了半年，他就半年寸步不离地守着我。父亲的事务繁忙，母亲的身子孱弱，我的记忆里，陪伴我最多的人就是他。他护着我长大，还说等我以后出嫁，要以兄长之礼，背我出空桑。"

战雪央低声道："是吗？"那你一定极为在乎他了。

琉双提起白追旭，哪怕蒙住了眼睛，可是整个人，均带着温暖之意。

战雪央看了琉双一眼，琉双在泑山完全不知道外面此刻到底发生了何事。他讥讽地一笑，命该如此，她来不及的。

战雪央说："你先出去。你的药，很快就要炼好了。"

琉双："先生，我……"

战雪央不由分说，让小流沙人把琉双带出去。战雪央走入内间，看着面前的两份血，讽刺地一笑。

一份是晏潮生今天早晨送来的，另一份，是昨夜有个名叫"沃姜"的仙族之人送来的。少幽到底回了昆仑，不过他回去前，拼着重伤，在潜龙谷杀了那只妖兽，取出血，让师尊沃姜送来。紧赶慢赶，刚好半个月。

沃姜来的时候，脸色很难看，战雪央猜，不外乎两种情况，要么就是昆仑实在危急，要不就是少幽也伤得很重。

战雪央先前思虑良久，趁晏潮生外出，把这份血藏了起来。少幽有此一举，令他感到十分意外。少幽遵守了诺言，带回来"龙血"，只不过付出的代价，比原本想象的还要大。战雪央没有说出龙血的事，本来就是试探晏潮生的态度。他想看看，这位未来的君主的心中，如今有多少儿女情长。结果便是今晨收到新的“龙血”。

不仅如此，晏潮生还说，这是少幽带回来的“龙血”，他怕那个小仙子伤心，竟然做到了如此地步。未来的君主，应该有情吗？战雪央的脸色沉下去。

不，战雪央心道，他一旦有了软肋，这条路必定走不长。

战雪央冷冷地一笑，把那晏潮生带来的“龙血”一脚踹翻，他看向另一份“龙血”，带着它去炼制丹药。

熊熊的炉火在眼前燃起，战雪央的嘴角露出一抹笑意。没关系，晏潮生总会与她彻底决裂的。白追旭的死，不就是最好的机会吗？殿下杀了她的兄长，她哪里会放过殿下？

算算时间，晏潮生也应该进入太初镜了。

门外，琉双捂住心口，不安之意越发浓重。她甚至疼得微微蜷起了身子，冷汗直冒。她是仙身，还拥有徽灵之心，本来不该心口疼。战雪央没有告诉她发生了何事，她咬牙，喘着气，在门外道：“先生，我要提前离开泑山。”一定是出事了！

琉双解开鲛绡纱，小流沙人们围着她，惊呼着劝阻她。琉双的眼里流下一行血泪来，她正要强行恢复五感，出泑山看看。门从里面再次打开。

战雪央抓住她的手腕：“急什么？药引有了，药很快就能炼好，再等半个时辰。半个时辰而已，不会出事的。”不必再去，反正也已经来不及。

半个时辰后，战雪央把药炼制好，拿去给琉双。

这么多天过去，琉双终于又恢复了知觉，她的身体渐渐凝实，恢复成以前的模样。

琉双睁开眼睛，看清了面前的战雪央，道：“多谢先生。”

琉双心里的不安挥散不去：“是少幽回来了吗？怎么不见他？他出事了？”

战雪央笑着说：“少幽他没回来，昆仑有事，他回去了。你缺的这位药引，今早有人补齐了。”

琉双：“谁？”

战雪央惊讶地说：“你不认识他吗？昨夜他来探望你，今早便用自己的血为引，为你入药。我以为你们的情谊很深厚，他才会为你如此。”

战雪央这样说，琉双想起昨夜，有人抱她回屋子，还用灵力安抚她的，那灵力很暖，那人陪了她整整一夜。琉双迟疑地看向战雪央，实在想不到，除了少幽，谁会这样做？会是她心脏绞痛的来源吗？

战雪央一笑，从嘴里吐出一个名字："晏潮生。"话音一落，果然，他面前的小仙子，脸色变了变："你是说晏潮生……"她紧抿着嘴唇，战雪央一时看不出她在想什么。

战雪央只好冷不丁地抛出另一个话题，说："对了，我方才炼药时才想起来，似乎有一位仙将，被困在太初镜里，快要魂飞魄散。也不知道，是不是你之前说起的兄长。"

琉双的脸色一刹那之间变得惨白："你说什么？"

想起那股令人心惊的不安，她甚至顾不上告别，脚步慌乱地往泑山的外面跑。

战雪央搅乱一池水，看琉双急急忙忙地往外走，身后的小流沙人不舍地跟了一串。本来不欲讲话，她离开的背影，却不经意地触动了他近七千年来，最不甘心的那一抹痛恨。

"等等，"战雪央开口，待琉双回头，他抿了抿嘴唇，"你既然是仙族，可认得一名喜着红衣，手腕有疤的仙子？"

琉双被战雪央叫住，匆忙回想，仙族有谁喜着颜色这样浓烈的衣服？似乎没有，何况手腕有疤……每一个仙族都会治愈术，谁会任由伤痕留在自己的手上："不曾见过先生口中所说的这名女子。"

战雪央眼里微弱的亮光，渐渐黯淡下去，变得一片沉寂，许久，配着额饰的男子微微一笑："知道了，仙子离开吧，一路顺风。"

琉双离开了泑山。

在她的身后，战雪央虚假的笑意收敛住，他背靠着泑山唯一的大树，手中的花种几乎被他捏碎。他的嘴唇几乎咬出血来。那个人的样子，他快记不住了，真的快要记不住了。

他守在这里，日日夜夜，种了七千四百年的花。战雪央很早以前就在想，是不是因为他的身边万物不生，孤寂腐朽，连一朵讨她欢心的鲜花都开不出来，所以她才不愿留在这处死地，甚至七千多年，不曾回来看他一眼。如今泑山长出大树，他等到荒芜，她依旧没有回来。

战雪央后来还是没有收她的伴生莲花，只提出一个要求，让她留在泑山一年，负责引灵泉布阵。

她感到有些惊讶，最后笑笑同意下来。

这一年，她简直是祖宗，半分也不像来帮忙的，每每看战雪央亲力亲为，她就笑眯眯地跟在他的身后："哎呀，小妖怪真好，都不舍得累着我！"

战雪央如今不太愿意回忆那些相处的时光……他闭了闭眼睛，一开始他抗拒，嫌弃，到最后缠着她，耳鬓厮磨，也仅仅用了一年时间。

她的温情与怜惜，如镜花水月，令他感到患得患失，他甚至总是在噩梦中醒来，低声央求她："你别走，我会对你很好的，你要什么，我都想办法，只要你不走。或者……你可以出去走走，累了就回来。"

她拍拍他的脑袋："小妖怪的占有欲还挺强的呀。"

战雪央咬牙不语，小声重复道："别走。"

后来，她离开了，再也没有回来。

找她的那几年几近疯魔，他向每一位病人打听她，可是谁也不曾认识他口中的人，他更后悔的是，他连她的名字都不知道，只知道她的小字唤作阿姝。渐渐地，战雪央不再托人寻她，也不再打听她的下落，更不愿想起年少时对着她哀求乞怜。若有朝一日他能出去，再见到她，也不过就是两个陌生人。

战雪央感受着琉双的离开，唇角露出一抹笑意。他的父亲没能等到的，他等来了，不是吗？灵脉早晚会相合，王族也总会有兴起的那一日，他有预感，不会太久，这一天很快就要来临了。

想到琉双体内的那一滴"龙血"，他嘴唇的弧度越来越大。只可惜，不能亲眼看见那一场好戏。也不知道赤水琉双现在过去，能不能亲眼看见白追旭魂飞魄散的场面。

太初镜在与白追旭的灵魂融合。它吸收了白追旭的魂魄，被白追旭影响，造出了一个他的记忆幻境。晏潮生进入太初镜中，眼前是一片熟悉的景象，赫然是空桑的仙殿。太初镜想蚕食白追旭，便营造了白追旭一生中最温暖的记忆。

晏潮生走进宫殿，听见女孩朗朗的读书声："所谓仙道，在志坚，在念诚……"

白追旭在她的身后看书，笑着提醒道："少主，字错了，第三排第八个字念'臧'。"

她乖巧地答应了一声。

没一会儿，白追旭叹息道："少主，又错了，是'貔'，貔貅，是上古瑞兽。"

晏潮生皱眉，还没等他做什么，场景再次一转。

走过拐角，听见两个女孩争执的声音，他抬眼看过去。

白衣少女咬着嘴唇：“我说了，我不是故意的。”赫然是宓楚。

蹲在地上，收拢花瓣的那个女孩，比宓楚的身量小许多，她红着眼圈抬眼，倔强地说：“一句不是故意的，就这样算了？你明明知道，那是我的园子，这是我养的冰玉昙花，你为何要摘？”

宓楚说：“我……我只是看着它好看，少主，你有那么多宝物，它只不过是一朵花而已。你若还是生气，大不了我赔给你。”

“赔？”女孩站起来，她八九岁大，用蓝色的发带束着两个可爱的发髻，眼睛瞪得圆圆的，“你能赔给我一模一样的吗？”

宓楚蹙眉，楚楚可怜地道：“少主何必强人所难，宓楚已经道了歉，少主难道想让宓楚以死谢罪吗？”

原本就生气的女孩，此刻更生气了，上前推了她一把：“你哭什么？我都没哭，我哪里让你以死谢罪了，以后你……你永远不许来我的园子！”

殊不知下一刻，一只手握住小女孩的手腕，把她扯开，一个青衣少年，挡在了宓楚的身前。

“你做什么！”白羽嚣怒道，“又在欺负宓楚，仗着她的脾气好，你为所欲为吗？”

宓楚扯了扯白羽嚣的衣摆，轻声道：“是我先惹了少主不快。”

白羽嚣说：“你不必为她开脱，”他转头，冷哼道，“你有本事就和我动手。”

小琉双怒视着他们，忍不下心中的那口气，当真与白羽嚣动起手来。她身法笨拙，年龄又小，根本不是白羽嚣的对手，哪怕白羽嚣并非动用仙法，她也被逗得够呛。

偏偏白羽嚣还出言讥讽：“就这点本事，也出来欺负人。”

晏潮生敏锐地看见，小丫头眼眶红透，憋住了一汪眼泪，咬牙：“等我长大，我要把你们通通打趴下。”小女孩软糯的嗓音，说出来有种出乎意料的可笑的效果。

白羽嚣还待捏她脸，幻境的主人出现，站到琉双的前面，不容置喙地道：“羽嚣，别欺负她。”

白羽嚣“哼”了一声。

白追旭转身，伸出自己的手：“来，少主，我带你回去。”

小女孩红着眼眶，像看见靠山了一样，握住他温暖的大手。

晏潮生手中的葬天，一直没有动。他沉默着，万万没想到，在太初镜里，对白追旭来说，最温暖的存在是琉双，是他们的青梅竹马，两小无猜。

晏潮生跟上去，听见寝宫里传来闷闷的哭声，琉双抽泣着捧出花瓣，对白追旭说：“冰玉昙花没了，我给娘亲种的，用来给娘亲治伤，眼看就快好了。被宓楚采了，呜呜呜……”

白追旭摸摸她的头，温柔地道：“少主不哭，宓楚想必不是故意的。”

小女孩靠着他的肩膀，哭了一会儿，似乎被白追旭说服，她的脑子本来就不够用，半晌揉揉眼睛，羞愧地道：“白日，我……我不该推她。”

白追旭笑着说：“没关系，我知道，少主也不是故意的，只是当时太难过。”

她认真地点了点头。

白追旭：“少主睡吧，我陪着你，等你睡着，我再走。”

小女孩趴在他的旁边，等琉双睡着，白追旭才起身离开。

白追旭一离开，画面顷刻变了，这一次是在九思潭。小女孩的身形长大了不少，看起来像个半大少女了。她的脸上挂着泪，白追旭盘腿坐在莲花台上，轻轻地拍着她的背。

小琉双说：“对不起，追旭哥哥，我总是害你受罚，还害得你和我一起被关在这里。”

白追旭低头一笑，温和地道：“没有关系。”

“你身上疼吗？”她连忙就要看白追旭的伤口。

白追旭拦住她：“不疼，早就不疼了。”

她低下头：“你骗我，挨了打，怎么会不疼呢？都是我不好，偷拿天雷幡，你才会受伤。”

白追旭摸摸她的小脑袋，无奈地说：“真的不疼，我好歹也是个仙君，哪里受不住几棍？倒是少主，怎么会用天雷幡来劈自己。我看看，伤得重不重？”

她撩起袖子。方才挨打时，父亲因她弄坏了仙境里仅有的灵泉而生气，其他仙族也觉得少主不成器，没有一个人关心她疼不疼。只有白追旭，他拿手指抚过她焦黑的小手，给她治伤，低声道：“没事，我在，不疼了。”

她像是终于找到亲人一样，再也忍不住，“哇”的一声扑进他的怀里。白追旭耐心地抱着怀里半大的孩子，任由她的眼泪弄湿衣衫。许久，拿出怀里的糕点给她吃。

“你怎么还随身带着这个啊？”她抽噎着道。

白追旭笑着说：“吃吧。”

萤火虫漫天飞，她咬着糕点，渐渐忘记了难过和痛苦。

晏潮生的手指几次握紧葬天，却又放下。

白追旭温暖的记忆里，有关琉双的部分，实在太多了。他是个很温和的人，就连处理事情的态度，都是滴水不漏。偏偏也是这样性子的人，刚烈到宁可殉葬法器，也不愿把法器让给妖族。

然而，白追旭不该以身殉太初镜。妖族必须拿到太初镜，今日白追旭不死，死的就会是成千上万的妖。

晏潮生的眼神冰冷，葬天嗡鸣着，蓄势待发，终于，在白追旭与白羽嚣一同练武那一刻，晏潮生手中的葬天，穿透了白追旭的身体。

纯白无瑕的灵魂渐渐飘散，如下了一场雪，太初镜也因为失去禁锢的灵魂，无人使用，幻境破碎，从空中掉落。白追旭生时，温和得没有存在感，死了，也不过化作茫茫天地间的一场雪，终会归于沉寂。温和的仙君，连死，都是一片洁白。

晏潮生落地，抬手接住落下来的太初镜。

从夏高兴地迎上来："恭喜山主取得太初镜。"

伏珩也松了口气，至少妖山有救了。

晏潮生收起了长戟和太初镜，沉默良久，眼里却并没有多少笑意，他转身，看见来人时，脚步骤然顿住。

从夏跟着晏潮生，险些撞上他的脊背。她一抬眸，就看见一个少女坐在妖鸟的背上，大雪落了她满肩。她伸出手，怔怔地接住从天空飘落的雪花。

晏潮生抿紧了嘴唇，手指收紧。

从夏瞪着妖鸟，不明白它怎么把这个仙子带过来了！这只妖鸟到底是哪个阵营的？

琉双的脚步踉跄着，朝晏潮生而来，她看着漫天的雪花，身体微微发着抖："白追旭，他，他死了？"

晏潮生语气冷酷地道："是。"

琉双："你杀的？"

晏潮生沉默片刻："我杀的。"

琉双有许久没说话，身体颤抖得厉害，大雪温柔地落在她乌黑的发上，就如曾经那一只宽和的手，一次次地把她拉起来，让她别哭。

晏潮生的视线扫过她的脸颊，他声音嘶哑地道："所以，仙子要替仙君报仇雪恨，杀了我吗？”

琉双突然死死地按住心口，白追旭的死，第一次让她恨一个人，恨到了这种地步。

晏潮生袖子下的拳头收紧，不想再看下去，见她不动，召唤妖鸟，打算离开。

他们之间，即便不动手，也没什么好说的。他确实杀了白追旭，在她的眼里，他如今已是十恶不赦。

从夏低声怂恿晏潮生：“山主，我们不把她抓起来吗？如今大战在即，多一个人在手里，总会多两分把握。”本以为山主会心动，同意这个良策，却不料他不为所动：“走。”

从夏回头，不太甘心地去看那个仙子，结果猝不及防，看见她咳出一口血来，身子软软地倒下去。

琉双本来就才凝出身体，白追旭的死，竟让她悲伤到了这种地步。从夏刚想说这是个好机会，就见山主的身影，下一瞬间，就到了那个仙子面前，扶住了她。

从夏从未看见，晏潮生的脸色这么凝重、难看，他打横抱起她，脚步匆忙地往妖山走。从夏连脸色都变了，总算意识到不对劲，她请命抓琉双，可不是这种“抓”。哪有被山主抱着回去的？

从夏没想到，这仅仅是个开始。

晏潮生的那张床，她都没有上过，晏潮生却把琉双放了上去。他道：“把妖医叫过来！”

很快，妖医被伏珩拎过来，妖医抖着山羊胡子，给床上的仙子看诊。

妖医：“山主，这位仙子的身体很虚弱，是才凝实身体，加上奔波所致。”

晏潮生：“别废话，怎么治？”他的语气向来凉薄、冰冷，如今还带着浅浅的怒意。

妖医被吓到，苦了脸：“属下也不知道。”纵然他身怀医术，可也只是医术平平，何况也从未治过仙族。两族修炼的功法都不同，他再厉害，也不敢随便治。

妖医：“要……要不山主为她输送一些灵力？”

“大胆！”从夏厉声道，“山主何其尊贵，为什么要为一个敌人输送……”

“出去。”晏潮生冷冷地道，打断他们的话。

妖医连忙告辞，从夏心里已经有了一种不祥的预感，不太想走，被伏珩拎着出去了。两个人走到门外。

从夏甩开伏珩："你干什么？我要看着山主，免得他被那个女人勾引了。"

伏珩面无表情地道："山主不喜欢你。"

从夏冷冷地说："不喜欢我，难道喜欢里面那个仙子？"

伏珩看了从夏一眼，转身走了。

从夏气恼得不行，恰好小妖鸟挪动着庞大的身躯，探头探脑地走过来，她踹了它一脚："滚，都怪你，没事把她带过来做什么？"

小妖鸟皮糙肉厚的，脾气也好，闻声委委屈屈地道："啾……"它自然不会拒绝带琉双过来，它与晏潮生的心脉相连，主人喜欢谁，它自然喜欢谁。

晏潮生把琉双半抱在怀里，为她输送灵力。她应该是才醒来，醒来立刻就来了妖宫。他的目光平静，掌下的灵力源源不断地送入她的身体。她冰冷的手好了些，依旧没有睁开眼睛，肤色苍白如雪。

晏潮生打算等琉双好一些，就让手下的人送她回空桑。从杀了白追旭的那一刻起，他就知道，自己和她再没可能。不，或者更早一些，他们之前，从来就没有可能。等她的身体变得暖乎乎的，晏潮生这才把她放下。

琉双闭着眼睛，睡得并不安稳。晏潮生想要抽出手，却被她紧紧地抓住。

晏潮生蹙起眉头，想强行掰开她的手，她握得很紧，手指几乎泛白，他一用力，她一定会觉得疼。晏潮生也就没动了，他任由她握着，拿出怀里的太初镜。太初镜吸纳了白追旭的魂魄，变得几近透明，分外美丽，镜身的每一道纹路，都很精致。

晏潮生空出来的那只手一扬，以太初镜布阵。他没有看见，床上的琉双闭着的眼睛，眼珠轻轻动了动，握住他的手更紧。法阵初成，有上古法器坐镇，自此妖宫已经成了天下妖族的阵地，足以慢慢衍生出妖族领地。他用一只手布阵有几分吃力，却自始至终没有松开她。

白追旭的魂灯灭了。他为了仙族阵亡，士兵把消息传回空桑时，人间下起了一场雪。彼时还是秋季，并未进入寒冬，悲怆的哭声响遍空桑。

白族长愣愣地倒退几步，坐在椅子上："你们说我儿……追旭他……"

赤水翀也没想到会是这个结果，沉声道："追旭殉了太初镜。"他给白追旭太初镜，本来是想保护他和一众空桑弟子，可是没想到，反倒带来这么大的祸端。白追旭以身毁镜，没能成功，自己的灵魂却散了。

外面有仙侍冲进来：“禀报境主，白二公子听说大公子身亡的消息，取了武器，直奔妖山去了！”

赤水翀的心一沉：“命人把他拦住！”

如今不知妖宫深浅，白家的一个孩子已经死在那里，白羽嚣不能出事！仙侍立刻领命出去，他追上白羽嚣时，白羽嚣刚走出仙境，宓楚也刚好回来。

两个人的状态截然不同。

白羽嚣的眼眶通红，宓楚坐在仙轿中，脸色红润，眉眼带春，如一朵刚盛放的花。她笑道：“羽嚣，我回来了，你……你这是往哪里去？”

白羽嚣也不知道为何，忽然想起那日兄长规劝自己，不要太对宓楚上心，她没有去南境。

白羽嚣的脸上没什么表情，声音嘶哑地问：“这几日，你去了哪里？”

宓楚的眼皮动了动，说：“去探望我父亲了。”

白羽嚣说：“哦，是吗？可我让人去南境仙脉找你，并未看见你。”

宓楚皱眉看着白羽嚣，因为他冷漠、讥嘲的语气，白羽嚣从来不会用这种态度对她。这种态度，明明是他为了自己，对待赤水琉双的！她说：“羽嚣，你这是什么意思？难不成还怀疑我会做什么？”

白羽嚣突然道：“宓楚，你知道吗？我的兄长死了。”

宓楚不说话，她是知道的，她这些日子，留在天族，不是天妃，却享受了一把作为准天妃的待遇。风伏命待她极好，天族的讯息，比空桑传得还快，人间刚开始下雪，风伏命就收到了消息，白追旭死了。不过宓楚并不伤心，从小到大，那个温和的男人，总是用看透一切的目光扫过她，令她气恼不已。一想到如今白追旭死了，赤水琉双有多难过，她的心里就止不住地畅快。最好难过得想不开，去和那个新出现的大妖同归于尽！至于眼前的白羽嚣，她近来春风得意，确实忘了，白追旭一死，白羽嚣也会感到痛不欲生。

宓楚以前对白羽嚣还有几分真心，毕竟他就像一支特别好使的长矛，如今……得了风伏命的青眼，白羽嚣变得不再那么重要。可宓楚依旧温柔地安慰他道：“羽嚣，我知道你很难过，节哀。”

白羽嚣低低地笑了一声，他捂着胸口，踉跄着退了几步，正好被身后赶来的将领拦住：“二公子，境主让你回去！不可鲁莽行动！”

白羽嚣却仿佛没有听见他的话，握住仙轿中宓楚的手，哀求道：“宓楚，你和我一同去，去寻兄长的残魂可好？或许他的魂魄还未完全消散，尚有一线生机！”

宓楚被白羽嚣握得疼了，叹了一口气：“羽嚣，境主不是下令，不许你去？”

白羽嚣：“你不愿陪我去？”

宓楚说：“羽嚣，你冷静一点。妖宫是何情况，大家都不清楚，贸然前去，恐怕有危险。况且殉了太初镜，哪里还会剩下残魂，你没看见，人间的这场大雪吗？”

白羽嚣抬眼，轻声道：“你知道吗？若今日死的人是你，我也会杀向妖宫，哪怕以卵击石，自不量力。若你有一线存活希望，我的兄长也会为你出兵。”

宓楚沉默不语，她知道，白羽嚣说的是实话。她叹息着道：“羽嚣，我不是不愿意陪你去，也不是害怕危险。只是，这是境主下的命令，少主尚且不可违抗，何况是我呢？”

白羽嚣悲怆地笑出声：“你跟我提赤水琉双……”这一刻，他看着眼前的宓楚，她明明看上去依旧如此温柔，就连微微蹙着的眉，都在诉说，她理解他的哀伤，他却突然觉得一阵恶心。他想起兄长临行前的话，从小到大，自己哪一次不是站在宓楚身边的。可当他需要她的时候，纵然只是陪自己走一程，她也不愿意。

白羽嚣道：“我不必去找赤水琉双。她会去的。”他知道，琉双一定会去的，哪怕是抗令，她也一定会像自己一样，为兄长收魂报仇。不会让那个干净似雪的仙君，孤独地死在妖宫。

琉双收回神识，睁开眼睛，看向自己身边的人。他坐在榻边，外面不断有小妖来汇报妖宫的事务。需要晏潮生处理的事情，多得能堆积成一座山。

晏潮生命人拉了帷帐，把她与小妖们阻隔开，隔着帷帐，听他们禀告。琉双睁开眼睛，他第一时间觉察到，低头看她。

琉双依旧握着他的手指，只握了最后两根。被死死地握住这么久，若是个凡人，手指恐怕已经充血、坏死，不能要了。他的妖身坚韧，倒是不存在这样的问题。他下意识地抽出手，琉双却没松，晏潮生停顿了一下，一双凉薄的眸子看过来，无声地问：你到底想做什么？

当然是收敛白追旭的残魂。晏潮生估计也猜到了，她到底是仙身，不会咳出血昏迷，唯一的解释是，她的神识外放。

这几天，晏潮生一直就是这个姿势，终于想通她做了什么。她趁着自己抱住他，将神识侵入太初镜中去，去寻找莫须有的白追旭的一缕残魂。她简直不要命了，也不怕神识被困在太初镜里，永远出不来。

晏潮生的心情一日比一日沉郁，现在她醒了，他也不见喜悦，眸中依旧沉淀着冷意。然而外面小妖在说什么，他已经听不见。

见琉双不抽手，他冷冷地道："放开。"

这个声音吓了外面的小妖一跳，以为山主在凶自己，晏潮生却说："都先出去。"

琉双冲晏潮生摊开手，在昏暗的宫殿，他的床上，她慢慢地坐起来："白追旭还有半息残魂留在太初镜中，晏潮生，你可不可以把它给我？"

晏潮生不辨喜怒："别说已经没有，就算还在，凭什么给你？"

从太初镜中剥离魂魄，等同毁坏法器，镜子纵然不碎，也支撑不了多久。这就是宓楚笃定晏潮生不会手下留情的原因，谁会做养虎为患的傻事呢？可他偏偏没有彻底绞碎白追旭的魂魄。

琉双偏头，问晏潮生："为什么？"

晏潮生没有回答，冷冷地道："若你没事了，赶紧离开，否则若我反悔……"

琉双拽着晏潮生的手，按在自己的心脏上："因为我，对不对？"她来晚了，白追旭的魂魄已散，但并非没有机会救他！

琉双来这么一出，晏潮生不论如何都没想到，他说的话卡了壳。她仰头看他，青丝散在肩膀，一双清澈的眼睛，就那样看着他。手掌下，她的心脏在不疾不徐地跳动。那是整个八荒，仅存在于传说中的珍宝。他的掌下，却只有她。对他来说，也是不亚于徽灵之心的珍宝。

"你怕我恨你，你还想要我的真心。"琉双轻轻说，却又一字一句地道，撬开岩石般，诉说着，属于他的心意，"你把白追旭的残魂还给我，我们重新开始，好不好？"

重新开始。这四个字，带着万般诱惑力，砸在晏潮生的心上。她说得不错，她的眼睛那么纯净，却又这般狡猾，轻而易举地看出他到底想要什么。是的，不是徽灵之心，而是她的心意。如他对她这般，回应他的感情。

琉双盯着晏潮生，没有错过他冰冷的神色下那片刻的动摇。她就像看着一只试图咬饵的小鱼，继续撒诱饵，轻轻地说："就像在泰川城那样，你那时很开心，不是吗？"

"鱼儿"抿紧了嘴唇，几乎无力地拒绝："没有。"

琉双轻轻笑起来："战雪央都和我说了，你用血为引，给我做药。晏潮生，以前发生什么事，我都可以不计较了，只要你把白追旭的残魂还给我，我会很高兴留在你身边的。”

晏潮生无力地闭了闭眼睛，心里烦躁得厉害。敏感多疑的心思告诉他，琉双在说谎，就像以前，不经意的话就能令他掏元丹一样，他若信了，下场只怕比毕巡还要惨。可是另一个声音说，你若不试试，就永远都没有机会了。

许久，晏潮生说：“好，我把他的残魂给你。”

琉双握住晏潮生的手，引着他，脸颊轻轻地蹭着他的手掌。他停顿了一下，却没有挪开手，甚至动了动手指，拇指轻轻划过她白皙的脸颊。

怪不得，琉双心想，原来一个人的真心，这般好利用。明知道有陷阱，知道会坏事，明明那么聪明，还是受不住这片刻的欢愉。

太初镜……太初镜啊，最后竟然认了晏潮生为主！七百年后，他就是那样高高在上地看着她在幽冥之地前央求，然后以太初镜为结界，屠尽她的苍蓝吗？看着她血泪流了满面，死在天雷下，那时候他的心中，可是好整以暇地看她坠亡。他何其卑劣？竟然还让战雪央骗她，说用血给她入药。徽灵之心觉醒后，她立马就觉察到，那粒仙药中，明明只有少幽的气息。

时间过了那么久，浑厚苍老的嗓音，似乎依旧留在耳边。

琉双依旧记得树爷爷说：“琉双！大事不好！苍蓝湖外面不知道谁用神器布置了结界，许进不许出，我有预感，孽火会提前到来，你千万别回来，知道吗？若有可能，求妖君陛下帮忙，只有他，才能救所有苍蓝湖的生灵。”

有人故意趁着孽火来临之前，把苍蓝湖的所有生灵困住。那时她才与晏潮生解灵，为了苍蓝的生灵，她回去求晏潮生，就差跪下来求他，却被伏珩拦在幽冥之地外面。

怪不得妖君陛下不愿意帮她，哪怕她用宝物来换，也无法打动他分毫。因为他要的，从来就是苍蓝所有生灵的命。他要徽灵之力。

原来他一开始娶她，就是为了剜她的心。他一次次骗她喝下淬炼心脏的药物，冷眼看着她痛不欲生。后来为什么没有动手？是因为她解灵忤逆了他，让他没等到她挨过最后一次天雷？他等不及，这才屠尽苍蓝。

不过，都不重要了。她重来一次，不是为看着昔日的绝望重新上演，今日他杀白追旭，明日呢？白羽嚣、赤水翀吗？

不，谁都不该死，该死的人，只有晏潮生。

晏潮生答应把白追旭的残魂给琉双，他做事并不拖泥带水，下一刻，心念一动，硬生生地从太初镜里，抽出那半缕纯白的残魂。

琉双看见，晏潮生的额头上全是冷汗。他的神色倒是很平静，看不出什么，他说：“我还有事出去一趟，你好好休息。”

晏潮生走出寝殿，不知道做什么去了。

琉双小心拢着那半缕残魂，人活着，需要三魂七魄，仙也如此，白追旭已经死了，仅剩半丝魂魄，本该无法复活。他的残魂并不像他的人那样温暖，它在她的掌心，冷冰冰的。

琉双低声道：“别怕。”就像小时候，他总是对自己说的那样。她的手指结印，把它送入自己的心脏中，以徽灵之力温养着。

没多久，那个叫作从夏的蝴蝶精走进来，不甘不愿地对琉双道：“喝药。”

琉双接过来，一饮而尽。

琉双喝得这么干脆，从夏故意道：“还仙子呢，躺在一个妖的床上，也不害臊，我告诉你，这药里面，被我下了毒。”

琉双躺好，给自己盖好了被子，说：“你给我下毒，我不会死，你会死，晏潮生也会，你这样做，吃亏的是你。”

从夏没听懂，为什么自己给她下毒，晏潮生也会死？

床上的仙子，偏头看她，祸水般的眼睛看着她：“他会心疼死。”

从夏的脸都快绿了，这还是那个第一次来，与山主水火不容，非要闯弱水的仙子吗？她的脸皮怎么变得这么厚？

琉双却十分淡定，她做小仙草时，脸皮不厚，就不会嫁给晏潮生，大胆地恋慕他，如今脸皮不厚，也要不回白追旭的残魂。她至少得装作在意晏潮生，不许别人觊觎他，他才会陷得更深。

果然，从夏被琉双气跑了，换了个人来照顾她。或许，也是监视她。

晏潮生一直没有回来，不知道做什么去了。第二天的傍晚，晏潮生才回到妖宫。从夏连忙告状，把她的话，添油加醋地告诉了刚从外面回来的晏潮生。

“山主，那个女人不知天高地厚，擅自揣摩您的心意，还说总有一日，会让您为她要死要活的。您能忍？”

晏潮生沉默良久，也不知道信没信，什么话都没说，走入殿内。

从夏望着晏潮生的背影，十分得意。那个女人铁定完了。

晏潮生回来时，琉双才沐浴过，散着头发，盘着腿，在看晏潮生的书，是一本游记，里面记载了一名散仙游历不周山的所见之景。文字并不晦涩，相反，趣味横生，琉双注意到，晏潮生在一些地方做了标记，全是风氏的地貌。他在为日后开战做准备，然而能利用到的资源并不多。

晏潮生在妖族出生，会自己修炼，还识字，其实已经很了不起。很多小妖都不识字。

“你没走？”晏潮生出声道，“我以为拿了白追旭的魂魄，你会离开。”

琉双认真地说：“我答应了留下来陪着你，不会食言。”

“白追旭的魂魄，你放哪里了？”晏潮生在她的周身看了一圈，也没感受到白追旭残魂的气息。

琉双说：“秘密，你呢？你这几日去哪里了？”

晏潮生没有说话。他总是这样，如果是不太想提起的话题，或者又不愿意骗她，就沉默不语，目光会很冷，防止她再问下去。

琉双果然也不问了，见晏潮生的个子这么高，突兀地站在寝殿里，阴影几乎把她笼罩住，她得仰头和他说话，她往里面挪了挪，问他：“要上来吗？”

窗外的风吹着，沙沙作响。

若是日后的晏潮生，桀骜残酷的妖君，必定会躺上来。但眼前的晏潮生不会，少年心性，令他把第一次喜欢上的人，看得弥足珍贵。他说：“不必，我去别的宫殿住。”

琉双没有拆穿晏潮生，妖宫早已经住满，这几日来为她送药的小宫婢，絮絮叨叨地嘟囔着，妖宫早就住不下了，新投靠来的妖族，晚上甚至只能睡在屋檐下，另一部分小妖，则开始忙着修建新的宫殿。

连从夏和伏珩，都是和别人挤着住，整座妖山，最精致、最宽敞的当属晏潮生的住所。怪不得从夏连做梦都想爬上晏潮生的床。如今这座寝宫给了琉双，晏潮生若离开，今晚应该就只有去和伏珩他们挤着睡。

琉双悄悄地看了一眼晏潮生，绷住不笑出声。她确实难以想象那个画面，堂堂未来的妖君，和属下睡着大通铺，不说面子，连威严也没了。她说：“你介意我看你的书吗？”

“随你。”晏潮生还在打量她，很想从她的脸上看出仇恨的破绽。她真的因为自己把白追旭的残魂给了她，就和自己重新开始，回到还在空桑的时候？那个时候赤水翀还没有要杀他，也没有逼他化出元身，她在努力对他好。她的眼里并没有仇恨，眼神清清亮亮的，抬眸疑惑地问道："你想和我一起看？"

"不用，你睡吧。"晏潮生转身出去。

晏潮生在门外徘徊了一会儿，渐渐离开。

晏潮生没有去伏珩那里。他出来吹着冷风，好半晌，也不清楚怎么变成了这样，身后是属于他的宫殿，这里是他的领地，他是一座山的山主。他忙碌完回来，却莫名其妙地发现自己无处可去。

琉双给晏潮生在床边让了个位子，他下意识地说了不用。妖族没有妖会像他这样选择。他不可能去找伏珩，若他真的去了，明日关于山主的传言，会传得风风雨雨，他以后很难服众。

晏潮生干脆拎了自己的长戟，去林子里打坐，这里幽静，也不会有人看见他。这里是小妖鸟栖息的地方，小妖鸟走过来，歪着头看他，似乎没明白，主人怎么沦落到和它一起住了？

晏潮生修炼了好一会儿，捂住自己的内丹，脸色有些难看。

他的唇角溢出血来，小妖鸟很紧张："啾啾啾！"

"没事，"晏潮生说，"还不太习惯。"

不太习惯用半枚妖丹修炼，他从太初镜里，抽出白追旭的半缕残魂，白追旭殉了法器，已经成为太初镜的一部分。上古法器，哪能有一丝损伤，晏潮生用半枚自己的元丹，把太初镜上的碎纹补好，让它布下的结界，坚不可摧。他的妖身本来已经刀枪不入，没了半枚元丹，万年灵力去了大半。

晏潮生感到十分疲倦，更深露重，他的肩膀已经湿透，小妖鸟围着他，急得团团转。

晏潮生："别晃了，我眼晕，你走远些，我睡一会儿。"

他本来不需要睡觉，可是剜去半枚元丹，身体实在困乏。小妖鸟听话地走远了。

第二天，他如常按时起来，指挥妖兵练兵。他手下的妖兵，最初是一盘散沙，可是妖族天性好战，他们学起来很快，只是不太守纪律，若有晏潮生镇压着，他们就会听话许多。

白追旭的死，已经彻底让妖宫变成众矢之的，晏潮生知道，天族已经开始琢磨着对付他们，若不能一搏，唯有一死。不过也有好处，近来投奔的妖族，越来越多，渐渐地，晏潮生的手下，竟然也有了不少人才。

妖兵里面，有一个五大三粗的汉子，嚷嚷着道："山主，可否陪我练练！"

他是一只力大无穷的牤牛妖，性格耿直，身上幸运地带着上古妖族的血脉，比其他妖怪都厉害，以前也是一座小山的山主，后来投靠晏潮生，心里却有诸多不服，想要篡位，晏潮生把他打趴下好几次，他依旧锲而不舍地请战。

晏潮生握了长戟在手，下了场与他比试。

琉双就是这个时候来的，两位大妖比试，自然精彩无比，怕损毁妖宫，他们都没用灵力。

这时候就显出体能的重要性，那牤牛显然用了全力，一招一式，含着千钧之力。妖宫开辟出来的演武场，都被他砸出一个窟窿。

琉双看着晏潮生的长戟，没想到兜兜转转，他连使用的武器都和上辈子一样。

牤牛自诩力大无穷，晏潮生没取巧，也和他比试力气。

晏潮生生得高挑，一双腿修长有力，目光冰冷，长戟压下去，牤牛用流星锤来接，竟然硬生生地被他压弯了膝盖。

妖族们纷纷起哄叫好。

晏潮生也看见了琉双，他的眸光一顿，又收了回去。场面很热闹，琉双干脆什么也不想，跟着他们鼓掌，笑得开怀。晏潮生略微苍白的唇，倒是鲜少有人注意到。

一旁的丛夏的手腕一动。几只赤炎蜂飞了出去。这个玩意儿是古时特有的妖物，元身很小，可吸了血，会长得越来越大，甚至比房子还大。

赤炎蜂飞出去，落在牤牛的身上。赤炎蜂对于别人来说，什么都不是，可对于牤牛，就是致命的天敌。牤牛"嗷"地叫了一声，乱了分寸，灵力都控不住，流星锤飞出来，朝着琉双砸过来，大妖的法器，没几个人敢接，连牤牛都拽不回来。最后"咚"的一声，砸在琉双面前的晏潮生的背上。

晏潮生问琉双："没事？"

琉双愣住，点了点头，视线落在他的脸上。

牤牛妖还在全场乱窜，晏潮生消灭了那几只赤炎蜂，牤牛妖这才心惊肉跳地停下来。这回牤牛妖不敢生事了，委委屈屈地表示臣服。

晏潮生转身离开，伏珩也看出不对劲，要跟上去，琉双小跑着跟上去，冲伏珩摆摆手。

伏珩犹豫片刻，停下脚步。

两个人顺着小路走，妖怪们还挺有情调的，最近移来不少植物，一棵海棠在头顶开得热烈。

琉双："晏潮生！"

晏潮生没有回头："怎么了？"

琉双追上去，转到他的身前，晏潮生脸色有点苍白，皱眉看着她："缺什么和伏珩说。"

琉双摇摇头，抬手一摸他的脊背，他身体一僵，抓住琉双的手，然而已经来不及，琉双摸到一手的血。他的妖身出了问题，怪不得方才有血腥气。琉双："你发生什么事了？"

晏潮生说："没事。"

琉双轻轻地叹了口气："你别闷头走了，我给你治伤，不会杀了你的。"她拉着晏潮生，在一旁的石凳上坐下。

晏潮生抬眼看着她，自从镇妖塔出来后，她得知自己喜欢她，永远都是保持着距离，再也没有这样的亲昵，晏潮生一时有些恍惚，没有甩开她，随着她的力道坐下。

琉双的手指结印，专心致志地为他治伤。他握住琉双的手："别用灵力，不痛，一会儿就好了。"

晏潮生看得出来，这是徽灵之力，徽灵之力一旦使用太多，她不得不渡血脉劫。

琉双："真的不痛？"

"不痛。"晏潮生说。

琉双："你不必为我挡的。我是仙体，被砸一下不会疼。反而是你，你的元身好像出了问题。"琉双抿了抿嘴唇，"抱歉，这是第二次了，上一次你为我挡住镇妖塔坍塌，我却眼睁睁地看着你负伤离开，是我不好。"

晏潮生看着琉双，真的能相信她吗？就像以前一样，她为了让他恢复修为，宁可自己去镇妖塔。若不是发生了那么多事，她对他，是不是并非全无感情？也会这样关心他？他们之间，本来也没有生死之仇，他愿意忘记她父亲杀他的事，也用半枚元丹，换了白追旭的一缕残魂。是否隔在他们之间的，其实只是他的妖族身份，还有疑心。他未来会努力变得很厉害，不会输给少幽和白追旭。她如今甚至会故意气从夏了，他是不是可以再试一次？

少年妖君，像试探着伸出触角，一疼就会缩回去的蜗牛，他的声音沙哑，不再说反话，第一次艰难地说："我从来没有怪你，我只是……想对你好。"

海棠花瓣簌簌而落，晏潮生说完这句话，一时间竟不太敢看琉双的反应。

没想到琉双轻轻说："嗯。"鼻音软软的，两个人第一次正视这个话题，晏潮生坐在石凳上，抬眼看她。

琉双也正在看他，两个人的视线一接触，她愣了一下，移开视线，磕磕巴巴地转移话题道："我……我还是给你治疗一下吧。"

晏潮生被琉双的情绪带动，脸颊开始发烫，那么聪明的人，此刻竟然下意识地答应道："嗯……好。"全然忘记，自己已经拒绝过一次她帮自己治疗。

琉双转到晏潮生的背后去，晏潮生屏住呼吸，连身体都绷紧了。

晏潮生从来没有这样的时候，元身激发的蛇族本能，都没做到如此。他其实一直都是个情绪内敛的人，做小妖怪的时候就是。他在仙境好几年，被人欺负、排挤，也只是面色平静，一声不吭。第一次，他连她的脸都看不见，她站在他的身后，他连呼吸都放轻了，生怕吓跑了她。

柔和的灵力笼罩在他的后背上，徽灵之力下，他的伤愈合得很快，尽管这并不能缓解他失去半枚元丹的痛楚，然而此刻，他一点都不觉得痛。

他手指攥紧衣角，嘴唇轻轻地向上抿了一下。

伏珩担心地跟过来，就看见了这样的情形，他跟晏潮生这么久，倒不是没有见过他的笑。然而山主不是冷笑，就是讥讽地笑，伏珩第一次见他露出这样的神情。就像得知害怕被伤害的人，没有被伤害，那种很容易知足的快乐。

海棠花落在山主的肩膀上，他没有动，自己来了，以山主的警觉性，竟然也没发现。伏珩停顿了一下，没有过去打扰，悄无声息地离开。

天宫内，天族太子风伏命换上一身铠甲，正要领兵出征讨伐妖宫。

白追旭的死，犹如投进湖中的一颗石子，其他三大仙境本来就不太听从天君的指令，如今白追旭死了，空桑又得了新灵脉，已经拒绝牺牲族内弟子的性命出征讨伐妖族。而昆仑灵脉动荡，死伤无数，少幽自顾不暇，命令撤兵。唯一还肯听命的，只剩长留姬氏。姬氏少主姬香寒，虽然是个女子，却并非省油的灯，单从几千年前还是个少女的她，使计把继兄弄残就能看出来，此人的心思很深，绝不可能乖巧地臣服。

妖宫不服诛，蔑视天族之耻，风伏命决定亲手血洗。让其他人也看看，不听话是个什么下场。

天妃娘娘的脚步急匆匆地过来：“伏命，先去看看你父君，你父君吐血了。”

风伏命挑了挑眉，笑道：“他还真会挑时候。”

天妃小心翼翼地看了他一眼：“他说有重要的话要交代。”

风伏命收起了兵刃，笑意温柔：“我去看看，妖宫不过一群乌合之众，不差这一时半会儿。”

他迈入天宫主殿，步履从容，见了他的仙婢，无一不低头行礼，不太敢看太子殿下的神色。

不知道为什么，太子殿下明明总是笑着的，她们却都怕他，比老板着脸的天君更可怕。

风伏命走到最里面，一个病恹恹的老者倚靠在床头，喘着气看着他，正是如今四大仙境的君主，天君陛下。

风伏命走过去，细心地为他盖好被子：“父君叫我来做什么？”

天君说：“伏命，你还在恨我？”

“恨？”风伏命摇摇头，“我怎么会怨恨父君？我不是在收拾祖宗留下来的烂摊子吗？族中留下的预言与空桑灵脉显露的妖气相应，灵脉枯竭之日，便是妖族兴盛、王族更迭之时。”

风伏命语气淡然，悉数说给天君听：“祖父弑君篡位，把相繇王族赶尽杀绝，他临终惶惶，总怕王族还留了血脉在外，犹如惊弓之鸟。如今，灵脉已经开始枯竭，我若不杀，留着他们，等他们壮大？为了保住风氏一族的天君之位，永绝后患，杀尽天下妖族即可。否则像你和祖父一般，终日惶惶，担心自己的项上人头不保？不知自己的天君之位能坐到几时，岂不可怜？”

天君沉了脸色。不过事到如今，他没法怪风伏命，当初王族倾覆，所有的仙族都觊觎天道衍生的灵脉，盼着自己的族人永远做八荒的主人，他们瓜分灵脉，弄出四大仙境。

风氏屠戮的妖族最多，连君王，也是死在他们的剑下。风伏命的祖父弑君，坐上天君之位。本来说好下一任天君，从四大仙境中有能力者中遴选，可老天君存了私心，传给了自己的儿子。

现任天君，资质平平，这个天君不该由他来当，可风氏的灵脉最为宽广无垠，族人的灵力也最高强，因此，其他三大仙境，虽然不甘心，也没多说什么，让他挂着虚衔。灵脉在一日，风氏就会昌盛一日。天君的眼睛已经浑浊，风伏命居高临下地打量着天君，知道他活不了多久了。

天君说："玺印就在正元殿，本君若死了，就由你来接替天君之位，你一定要保全风氏一族……咳咳……"

风伏命安静听着，难得没反对。

天君咬牙，知道自己的儿子虽然狼子野心，可他应当会保全族人，倒是不必过于担忧。

天君又说："有些事，是时候告诉你，你万万不可杀尽妖族之人。"

风伏命："为何？"

天君眸光沉下去："你可知道，天族的仙脉，为何永不枯竭？"

风伏命的嘴唇上扬，表示洗耳恭听。

天君闭了闭眼睛："天道本该制衡，灵脉分崩离析，创立四大仙境，逆天道而行，必然面临枯竭，要想解决此事，可将妖族的元丹，投入灵脉之中。除了风氏，谁也没发现这秘密。"

所以数万年来，风氏一族的灵脉，已经血流成河，表面却浩瀚清澈，从不枯竭。甚至没有人发现这个秘密，妖的地位卑贱，死了便死了，谁也不会往这上面联想，每隔十年，风氏就会屠杀大量的妖，投元丹进去。

风伏命轻笑一声："您以为我不知道？如今妖族已经崛起，不是那么好杀的，很难再瞒着其他人，所以孩儿才会下那样的命令，诛杀八荒妖族，帮您和祖父收拾烂摊子。"

天君震惊地看着风伏命："你……你想……"

原来听宓楚说灵脉出现妖气那一刻，风伏命就开始策划杀尽妖族，再令四大仙境的灵脉相合。

这样妖族无法应预言，出现新的王族，灵脉相合后，也不必担心枯竭，风氏握紧灵脉归属，能永远坐稳天君之位。这是多么大的一盘棋，天君心惊肉跳，风伏命既然早就知道，为什么不自己当天君，还要留着他？

风伏命点点自己的手腕，轻声道："我只是好奇，父君什么时候，才会不想再续命，舍得赴死？"

天君的脸涨得通红："孽子！"

风伏命轻笑，拍了拍他的背："不至于，我只是在看，看父亲是否还会像小时候那样，用法阵转移自己的孩子的寿命与天资，为自己续命。不过想来，您实在太差劲，那个法阵也无法屡次救您。否则父君怎么会放过我？"

风伏命转身走出宫殿，不管天君在里面咳得撕心裂肺。他带上温和的笑意做假面，笑意不达眼底。

天妃迎上来，不太敢看他。她心怀愧疚，当初的事情她也知道，而且默许，便永远矮了这个孩子一头。

天君的资质平平，一开始坐上天君之位，三境均不服，后来风伏命出生，自带祥瑞，天君狠心用法阵，转移风伏命的寿命与天资到自己的身上来，才坐稳了天君之位。而本为天生麒麟子的风伏命，被他拖累，幼年孱弱，寿命也不长。

旁的仙族，如少幽，若能顺利地熬过天劫，可以活上数万年，可风伏命不一定……被自己的父亲借命，他不知道何时就会死去。

风伏命拍拍她的肩膀："母妃莫慌，他只是告诉我，他快不行了，让我好好收拾他们留下来的烂摊子。孩儿一定会争气，让您颐养天年。"

天妃的腿一软，慌忙点头。

风伏命眯着眼睛："他撑不住了，我便继位后再出征吧。"

妖宫的夜晚再次来临，这段日子，人人绷紧心神，害怕在这样的情况下打仗，没想到天族不知发生了何事，迟迟没有对他们动兵。

琉双用徽灵之力温养完白追旭的残魂，晏潮生依旧没有踏入宫殿。

这几日，他让人送了许多好东西来，她知道，如今妖宫穷得很，他要养一整座妖山的妖族，自己都舍不得用这些，全给了她。

从夏那日放出赤炎蜂，被罚去修建宫殿。让肉体本来就脆弱，只会制药的蝴蝶精去修建宫殿，这个惩罚有够诛心。

晏潮生做这一切，都是琉双暗暗打听到的，他自己从来不说。不过这样下去，不是琉双要的结果。他这样傻愣愣地待她好，实在有几分岁月静好的味道，十分出乎她意料。

在琉双的记忆里，妖君明明那般看重利益得失。他满身孽欲，又冷酷果决。她安顿好白追旭的残魂，推开门，向着一旁的树林中走去。树林中的湿气很重，妖宫在七百年前，可算不得是个好地方。她的仙衣不沾露水，带着浅金色的光华。

柔和的月光下，琉双看见一只庞大的妖鸟委委屈屈地“蜗居”着，守着一个人。琉双看见妖鸟，仍有些不适应，努力把它和青鸾画等号。它以后生得威风凛凛，而不是生得现在这样憨，年龄小小的，心智不全，傻乎乎的，活脱脱地揠苗助长。晏潮生如今估计没有好东西可以喂它。

那个人闭着眼睛打坐，身上的玄光微弱。琉双隐约觉察到，晏潮生虚弱了不少，可是没能探查出缘由。

原来这么多天，晏潮生把寝殿让给她，自己和一只大妖鸟一起住在山林里，连妖山的小妖怪都不如。它们至少还能睡在屋檐下，有个遮风避雨的地方。昨夜还下了雨，他和小妖鸟，要么淋了一整夜，要么用结界过了一夜。

琉双走过去，解下自己的披风，披在晏潮生的身上。

晏潮生冷冷地睁开眼睛，正要动手，见是琉双，呼吸一滞，带着几分局促：“你怎么来了。”

“你这几日，一直住在这里吗？”琉双蹲下看着他。

月华柔和。晏潮生抿着嘴唇，言简意赅地道：“修炼。”

琉双忍不住笑了笑：“去殿里一样可以修炼，为什么要在外面？”

晏潮生又不说话了。琉双伸手去牵他，把他拉起来，触摸到他冷得像冰一样的手，吸了口气。他要缩回去，琉双却没放手。她竟然对如今的小妖君生出几分无奈，牵着他：“走吧。”

路过青鸾，琉双拿出晏潮生给她的血灵芝，递过去，青鸾小心看她一眼，又看看晏潮生，见晏潮生没反对，这才叼过去，狼吞虎咽地吃下去。

琉双拍拍青鸾的大脑袋，它亲昵地“啾啾”叫了一声。

琉双问：“对了，你是怎么救活青鸾的？从镇妖塔中出来，它似乎就破壳了。”她从湖里把青鸾捞出来时，它只是一枚没了生命气息的蛋，晏潮生这个时候就有能力救活死去的妖吗？

“青鸾？”晏潮生看了她一眼，默认了琉双给小妖鸟取的名字，他不愿说出以心脉给青鸾续命的事，只好说，“机缘巧合，在镇妖塔中寻得机缘，帮助它破了壳。”

两个人回到寝殿，寝殿比外面温暖多了，夜明珠的光照亮纱帐，琉双能感觉到，自己握住的那只手越发僵硬。晏潮生在想什么？纵然这样不自在，他依旧没有挣开她。不过，她决定对他好一些，就像在妖宫，他曾经为自己做的那些一样。

琉双抽出手，晏潮生愣了一下，垂下眼，手中一空，却似乎还残留着她的余温。不过很快，这一点失落不复存在，因为她指着那张雕花大床说："你去睡觉吧，前几日你才受了伤，需要好好休息。"

殿里只有一张床。晏潮生的喉咙干涩："不必，我妖身坚韧，不必睡觉，我在寒潭下待一晚就好。"

晏潮生如今元身已稳，真让他去寒潭待一晚，明早就彻底冻成了冰。

琉双严肃地道："你有伤在身，不能睡寒潭。"也不知道为什么，晏潮生的伤，过了这么多天都没好，琉双一靠近，就能闻到浅浅的血腥气。

琉双把晏潮生推进纱帐里："好了，睡觉吧。折腾了大半夜，战雪央才给我治好身体，我也该去休息了。"说罢，她走到外间去。

晏潮生跳得剧烈的心，在看见外间的小榻时，终于不再乱跳。他刚刚到底在想什么？怎么会以为她会和自己一起睡。

琉双不知道从哪里弄来了一张小榻，放在外间，上面铺了柔软的云锦。而他进来时，注意力全在她的身上，竟然没有第一时间发现。

晏潮生还在纱帐中站着看她，她已经爬上小榻，闭上了眼睛。晏潮生也躺在了床上，枕着自己的胳膊看出去。不知道是不是琉双在这张床上睡了几日的缘故，四处都是她身上的香气。晏潮生伤得不轻，本来身上哪里都疼。此刻与琉双这样安静地共处一室，殿内的檀香幽幽地燃着，他却并不觉得疼了。

晏潮生感觉到，琉双开始关心他。为他上药，还很信任他，让他回到宫殿住。尽管晏潮生明白，从小到大，关心他的人，并没有好事。骗他当他的娘亲，却要炖了他的妖怪，曲意讨好他的女妖，以及要剜他眼睛的散仙。包括宓楚，送给他仙甲，他们都不怀好意。

但此刻，晏潮生不愿意去想这些，他刻意不去想琉双要什么。若他依旧敏感、多疑，连仅存的这一线希望，也会失去。不过小仙子似乎不太懂怎么对一个男子好，他看看床头的披风，又看看她栖身的那张小榻。男子才会对女子这样，用披风裹住对方的身子，让出床给对方睡。她反过来，一股脑地用在他的身上了，把他当作女子哄。他栖身在一室明珠柔和的光亮里，隔着并不远的距离，凝望着她。

夜色越来越浓，晏潮生下了床，走到她的身边。她侧躺着，一只手的手指半握，放在脸颊边。晏潮生俯身抱起她，把她放到床上。

琉双如今恢复了仙身，这样的动作，惊醒了她，不过她还带着几分睡意。或许是灯光太暖，琉双睁开眼睛看他，眼睛里也是浓浓的暖色。晏潮生轻轻拍拍她的背："没事，睡吧。"

比起小榻，床上自然舒服许多，琉双这段时间一直在这里住，触到温暖之源，她下意识地往里面蹭蹭，闭上眼睛，切断自己的神识，放任自己睡了过去。

晏潮生走出纱帐，去了那张小榻。本来小榻是琉双给她自己准备的，比女子的身量大不了多少，晏潮生躺在上面，生生委屈了他那双长腿，只能蜷缩着。

琉双第二天在雕花大床上醒来时，晏潮生已经不见。琉双坐起来，看着眼前陌生又熟悉的环境，想起上辈子一些有关晏潮生的事。

从某种意义上来说，晏潮生真的十分勤奋，身先士卒，也很能吃苦。所以七百年后，娶了她这株仙草，便笑她娇气难养。她需要柔和、漂亮的灯光，会闻风而动的风铃，漂亮的琉璃灯，柔软的云锦。他们两个，彼时还没圆房，也没去幽冥之地，就住在这里，住在妖宫。只不过七百年后，这里富丽堂皇多了，广袤宽阔，不比天宫小。

晏潮生的宫殿简单、冰冷，琉双却觉得舒适极了。晏潮生本来睡惯了艰苦的地方，后来被她拽着，一同躺在她房间的云锦里。她期待地问他："怎么样？"

晏潮生眯起眼睛，半晌才道："不错。"

她便欢喜不已，按着他，不许他起来，让他躺在这里睡。他的神色古怪，漆黑的眼睛看着她，琉双当时没懂他的意思，还很疑惑地摸摸自己脸："怎么了？"

他闭上眼睛，别过头："没事。"

后来，堂堂妖君被她带得"骄奢淫逸"，不打仗时，就和她一起睡在云锦上。

妖界的天气若很好，从她的房间看出去，甚至能看到半边天的夕阳，十分美丽。

新婚宴尔，那时候的两个人，却懵懵懂懂得像朋友一样相处着。尽管后来他们不欢而散，琉双却不得不承认，那段在妖宫的时光，过得十分惬意。

其实晏潮生娶她的目的，早就告诉过她。

有一次她睡得迷迷糊糊的，问他："夫君，你为什么会娶我？"

两界君主，怎么会娶一棵小仙草？她百思不得其解，以他当时的地位，娶什么样的仙子不可得？

晏潮生不答反问："你为何嫁给我？"

她闭着眼睛，下意识地答道："喜欢你呀。"特别特别喜欢你。

晏潮生久久不语，没有回答这个问题。一只冰冷的大手，却落在她的脸上。在她快要彻底睡着时，他才冷冷地道："因为想要你的心。"

七百年前的自己，单纯地以为这是一句睡梦中听到的情话，心里喜滋滋的，就像她说喜欢他一样，却不料，他说的从来都是真的。琉双抚上自己的心口，这一世，晏潮生也要这颗徽灵之心吗？

第十五章 想对你好

琉双注视着面前的这个人，回忆着这辈子遇见他以来的点点滴滴。

他是晏潮生，却又不是那个罪恶滔天、八十一道天雷加身的妖君。

琉双这几日送出去的信笺化作光影，朝外面飞去。

守妖宫结界的妖将拦住了她的信笺，去请示晏潮生，晏潮生问："送往哪里的？"

妖将说："好像是空桑仙境，需要收起来吗？"

晏潮生停顿了一下："不必。"他松开手，信笺化作纸鹤飞走，转眼就消失在了眼前。

妖将担忧地说："您不看一下？"

晏潮生没有看信，他和伏珩一起规划起妖宫的未来。凡间入了秋，天宫传来消息，天君死了，风伏命继位，成了新的天君。

风伏命不同于他只想苟且活着的父亲，他当上天君的第一件事，便是点兵，直指妖宫。

这对妖宫的众人来说，不是好消息。他们的人数虽然越来越多，可是修炼的时间不够，很难对抗天族。何况，这仗必须打，而且得打赢。只有赢了，长期以来，被压迫到近乎怯懦的妖族，才会真正相信，他们也有反击仙族的力量。若不幸输了，这些妖族会彻底成为一盘散沙。也不能躲在结界内不出去，太初镜虽然坚韧，可若被天兵反复撞击，数月后，也会溃散，更会令人心惶惶。

风伏命坐上天君之位，却还不太看得起晏潮生，纵然白追旭已经折在了晏潮生的手中。打妖宫的第一场仗，他命手下一名著名的将军率领天兵而来。

天兵即将压境，天幕阴沉沉的，所有人的脸上，都带上了凝重之感。晏潮生并不打算等到仙兵撞击结界，那样妖族的心容易溃散，不战就已经生出退却之意。他准备待天兵还没到，主动去百里外迎敌。

琉双出来，遇见了整装待发的晏潮生，还有他身后黑压压的妖族军队。他们连战甲都凑不齐，穿的是自己皮毛化作的衣衫。

领头的晏潮生，手握葬天，身穿一身玄红色衣衫，在一众良莠不齐的妖兵中，他作为山主，丰神俊朗，很是显眼。他的妖军这一年真的很穷。

琉双见过他如日中天，震烁八荒的模样，现在看见尚且还稚嫩出征的晏潮生，仿佛看见今后辉煌的宫殿，如何从只瓦片砾中建立起来。

晏潮生没有足够的战甲，训练出来的人，却意外地听话，排列得整整齐齐。

妖宫如今什么人都有，还有小孩，蜷缩在女妖母亲身边，胆怯地看着山主率军对上天兵。

晏潮生路过小孩时，摸了摸小孩的脑袋。

诡异的是，琉双竟然看出几分柔情来。

伏珩低声道："山主，仙子也来了。"

晏潮生回头，琉双果然站在另一边。他沉默片刻，命令伏珩："你带他们先走，我说几句话，随后就到。"

以晏潮生的速度，要追上妖族大军很容易，伏珩领命离开。

晏潮生走到琉双的面前，还不待琉双苦心孤诣地拿出乾坤袋中，早早准备好用来套路晏潮生的战甲，方才晏潮生落在小孩头上的那只大手，此刻落在了她的脸颊上。

琉双诧异地抬头。

晏潮生漆黑的眼睛，这次她看清楚了，是真正的柔情，比他安抚小孩还要柔软。他的拇指抚着她的脸颊，突然说："你走吧，陪了我这些日子，已经够了，回空桑去，妖宫结界如今已经打开，你随时可以离开。"

琉双眨了眨眼睛，怀疑自己听错了，他就这样放过了她？不惜破坏太初镜，取出白追旭的魂魄，竟然只要求她这样不咸不淡地在妖宫留了几日。

琉双："晏潮生？"

下一刻，他低头，不容她拒绝地，在她的额头上一吻。

"走。"晏潮生冷冷地说。

他的嘴唇微凉，一触即分。琉双按住自己额头，没料到这几日，连牵个手都会浑身僵硬的人，会突然这样做。她吓得后退一步，抬眼看他。

晏潮生罕见地坦然地对上她的视线。有些东西，再不遮掩。琉双竟然迟疑着，没有立刻上前，她觉得与他眼里的情感比起来，自己说什么，好像都不对劲。乾坤袋中的战甲，也就没能送出去。

晏潮生最后看了她一眼，这一眼她读不懂，只能看见他去追妖族的大军，头也不回的背影。不知为何，琉双看了一眼他身后那些小妖，妖族能打能扛的，全部都迎战仙族去了。

留下的妖族，全是老弱妇孺。以前妖族练兵，琉双很少看见他们，此次妖族大军第一次出征，所有人都来送行。

这些在旁的地方被嫌弃的妖怪，没想到晏潮生都一并收了。琉双甚至看见，一只老柳树妖，牙齿都快掉光了，看上去和凡人老爷爷无二。她知道，这个时代，妖族能寿终正寝，是一件并不容易的事。此刻他们惶惶不安。

“山主能打赢吗？”

“听说来的是风氏天族的兵，个个神勇。”

“山主会不会出事？我家阿南会不会出事？唉……”

没有多少妖相信晏潮生能和风伏命对抗，天族的存在，就像根深蒂固的大树，而新生的妖族，只是脆弱的小苗。

琉双心想，晏潮生会赢，他不会这么容易死在风伏命的大军中。

那个时候，琉双并不知道，与前世不一样的是，连晏潮生都没有把握他能回来。他只剩半枚元丹，修为也远远不及从前，溃散了大半。他做的最后一件事，是放过她，让她回家。

昆仑山巅，少幽凝望着乌沉沉的天幕，蹙眉道：“天君还是向妖宫开战了。您曾经占卜，血色滔天，八荒战乱不断，应当便是从这一日开始。”

沃姜站在少幽的身后：“一切自有定数，这本来是一个暗潮汹涌的旋涡，该发生的总会发生。我们能做的，只有静观其变，不让昆仑仙境搅这池浑水。”

少幽道：“置身八荒，永远不可能全身而退。风伏命不论胜败，都不会放任其他三大仙境作壁上观。”

沃姜问：“届时若他让昆仑出兵，少主，我们当如何？”

少幽沉默下来。

沃姜的心里也很郁闷，风伏命若赢了，定会一鼓作气，更加激进地诛灭八荒中的妖族，若输了，则会迎来反扑，妖族潜藏在血脉里的好战因子，也会被一一激发。

待妖族占了上风，他们的首领，难道会心慈手软地放过其他的仙族吗？

两种情况，风伏命都不会任由其他仙境不表态。

空桑如今还好些，他们有了新的灵脉，不必受风伏命掣肘，赤水翀年富力强，不似表面看着那么简单。长留看架势已经站在了风伏命那边。

决定最艰难的，成了他们昆仑。灵脉快要枯竭，少主这段时间，夜以继日地以灵化泉，充盈灵脉，但这个举动，在灵脉可怕的枯竭速度下，无异于杯水车薪。

沃姜看着少幽苍白的脸色，劝慰道："少主，先歇歇吧。这段时日，你也累坏了。"

少幽问："泑山那边如何了？"

说起这个，沃姜就来气："那日老夫去泑山送龙血，战雪央那个小子好不客气，拿了东西，就把老夫赶了出来。连杯热茶都没给喝，说话还阴阳怪气的。"

少幽笑笑："他的性情如此，您别介意。"

"也就少主脾气好。"沃姜说。

少幽摇摇头："您不懂，任谁千万年被关在同一个地方，脾气都不会好到哪里去。"

战雪央还愿意治病救人，已是难得。

沃姜也就随口和少幽打趣几句，自少幽从潜龙谷回来，除了照看灵脉的疲惫，心情也十分低落。

那日沃姜去看少幽，他累到极点，低声道："师尊，我答应过她，回去就和她说清楚的……"

说清楚什么，少主没细说，沃姜也没细问。左右不过是女儿情长那点子事。不过少幽没有机会回去了，如今的昆仑寸步离不得他。

少幽："你走吧，师尊，我一个人在这里待一会儿。"

沃姜领命离开，走之前，他忍不住回头，看着少主的背影，轻轻地叹了口气。他算过卦，卦象显示，赤水琉双那个小丫头已经从泑山出来了，然而她一直没有来找少主。少主聪慧，占卜之术，不比自己差。他心里牵挂那个丫头，一定会为她算一次。然而，知晓了一切，少主却当什么都没发生，连失落都不曾更深几分。

背负着一个仙境的重任，他的个人情感，显得那么渺小。少幽一直做得很好，可就是做得太好了，沃姜才止不住地心疼这个自己看着长大的孩子。他什么时候，才可以和旁的仙君一样，肆意、任性地活着呢？

战报传到空桑时，赤水翀不动声色地问道："你是说，风伏命的天族士兵，败了？"

传信的小仙倌颔首："回境主，确实如此。不过妖军只是险胜，他们死了很多人，那座山上，如今全是妖族尸体，连他们的首领，也受了很重的伤，是被抬回去的。"

如果说仙族折损了一万士兵，妖族则至少死了两三万妖兵。他们虽然付出了惨重的代价，但确实守住了妖宫那一片土地。

坐在下座的白羽嚣，目光变冷："既然如此，何不趁这段时间，取了晏潮生的性命。"他可真恨，若是当初知道，有朝一日自己的兄长会死在晏潮生这个卑贱的小妖手中，当初他不论如何，也会在毁晏潮生的修为时，将他诛杀。

赤水翀说："羽嚣，不得妄动。我知道你想为追旭报仇，可那妖宫之中，如今藏龙卧虎，今非昔比，你的父亲、母亲，无法再承受丧子之痛。"

白羽嚣迎上赤水翀的目光："境主真是一心为我？还是如今上任天君死了，空桑有了新的灵脉，您想看妖族与风氏两败俱伤，好坐收渔翁……"

白羽嚣的话还没说话，白族长呵斥道："羽嚣。"

白族长连忙向赤水翀请罪："境主，小儿不懂事，还沉浸在追旭魂飞魄散的悲伤中，请您念在白氏往日尽职尽责守护空桑的份上，原谅他一二。"

赤水翀道："无碍，年少轻狂而已。"

白羽嚣讽刺地一笑，还待说什么，被白族长拖了出去。

白羽嚣："父亲，您看不出来吗？境主没有想过为兄长复仇，他的心，已经被权力、地位侵蚀，天君这杯羹，他也想染指！"

有了灵脉的空桑，不会比风氏差太多。若风氏在对付妖族时折损太多，赤水翀当真有希望上位。长留不表态，昆仑自身难保，琉双冒死带回新的灵脉，空桑今非昔比，赤水翀有理由野心膨胀。

白族长如何不知，他比白羽嚣不知道精明多少，然而清楚一切又如何，他闭了闭眼睛："我们终究是空桑的仙族子民。"共祸共福，白追旭义无反顾地牺牲自己，也是为了空桑能够更好。

逼着境主向妖族开战，并没有什么好处。若空桑死伤太过，难保风伏命不会对空桑做什么。

白羽嚣转头就走。

"羽嚣！"白族长拦不住他，深深地叹了口气。这个儿子满身血性，性子也比长子偏激，白族长没有苛责他，作为白追旭的父亲，白族长何尝不想像小儿子一样，表露对白追旭之死的愤怒。

白羽嚣的脚步，在宓楚宫殿前的岔路停下。他遥遥地望了一眼，抿着嘴唇离开。他曾经，真心想要迎娶宓楚，给她世间最好的一切。

以前的空桑，十分热闹，那时候兄长还活着，赤水琉双也在，他生活中的乐子不断，是空桑嚣张恣意的白氏二公子，宓楚也对他关怀备至。如今不过短短一年，已经物是人非。

一只纸鹤飞进来，落到他的肩膀上，白羽嚣愣了一下，把它拿在手中，它化作光影，浮在空中，变成金色的字。

白羽嚣屏息看着："兄长……真的还有存活希望？"

赤水琉双没有骗他？可是她一个人，怎么为兄长报仇？

一只只金色的纸鹤，往空桑飞，白羽嚣看着这个场景，眼眶有一瞬间的温热。有的纸鹤飞往紫夫人的宫殿，还有的纸鹤是飞向拂柳的。她前不久跳下弱水，如今还身陷魔宫，过得好不好？有没有人欺负她？

琉双小时候那般蠢笨，可如今比谁成长得都快。空桑的未来，不知何时，竟然系在她的身上。

妖山之中，到处弥散着血腥气。

这一次迎战仙族士兵的妖兵，只回来了不到三分之一。鲜血浸湿妖宫的土地，没有足够的灵药，他们中的许多人只能躺在榻上呻吟。

这些回来的妖怪，少有没受伤的。要么缺了胳膊，要么断了腿，还有的眼睛受了伤。然而他们在笑，放肆开怀地笑。

"你们知道吗？我一刀斩下去时，那个仙族小儿，眼睛都瞪大了，到死都还不敢置信地看着我，打死他他也想不到，他竟然会死在一个卑贱的妖手中！"

"我也是，我也是，心里畅快得不行，这次咱们虽然赢得惨烈，他们却是落荒而逃。"

"第一次在对战仙族大军时，咱们还能活着回来，看他们率先撤军，山主说得不错，今后的八荒，妖族会渐渐站起来。"

"原来仙族，远远没有我想的那般可怕。他们被打怕了，也会逃命。哈哈哈哈！"

一身伤痛，丝毫没有折损他们如今雀跃的心情。连留在妖山的女人和老人，也忍不住露出笑容，他们中有很多人死了丈夫和儿子，可是这一次的胜利，意味着他们的后代，不会像以前一样，活得没有半点尊严，也不会轻易地再死在仙族的手中。

悲苦的命运，终会结束。

有人担忧地道："不知道山主如何了？他也伤得很重。"

这话一出，大家都有些担心，这一次迎战仙族，晏潮生身先士卒，若不是他的存在，众人也没有勇气敢向仙族挥刀。

他们口中的山主晏潮生，此刻在宫殿中，他的胸口被仙器划伤，裹上了白布，从夏殷勤地端着药进来，要给他喂药。

晏潮生："放下，我自己来。"

从夏嘟了嘟嘴，试图撒娇说："我喂您嘛。"天知道她多么辛苦，才抢到这个机会。

晏潮生显然不吃这一套："出去。"他受了伤，气势变得更加阴沉，他杀了不少人，满身都是暴戾的煞气。从夏从心里怵他，不敢违逆他的命令，只好放下碗。从夏的视线，顺着晏潮生的目光，发现殿中不知何时，多了一张小榻。那个小榻空空荡荡的。

殿内残存的檀香还未散去，裹挟着淡淡的女子香味，从夏立刻明白发生了什么。赤水琉双离开了。

从夏出去前，不忘说上一句："山主，您别惦记她了，妖宫一有危险，她跑得比谁都快，说丢下您就丢下，您对她那么好，我看着都心寒。"

晏潮生没搭理从夏，那药都放凉了，他也没动。他本来不至于会受伤，或者说，不会伤得那么重，风伏命没有亲自来，战场上的人，对他来说，都不是什么威胁。可是领头的那个仙将目光锐利，看出他的元丹有损，每次避开护心鳞的位置，猜到了什么，伙同其余所有厉害的仙将，往他的伤处攻击。没了护心鳞的妖，心脏之处，脆弱如婴孩。那本该是他全身最坚韧的地方，如今却成了他的死穴，失去半枚元丹的伤他还没养好，才会负伤而归。

青鸾为了保护他突围，一只翅膀，被砍断了一半，如今在殿外小声"啾啾"哀鸣。青鸾与晏潮生心脉相连，它如今过分懂事，不敢叫得太大声，只能像个痛得厉害的孩子，哼哼唧唧地叫。

半夜，妖山下了一场雨，冲刷着斑驳的血迹。

有人步伐匆匆，推开寝殿的大门，收起手中的绛珠伞，蹲下来安抚青鸾。她的长裙在宫殿的石台上铺开，手中绿色的光芒涌出，青鸾疼得不那么厉害了，含着泪看她一眼。

琉双摸摸它头上的羽毛，往殿内走去。

檀香燃尽，殿里不如她在时讲究，处处透着冷清，一碗药已经放凉，不知道放了多久，无人问津。床上那个人的呼吸起伏不定，琉双便知道，他是醒着的。她在晏潮生的床边坐下，干脆看他什么时候“悠悠转醒”。

片刻后，晏潮生睁开眼睛，问道：“你没走？”

琉双笑着摇摇头：“走了，又回来了。”她指尖的绿色萤芒，覆盖了晏潮生的全身，他乖乖地躺着，与在从夏面前的阴冷、恐怖，完全不同。

琉双给晏潮生治好外伤，把乾坤袋交给他：“怎么不问我离开做了什么？”

晏潮生坐起来，没说话，他没有想过琉双还会回来。所以她去做了什么都不重要，然而她催促他打开乾坤袋看看。

晏潮生停顿了一下，顺着她的意思做，只见乾坤袋里，全是他现在最需要的灵药。他的呼吸一滞，抬眼看她，她眼里亮亮的，等着他的反应。

晏潮生：“你把自己的法器全换成了灵药？”

琉双想了想，诚实地道：“没有，绛珠伞还在。”她舍不得换这个。

晏潮生面无表情，不做表态。然而下一刻，琉双正要说话，一只手猛地揽住她，她撞进一个血腥气浓重的怀抱。

窗外的雨声滴答，晏潮生的怀里冷得可怕。那只搂住她的腰的手，很紧很用力。琉双被他抱得快要窒息：“就算要感谢我，你也用不着这样。”

晏潮生不说话，勒紧了她纤细的腰身。

琉双小声问：“我现在如果反悔了，还能走吗？”

晏潮生说：“不能。”

他们仿佛回到了最初那段日子，琉双把晏潮生当盟友，对他最好的那段时间。一个滚烫的拥抱，打破他先前所有的沉默。

傍晚的这场雨一直没有停，琉双睡在小榻上，在夜明珠的光芒下睁着眼睛，她知道晏潮生也没睡。晏潮生在大军开拔前，在她额头上的那一吻，还有如今的拥抱，无疑就像一只浑身是刺的刺猬，如今把最柔软的肚腹，袒露在了她的面前。可是这一切是真的吗？上辈子他做妖君时，比这还深情，连天雷都替她挡了，她相信了他，却落得死无全尸的下场，整个苍蓝为他的狠辣陪葬。

琉双心里在想很多事，细细谋划，一步一步，包括自己写给父亲的那些信，希望赤水翀这一次能相信她。

还有白追旭，她在算，温养到什么时候，才能让白追旭有复活的机会。她想了很多，甚至想到了少幽，没有灵脉的少幽，如今会怎么办……

直到晏潮生来到她的床前：“在这里睡不着？去床上。”

琉双抬眼看他，摇了摇头：“你受伤了。”

晏潮生俯身抱起她：“没关系，不疼。”

琉双对他的举动很是吃惊，怕碰到他的伤口，没有再动。晏潮生放下她要走，琉双轻轻地扯住他的袖子。她说：“要不，你也睡这里吧？床这么宽。”说完，她往后退了退，让了一大半位置给他。那只拽住他的小手却没有放开。

晏潮生沉默良久，理智告诉他，这太像个甜蜜的阴谋，然而他还是和衣躺了下去，就这样静静地看着她。他想知道，她到底想做什么？会做到哪一步？若都给了她，她会更喜欢他一点吗？

晏潮生：“你还会离开吗？”

“这可说不准，”琉双诚实地道，“我父亲担心我，我还是要回空桑看看的。”

晏潮生：“那我到时候送你。”

琉双小心地看了晏潮生一眼：“我的父亲那样对你，你还恨空桑吗？”他们二人起初，从镇妖塔开始关系破裂，让琉双再没有找他做盟友的想法，就是源于赤水翀反悔，对他下杀手。晏潮生说过，妖族都是睚眦必报的。

晏潮生说：“你还在，就不恨。”

这是两个人第一次说起这个话题，琉双忍不住看他：“不会伤害空桑？”

晏潮生：“不会。”

琉双看着晏潮生的眼睛，惊讶地发现，他没撒谎。或许从一开始，若有人能安抚他，结局就会有所改变。此刻，她却莫名地不太想看到他漆黑的双眸，背过身去，低声说：“睡觉。”

室内明珠熠熠，檀香袅袅。琉双枕着自己的手臂，哪怕不回头，也知道他在看着自己。

琉双带来的灵药，解了妖宫众人如今的燃眉之急。

纵然是不苟言笑的伏珩，也忍不住松了口气。妖族大多皮实，可若没有药，他们伤得太重，很难撑过的。因此，妖宫的妖怪们，对琉双的态度也都好了起来。

以前是看在晏潮生的面子上敬重她，如今却不是。琉双清晨出门时，收到了一个妖族小女孩的花。

“送给你。”她看上去干干瘦瘦的，脸颊都瘦削到近乎凹陷下去，然而她满怀期待地看着琉双，眼睛很亮，“谢谢你的药，救了我阿爹。”她的小手瘦得几乎只剩骨头，手指还带着伤痕，可手上的紫色的小花，还带着晶莹的露珠。

琉双知道，对于妖族来说，紫色是最尊贵的颜色，对上小女孩的眼睛，饶是她如今心中满是恨意，也仿佛被轻轻地撞了一下。

琉双用两只手接过来：“谢谢你，我很喜欢。”

小女孩对着琉双露了一个很灿烂的笑容：“你的伤，是怎样来的？”

小女孩顺着琉双的视线，看着自己瘦骨嶙峋的手臂，脆声说：“以前被一个仙门弟子，捉去做法器，我还太小了，他没有杀我，只剥了我的指甲入药。我是穿山甲，阿爹说，等我长大了，可以穿过最坚韧的山脉。”

琉双吹了吹她满是伤痕的手指，笑道：“你真勇敢，一定要好好长大，像你口中说的这样厉害。”仙灵之力无声地抚慰着小女孩，带走她的疼痛。

“有山主在，我一定会的，弟弟也会。”小女孩坚信，“我们不会像阿娘一样，被人捉去剥甲，元身入药。”

琉双低下头，轻轻地“嗯”了一声，看着小女孩跑远。

女孩还小，对仙族的恨意并未深入骨髓，被人捉去，连肉带皮剥去指甲壳，也没怪所有仙族，甚至费尽心思地采来紫色的小花，赠予琉双。

妖族有多少这样的孩子？晏潮生的吻没有让她动容，如今一个妖族的孩子送的小花，却让琉双的决心摇摆起来。若没有晏潮生，这些妖族的孩子，最后会不会和自己的苍蓝一样，被焚烧殆尽？届时还有保护他们的人吗？

晏潮生看见琉双手中的花，问道：“妖宫中人送你的？”

琉双点点头。她很喜欢这朵小花，晏潮生能看出来，她握在手中，一直没有放下。

“这种花叫作岌岌花，花茎能吃，味甘，妖族的小孩子，会当成糖来吃。”晏潮生说的这般清楚，琉双好奇地问道：“你吃过？”

“幼时吃过，”晏潮生道，“以前很难找到食物，饿极了什么都吃。岌岌花是能找到的味道的食物，但不抵饿。”

晏潮生鲜少坦然说起过去，琉双干脆问出自己一直以来十分好奇的问题：“你是什么血脉？为何没有元身？”

她知道晏潮生有蛇族血脉，可蛇族也有很多种，前世今生，两辈子，她从来没有见过晏潮生化原形。

晏潮生停顿了一下，抬眼："你若好奇，可以自己过来看看。"他本来是不想回答这个问题的，才这样说，因为笃定琉双不会因此靠近他，观察他的身体。

两个人这几日虽然睡在同一张床上，可她只占了小小的一角，睡得也很规矩，晏潮生没有脱衣裳，只要两个人心宽，这件事似乎就不算什么。可晏潮生没料到，女孩子的好奇心，有时候强烈得可怕。琉双当真靠了过来。

琉双眨了眨眼睛："不是说，给我看看吗？"

晏潮生别开眼睛，身体僵硬，反悔道："不好看。"

琉双认真地说："没关系。"

晏潮生自己说出去的话，如今再难收回，在她渴盼的目光下，迟疑许久，他撩起了自己的衣袖。他死死地盯着她，打算若琉双露出一丝嫌恶的目光，就立刻放下去。

晏潮生依稀还记得一年前，自己和她在九思潭的莲花台，他伤成那样，不愿意让她看见自己身上的蛇鳞，手被折断，也要掩住衣襟。那时候他从来没有想过，有一天会主动给她看连自己都嫌恶过的身体。他不得不承认，他有些紧张。

琉双轻轻托着晏潮生的手臂，抱着钻研的态度，晏潮生隐藏起来的血脉，必定有大来头，清盈玉她知道，不会让他变成如今这般强大。妖的强横，大多和他们自身的血脉有关系。她的目光没有厌恶，却也没有强装出来的安慰，晏潮生在她平静打量的目光下，渐渐放松了紧绷的身体。

晏潮生身上黑色的蛇鳞褪去了，如今成了浅浅的灰白色，或许是他受了伤，这样的灰白色，显得十分黯淡。比以前好看多了，却也不算多么好看。晏潮生知晓，若有朝一日，他彻底长成，恢复真身，会是威风凛凛的银色元身，类龙，似蛟，那时候真身并不难看，反而会很威武。

琉双伸手戳了戳，冰凉的，鳞片有些冷硬，带着锐利的攻击力，却也因为这样的冷厉，令他褪去了蛇族血脉生来的阴暗、黏腻之感。晏潮生到底是什么？

晏潮生见她触碰自己，抬眼问："你不讨厌？"

琉双认真地说："看上去很厉害呀，是保护甲。"她知道，对于妖族来说，坚硬的铠甲，是自己存活下去的希望。

晏潮生的眼中，也泛出浅浅的笑意："嗯，"他说，"等我养好伤，就能掩盖住鳞片，和常人的皮肤无异。"所以，不会一直难看的。

琉双听懂了，或许是室内檀香袅袅，她这样盯着他的手臂看，同榻都没不好意思，在此刻却依稀觉得别扭，连忙把他衣袖放了下去。看了一通，也没能看出什么特别，更别提用肉眼辨别晏潮生的元身和血脉。他抿了抿嘴唇，没说什么。

第二天，晏潮生不知道从哪里，拿了一个紫色的果子出来："给你的，愿意吃就尝尝。"他以前会送她一些灵宝、法器，或许是见她昨日喜欢岌岌花，今日送了她一枚小灵果。

琉双尝了尝，很甜。

晏潮生见她愿意吃，也没有别的反应，就像妖族小女孩送花那样平淡。因为晏潮生的平静，琉双就没有当一回事。

这个时节人间的果子都很少，何况如今到处在修建宫殿的妖山。琉双不知道他从哪里摘的灵果，妖宫明明没有灵果树。

此后，每日一枚紫色的小果子，琉双当灵果啃，直到某一日，从夏过来送药，看见琉双咬了一半，拿在手里的果子，妒忌得眼睛都红了："山主连这个都给你了！"她的语气，就像琉双吃的是她的心肝。

琉双问："这个是什么？"

从夏怒道："你连它是什么都不知道，就吃了！你给我吐出来！"

从夏越是这样，琉双越是好奇这个果子的来历："是很厉害的灵果吗？"

"什么灵果？这是妖族的应誓果！"从夏气得不行。

妖族的应誓果，吃下去不会增加灵力，只是爽口、清甜，然而这样的东西，是妖族用来讨好另一半的果子。用自己的心头血与果树结契，结出来的果子，给谁吃，就等于忠于谁。若有朝一日背叛对方，肠穿肚烂也不为过。等同于发誓守身如玉。晏潮生竟然种出来，给琉双当作灵果吃了。

琉双知道以后，一口果肉堵在喉咙里，吞也不是，吐出来也不是。晏潮生……怎么把这个给她吃？他付出这些，到底想从她这里得到什么？真的是她的爱吗？妖族大多放浪形骸，不说他们，仙族也不甚在意这些。然而他悄无声息地给了她允诺的忠诚，是她万万没想到的。香甜的果子，刹那间一点儿都不美味了。想起这几日她美滋滋地吃了不少，那时候晏潮生的眼神，琉双盯着手上的果子，表情险些绷不住。

从夏气坏了，说道："你……你这是什么眼神！"也难怪从夏一副天都要塌下来的模样，晏潮生连应誓果都给了琉双吃，从夏今后，别说嫁给晏潮生，春风一度都不可能。应誓果这样束缚自己的东西，谁会真的弄出来给人当果子吃？

琉双吃多少，晏潮生若是背叛，将来承受的反噬就有多重。琉双在心里默默地数了数，完了，现在吐出来都没用，一天一枚，她当成灵果，都吃半个月了。晏潮生竟然能那么淡定，每天给她一枚吃。她知道成妖有发情期，晏潮生不怕死？

从夏真的要哭了。就是字面上的意思，她坐在地上，就差撒泼打滚："你给吐出来，吐出来。"

不怪从夏这样激动，虽然冬日快到了，按理是蛇族妖物冬眠的时节，然而大妖哪里是普通妖物能比，成年大妖的发情期，往往会随着元身稳定后第三个月而至。从夏哭成这样，很大一部分原因，是因为她盼望了好几个月，就盼着这一日的来临。她笃定仙族自视甚高，不知道这件事，届时山主需要的时候，她软磨硬泡，他总会妥协。如今看见琉双手里的应誓果，她就知道这个计划无疑落了空，晏潮生但凡不想死，就绝不会碰她。然而从夏并不知道，琉双吃的不是一枚，是很多枚。

这对琉双来说是一件好事，她吃了那么多应誓果，若现在离开妖宫，都不用自己动手，待晏潮生的发情期一到，他非死即伤。这样下去，晏潮生挡不住仙族的攻势，无须自己动手就能为苍蓝和白追旭报仇。电光石火之间，琉双想到一件很重要的事。

"他若死了……"她呢喃着道，"他真会死吗？不，不对。"

琉双想起那日看他身上的鳞片，晏潮生的血脉不明，邪修！晏潮生上辈子就是邪修，以魄力修诡道。一定不会这样简单。她什么都不做，晏潮生不一定会死，反而有可能走上和上辈子一模一样的路，成为妖界、幽冥共主，届时他们仙族，还能打得过他？

是为了骗取自己的徽灵之心，还是他本来就知道可以走邪修那条路？她认识的那个晏潮生，心思机敏、诡谲，她不可以掉以轻心。

琉双收敛思绪，蝴蝶精打架不行，撒泼倒是一流，琉双晃了晃手中的应誓果，问："这个是怎么弄出来的？"

从夏都不想搭理她，恨恨地盯着那枚果子，爬起来跑了。从夏不说，琉双还有别的办法知道，毕竟她如今在妖宫，颇受欢迎。

晚间，晏潮生回来，就看见琉双盘腿坐在桌案旁，摆弄一棵小树苗。他的伤已经快好了，凑近了看，发现那棵小树苗，竟然是用来培养应誓果的。他下意识地以为是她从哪里找出了自己那棵，然而定睛一看，发现不是他的。他的应誓果树，长得枝繁叶茂，生机勃勃。然而眼前的这一棵，用玉盆种着的，虽然也有雏形，然而叶子泛黄，看着别说生气勃勃，简直萎靡不振。

“哪来的？”晏潮生问。他不意外琉双会知道，这里是妖宫，总有人认识应誓果。

“我的！”琉双朗声答道，旋即说，“你别说话，别打扰我，它快结出果子了。”

于是晏潮生居高临下地看着她，一言不发。

琉双的应誓树，缓缓结出一颗果子，很小的果子，是白色的。

这回晏潮生相信，应誓果当真是她的了。妖族的应誓果是紫色的，没有仙族会养这种“邪物”，原来若仙族养出来的，是纯白色的。

琉双摘下来，转头看他。

晏潮生也沉默地看着琉双，他一直在猜测，琉双在做什么，想过她好奇应誓果长出来的过程，也想过别的，或许是她准备将来送给少幽的，然而有一种可能，他一直没敢想。

琉双掰开晏潮生握成拳头的手，放进他的掌心。

“晏潮生，”她轻声说，有些不好意思，“种出来是白色的，能吃吗？”

晏潮生的声音沙哑：“能。”

“哦，”琉双又说，“你不害怕被毒死就好。”

晏潮生不说话了。

琉双故意说：“你不要的话，就还给我吧。”说完，她想要拿回来，然而那只去抢果子的手，被他握在了掌心，动弹不得。

晏潮生：“你知道这是什么吗？”他的声音很低，仿佛压抑着什么，琉双抬眼看他。晏潮生皱着眉，对上她的目光，他竟然又重复了一遍，“回答我，你知道这是什么吗？”语气都不对劲了。

琉双被晏潮生看得有片刻动摇，但她还是点了点头：“应誓果。”她的手指突然被他捏得发疼。

晏潮生的语气却很平静：“行，既然你知道，我给你一个机会，拿回去。”他摊开手，里面赫然是那枚奇怪的白色应誓果。

琉双看看晏潮生，伸出手，还没碰到那枚果子，他的脸色就变了，紧紧地咬着牙，却没动，任由她拿走。果然，这样的东西，不会真的给他。

晏潮生闭了闭眼睛，任谁无形中被耍了一通，心情都不怎么美妙。若一开始就不打算给他，何必要给他希望。

晏潮生大步往外走，门外趴着的身体巨大的青鸾，被打开门的主人撞蒙了。它委屈地“啾”了一声，看向追出来的琉双。

琉双一时半会儿，也没想明白晏潮生为什么走。偶尔他们的脑回路，并不在一条线上，她拉住他的手，发现凉得可怕。

晏潮生再着急，也等她把要做的事做完再走呀。

于是她转到晏潮生的面前，在他皱着眉开口说话时，把手中白色的果子塞到他的嘴里。她弄出来的应誓果，比他的小一半，刚好能一口吃掉。

晏潮生如同被人定住，没法动弹，也发不出一点儿声音，只剩青鸾在外面探头探脑，看不懂主人和琉双发生了什么。

半晌，晏潮生动了。他低下头，咬碎了口中的应誓果。他第一次吃，不知道应誓果原来会这样甜，仿佛幼时，第一次在树下尝到蜂蜜的味道。尽管那以后，被蜂妖追着蜇得满头包，那样的甜蜜滋味，也足够幼时的他，回味良久，而且并不觉得后悔。他嚼得很慢。

应誓果本来有核，琉双先前吃，都是吐了核的，她不知道她种出来的应誓果有没有，总之晏潮生没有吐。

“很……很难吃？”琉双问。

晏潮生抬起头，笑了。不是那种阴沉沉的笑，也不是往日那种眼中含蓄的、很浅的笑意，而是独属于一个刚刚长大的少年的，清朗的、愉快的笑。很久以来，琉双第一次看见他露出这样的笑。

琉双愣住，纵然是七百年后，她也没在晏潮生的脸上见过这样纯粹的喜悦。就因为一枚果子？

她的腰肢被人抱起来，猝不及防地，琉双只能抱住他的脖子，听见他爽朗的笑声在耳边。

晏潮生说：“你没骗我。我真高兴。”

琉双撑着他的肩膀，竟然也有一刻，被他这样的情绪感染到，跟着他一起弯了弯眼眸。她的徽灵之心至净，喜欢一切纯真的情感。就像妖族小女孩的花，琉双收到时感觉快乐极了，晏潮生的情绪，竟然也能打动她。至少这一刻，她感觉到，晏潮生的高兴是真的。她摸摸晏潮生的头，他竟然都不见生气，只是眯了眯眼睛，看向门口探头的青鸾。

青鸾不懂晏潮生的喜悦，却懂他的杀意，大翅膀一扇，把门关上了。

琉双自从遇见晏潮生以来，从来没见他心情这么好过。

晚上睡觉时，晏潮生又一次回到了小榻上。晏潮生摸摸她的头发：“你睡，我处理完这些事，陪你回一趟家，我知道，你很担心空桑现在的情况。我向你保证，日后但凡是空桑弟子，我都会手下留情。”

琉双仰头看晏潮生，灯光下，他俊朗的眉眼，显得那么好看。他一晚没睡，处理桌案上堆积的事务去了。

妖宫打完一场胜仗，多了无数投靠的妖怪，有些观望的、隐世的大妖，也一同到来。

往日晏潮生看重法术高强的大妖，这一次，他竟然破格优待了几个蚕娘。

这些蚕娘，最擅长吐丝织锦，妖族大多有御寒的法子，蚕娘可谓一无是处。然而，山主收下她们，希望她们在冬日结束前，织出最好的云锦丝。

琉双去看她们吐丝，问道："山主让你们织什么颜色的？"

"紫色。"她们说。

紫色的云锦，是妖族最郑重的嫁衣的颜色。

待秋日进入尾声，琉双在妖族中，看见一个熟人。一张普通得不能再普通的脸，却长了一双上挑的狐狸眸。彼时宿伦在人群中，与几个大妖打赌，他们赌的是灵石。几个大妖连连输，输得一脸肉疼，宿伦上扬着眼尾，将灵石揽入怀中。

回头不经意地看见琉双震惊的打量的目光，他笑着过来行礼："问仙子安，仙子一直看着我，可是也想玩？"

琉双摇摇头，她的心中感到很震惊，宿伦竟然也这么早就归顺了晏潮生！

琉双："你叫什么名字？"

"在下宿伦。"

琉双："宿伦，你是……妖兵，还是谋士？"

晏潮生的手下不缺妖兵，却少有谋士，谋士大多孱弱，灵力低微，早在这些年仙族强横的情况下，所剩无几。上古时的青丘狐族，也早就消失在历史中。

宿伦挑眉："仙子猜呢？"

琉双笃定地道："谋士。"

宿伦是一只姿色普通的狐狸精，听到琉双的话，笑得花枝乱颤："仙子可真有趣，未免太过高看在下，在下既不是妖兵，也不是谋士，路过此地，只不过是受人所托，给仙子送一份礼。"

琉双："给我的？"

宿伦："是，仙子看看，可还认得？"

赫然是两颗美丽的蓝宝石，琉双一眼就认了出来，是在泑山照顾了自己很久的小流沙人的眼睛！那时候它对自己最亲昵，可现在它死了。

琉双：“怎么会这样？战雪央让你给我的？”

宿伦：“嗯，并不是。不是战先生，是他手下的小东西们。在下路过泑山，被一群流沙人拦住，它们让我把这个给你。”

蓝宝石几乎嵌入琉双的掌心。她感知到晏潮生残留的气息。是晏潮生杀了它。他杀了它们，还让战雪央告诉自己，龙血是他取来的。宝石上，也有徽灵之力。不难推测，宝石想要告诉她，晏潮生为了徽灵之力，杀了它们！

宿伦行了个礼：“在下失陪。”

琉双握紧蓝宝石，看来晏潮生的戏，比自己做得还要好，为了徽灵之心，他什么都能豁出去，什么都能舍得。是她的徽灵之心还未淬炼，他不能取心，她才能安然从泑山活到现在？可笑的是，她竟然为一朵妖族孩子送的花动摇。

琉双看向宿伦。但是，即便晏潮生不可信，他的爱是假的，宿伦、战雪央、流沙人，他们可信吗？她到底应该怎么做？

宿伦果然只是路过送个宝石，他骗了一轮傻妖怪们的灵石，在冬日来临前，卷着包裹，还有晏潮生的十诫环，跑路了。

还把一个小妖怪的糖葫芦给抢了，那个孩子放了一年，没舍得吃的糖葫芦，被宿伦笑着，咬得咯嘣响。孩子哭得撕心裂肺。宿伦全身而退。

晏潮生还是第一次，被一个妖盗去法宝。他抬眼，面无表情地问琉双：“冬日快到了，喜欢软和又保暖的狐裘吗？”

琉双愣了一下，闷笑。

这还不算，外面哭号着要告状的妖，连成了一串，全是宿伦干的好事。

晏潮生抬起手，掌中凝出葬天。

青鸾蓄势待发，宿伦想必不会有好果子吃。他固然聪慧，可是法力实在不够高强，在绝对的实力面前，只能被吊着打。

琉双不担心晏潮生弄死宿伦，晏潮生缺谋士，求贤若渴，一冷静下来，就会知道拉拢宿伦的重要性。果然，没几日，晏潮生回来了，十诫环把宿伦绑得严严实实的。

宿伦狼狈地被捉回来，依旧笑得从容，看着围上来要揍他的妖：“大家有话好好说，我都可以解释。”

犰牛妖的铁拳，第一个落下来。

宿伦："山主，您当真舍得属下被打死？"

犰牛妖的拳头，被人轻飘飘地接住，晏潮生冷笑道："悠着点打，别弄残，还有用。"

晏潮生回到宫殿，看见琉双在喂青鸾。她在教青鸾："不是的，你要这样，控制灵力，把自己缩小。不行不行，这样不对……"

青鸾愣头愣脑的，变不小，急得要起飞。

琉双拽住青鸾的翅膀："再学不会，今后遇着赤鸢，你大得能把人家吓跑，人家就喜欢别的小青鸾啦。"

青鸾听不懂，它现在有半座宫殿大，以为琉双和它玩闹，用大脑袋去撒娇，它对自己的体型完全没数，这样猝不及防地来一下，把琉双撞得差点摔倒。

晏潮生看着这一幕，心里的暖意，静悄悄地流淌，如同常年冷寒的冰，渐渐地消融，汇成温暖的湖。

晏潮生："等它再大些，自己就会掌控灵力。妖族的某些天赋，需要成年后才觉醒。"

"原来是这样。"琉双笑着过来，"宿伦呢，抓住了？"

晏潮生说："抓回来了，在挨打，活该。"最后两个字，带着讥嘲的意味。

琉双："……"

晏潮生低头看她："这次出去，我得知一个消息。"

琉双："什么？"

晏潮生说道："昆仑的灵脉，又一次动荡，这回神农鼎，都没有压制住，昆仑死了不少人。"

见琉双沉默下来，晏潮生问她："要去看看吗？"

琉双抬头，轻声问："为什么告诉我这些？"

晏潮生抬手，拂过她额间的羽花，道："不希望你日后怪我，我知道，他对你很重要。"

琉双说："我想去看看。"

"那就去，"晏潮生停顿了一下，"不过这一次，我没法陪你。"

琉双点点头，也没问为什么。她转身，手臂被人拉住，很大的力度，又在下一刻，松了些。

晏潮生："你还会回来的，对不对？"

琉双回头，对上晏潮生的眼睛，她点头："嗯。"心里默默地下了一个决定。

晏潮生慢慢松开手："我等你。"

冬日不知不觉中要来临了，蚕娘们提前织好了云锦，就差染色。

琉双离开妖宫的那日，刮起大风，晏潮生没有去送她，倒是把青鸾留给了她。

她前脚刚走，后脚羽扇纶巾的宿伦笑眯眯地踏入殿中，看着眼睛猩红的晏潮生，宿伦叹息道："山主何苦，元身稳定后的发情期，打算一个人挨过去，让夫人去找别的男子，山主心里和身上，都很难受吧？"

晏潮生："不会说话，就闭上嘴。"

宿伦啧啧道："山主真乃吾辈楷模，您再坚持，都快爆体而亡了。"

妖族的天性如此，何苦屡次抵抗，此刻没开战，无人给晏潮生杀，他总不能杀妖族的子民？他的元身已稳，寒潭再无作用，连最后熬过去发情期的方法都没有。

宿伦同情地说："属下倒是有个法子，山主去杀人间的盗匪吧，他们烧杀抢掠，无恶不作，杀了不算罪孽，算是大功一件。"

晏潮生赤红的眼睛，冷冷地看着他，下一刻，他消失在原地。

宿伦笑着摇头："还真信啊。"

仙、妖但凡敢大肆屠杀凡人，不论对错，都是罪孽。冥冥之中，天道不许有人代替它行事。

上古魔神澹台烬，尚且无法逆天道，如今万世以后的他们，又哪里能违逆天道呢？

宿伦走出宫殿，眯起眼睛，晏潮生或许并不信自己的话，只是他太难受了，怕忍不住杀尽妖宫众人，才宁肯去外面发疯。

晏潮生要强行抵抗妖族血脉之力，只能如此。本来还有法子，可是晏潮生种出应誓果，这下彻底没了法子，唯一的"解药"都离开了。

想起那个小仙子，宿伦若有所思。她……好像没走远啊，是猜到什么了吗？

人间下起一场雨，山道湿滑，无数盗匪吓得疯狂地奔逃。

巨大的灰色阴影笼罩在上空，它似龙，也像蛇，头生双翼，眼眸仿若冰冷的血色琉璃，比五人合抱的巨树还粗。

此刻盗匪们的老大，就被他卷在尾巴里，没了气息，快要变成肉泥。其余盗匪，以为自己已经跑得很远，然而一抬头，巨大的影子，依旧在头顶。他们吓得肝胆俱裂，知道跑不掉，连连跪地求饶。

它狂躁不已，正要一个个杀了他们，突然感觉身上被人轻轻拍了拍。

晏潮生愤怒地回头，看见绛珠伞下，有人偏头在看他：“你在做什么？”

四周沉默下来。

盗匪们看见，这个巨大的怪物这一刻像被吓到，跟他们一样，要不管不顾地逃离这里。

那个漂亮得不似凡人的少女，却仿佛洞悉怪物的想法，抬脚踩住它的尾巴尖，它僵住。她说：“不许跑，也不许杀人，你把他们全杀了的话，他们都会变成你的罪孽，晏潮生，变回来，我带你回家。”

盗匪们齐齐地跪在地上，颤抖不已。他们在这一带，无恶不作，犯下的罪行罄竹难书，都已做好某一日被官府围剿的准备，只是觉得届时还能搏上一搏，谁也想不到，比官府来得更快的，是这样恐怖的大妖。

再凶恶的人，见了遮天蔽日的妖族的元身，也会吓得磕头求饶。他们眼睁睁地看见盗匪头子是怎样死的，别说挣扎，连求饶声都发不出来。

眼见都没了活路，琉双的出现成了所有人最后的希望。她那只漂亮的云靴踩在大妖的尾巴上，那似蛟似蛇的怪物，竟然不动了。

盗匪中有脑子聪明的，连忙说：“仙子救命，仙子救命！”

其他人反应过来，也帮腔：“仙子，它杀了人，仙子快收了这个孽畜。”

琉双踩着晏潮生的尾巴，看向那边眼见局势改变，就鼓动自己杀了晏潮生的丑恶嘴脸，气得抿了抿嘴唇。

晏潮生的情绪本来就不稳，这并非他能控制，他再强悍，也抵不过自己的妖性。她好不容易让他安静一些，这些盗匪竟然还不知死活地拱火。

琉双看得出来，盗匪们身上的血腥气很重，他们的手中，皆有不少人命。

晏潮生听了他们的话，果然更加躁动，要甩开她，往一旁的树林中去。

从见到琉双开始，他没有说一句话，装作不认识她。

琉双有些无奈，她又不傻，他不说话，她就可以当这个大妖怪不是他吗？她手中的绛珠伞飞出去，落在盗匪们的身上，如棍棒般落下：“骂谁呢？你们才是一群该被收了的孽畜！”

仙器打人，不是一般的疼，盗匪们哭爹喊娘，谁都没想到，这个看起来是来“收妖”的仙子，没打杀、怒叱那个妖怪，反而把他们打了一顿。

琉双收回绛珠伞，晏潮生已经不见了。她没再管身后那些凡人，天道制衡，她不能出手干涉这么多人的命运。若仙、妖可以肆无忌惮地杀戮凡人，这个种族早就灭绝，他们最弱小，受天道的保护却最深。

琉双没空搭理他们，沿着晏潮生离开的痕迹，追了上去。若是他想躲，琉双追不上。

可惜晏潮生如今自顾不暇，琉双还带着青鸾，很容易地便在一个山洞里找到了他。

人间还在淅淅沥沥地下着雨，整座山透着蒙蒙湿意。晏潮生的元身那般庞大，她初见时都难免震惊，却不料他除了直奔盗匪，连山下的村民都没惊动。看着眼前的山洞大小，琉双料想他应该已经变成了人形。她拍拍根本没法进去的青鸾："不用在这里守着，放心，我会把他带回去的。"

小青鸾担忧地叫了一声，一步三回头地飞走了。

琉双走进山洞，不知道算不算晏潮生的运气好，这个山洞里大有乾坤，看起来像是有人住过的，布置得跟洞府一样。她走进去，感觉气息不对，脚下竟然还有残留的法阵。

琉双不知道是谁设下的法阵，不敢随意触碰，只能研究了一会儿，小心地避让开，从生门走出去。她走进去，只见略显得昏暗的山洞内，四周亮着烛火。

床上，一个人影背对着她，身体抑制不住地颤抖着，是已经变成人形的晏潮生。

"别……别过来！"晏潮生背对着她，"走，有多远走多远。"

琉双有个令自己感到惊讶的猜测，这里是晏潮生曾经短暂住过的地方，床前甚至有石桌与一个杯子，岩洞里比外面温暖多了，虽然简陋，可东西也一应俱全。而且也只有他的法阵，才会在她走进来时，没有启动，不曾伤她。她自然不会听他的话转身离开，反而往前走了几步，直到在床前坐下。她不会走的，她来就是告诉他，她已经被他感动，已经喜欢上他。

琉双终于看清了晏潮生的状态。他睁着眼睛，头发被打湿，散落在石床上，眼睛里一片血红，嘴唇被他咬出了血，他颤抖得厉害。

对抗暴虐的天性，并不容易，很多妖会选择在这个时候放肆杀伐，最后遭天谴，也有许多妖选择与女妖交合，安全渡过。

琉双轻轻地把晏潮生的头发从脸颊上拨开，露出苍白、阴冷的脸。这样的动作，却令如今敏感万分的他险些崩溃："赤水琉双！"

琉双软声答应他："在呢。"

晏潮生已经许久没有连名带姓地叫她，看来真的快被刺激疯了。琉双靠近他，感觉到他身体的温度很高，比平时都要高上不少。反而像个正常人的温度。

琉双的双手结印，洞中的温度低下去，他却并没有感到丝毫好受，依旧在颤抖着。一双血红的眸子，突然回头来看她，连眼尾都泛着红，妖异得像个真正的妖了。他的手掐住她的脖子："走，我让你走！"

琉双还在打量晏潮生如今的模样，怪不得说成妖有的好看得勾魂夺魄，这辈子她遇见晏潮生时，他还是个少年，身量没有现在高，连眉眼都没有如今锋锐。短短一年多，他蜕变得这样快。

那只掐住自己脖子的手，轻轻颤抖着，她却没有管，知道晏潮生不可能伤害她。纵然晏潮生眸中冰冷，企图像吓退方才的盗匪那样，来吓退她。她握住他的手腕，低声安抚道："晏潮生，别怕，不会有事的。"

晏潮生的手颤抖得厉害，闭了闭眼，哑声道："我会伤害你的。"

"你不会，你一直没有，不是吗？"琉双轻轻地环抱住晏潮生，"我在这里陪着你，别出去杀盗匪了，一旦开始，你很难停下，元身暴虐时，就算死数百个人，也不足以平息。杀了成千上万人，天道不会容你的。"

琉双叹了口气，有些烦恼："你怎么就种了应誓果呢？"

晏潮生一言不发，伸出手抱住她。这个拥抱几乎把她整个人都圈在怀里，他现在这个模样，若伏珩看见，都不敢轻易过来，可她安全地待在他的怀里，还施法替他把湿漉漉的墨发弄干了。他以一种妖族绝对占有的方式，把她圈住。

琉双笑了笑，任由他抱。

渐渐地，晏潮生睡着了，琉双也没走，依旧像她说的那样，陪着他。

不过这样安宁的日子，只持续了不到一炷香的时间，他睁开眼睛，一口血咳出来。

琉双几乎立刻就明白发生了什么事。哪里是他睡着了，是他强行切断了神识，为了不伤她分毫，就这样静静地抱着她。她停顿了一下，纵然做戏，其实也不必做到如此地步。她捧起晏潮生的脸，把他嘴角的鲜血擦了，在他再次出声赶自己走前，突然问道："晏潮生，妖宫的那几个蚕娘，她们织的，是什么？"

晏潮生猩红的眼睛一眨不眨地看着她。半晌，声音嘶哑地道："云锦。"

琉双："是嫁衣吗？"

晏潮生的喉结动了动："嗯。"

琉双又问："是给我的吗？"

晏潮生低头，在她额间的羽花处亲了亲，答案不言而喻。他的嘴唇也第一次带上温度，变得滚烫。洞中暖融融的，她第一次没有受惊般地逃离他，而是轻声抱怨道："都不用问问我做成什么式样的吗？万一我不喜欢怎么办？"

晏潮生嘴角的鲜血继续涌出来，低声答她："那就重做。"或许是跳动的烛火太暖，她竟然从他冰冷的语气中，听出几分温柔、缱绻的意味来。

琉双注视着面前的这个人，回忆着这辈子遇见他以来的点点滴滴。他是晏潮生，却又不是那个罪恶滔天、八十一道天雷加身的妖君。徽灵之心被他的眸光触动，在她的胸腔下，跳动加快。

哪有那么多假的东西，纵然晏潮生想要徽灵之心，可这一刻，琉双能感觉到，晏潮生动了真情。少年的感情，纯挚如火焰，燃尽了自己，也不舍得灼伤她一分。这就够了，她心想。不管晏潮生今后会打什么主意，她不会让他有机会修邪道，也不会走上前世的路，任人宰割。

"不用重做了，"琉双仰起小脸，在他的唇角亲了亲，他身上的血痕消失无踪，"就这一套吧，等开春，如果到时不打仗，我们便合灵。"

晏潮生没有说话，低头看她。被妖性控制，他的眼眸似血，不管怎么看，都只剩残酷、冰冷，有几分吓人。琉双没有生气，也没有逃离，盘腿坐在他的面前，甚至有几分乖巧地仰头看着他。

下一刻，琉双被压在床上。在那双血眸中，她看见自己的身影，她的手指被握住，旋即十指相扣。琉双试着动了动身子，双腿也被他的长腿压住了。果然，嘴上说得再温柔，这种时候，他都是霸道的。

真到了这一步，看着身上热得发烫的少年，琉双心里却也难免生出几分怯意，不太放心地叮嘱道："不许化元身。"她没了退路，反悔也来不及。他的回答，是更火热的禁锢和毫无保留的热情。

人间小雨绵绵，有松鼠试图进洞来躲雨，被洞中无形运转的法阵弹了出去。松鼠满头包，茫然地站在雨中，不明白发生了何事，只听见洞内缠绵低语，少女的娇吟，有气无力的央求声，一同混入雨中。

松鼠甩甩湿漉漉的毛，一头扎进雨中，寻找其他栖身之地去了。

宿伧慢悠悠地品着茶，大雨中，青鸾飞了回来。

宿伧挑了挑眉，认出这是山主的坐骑。本来给了小仙子，让她去昆仑，怎么出现在这里？他的心里有个荒诞的猜想："不是吧，她还真的回来了，没有去昆仑？"任他算无遗策，此时也想不到，这到底是怎么回事。

青鸾听不懂宿伦在嘀咕什么，饿极了，向他讨些吃的。它很听话，又是山主的宠物，妖宫里的人，都对它不错。

宿伦小气得很，用折扇点在它头上，笑道："去去去，你家主人才害得我被打了一顿，东西都被搜刮光了，没有东西喂你。"

青鸾也不恼，好脾气地找别人去了。望着它离去的背影，宿伦的折扇打开，一双狐狸眸中，带着思索探究："她想做什么？"

上古仙族血脉，名动八荒的美人赤水琉双，看上了他家这位只有一座妖宫，才刚长成元身的主上？太荒唐了，宿伦不信。

宿伦望向妖宫之外的天地，不知何时，冬日快要来临。

第十六章

执于开春

待开春，
他准备好应付风伏命，
就能接她回来，
长长久久地与她在一起。

姬香寒把玩着手中的玉珠，莞尔道：“昆仑的灵脉，再一次动荡了？”

她的座下，好几个人跪着，面面相觑，不懂少主笑什么。

灵脉枯竭是四大仙境全都要面临的灾难，他们长留也一直为这个问题所困。听说昆仑灵脉动荡，他们心里不免有些兔死狐悲之感，可少主完全不以为意。

“昆仑出事，风伏命怎么说？”姬香寒的红唇弯起，“好歹是新上任的天君，任重道远啊。”

下属们无法理解自家少主看戏一样的心态。

“少主，风伏命上一次派出去的仙兵，败在了妖宫之下，近来没了动静，因为昆仑灵脉动荡，他直接去了昆仑。”

姬香寒道：“没动静，去昆仑了？可笑，你难不成想告诉我，风伏命心思仁厚，宽慰昆仑去了？以风伏命的性子，手下仙将战败，这样的奇耻大辱他能忍？怎么可能轻易放过妖宫那群妖怪，昆仑他想要，可是肯定有更大的阴谋。”

“少主，如今咱们长留怎么办？”

上座的身穿玉色衣衫的少女笑了笑：“风伏命有个妹妹，喜欢即墨少幽，喜欢得死去活来那种，他去昆仑，很有可能让他的妹妹联姻去了。”

姬香寒停顿了一下，狡黠地眨眨眼睛：“至于咱们长留嘛，夹缝中生存，老实一点好，当然是天君说什么，咱们做什么，想必天君不会亏待咱们。”她拉开帘幕走出去，外面站着一个无奈的中年女子。

“少主，你何苦逗这些人。”

姬香寒说："他们至今还不忘让我与风伏命联姻，脑子里不知道在想什么，竟连风伏命也敢相信，一群废物。"

"不是人人都像少主这样聪慧。"

"芳姑姑，您这话说的，若我真的聪慧，也不会让长留随波逐流。"

芳姑姑怜惜地看着姬香寒："少主只是看穿不可与风伏命为伍。飞鸟尽，良弓藏；狡兔死，走狗烹。少主若真想做天妃，有的是办法。"

姬香寒笑着摇头。

姬香寒说："您太看得起我了。若我真的有办法，当年不会被我那位好继兄害得那般惨。我先前盼着即墨少幽找到他的娘亲，拿回灵泉之钥，昆仑如今都这样了，他仍旧没有拿灵泉之钥出来，看来他娘亲的那条路，走不通。而风伏命，此人比起他父亲，会隐忍，够果决，天赋极佳，心肠也狠，我旧疾在身，恐怕斗不过。"

芳姑姑："您当年真是亲眼所见，即墨氏的夫人，取走了灵泉之钥？"

姬香寒说："千真万确。八荒至今无人猜到，这一场劫难，或许起源于昆仑。"

每个人，都藏着不少秘密。芳姑姑心想，就像少主，七千年前，从泐山归来之后，再不着红衣。

人间的雨，断断续续地下了半个月，终于在今日雨停。

不知不觉，悄然到了立冬节气。洞里十分温暖，半赤裸的少女蜷缩在榻上，身下是一件玄色的男子法袍。锦被半盖住她的身体，她的小脸苍白，身体上遍布着痕迹。

晏潮生俯身抱起她。他的仙衣本来给她用来垫石床，如今刚好能够裹住她，他抱着她往外走。那只锲而不舍的松鼠，兜兜转转，又回到了洞口。它开了些许灵智，找来找去，潜意识里明白这一处灵气最为充沛。所以尽管有法阵，也不舍得轻易离开。

于是傻松鼠断断续续地在外面听了半个月，它虽然不太懂他们在做什么，但也隐约觉得，那个男子太欺负人了。丧心病狂啊，半个月。

它在外面淋了半个月的雨，撞了满头的包，吃了数不尽的苦头。里面娇滴滴的少女，似乎也没好到哪里去，它听那个声音，都担心她被折腾死。

好在，今日放晴，它终于看见了这个可怕的"魔头"。他很高，身形颀长，穿着一件幻化出来的衣衫，少女被他抱在怀里用法袍盖得严严实实的。

松鼠就看了这一眼，被他身上的威压吓得扑通一声匍匐在地。

晏潮生低语："原来这几日在外面的，是只才开灵智的松鼠。"

松鼠瑟瑟发抖，万分后悔觊觎这个洞穴。这下糟糕了吧，连命都要没了！

然而等了半晌，这个可怕的男子也没杀它，他只是淡淡地道："滚。"

不知道是不是它的小脑袋出现错觉，竟然觉得这个大妖心情挺愉快的。这就是人们说的，餍足之后，连带人都变得宽容了吗？它终于能站起来，抱起两只小爪子，作了个揖，蹦蹦跳跳地离开。

松鼠没有感觉错。晏潮生眼下心情极好，犹如万年冰封的雪山，忽一日阳光明媚，暖风和煦。

晏潮生悄无声息地带着琉双回去以后，没有一个人发现，只有和他心意相通的青鸾回来了，歪着脑袋打量琉双，疑惑不已。

晏潮生的唇角轻轻上扬："她没事，累坏了。"他这样堂而皇之地说这句话，坏得要命。只怪身边没有能谴责他的人，指望青鸾能听懂，至少还要个几百年，而怀里的少女，睡得不省人事。

晏潮生消失了半个月，伏珩急坏了，宿伦倒是优哉游哉的，偶尔还帮着处理一下妖宫内部的事务。只是宿伦此刻还没归降，心思显然不在妖宫，他做的决策，不是为妖宫好，只为他自己牟利。

晏潮生回来，安顿好琉双，妖宫的事务多得堆积成了山。

伏珩匆匆赶来，脸色铁青，就要告状。

"嘘，出去说。"晏潮生道。

伏珩连忙低头，不敢看他怀中护着的琉双。

伏珩跟着晏潮生去外间，开始告状。原因是那只满腹坏水的狐狸，把牤牛妖的内丹给骗了。此刻牤牛妖奄奄一息，就地等死。这种事情，造成妖宫近来动乱，人心惶惶，伏珩这样事不关己的人，都气得想要杀了宿伦。

谁知道伏珩义愤填膺地说了一通，却见上座的山主有些心不在焉，他的嘴唇不自知地弯着，似乎在回想什么。听着这么气人的事，心情却能好成这样，真是见鬼。

伏珩抱拳："……山主大人。"

晏潮生："抱歉，你再重复一遍。"

伏珩又讲述了一遍宿伦的恶劣行径，晏潮生听了以后，没有太大的反应："把人带过来。"

宿伦来了以后，狐狸眼在晏潮生身上扫了一圈，笑道："恭喜山主，得偿所愿。"

他们在说什么，伏珩完全听不懂，然而晏潮生竟然还真的笑了笑。

晏潮生说：“解释一下。”

宿伦知道，这是晏潮生心情最好的时候，自己活命的概率最大，于是他说：“天兵在牤牛妖的体内下了仙术，能窥探妖宫，在下也是为了妖宫好，才劝牤牛妖英勇就义。”

“这么说来，你是为我和妖宫考虑。”晏潮生说。

宿伦：“不错。”

伏珩道：“你少胡说八道，即便真有仙术，解开便是，怎么会挖出内丹！”伏珩平时是一个话少得可怜的人，对上宿伦就忍不住说上一堆，可见他在宿伦那里吃了多少哑巴亏。

晏潮生的手指点在桌案上，观察着宿伦，沉默不语。

宿伦道：“属下一片忠心，苍天可鉴。那个仙术除了山主，无人可解，山主不在，我怕这件事通过牤牛妖被天族知晓，趁乱攻打，这才以绝后患。”

伏珩皱起眉头，不得不承认，有点道理，可是又觉得哪里不对劲。

晏潮生幽幽地开口：“那便困住即可，不必挖内丹。”

宿伦作恍然大悟状：“属下竟忘了，还可如此。”

晏潮生支着下巴，轻声道：“你请降做谋臣，却连这都想不到，拖下去杀了吧。”

伏珩来了精神，冷冷地一笑。

宿伦哀怨地叹口气：“别啊！山主，内丹在这里，我还没吞，我还给他，要不了几日，他就能生龙活虎了。”宿伦说着，拿出牤牛妖的内丹。

晏潮生拿着牤牛妖的内丹打量，冷冷地道：“你的目的不在内丹，而在引起人心惶恐，为何？”

宿伦眼中的笑意淡了。

晏潮生也不需要宿伦答话：“带出去，修建宫殿需要人手，我看宿伦就不错。”

伏珩领命走了。宿伦被扣押着，无奈地笑道：“战雪央说他色令智昏，也不那么确切啊，不过心情确实不错，只让我修宫殿。”

伏珩还是听不懂宿伦说什么，只能冷着脸监督。

琉双睡了一整日，睁开眼睛，看见殿内的流苏，还以为自己出现了幻觉。

晏潮生：“醒了？”

琉双转头，刚好看见进来的晏潮生，她现在对这张脸快有阴影了，下意识地后退，靠紧了床头。她有些羞愤，委屈不已地瞪他，咬牙道："十五日！"

晏潮生停住了脚步，低下头，一副认错的姿态。琉双却眼尖地看见，他的唇弯了弯。她拿起一旁的枕头丢他，他站在原地没躲，任由她的枕头砸在头上。

"别生气。"晏潮生说，旋即不知道从哪里拿了一枚珠子，戴在她的脖子上，本来想在她的脸颊上亲一亲，她瞪着他。

晏潮生的眼睛里盈满笑意，属于少年放肆的喜悦和亲昵，眼角、眉梢都藏不住。

两个人四目不经意对上，洞府中的一幕幕浮现上脑海，他难得竟然也有几分羞赧，低低地咳了一声。

"还疼吗？"晏潮生问。

被晏潮生这样看着，琉双也觉得脸颊发烫，害羞是会传染的，若她早知道妖族是这样的……唉！如今说什么都于事无补，她低头看自己脖子上的珠子，转移话题："这是什么？"

晏潮生说："一枚金珠，防御法器。妖宫最好的炼器师炼出来的。"

琉双也算见过许多好的法器，可是脖子上的金珠，触手生暖，灵力滂沱，令人震惊。

晏潮生道："用我的护心鳞做出来的金珠，纵然是上古魔神，也可抵挡其一击。"

琉双愣住："你的护心鳞？"晏潮生疯了吗？

晏潮生道："嗯，"他握住她的小手，放在自己心口的位置，"妖族最坚固的鳞片。"

琉双当然知道护心鳞是什么，上古的很多事情，她都听说过，上古妖王，就是把自己的护心鳞，留给凤凰公主与自己的女儿，结果那片护心鳞，到了一个凡人女子的手上，引起无数动荡。

对于妖族来说，元丹是他们的半条命，护心鳞是另外半条命。如今晏潮生的护心鳞，好不容易有机会被他炼成金珠，却送给了她。

琉双看向晏潮生的眼睛，若此刻还以为，他只是为了徽灵之心，连天道恐怕都看不下去。他……是真心地喜欢她。

琉双沉默良久，摇摇头，想把它取下来："我不要这个，你自己戴着。"若全是利用，她下手便不必犹豫，她不喜欢晏潮生这样付出。她也是有感情的，徽灵之心纯净，她比谁都容易触动。

晏潮生抱着琉双："你留着，我才放心。"

如今仙妖大战，或许几百年都不会结束，她在最安全的地方，他的心就永远安稳。护心鳞不是他的命，她才是。他从来没敢想，她有一日能完整地属于他。

琉双突然被晏潮生抱起来，也顾不上护心鳞的事了，撑住他的肩膀："晏潮生，你做什么？"

晏潮生的眼睛里含着笑，说："带你去看嫁衣的式样，我抱你去。"他比她急切多了。

琉双环住晏潮生的脖子，轻轻地声道："春日还早呢。"

他却已经把嫁衣做好了，瑰丽的紫色，耗时良久，被做得十分精巧，仙气四溢。嫁衣实在太美了，比她前世穿过的还要美上不少。

琉双低头，抱着嫁衣，突然问晏潮生："若我想穿白色的呢？"

晏潮生嘱咐蚕娘："重新做。"

琉双说："等等，妖族的嫁衣，不都是紫色吗？"

晏潮生摸摸琉双的脸，怎么看怎么欢喜："都一样的，只要你认可，认可你心中的合灵仪式，认可我。"

琉双停顿了一下，道："嗯。"若她上辈子问他，是否也是这个答案？他并非把紫色嫁衣留给宓楚，而是当时的小仙草，心中只认可红色嫁衣。琉双触碰到越来越多被自己忽略的东西，也窥探到，晏潮生的冷酷之下埋藏的爱意。事情可能并非她看到的那样，只是从苍蓝毁灭到白追旭死去，这些都是晏潮生做下的，她注定不能平和、宽容看待他。

琉双抱住嫁衣："不必重新做了，我很喜欢。嫁衣是小事，我爹爹那里，你可怎么办？"

晏潮生道："那我到时候就求一下境主大人，不求他留情，只求他留我一口气，好不好？我皮糙肉厚的不怕疼。"

这一刻，琉双相信，晏潮生彻底不恨空桑了。晏潮生以为他得到了最好的珍宝，于是所有伤痛，在他看来，都不值一提。哪会有人不怕疼？少年妖君真可爱啊，也真傻。

妖宫的建设如火如荼地进行，以往荒凉的妖宫，如今已经装不下来投靠的妖族，只能再继续朝妖族的旧址延伸。妖族个个都有自己的天赋，妖宫修建起来很快，人间刚入冬，已经有了妖族领地的雏形。

仙妖大战没再打起来，只有长留的仙兵听命在外面驻守。起先妖族们很害怕第二场战争的来临，没想到长留的仙兵，装作没有看到他们一般。

风伏命本该因为上次没有得胜而发兵，可他也没动静。

妖山平静得令人感到诡异，留在妖宫的谋士们推测，可能风伏命刚即位，上一任天君留下的烂摊子不少，加上昆仑出了事，他有更重要的事情忙碌，攻打妖族之事便暂且搁置下来。

宿伦听了，笑而不语。晏潮生也沉默了好一阵，不置可否。但即便风伏命什么都不做，他们也不能自乱阵脚。

晏潮生也忙。作为妖宫的主人，他不得不考虑许多事情，譬如妖宫缺少灵药，妖族士兵良莠不齐。不说四大仙境一并进攻，如今不成气候的妖山，对付任何一个仙境都够呛。他拥有相繇王族的血脉，知道自己接下来会面临怎样的困境，压力远比风伏命要大。他派出许多机警的妖，前往各仙境打探消息，并嘱其必要时离间，不能让他们联盟。

晏潮生思索着，长留仙兵围而不攻，证明他们的境主在仙、妖一事上，有别的想法，并不如表面那样，对风伏命听之任之。

风伏命可能也意识到了，于是不再强势地命令其他仙境做事，以防激起他们的逆反之心。

见识了妖族的凶狠，所有仙境都不愿白白折损仙兵。昆仑自顾不暇，算是一件好事。至于琉双的父亲赤水翀，拥有一条新的灵脉，不可能不滋生出与之相对的野心。在妖族的地位稳固前，智谋远胜过硬拼。

晏潮生心想，必要之时，挑唆赤水翀做天君，未尝不可。然而他没有和琉双说这些纷杂之事，她到底是空桑的人。他答应过她，他日兵戈相见，尽量对空桑留情。

蚕娘把嫁衣做好后，本来有蚕娘要带着琉双去看妖宫的宝库。

宿伦不知道从哪里冒出来，笑眯眯地说："我带仙子去。"

宿伦主动请缨，琉双看了他一眼。宿伦笑道："仙子请。"

琉双："你不用修建宫殿啦？"

宿伦脸色一僵，叹气，幽幽地道："被那里的小妖们打了一顿，山主怕我被打死，又把我调回来搬东西了。"

琉双忍不住小声地笑起来。宿伦大人混得也太惨了

宿伦："请吧，琉双仙子，我带你去看看，妖宫如今的宝库，里面有很多东西，

还是从我这里搜刮的。”

琉双第一次来这里，前山主积攒的宝库，大多沾染了血腥，如今宝库里堆放的宝物，全都是晏潮生当上山主以后，投靠之人送来的。

晏潮生的全部身家，如今被装在了紫色的箱子里，准备放进乾坤袋里。按礼制，全是给她做聘礼用的。小妖们忙碌着，正在清点。

“这么多？”琉双感到有些惊讶。

以妖宫如今的境况，竟然也满满当当地堆了一屋子。宿伦笑而不语，凌空挑开一个箱子，问道：“仙子看看，它们可漂亮，仙子是否还中意？”

琉双转头，看见箱子里，是满满一箱的鲛珠。鲛珠流光四溢，暴露在阳光下，还散发着一股迷人的香气。

“仙子知不知道，鲛珠是什么？”宿伦问。

琉双：“我记得，鲛珠是鲛人的泪。”

“不错，鲛人的泪。”宿伦弯唇，语重心长地道，“仙子虽然知道它们是什么，却恐怕不知它们的来历，妖族鲜少流泪，收集一颗鲛珠，需要一段极其苦痛的经历。这样一箱鲛珠，汇集了鲛人们无数惨烈的过往。”

琉双看向宿伦：“为何同我说这些？”

“本来这些东西，山主不允许再出现在八荒。”宿伦笑道，“这些东西做成的奇珍，是每一个妖的奇耻大辱。对于山主来说，更是如此。”

琉双安静地听着：“你是想说，为了我。”

“不错，为了你。”宿伦的折扇点在掌心，他唏嘘着道，“你知道妖宫如今贫穷，他没什么珍宝能给你，这些是妖族最好的东西。你是空桑尊贵的仙子，我们只有这些。他啊，一腔炽烈的情怀，付出一切想讨心上人的欢心，若不是他身上没什么珍贵的宝物，咱们的山主，说不定连眼睛都挖给你，做聘礼。”最后一句话，莫名带上了讥讽的意味。

琉双沉默着，宿伦这话，其实也没说错。因为晏潮生的确把比眼睛更珍贵的东西给了她，她的脖子上，挂了晏潮生用护心鳞做成的珠子。

见琉双不说话，宿伦用折扇一拍自己的嘴，眼里带笑：“哎呀！瞧我这张嘴，和仙子说这些东西做什么？仙子看看，可还缺什么，我让人弄好了，一并送往空桑仙境去。仙子，我来妖宫，虽然干的坏事不少，不过……恐怕也不及你……”

宿伦的话音刚落，一柄长戟横空飞来，插在宿伦的衣袍上，把他往后拖了几尺，最后钉在柱子上。宿伦的嘴角抽了抽，脸上难得出现惊恐之色，吓得脸都黑了。他低头，看见离自己的宝贝只差分毫的长戟，差一点，就断子绝孙了，妖族也怕这个好吗？宿伦咬牙切齿地道：“山主，在下还什么都没来得及对您的心上人做，您不必如此狠毒吧？”

晏潮生披着墨青色的大氅走进来，冷冷地看了宿伦一眼，根本没理他，去牵琉双的手。

晏潮生发现琉双的手有些冰，快和自己的温度接近。走出很远，晏潮生皱眉道：“不管宿伦对你说了什么，都别信，明日我便再把他调回去修建宫殿。”

琉双在心里下定决心，摇了摇头，抱住晏潮生的腰。

晏潮生浑身僵硬了一下，不自然地放低声音：“怎么了？宿伦欺负你了吗？”

“晏潮生，”琉双轻轻地说，“我只是想告诉你，这些东西都不急，我先不回空桑仙境，要去一趟昆仑。”

晏潮生低头看着她的小脸：“我陪你去。”

琉双这次拒绝了晏潮生：“我知道妖宫有很多事情要忙，你分身乏术，之前昆仑出了事，我没来得及赶过去，如今，怎么也要去看看才放心。少幽毕竟是我的故友，昆仑有难，我不可能袖手旁观，能帮则帮。”

晏潮生皱着眉，抱着琉双腰肢的手紧了紧。少幽到底是他心里的一根刺。唯一令他有片刻安心的是他妖性发作期，她选择了自己。

琉双读懂了晏潮生的不安，说道：“你不必去，等开春，你来空桑仙境接我。按礼制也该是这样的。”

晏潮生的眉眼终于舒展开，他眼里带出浅浅的笑意，低声道：“好。”这样的一点甜蜜，让他能答应她说的任何事。

琉双看在眼里，心里莫名觉得苦涩，她果然还是不适合干这个：“你放心，届时我一定会说服爹爹，让他对你不再有那么大的敌意。”

晏潮生笑笑：“没关系。”

琉双眼里倒映出晏潮生的样子，捧住他的脸，郑重地道：“晏潮生，我不在妖宫，你要好好照顾自己呀。”可别莫名其妙地成了邪修，届时或许真的八荒动荡，再难避免。她的语气软软的，落在晏潮生的眼里，可爱极了。

晏潮生没再追问宿伦对她说了什么，只觉得心里软成一片，身边来来往往都是忙碌着的妖族。他今日处理堆积的事务，都没来得及好好陪伴她。

才开荤的大妖，脑海里、心里全是她，他用大氅一裹，低下头去，盖住了她玲珑的身躯和他自己。

琉双吓了一跳，环住他腰肢的手推了推，没能推得动。

身后，宿伦还被葬天钉在柱子上，叹了口气，以手指作刀刃，划破衣衫，小心地远离葬天，自己下来。他试图拔出葬天，好家伙，不愧是山主，他根本拔不动。宿伦于是果断放弃，走出来没多久，就看见这一幕。

这个柔情似水的山主，和方才一柄葬天刺过来要狠戾杀人的，几乎不是同一个人。

宿伦意味不明地笑了一声，摇摇头，拿着折扇走远了。

这一次，晏潮生依旧把青鸾给了琉双。让它陪着琉双一起去昆仑，青鸾虽然傻了些，可个头不是白长的，自幼用天材地宝养大，实力不弱，也勉强算得上大妖。

琉双坐上青鸾，冲晏潮生挥挥手。

"人间开春时见。"琉双说。

晏潮生的心里突然感到一阵惶恐，他也说不上来为什么。看着琉双和青鸾的背影，仿佛要消失在他的世界。他一言不发，凌空飞上青鸾的背，拦住了她。青鸾与他心意相通，当即停下。

琉双偏头看晏潮生，不解地问："怎么了？"

晏潮生停顿了一下，把自己的大氅解下来给她："带着护心鳞，有什么事，让青鸾回来找我。"

琉双仰头看晏潮生，轻轻答应道："好。"

晏潮生摸摸琉双的脸，身后有人在催促，妖宫还有急事。晏潮生低头看她，目光突然变得凶狠："答应我，一定要回来。"

琉双本来有很多话要说，可是对上他的眼睛，突然什么都说不出来。说什么，说我很在意你，一定会回来吗？这些堆砌起来的东西，若不真诚，晏潮生不会信，若太真诚，她不免也会难过。

晏潮生见琉双不说话，握住她的手臂，不舍得用力，又忍不住收紧："别骗我，琉双，我就在这里等你，等开春，我去空桑接你。到时不管有什么困难，我都不怕。我不怕境主讨厌我，也不怕要偿还白追旭身死之血债，千刀万剐我都不在乎，只要你愿意和我回来。"

晏潮生眼中的情愫浓郁得令人难以忽视，琉双看着他，眼神也情不自禁软下来："好。"

"我知道，仙族之人大多看不上我这样的妖。"他的声音低了些，半是威胁，半是冷淡，"你若不回来，我会来找你！抢也会把你抢回来，既然答应过我，这辈子，都别离开我。否则我会恨空桑，也会恨你。"

说着威胁的话，琉双却一眼看透他的不安。琉双知道晏潮生还有一句话没说，她若不回来，他会很难过。

琉双点点头，本想推开晏潮生，也不知怎么，想起那一箱子鲛珠，一整间屋子的珍宝。那些原本晏潮生作为妖族首领，觉得耻辱的，却选择小心翼翼地用来讨好她这个仙族之人的东西。

因为她是仙族之人，在他的眼中，仙族之人都喜欢这些珍宝，尽管这些是他们妖族的血肉皮囊，他依旧选择把这些给空桑。琉双一时也分不清，徽灵之心中，是温养的白追旭的灵魂在发烫，还是她的心在发烫。

琉双推开晏潮生的手，停顿了一下，选择伸出手，抱了抱他："好，我都记下了。"都记着，你的好，你的坏。

晏潮生手指颤抖了一下，也收紧了手臂。他几次想反悔，想与她一起离开，可是身后是动荡不稳的妖宫，无数条跟随他的生命。晏潮生只能发了狠般地抱着她，几乎要把她揉进身体里。

可最终还是得分别，晏潮生看着琉双和青鸾消失在天际。

别再想了，晏潮生敛眉，漫长的岁月，往往也是弹指一挥间。如今人间已进入冬日，离开春不过短短两个多月。待开春，他准备好应付风伏命，就能接她回来，长长久久地与她在一起。

青鸾飞得很快，比白羽嚣的七宝铜钱靠谱多了。

琉双到达昆仑时，看见许多穿着战甲的仙兵，不似昆仑的人，她这次来昆仑，明显受欢迎多了，守仙门的弟子直接把她放了进去。

琉双："这是天族的仙兵？"

昆仑弟子答道："回赤水仙子，正是。"

风伏命来过昆仑？

琉双正思索着，一个白胡子老头走过来，"哼"了一声："你这个小丫头这时候来做什么？"

琉双："昆仑灵脉动荡，我来看看少幽。"

沃姜仙尊想到自家少主，心里很不是滋味。他阴阳怪气地道："仙子不与那妖物柔情蜜意，终于想起我家少主了。"

琉双垂下头："是我不好，没有及时来探望少幽。"

沃姜的愤怒也只是口中说说，他知道，这不是琉双的错，昆仑出了事，空桑何尝没出事？

白追旭这样的年轻仙君陨落，琉双的痛苦，不比他们少。

可是这个小丫头丝毫没有辩解，就认下了自己的错误，沃姜的心里也有些凄然。没有谁对谁错，终究是命运使然，没有缘分罢了。

沃姜正色道："昆仑已有应对灵脉枯竭之策，少主交代过，近来昆仑事务繁忙，若赤水少主来访，还请仙子先回空桑，改日少主再来探望您。"

琉双看着沃姜："仙尊说的应对之策是什么？我听昆仑弟子说，之前天君来过，对不对？"

沃姜转身："赤水少主回去吧。"

琉双已经感觉到昆仑的气氛不对劲，几步追上他："沃姜仙尊，昆仑到底发生什么事了？"

到处都是天族驻兵，身着昆仑弟子服的仙族，个个愁眉不展。

沃姜看了琉双一眼，心里闪过什么念头，下定决心般地道："仙子若真想知晓，随我来。"

沃姜带着琉双穿行过一座座空中楼阁。最后拿出一枚珠子递给琉双："戴着这个，一时半会儿他们发现不了你来了昆仑。"

珠子触手生温，竟然是明玺珠。明玺珠连天雷都能抵挡一部分，掩盖气息自然不在话下，处理好一切，沃姜合成一个八边形的镜子。

沃姜的手一挥，镜子里，现出风伏命的脸。

"这是前几日发生的事。"沃姜沉着脸说。

琉双的心里，有种不祥的预感。她定睛看去，只见镜子中，风伏命坐在主座，身后站着的人，赫然是风采意。

风伏命温和地笑道："即墨少主既然是真心迎娶采意，为何以神农鼎作聘，却不愿意？难道昆仑一族的灵脉与万千弟子的性命，在少主的眼中，还抵不上神农鼎？"

殿中，少幽站着，抿了抿嘴唇，道："神农鼎关乎昆仑仙境大阵，也是昆仑自上古时遗留下的神器，非在下不愿，而是因为动了神农鼎，无异于动了昆仑的根基，望天君宽宥。”

就像晏潮生一定要拿到太初镜一样，一个栖居族人的地方，必须有东西作为阵眼，方可护佑一境平安。

风伏命道：“本君何尝不知神农鼎对昆仑的重要性，只不过本君就一个妹妹，天族也只有一条灵脉，分出灵脉是何等大事，本君见到昆仑的诚意，才敢把灵脉交付出去。昆仑的灵脉即将枯竭，我听说，每日都有仙族因此死去，即墨少主既然不愿以神农鼎为聘礼，那么，少主的诚意呢？”

一室沉默中，在下首的少幽，缓缓屈膝跪下。

“少主！”

“少主……”

风伏命弯了弯嘴唇，身后的风采意想要上前，忌惮地看风伏命一眼，没敢挪动脚步。

沃姜咬牙，别过头去，不忍再看一次。

琉双的心中一痛，她认识的少幽，纵然受再重的伤，也不曾喊过一声痛，纵然再大的磨难，也不会对着人卑微地屈膝。

风伏命笑道：“哦？少主这是何意？”

少幽：“即墨少幽以神魂起誓，若天君救昆仑于危难，今后昆仑仙境，归顺天君，任由差遣。”

风伏命：“神农鼎所炼之玉？”

少幽道：“即墨仙族年年上供。”

风伏命：“桃木之脉？”

少幽：“供天君随时取用。”

风伏命挑眉道：“攻打妖族？”

少幽闭了闭眼睛：“少幽愿率兵讨伐，死而后已。”

少幽身后，所有昆仑的臣子，均一脸不忍地低下头。风伏命要的，不是风氏公主可以托付的良人，而是一个可以供他驱使的傀儡。他要神农鼎炼出的神玉，也要昆仑可以用来占卜的桃木之脉，更要少幽率兵为他讨伐妖族，卷入这场争斗。可昆仑的灵脉一旦枯竭，成千上万的族人都会死去。少主若不妥协，昆仑仙境便没了活路。他们只能眼睁睁地看着他跪下，向风伏命称臣。

琉双的手指发抖。

画面里，风伏命笑道："那即墨少主今后，可得好好待采意。"

风采意咬着嘴唇，想要说什么，脸上露出复杂之色，低下头去。

少幽道："是，天君。"

琉双眼前的画面渐渐消失，沃姜收起了八菱镜。沃姜说："赤水仙子，你也看见了，昆仑如今是何情况，你们空桑可以明哲保身，不蹚这遭浑水，少主让你走。可老朽私下希望，你可以帮帮少主。"说罢，他面露悲色，就要跪下。

琉双觉察到沃姜的意图，连忙扶住他，这是少幽儿时的师尊，她可承受不起沃姜仙尊的这一跪。

琉双："您希望我做什么，尽管说。"

沃姜："老朽希望，赤水少主能与昆仑联姻，引空桑灵脉与昆仑相合，救昆仑于水火。"

琉双沉默半晌，沃姜以为她不愿意，苦笑道："看来，是老朽强人所难了。今日这话，少主就当老朽没有提过，赤水少主回空桑去吧。"

琉双低声道："引灵脉之事，我想见见少幽，与他商议一番。"

听琉双这样说，沃姜的眼睛一亮："好，好。"

琉双苦笑着道："您别抱太大希望，引灵脉，并非我一个人能决定的事，空桑的境主，如今是我的父亲。"

沃姜说："那也比臣服风氏好，风伏命狼子野心，欺人太甚。何况……"何况，琉双是少幽的心上人，娶自己的心上人，怎么也比娶一个不喜爱的女子强。最后这一句沃姜没有说完，这番话不该他来说，还是留给少主来说比较好。少幽一直在为昆仑活着，作为昆仑的子民，沃姜庆幸自己有这样的君主，可是作为少幽的师尊，沃姜希望少幽为自己争取一次。

八荒动荡，早就不可避免，空桑也在局中，不可能抽身而退。若少主能与赤水氏的小丫头在一起，再怎么样，今后要面临的苦楚与困难，不会那么难挨。

果然，如沃姜所说，琉双来昆仑的事被瞒得极好，连少幽也没觉察。

晚间，风伏命乘坐天车，带着风采意离开了昆仑。

在沃姜的安排下，琉双走进了少幽的楼阁。他的仙阁雅致、大气，外面开了一簇簇桃花，后院则毗邻一大片桃林。昆仑的祖先有上古桃木之神的血脉，桃花在昆仑常年开不败。

如今，人间已是冬日飞雪的时节，昆仑仙境的桃花依旧开得灼灼，温暖宜人，比寒冷的妖宫，好上太多。

琉双在桃树下找到了正在看卷宗的少幽。彼时桃花落了他满肩，他的神色平静，容颜俊逸，好似画中人，也好像没有发生那么多糟心的事，那些屈辱的事，仿佛不曾在他的身上留下丝毫痕迹。

少幽似有所觉，抬起头来，看见琉双，诧异了一下，旋即笑道："没事了？"

少幽的笑意温柔，如月光那样清和。想起从前人间百年的陪伴，少幽耐心带着她走过的路，琉双的心里感到一阵酸楚。琉双走过去，在少幽的对面坐下，努力露出了一个笑容："嗯，战先生的医术高超，已经都好了。"

少幽低声道："那就好，抱歉，我没能及时回来，给你带回龙血。"

琉双没想到少幽第一句话是道歉，和她说这个。琉双的鼻子更酸，她甚至不敢说话，怕自己一出口，就哭出来。她摇摇头：不是的，哪里是你的错？是我不好，一直都是我不好。因为我放不下白追旭的死，让你孤单一个人这么久，绝望地面临昆仑的灵脉枯竭，走投无路，对风伏命妥协。

少幽见琉双这副模样，看出她的难过，问道："怎么了？谁欺负了你？还是白追旭的事……"

琉双的心里难受极了，桃花簌簌落下。为屈膝下跪的少幽，也会看不清未来的自己。

琉双问："昆仑之事，你真的打算归顺风伏命？"

少幽无奈地笑道："你都知道了啊……"

琉双问："我曾答应你，待你回来，便与你商议，昆仑灵脉如何延续。现在，少幽，你还相信我吗？"

少幽缓缓抬起头来，看着琉双："你不必如此，空桑如今可以不和风伏命扯上任何关系，也能在八荒之中明哲保身。"

琉双："沃姜仙尊说，希望你能为自己活一次，你真的想娶采意公主，领兵讨伐天下妖族吗？"

少幽不语。

"若救昆仑只有联姻这一条路，那么，少幽，你告诉我，你心底，想选择与空桑联姻，还是与不周山联姻？"琉双低声道，"我父亲……他也不会平白无故地把灵脉分出来，少幽，世事如此艰难，沃姜仙尊，希望我能帮帮你。我也希望自己能帮你，不过我了解我的父亲，他正当盛年，论法力威望，不输风伏命，他的野心在膨胀。”她咬牙，却不乏真诚地告诉他，“你与空桑联姻，我父亲也会想着利用你，控制你。”

少幽看着琉双，目光平静。仿佛动乱的八荒之中，他作为一枚棋子，已经习惯。

琉双：“少幽，我一直在思索，其实，还有一个办法……”

一直没说话的少幽，突然道：“选你。”

琉双看过去。

少幽闭了闭眼睛，第一次表露出自己的心绪：“若师尊和你都希望我率性而为一次，我想选你，琉双。”

桃林之上，一轮清冷的月。

琉双的眼睛酸涩，她低声道：“少幽，采意公主不够好，她不敢为了你，对抗风伏命。我……我也不好，我比她还坏，我总是让你受伤，从未让你省心，也没带给你任何快乐。”

若那日，少幽取了龙血，昆仑的灵脉不曾动荡，他平安归来，她安静地等着他，等到了他，一切是否会不一样？然而终究不太可能回到那个时候，就像沃姜说的，谁也没有错，造化弄人。白追旭在太初镜中，魂飞魄散。把她从小一手带大的哥哥死了，孤单地死在妖山，化作人间一场不尽的雪。她于万分悲痛中，明白之前晏潮生娶她，是为了她的徽灵之心，明白空桑是谁一手覆灭的。

琉双说：“少幽，我们都不好，所以，你谁也不要选。”

少幽看着她，说：“好。”

琉双没想到少幽连这个都能答应，抬头看他。

少幽：“你不是说，让我相信你？”

琉双说：“少幽，你这样好，你总是这样好。”

少幽低下头，苦涩地一笑。再好有什么用呢？灵脉枯竭之下，他没法用一己之力挽救昆仑，也并不能选择自己喜欢的人。

琉双低声道：“你也不应该相信我，少幽，八荒动乱很难避免，四大仙境的少主，各有各的使命，若有一日，我为了空桑伤害你，你毫无防备，会受伤……”

少幽打断她，说道：“琉双，别把自己说得那么糟糕。”再不会有人为了他不顾生死，拎着魂灯闯八苦谷，怕他的灵魂无处可去，傻傻地为他聚魂。

少幽：“你在泑山时我无法去你的身边，白大公子陨落，我连探望你，安慰只言片语都做不到。我从未为你做过什么，又哪能要求你尽善尽美？琉双，我们都有诸多无奈，你无须怕我受伤，反正是我自己选择的路，是我的心意，我能宣之于口，已是一种喜悦。”

琉双最受不了他的温柔，她宁肯少幽狠狠地骂自己一顿，也比这样包容她好，她难过地说：“我的心伤痕累累，我好不容易，拼拼补补，把它找回来，我很难爱上谁了。”

琉双打开掌心，里面赫然是一颗白色的灵果。

少幽看见了琉双掌心的应誓果，他见多识广，自然也见过妖族的忠诚之果：“为何是白色的？”

琉双说：“因为这是我种出来的，仙族的应誓果，便是白色的。”

少幽想明白了什么，看向她，脸色苍白了些：“是晏潮生？”

少幽十分聪慧，琉双也从来没有想过瞒着他。她点头，轻声道：“是。少幽，你看见了，我没办法做你真正的仙侣。我亲手种下的应誓果，如同亲手染上孽障，我无法抽身而退，更不想因为我的事，连累你。”

少幽的嘴唇动了动。

琉双生怕他说话会让自己心软，于是飞快地说下去：“我能想到最好的办法，便是我们假合灵，在大婚当日，让我父亲引空桑灵脉，与昆仑的灵脉相融。自此一荣俱荣，一损俱损。少幽，你一直活得磊落，我不愿你做风伏命的傀儡，被他驱使讨伐妖界。”

少幽：“可是这般，赤水境主会责备你。”

琉双笑道：“比起昆仑的子民死去，或是你带兵剑指妖族，被责备几句，又算得了什么？”

少幽沉默着，握紧手中的卷宗。他心里也知道，琉双说的，是最好的办法。假合灵，昆仑能拿到灵脉，自己也不必成为风伏命的手中利刃，可这件事唯一委屈的，只有琉双自己。

琉双轻声说：“少幽，我近来一直在想一件事。天道昭然，昔日上古凤凰族神女与魔神澹台烬，为了众生，封印他们的女儿——梓宓神女的血脉，让神女像个普通仙族那样，过完一生。从此天下再无神，也无魔，只剩仙与妖。从来没有人想过，天道本应平衡，却因为种种原因，导致妖族没落至此。灵脉枯竭，妖族崛起，本来就是应运而生，是天道下谁也躲不开的宿命。天下妖族灭亡之日，邪恶肆意横生之时，谁又能保证，心魔横生的仙族们，不会变成妖魔呢？谁又能想象，承载恶与悲苦的妖族覆灭，下一个魔神，会不会诞生？”

“你竟然也这样想过……”少幽说。他的心中感到震惊，从未想过深埋自己心中的这一番见解，会从一个诞生才几百年的仙子口中说出。当八荒在为一条灵脉斗得你死我活时，她已经窥见妖族覆灭的下场。少幽并非没有想过这些，因此他才不赞同灭绝妖族，可这样在仙界算是“大逆不道”的言论，他从未对任何人说过。而她心有沟壑，早有自己的打算。

少幽低声道：“我明白了，需要我为你做什么吗？”

琉双说：“我心中有一事，一直犹豫不决。少幽，你可否为我卜一卦。”

即墨氏窥天命，需要付出巨大的代价，若不是这件事非找少幽不可，影响琉双的最终决策，她也不会向少幽开这个口。

少幽颔首：“占卜何事？”

“空桑的未来。无须太久，七百年后即可。”琉双想知道，若她什么都不做，空桑的未来会如何。

“好。”少幽召出自己的占卜桃木。少幽的桃木色泽莹润，如同一块块被打磨的玉石。

琉双第一次见少幽用这样的占卜术，美丽而神圣，少幽的占卜术竟然比沃姜仙尊还要高超，不愧是昆仑仙境的神之后裔。

少幽睁开眼睛，看见卦象，心中一沉。

琉双道：“怎么了？”

夜风吹动琉双的衣襟，她没意识到，自己的指节紧张得微微泛白。

少幽看向她，许久，低声说了一个字：“亡。”

琉双脸色惨白，僵立在玉石桌前。亡？灭亡？原来这依旧是空桑的下场。

少幽：“占卜也有出错的时候，我这就重新占卜。”

琉双摇摇头：“少幽，不用了。”她知道，少幽的占卜不会出错。他说七百年后，空桑不复存在，那就一定是真的。她本来就是从那个时代过来的，她的前世，空桑也早就灭亡了。就灭在晏潮生手中，不仅如此，大大小小的仙境，全陨落在晏潮生的手上，前世的昆仑，也曾对晏潮生俯首，唯一还能勉强与晏潮生对抗的，只剩被姬香寒支持的风伏命。

琉双知道，自己再也没有什么可犹豫的，她甚至没有选择。就算为了空桑，她也不能让晏潮生有机会变成日后所向披靡的妖君。他若走前世的路，空桑注定灭亡，成为顺应天道平衡的牺牲品。她再活一次，不是来眼睁睁地看着空桑灭亡的。她要逆天改命，保住空桑。昔日凤凰神女黎苏苏证明命数并非注定。

晏潮生活着，空桑覆灭。晏潮生若死了，要么修诡道，要么妖族最后的脊梁骨断掉，彻底溃散，八荒大乱，妖族消失殆尽，诞生新的魔神，太强盛的仙族，依旧会走向败落。上古所有妖族被封印在荒渊的下场，就会是他们今后的下场。若再诞生一个澹台烬，还有能对抗他的凤凰神女吗？所以，晏潮生既不能成长、强大，覆灭空桑，也不能死去。八荒芸芸众生，生死存亡息息相关，已经不是她一个人的恩怨。

少幽见琉双的脸色实在难看，他挥袖，不远处的桃树下，一坛神仙醉飞出来。少幽变出两个玉杯，给琉双倒了一杯，也给自己倒了一杯："喝一点吧，八荒最后的神仙醉。"

琉双只听说过神仙醉，从未见过："哪里来的？"

少幽没回答，他一口饮下。琉双从未见过他喝酒，她大抵明白，少幽今夜的心情，也很复杂。她也抿了一口，神仙醉入口香醇，沁入神魂。她喝忍不住再喝一口，都快忘了自己方才说了什么，转眼杯子见了底。

琉双要伸手去倒。少幽盖住她的杯子，淡淡地道："一杯即可，多了会醉。"

纵然是神，也会醉。

琉双只好收回手，一杯神仙醉，让她感到有些迷糊，不复方才与少幽分析八荒局势的模样，但脸色总算没有听见空桑覆灭时的苍白了。

少幽突然问她："你……喜欢那个人吗？"

琉双目光迷离地看着少幽："谁？"

少幽："晏潮生。"

琉双没有回答少幽的问题，只是拽住少幽的袖子，呢喃着道："我要封印他。"

封印晏潮生，是最后的办法。她宁肯放弃过去所有的恩怨，让这一切平息。

少幽愣了一下，没想到是这个答案。从琉双口中听到此话，他猜测空桑的灭亡大抵和晏潮生有关系。琉双知道了什么？

少幽低声对琉双道："回去吧，就按你说的那样做，谢谢你挽救昆仑，我会帮你做你想要做的事。"

一杯神仙醉，让琉双的小脸绯红，她愣愣地坐了半晌，听见少幽的话乖乖地站起来，却晕头转向地找不到方向。

少幽叹了口气，扶住琉双，手一挥，桃林簌簌作响："含翠，送赤水少主去仙阁，她醉了。"

桃花林里幻化出来一个桃木小仙，闻言带着琉双离开。

少幽坐回去，又给自己倒了两杯。

沃姜跑过来时，少幽已经喝掉三杯，脸上泛着浅浅的红晕。见了沃姜，他笑道："师尊。"

沃姜的心都要碎了，他颤抖着手："老夫的神仙醉，最后一坛神仙醉，徒儿，为师这么信任你，埋在你的仙阁，你竟然挖出来喝了，喝了！"最后两个字，简直要破音。然而沃姜低头，看见一向稳重的徒弟，眼中隐有悲色，顿时什么都说不出来。

少幽："我用神仙醉把她哄回去了。师尊，我不想让她看见，我的心里难受。"

沃姜心痛得很，抢回仅剩不多的神仙醉，道："少主，你平日也不喝酒的，三杯，已经醉成这样。"

少幽低声道："是啊，失态成这样，还好她没看见。"

人间十二月，纷纷扬扬地下着雪。

琉双打发青鸾回妖宫，让它给晏潮生送个信，自己和少幽一同回空桑。他们乘坐少幽的仙车，后面浩浩荡荡的，拉了一堆聘礼，在风伏命反应过来并做更多的事情之前，他们打算在空桑合灵，拯救昆仑即将枯竭的灵脉。

那日说开后，少幽没什么反常的行为，琉双却觉得有些不好意思。和少幽讨论应誓果，她完全豁出去了。还好少幽的反应还算平静，否则现在她见到少幽，就会尴尬得要死。

琉双向少幽借了神农鼎炼出来的神玉，终于可以小心地把白追旭的魂魄放进去。

少幽问琉双："魂魄散成这样，仙君还能复活吗？"

琉双："我也不确定。但只要有一线希望，我会尽力一试。"

少幽知道白追旭是晏潮生杀的，但是没想到白追旭还有一息散魂尚在。

看着青鸾飞走的背影，少幽蹙眉："晏潮生真的会来吗？"毕竟那是空桑仙境，哪有一个被八荒通缉的大妖，敢堂而皇之地出现在四大仙境，除非真的不怕死。

"会的，"琉双低声道，"他会来的。"

若单为了徽灵之心，晏潮生或许不会冒险，可若琉双要与少幽合灵，不论真假，以他的性格，他一定会来。从他跳下弱水，义无反顾地拥抱她，她就知道，晏潮生一定会来。更别说如今他们都吃了应誓果，哪怕为了他自己，他也会来。妖族的霸道八荒皆知，尤其是晏潮生，哪里能容忍自己的女人被别人沾染分毫。男子的占有欲，不比女子弱。

起风了，不知道青鸾回到妖宫后，晏潮生听到消息，会气成什么样。她想到那幅画面，低头笑了笑，竟然有一刻，觉得那个场景活灵活现的，仿佛就在眼前。他肯定气得发抖，眼睛估计都恨得发红，想要掐死她。

听说琉双和少幽同时回到空桑，赤水翀吃惊万分，再一听少幽的来意，是赶在风伏命阻止前与琉双合灵，赤水翀忍不住笑了："好，好！"

一连两个"好"字，琉双看着赤水翀，在心里默默地叹了口气。在父亲的心里，少幽与她合灵，也是归顺之意。赤水翀把这看作少幽支持他当天君了。

他们都把少幽看成一柄挥向八荒的利刃，然而琉双不这样想。她的计划里，少幽会不受拘束地活着。

琉双道："大婚那日，晏潮生一定会来，届时以伏羲印布阵。镇妖塔如今没了，世间能封印晏潮生的，只剩伏羲印。"这就是她做了那么多，一定要引晏潮生前来的原因。法阵会设在空桑的天宫。天宫之下，就是无妄海。那里将是晏潮生的长眠之地。

布阵那日，琉双亲自去看，她第一次见到伏羲印。金色的神印带着裂纹，但依旧光华熠熠，令人不敢直视。

"爹爹，"琉双看见恢宏、恐怖的法阵，皱眉道，"我要封印他，不是要杀他！您让长老们修改神印之力。"

赤水翀因为白追旭的事早对晏潮生动了杀意。他比琉双知道得还多，恐怕未来八荒是妖族的天下。

赤水翀："既然他来了，就不能让他活着回去。"

琉双："你若布置杀阵，我便不再合灵，这样他永远也不会来。"

赤水翀："琉双！"

琉双面色不改，倔强地看着赤水翀。

赤水翀怒道："为什么，你舍不得他死？难道这段时间虚与委蛇，你真喜欢上一个妖邪不成！"

琉双抿着嘴唇，仙族自视甚高，除了她和少幽，谁也不信魔神承载厄运和悲苦而生，赤水翀也不会相信。在他的眼中，如今只有近在咫尺的天君之位。

琉双不会杀晏潮生。不仅是为了空桑，也是为了妖族那一张张天真的笑脸，为了踏着刀山血海朝她走来，想要拥抱她的晏潮生。袖中小流沙人的蓝宝石冰凉，她曾经犹豫了许久，是相信晏潮生只要徽灵之力不择手段，还是相信他年少时的一腔赤诚。她最恨他的时候，想过要狠狠地报复他，他怎么对自己的，自己也要怎么报复回去。可是留在妖宫的这段时间，她渐渐意识到，少年时的晏潮生不是日后那个残酷、冷血的妖君，他还什么都没做。晏潮生跳弱水，太初镜抽魂，给她护心鳞，那一夜沾满露水的衣襟……全是真的。

纵然琉双的真心曾被人践踏，可她没想过做同样的人。比起战雪央和宿伦，她的徽灵之心告诉她，她相信晏潮生。她哪怕把这个人折磨得痛不欲生，折磨的也不是自己那个将来的仇人。还没发生的事情，琉双不再加于晏潮生的身上，她愿意放下过往，不再执拗，只为给空桑、昆仑及八荒找一条最好的出路。

琉双凌空看着伏羲印，她放过了自己，也放过了晏潮生，晏潮生会活着，封印数万年后，有一日他醒来，那时自己或许垂垂老矣，或许不再存留于世间。但他到底还活着，哪怕修为在封印中散尽，迎接他的，或许是另一个安稳的盛世，不再有妖族被欺凌。只是他们的故事，两世的纠葛，将彻底结束。

这样很好，这样最好了。

合灵仪式筹办得很快，快得令宓楚知道时都觉得不可思议："她……她真的要与即墨少幽合灵？"这就等于打乱了风伏命的计划，她要不要告诉天君呢？犹豫良久，宓楚拿出了怀里的比翼簪。

簪子本来是一对，可以万里传音，是不周山的珍宝，风伏命给她的那日，笑道："聘礼。"

然而宓楚是个聪明人，她知道风伏命需要自己做什么。以她的身份，若不立功，根本没法当令人信服的天妃。仙境有四个，君主却只有一个。

宓楚思前想后，在殿中踱步，父亲所说的预言不会错，哪怕两条灵脉相合，最终还是会枯竭，妖族也注定会兴起，风氏才是最靠谱的——他们的灵脉从未枯竭过，一定有自己的秘密。她想起自己殿中宝匣里的那滴血，那是风伏命给她的心头血，汇入魂婴的血，这是风伏命许下的天妃之位。若非如此，她也不会愚蠢到背叛空桑，未来的夫君既然已经是风伏命，那这样重要的事，必须让他知晓，以免坏事。

宓楚用出了比翼簪，把事情说了一遍。

“哦？合灵？”那头风伏命低低地笑，“这倒出乎我的意料，不过，倒也不全算坏消息呢，或许还是个好消息。”

“什么？”宓楚不懂风伏命的意思。

风伏命轻声道：“很快你们就会明白。”

那日仙兵败在妖兵手上的奇耻大辱，正好在合灵那日洗刷。若他没记错的话，那日跳下弱水的，除了自己、赤水琉双，还有一个人。

妖将叫他山主，彼时被自己忽略得彻底。然而此刻想起来，被腐蚀得几乎都是骨头的晏潮生，眼里只有一个人——赤水氏的小仙子。真有趣，妖族之主，竟然爱上了一个仙子。敢跳下弱水救人，那也一定会不顾一切来抢亲吧？

那条路上，本来是他为晏潮生准备的战场陷阱，如今看来，虽然没有布置好，可只要晏潮生去抢亲，困在天罗地网中，战场变成坟茔，再合适不过。

青鸾焦急地飞回妖宫，冲着晏潮生就是一阵“啾啾啾”。晏潮生的脸色沉下去，他没想过，自己等来的，是琉双与少幽合灵的消息。

“合灵？”晏潮生怒极反笑，青鸾缩了缩脖子，感觉到恐惧，跳到伏珩的身后。它也不想想，它那么大的个儿，哪里是伏珩能挡住的。

宿伦一敲折扇，道：“主上别急，妖鸟不是说，是为了保全昆仑灵脉的权宜之策嘛，你们都吃了应誓果，按照仙子说的，大概率只是假合灵。”

伏珩冷冷地看过去，警惕地道：“你竟然能听懂青鸾的话。”

青鸾也感到震惊了，瞪着宿伦。

“糟糕，一不小心暴露了呀。”宿伦赧然道。没人相信他会赧然，他的脸皮最厚不过。

宿伦的安慰并不能起到作用，反而火上浇油。晏潮生冷冷看了宿伦一眼：“你修宫殿，还没修够？”

宿伦哈哈一笑：“空桑与昆仑联姻，山主待如何？”

“如何？”晏潮生冷冷地道，“当然是去凑个热闹，她敢真的和即墨少幽合灵试试！”

晏潮生气得简直想要打人，把他当成死人吗？

晏潮生知道合灵仪式因为背着风伏命，会进行得很快，他也不废话，当即出发。

去空桑仙境的路途十分凶险，这本来是他自己的私事，他没有带任何人，可一出门，外面站了一堆妖将。

晏潮生冷眼看向宿伦。

宿伦无辜地道："在下这不是担忧主上的安危嘛。"

外面的牤牛妖粗声粗气地道："对，事关夫人，深入敌营，哪里能让山主一个人冒险。"

"对，我也去，我受过夫人施药之恩呢！"

"还有我，山主的事，就是我们所有人的事。山主若只身涉险，今日就便不要走了，我们这么多人，总能拦住你一时片刻。"

晏潮生气得想弄死一旁的宿伦都没时间。宿伦精明得要命，在一众憨傻的妖将包围过来时，已经跑得没影了。

牤牛妖拍着胸口："山主放心，绝不会让夫人被那个即什么墨的仙君玷污。"

哪壶不开提哪壶，晏潮生脸色阴沉了下来，没时间废话，只能说："走。"

一群跟着去抢亲的妖怪，十分兴奋。残阳如血，一众大妖，浩浩荡荡地出发，看上去很有排面，他们也是第一次干这种事。

"蚕娘呢？"蚕娘们捧着紫色的嫁衣出来。

距离人间的春日还有一段时间，晏潮生带着妖族赶过去，或许也快接近了。晏潮生答应过她，带她回来成婚。带她回来前，他必定亲手撕下她那身晦气的白色嫁衣，换上他们妖族的婚服。

晏潮生把给琉双的嫁衣塞进乾坤袋，珍重地放进自己的胸甲下。

宿伦直到晏潮生走了，才敢走出去，看见他与青鸾消失。开玩笑，他活得好好的，还不想死。

"老友，"宿伦低声道，"真会如你所说吗？"

待晏潮生归来，会不会蜕变成，你我都想要的那个君主？明知山有虎，偏偏推着主上往虎山行，未免太缺德、太冒险。

可若真能如他们所愿，那付出一切，都是值得的。山主因为琉双仙子对空桑留情，可是空桑会对他留情吗？

妖族等待辉煌的那一日，已经等了太久太久。他们需要的是一位冷酷无双的君主陛下。

然而宿伦再怎么算，也算不到风伏命早就在妖山外面布下天罗地网，也算不到，空桑之中，风伏命还有宓楚报信。风伏命很容易就知道晏潮生的必经之路，不必等两军交战，他便可以将晏潮生等人歼灭在路上。

妖山兴起的时日尚短，不足一年。晏潮生的威望再大，也抵不过利欲熏陶的人心。

自白追旭死那日开始，风伏命便在妖族布了许多眼线。有刚正不阿的妖，自然也有谄媚拍马的妖。他想知道，晏潮生到底是什么。一个小小的妖怪，短短几年，就能蜕变至此，跳下弱水而不死，要知道，风伏命自己可是修炼了万年。然而传回来的消息是，晏潮生出身普通蛇族。

普通蛇族，能有这么大的本事？不，不可能。风伏命揣度着，他像一个很有耐心的猎手，等着晏潮生露出破绽。他的预感告诉他，此人和上古血脉肯定有关。

风伏命一直是个很有耐心的人，他可以笑意盈盈地看着父亲用他的命给他自己续命，而不阻止。他对待劲敌，非常有耐心。风伏命隐而不发，没有任何动作。

白追旭死了，对于八荒来说，都不是一件小事。风伏命很清楚，主将的陨落，意味着空桑再不可能听他的命令。

而所有人，都将重新衡量晏潮生的实力。空桑撕破脸，不再臣服天族，风伏命不觉得可惜，一条想咬主子的狗，早不咬，晚也会咬。腐肉早点剜去，才会长出新的肉。

没关系，四大仙境，最后都会落在自己的手中。只不过需要一点耐心。

可是，风伏命也没想到，自己派出去的仙兵会打败仗。死了那么多妖族子弟，仙族溃散而逃，妖族的身体和灵魂，都来不及运回风氏的灵脉，妖族的身体被晏潮生一把冥火焚烧殆尽，灵魂则自发入了幽冥之地轮回。

一群废物。风伏命听到消息的那日，气得发笑。从那日起，他便一直在布局，假意将重心放在昆仑的灵脉动荡上，实际已经开始在妖山附近布阵。

世间的妖并不多，日后还会灭绝，不能浪费，他要每一只妖，都死得其所，来温养他风氏的灵脉千千万万年。

一切都进行得很顺利，妖族只看见了姬香寒族中的仙兵，并未注意到妖山之外数里，有个暗暗生成的大阵。如今还未等两个月过去，又来了一个令风伏命更高兴的机会。

晏潮生一旦去抢亲，就会带着亲信，走入天罗地网中。

风伏命想亲眼看看，晏潮生到底是什么。他可是好奇得很，自家祖辈还有哪支上古余孽的血脉未诛杀净尽。

晏潮生觉察到不对劲，眼睛一眯："后退，有埋伏。"

"哈哈哈，警觉性还不错，可惜，今日，你们注定都走不了。"天空中，仙兵们若隐若现。

为首之人，玉冠白衣，银线绣了祥云，笑盈盈地看着晏潮生。

风伏命："当日本君只道是一只不起眼的小畜生，没把你放在眼里，你倒是出乎本君的意料，不仅杀了白追旭，还折了本君那么多仙兵。"

"你才是小畜生！"牤牛妖当即大喊。

风伏命依旧笑着，眸中的冷意一闪而过，他的手一动，掌中宝剑疾出，直奔牤牛妖而去。

眼看这一剑就要削掉牤牛妖的头颅，一柄银色的长戟挡开风伏命的剑。

晏潮生的眸中也一冷。

风伏命的手里拿着的赫然是轩辕神剑。牤牛妖也吓了一跳，没想到这个俊朗的天君，看着像个毛头小子，竟然这么厉害。

风伏命的嘴唇上扬："轩辕剑很久没有见血了。今日便用你们来祭剑，放心，你们魂魄的去处，我已经替你们找好了！"他倾身而下，身后的天兵也开始布阵。

所有人的心都沉了下去。谁都想不到风伏命会出现在这里，如此巧合，带了大军早早地在这里等他们。

晏潮生只带了区区几百人，而今日来的天兵，足有数万。若正面交锋，两军对战，他们或许还有得打，就今日而言，确实是死局。而没了半枚元丹的晏潮生，完全不是手握轩辕剑的风伏命的对手。两个人过了数招，风伏命的剑势阴柔毒辣，晏潮生的长戟冷厉狠绝，然而单论神兵，晏潮生就落了下风。

轩辕神剑挥下："怎么，还不肯现元身？"

"山主小心！"牤牛妖扑过来，硬生生地受了这一击，被轩辕神剑刺穿，鲜血就落在晏潮生的脸上。

晏潮生忽然想起年少时，那些追随自己，一个个死去的妖。所有人悲苦的命运，与眼前倒下去的牤牛妖重合。他眼眶发红，知道今日不可能全须全尾地离开，情急之下露出了元身。遮天蔽日的元身，冲着风伏命而去。他的元身如今介于灰色与银色之间，还未彻底长成成年的相繇族人应有的模样，在天光之下，暗沉沉的。

风伏命逼出晏潮生的元身，一时半会儿却也看不出他的血统。他有轩辕剑在手，与化出元身的晏潮生能打个旗鼓相当。

然而时辰越来越晚，风伏命弯唇一笑："我耗得起，你耗得起吗？算算时辰，赤水琉双就快合灵了吧？"

晏潮生的眼睛赤红。

妖兵们也都快倒下了，本该深埋于心，待大局将定才能露出来的秘密，此刻再不能掩藏。

晏潮生黑色的瞳孔，化作银色："你找死。"

风伏命的笑容渐淡，他终于认出来，冷冷地道："相繇王族竟然还有后嗣存于世间！"

上古八荒王族血脉的威压，几乎令在场的所有人感受到恐惧，仙兵们开始后退。风伏命拿着轩辕剑，受的影响倒是不大。

晏潮生回身，护着受伤的妖族："走。"

"想走？"风伏命冷笑道，"听本君令，诛杀所有妖兵，胆敢后退者，他日本君必亲手诛之！"

风伏命下了这样的命令，仙兵们哪里敢退，纷纷执起武器上前。风伏命带来的人数本就是晏潮生大妖的数百倍，此时哀号遍地，到处都是大妖的血。它们化为元身迎战，却被早就布好的法阵压制。

晏潮生第一次动用相繇王族的力量，把他们一个个甩出阵中。

"山主，别管我们，你快走！"

"对，山主，吾等死不足惜，山主一定要活着，他日带领妖族重塑昔日辉煌。"

"山主，快走！快走！"

晏潮生的眼前一片猩红，在他送一只鲲鹏大妖出法阵时，风伏命的轩辕剑落下，穿透了他的元身。

风伏命冷冷地笑道："与本君对战，你竟然还敢惦记他人死活。"

这一幕令所有大妖目眦欲裂，晏潮生的鲜血喷涌而出，他化作人形，强行后退，逼出体内的轩辕剑。

伏珩上前搀扶住他："山主，走，再不走来不及了！"

晏潮生手中的长戟支撑着身体，青鸾长啸一声，舒展开身体，口吐寒冰，并封住了一片仙兵。它的身上也伤了多处，翅膀上全是血，腹部还有一个窟窿。

“青鸾，快带山主走。”所有妖兵，十分默契地配合着青鸾开出一条路，用身躯挡住风伏命手中的长剑。

青鸾用爪子抓起晏潮生和伏珩，飞了出去。昔有上古妖鸟青鸢，张开翅膀，可遮天幕。青鸾强行暴涨身躯，张开嘴，带着晏潮生之前救出来的那些人飞走。

仙兵们要追，风伏命想起什么，慢慢抚过轩辕神剑上的血，弯唇一笑：“不必追了，有人自会兵不血刃，帮我们解决了他。他伤得这样重，也算是我等今日为琉双仙子合灵，送上的贺礼吧。”

真以为他什么都不知道?

第十七章

风起云涌

有时候做一件正确的事，
会与众人背道而驰，
会被八荒唾骂不齿。
然而这又如何呢？

晏潮生低头看着脚下的战场。血，全是血。还有各种大妖的尸体，它们孤零零地躺在仙族士兵旁，最后慢慢凌空消失。

而那些为他争取一线生机的大妖，一个个在风伏命的神剑下倒下。多么眼熟，曾经在镇妖塔中，那些上古大妖，也是为了给他一条生路，尽数殉了塔。

伏珩见晏潮生的眼眶红透，手背的青筋鼓起，想要安慰他，却不知说什么好。

他们出来时，带了三百个大妖，如今坐在青鸾背上的，仅剩不到十个。这还是晏潮生拼死挨了轩辕剑一剑才救出来的人。

神剑造成的伤口流血不止，他们只能看着晏潮生的血染红了青鸾的毛。青鸾也越飞越慢，显得力不从心。

"妖宫有结界，暂时很安全。蔚通，你幻化成我的样子，回妖宫的主殿待着，妖宫若有风伏命的眼线，以此人多疑的性格，今日不会强行进攻妖山。其后部署，不要听宿伦的，按照我留下的部署做。"晏潮生面无表情地道，"你们回去吧，后面都是我自己的事。"

所有幸存下来的妖族，心里都十分悲伤。有人看出了晏潮生隐忍的平静，说道："我们跟山主一起去，山主无须自责，是我们威胁山主，自愿跟随而来。今日之事，不全是坏事，我们身先士卒，早日勘破风伏命的阴谋与埋伏，总比日后交战，让所有妖族士兵死在这里强。"

离空桑和昆仑两位少主合灵的时间越来越近，青鸾已经尽量往空桑飞。他们没离开，晏潮生沉默着，一直没再说话。

有大妖想要尽量试试为晏潮生止血，被他拂开了手。轩辕剑造成的伤，不是普通的治愈法术能治好的。他的元身被神剑穿透，如今已是强弩之末，晏潮生很清楚。

青鸾又飞了一会儿，晏潮生命令道："在这里停下，你们都下去。"

大妖们对视了一眼，猜到晏潮生想要做什么。所有人身上都带了伤，若数百个大妖，还有一闯空桑之力，但他们如今不到十个人，去空桑不亚于送死。

"我们和山主一起去，山主的夫人，也是我们妖宫的主人，不能让她留在空桑，与即墨少幽合灵。我们和山主一起接夫人回来！我们的命都是山主救的，怎么可能让山主一个人去冒险！"

"对！"就连一向与琉双并不算太和睦的伏珩，也低声赞同。没有任何一个人说要回妖宫，也没有任何一个人劝晏潮生回去。妖族并不同于其他种族，他们天性好恶斗狠，霸道阴戾。抢人爱妻这种事，没有任何一个妖受得了。所有人在上一场大战后，都受过琉双的仙药之恩。他们也希望晏潮生能带着琉双回来。

妖山的所有人都知晓，山主把琉双仙子看得比自己的命还重要，他绝不可能把她让给即墨少幽，任由他们合灵。

蔚通幻化成晏潮生的样子："属下这就按照主上说的办，回妖宫，主上和诸位多多保重。"

晏潮生的目光扫过他们，见所有人的态度都很坚决，他也就没再赶他们，最后笑了笑，道："走。"

他总归要去带她回家的，他答应过她，不论付出什么样的代价。只要她愿意和他们回来，她身上的护心鳞，兴许能护着所有人安全地离开空桑。

空桑仙境内，紫夫人亲自为琉双束发，她并不知道少幽与琉双商议的假合灵之意，也不知赤水翀和琉双在天宫的无妄海设下大阵请晏潮生入瓮，只当女儿今日真的要嫁人，满眼的怜爱、不舍。

紫夫人："转眼，双儿已经这么大了。"

琉双抱住她的腰，轻轻地道："娘亲。"

紫夫人笑道："还撒娇呢，好了别动，还有一支簪子，很快就好了。"

琉双额上的冰蓝色羽花明丽，紫夫人心酸之余，怎么看怎么舍不得。仙族子嗣生养本就艰难许多，她好不容易得来，抚养长大的女儿，怎么就要嫁与旁人了呢？

纵然是在空桑成婚，待今后赤水翀退位，琉双还是会回来继承空桑境主之位，可紫夫人仍旧觉得心里空落落的。

“琉双。”紫夫人怅然道，“别怪你父亲，我会尽量劝他，让他别伤害少幽那孩子。”

琉双环住娘亲的肩膀，什么也没说。赤水翀想做天君，必定会伤害少幽，就像风伏命那样。

赤水翀固然疼爱紫夫人，可是晏潮生先前险些被围杀的事情，已经让琉双看得很清楚，对于男人，比起权力，女人的劝说微不足道。

拉仙车的鸟儿齐鸣。琉双戴上仙族成婚时应戴的面纱，被拂柳扶着走出去。她回头叮嘱道：“娘亲，今日不管发生何事，切勿惊慌，不会有事的。”

紫夫人不解地看着琉双，不明白她在合灵之日说这个做什么。琉双笑笑，没有多解释，登上了仙车。

仙车绕空桑仙境一周，旋即到达合灵的天宫。少幽早早地便在天宫等着她。

为了瞒住风伏命，让琉双与少幽合灵，昆仑来的仙族很少，空桑的仙族，倒是都来了。

仙境云雾缭绕，琉双远远地便看见了少幽。他与自己一样，换上了仙族合灵的婚服，纯洁如雪的白色，用神农鼎炼制的玉珠入冠，衬得他的仙容样貌，举世无双。

琉双从仙车上下来，对上少幽的目光，少幽看着她，轻轻一笑。就像琉双安抚紫夫人的心那样，他在无声告诉她：别害怕，你今日做的事，是对的，有我陪着你。

琉双的心里一暖，紧张散去些许。

众仙族齐聚在天宫，空桑仙境已有数千年没这样热闹。

仙仪官拉长了语气诵吟，祥瑞的仙鹤齐飞，琉双把手搭在少幽的掌心。少幽的掌心温暖，他拉着琉双，一同向空桑最恢宏的天宫走去。

赤水翀便在上座等着他们。赤水翀的目光是不是落在天宫之外？琉双知道，赤水翀在等晏潮生。

琉双低头，看着脚下完全隐去的法阵，她受过伏羲印的神力，这个法阵或许只有她一个人能感受到。

按照合灵仪式，他们需得接受万仙道贺，说誓词，引心头血，灵婴合抱，结为仙侣，方为礼成。待众仙道贺完，晏潮生依旧没有出现。琉双也说不清此刻的心情，是希望晏潮生出现，还是希望他别来。

仙仪官要继续主持引血仪式时，琉双看向上首的人，问道：“父亲的道贺呢？就以引灵脉相合，庆贺我与少幽今日大喜，可好？”

众仙尊笑仙子未免太过急切维护夫君。

少幽侧头看琉双，她选择自己说出这句话，日后所有的罪责，也都将由她承担。她一直在维护他。

赤水翀也笑了："好，这就灵脉相合。"

琉双远远地看着赤水翀已经隐约有些苍老的容颜，赤水翀不知道自己和少幽是假合灵，若他不想控制少幽，那该多好。

大家亲眼见证着，长老们和赤水翀引灵脉相合。恢宏之势，看得众仙连连赞叹。这是灵脉自分开来，第一次相合。

仙仪官道："请仙君、仙子引心头血，交万年之好，神魂相融。"

合灵若走了这一步，便几乎算是礼成，两个人就是仙侣了。

所有人都看过来，包括宓楚，还有一旁清瘦不少、成熟起来的白羽嚣。而此刻，晏潮生依旧没来。

少幽看着琉双，两个人谁也没动。直到在场众人的窃窃私语声响起，连赤水翀的脸上，也出现惊疑之色。

少幽叹了口气，抬起手，凝出法印。

"慢着！"有人冷冷地道。

只见天宫的大殿上，骤然狂风肆虐，一群大妖带着血腥气闯进来。

为首的那人，身穿玄色战甲，手握长戟，站在庞大的妖鸟背上，居高临下，冷冷地道："要合灵？问过我了吗？"

合灵仪式被打断，妖族的出现，让本来一片祥和的空桑仙宫乱了起来。

有人不认得晏潮生，震怒道："这是哪里来的妖，竟敢来我空桑撒野！"

"坏我少主大婚，这些妖怪是活得不耐烦了吗？"

随白追旭上战场参与过仙妖大战的人，倒是认出了晏潮生，惊疑不定地道："是妖宫那位山主，他怎么会出现在这里？"

他们与妖族交过战，知道如今的妖族，在晏潮生的带领下，不论是士气还是实力，都今非昔比。

被人这样闯入，对于仙族来说，无异于最无礼的冒犯。然而，深埋于心的，却是浓重的恐惧与忌惮。

空桑有护境大阵，他们竟然也能闯进来，不到两年的时间，他们竟然壮大到如此地步？

“他的坐骑，快看，这不是大妖青鸾吗？”

“余孽现世，当诛之！”

赤水翀冷冷地道：“晏潮生，你好大的胆子。”

少幽听见晏潮生的声音，收起手，他早就料到会如此，合灵仪式终究会被打断。

他也想过，假如晏潮生不来，这场合灵仪式是否会顺水推舟地进行下去，然而世事没有如果，晏潮生紧赶慢赶，还是在他们即将合灵的关头赶来了。

少幽垂眸看向身边的琉双，她的手还在自己的掌中，少幽有一瞬间想要握紧，然而终究还是慢慢地松开了她，琉双愣了一下，仰头看着他。

少幽说：“他来了，我没事，去做你想做的事吧。”

琉双抿了抿嘴唇，轻轻地点头。

这一刻，也是她为之等待许久的。她的心情比少幽还要复杂，想到即将发生的事，琉双回头，正好对上妖鸟的背上晏潮生投来的目光。

晏潮生穿着一身玄色战甲，在青鸾的背上，居高临下地看着所有仙族，面对他们的指点和唾骂，他面色冰冷，沉默着。他身后的妖族，脸色十分凝重，隐约带着悲戚之色。

晏潮生等人这样的态度，反而让众人的声音渐渐低了下去。

琉双没想到会看见这样的晏潮生，他满怀肃杀之意闯进来，身上的寒意让所有仙族都戒备起来，战局一触即发。晏潮生怎么了？

为了请君入瓮，今日空桑的守卫十分松懈，这也方便晏潮生带人闯进来，可他身上对仙族的恨意，几乎凝成实质。仿佛恨不得杀了所有的仙族。

两个人远远地对视着，晏潮生眼中的寒意渐渐退去，勉强染上一分暖色的希冀。

晏潮生从青鸾的背上飞身而下，朝琉双走来。他没有理会议论纷纷的仙族们，也没有理会赤水翀，眼中只有她一个人：“琉双，我来接你，跟我走。”

此话一出，所有人都知道晏潮生今日是来做什么的了，纷纷倒抽一口凉气。这个胆大包天的妖族之主晏潮生，竟然是来抢亲的！

随着晏潮生一步步走过来，仙族的人的脸色紧绷着，准备随时召唤自己的仙兵。

青鸾背上的其他大妖，却看得十分紧张。仙族之人不清楚，他们却知道，晏潮生身中轩辕剑，身上的妖气开始溃散，靠着强大的毅力，才一路来到空桑，勉强赶上琉双仙子的婚礼。

山主怕仙族看出他受伤，今日带走琉双仙子更加困难，用了妖术遮掩了伤口。他的战甲之下，其实有几个血窟窿，早已血迹斑斑。

那个时候，琉双并不知道晏潮生受了伤，短短的一段路，晏潮生走向她，带着多大的勇气和必死的决心。

身后赤水翀提醒的声音响起：“琉双！”

赤水翀在提醒她，不要忘记，今日是引晏潮生来的一个局。他已经让步，把掌控法阵的伏羲印给了她，她一定不能有丝毫犹疑。

袖中的伏羲印，神力滂沱，蓄势待发，琉双站在原地，看着朝她走来的人，一时之间没有动。

然而晏潮生还未靠近琉双，就被一柄横空而出的仙剑挡住。变故横生，白羽嚣目露恨意，仙剑冰冷、锐利，一出手便要置晏潮生于死地：“孽畜，你杀了我兄长，还敢来空桑？”

晏潮生脚步顿住，妖族所有人都皱紧了眉，捏了把汗，生怕被人看出晏潮生已经重伤，做好了去救山主的准备。

晏潮生的面色冷静，银色长戟发出铮鸣之声，反手与白羽嚣对上。

长戟重逾万斤，空中数道银色流光闪过，两个人的身形在空中变化得很快，几乎看不清他们的出招。

然而也不过须臾，一个人嘴角溢出鲜血，从空中坠落，身穿玄色战甲的晏潮生随之落下，长戟破空而落，白羽嚣用仙剑抵挡，仙刃相接，白羽嚣的手腕剧震，几乎握不住仙剑。

晏潮生的长戟狠戾一压，眸色冰冷地看着白羽嚣。他知道自己不能有丝毫露怯，也不能表现出半点满身伤痕的痛意。但凡他有一点破绽，还未走到琉双身边，就会被这些仙族群起而攻之。

白羽嚣抬头，掩盖不住自己的恨意。两年前，自己尚且能随手废去他的修为，这个卑劣肮脏的妖怪毫无反抗之力。甚至空桑大比，两个人也能战上片刻，不至于输得这样难看。可是如今，他对上晏潮生，犹如对上钧天劫雷，毫无还手之力。别说杀了眼前的晏潮生，晏潮生刚刚在空中，就能杀了自己。然而他没法保持冷静，眼前的这个人，亲手害死了自己的兄长！

伏珩和一众大妖紧张得握紧了拳头，见晏潮生没有露出破绽，几招就打败了白羽嚣，后怕之余，身体微微颤抖。还好，白羽嚣尚且稚嫩，不是风伏命那样的天纵奇才，也没有轩辕神剑那样的上古神器。

晏潮生拽起白羽嚣，刚好用他做人质，冷冷地道："我无意杀他，把赤水琉双给我，我立即放了他。"

赤水翀沉着脸，没想到白羽嚣会这样沉不住气。他看看白族长，心里也怕白羽嚣出事，毕竟白族长才死了一个儿子，不能让白氏的二公子也出事。他的反应尚且如此，仙族中的其他人就更加愤怒。

"竖子无状！竟然口出妄言，还敢在我空桑伤人。"

"今日定要你有来无回。"

晏潮生冷笑了一声："少废话，要他活，还是要他死？"他的长戟往下压了压，白羽嚣的脖子上顷刻出现一条血痕。

妖族都狠辣无情，知道再乱说话可能会害死白羽嚣，周围义愤填膺的声音小了下去。仙族众人看向赤水翀，等着境主的指示。无论如何，不可能让晏潮生带走少主！

伏珩和青鸾他们也非常紧张，不能再拖了，再拖下去容易被赤水翀看出晏潮生已经受伤。

如今看来，挟持白羽嚣，无疑是最好的办法。

但下一刻，白羽嚣哈哈大笑："用我来威胁境主和少主？孽畜，少做梦了。"

"羽嚣！"

"二公子。"

琉双也看出白羽嚣要做什么，忍不住上前："白羽嚣，不可以！"

白羽嚣竟然直直地撞上晏潮生的葬天，宁愿鱼死网破也不愿被要挟。在葬天切断白羽嚣的脖子前，晏潮生皱着眉，看见琉双的目光，想起杀白追旭那日的事，他的手一紧，收回了葬天。

谁都没想到晏潮生并没有杀白羽嚣，白羽嚣就此脱身，白族长的反应也很快，连忙把白羽嚣救了回去。

这下所有大妖，连同伏珩，脸色都白了。

晏潮生闭了闭眼睛，他从不后悔自己做的选择，看向琉双，声音嘶哑地道："你和我走。"

琉双已经到了晏潮生的身前。她也没想过晏潮生会放过白羽嚣。她记得，这辈子初遇时，晏潮生被白羽嚣折磨得很惨，那个时候的晏潮生修为尽失，匍匐在莲花台上，满眼的恨意。今日抓住白羽嚣，本来是他最好的脱身机会，他却放了白羽嚣。琉双心中震动，抬眼看着晏潮生，自然明白这是为什么。那个雨夜在山洞中，晏潮生与她十指相扣，说："我答应你，尽量不伤害你在乎的人。"他做到了。

琉双却宁愿晏潮生不要这样，听他声音嘶哑地让她跟他走。无端地，她第一次为他感到浅浅的难过。她宁愿他自私、凉薄一点，让她能够更狠心地去做接下来的事。她再一次意识到，面前的这个人，他是少年晏潮生，并不是曾经辜负过她的那个人。他的感情，干净得像雪，热烈得如火。琉双心里清楚，她没法跟他走，甚至晏潮生……他今日也走不了，他会被永远地留下，沉眠在无妄海中。

然而眼前的晏潮生，并不知道这一切，也看不出琉双心中惊涛骇浪似的挣扎，他握住她的手："走，我带你回妖宫。"

众仙眼见这个大妖牵着琉双往外走，天宫一时安静得可怕，紫夫人都忍不住站了起来："双儿！你在做什么？"

宓楚惊疑不定，在袖中暗暗地握紧了比翼簪，她一直没明白怎么回事，按计划，天君风伏命不是去伏击晏潮生和他的妖兵了吗？怎么晏潮生还会出现在赤水琉双和即墨少幽的合灵仪式上？她的目光在晏潮生的身上转了一圈，又落在其他大妖身上，心里升起一种可能。难道？他们是拼死逃出来的？她心细如发，又比其他人知道得多，虽然没有看出破绽，然而这个猜想令她无声地弯了弯唇。若真是这样……那接下来发生的事，就应该不可控制了。

沃姜看得一肚子火气，吹胡子瞪眼地冲少幽道："少主！"那妖族之人如此猖狂，少主去把仙子抢回来啊！即墨一族的天才少主，怎么可以被别人在合灵仪式上抢走仙侣，他们的少主怎么还站着不动？

少幽抿着抿唇，一言不发。他是少数知晓今日会发生什么事的人，他只是静静地看着琉双，那么多双眼睛盯着她，却只有少幽一个人明白她此刻的心情。他知道，为了保住空桑和八荒，琉双只有这一条路。

所有人都坐不住了，在晏潮生走出天宫前，赤水翀却一反常态地笑道："晏潮生，你真当我们空桑是无人之境？若不是我今日准了你来，你以为你能踏入空桑半步？琉双，你还不动手，是要为父亲自己来吗？"

赤水翀的话中之意，所有人都听出了不对劲。

尤其是妖族，他们来空桑，畅通无阻，本来心中就觉得不安，事出反常，如今听赤水翀这样说，显然整件事，就是一个局。而琉双仙子，竟然也是布局之人？

晏潮生握住琉双的手一紧，缓缓地低头看她，他仿佛没有听见赤水翀的话，若无其事地道：“别怕，我能带你离开的，不会有事。”到了现在，他依旧自欺欺人地相信琉双，相信自己能带她离开。

琉双知道，若自己不动手，赤水翀动手，等待晏潮生的，远远不是被封印，而是被诛杀。她低着头，一点点地掰开了他的手指。

晏潮生握得很紧，不愿意松开，几乎令她觉得疼，又仿佛已经预感到什么，只是不愿相信。

赤水翀遥遥地看着他们，手中变幻出一柄长约八尺的玉白色仙杵。自从做了境主之后，赤水翀已许久没有与人对战，以至于时隔久远，众人才再次看见他亮出法器。那是一柄追魂杵，可以震碎魂魄。

追魂杵里涌出一阵阵梵音，犹如响在耳侧，令人的耳边一阵嗡鸣。这种梵音只伤害妖族，在场妖族的脸色十分难看，纷纷捂住头。追魂杵激发了所有大妖体内与生俱来的妖性，他们的眼睛渐渐变红，目光也变得冷厉。包括晏潮生，也是如此。

“山主，走，再不走就来不及了。”

晏潮生咬紧牙关：“走，琉双，我们走！”晏潮生失去半枚内丹，根本不可能打得过赤水翀，他还想活命，应该松开琉双的，可天宫大门就在眼前，只不过咫尺的距离，叫他如何能甘心？他忍住梵音穿透心肺的痛楚，意欲化出元身，强行带着琉双突围。他拼死一搏的固执，彻底惹恼了赤水翀，若晏潮生真的化出元身，今日在场的仙族，多少都会有死伤。

赤水翀飞身而来，追魂杵带着万钧之势，凌空砸下。

眼见要落在晏潮生胸膛上，一个白色身影闪过，一个娇小的女子抱住晏潮生，挡在他的身前。

赤水翀震惊不已，想要收回追魂杵，却已经来不及。

然而晏潮生比他的反应更快，毫不犹豫地抱着琉双转了个向，用自己的后背，硬生生地挡住了这一击。他一口鲜血喷出来，低头看怀里的人，声音嘶哑地道：“琉双，你没……”你没受伤吧？

然而这句话没有说完，因为回答晏潮生的，是一柄穿胸而过的冰菱玉刃。琉双知道，自己必须动手，再不动手，让赤水翀来，晏潮生连长眠于无妄海都做不到，他必定会死在这里。自己亲自开启法阵，将晏潮生封印在无妄海，他才有一线生机。

琉双本来想帮晏潮生挡了追魂杵的一击，毕竟她的身上还有晏潮生的护心鳞，然而她没想到，晏潮生的反应会那样快，保护她几乎成了他的本能。在他掉转两个人的位置时，她的冰菱玉刃，已经同时刺入他的身体。

上古神农鼎炼出来的法器，那般坚韧，直接穿透晏潮生的胸腔。

天宫内的法阵开启，在空中升起一个金色的神印。

不仅所有大妖感到震惊，连仙族之人也纷纷愣住。谁也没想到，这天宫之中，早已布下了这样的法阵。

晏潮生低声道："为什么？"

琉双松开握着冰菱玉刃的手，从晏潮生的怀里退开。

赤水翀笑起来："孽畜，你真以为我空桑少主，会对你另眼相待？今日诱你前来，不过一个局。"

听了赤水翀的话，琉双原本想要说什么，最终沉默下来。赤水翀说得没有错，今日之事，确实只是一个局。

晏潮生偏了偏头，轻声道："为了杀我？"他口中的鲜血流下来，染红衣襟，眼中痛苦得可怕。

伏珩不顾阻拦，冲下青鸾的脊背，声嘶力竭地大喊："山主！"然而，不管伏珩怎么努力，都无法进入法阵中去。

琉双不再看晏潮生，袖中的伏羲印飘浮出来，法阵更加清晰，在天宫的四周升起，金色的神印覆盖在每一寸土地上，将晏潮生牢牢困住。

晏潮生："赤水琉双，你从来没有想过和我走，对不对？"

白衣仙子睁开眼睛，额间的冰蓝羽花耀眼，她看着晏潮生，结印的手不曾颤抖半分，咬牙回答他："对。"

晏潮生听到琉双的回答，哈哈大笑起来，眼中却有一滴血泪滚落出来，落在脚下的金色的神印上，一点点晕开。

琉双操控着伏羲神印，天宫之中，悄无声息地多出一条裂痕。裂痕之下，是法阵串联起来的无妄海。

晏潮生的心脏被玉刃穿透，神印光芒大盛，晏潮生无法化出元身，他无力地倒在神印里。

青鸾觉察到什么，凄厉地嘶鸣，伏珩也赤红着眼睛，发了疯一样地想要砸碎神印："赤水琉双，不要，不要这样对他！"

琉双抿着嘴唇，想要转身离开。她的裙摆却被晏潮生拽住，他没有看任何人，而是匍匐在地上，一双眼睛执着地，死死地盯着她："你告诉我，赤水琉双，告诉我，你爱过我，哪怕片刻吗？"

琉双低头看他。来自荒渊无妄海的大风，夹杂着腥气，吹得她衣袂翻飞。她注视着晏潮生，想起七百年后，那个濒临绝望的，捏碎心脏的、可怜的自己，想起她死在天雷下的那日，告诉过自己，再也不要怜惜晏潮生，永远也不要爱他。她的手指一点点收紧："不曾。"

晏潮生身上的鲜血，染红身下的仙宫法阵，嗤笑道："可我竟然相信了，你可能会爱我……"

仙族们也没想到，这场战乱，会这样结束。他们不再恐惧、忌惮，看着神印中全身染血的晏潮生，轻蔑地道："都说妖族有护心鳞，坚不可摧，可挡万仞，今日一看，也不过如此。"

晏潮生却仿佛没有听见他们的讥笑，他慢慢地松开琉双的衣摆，瞳孔涣散，喃喃着所有人都听不懂的话："还有一个月，便是人间开春。待开春，开春时……"

琉双的脖子上，用护心鳞炼制的玉珠，一阵灼烫过一阵，灼得她生疼，她移开视线，不知为何，看见这个濒临死亡，依旧念着待开春的少年妖君，有一刻，眼睛也觉得生疼，她咬牙，告诉自己，没事的，她只是将他封印，就像镇妖塔曾经封印的大妖一样，他总有醒过来的机会。

"天地乾坤，八荒引灵，荒渊为境，无妄海开！"

青鸾哀泣、嘶鸣，伏珩撞击着神印。

然而就在众人以为，晏潮生会被吸入无妄海封印时，他躺在血泊中，身体一寸寸地消散。

无妄海冰冷的风呼啸着，吹得琉双全身发凉。失去主人控制的伏羲印，突然掉落在地上。

"怎么会这样？"琉双扑过去，想要抓住晏潮生，却眼睁睁地看着他的身体顷刻间溃散，连同魂魄，一并散于世间。

少幽也意识到了不对劲，连忙飞身上前，把琉双拽了回来，再晚一点，掉入无妄海中被封印的，就会变成琉双："琉双，别过去！"

琉双："少幽，我没想要杀他，我没想杀他的……"

少幽见琉双的全身冰冷，低声道："我知道，别害怕，我知道你没有要杀他。"

为了取晏潮生的心头血而不伤及他的魂魄，她还特地向自己借了冰菱玉刃，可晏潮生依旧死了。少幽知道，她从没想过要杀晏潮生，她甚至想过要保晏潮生一命。否则取心头血用不着冰菱玉刃，自有更加残忍的办法。

连赤水翀，看见如今的情况，也皱了皱眉头。伏羲印的法阵只会令人身受重创，封印在无妄海中毫无反抗之力，怎么会击溃人的魂魄？

在场的所有人，只有宓楚低下头，眸中划过一丝了然，原来是这样。

在风伏命的神剑下被重创，晏潮生本来就只剩最后一口气，然而他痛成那样，一直没吭声，伪装得那样好，还与白羽嚣打了一架。伏羲印专门诛杀妖魔，哪怕这不是杀阵，也足够剥夺他的最后一口气，在两大神器的重创下，无人能承受，自然是魂飞魄散。

赤水翀收回神印，关闭法阵，一切归于平静。

白追旭死时，人间下了一场大雪，而晏潮生的消散，什么都没能留下。

都说妖污浊，然而晏潮生的死干净得如一股凛冽的风，风过之后，再无半点痕迹。只留下一个被保护得很好的、染了血的乾坤袋，掉落在地上。那是他保护得最好的一样东西，以至于身死魂散，他的身体都破碎成那样了，它依旧在。

琉双捡起来。她的脑海里一片空白，乾坤袋中，装了她不太敢触碰的真相。

少幽也意识到什么，心中痛惜地道："琉双，别看。"

琉双却已经把乾坤袋打开，里面赫然是一件紫色的嫁衣。妖族的嫁衣，美得如云霞，似清雾。在一片圣洁的天宫中，它竟然半点儿也不显得妖异肮脏，好看极了。乾坤袋上全是晏潮生的血，嫁衣却干干净净的。

琉双看着这套精致的紫色嫁衣，几乎能猜到，出发来空桑之前，晏潮生是多么小心翼翼，将所有珍重的心意都付诸其中。

今日，本来也是晏潮生准备的与她大婚的日子。他连嫁衣都带来了，冒天下之大不韪带她回妖宫，带她回家。

琉双抱着嫁衣，一滴水珠掉落在地面，化作云雾散去。她愣了许久，一摸自己的脸，才发现不知何时，她竟然哭了。

晏潮生一死，剩下的妖族，哪怕心中再悲痛，也明白再不走都会死在这里。他们拽着还要疯狂上前的青鸾，它不知何时，已经缩成一只麻雀大小，昏迷过去，一个妖族把它揣进兜里："走，叫上伏珩快走，主上已经没了。"

仙族士兵拦住他们的去路："晏潮生已死，你们以为自己还能走得掉？"

仙兵们把法器一横，今日势必要将这些大妖都诛杀在这里。战局再无悬念，大妖们知道，恐怕再也回不去妖宫了。反正山主死了，今日大不了他们也战死在天宫里，绝不给山主和妖族丢脸，也绝不能再次卑躬屈膝，向这些人下跪求饶。

就在这时候，琉双说："让他们走。"

仙族士兵惊疑不定地看着脸色苍白的空桑少主，赤水翀也沉了脸色："琉双，不可任性。"

琉双："我说，让他们走！"

晏潮生的死，让大妖们的愤怒悲恸到了极致。伏珩跟着晏潮生一路走来，知晓主上是抱着什么样的心情，浴血奋战来到空桑，最后却死在自己心上人的法阵下。

伏珩心里又痛又恨，咬牙道："赤水琉双，不用你假好心！"

这些道貌岸然的仙族之人，怎么可能放过他们？如今青鸾的情况也不好，伏珩明白，他们走不掉。

琉双却没看伏珩，她合灵时戴的面纱被荒渊的海风吹落，露出一张娇美的脸，她的脸色苍白，没有笑容，显得冷冰冰的。她说："父亲，您答应过我的……"

赤水翀没有说话，他的确答应过琉双，今日设下法阵囚困晏潮生，不伤害别的妖。然而现在这样的情况，若他们放了这些妖，其他仙族之人会怎么看？

赤水翀只当琉双看不清如今的局面，依旧想要任性妄为，他知道，杀了这些妖，才能更好地保护琉双，保住空桑在八荒中的清誉。

赤水翀挥了挥手，没有理会琉双，这是斩杀的命令。

一旁的白羽嚣领命，朝伏珩刺去，然而还没有到伏珩的近前，一把冰蓝色的绛珠伞挡在这些妖的面前。

"铮"的一声响，绛珠伞挡住仙剑，白羽嚣对上琉双的目光。

仙族众人心知肚明，恐怕白二公子最憎恨妖族，从前是，如今更是。他的兄长，就死在妖族的手中。

此刻，白羽嚣与琉双兵刃相接，看着这个才长到自己肩膀，明明脸色苍白，却抿着嘴的倔强的少女，沉默了一下，看向她身后护着那些妖，传音道："还不走，等死吗？"

大妖们面面相觑，看出这个仙界的小子并没有真的想要杀他们，连忙离开。

先前为了引诱晏潮生前来，沿途没有安插仙兵，此刻也成了他们的生路。

琉双抬头，看着白羽嚣，嘴唇动了动，低声道：“谢谢。”

白羽嚣看着琉双，没有说话，他收回兵刃，对赤水翀道：“臣去追杀这些余孽。”

其余的仙君面面相觑，一时不知道说什么才好。仙仪官尴尬地站在大殿上，不知道这场被打断的合灵仪式，还要不要进行下去。

赤水翀本来也没打算把琉双逼得太紧，今日晏潮生之死，对于他来说，已经是个意外收获，闻言默许。

少幽这时候站出来，说道：“诸位抱歉，还请先回去，合灵仪式暂且取消。”他站出来说的话，令众人心中产生怀疑。有人甚至忍不住想，少幽这是什么意思？得到了灵脉，想要悔婚？而琉双不杀这些妖，到底想要做什么？

少幽并不听他们的议论，也不看赤水翀一瞬间沉下去的脸色，他朝着殿中那个孤单的少女走过去：“琉双，走，我带你去休息。”他牵着琉双，像牵着一个背弃所有的孩子。琉双微微抖颤，不知道是因为要面对接下来失控的局面，还是晏潮生的死令她难过。他带着琉双并肩而走，没有半分旖旎之色，只是与她一起背负起所有人不赞同的目光。

有时候做一件正确的事，会与众人背道而驰，会被八荒唾骂不齿。然而这又如何呢？

八荒每一个降生的天之骄子，他们生来天赋异禀，得到最好的一切，却也背负着更加沉重的使命。不仅是他和琉双，风伏命、姬香寒，每一个人都如此。

包括晏潮生，身在这仙妖动乱的年代，没有谁不是身不由己。但总有一日，会海晏河清，迎来八荒的另一个盛世。

晏潮生死了。死在人间还没有开春的时候，风伏命得到这个消息时，挑眉笑了笑，说不上意外还是不意外。

那日，晏潮生拼死带着几个下属，负伤离开，风伏命的人据说在妖宫看见了他。这令一向谨慎小心的风伏命没有轻举妄动。

直到合灵仪式结束，宓楚才找到机会，把消息传出来。

风伏命弯唇，相繇王族最后的血脉消失于世间，意味着自己的时代彻底到来。他懒散地出声道：“既然如此，妖宫的所有人，诛杀了吧。”

妖宫的那个坚韧的结界，只支撑了三天，第四天，太初镜即将破碎，再也支撑不住，宿伦摇头叹息着，收起满是裂痕的太初镜，叹了口气：“逃吧，能逃多少是多少，能逃多远是多远。”

宿伦不经意地回眸，看见从夏满眼悲戚之色：“你也走吧。”

从夏咬着嘴唇，问宿伦：“你说，山主真的死了吗？”她不肯相信。

宿伦低声说：“是啊，真的死了。”

仙兵杀进来，满目疮痍，一场大雪姗姗来迟，盖住妖族的斑驳血痕。

少幽把琉双带回了昆仑。事情失控，是谁也没有预料到的。琉双执意放走伏珩和青鸾他们，再待在空桑，也是无益。

赤水翀那一辈，掌握权力太久，谁听了那个妖族最终会崛起的预言，都不想放开自己手中的权力。

少幽本来以为琉双会伤心许久，合灵那日，她的情况看上去并不好，安慰她道：“好好休息一段时间，事情或许还有转机。”

琉双：“少幽，你不用担心我。我没事。”

真的没事吗？晏潮生死时，少幽远远地看着，都觉得触目惊心，更何况是身处其中的琉双。他知道琉双不是故意的，然而天下人不知道，妖族的人也不知道。

仙族如今传唱她杀了妖主的功勋，而妖族对琉双，必定如同对风伏命一般憎恨。

少幽有种预感，琉双不会在昆仑待太久，必定会倾尽一切，去弥补自己的过失。

果然第二日，琉双听说了风伏命带兵攻打妖宫，决定离开昆仑。

“琉双，”少幽叫住她，“别去了，你要做的事，还有我。”

琉双愣了一下，摇了摇头，露出一个清浅的笑：“我想亲自去，即便魔神有朝一日注定降临，我想有应对之力。少幽，我或许会离开很长一段时日，你自己要多多保重。若昆仑有任何事，可以随时叫我。”

琉双就像悬崖峭壁上的花，根茎已经受伤折断，外表却看不出来，顽强地挺立在那里，往上生长。

少幽觉得经过晏潮生一事，她的身上有什么不一样了。少幽不知道晏潮生对于琉双来说，到底算是怎样的存在。但少幽能看出来，那个妖族是真的爱她，如飞蛾扑火一般地坚定。在这样的感情面前，鲜少有人会不动容。

少幽突然有些羡慕晏潮生，他从未想过自己有一天，会艳羡一个妖。自从母亲“背弃”了昆仑，父亲被天雷反噬后，少幽再也没有为自己活过一天。他艳羡晏潮生能那样直白地表达爱意，也艳羡妖族生性霸道、偏执，可以那般为琉双死去。但他明白，比起开始逐渐坚强的琉双，昆仑更加需要他。他若有朝一日死了，必定是为昆仑战死，流尽最后一滴血。他永远做不到像晏潮生那样，毫无保留地、疯狂热烈地爱着一个人。

琉双冲少幽挥挥手，离开了。

琉双这一走，就是三年。少幽时常给她传信，飞回来的纸鹤一只又一只，他也大致了解着琉双如今的生活。她一面在为白追旭养魂，一面试图寻找晏潮生散去的魂魄，然而一直无果。她还曾经向少幽借取关于上古妖身修幽冥诡道的典藏书籍。

少幽终于忍不住问琉双："你依旧想救他？"

过了好几日琉双才回："只是试试。"

少幽没有再问，是为了妖族的命数？还是那日他匍匐在你的脚下，流下的血泪？

"好，我尽量帮你找找看。"

晏潮生死后，妖宫乱成一片，人心惶惶。但在风伏命将他们歼灭前，他们中的部分却不见了，仿佛凭空消失，幸免于难。

少幽占卜过，卦象显示他们出现在幽冥之地的方向。他有种莫名的预感，这是琉双做的，尽管表面上，做这一切的女妖，似乎叫作丛夏。

少幽抹去这些痕迹，世间只有即墨氏有与生俱来的占卜神通，少幽只要不说，风伏命就永远不会知晓。

伏珩没有回去，他们几个人，从空桑逃走以后，也一同消失。

风伏命开始屠杀天下的妖族，那些没来得及逃跑的妖，都无声无息地死了。

人间的时间过得飞快，转眼花开花谢，又是一年，对于仙族来说，却也不过弹指一挥间。

找不到妖族，风伏命把目光放在了几大仙境上，第一个下手的，是长留的姬氏。他并非要分出灵脉给姬氏，而是要求姬氏上交灵脉，汇入天族的灵脉，从此成为风氏一族的仙臣子民。

风伏命本以为姬香寒会反抗，没想到她举起双手，投了降，答应了风伏命所有的条件。这样的情况情有所原——姬氏的灵脉也即将枯竭。可谁都想不到姬香寒会放弃得这么果决，从此一大仙境悄无声息地消失，并入天君麾下。

这件事传开以后，仙族炸开了锅。下一个呢？是昆仑，还是空桑？

赤水翀就在这时，要求少幽并入他的麾下，奉他为主，与风伏命抗衡。

沃姜知道这个消息时，气笑了："如今的仙境，人人都学会像风伏命一般无耻了吗？以前做这样的事，还有块遮羞布，如今如恶犬抢食，谁都想尝尝做真正的天君的滋味。少主，我们怎么办？"

怎么办？琉双当初说得没错，随着妖族退出八荒历史的洪流，狼子野心的风伏命上位，总有一日八荒的局面会变得不可控。仙族心魔横生，早晚有一日，会不亚于丑陋的妖魔。

老天君的性子有多怯懦，风伏命的性子就有多偏激。

这几年，尽管妖族躲躲藏藏，可没来得及转移，散落世间的妖族，在风伏命的仙兵手中死得特别惨。

少幽放下卷宗，冷笑道："实在不行，打吧。"

这是下下策，却也是最后一条路，上交灵脉不同于合并灵脉，把灵脉交予他人，等同于把全族的命运，交付在别人的手中。因此，所有人都不理解姬香寒，若风伏命要他们死，一念之间，长留就会灭族。少幽信不过赤水翀，不会把昆仑交给任何人。

昆仑上下备战的时候，风伏命已经收服了数十个小仙境。

少幽的心里有种不好的预感。

当初上古大战后，重新划分势力，有灵脉的四大仙境，成了最古老、最强大的仙族，他们依赖灵脉生存，却也强大无比，可以拥有数万年的生命。而没有灵脉的、一些低微仙族，也有自己的小仙境，只不过他们的寿命顶多几千岁，甚至还会从凡人中招收资质较好的弟子，以此维持一个仙境的稳定。这样的小仙境，世间大约有一百个。而这些仙境，全部臣服了风伏命。

曾经与昆仑交好的一个小仙境的境主，惶恐地传信来说："风伏命今非昔比，不知他怎么修炼的，短短数年，竟然有了上古高手的法力。"

这个消息一出，八荒皆惊。

少幽皱眉，心底一沉。看来也不用考虑和谁联盟了，当一方过于强大，一场浩劫，在所难免。难道这就是当初晏潮生身死，天道留给八荒的代价吗？

与此同时，人间雨水漫流的小巷口，一只灰色的小狗从墙角钻出来，它咬开一个破簸箕，露出竹篓中的小男孩。

小男孩长着一双灰色的兽耳，眼睛跟黑葡萄似的，渴盼地望着小狗："哥哥，你回来啦。”

“小狗”呜呜叫了一声，化作人形，把弟弟从竹篓里抱出来。

“只有这个，陵弟，吃吧！”大一点的少年拿出一根萝卜，递给小男孩，小男孩接过去，眼睛里难掩失望之色。

少年说：“今天将就着，明天哥哥去更远的地方，我听说城内有一处张大人家的宅子，明日我去讨讨看，大户人家说不定有心善的，会施舍些吃的。”

“哥哥别去，”叫云陵的男孩说，“陵弟不饿，若他们发现哥哥是妖族，会把哥哥捉走的。”

云炀摸了摸弟弟的小脑袋，目光黯淡：“别怕，我会谨慎些，过了明天，我们再换一个地方，今天我看见有仙门弟子路过此处，这里已经不安全了。”

男孩的兽耳耷拉下去。他的年龄尚小，妖族的特征不能掩盖，连自己的兽耳都不能化去。凡人在他这个年龄，尚且看起来粉雕玉琢，十分可爱。

小妖面色苍白，饿得肚子凹陷。他们已经许久没有吃过一顿饱饭了。云炀把他搂在怀里，腹部空荡荡的抽痛着。这两年，他东躲西藏，白日化作普通的小狗，出去讨些吃食。然而这个光景，仙族尚且动乱，凡间又哪里好过？心善的人不多，还有些人会把他痛打一顿。

云炀只能忍着，他不能动用妖术，否则容易招来道士，每次只能装死来躲过去，希望这些人放过他。

新天君的势力以摧枯拉朽之势侵袭整个八荒，不知不觉间，天下间遍布了归顺于天君的仙族。这些仙族门派听命于天君，他们的任务就是四处寻找逃亡的妖，但凡找到，就会即刻带走。这些妖是个什么下场没人知道，只是再也不会出现于世间。

云炀靠着聪敏、机警，还有非同常人的隐忍，带着年幼的弟弟逃出妖山，在人间躲了三年。

男孩抽泣着抹了抹眼睛，哽咽着说：“山主没死就好了。”

云炀捂住他的嘴，目光沉下去：“嘘，别说了，别提那个名字，哥哥教过你的。”

男孩忙不迭地点头，啃起怀里的萝卜来。

云炀看得伤感，眼泪在眼眶里打了好几次转，又被硬生生地咽了下去。三年前那场妖宫动乱，人人自危，当风伏命的仙兵攻破结界后，漫天都是血。云炀的父母就死在那一日，夫妻俩都是大妖，拼死把他们兄弟二人送了出来，最后战死在妖山。

这么些年，别说回去收敛父母的尸骨，云炀两兄弟连妖山都不敢靠近。

苦日子他们过惯了，在妖山的那一年，是他们一生中最幸福、安稳的日子，不用躲躲藏藏的，也不用怕挨打受饿。然而，随着山主死去，妖宫沦陷，他们连父母都失去了。

不断压缩的生存空间,每一次呼吸,都透着艰难和压抑。云炀望着灰沉沉的天空，第一次丧失了信心，他还没有像父母养大自己那样，把尚且年幼的弟弟养大。他今日外出，不小心遇见几个仙族中人，听见他们讨论，天君要和昆仑打起来了。起因是天君吞并天下大小仙境，到了昆仑的脚下，这几乎是在人家的门前叫战，战事不可避免。

这样的世道……

云炀还没来得及多想，敏锐的感知力立刻让他觉察到了危险，他一把抄起弟弟就跑，然而已经来不及。一柄从天而降的仙剑落下来，堵住他们的去路。

几个背着仙剑的弟子依阵而站，为首的正是白日里云炀遇见的那个人。那人说：“我果真没有感觉错，白日里的妖气，就是从你的身上传来的。”

云炀知道自己跑不掉，也打不过这群仙族弟子，他发着抖，跪下来，拼命地磕头：“小妖什么坏事都没做过，求仙长们宽宥，放过我的弟弟。我和你们走。”

一旁的云陵，“哇”的一声哭出来，怀里的萝卜滚出来，落在雨水中。他跪下跟着云炀一起磕头：“不要伤害哥哥，仙长们抓我吧。”

一个年轻些的仙族弟子咬着牙：“他们身上并无孽障，要不我们……”

为首的仙族弟子面无表情地打断他的话：“放过？天君那里你能交差？所有门派里，就我们宗门交上去的妖族最少，我们放过他们，天君会放过我们？”

年轻的仙族弟子别开头，不说话了。这个大点的小妖怪看上去比他的年龄还小，身上一派纯粹的气息，一看就没伤过人害过命，修的还是正统的仙道。可师兄说得没错，他们的门派既然归顺了风伏命，要想在新天君的雷霆手段下活下去，绵延千年，不得不表忠心，捉这些世间沧亡的妖怪。

年轻的仙族弟子握紧拳头，世事残忍，神仙打架，众生遭殃。他第一次觉得身为仙族的自己，也再难以做个纯善之人。明明他们就是一个小小的仙境，可以远离纷争。

“布阵！”师兄命令道。

磕头的云炀一跃而起，抱起弟弟试图冲出去。

“这个妖怪要突围，大家当心，别让他们跑了。”

几个仙族弟子散开，布下法阵。天君下令尽量捉活的，他们还不能直接杀了两个小妖怪。

云炀几次三番被逼退，眼睛充血，他知道自己今日注定走不了，想起父母临死前，把自己和弟弟送出去那个妖诀，逼出心头血，想要如法炮制，把弟弟送走。然而，小小的云陵还未被托着送出多远，为首的仙族弟子疾飞过去，抓住了云陵的脖颈。

云炀目眦欲裂："陵弟！"他绝望不已，然而就在下一刻，一柄漆黑的长剑刺向仙族弟子的手腕。

云陵从空中落下来，落入一个穿着深蓝色斗篷的人的怀抱。也不见来人费多少工夫，轻飘飘地掠过众人，拎起云炀的领子，消失在小巷里。

留下所有的仙族弟子面面相觑。

"被救走了？"

"妖族的人吗？可是为什么不报复咱们？"

"是什么人？你们看清了吗？"

当然没有，除了那柄黑色的巨剑，他们连人的衣角都没碰到，连反应的时间都没给，就被他带走了那两个小妖怪。

云陵窝在这个人怀中，眨巴着水汪汪的眼睛。他的身上既没有妖气，也没有仙气，就像凡人似的。哦不，不是他，应该是她。她的怀抱很软很暖，还带着浅浅的香气。她抱着云陵，脚下的云炀傻愣愣的，心惊胆战地趴在巨剑上。

女子摸了摸云陵的小脑袋，带他们飞出这一块地界。她裹得很严实，只露出清冷的一双眼睛，看上去十分温柔。

云陵放松下来，在饥饿和伤痛下，不知不觉地在她的怀里睡了过去。

琉双带着这两个骨瘦如柴的小家伙，一路往幽冥之地的方向飞。

白羽嚣看见空中的巨剑时，撇了撇嘴过来看："又带了两个小讨债鬼回来啊。"

可不是，在他的眼里，那个死去的晏潮生，就是大讨债鬼，死了也不安生，让琉双这三年疲于奔命，四处去救他的同族，每救回来一个就送入幽冥之地藏着，在关闭的门里设下法阵，让他们活下去。晏潮生是大讨债鬼，他底下的这些小妖，不就是小讨债鬼。

琉双习惯了白羽嚣的口无遮拦："白族长给我带了什么？"

白羽嚣："一封信，你自己看吧。我是来看我哥的。"

琉双：“稍等，我先送他们去安全的地方。”她给大一点儿的孩子治了伤，又用黑色的巨剑运了他们，往幽冥之地飞去。

琉双的住处离幽冥之地不远，却又不在幽冥之地，每次进出幽冥之地，都不太容易。白羽嚣拎起两个小妖：“走吧，反正都来了，我帮你。”

琉双：“谢谢。”

白羽嚣：“和我说什么谢。”

白追旭若真的死了，白羽嚣如今恐怕恨不得一剑杀死一个小妖怪，可如今自家的兄长还算有半条命在，这些惨兮兮的家伙，却是真的没了家。白羽嚣在心里唾弃自己，年纪渐长，他的心肠竟然还没以前硬。不过，他才不是帮这些妖怪，纯粹帮琉双罢了。

两个人合力把他们送入幽冥之地前，小一点的孩子醒了，睁着一双乌溜溜的眼睛，眼睛眨也不眨地看着琉双。

“看什么看？”白羽嚣说。他的不客气，让云陵还以为自己落在了仙族弟子的手中，缩了缩脖子，眼泪流了下来。琉双头疼地把云陵抱过来，低声道：“好了，没事，他吓唬你的，我们不抓妖族。”

“真的吗？”云陵抽泣着问道。

琉双说：“嗯，不骗你。现在我送你们去一个安全的地方，以后你们就不怕被人找到了。”

这样好的事，云陵几乎不敢想，他看看已经被治好伤的兄长，要跪下来给他们磕头。他才一丁点大，已经懂了世事伦常，也懂得作为妖族的辛酸。

琉双没让伤磕头，在他的头上轻轻摸了摸，低头说：“对不起。”

孩子似懂非懂地看着她。她没解释，结了法印，看着两个小妖消失在漆黑的大门入口处。

白羽嚣抱着自己的剑：“你向他们道什么歉，当初的事，不是你的错。我去看过，那个法阵要不了人命，你何必对一群妖怪愧疚。你救了他们，又从来不暴露身份，图什么？”他的面色古怪，“还是说，你该不会……”

琉双说：“你还想不想看大公子了？”

白羽嚣笑道：“看，怎么不看？”他挑了挑眉，觉得有趣得很，也不知道他哥现在长成了什么模样。琉双这几年昼夜不停地修炼，赤水家族的血脉果然厉害，如今两个自己，也不一定打得过赤水琉双，也不知道她用了什么法子，竟然把他哥的残魂养好，融入了一个凡人胎儿的体内，借着那个胎儿，他哥重新活了过来。不过虽然活了，算是白追旭，但也不完全是白追旭，以后他就是个普通的凡人，再也不是空桑仙境境主座下最得意的仙长了。前尘往事忘了个干净，成了一张全新的白纸。

比起魂飞魄散，这已经是最好的结果，日后入了轮回，说不定某一世，还能重新修仙。现在的仙界又不是什么好地方，当个凡人，说不定反而是件好事。

琉双换了衣裳，领着白羽嚣来到一户农家前。

农家的小院里，一个两岁半大的孩子，睁着乌溜溜的眼睛，在用虫子喂鸡。

琉双看着白羽嚣的脸色，憋着笑道："喏，大公子，你哥。"

白羽嚣说："都做凡人了，还这么老成。"

琉双也是笑得不行。

两个人心情都轻快了些，他们没有现身打扰，静静地看了一会儿，没多久，一个农家妇人走出来，抱起孩子，心疼地拍拍。

白羽嚣默默地看着，虽然那曾是他的兄长，可今后，终究要以另一种和自己毫不相干的方式活下去了。

上一次来看白追旭，他尚且是襁褓中的婴儿，如今已经两岁大。

凡人的一生，短暂得令人惊叹，却又丰富得令人羡慕。

琉双给他兄长找的人家，虽然不富裕，却真的疼爱孩子，他的兄长一定能顺利地度过一生。

白羽嚣："那个妖族山主的魂呢？你没想过让他像我的兄长一样复活？"

琉双摇了摇头："他……他和白追旭不一样，回不来了。"

晏潮生受了两大神器的伤害，也无人为他挽魂。琉双后来在重塑白追旭的魂魄时，才知道白追旭留住残魂的代价，竟然是晏潮生用了半枚内丹。而晏潮生死的那日，除了无尽的痛苦和孤单，再无人对他施以援手。

这几年的时间里，琉双四处寻找晏潮生的残魂，试图挽回些什么，可什么方法都用过了，甚至，动用了自己的徽灵之力……依旧寻不到半丝他的气息，世间再无他的踪迹。琉双心想，他或许永远回不来了。

琉双在幽冥之地外的洞府叫作观花小筑，白羽嚣从百忙中抽出空来探望她和白追旭，不过一天的时间，又急着要赶回空桑。

"外面传的都是真的，风伏命要与少幽开战了。"白羽嚣压低声音，严肃地说，

“若少幽胜了还好，若是败了，恐怕空桑也会步其后尘，境主近来的脾气很不好。”

琉双：“以往空桑没有灵脉时，父亲尚能心态平和，灵脉一事解决，人人只看得见眼前的权力。”

白羽嚣讽刺地笑道：“可不是？我得回去了，你好好保重。”

琉双说：“等等，我回洞府收拾几样东西，与你一同回空桑。”

白羽嚣诧异极了。自从晏潮生在空桑身死，琉双放走众妖后再没回过空桑，一直在外面救小妖怪们，如今怎么想开了，和他一起回去？

“风伏命的势力越来越大，八荒中越来越多的人失去容身之所，如今只是妖族，过不了多久，这也是仙族的下场。顺他者昌，逆他者亡。他手下的仙族可以大肆屠杀其他人，这样下去，和邪魔当道有何区别？父亲至今不肯放下天君梦，如今这个梦，该醒醒了。”琉双说罢，转身去收拾东西。

白羽嚣站在外间，觉得琉双这几年真是成长了不少，不仅是修为，连带着心智也是。

没一会儿琉双出来：“走吧。”

白羽嚣说：“你就这点儿东西？”

一柄巨大的黑剑，看上去沉甸甸的，和轻灵的少女半点儿不搭。除此之外，她抱着一盏灯，小心翼翼地护着它，就跟看顾自己的本命灵髓一般。那盏灯是亮着的。

白羽嚣这几年也不是白过的，兄长没了，日后就靠他撑起整个家族，他看了一眼，脸色微变：“上古安魂灯？这种东西你都弄来了！”

琉双没想到白羽嚣认得这个，含糊着道：“不是安魂灯，你看错了。”

白羽嚣险些气笑了，劈手就要抢过去：“这安魂灯你能驾驭？赶紧扔了，把里面的魂火给灭了！”

琉双无奈地躲过白羽嚣的手：“哎，你还要不要回去了？”

白羽嚣目眦欲裂地看着琉双：“这东西是你能碰的吗？听我的，把它熄灭了，你总不至于为一个回不来的人点灯引路，它会燃烧你的心头血，你有多少心头血可以燃烧？”

琉双依旧护着灯，冲白羽嚣轻笑：“没事的，我心里有数。二公子，许久没见你跳脚的模样了，如今一见，可真是怀念。放心，这安魂灯我只点三年，今年便是第三年了，若依旧不行，我……我会亲手熄了它的。”

白羽嚣：“哼，你最好说到做到。”

两个人回去的路上，因为一盏安魂灯，白羽嚣一直拉着臭脸。琉双去戳他，他直接拍开她的手，气坏了。

琉双自然清楚白羽嚣为何生气，她低头看向怀里护得好好的安魂灯。她在三年前费尽千辛万苦找到这盏灯，是为晏潮生点的。它的来历，不亚于那些神器，却比神器厉害多了。

传说中凤凰神女的凡躯死后，魔神澹台烬得到了它，本来想用它来复活神女，后来凤凰涅槃，它再也用不上，便在上古大门派逍遥宗积了灰。

安魂灯本来是搜魂的法宝，可已经染了魔神的心头血，其他人再使用，其中的辛苦和痛苦，不足为外人道。

琉双为晏潮生点安魂灯的那一日，只有一个念头，晏潮生什么坏事都没做，临死还护着她的嫁衣，说待春日娶她回去。她带着对妖君的仇恨，从来没有好好地对待过他，后来他死时，不甘心地拽着自己衣角的场景，总是入梦来，搅得她不得安宁。

琉双想，她总得为晏潮生做些什么，无关辜负过自己的妖君，而是为晏潮生做些什么，她点了这盏安魂灯，只要以心头血或徽灵之力供养，不管他在八荒的何处，只要还有气息，便依稀仍有复活的机会。

可三年过去了，晏潮生没有回来，她的修为和快要散尽的徽灵之力，再也无力支撑这盏灯亮起，待月末，它便会自己熄灭。而琉双总不能一直耗在这里，还有更重要的事情等着她做，为她的族人，也为他的族人。她白皙的手指抚过安魂灯，脸色平静。

我等不到你了，她想。对不起，晏潮生！

她唯一为晏潮生做的事，在他死后都没有做好。

从夏捡到云陵和云炀两个小孩时，他们正在被邪修魂魄纠缠。她走过去，撇了撇嘴："又要干活了。"

从夏打跑纠缠两个小孩的邪修魂魄，咕哝着："反正人是我带回去的，功劳归我。"

从夏领着两个小孩，指着幽冥之地的宫殿，说道："你们今后就住在这里，好好修炼，待到他日长成大妖，打死风伏命那个龟孙。"

两个男孩目瞪口呆地看着从夏。

从夏微笑着说道："介绍一下，吾乃前山主座下，左护法从夏。"当然，这个威风凛凛的称呼，是她胡诌的，用来糊弄新来的小妖。晏潮生的名号，死了也比自己的好用。晏潮生毕竟是数万年来唯一能打得过天君的存在啊。

“从夏大人，”大点的孩子激动地开口说，“我记得你，原来你还活着。”

从夏感到有些意外，很快就知道了来龙去脉，得，原来还是以前妖宫里将领的小孩，不得不唏嘘世事无常。

“从夏大人，”小的孩子咬着手指，天真地问，“那个恩人姐姐是大人派来救我和哥哥的吗？”

从夏当然知道他们说的是谁，她毫不心虚地认领了功劳：“是啊。”

这都是自己应得的，从夏心想，自己的主上死在那个女人手中，这一切都是那女人为了赎罪做的，妖族不应该感激琉双，都应该感激自己才对，这三年是她把这些妖怪管理得井井有条。她绝不承认在外面救这些小妖有多么危险和辛苦，也不去想在幽冥之地生活有多安稳。反正如今所有的妖怪，提起那个祸水红颜，只有痛斥，提起自己，倒是感激一片。可惜，山主不在了，不然自己如今该多威风，没人敢和自己争这个山主夫人的位子。

往里走，幽冥之地的宫殿看上去十分整洁，和妖山的那座宫殿也相差无几，两个妖族孩子都很激动。特别是那个小的孩子，默默地咬牙，湿了眼眶。颠沛流离后能回家，是做梦也想不到的事。

从夏被琉双领着，第一次来到这里的时候，也震惊不已，原来这个仙子，在困杀晏潮生时，已经给其他妖族找了后路。

当初琉双穿着斗篷，把他们带到这里来，三年的时间里一直没有出现过，只隔三岔五地送些妖怪在幽冥之地的大门处，叮嘱从夏去接回来。

这份给一个庇佑之所的恩情，琉双不露面，又理所当然落在了从夏的身上。

琉双似乎也知道，不过她不在意这些，只要这些妖活着就好。从夏知道她不计较，就更大胆了。索性什么好处都沾，如今已经是妖族中最德高望重的存在。这让她飘飘然，沾沾自喜，疏于守护门外面的安全。

却不料这一日，琉双走了没多久，有一个小妖脸色惨白地说：“不好，在幽冥之地发现了仙族的气息，恐怕风伏命不久后就会发现我们藏在这里了！”

从夏吃惊得站了起来：“什么？”她难免责备琉双，竟然没有守好门，让仙族想到了这个地方。不过说什么都来不及了，她脸色铁青，说道：“准、准备应战。那个仙兵，还能不能追回来？”

晏潮生和当初的大妖都不在，若风伏命打进来，大家都一起死吧。

小妖惊恐地摇头："我发现仙族的气息时，气息已经淡了。"

从夏这回没了办法，不得不硬着头皮说："追，派几个人去追，不，我也亲自去。"若追不回来，早日逃命，找新的藏身之处吧！

从夏当即带了几个厉害些的妖怪去追，这是性命攸关的大事，所有人使出全力，真让他们追到了。

可是仙兵足足有一大群，还有数个仙将，这可怎么办？全部灭口？谁消灭谁还说不定。

从夏一时为难极了，咬着牙，几次想着，干脆跑了算了，大不了重新逃亡，至少还有一条命在，若等这群人回去汇报给了风伏命，那时候再跑，或许就来不及了。

然而，不等从夏退缩，眼前一阵狂风骤起。

身边妖族瞪着双眼，直直地看着前方的变故。从夏也定睛看去。

只见狂风过之后，所有的仙兵都倒在地上，被极其残忍地杀死，他们甚至没有反抗的时间，双眼睁着，血流了遍地。狂风所过之处，林木顷刻枯朽，仿佛被侵蚀一般，飞鸟惊慌地逃窜，叫声凄厉。

一股前所未有的威压袭来，令人情不自禁地想要跪下，想臣服。

从夏的脑海一片空白，待回过神来，已经跟着身边的一众部下，被这威压吓得匍匐在地。

有什么东西……比风伏命还要可怕的东西，出世了。

从夏的牙齿在打战，鼓起毕生的勇气悄悄抬眸，只见黑雾尽散处，一个修长的身影走了出来。染血的风沙还未平息，吹起他的衣袂，他的眼神冷酷而残忍，居高临下地望着他们，踩着一地的残骸。银色的鳞片，在他的眼尾处若隐若现，如缀着几枚美丽的玉石，他的脚不沾地，如同虚幻，带着比幽冥之地更浓重的死气。

从夏认出这张脸，脑海里一片空白："山山山……"山了半晌，愣是说不出后面那个字，男子冷冷地打量着她，又低头看了一眼满地的仙族人的尸体。一挥手，仙族人的尸体尽数散去。

他傲慢、冷漠的态度，却让人生不起半分不满，仿佛生来就该如此。他的声音冷冷的："连本座都不认得了？"

男子的身后，笑盈盈地走出来一个人："山什么山，从此以后，叫妖君。蝴蝶精，好久不见，还活着呢？"

"宿伦！"这下从夏确定了，自己不是在做梦。不仅仅没有做梦，从晏潮生身后走出来的，都是当年熟悉的面孔，宿伦、伏珩，甚至还有当初失踪的那些活下来的大妖，他们恭敬地跟在男子的身后。体型硕大的青色妖鸟，如今已经威风凛凛的，它的身边，另一只红色的妖鸟与它亲昵地交颈。红色妖鸟爪如妖刀，看上去十分锋锐。

除此之外，从夏还看见了一个穿着一身奇装异服，扛着斧头的男子，他咧嘴一笑："介绍一下，在下，泑山境主，战雪央。"

十二月，人间的冬天，越来越多邪修，抱着珍宝，往幽冥之地的宫殿去，献媚讨好。只因为他们知道，那座宫殿，如今住了一个可怕的存在。他来的第一日，散开威压，邪修齐齐嘶吼恸哭，震耳欲聋，灵魂俱颤的哀号似的臣服声响遍整个三途川。

混乱不堪的八荒，猝不及防地迎来另一个新的开端。

第十八章

妖君归来

远远地，
有人用低沉的语调说：
『妖君归，开门。』

“千刃派没了。”白羽嚣脸色古怪地走进来时，琉双正在写一封给少幽的书信。闻言她以为自己听错了：“什么？”

白羽嚣幽幽地道：“你没听错，在风伏命攻打即墨少幽时，千刃派被人灭了满门。那个掌门老儿的头颅，至今还挂在大门处。”

不怪琉双听到这个消息的反应这般大，白羽嚣收到消息时，也觉得奇怪。千刃派是近三年崛起最快的仙门，只因为狗腿子当得好，风伏命一下命令，他们总是冲在最前面，杀妖怪也杀得最多。有风氏一族的撑腰，这几年他们可谓混得风生水起，前段时间千刃派的弟子，与空桑仙境的弟子发生摩擦，最后竟然不了了之，千刃派难掩得意之色。要知道，在很久以前，千刃派弟子给空桑仙境的人提鞋都不配。

没想到这样炙手可热的仙门，竟然被人灭了满门。

琉双：“全死了？”上下三百多人呢。

“倒也不是，”白羽嚣说，“听说活下来了一个三岁大的孩子，那个孩子藏在水缸里，被人找到，据她说杀他们的人只说了一句话，让风伏命去找他。”

比起这件事带给琉双的惊讶和震惊，她的心里有一个大胆的猜测，琉双看了一眼旁边的安魂灯，心情复杂，又有些紧张地问：“是谁灭了千刃派？”

白羽嚣：“不知道，一个三岁的孩子，还被吓坏了，说话颠三倒四的。”

“嗯。”琉双感到有些失望，但心里燃起的希冀，没有轻易熄灭。她避免去想这个人是晏潮生，三年都没有他的下落，怎么会这个时候出现？还一出手就灭了一个仙门。若他还活着……最恨的，应该就是空桑吧。毕竟是她“杀”了他。妖君复生，假使还有前世的法力，踏平空桑不在话下。琉双尽量让自己冷静下来，希望越大，失望就越大。

白羽嚣幸灾乐祸地道："风伏命的仙兵在前线对付少幽，后院失火，他肯定气得不轻。"

可不是，虽然千刃派被灭门挺惨的，可是这个宗门，先前真是人人喊打，他们没了，对于目前不堪重负的少幽来说，是件好事。

琉双泼他一盆冷水："风伏命不会生气，不要说一个八竿子打不着的门派，就算整个八荒死了一大半的人，风伏命都不会在意。他为了要做的事，不会为任何事分心，这件事顶多引起他的警醒。就算他的左膀右臂都断了，我们也打不过他。"

白羽嚣瞪了琉双一眼："是不是就不会说几句好听的话？"

琉双忍不住笑起来。

少幽之所以还能顶住，是因为他在这几年里，终于能够驾驭神农鼎。神农鼎一出，风伏命哪怕想强攻，也要忌惮几分。

琉双觉得风伏命很聪明，他率先攻打昆仑是对的，若是先打空桑，以少幽的性格，一定会伸出援手。

而若先打昆仑，赤水翀会冷眼旁观，犹豫不决。

琉双把信写完，化作流光送往昆仑。信上说，三日之内，她会带仙兵驰援昆仑。

白羽嚣忍不住说："你就这么有信心，境主会同意你出兵？"

琉双说："无须父亲的同意。空桑都要被灭了，还攥着最后那点权力做什么？再不拧成一股绳对付风伏命，他恐怕要一扫八荒。"她的脸色安静，却透着令人心惊的沉着，"空桑未来的境主，是我。"

白羽嚣的目光一动。

琉双不理他，捧起安魂灯。院子里不知何时起了风，三年时间已到，她没法再供养它了。

白羽嚣盯着琉双，生怕她犹豫不决，不愿意为那个人灭掉这盏安魂灯。

琉双喃喃地说："上古之人把安魂灯传得神乎其神，可它最没用，魔神没法用它复活妻子，数万年，它没有复活过任何一个人。"

琉双看着安魂灯里的魂火跳跃，这微弱的光亮，曾屡次让她感觉，晏潮生还能活过来，然而这一切都是自欺欺人，没法再继续下去了。

琉双的手指抚过，冰蓝色的灵力如同寒冰，渐渐地，里面微弱的魂火熄灭了。

白羽嚣见琉双失神地坐在窗边，想起她年少时无忧无虑的模样。心里也有几分怅然：“走吧，不是还要去帮少幽吗？我和你一起去。”他想，若是兄长还活着，一定也会和她一起，为空桑而战。虽然兄长没了，但今后还有他。

琉双放下安魂灯，这三年，她寸步不离地带着它，如今割舍下来，心里空荡荡的，有些不习惯。她抿了抿嘴唇，待到走出宫殿，又恢复了平时的神色，外面的人无不躬身行礼。

赤水翀得知琉双要带人去昆仑驰援时，气得脸都黑了，他看着换上一身雪白的战甲的女儿，怒斥道：“赤水琉双，你的眼里，还有没有我这个父亲，这个境主？白羽嚣，你也跟着她胡闹！”

琉双坐在仙鸟上：“境主，昆仑要是被灭了，下一个就是空桑，唇亡齿寒，您不该再固执了。”

“要做什么，我心里有数，用不着你来说教。”赤水翀冷冷地看着琉双，“今日你敢调兵试试！”

琉双还真敢，凡人调兵需要的是兵符，而仙界不兴这一套，他们靠的是得天独厚的血脉，只要琉双还是赤水氏的后人，说出来的话，就永远带着不容置喙的力量。

“您打的主意，是鹬蚌相争，渔翁得利，然而，您却没有想过，覆巢之下无完卵，上一任天君万年都没完成的事——灭绝妖族，风伏命在短短几年的时间里就做到了，您真当他不知道您的用意，他就是等着您袖手旁观，他不是傻子。”琉双停顿了一下，在赤水翀愠怒的眼神中，继续说，“风伏命之所以敢这样做，只有一个原因，他如今在八荒之内，已经再无对手，您、少幽，我们所有人，恐怕联手都制不住他。”

赤水翀感到十分震惊，依旧不肯相信这个事实。琉双的每一句话，仿佛都说在了他的心上。纵然外面透出风声，风伏命这几年的修为骤然涨到可怕的地步，可在赤水翀看来，那小子不过一个晚辈，自己比他高数万年的修为，怎么可能无法奈何他？

“住口！”赤水翀说什么也不会让琉双带着浩浩荡荡的仙兵离开，只要证明他还是空桑至高无上的境主，他就能留下他们。赤水翀跃到空中，结印朝琉双打去。他没想过伤害自己的孩子，只想令她退却。

白羽嚣没想到境主会这样做，大喊：“琉双！”

琉双的眼神不躲不避，或者说，她等的正是这样一个契机。她抬手对上赤水翀的法印。两个颜色的法印在空中碰撞，耀眼的金色与冰蓝色的流羽同时炸开。

空桑弟子们惊骇地看着这一幕。只见光芒散去，境主从空中跌落，捂着胸口，震惊地看向琉双，而仙鸟背上的那个仙子，安然无恙。

琉双神色复杂地看着父亲，半晌之后下令：“出发。”

仙境之中，仙气缥缈，待他们走远，紫夫人长裙逶迤，过来搀住丈夫。赤水翀神情困顿，仿佛老了十岁，不可置信地看着自己的手掌。怎么会这样？短短三年，为何他连女儿都打不过？要知道这个孩子，生下来缺少魂魄。这样的认知，令他的心里翻江倒海般地难受。

紫夫人捂住嘴唇，眼泪朦胧：“夫君，收手吧，双儿长大了，让她去做对的事，不好吗？”

赤水翀的神色恍惚，脸色狰狞：“不，不该是这样的。”

紫夫人笑中带泪，没人比她的心情更复杂，既为女儿的长大感到欣慰，又为丈夫的老去感到惆怅：“你忘了吗？夫君，凤凰神女留下的上古预言：天道失衡，承载使命之人，必将诞生。”

预言出现的八万年后，风伏命出生，漫天祥瑞龙鸣，而即墨少幽可凝聚灵泉，姬氏香寒，行事诡谲，无人知道她的能力，可她是最早当家做主的，与上一任境主平起平坐，心生七窍。

唯有他们的女儿，一生下来，平平无奇，连哭声都微弱无力，魂魄不全，全无祥瑞。可不管再弱、再小，她终于还是在一片风雨飘摇中长大了。

上一任境主，没有谁承认自己的平庸。天君懦弱；即墨氏境主连天界都渡不过去；赤水翀曾经毫无建树，只有仁厚值得称赞；姬氏更不用说，连自己的家事都拎不清。他们的碌碌无为，并不能阻止下一代的崛起。

紫夫人看得真切，他们生来就是真正的天之骄子，天道偏爱之人。哪怕是桀骜阴狠的风伏命，谁不夸赞一句，天纵英才。

日渐腐朽的八荒，天道要他们来重振。不破不立，那将会是一个怎样的时代呢？

约莫是当初魔神毁灭同悲道牺牲后，万物欣欣向荣，许多年都昌盛的时代吧。

赤水翀的肩膀骤然垮下去，他迷茫地看着空荡荡的仙境。这条路，不知何时，他已越走越偏，忘记初心。他终于不得不认识到一个现实——他连琉双都打不过，更何况是如今恐怖如斯的风伏命。他感到浑身发冷，如果……这些孩子无法阻止风伏命，那空桑是不是注定灭亡？

“千刃派没了？”风伏命眯起眼睛，他含笑捧着掌心的一颗头颅，正是千刃派掌门的。底下的仙君眼观鼻鼻观心，没有一个人敢说话。他们的天君纵然是怒，脸上也常常带着笑意。

众人都摸不准那人灭千刃派满门，还派了个小娃娃传话，是什么意思。

风伏命放下手中的头颅，招了招手：“来，你过来。”

底下怯怯的三岁小女孩，正是千刃派唯一的幸存者。没人敢帮她，她只有要哭不哭地走过去，风伏命抱起她，笑盈盈地指着那颗头颅：“认得他吗？”

女孩点头：“爷爷。”她还不到懂事的年龄，本能地觉得不安，在风伏命的怀里颤抖着。

风伏命的下巴抵着她的头，他用手捏着她的脸：“好好想想看，是什么人杀了他？想起来了吗？”

他不在意千刃派没了，不过那个人既然有一夜灭了千刃派的实力，不得不令风伏命感到忌惮。他必须知道这个人是谁，才好应对！眼下是他统一八荒最好的时机，他不容许任何人破坏。

小姑娘崩溃地哭起来，终于道：“是一个哥哥……一个很高的，全身黑色的哥哥。”

风伏命挑了挑眉，笑道：“乖孩子！”

搜魂术法强行进入孩子的脑海里，读取她的记忆。渐渐地，风伏命眼睛里的笑意淡下去，脸色一片阴沉。他狠狠地一捶座椅：“是他！”

那双银色的眸子，这一辈子，他都不可能忘记。无异于所有风氏后代的噩梦，相繇王族，还真是百足之虫，死而不僵，注定了不是自己死，就是那个人亡。

风伏命：“他竟然还能回来！”

风伏命松开小女孩，小姑娘被强行搜魂后，软软地倒了下去，人事不知。立刻有宫婢上前，抱住小女孩，低着头，把她带出宫殿。

殿里的仙君看见这一幕，心情十分沉重，两个人，那个灭派的邪修和眼前的风伏命，简直跟两个变态似的。一个灭人的全族，还张狂地留个活口来昭告八荒。另一个连人家的遗孤都不放过，谁都知道，被强行搜魂，很难再活下去，纵然能活，也只会变成一个没有神智的傻子。

有一位仙君吞吞吐吐地道：“天君陛下，昆仑那边，我们还打吗？”

那个邪修太张狂了，可谓明目张胆地跟他们对着干！他们曾经把大小妖怪逼得无处容身，他一出现，也不给仙族留活路。

风伏命冷冷地道：“打，为何不打？容我想想。”他的手指敲击在座椅上，短暂的惊愕以后，他极其冷静。有软肋的人，总是活不长久的。自己能设计杀他一次，就有第二次、第三次，就是不知道，在晏潮生的心里，曾经的软肋，赤水琉双如今还算个什么？

风伏命的眼睛弯了弯，他轻轻地笑了。不急，且再看看。自己早已今非昔比，哪怕相繇王族复活了，又能拿他怎么样？

八荒皆在他手，小小的孽畜罢了！

晏潮生辰时归来，宿伦和伏珩等众人在大门前等他。

远远地，有人用低沉的语调说：“妖君归，开门。”

伏珩见到晏潮生，松了口气，之前山主，哦不，现在早已应该称呼他为妖君了，妖君先前决定一个人去踏平千刃派的时候，他们都挺担心。这才长好身体，能不能行啊？

他们所有人，都见证了晏潮生是如何活过来的。

三年前，世间连他的气息都寻不到，后来忽然有一日，仿佛魂火指引，青鸾寻找到他一丝浅浅的气息，用自己体内的心脉，强行啼血拽住了他的一缕残魂。

命运弄人，谁也没想到，让他死去是因为对琉双的爱，让他还有一线生机的，依旧是对琉双的爱。他若不是曾傻傻地分出心脉去给妖鸟，断然不会再有复生的机会。

一群人在宿伦的策划下，躲在蓬莱旧址，等着这一丝弱小得风都能吹散的残魂凝聚。

等啊等。

那时候的晏潮生，像个脆弱至极的婴儿，天冷了些，残魂还会低低地啼哭。一群五大三粗的汉子，围着自家虚弱的主上，愣是操碎了心。

后来他们悄悄去泑山，得到了战雪央相助，才好了一些，能够喘口气。

战雪央当时见到晏潮生，瞪大了眼睛，喃喃着道：“怎么这么严重？她可真下得去手！被神器绞碎的残魂，至今还有活路，听上去像天方夜谭。”

还好冥冥之中，一直有一股力量吊着晏潮生脆弱的残魂。

众妖想尽了办法，不得不承认。唉，晏潮生这回真是死透了！不说别的，等残魂聚拢，少说也得一千年。一千年的时光啊，风伏命那个狂人的孩子恐怕都能出征了，哪里还有他们妖族的容身之地。

众人心灰意冷之时，连战雪央和宿伦都快放弃了，没想到某个夜里，电闪雷鸣。凭空降下八十一道劫雷，把泑山劈得摇摇欲坠。

众妖目瞪口呆地看着腰身粗的紫色玄雷，忍不住问道：“这是谁渡劫呢？”

要成神啊？这么粗的雷。这是天道制裁吧？逆天的神雷，天道都追着要杀的人。再一看劫雷的方向，心凉了半截，正是他们供着残魂的地方。

说起来晏潮生那一缕脆弱得像婴孩的残魂，平日里下雨，都会被惊得直哭，今日这么些道雷下去，恐怕是彻底完了。

这次连宿伦都白着脸，目露绝望：“死定了。”

没有一个人敢靠近，都等着劫雷劈完，去给晏潮生收尸。他们的相繇王族梦，做了数万年，终于在这一刻醒了。整个泑山被劈得摇摇欲坠，最后一道紫色玄雷落下，泑山被夷为平地。

战雪央从废墟里瑟瑟发抖着爬出来，难以置信地低头看看自己的手，又看看展露在自己眼前的大好山河，心思这么深沉的人，头一次跟傻了似的：“泑山没了？我……我出来了？”

当初祖辈许下什么诺言来着，待到相繇王族归来，平四海，定八荒，成为真正的君王，带领妖族崛起的那一日，泑山方可破。而如今不过一顿玄雷劈下来，囚禁了他祖祖辈辈的牢笼，竟然就这么破了？

为什么？战雪央瞪大眼睛看向供养残魂的地方，只见在他们的眼里，死得不能再透的残魂，不知何时，变成漆黑、阴郁的浓雾。浓雾里，隐隐可见一个身影凝聚着。

那张脸，让人熟悉得不能再熟悉，赫然是晏潮生！

在众人惊讶的目光中，他缓缓地睁开眼睛，银眸赤红，抬手掐住离他最近的妖的脖子，阴冷地问道：“我的夫人去了哪里？”

那个大妖被他掐得眼珠子都要冒出来了：“您……您尚未成婚合灵，没有夫人啊……”

晏潮生像是毫无神志，收紧手指，眼见大妖快被掐死，晏潮生渐渐又闭上了眼睛。

从那以后，他总会在每月初一、十五醒来一回，次次醒来，就会发狂，说着旁人听不懂的话。

“我已经不想取你的心了，你去了哪里？”

“上穷碧落下黄泉，你为何从不与我相见？”

“双双，我什么方法都试过了，再没别的办法。”

“我已经知道错了，但我不后悔，你若还恨，回来，回来亲手杀了本君。让你泄恨。”

说到后来，他的眼睛里偶尔会流下血泪，然而面目依旧恐怖地扭曲着：“本君不后悔，永远也不会后悔……”

……

一开始众人还绞尽脑汁地去分析，晏潮生说的到底是什么，后来发现他说的都是不曾发生的事，恐怕他神智错乱，在梦里与那位他爱得肝肠寸断的琉双仙子合灵，又解灵了，才说出这些奇怪的话。习惯了以后，便没有人在意，只当这位妖君在面目狰狞地梦呓。

就这样，日复一日，他们把这个疯疯癫癫的主上，养在如今已无人烟和灵气的蓬莱旧址，四处去捉些小恶魔来让他发泄。就怕他弄死自己人，还能让他方便对着恶魔们说胡话。

这种情况维持了好长一段时间，直到有一日，伏珩捉去邪修魂魄，供他泄愤。

只见他站在窗前，穿着一身银色绣着金线的长袍，眉目清冷地看向窗外，安静得仿佛画中人。

伏珩犹豫间，晏潮生已经回过头来。他这次没有抓着任何人，让人为他指路寻找那位妖君夫人，只是眸中闪过许多复杂的神色，笑了笑：“辛苦了。”

晏潮生的眼尾缀着细碎、美丽的银色鳞片，不像妖邪，反倒像是俊美无双的上古神祇。他似乎有些厌弃地抚过眼尾，阴沉地一笑：“天道的报应？”

伏珩“扑通”一声跪下去，整整三年，他第一次有了流泪的冲动。他知道，曾经解救自己于水火的山主，终于回来了。

晏潮生又在蓬莱养了半年，有一天，他突然淡淡地说：“走吧，回去，杀些仙族看看。”那语气，就跟在说今天气真不错一样轻松。

回去就遇见了小蝴蝶精从夏，在尾随一队天兵。

杀完天兵，杀千刃派，整个过程，只有晏潮生一个人动手。所有人这才有点真实的感觉，主上是真的回来了。

晏潮生昨夜只身去千刃派，大家的脑海里仍是晏潮生弱小、爱哭的残魂形象，生怕妖君魂还没养好，又被人弄死了。要知道，他现在不同于以往坚韧的元身，他可是个邪修啊！阴气森森的，通身冷冰冰的邪修。死了就什么都没有了，连轮回都没法。

大家提心吊胆地等着，晏潮生子时出去，没想到辰时就回来了。他身上的煞气浓重，不知道杀了多少人。

宿伦看了晏潮生一眼，晏潮生变了，还真的是变了。以前的那个晏潮生，看起来凶巴巴的，其实挺好糊弄的，大多数时候，别人不犯到他头上，他不太乐意杀人。如今人家怎么对他，他会毫不犹豫地加倍奉还。这样的气魄，却正是如今死气沉沉的妖族所需要的。他垂下头去，眼里漫出笑意，费尽心思，要的不就是眼前的这个君主吗?

蝴蝶精从夏今日也跟了来。她还是和以前一样，见了晏潮生就想献殷勤，眼睛里处处写着勾人的意味。

晏潮生看了从夏一眼，想起这辈子的种种。妖族若没有这只蝴蝶精，恐怕还真没有今日，早在风伏命的手中死绝了。对待功臣从不吝啬，是晏潮生做妖君几百年来，历来奉行的法则，于是他罕见地没有让她滚，问了她许多妖族的事。

从夏都答得上来：“好着呢，大家都好着呢，我救得及时，把他们接回来，大家在幽冥之地都没怎么吃苦，只等着主上一朝归来，号令大家，讨伐风伏命。”

“嗯，”晏潮生说，“辛苦你了。”

“不辛苦。”从夏感到受宠若惊，这种幸福感实在太美妙，归来的妖君虽然更深沉，可是对她的态度不知道好了多少。她满眼桃花，心花怒放。知道这都是自己一手“护住妖族”的功劳。现在自己在妖族中受人爱戴，连妖君也对她另眼相看。还好，还好在妖君回来前，自己没有抛弃这些妖怪跑掉。

想到那个三年来风雨不改拯救妖族的女子，她心里闪过转瞬即逝的心虚。不能让妖君知道。如今在妖君的心里，那个人是杀了他的仇人，自己才是他的恩人！想到自己日后的风光，还有三年来享受的追捧，她的心一狠，换上关切的神情：“妖君如今归来，一定要找当初害您性命的那个女子报仇！”这不能怪她，妖族的天性，人不为己，天诛地灭。

千山万水揣着一腔真心和嫁衣赶去，却被赤水琉双用神器杀死，不得超生，自此不入轮回。

晏潮生的声音淡淡的，诡异得有些平和。他在看自己的手，一双沾染了孽障，杀生无数的手。这不再是少年的手，它指节分明，充满鲜血的气息。他曾亲手把她推入地狱，到了如今，都不会向她忏悔。他走的本来就是一条不容后悔的不归路，他遇见琉双的时机不对，再来一次，他依旧会那样做。他丧心病狂地给过她最糟糕的一切，包括爱。好在年少时的自己，干干净净的，有资格从容地为她赴死，这份爱就不算太污浊。

晏潮生低低地道："是该报仇。"

从夏精神了："您决定怎么折磨她？"

晏潮生什么都没说，只是笑了笑。折磨、报复心上人，那就让他这样的禽兽，成为她的夫君，让她多生几个孩子，想来才显得残忍。

晏潮生归来以后，不管外界如何风雨飘摇，幽冥之地却空前热闹。讨好、献媚的人无数，晏潮生回来，承受了八十一道天雷，早已不是当初被人困杀的妖怪。

宿伦以前不愿辅佐他，便是明白，少年心性的晏潮生，空有一身修为，心性实在太过稚嫩，纵然跟着他，妖族也绝不会崛起，这才决定和老友战雪央放手一搏，希望晏潮生成长。

没想到晏潮生归来，就成了这副他看不懂的样子。不像以前动不动就生气、冷脸的样子，他偶尔轻飘飘的含笑的一眼，令人浑身发毛，感到畏惧，仿佛什么都瞒不过他。蝴蝶精在他的身边说得天花乱坠，他始终笑着，耐心地听，然而眼神冷漠，宿伦只看了一眼，心里沉甸甸的。

宿伦和战雪央不同，他不喜欢掺和进八荒纷争，这位主上，若说从前还有情有义，有血有肉，如今简直可以说是铁石心肠，不择手段。他甚至没有第一时间找琉双“报仇”。换作以前的晏潮生，恐怕一刻都忍不住，会马上飞去琉双的身边掐死她。然而如今晏潮生跟没事人似的，仿佛人家并没有把他弄死一回。

宿伦觉得跟着这种心思深沉的主子，大抵也捞不着什么油水，还会把自己搭进去。于是在一个清晨，他收拾好包袱，打算不辞而别，继续像以前那样，混迹人间。

才跨过擎苍山的山头，有人坐在悬崖前，长戟插在身旁的石壁里，回眸笑着看他：“宿伦大人想去哪里？”

宿伦呵呵干笑，心里骂起来：“近日在幽冥之地憋坏了，出来走走。”

晏潮生说：“正好，本君也要出去一趟，一道吧。”

宿伦：“……”他把包袱一背，不得不跟上去。

晏潮生带着宿伦来到空桑地界时，宿伦的心里咯噔一下，这是来报仇的？可是这种掺杂着儿女情长的仇，不该带他来。而且赤水琉双并不在空桑，她远在驰援少幽的战场，晏潮生不可能不知道。

宿伦：“妖君这是打算做什么？”

“早早了结一笔账。”晏潮生说。

他们到了空桑的灵脉处，滂沱的灵气充裕得令人心旷神怡。

林木掩映处，一个女子拍打着结界：“放我出去，你凭什么关着我？亏你还是我的父亲，有你这样做父亲的吗？你恐怕只配做赤水氏的走狗。”

她叫喊了一阵，无力地跌坐在地上：“风伏命……”

宿伦震惊地看着她的脸，这不就是赤水琉双吗？再一看，又似乎不是。结界中的女子，长了一张和琉双八分相似的脸，但两个人的气质截然不同。这是怎么回事？养魂三年的妖君，又为何会直接来这里？宿伦挑了挑眉，心里生出几分兴趣。

只见晏潮生上前，那个宓楚不论如何也打不开的结界，在他的手中顷刻化作齑粉。

宓楚惊恐地看着他，后退几步：“你，你是谁，敢擅闯空桑灵脉禁地，来人，来人啊。”

“别叫了，”宿伦提醒她，“免得叫来了人，平白害人家丧命。”

宓楚的脸色大变，她身为仙子的敏感还在，一眼就能看出这两个人不是凡人，也不是什么仙族。一个人身上的妖气淡淡的，另一个人身上阴气冲天，反正谁都没想着掩饰。

她还想着叫父亲救命，

身形颀长的邪修男子的手指已经扼住她的脖子。他的手指冷得令人心里发颤，她瑟瑟发抖，以为这个男子要掐死自己的时候，发现他没进一步动作，反而在打量着自己的脸。

宓楚咬牙，心存侥幸，那个女人的脸还真好使。这不人不鬼的东西，一时都没对她下手，给她的父亲争取了赶来的时间。楼辛竺虽然把她囚禁在这里，不过到底心疼她，不会不管她的死活，只要再坚持片刻，惊动此处的守卫，她总能得救。她想得天真，若守卫们有这样的实力，面前的两个人也不该进得来才对。

晏潮生的脸上带着笑意，却令人恐惧："你配不上这张脸，本君已经姑息了一次，做过一次禽兽，这次，便不让她闹心了吧。"

宓楚还没反应过来，下一刻，她的身体一痛，脸上更是剧痛起来，她"啊啊"出声挣扎着，却还是被人强行粉碎了身体里的幻颜珠。幻颜珠碎裂，她绝色的容颜也仿佛被撕开假面，变成了以前的模样。而男子似乎也没有想要杀她，弄碎幻颜珠以后，松开手，任由她跌坐在地上。

宓楚意识到发生了什么，立刻崩溃："我的脸，还给我，还给我！"她不管不顾地扑上去，涕泗横流。幻颜珠没了！她再也无法去做想做的事。取代赤水琉双，是她很早以前就有的想法。

赤水琉双的父亲是境主，自己的父亲只是一个迂腐的守灵脉大臣。赤水琉双被所有人疼爱，自己只是寄人篱下。赤水琉双姝色无双，自己只是清丽之资。

哪怕是终身大事，赤水琉双的联姻对象，要么是惊才绝艳的昆仑少主，要么是天宫那位高高在上的君上。宓楚恨透了，明明自己又聪颖又勤奋，凭什么处处矮她一头？

三年前宓楚与风伏命暗通款曲的事，并非做得天衣无缝，在赤水翀有所觉察前，楼辛竺咬牙强行捆了女儿来到灵脉，想要好好教训她，矫正她的心性。宓楚知道拗不过迂腐的父亲，连忙表示自己愿意跟他来，却在临行前的一晚，去了白氏的仙邸，把白羽嚣骗了出来。

那时，白羽嚣冷着脸："仙子还有何事？说吧。"

到底还有着从小长大的情谊在，宓楚做的那些事，都没有摆在明面上，她哭得梨花带雨，红着眼睛不住地道歉，终于把白羽嚣的冷脸哭得犹豫几分。

最后宓楚告诉白羽嚣："明日父亲就要带着我离开，我从前鬼迷心窍，做了许多对不住你的事，大公子去世时，也没有顾及你的感受。对不起，从此我留在南境灵脉清修，此生都不会回空桑了，代我告诉琉双，宓楚姐姐对不起她。"

白羽嚣抿着嘴唇，把她的眼泪擦去。在他少不更事时，他的心里到底有过眼前女子的一席之地。如今时过境迁，记忆里的人，一个接一个地离开，白羽嚣到底也是有些伤感的。

宓楚便在这时，向白羽嚣讨了幻颜珠，说她从前招惹过风伏命，以后只想改头换面，好好生活。

男子一叶障目时，往往不懂女子生出的妒忌心。

犹豫片刻，白羽嚣想，幻颜珠不是什么宝贝，还是兄长和琉双已经不要的东西，便给了她。

宓楚跟着父亲来到灵脉，当即幻化成赤水琉双的容貌，楼族长看见这一幕，还有什么不明白的？他的女儿鬼迷心窍，岂有半点悔改之意！他为了阻止宓楚犯错，把她幽禁在南境灵脉处，这一关，就是三年。

风伏命忙着征服八荒，没有时间管她。宓楚就这样一直被关着，直到今日晏潮生和宿伦到来。

一朝梦碎，宓楚简直恨透了眼前的人。

那个人却不再看她，反而看向她身后的楼辛竺。

楼辛竺扶起宓楚："宓楚，你可有事？"

见女儿的脸变了，楼辛竺的脸色也是一变，看向来人："阁下法力通天，今日前来，可是要我南境守卫的性命？"

楼辛竺比宓楚的修为高，一眼就看出，哪怕整个南境的仙兵一拥而上，都敌不过眼前的男子。神农鼎才能融化的珠子，他能徒手捏碎，这是何等可怕的力量。

然而那个男子神色复杂地看着他："我不为杀人而来，是为了结一段因果。"

晏潮生从体内抽出一丝灵髓，送到楼辛竺的面前："上古血脉的灵髓，自此因果两清，楼族长，多多保重。"

说罢，晏潮生毫不拖泥带水，带着宿伦消失在南境。

楼辛竺看着空中法力充盈的灵髓，不解极了，他追了好几步，终于想起这个人有眼熟。这个人不是三年前，被诛杀的那个妖族的晏潮生吗？

宓楚抬头看着那缕灵髓，楼族长叹了一口气，把灵髓收起来，也没有说给她。这样的东西，吸纳了不知是福是祸，此人来历不明，纵然女儿想要，他却不能真的给她。平平静静地明哲保身，过普通人的日子不好吗？他的身体一日不如一日，全是守灵脉落下的病根，早晚会离开这个世界。宓楚是他唯一的女儿，他一定会把她安排妥当，又哪里用得着她谋划，走一条肮脏的路？

楼族长，不，或许晏潮生应该叫师尊。晏潮生在年少还未觉醒时在空桑修炼，受尽欺辱，九死一生。唯一的那一丝生机，是当初守护灵脉归来，早有远见的楼辛竺给的。他引晏潮生入仙门，恩情不可谓不大。

相繇王族有很多缺点，心性冷漠，刚愎自用。然而他们知人善任，赏罚分明，大恩必报。

妖君晏潮生的记忆里，事情与现在的发展全然不同。那时他刚入空桑，琉双已经死了。空桑并没有这样一位少主，只有受尽恩宠的宓楚仙子。

楼族长给过他许多恩情，还想把女儿许配给他。晏潮生不置可否，宓楚却抵死不愿，楼族长没了办法，只有一个请求，若有朝一日他不在了，可以保护他的女儿宓楚活下去。

晏潮生记在心里，后来宓楚表示想要去他的身边，他便把宓楚接了回来，才有后来的那一段琉双与他解灵的故事。他任由琉双误会，冷眼看琉双离开。

多少年前，那个爱哭的姑娘，委屈得心都要碎了，以为夫君喜欢的是别人，把她当作一个替身。殊不知，他当初心怀鬼胎，故意落入苍蓝仙境，后来一个憨傻可爱的姑娘来找他，非要报恩。他抬眼看她，看见一张诚挚的绝色容颜。真是漂亮、可爱，跟清晨的云霞一样，朝气蓬勃的。他心想，那是他与宓楚同门数年，从未在宓楚身上感受到的。

这么好看又蠢笨，相繇王族的人天性凉薄，倒不会为了这么个漂亮点的人心动。不过，晏潮生心想，在剜她的心之前，哄哄她也不错，她说不定还能乖乖地答应淬炼徽灵之心，能省很多事，令他的妖族复兴。那时候晏潮生早已踏过红尘，认识琉双时，不觉得做了坏事是需要付出代价的。于是他问："叫什么，是哪里的小仙？"

琉双掷地有声，清脆地答道："回大人，小仙琉双，是苍蓝仙境的一棵仙草，如今一百岁啦！随时可以为妖君大人效命。"

不知道为什么，他就有些想笑，于是真的笑了，自投罗网，蠢笨不堪。直到很多年后，晏潮生被天雷击得神魂溃散，也要爬着去找她，方才知道，从一开始就错了。哪怕他卑鄙得想直接剜去她的心，也不该自不量力，去尝试情爱的滋味。

他溺死在无尽的灿烂中过，自此万年孤独，一个人独坐在山巅，入目种种，全是煎熬。纵然没有能力可以逆天改命，可是哪怕忤逆天道被劈成灰，他依旧疯狂地想见到她。

遇见一个渣滓，他低头想，没办法，算她不幸。

晏潮生办完南境的事，把宿伦一道提了回去。他言简意赅地道："尽管跑，打断腿。"

宿伦："……"狐狸这种狡猾的种族，惯会作壁上观，偷奸耍滑，哪怕别的种族灭绝完，他们总能一息尚存。如今晏潮生平静却狠厉的话，听上去就不像是开玩笑的。宿伦讪讪地跟着他回来，心里还在想方才见到的那一幕。他探究地看向晏潮生，总觉得妖君知晓得未免过多，不过任由他聪慧，也不可能想得到眼前的人究竟来自何处。

晏潮生本来就没打算隐瞒什么，比起少年时，后来的他不仅脸皮厚，还很刻薄，连相繇血统都没瞒着宿伦，他的来历也不打算瞒着。他们总能想通，毕竟沕山破，就是一个明晃晃的佐证：他是未来一统几界的君主。

留着宿伦大有好处，这个人实在是用得顺手，卑鄙些都无妨。

这段时间幽冥之地来了不少仙兵探子，全被伏珩灭了。晏潮生并不忙碌，他跷着腿，在宫殿听说书。

蝴蝶精惯会逢迎，从人间寻来了一个妙人先生，三年来仙界、凡间发生的大事，先生都有所耳闻，说得也动听、有趣。

晏潮生没有第一时间去找琉双，他与她阔别太久，贸然来到这个世界，并不想被她认出来。他这个卑鄙无情的妖君，在她的记忆里并非什么好东西，重来一次太难了，不如留给那个为她牺牲一切的少年，至少纯净无瑕。

"说吧，把你知道的，不论虚实，全部说来听听。"晏潮生有少年时自己的记忆，他苏醒那一刻，便知道，这个世界的琉双，是曾经的小仙草。她还带着记忆，带着对他的恨，唯独不再有对他的爱。晏潮生苏醒的那日，魂魄隐约感受到指引，那是安魂灯里徽灵之心的力量，他不可置信的同时，又隐约有几分怪诞之感。

受过伤害的小仙子，不再爱自己，却会被一个傻子感动。可他不再是那个傻子，是个活脱脱损人不利己的祸害、混账。

晏潮生离世三年，刚好借着说书先生的口，来了解琉双引起的变化。这个世界，到底变成了什么样？

说书先生看着王座上那团黑雾，脸上的冷汗却不住地往下流。王座上的那个人，他、他、他是幽冥之主啊！好像生前还是什么劳什子蛇妖，反正每一种，都是令说书先生胆寒的存在。妖君陛下听他说书，他生怕自己一个磕巴人头落地。

晏潮生的嘴角却带了笑，不错，重活一次，她总算聪明了许多，活得不错，以至于现在早已不是自己记忆里的世界。

说书先生从三年前说起，恰好是山主晏潮生血溅空桑大殿那一幕，他摸了摸胡子，唏嘘不已："那山主怀着一腔爱慕，最后落得魂飞魄散，凄惨收场……"

说书先生并不知道眼前的妖君，就是曾经的山主。这一幕，倒是勾起了晏潮生属于那个少年的记忆。他记起少年流着血泪，胸口还揣着一件嫁衣。那个少年恨透了琉双，却执着于一句，她到底有没有爱过自己？

晏潮生按住心口，属于少年的痛与恨那般清晰，仿佛就在昨日。他甚至有几分感同身受的滋味。若活过来的自己，没有作为妖君的记忆，必定是要报复她的。把她碎尸万段都好，绝不会容许她有生之年，有半分快活。可如今的晏潮生，有曾经毁灭她全族记忆的晏潮生，再明白不过她的恨。他仅剩沉默，更欣慰她的成长。曾在他的身后，瑟瑟抱头躲天雷的小仙草，总算有了长进。懂得杀人，也比傻傻地被人欺骗、被人剜心要强。

晏潮生与那个纯粹的少年晏潮生不同。他没有遇见琉双的那一世的少年时期，那时过得实在太辛苦，连恨这样的情绪也鲜少有人带给他。

晏潮生想：这样很好，她的爱给过他，恨也只给了他一个人。都是属于他的，不会分给旁人半分。想起琉双带着恨的目光，晏潮生身体竟隐隐有些兴奋。

晏潮生叹息一声，笑着撑住额头。真是……令人心情复杂。这样的自己，再次见到她，她必定讨厌死他了，指不定一眼就能看出自己的不同。他哪里敢一回来就去见她，好好的一盘棋，不能再弄糟。

说书先生口中的故事丰富，旋即又说了些风伏命干的大事，晏潮生若有所思："倒是和我的记忆里，有些出入。"

说着说着，说书先生想起一件事。他来之前，收了蝴蝶精的贿赂，从夏只有一个要求：抹黑赤水琉双！

于是说书先生连忙补充道："赤水氏的少主，可谓风流人物，三年前，在空桑大殿设计害死妖宫山主，然后几年，又与昆仑少主不清不楚的。她与父亲诀别，在昆仑住了很长一段日子，昆仑少主爱重她，处处以她为先。最初，这位仙子还与天君有过一段，据说初见时，天君便被她的容貌吸引，和她有过一段风花雪月，算起来，与她有过首尾的，不知凡几……"

越说越觉得不对劲，说书先生抬眼，见晏潮生似笑非笑地看着他。

晏潮生："先生所说别的，本君不知真假，只有这一段，或许有悖，容本君纠正一二。"

说书先生："什……什么？"

晏潮生："自始至终，和她有过首尾的男人，只有一个。"

说书先生结结巴巴地道："谁？"

大雾之后，男子轻笑，没吭声。

那天，说书先生屁股被打开花，给人抬了出去，外人究其原因，只晓得是他说书说得不够好，惹了妖君不快。

这点小事，没有引起半点儿波澜。外面如今打得如火如荼，神仙交战，凡人跟着遭殃，昆仑与天族交战的战场，百里之内，寸草不生，硝烟弥散。

偏偏妖君旁观着，没有插手的打算。

幽冥之地每三日一次朝会，有妖将忍不住问道："如今两方皆有损伤，咱们为何不趁机出手，杀他们个片甲不留？"

他猜测，妖君的实力，隐约在风伏命之上，没必要怕他。现在双方疲乏，包括空桑的仙兵，都卷入其中。这些仙族都是他们的仇人，依他说，全杀了才好！

"不急，"晏潮生说，"战事拖延这么久，早就不寻常，风伏命在等本君出手。再等几日，昆仑撑不住时，本君自然有所决断。"

晏潮生这样说了，旁人自然也没有意见。

晏潮生静待时机，然而还未等他动手。这一晚他做了个梦，梦里是相繇一族被屠戮的惨状，血流成河，哀鸿遍野。

晏潮生醒后，一言不发，冷着脸子，还未等到天明，便去了无情殿。

无情殿依稀还是当初记忆里的模样。

晏潮生进去，注视着寒潭，半晌才道："出来吧，梦姬。"

晏潮生的手一挥，寒潭中那个温婉、美丽的灵魂飘出来。

晏潮生："当初镇妖塔碎裂，你就一直藏在这里？"

梦姬使用能力，造梦引起晏潮生的仇恨之时，便料到自己会被他发现，她痴痴地看着他："你……殿下，你觉醒血脉之力了。太好了，等了上万年，这一天终于到来，如今只差徽灵之心，相繇一族便可以重振上古的辉煌！"

她的神情癫狂，俨然与当年一模一样。连说出来的话，也那般相似。多么耳熟，当初他们就是这样逼他的。晏潮生看着这个算自己半个母亲的女子，只觉得可笑，天下有这样的母亲吗？还觉得自己的孩子不够像个疯子？非要用这样的手段一遍又一遍地逼疯他。他当初就是这样一点点地发着疯，骗琉双喝下淬心灵液。

梦姬掩唇道：“殿下既然觉醒了血脉，就应当知道，血海深仇，不可不报。徽灵之心你已经知晓在哪里，这是她的命运。梦姬知晓当初殿下曾经心仪于她，但如今时过境迁，殿下难道还未死心吗？”说罢，她抬手，想要触摸晏潮生的眉眼。

她的手被挥开，晏潮生笑道：“梦姬，谁准你探听我的心？”

梦姬怔忪间，她竟然什么都没听见，这个能力竟然失效了！梦姬有些着急，脸色也变得狰狞起来了：“殿下难不成还舍不得她？！”当初夜魔罗他们用尽全力，留下她的一丝残魂，就是为了让她如今匡扶晏潮生成事。

可殿下回来这么久，还没动那个女子。梦姬不得不造梦，让他一遍遍地重温当年灭族的噩梦。

晏潮生冷冷地看着她，半晌笑了：“梦姬，你真是活得……够久了，你以为我还是无能的稚子，任你摆布？”

梦姬惊讶地睁大眼睛：“你想做什么？我是你的母亲！”

“母亲？”晏潮生讽刺地一笑，“晏某天生地养，没有母亲。”

晏潮生一挥手，法阵结起老：“好好在这待着，梦姬，本君并非不忍心杀你。下一次本君再来，便是你的死期。本君知晓该做什么，无须你自以为是。”

梦姬发疯似的扑过来，然而撞在结界上。

晏潮生在某一日朝会后，留下战雪央：“炼制的淬心灵液给本君。”

战雪央：“妖君陛下打算报杀身之仇了？”

自从晏潮生离开泑山后，战雪央一早就在炼制淬心灵液，想来将来必定会用到，如今灵液已经炼好，战雪央把手中透明的琉璃瓶递过去。

晏潮生看着那个瓶子，瞳仁微不可查地一缩。他想起许久以前，那个院子后的秋千上疼得脸色苍白的小仙子。多少次她自愿喝下去的时候，以她的胆子，其实怕得要命吧。

“是，报仇。”晏潮生淡淡地道。

战雪央不疑有他，毕竟是杀身之仇，当初有多惨烈，战雪央都听说了，晏潮生不可能还爱着赤水琉双。

琉璃瓶到了晏潮生的手中，冰冷寒凉，带着刺骨的寒意，晏潮生转了转瓶身，眼睛下面投下一片阴影。不会再发生那一切了，他曾付出惨重的代价，终于知道这条路，怎么走才正确。

没两日，关于琉双以前怎样困杀晏潮生的事，在幽冥之地传得如火如荼。更有甚者说："妖君说了，谁能把她捉回幽冥之地，必有重赏。"

晏潮生是如今整个幽冥之地最强大的存在，这话有不少人相信，纷纷等着琉双和少幽被风伏命打败，他们捡漏把她捉回来。尽管这听起来很像天方夜谭。

邪修们窃窃私语道："自古以来，邪修们的法力被天道所限，无法突破，听说谁捉住妖君陛下的杀身仇人，妖君就会把修炼秘辛告知谁。"

"这样的秘辛都肯告知外人，想来妖君真是恨极了那位仙子，若真有一日她落在妖君的手中，必定求生不得，求死不能。"

"自然，妖君杀人的手段那般狠辣，对待千刃派尚且如此，更何况这个与他有仇，辜负了他的仙子。"

他们说得笃定，幽冥之地的那个修罗恨透了赤水琉双的话，就这样流传了出去。

连宿伦看见晏潮生阴郁的眉眼，都觉得等到再见赤水琉双那一刻，会发生什么可怕的事。

说实在的，宿伦想劝劝晏潮生，他对琉双的印象还不错，琉双虽然狠了点儿，可人家好歹与他们的妖君有过一段。真这么绝情？

伏珩倒是很赞同，他木着脸说："她死有余辜。"

七月，阴时幽冥之门四开，也是昆仑与天族战了数月之后。

风伏命压着昆仑和空桑的仙兵打，却未尽全力，他在等暗处的晏潮生出手，收到消息，手指轻点，蹙眉道："真是这样说的？"

"千真万确，如今晏潮生恨不得将赤水琉双千刀万剐。"

风伏命倒也不怀疑，毕竟若有一个女子敢这样算计自己，他必定令她死无葬身之地。风伏命笑笑，眉间浮现出几分阴戾之色："可是，本君怎么这般不信呢？"他敏锐的直觉告诉他，此事说不定还有转圜的余地。即墨氏好对付，相繇王族的余孽，却是八荒都忌惮的存在。

"他既然真的不在意，"风伏命温和地一笑，"今日便动赤水琉双吧。"他倒要看看，晏潮生到底救不救赤水琉双，他能不能冷静地袖手旁观。真的比一场，输的人，未必是自己。

风伏命低下头，笑意温和，短短数年，他的法力精进得如此之快。供养全族的灵脉，在无人知晓的情况下，被他用禁术吸收了大半。谁也想不到，他们的天君暗中修炼上古时魔神留下的禁术，化他人的灵力为己用，这灵力精纯而强大。

风伏命再次出征前，老天后追出来，含着泪给他披上披风："伏命吾儿，真的要这样做吗？"他们风氏已经手掌八荒重权，非要与其他家族不死不休吗？

风伏命低头看着自己的母亲，笑着替她撩了撩头发："母后，跟了父亲那么多年，您什么都没学会，反倒把他的懦弱学了个十足。"

老天后嗫嚅着嘴唇。

"还有，"风伏命握住母亲的肩膀，"母亲，记住了，如今该称呼本君为天君。"

风伏命笑着离去，笑意却不达眼底。母亲确实不懂，他用半条灵脉来做赌注，八荒何人敢阻他的路！真是愚蠢，母亲至今还妄想着八荒各族同以前那般和平共处，真可笑，从风氏祖辈暗自诛杀天下妖族，壮大灵脉的那一刻便注定了，风氏与妖族不死不休。从风氏有了谋反之心，害死上古王族开始，风氏就不容许世间留存半点儿王族的血脉。他生来姓风，这两个担子，便宿命般地压在他的身上，但凡自己有半点退却和懦弱，在灵脉枯竭之际，风氏，就是下一个王族，注定被生啖血肉。

每个人都有自己的使命，即墨少幽死守昆仑是为大义，风伏命看着浩瀚九天，闭了闭眼睛，都说他心狠而疯魔，野心滔天。可他又何尝不是，肩负风氏一族做尽的肮脏事，负重前行。

琉双与少幽死守昆仑数月，已经疲惫不堪。

少幽递了灵泉过来，看着琉双脏兮兮的小脸，昔日美丽的仙子，如今连法术都不舍得浪费在清洁术上。可正是这样娇弱的人，与他一道，抵御了风伏命铁骑的挞伐，保住了昆仑这么久。

"你走吧，"少幽清晨算过卦，"琉双，自相识以来，你帮我良多，到这里已经很好，接下来的事，我一个人足矣。"

琉双："少幽，你又在说傻话了。唇亡齿寒，我哪里是在帮你，我分明是在为空桑考虑，你们不能出事，否则空桑也会乱。"

琉双喝了两口灵泉，笑意盈盈地道："你用法力化出来的吗？"

少幽沉默着颔首。

"真厉害，"琉双由衷地赞叹，"你们都这般厉害，难怪我出生时被嫌弃没用。"

少幽被琉双乐观的语气逗笑了，心中沉重少了几分，说道："你的年纪尚小，却天资聪颖，再过不久，想来连我都不是你的对手。风伏命如今的法力修炼不寻常，只怕走了别的路。"

琉双："什么路？"

少幽蹙眉摇头。他和师尊都算不到，占卜一事，并非万能。不过今日心中的不安，令他屡次想要送走琉双。可琉双早已不是当初那个法力低微的姑娘，自己再也没法子像以前那样，弄晕她，送她离开。

少幽的预感成了真，风伏命先前几次试探，都浅尝辄止，仿佛在引蛇出洞，这次却如同雷霆之力。自家仙兵死伤大半，少幽第一次感受到和风伏命之间法力的差距。那个时候他并不知道，区区仙躯，如何能对抗上古仙脉之力，毕竟是足以养活万千仙族的灵脉！

少幽与琉双节节败退。

这一日，华光交织，整个人间，电闪雷鸣不断，家家户户望着快要撕裂的天空，吓得不敢出门。

而这边，轩辕剑带着钧天之力落下来，直指琉双。

琉双从空中坠下，伤得极重，吐出一口血来，少幽想要救她，却已经来不及。

少幽的脸色惨白，下一刻，却不知道从哪里涌出一堆魂魄挡住了轩辕剑的一击，救了琉双一命。

空中出现一只巨大的血色妖鸟，张开双翼，耀眼如凤凰。

琉双意识模糊间，认出了它，难以置信地道："赤鸢……"

妖鸟赤鸢可不同于法力低微的青鸾，它是真正的上古血脉，修炼长达万年的妖鸟。双翼之下，漫天火雨，狂风骤起，它袭向风伏命。

风伏命冷着脸，心中感到一凛，晏潮生竟然在这时出手了，还好他早有准备！风伏命正要应对这只孽畜，却见那只狡猾的妖鸟，掉转过头，二话不说，用锐利得可以杀人的爪子，粗暴地抓起地上的琉双就跑。

这一招耍无赖，看呆了众人。风伏命头一次动气，凝出一把弓，拉开射了出去，射中赤鸢的翅膀，它长啸一声，却只是晃动了一下，转瞬间就消失不见。

风伏命冷笑，倒也没有再继续追，一来明白妖鸟赤鸢，是神速，追也不一定追得到，二来如今还在打仗。赤水琉双既然跑了，即墨少幽总跑不掉，他已经没有耐心，今日总不能空手而归。

打至最后，一道娇小的身影，挡在少幽的面前。来人泪流满面地道："兄长，收手吧，采意求你，放过他。他会归顺你，不会忤逆你的，兄长，求求你……"

风伏命挑了挑眉。

少幽平静地擦去唇角的血："即墨氏宁死不降。"

风伏命："听到了？风采意，还不滚开？"

风采意的脸色惨白，她转过脸，一双眼睛里蓄满了泪，想要哀求少幽投降。然而沉默许久，一个字都说不出来。她看看冷血的兄长，最后嘴唇哆嗦着，抱住了少幽。

风采意从年少时，第一次看见少幽就恋慕他。可她总因为懦弱，放弃自己喜欢的人，今日，她若再放弃他，这辈子都不会原谅自己。她若有赤水琉双一半的勇气，事情也不会发展到今日这一步。

"怎么，想和他一起死？"风伏命笑道，"你若真有这个胆子，本君今日倒是高看你一分。"

风采意颤抖着，却依旧没有松手。

倒是少幽，沉默地掰开风采意的手："回去吧，采意公主。"

"不，"风采意抽泣着道，把他抱得更紧，"我不走，我总得为你做些什么。"

"真是感人。"风伏命讽刺地说。

轩辕剑穿透风采意的身体，又刺入少幽的胸口。

天地间刮起了风。

仙族的血，浸红了脚下的土地。

风伏命冷冷地道："收兵。"

赤鸢抓着主上的"仇人"，飞得跌跌撞撞的，终于在幽冥之地的擎苍山前，看见了那个伫立在一旁的男人。赤鸢把爪子上的人一扔，颔首表露臣服之意。

那个人看也没看地上的女子，赞许地笑着摸了摸它的头："不错。"

赤鸢"啾"了一声，声音透着骄傲。擎苍山常年下着雪，今日出动无数妖族的将士，却还是自己拔得头筹，带回来了这个狠心伤害妖君的女子。后面的伏珩等人还在追自己呢。

晏潮生给它治好了翅膀上的伤，这才低头看向地上的女子。他已经不记得有多久没见她，她小小的一团，躺在地上，指缝里都是血，人事不省，娇小的身子，不知从哪里弄来一身战甲穿，如今都歪了。他没有多说什么，俯身把她抱了起来。她的小脸脏兮兮的，他低头看了一眼，想起最初她的手被划破了一道口子，她都委屈巴巴地抽泣，在他的面前叫疼。如今满身伤痕，却十分坚强。

晏潮生颠了颠这个“仇人”，满意地听到琉双闷哼一声，如同依旧依赖他，这才笑了。

一众部下看得瞠目结舌，人还半死不活呢，就开始折磨了？不过这也令众人确信，今后赤水琉双必定会受尽惨无人道的折磨。

晏潮生说：“回吧。”

“即墨少幽若死在风伏命手中，八荒就要彻底变天了。”

“风伏命不会杀即墨少幽。”晏潮生抱着琉双，淡淡地道，“他还想要即墨氏的灵脉，即墨少幽成为俘虏，比成为死人管用。”

晏潮生把琉双扔在幽冥之地的那张床上，锁链如同有了生命，自动捆住她的手足。他心中属于少年的记忆，在不断地叫嚣，然而晏潮生的沉稳，令他不疾不徐的。他是那个少年，却又不同于他。他向来卑鄙、下作，缺乏柔情。只那么一点柔情，全给了床上那个人。他甚至出去了一趟，分了一丝灵髓给功臣赤鸢，这才回来。

晏潮生没给琉双治伤，拿了本书，在一旁慢慢看。幽冥之地的天黑得早，若不是琉双身上的血腥气弥散，还真有股岁月静好的味道。也亏得晏潮生如今沉得住气，“满怀仇怨复活的少年”，他想，自己装得还不错。

琉双半夜才醒来，身上疼得要命，还带着臭烘烘的血腥气。她抿了抿嘴唇，努力想看清这是哪里，却不料周围黑得伸手不见五指。怎么回事？她试着动了动，发现自己被什么东西束缚住，一身的灵力全都感受不到了。她有片刻的惊慌，挣扎起来。

“别挣扎了，锁灵契，你解不掉。”阴狠、仇恨的声音传来。一盏灯便随着晏潮生冷漠的声音亮起来。

琉双回头，便看见琉璃灯下，晏潮生带着恨意与寒意的眼睛，还有把书都要捏皱，发白的指节。她恍然以为自己还在做梦，呢喃着道：“晏潮生……”他真的活过来了？

“怎么，我没死，你很失落？”晏潮生站起来，话语如同含针带刺，令她感到难受，她想起他死的那一幕，心脏紧缩，没有吭声。

晏潮生却俯身在琉双的面前，掐住她的下巴："说话。"

琉双看着晏潮生狰狞的眉眼，咬着牙，不吭声。两种答案，好像都有点儿违心。

晏潮生见琉双这副模样，险些没放肆地笑出来。原来还真有点儿喜欢那傻子一样的少年，这样都不生气，琉双的小脸上竟然还带着点儿心虚。然而他知道，比起那个让她恨之入骨的自己，她喜欢的是那个爱憎分明的少年，那个不同于阴暗的、处处算计的他的少年。她宁愿面对少年晏潮生充满恨意的质问，也绝不喜欢后来忤逆天道，如同恶鬼来纠缠她，忏悔认错的自己。他也不会认错，那就做她心中的少年妖君。

至少这一刻，她还能有点喜欢他。此时的晏潮生没法回到过去，他也不是受过她关怀的那个人，他渴盼万年的那点温暖，只能这样卑鄙地得到。他所会的不是如少年那样剖心剖肝地对她，他只会冷血地去争，去抢，去骗。然而他冰冷的手指，拂过她脏兮兮的小脸，狠狠地擦去泥泞。她或许永远不会相信，他这个禽兽，比少年时的自己，还要爱她。

千刃派被灭族时，琉双隐约有种预感，如今看见晏潮生真的活过来，纵然两个人如今的情况剑拔弩张，她的心里却有些高兴。三年前，晏潮生死得太惨烈，她的本意并非要杀他，可确实是她造成了晏潮生的死亡。

伏羲印下，晏潮生神魂俱散，唯一留下的东西，是他给她准备的嫁衣。那时候她看见那件嫁衣，眼睛里不知不觉地涌出泪来。恨与爱一样，都会随着时间消逝。琉双突然意识到，濒死时还握紧她裙摆的少年，承受了不该由他承受的恨。他从来不曾伤害她，一开始就喜欢着她。

三年来，琉双努力修炼，帮扶流散在世间的妖族，又用徽灵之力为晏潮生点了安魂灯。如今真的见到他站在自己的面前，她依稀还有种不真实的感觉，仿佛下一刻他就会回到梦中的状态，大口地吐着血，消散在她的眼前，她伸出手想抓住他，却只能眼睁睁地看着他魂飞魄散。

琉双看向琉璃灯下冷冷地看着自己的晏潮生，眨了眨眼睛，后知后觉地意识到，目前自己的处境并不好。她被风伏命打伤，伤口并未经过处理，裙摆上都是血。而眼前的这个人，抓了她来，总不是让她养伤的。琉双动了动手腕，手腕上的铁链细细的，隐约有银色的光华流转。

晏潮生方才说了，这是锁灵契。在晏潮生的眼里，她故意引他去空桑，将他困杀，他想必是恨透了自己。琉双低声问：“你想做什么？要杀我报仇吗？”

晏潮生听了这句话，意味不明地笑了一声，让人感到寒浸浸的，令人心里发毛。

晏潮生：“杀了你？琉双仙子想得太轻松了。你若就这样简单地死了，谁来偿还本君三年来的痛苦？”

这样的答案，琉双并不感到意外。然而昏暗的光芒下，男人投下来的大半阴影，依旧令她感到不安。若她还是幼时的小仙草，估计会直接被他这样的语气吓哭，开始脑补晏潮生会对她的酷刑折磨。还好，这些年她经历了太多，雷劫都经历了，也没什么好怕的，大不了就是疼。

晏潮生或许也看出了她的想法，冷笑两声，把她从床上拽下来。

琉双闷哼一声，晏潮生弄疼她的伤口了。晏潮生停顿了一下脚步，阴冷地回头，她很有作为阶下囚的自觉，乖乖地跟着他。锁住她的链子，像有灵性似的，随着他们的步伐蜿蜒延伸。

晏潮生带琉双来到一座阴暗的宫殿入口，里面受刑的人叫得凄厉，她站在门口都听得见。

“看见了吗？这就是你日后的栖身之所。”晏潮生沉着脸说，“幽冥之地十二殿的酷刑，想来仙子这样坚强的人，一定不会和这些不争气的东西一样化作血水，而能够活着走出来。”

幽冥之地十二殿，琉双还是第一次见，她没想到此时它还存在，后来这个地方被成为妖君的晏潮生废除了。刀山、油锅、拆骨、割肉……每一样都是极刑。她的小脸发白。

“害怕了？”晏潮生的语调带着嘲讽，“琉双仙子不如开口求本君，或许本君能看在往日的情分上，不扔你进去。”

琉双低下头。她没有害怕，只是第一次如此清楚地认识到，那个深爱她的少年，被她亲手杀死了。

等不到琉双的回答，晏潮生发怒似的，把她拽过去。两个人四目相对，他阴冷的神情有片刻怔忪，她猝不及防地从晏潮生的眼睛里，看清自己的模样。头发乱糟糟的，唇色苍白，脸颊上一道道细细密密的伤口，真是惨得可怜。自从做了空桑的少主后，她就从来没有这么凄惨过。

琉双还未从晏潮生的眼中捕捉到那一抹一闪而过的心痛，他的目光变得暗下去，嘴里仍旧不饶人：“臭死了。”

琉双难得有几分窘迫的感觉，抿着嘴唇想要掰开晏潮生的手。要杀要剐她都认，能不能不要再像拎小鸡崽一样，把她拽过来扯过去。而且又不是她故意离晏潮生这么近的，他自讨苦吃，说话还如此刻薄。然而，现在恨不得弄死她的晏潮生，显然不会尊重她的感受。

眨眼间，身边的黑雾散去，晏潮生带琉双去了幽冥之地禁地的寒池。那寒池的水也不知道是什么，一眼看上去是幽蓝色的，发着恐怖的光。

琉双还没来得及说话，就被晏潮生扔了进去。冷，好冷。琉双没有法术傍身，突然被扔入寒池，冷得头发丝都快结冰，这水不知道是什么，琉双在里面直打寒战。

琉双咬着牙，要往岸上走。却见晏潮生坐在岸边，冷漠地望着她："洗干净再上来。"

晏潮生的身后是一轮血月，整个人显得可恶至极。琉双自然没有理他，却不料手才搭上岸，又被他拨了回去。

晏潮生："本君的话，你是没听见吗？"

这三年，琉双本来以为自己已经修炼得心如止水了，也能坦然面对晏潮生的报复，可这一刻，她的心头涌上无数说不清、道不明的委屈。她的手被拍回来，琉双仰头看着面前的人，三年前，晏潮生在她的耳边说，会一辈子对她好。然而承诺化作云烟，他现在恨不得杀她而后快。

琉双的身子冷得快要结成冰，眼睛却酸得不行。晏潮生依旧冷冷地看着她，不为所动。下一刻，琉双再也撑不住，在寒池里晕了过去。她冷得厉害，自然没有看见，寒潭里的蓝色雾气，封住了她身上被轩辕剑弄出来的伤口。

神器所造之伤非比寻常，轩辕剑又是炽阳之物，鲜少有人知晓，天下间唯一能治愈轩辕剑下的伤口的，只剩这一汪小小的极寒哭泉。但想要疗伤，自然也会遭不少罪。

等到琉双的伤口恢复得差不多了，晏潮生走下寒池，亲自将她抱上来。哭泉中，阴气大盛，晏潮生托着她的身子，见到她的脸上情不自禁地露出来的委屈，难免感到有些好笑。若不是对晏潮生还有所期盼，她不会是这样的反应。他的心里一软，依旧冷着脸，做出恨她入骨的模样，一路把她抱回殿中。见证这一幕的侍从，第二日就八卦开，说妖君把那个带回来的仙子，折磨得死去活来，都晕过去了。

晏潮生回到殿中，琉双的身子依旧冷得像冰，晏潮生吩咐道："取火阳鼎来。"

侍从唯唯诺诺的，有些犹豫："可是您的身子……"

晏潮生："无妨。"

没一会儿，火阳鼎取来。这件法器本做炼化之用，也能驱散阴气，如今用来给琉双取暖。

晏潮生是邪修，火阳鼎对他的伤害不小，因此，侍从才会犹豫。

殿内的温度越来越高，琉双冷得发抖的身子，终于渐渐温暖起来，没一会儿小脸发红。晏潮生笑了一声，也没管自己身上四溢的阴气，毫不留情地掐了一把她粉扑扑的脸蛋，这才去灭了火阳鼎。

第十九章 爱恨两痛

一场大雪掩盖住天地间的污浊，
晏潮生俯身抱住她，
雪落满身，
犹如白头。
也算赴一场白首之约。

琉双第二天醒来时，晏潮生已经不见了，只有几个小宫婢在八卦。她们个个脚不沾地，一看就是邪修。琉双又想起了长欢，她想起那个曾经因为怕她害怕，刻意装扮成凡人，学凡人走路的小侍婢。琉双坐起来，目光在她们之中逡巡，经历了那么多事，她早已不怕这些，长欢却不在了。她想看看，长欢是否也在她们之中。然而令她失望的是，侍婢们全是生面孔，她并没有看见长欢。

她们叽叽喳喳的，说着如今的妖君有多英武，说他正在统一零散无序的幽冥之地。

琉双被锁着，脑海里乱糟糟的，一会儿想起不知生死的少幽，一会儿又想起昨晚狠厉的晏潮生。她低头看看自己的衣衫，已经换了新的衣裙，料子十分普通，倒像是从人间搜罗来的，不过伤口没有昨日那般疼了。

这些小宫婢的话题转移到她的身上，也不管琉双这个正主是不是还在，谈论起她来。

“这位仙子，听说是空桑少主呢。”

“空桑仙境的仙子，怎么会被关在我们幽冥之地？”

“你们不知道吗？她就是那个曾经害死我们妖君的坏女人。”

“是她啊！也不知道她还能活几日？”

几个人说得起劲，还猜测着妖君未来会如何折磨她。琉双却隐约觉得有些不对劲，她的身子发热，灵髓一阵阵发烫，通身温暖，这是……要突破的前兆！她如遭雷击，在这个时候，她竟然要突破了，突破就意味着迎来雷劫，为何偏偏是在晏潮生的身边？

如今被锁着，灵力也使不出来，琉双完全没有应对劫雷的力量和准备。琉双觉得整个人都不太好了，尽管这几年她的修为进展得很快，可是从来没有突破过一个大境界的趋势，这种时候……真是要命。

仙族应对修为提升带来的雷劫，是非常谨慎的，往往几百年，甚至几千年，才会经历一次雷劫，准备的各种防护法器，也必须十分慎重。稍有差池，就极有可能死在雷劫下，或者像少幽的父亲一样，落下隐患，别说修为再难精进，连寿命也会受到影响。

每个人的渡劫时机，只有自己能觉察到。琉双不死心地又感受了一下，发现的确就是如此倒霉，早不来、晚不来的突破雷劫，跟她作对似的，在这时到来了。

琉双深吸了一口气，躁动的修为令她越发不安，如果什么都不做，就只能等着被劈成灰烬。于是她不得不打破侍婢们的谈话，艰难地问道："妖君呢？"

侍婢说："妖君自然是在忙。"

琉双："可否通传一声，我想求见他。"

侍婢："哼，你一个阶下囚，妖君是你想见就能见的？"

琉双说："拜托了，真的有很重要的事。"

琉双不怎么抱希望，晏潮生即便知道她要渡劫，说不定不仅不会松开她，还会在一旁看好戏。

那几个宫婢显然也是这样想的，被关在幽冥之地的仙子，就是阶下囚，妖君不来折磨她就算好，怎么会听她使唤？她们可不敢冒令妖君不悦的风险，去帮她通传。她们看也不看琉双，自顾自地叽叽喳喳地聊天。

琉双额上青筋突突跳，干脆冷下脸："你们若不肯去，待劫雷劈下来，这宫殿的人一起死吧。"

琉双的话惊吓到几个侍婢，有人惊疑不定地说："劫雷，什么劫雷？"

她们是阴气环绕的邪修，自然比仙、妖还要怕劫雷。琉双道："我要渡劫了，劫雷不定什么时候会落下来，如今我的修为被锁，没法离开这里，你们不愿去禀告晏潮生，可以，后果大家一起担着。"

侍婢们的心眼比较多，怕琉双骗她们，面面相觑了好一会儿，见琉双不像是在开玩笑，其中一个侍婢低声道："妖君如今这样厌恶她，她若想少受点儿折磨，理当不见妖君才对，可见她应当没有撒谎。若她说的是真的，届时劫雷落下，咱们恐怕都会遭殃。”

商议之后，最后决定由一个胆子最大的侍婢去禀报晏潮生。

那个侍婢才踏出门，便遇见来此处探听风声的从夏。

要说晏潮生把琉双带回来，谁的心里最惊慌，莫过于从夏。妖族和幽冥之地那些人不知道真相，从夏自己却是心知肚明的，这三年来，以一己之力在风伏命手中护住妖族的，不是自己，而是琉双。

从夏生怕琉双对晏潮生说出真相，从此自己在幽冥之地的地位大不如前。她太喜欢现在的生活了，如今住着幽冥之地最好的宫殿之一，还有服侍自己的小婢女，连晏潮生都敬重她几分，她隐约都有种自己是幽冥之地女主人的幸福感。

尽管从夏的心里也清楚，琉双即便说了，晏潮生也不会信。可是从夏不敢冒任何一点儿险，从夏不想失去这一切，她思前想后，必须来看看才安心。必要时，从夏咬牙想，死人才不会乱讲话。

从夏遇见行色匆匆的侍婢，问道：“准备去哪里？慌什么？”

侍婢见到从夏仿佛看见主心骨，恭敬地行了礼：“太好了，原来是从夏姑娘。”

侍婢把琉双现在的情况说了一通，然后道：“奴婢人微言轻，从夏姑娘可否把这件事禀明妖君？”

侍婢们没有受过从夏的恩惠，自然没有妖族对从夏那般恭敬和仰慕，可是同时，她们也不像妖族那般对琉双十分憎恨，不会像妖族那般可能会伤害琉双，这是晏潮生把她们安排来“看守”琉双的原因。

从夏的目光微闪，心里喜不自胜，看来天道都站在自己这一头，本来还在盘算，如何才能不让琉双开口，就等来这么一个好机会。从夏说：“我都知道了，我现在就去禀明妖君，你且去看着她，别让她跑了。”

不用见可怕的妖君，侍婢也松了口气，不疑有他，回去了。

从夏在幽冥之地的大殿外，隐约听见大殿里面议事的声音，门口看守的小妖见了她，毕恭毕敬地行礼：“从夏姑娘来了，妖君这会儿在忙，您若有事，恐怕得等上片刻。”

从夏笑道：“不妨事，我便在此处等等。”她自然没有那么好心，会让妖君去救琉双一命，让琉双死在雷劫下才好呢。她此刻过来，是防止一会儿雷劫到来，动静过大，妖君及时赶过去。从夏心想，总得想个理由拖住妖君一时半刻，这样没有法力傍身的赤水琉双，不死也得死。

从夏等了半晌，率先推门出来的是摇着扇子的宿伦。宿伦见了她，眯起眼睛笑笑："从夏姑娘。"

从夏连忙回礼，她有些不敢直视这个男人的眼睛，那双眼睛太深邃，含着笑，仿佛把人心事一眼看穿似的。

宿伦见从夏这副样子，挑了挑眉，这个从夏有问题。从回到幽冥之地，宿伦就看出来了，蝴蝶精的法术还不错，可怎么看都不像有担当的。

三年前，晏潮生被赤水琉双困杀，妖宫在太初镜下只死守了几日，便被风伏命攻破。这个时候，从夏站出来，引领活下来的妖族疏散，强行打开幽冥之地的接引之门，让妖族全体安然无恙地待到了现在。她是整个妖族的恩人，因此，每个妖都对她敬重万分，她现在的地位仅次于晏潮生。

可在宿伦看来，这个流传的故事中的主角，怎么听也不像是从夏，且不说她哪里来的路子打开幽冥之地的门，单就这份临危不乱对抗风伏命的气魄，就不像是眼前这个目光躲闪的妖精能有的。

不过宿伦也不拆穿她，自己都看得出端倪的事，妖君何尝看不出？只不过是念在她如今的威望，暂时善待她，安抚妖族罢了。

宿伦知道妖君自会处理，于是也没管，优哉游哉地离开。

幽冥之地不同于妖界，他们的魂魄生前来自世间的各个种族，像是一盘散沙。曾经晏潮生花了几十年，才令他们认他为主，臣服于他。

如今的晏潮生，不是少年时那个摸爬滚打的他，对付幽冥之地的人的弱点很有一套，他归来不过半个月有余，幽冥之地的许多事已经变得井井有条。

今日是风伏命与昆仑谈判的日子，昆仑以灵脉及万年臣服，换取即墨少幽的一条命，晏潮生让人出去看着点，别让即墨少幽死了。

想起即墨少幽这个人，晏潮生低下头。在琉双还是小仙草的时候，少幽殉了灵脉，化作汩汩不断的灵泉，滋养整个昆仑，保昆仑的灵脉千年不朽。他看着即墨少幽去死，并没有阻止。这样的牺牲，每个承载着一族使命的少主，都会去做。包括晏潮生，为了令王族复兴，走的路之艰辛，世人难以想象。可即墨少幽殉葬的法器，是他给的。因此，昆仑对晏潮生的情感很复杂，又是感激，又是憎恨。

那一日，晏潮生回去后，看见寝殿里纯真可爱的小仙草，听她絮絮叨叨地说起他不在的日子。他沉默良久，跟着笑了笑，没把即墨少幽的死告诉她。他还不太会爱一个人，却也知道，少幽的死由自己促成，她或许会恨自己。

直到她死在天雷下的那日，她都不知道，即墨少幽早已经死了快百年，百年里，她每次背上小包袱，想要去探望老友，都被他不轻不重地拦了下来。

晏潮生摩挲着自己的手指，他或许真是个混账，骗了她那么久，直到死，她都不知道真相。

晏潮生的驭魂辇从偏门出去，从夏差点没拦住，见到晏潮生，这才舒了口气，她央求道："妖君陛下，小妖有些重要的话与您说，可否移驾小妖的宫殿？"

晏潮生居高临下地看着从夏，笑道："就在此处说吧。"

晏潮生油盐不进，从夏本来还没想到借口，只有咬牙说道："是关于白追旭的，那个先前死在太初镜里的人，您不想知道他的消息吗？"

晏潮生平静地望着从夏，露出若有所思的表情。

白追旭，这个人在他的脑海里，没什么印象，不过在属于少年时自己的记忆中，印象还挺深刻。空桑的大将，曾经是赤水翀麾下最年轻、得意的弟子，也是琉双与如今的自己恩怨的一环。那是琉双的兄长，少年晏潮生曾用半枚内丹为他挽魂。

"走吧。"晏潮生跟过去，他倒是想要听听，从夏想说什么。

从夏庆幸琉双曾经想办法救人时，自己在幽冥之地帮她找了点东西，不然还真没有半点儿可以耽误晏潮生半刻的事。她拖延着时间，为妖君泡了盏茶，晏潮生的手指点在桌案上："说。"

从夏说："听说白追旭还活着，被赤水琉双救过来了，这些年她为了救那个人，不遗余力。"

话术也是一种功夫，从夏在误导晏潮生：看，她为了救那个人可以奔走三年，为了即墨少幽可以和他一同上战场对抗风伏命，唯独你，她亲自杀了你，三年来再不提起。

晏潮生抬眼，笑道："说完了？"

从夏咬着嘴唇。

晏潮生的眼睛里带着寒意，从夏本来想编点儿什么骗他，却莫名生出一股寒意。

也不知道是直觉还是什么，晏潮生突然朝窗外看了一眼，这一眼，他的目光立刻变了，没有了方才的虚情假意，身上的气息变得十分可怕。他回过头，威压大开，从夏还没反应过来，自己的身体已经瘫软着跪下来。她的心怦怦跳，仿佛有一只无形的手，扼住她的喉咙，她害怕得要命，感受到了死亡的恐惧。

晏潮生的脸笼在阴影中，眼尾的银鳞如珠玉，冷得吓人："你最好祈祷，她没出什么事。"

窗户被阴风扇动，从夏匍匐在地，再抬起头来，她才发现汗湿了衣衫，而原本站在屋子里的晏潮生，早已不见踪影。

晏潮生赶到寝宫时，天上的劫雷已经成了形，正要往下劈。几个侍婢神色惊慌地往外逃，全然管不了里面的人。晏潮生的脸色惨白，曾经折磨他万年的噩梦，仿佛在这一刻重现。他的身子颤抖起来，万般冷静化作乌有。

琉双死后的万年，他反复在梦魇中重复这一幕，他梦见她死在人间的一场春雨里，自己踉跄着跑过去，却亲眼见她化作片羽，他连她的身体都留不住。

晏潮生以为自己经历了那么多，什么都不怕，然而一个人最痛恨、最害怕的，往往只在一瞬间。他嘲笑少年时的自己无用，然而却忘了，自己也有恐惧的东西。他与所有惊慌的侍婢恶魔逆行，几乎要疯了一般扑过去。

到了大殿，就看见穿着鹅黄小袄的琉双被锁链绑在榻上。她低着头，额上的冷汗渗出来，没有放弃生的希望，在砸锁灵契。第一道劫雷落下来，她惊慌地抬起眼睛，身前骤然凝聚出一团黑雾，劫雷全被黑雾挡住。雾气慢慢地在她的眼前凝实，成了一个俊美无俦、带着阴郁气息的男子。晏潮生比她高不少，面朝着她，张开手臂，挡下一道又一道的劫雷。他咬牙切齿地承受了所有劫雷，一副要与天道拼命的架势。琉双愣愣地握住链子，仰头看晏潮生的动作，表情有些傻。

这一幕与很多年前的一幕重合起来。琉双突然想起来，当她还是小仙草的时候，连最低等的血脉劫都害怕得要死，被劈得吱哇乱叫，那时候他就是这样全帮她挡了，面带嘲笑看着她。如今，当她以为晏潮生已经不管她的死活，巴不得她被劈成飞灰的最后一刻，他回来了。

琉双不愿意承认自己害怕劫雷，死在劫雷中成了她无法抹灭的噩梦。太疼了，筋骨尽断，魂飞魄散。而此刻晏潮生逆着光影而来，疯狂得恨不得去撕碎那天劫。她呆呆地握住链条，怀疑自己看错了此刻晏潮生的表情。

晏潮生面无表情，然而颤抖得厉害，眼眶中，一滴黑色的魂息滚落下来，砸在琉双的手背上，冰得她轻轻地颤抖一下。她张了张嘴，为人挡劫雷，劫雷只会更汹涌，惩罚不知死活的狂妄东西。漫天神雷包裹着晏潮生，仿佛要劈死他。

"你……"

晏潮生捧起她的脸，似哭似笑："我在，一直在。"

有那么一瞬间，琉双甚至以为，眼前这个护着自己的人，并没有生出怨怼之心，一直是爱着她的。晏潮生到来之前，劫云笼罩，琉双毫无准备地，就得迎面对上内心深处最害怕的东西，那些侍婢见势不妙，全都向外逃窜，没有一个人试着给她解开身上的锁灵契。琉双咬牙想要砸锁灵契时，一度以为自己会死在这里，她以为晏潮生不愿意来。

此刻那滴魂息，在琉双的手背上只停留了片刻，便化作黑雾散去。她意识到那是什么，整个人几乎傻眼。

两辈子，从认识晏潮生，他全身是血地躺在小仙草的旁边，到现在生死都经历了一回，她见过他许多面：暴戾、残忍、无力、虚弱……可她从来没有想过晏潮生会流泪，邪修的魂息，每一滴，都是他们的魂力。他……为什么会流泪？琉双的脑子转得很慢，她甚至差点儿情不自禁去握住那滴稍纵即逝的泪。这太荒诞了，她亟须什么来证明现在的一切是真实的。

琉双觉得自己的表情一定傻透了，和做小仙草时一样傻。

还没过去多久，劫雷已经像成年女子的手臂一样粗，狂风急雨般砸下来，晏潮生身体里的黑雾，把她护得严严实实的。一股如沐浴在春日阳光下的暖意包裹着她。

琉双再熟悉不过，这是渡过来的，属于她的劫雷灵力。曾经有两百年，他都是这样护着他过来的。她难免联想到了那个人。她抿着嘴唇看着眼前的晏潮生，他的眼尾生出银色鳞片，那鳞片并不难看，反而有几分属于妖邪的俊俏意味。

晏潮生的手还捧着琉双的脸，触及她的体温，他似乎也终于从那种疯魔的状态中冷静下来。他的表情有片刻的扭曲，十分不自然，旋即就要松开她。

琉双自然不会让晏潮生离开，她的心中疑窦丛生，他到底是谁？自己都经历了那般离奇的事，万一他也是如此呢？

心中的惶恐和其他复杂的感情一并涌上来，琉双按住晏潮生的手。天雷虽然因为晏潮生的抵挡，壮大好几倍，不过对于如今的晏潮生来说，它只会令他受些伤，并不致命。

眼看劫雷已经偃旗息鼓，琉双生怕自己抓不住这一刻的感觉，连忙问道："你到底是谁？"

晏潮生就着这个姿势，也没松开她，他垂着眸，因为整个人身上还带着劫雷的光，显得又恐怖又阴沉。他的手指慢慢地在她的脸上摩挲着，他咬牙笑道："你说呢，琉双仙子？"仇恨感一瞬间又回来了，在晏潮生的身上体现得淋漓尽致。

琉双被晏潮生冷冰冰的手指触碰，全身的鸡皮疙瘩都快出来了，险些叫出声，琉双忍住，把他的手指拨开。晏潮生冷笑了一声，似乎对她"过河拆桥"的行为见怪不怪。

晏潮生的身上再没方才给琉双的那种感觉，他直愣愣地挡完最后几道劫雷，用眼神作刀，剜了她一眼，压不住眼中的沉重之色，甩袖便走。

锁灵契自然也没有给琉双解开，琉双在床上坐了好一会儿，看着空中四散的浓烈魂息，心里生出愧疚之意来。琉双终于意识到前世与今生有很大不同，晏潮生再也不是以妖身修诡道，他连妖身也没有了，只剩一缕如恶鬼般的魂魄。他无法再流血，受怎样的伤，都只能化作魂息，折损了修为，消散于世间。方才那滴魂息，恐怕也不是泪，而是他散去的修为。

琉双的手指缠住那些还未散去的魂息，心里有点儿难受，琉双明白，因为她，晏潮生恐怕再也不能活着了。而她方才还短暂地误会晏潮生是前世的混账妖君，琉双感到有些沮丧。

琉双其实从来没有对谁这么坏过，除了晏潮生，她念着他上辈子给自己的伤害，把所有罪责都加在了如今的少年晏潮生身上。她盯着外面的珠帘，过了许久，朝着门躺下，而晏潮生一直都没有回来。她在心里想着，既然大家都做错过事，如今的世道这么乱，再这样下去，风伏命都快成魔了，她应当与晏潮生说清楚。

这一次，一定要好好说话。

天彻底暗下去，琉双被锁住了灵力，就像凡人一样，也需要安寝。可琉双睡不着，她睁着眼睛，幽冥之地的乌鸦啼叫三声时，珠帘后面突然出现一个影子。

她的心里一喜，立刻坐起来，没想到是一个给她带了衣裳的小侍婢。

小侍婢把干净的衣衫放在她的床边，琉双问："妖君怎么样了？"

修为劫不同于血脉劫，纵然是晏潮生，这般轻狂地挡劫雷，应当也伤得不轻。

侍婢却没有说话，立刻行礼告退，脸上的表情十分惶恐。

琉双不知道的是，白日那些服侍琉双的侍婢，全被处理了，一个都没留下。她们没有把琉双的性命当回事，才落得如此下场，进来的小侍婢怕自己重蹈覆辙，索性什么都不说，只管做事，把自己当成一个聋子，一个哑巴。

晏潮生晾了琉双三日，她都以为晏潮生不会来了，没想到一个清晨，他把还在睡觉的她拎起来，粗暴得令她从睡梦中惊醒。

晏潮生阴阳怪气地道："你在这里，竟然也能睡得安稳，琉双仙子真以为，我不会伤害你？"

琉双被晏潮生拎在空中，困意没了。其实她的心里，已经认为晏潮生不会伤害自己。琉双在幽冥之地待了这么些天，晏潮生除了吓唬她，动作粗暴，把她当成布偶一样拎来拖去，其他什么都没做，就连十二殿，也没有真的把她扔进去。前几日还替她挡了劫雷，挡了其实也就算了，他偏偏还给她传了灵力。纵然他应该恨她的。

于是琉双抬眼看他，一双眼睛带着连她自己都不曾觉察的浅浅笑意。她的笑惹恼了他，晏潮生扼住她的脖子，倾身而上，便撕开了她的衣裳。女子的肌肤大片暴露在空气中，琉双颤抖了一下，是被冷的。幽冥之地的气候若没有灵力傍身，就像凡间的冬日一般，令人难挨，晏潮生骤然来这么一下，她没有准备，被吓了一跳。

"嗯……"琉双的肩膀被人咬了一口，不深，但是见了血。如同在反驳她那句，他不会伤害她，他在用力证明着什么，证明他的仇恨，证明他不会原谅她的欺骗！

琉双疼得皱了皱眉，却冷不丁地，一言不发地抱住他的脑袋。她的袖子被撕破了，一小撮布条就这样挂在她的手臂上，随着清晨的风晃来晃去，她想起那滴黑色的魂息，心里终究软了下来。

"别这样，对不起。"琉双轻轻地说，"晏潮生，对不起。"

晏潮生的身体突然变得僵硬起来，他把脑袋死死地埋在她的颈间。

琉双的声音温软，随他这样禁锢自己，她都把困在心头三年的话说了出来："是我不好，我骗了你，可我从来没有想过杀你，三年前，我只是想把你困在无妄海，法阵不会要你性命，我没有想到你在来空桑之前，已经受了重伤。"他一动不动地伏在她的身上，连气息都没有，整个身子都是冷的，身体却微微颤抖起来。他纵然回来，也是一抹有今生没来世的魂魄了。

琉双抱着他的头，笨拙地拍了拍，心里其实别扭得很。两个人之间，谁也没有试着走出一步，琉双知道，她一直在等一个道歉，等七百年后的晏潮生道歉，可今生的自己，同样也欠这个人一个道歉。她本来打算一辈子不说的，就这样下去，从此形同陌路。他要杀要剐，悉听尊便。可她想起那些在妖宫相互依偎取暖的日子，他明亮的目光，他意气风发地抱住她，说他真幸福。她想起他满怀希望，不顾生死地来，最后凄凉地死在她的脚下，怀中至死都揣着那身嫁衣。他的身子分崩离析，嫁衣却好好的。

琉双还想起纵然他这般恨她，可依旧不舍得折磨她，她身上被轩辕剑弄出来的伤，第二日就好了，还有什么是不明白的？劫雷下，也是他护住了自己。他嘴里说着恨不得她死，却不曾伤害她。连此刻咬她一口，证明他的恨，都只咬得浅浅的，跟才出生，故作凶狠的小狗一样。那一刻，她突然就心软了。谁都做错过事，她再也等不到七百年后那个桀骜的妖君道歉，可她能够做自己力所能及的事，从此不再后悔。她为什么要学晏潮生那么坏呢？

风吹动珠帘作响，琉双抿着嘴唇，小声地重复着："我不好，是我不好。"是我让你伤透了心。她松了口气，竟然觉得轻松不已，一旦把他们当作两个人看待，原来说出来，也没有那么难。

而方才还恨不得在她身上撒野的人，身体已经僵住，晏潮生再没此刻这般清晰地觉得自己脏污不堪。

晏潮生短促地，近乎苍凉地笑了一声。他宁肯琉双冷着脸，跟自己闹，把仇恨和厌恶发泄出来。他知道她是怎样满身伤痕，来到这个世间，也知道她心里的怨恨与难过。她被伤得怕了，于是竖起一身刺，扎得少年晏潮生也满身伤。她谁也不相信，心如坚冰。

在狡诈冷血的妖君看来，这样很好，她不用爱上谁，便永远不必再像当年那样吃亏。可他没想到，那个自己永远也无法成为的少年，如同一颗在悬崖上顽强生长的种子，撬开琉双受伤后紧闭的心，让她如今小心翼翼地，别扭万分，却又轻轻地、郑重与他道歉。

原来变了千万般，她始终是当初睁着一双清亮的眼睛，来到他面前的小仙草。晏潮生的心仿佛被人攥紧，难受得快要窒息。

他终于不得不承认，他妒忌这个世界的自己，妒忌得要命！他的小仙草，终究不再爱他，她喜欢上了七百年前的自己。她在向那个人道歉，这些话，原本都不是说给他听的。她心疼那个人了。

这些年被晏潮生死死压抑着的、铺天盖地的悔恨与痛苦，一瞬间淹没他，令他喘不过气。他逃避的东西，被她这样轻而易举揭开，那张开大嘴，露出獠牙的怪兽，等着将晏潮生吞没。他苍凉的笑声，回响在殿中。

明明率先打破僵局的是琉双，晏潮生看上去却显得更难受。人总是这样，晏潮生明明利用着琉双对少年晏潮生的愧疚，可当他真的得知她对那个人的情愫，这份难以自抑的妒忌变成一张网，反噬了他自己。

这时候，外面有人一本正经地道："妖君陛下，有大事请您去殿中商议。"

旋即，琉双的身上一轻，身上的人不见了。自始至终，她都没能看清晏潮生的表情。她叹了口气，心里却松快极了，拉起一旁的锦被，把自己埋进去。尽人事、听天命，她当然没指望晏潮生这样就原谅自己，但既然有了好的开始，她就知道接下来怎么做了。

其实和少幽商量好假成亲那日，她已经能区别看待日后的妖君与如今的少年晏潮生，只不过后来发生的事情太突然，才导致如今的局面。

宿伦摇着折扇，看见晏潮生阴着脸出来，挑了挑眉："妖君的心中不快？"

晏潮生弯了弯唇，抬眼看他："宿伦，少自作聪明。"

宿伦摸了摸鼻子，实在不是他自作聪明，是他本身心眼儿就多，三日前殿中的仙子渡劫，妖君为她挡下所有的劫雷，回来就在幽冥之地阴气最重的地方，闭关了三日养伤。今日伤才好，妖君就找到他，让他适时出现在殿外，将自己叫走。

宿伦实在很容易猜到发生了什么。妖君陛下并不会真的伤害琉双，只是需要做个样子，但又不能收不了场，于是才安排了自己。可如今他也没晚来一刻，却看出妖君并不高兴。从殿中出来时那个表情难看得活像回家发现自己的夫人和人偷情一样。宿伦自然不敢说这话，只敢在心中笑笑。

宿伦："不过，属下来叫妖君，还真有一事，妖君且去前厅听听看。"

晏潮生和宿伦一道过去，战雪央和伏珩带着一众妖将迎上来。

伏珩说："妖君陛下，幽冥之地大门外，空桑仙将白羽嚣，让我们放了他们的少主赤水琉双。"

晏潮生走过一段长长的回廊，心头的妒忌总算压了下去。他坐在上座，笑道："哦？我们何时捉了仙族的人？"

下面的人低着头，暗自腹诽他的无耻，睁眼说瞎话。

那日昆仑与不周山天族交战，风伏命大获全胜，即墨少幽成为俘虏，琉双却被妖鸟捉走，众目睽睽之下，那么多将士都看见了，也难怪白羽嚣反应过来，就来幽冥之地要人。

战雪央好笑地道："那小子说，若我们不放人，七日后阴气大盛，幽冥之门大开，他自会出战幽冥之地，向妖君讨个说法。”

晏潮生漫不经心地道：“随他去，届时别把他们弄死了，扔出去便罢。”

伏珩道：“是。”伏珩心道，白氏的两兄弟，白羽嚣的兄长，当初为了大义殉了太初镜，魂魄险些成为器灵，而今这位白氏的二公子，不顾空桑境主的命令，带了自己的私兵，前往幽冥之地要人，都算得上有情有义了。

晏潮生：“昆仑那边如何了？”

“仍在僵持，灵脉一事非同小可，昆仑若真的交出灵脉，从此就彻底被风伏命掣肘，整个八荒，除了空桑，尽归风伏命之手，妖君，我们真的不插手此事？”

“仙族纷争，与我妖族、幽冥之地何干？”晏潮生说得冷冷的，那说话之人便立刻不再多言。

其中众人心中都感到不解，只有他问出来了而已，晏潮生归来之前，妖族被风伏命打得那么惨，本来以为晏潮生会带着他们扬眉吐气，就像三年前一样，可他除了巩固幽冥之地的安稳，什么都没做，只是隔岸观火。这样下去，空桑又能撑几日？若八荒的仙族皆臣服了风伏命，届时他们妖族可还有还击的余地？许多人的心里都有这样的疑虑，只不过出于对晏潮生的信任，没人多说什么。

待众人散去，战雪央留下来了，他本来也是要跟着众人离开的，如今犹豫道：“前几日我路过无情殿，听见一个女子声音，她说她叫梦姬。”

晏潮生看过来，笑意不达眼底：“你想说什么？”

战雪央对上晏潮生的视线，有些心虚，他咳了一声：“属下自是跟随妖君的，可她说得情真意切，说妖君忘记了昔日大仇，沉浸在仙族女子编织的温柔乡中，不愿再复仇。”

“她还说……她还说……”战雪央的声音越来越小，心里也觉得荒诞不已，“她说她是您的母亲。”

晏潮生没有说话，手指漫不经心地点在身下的王座上。

战雪央的心里感到讶异，妖君这个反应，莫不是那疯女人说的是真的？

“不过属下也想知道，妖君是否还取徽灵之心？”

晏潮生：“你不信本君？”

战雪央蹙眉，摇了摇头。

晏潮生说：“那这件事，你便不必再管，本君心中自有决断。”

战雪央垂下头，恹恹地离开。

他心里有事，走出晏潮生的寝宫不远，听见几个妖在议论几日前那场劫雷。

他们愤愤不平地道："都说仙族渡劫凶险万分，怎么就没劈死那个赤水琉双。"

还有的妖说："劈不死她，妖君也总会折磨死她。"

"今日不是你给她准备膳食吗，我跟你说，加点……"

他们提起琉双，满眼的厌恶。战雪央的手触摸着自己的斧头，心里感到沉甸甸的。他突然想起三年前那个仙体溃散的女子，她抱着他的流沙人，显得又安静又可爱，半点儿都没有颓丧之气，还恭敬地唤自己为先生。

战雪央被困在泑山，本以为自己到死也出不去，八千年的怨愤，最后导致他那样做。那件事在他心中徘徊良久，如今又出了泑山，他实在是忍不住了，从来没有干过这么缺德的事，他叹了口气，脚步一转，去了关押琉双的宫殿。

那些宫婢认得他，倒是没有拦，琉双已经起来了，如今幽冥之地冷，她穿了一件大氅，身上的链子长长地蜿蜒至桌案边，她自己执黑子，在下棋。大氅把她整个人裹进去，衬得小脸莹白，她的伤才好，看上去气色并不好。

见了战雪央，琉双缓了一会儿，才认出来："先生？"

战雪央看见琉双就觉得心虚，他行医那么多年，真正害过的人就两个，一个在大殿里坐着，如今成了缥缈无依的魂，一个在面前，被那个人囚禁。他们二人如今的局面，自己和宿伦"功不可没"。宿伦或许没有心理负担，战雪央却没法不内疚，尤其是如今执念已破，泑山被毁。想到后面，她可能还会忍受淬心之痛，而妖君身上的担子和使命，也沉重得可怕，战雪央都觉得他们二人可怜。一个情深似海，从来不宣之于口，宁愿咬牙自己扛，另一个明明没什么错，却要承受剜心之痛。

"幽冥之地的阴气重，大氅无用，回头我让人送一些纯阳的法器，仙子佩戴在身上，或许会好些。"

琉双笑着点点头，没想到在这里还能遇见熟人："劳烦先生，先生请坐，可惜如今我是阶下囚，没什么能招待您的，您别介意。"

战雪央在琉双的对面坐下："你对我是妖君的人，似乎并不意外。"

琉双轻轻笑了笑："那倒不是，我还以为您很恨他呢。"当初他费尽心思把流沙人的宝石送到自己的手中，让自己对晏潮生起疑心。她只觉得是他们二人有仇，可后来她越想越觉得不对，若战雪央真是晏潮生的仇敌，不会与宿伦交好。宿伦心思机敏，聪慧过人，哪能识人不清？

"当初……在泑山，我给你炼药，需要一份龙血。"说起这件事，战雪央觉得臊得慌，他从来没有坦白过这么难为情的事，“当时你也感觉出来了，那份龙血里，有即墨少主的气息。”

琉双点头。

“其实我的手里有两份龙血。一份是即墨少主拼死换来的龙血，另一份，”战雪央停顿了一下，“是那日清晨，妖君陛下拿来的，他自己的血。抱歉，我故意令你误会他，只为令他斩情绝爱，我才有离开泑山的机会。”

琉双愣了一下。

战雪央硬着头皮继续道：“妖君走那日，嘱咐过，让我告诉你，那是即墨少幽拿来的，是我自作主张，说了那番话。”他叹了口气，苦笑着道，“妖君他……我看得出来，纵然到了今日，他依旧不舍得伤害你，立场不同，多有苦衷。”

琉双手中的黑子掉下去，她依稀能想象，那日晏潮生怀着怎样的心情，为她取血，可她当初，只觉得那个少年卑鄙。良久，琉双垂眸，轻轻笑了笑：“还好，还好。”还好今日有好好与他讲话，不然他的心里得多委屈、难受。

琉双被囚禁在幽冥之地，本来没指望谁来探望她，战雪央能来，完全是意外之喜，加上他对自己有歉疚之心，倒是一个很好的机会。

战雪央见琉双的神情还算平静，问道：“你不怪我？”

琉双看向战雪央：“先生会因为歉疚放我走吗？”

战雪央毫不犹豫地摇头。

琉双：“这便是了，先生又不会放我走，我多么懊悔、生气，也是枉然，若可以，先生可否回答我几个问题，自此往事便一笔勾销。”

战雪央沉默了片刻：“你且说来听听。”

其实战雪央到底与宿伦他们不同，他出生在泑山，出生那时，他父亲的传承到了他的身上，后来母亲也死了，泑山的流沙人陪伴他长大。他并未经历太多妖族流亡于世间的苦楚。辅佐晏潮生，将所有妖族从水火中拉出来，并非他个人的意愿，而是他生来刻在骨血中、不得不完成的使命。

当初一心想要摆脱泑山，如今泑山破灭，他的心中再无执念，因此，不再对琉双有那么大的恶意。战雪央并不讨厌这位仙子，他济世救人，心肠本也坏不到哪里去。只不过战雪央身上的使命感还在，他不可能放琉双走。琉双的身上……还有他们要的徽灵之力。战雪央能做的，是在琉双待在幽冥之地的这段日子里，尽量对她好一些。

琉双问："我想知道，五条灵脉相合，会有怎样的结局？"

战雪央的面色微变。

琉双的目光灼灼，看向战雪央。琉双心中莫名地笃定，这个秘辛，战雪央一定知道。因为他与宿伦等大妖不同，是真正的上古血脉，得了父辈的传承，他的记忆里，一定有关于这些事的记载。她早就在怀疑了，上辈子，晏潮生四处征战，其实那时候妖族和幽冥之地已经足够安稳，妖族们也有了可以生存的地方。若只为一席之地，晏潮生不会那般拼命，风伏命也不会与晏潮生僵持了数百年。

他们所有人都说，晏潮生和风伏命，是为了宓楚而战的。然而自己阴差阳错地来到七百年前，发现并非如此，他们如今谁也没有把宓楚放在心上，风伏命甚至没有娶宓楚。可战争依旧没有停歇。是什么促使晏潮生一次次征战仙境？真的是他生来好战吗？

不，一定有一个她不知道的原因。这几年她一直在思考，发现一个被她忽略的共同点——

前世空桑灭族之时，灵脉还未干涸，后来仙境没了，仅剩一点的灵脉被数不清的小仙境瓜分。晏潮生征战那几百年，便是冲着他们去的。

如今风伏命用尽一切手段，也要逼迫少幽和自己屈服，他们都在收集灵脉！风伏命的法术进步飞快，一定和灵脉脱不了干系！

琉双问出这个问题，战雪央不复方才的愧疚，冷冷地看了她一眼："取暖的法器，稍后战某会让人送过来，仙子珍重。"

"先生留步！"琉双叫住战雪央，"我不逼迫先生，只想与先生做一个交换。三年前，我在渺山疗伤，先生曾问我一个问题，是否见过一个喜着红衣的仙子。当时我回答先生不曾，然而前两年，我在寻找一件法器时，意外听说了一个故事，或许能助先生找到那名女子。"

战雪央停住脚步，嘴唇颤抖了一下。

琉双拢好棋子，等他回头。数千年的执念，战雪央这样心思纯粹的人，若真能轻易放下，便不会用尽手段也要出渺山。他等了那个人数千年，等过无数个春秋，如今琉双的这句话，是他离那个女子最近的一次。

过了许久，在琉双都以为战雪央不同意这样的交换时，他颓然坐了回来。

琉双的心里偷偷笑了笑，等着战雪央开口。

战雪央说道："反正如今你走不出幽冥之地，今日之事，听罢便忘了吧。世人皆知，上古统领八荒的帝君死后，一条灵脉被瓜分，四大仙境各占一条，还有一条遗落在弱水之中，自此得了灵脉的仙族生生不息，可修道，可成仙，可保长生。灵脉之中，蕴含大道，法力无穷，有毁天灭地之能。”

琉双点头。

“他们并不知这背后的故事。上古神魔大战，如今已成了残卷，我得到的传承中，有这样的记载。”战雪央娓娓地道来，“魔神以身殉了同悲道那日，万物化春，他的所有灵力，汇聚成一条汹涌的魔脉。自此为妖魔们提供了足以修炼、生生不息的魔脉。世间再无魔，神女黎苏苏为了新的魔神不再出世，八荒安稳，天道平衡，引自己和女儿的神血，汇聚于魔脉之中，自此魔脉源远流长，万年祥和，成了后来人们口中的灵脉。灵脉被揉入息壤中，落地成海。世间再无神，也无魔，魔神与神女隐于逍遥宗，再不问世间纷争。”

琉双原本听战雪央讲故事，有些入神。上古的事迹已经成了残卷，留存至今的，只剩当初那段旖旎的神魔之恋，万万没想到，会从战雪央的口中听到后来的故事。那条灵脉，最初，竟然是魔脉。

听到最后，琉双的脸色突然一变：“你是说，灵脉原本是魔神的全部法力！”她声音上扬，站了起来。

战雪央低着头，不说话。琉双的脸色十分难看，如果有朝一日灵脉相合，是否意味着，有人能从灵脉中，得到上古魔神的法力！

诸天神降不住的魔神，再次现世，八荒众人，还有活路吗？原来风伏命与晏潮生，二人想当的，竟然是这样的八荒共主。也对，成了魔神，还有谁敢忤逆他们？八荒之中谁敢不尊？谁敢不从？当初魔神在世时，上古仙族，俨然都活成了惊弓之鸟，连容身之地都没有，甚至还被做成万魂冢！

琉双倒吸一口凉气，连指尖都冰凉下来了。琉双没法想象上辈子晏潮生成功没有，那时候他似乎……已经得到三条灵脉了，若后来没有发生宓楚的事，八荒会成什么样也未可知。

“不对，”琉双喃喃着道，“灵脉一开始也是相合的，并非分开，可从来没有人能从中得到魔神之力，这说不过去，除非，有一样东西，能令灵脉从息壤中脱离，为人所用。魔神……永不陨落的魔神，理应还有一种能力。”

琉双慢慢地看向战雪央，那一刻，战雪央不得不承认，他有种落荒而逃的冲动。他的心跳得飞快，只听见琉双说：“是徽灵之力……魔神将不死不灭的力量，化作了徽灵之力对不对？”

那一日战雪央狼狈地跑出琉双的宫殿，他最后也没能想明白，琉双怎么猜到了徽灵之力的事？明明二者毫无关联。战雪央完全没敢听下去，他觉得妖君可能会活剥了自己。他明明什么都没说，琉双却已经猜到了。也不知道她是否知晓，她就是那颗可以从灵脉中提炼出魔神修为的徽灵之心。

完了，战雪央心想，他本来去探望琉双，是去宽慰她，令自己的良心好受些，没想到把秘辛一说，她应当知道的，不应当知道的，似乎全都知道了。

梦姬诅咒的话语，如今都不再能引起战雪央的心烦。他颓丧不已，第二日却恰逢幽冥之地需要派使者出去。正是去空桑。如今眼看昆仑的灵脉是保不住了，空桑却还剩一条灵脉。战雪央这回挤掉伏珩，自告奋勇，惹得晏潮生都多看了他几眼。

出发前，战雪央又徘徊到了琉双的宫殿外面，一咬牙进去了一趟。出来时，怀里揣着琉双写给他的讯息。

琉双几年前游历到了一处，曾听说他口中的红衣仙子，在东方长留仙山出没过。

战雪央怀里揣着那封冷冰冰的信，带着一众士兵，第二日便离开了幽冥之地。已经过去了那么久，他已经不记得她的名字，也快忘了那个人的样子，只有少年时的执着，一日日的等待，支撑着他，活到现在，活到了今日，而不是像他的父辈一样，随便找个女子成亲、生子，摆脱宿命。

战雪央出发后的傍晚，晏潮生忙完，来到琉双的寝宫，见她今日开着窗户，在练字。他走过去看，自从那日琉双抱住他，同他道歉，他再也没有踏足过这里，只是囚禁着她，不曾来探望。

今日外面刮着风，乌鸦哀哀地号叫，琉双坐在窗前，笔下的字隽秀、漂亮。她写得认真，没了法力之后，他来到她的身边，她也没能及时发现他。他这段时间总来，因为没有出声，她一直不知道晏潮生来过，不知道他常常一站，便是一整夜。

琉双的小脸莹白，晏潮生盯着那页纸，妖族是没有这些兴致的。他想起她做仙草时，被凡人养大，他没有靠近她，只远远地看着，看着那如今不属于他的一切。

晏潮生的心既欢喜又泛着一丝疼。隔着数年的光影，他忤逆天道，才再次见到她，然而她已经不爱他了。他的妒忌交杂着心痛，令他站在门边，想起多年前，那个女子的小心翼翼。

琉双曾经也是这样远远地望着他，充满期待地问：“夫君今日忙完了吗？”

"夫君可有时间，与我一同用膳？"

"夫君，我做好了琉璃灯盏……"

他那时总是漫不经心地皱眉道："还有事要商议，你且自己去。"

还不懂情爱时，他责备女子的不懂事和黏人。后来她慢慢学会如何做一个合格的夫人，有时只远远地看着他，躲在柱子后，可怜极了，有一次他回头，她的眼里亮亮的，发现他在看她，整个人的眼角、眉梢都漾起了笑意，看起来快活极了。

晏潮生回想那些事，往事已经变得模糊，他的手指不知不觉地嵌入殿中梁柱，握得生疼。他恨不得不管不顾，把她的身子掰过来，低吼道：是我，再看看我，看我一眼好不好？

然而他什么都不能做，晏潮生的眼睛下面洒下一片阴影，当真是报应吗？他的神情荫翳。外面刮着狂风，乌鸦殷切叫着，她手下的纸张翻飞，令她感到疑虑，停了笔回头。

晏潮生没有刻意躲着琉双，因此，她一回头，就看见了他的身影。晏潮生并没有像上次一样失态，而是走过来，冷冷地质问道："战雪央来了这里两次，你们说了些什么？"

琉双摇了摇头："不告诉你。"

晏潮生一噎，显然没想到琉双会这样回答，然而他又没法发火。琉双的心中感到有些好笑，明明自己是被囚禁的那个，可晏潮生看起来也很憋屈。他如今甚至都不说那些威胁她的话了，似乎也明白，吓唬不着她，反而会令他自己骑虎难下，于是只沉着个脸，摆脸色给她看。

琉双从战雪央的口中知道了灵脉的事，已经明白这是一条不归路，他们都要抢灵脉，最后也必将费尽一切苦心，得到徽灵之力。他依旧会要自己的心，只不过这一次，他没再以爱为牢笼，试图圈禁她，让她淬心。她便明白，他不舍得她死。

琉双问："晏潮生，昆仑若真把灵脉给了风伏命，你待如何？"

晏潮生冷笑着道："如何？那是你们仙族的事，灵脉关我妖族与幽冥之地何干？"

琉双心想，真不诚实。不过她原谅晏潮生此刻的谎言，因为他、风伏命，他们最终注定，谁都不会得到魔神的灵力。能不能从灵脉中取出魔神灵力，取决于徽灵之心不是吗？想到日后他们费尽心思，去争夺一个空荡荡的躯壳，最后落得一场空，琉双止不住地想笑。届时他们的脸色恐怕会很精彩。

两世，足够她猜到一切因果，她的心里从容、安定，终于不必再为空桑与八荒的未来忧虑。身上没了重担，她连步子也轻快起来，仿佛回到了无忧无虑的做小仙草的时期。那时候她就是这样，不必害怕苍蓝和空桑覆灭，八荒兴亡，与她无干。

“晏潮生，今日人间是上元节，幽冥之地太冷，我们去人间看看吧。”见晏潮生眼里带着警告看过来，她补充道，“人间开春了。”

听见“开春”两个人，晏潮生的眼睛轻轻闭了一下。

琉双动了动脚踝，仰头可怜巴巴地望着晏潮生。他的拳头散开，她身上的锁灵契无声地化作一个手镯，困住她的手腕，然后她被人拽了过去。

幽冥之地的夜风很凉，晏潮生拎着她，是一个恶意十足的姿势。

琉双如今没了负担，甚至知道空桑不会灭亡了，八荒兴亡，尽在她的手上，她还有什么好怕的？她的心里很惬意，小腿摆动着，由他去消气。

琉双笑着说：“晏潮生，你曾说开春娶我……”

话音刚落，晏潮生报复似的生了气，似乎琉双提起他不堪的过往，为了惩罚她，手一松，她从空中坠落。

琉双像模像样地尖叫起来，然而她的眼睛看着，那抹黑色光影冲着她而来。她一点儿都不害怕，不害怕灵力被封住的自己会摔得粉身碎骨。果然，在落地的最后一刻，晏潮生接住了她。她抱住晏潮生的脖子，闷闷地笑起来。

被看破心事，晏潮生恨不得掐死她。晏潮生要把她从身上扯下来，然而琉双搂着他，耍赖道：“没吃饭，三日没吃了，你的侍婢在我的饭菜里下了药，还有黄连，饿得走不动。”

晏潮生低头看琉双。曾经她也是这样对自己的，如今，他日夜怀念的东西，她给了少年时另一个世界的自己。晏潮生明白，她是在对着谁讲话。

晏潮生眼中的情绪，琉双看不懂，这一闪而过的情感，被他很好地掩盖过去。他低下头，不让她窥探到自己的目光，黑雾顷刻间穿过幽冥之门，来到人间。他抱着琉双坐在屋顶上，俯瞰人间。

人间二月的夜晚，天空中并没有星子，人间处处亮着灯笼与莲花河灯，远远地看着，便如同满天星河。

琉双蜷缩在晏潮生的身边，靠着他。这一刻，琉双明白，他已经原谅自己了。她决定和他坦白，轻声说：“我多了一段太不好的记忆，以前……受过一些伤，一朝被蛇咬，十年怕井绳，所以对你不好。如今，我已经放下过去了。”她没看见的地方，晏潮生的手指在发抖。

琉双眼带笑意，捧着脸颊，向下看，一面指着一处跟他说："晏潮生，你知道吗？我家，以前在那个方向。"

晏潮生只能装作不懂，闭了闭眼睛："本君倒不知，琉双仙子何时成为过凡人？"

琉双兀自说着："以前，每逢上元节，我便瞒着娘亲与爹爹，偷偷一个人出来玩。那时候觉得盛世安稳，好不太平，看哪里都新鲜有趣。"她笑意盈盈地说，"晏潮生，我觉得，在如今的八荒，做个凡人最幸福了。你说是不是？"

晏潮生不吭声。

琉双："如果有一天，我不在这世间了，你一定不要找我。因为说不定，我只是转生做凡人去了。"

本来一动不动的晏潮生，不知何时握住她的手腕，握得她生疼。她连忙道："我开玩笑的，开玩笑的，松开，我现在没灵力，你这样捏来捏去，我会疼的。"

晏潮生依旧不松手，琉双不得不无奈地道："你这样紧张我，莫不是还喜欢我？"

晏潮生当即松开她，差点把她从屋顶上掀下去。

琉双习惯了晏潮生的口是心非，心里感到甜滋滋的，她甚至觉得他又可爱又可怜。如今回想起与晏潮生的过去，她明明一开始是想要杀他的，却被他误会，阴差阳错下，他竟然喜欢上了她，从而为她踏足幽冥之地，还愿意给她内丹。他把最好的宫殿给她睡，还只身涉险要来娶她。

琉双从未得到过这样简单、干净的爱，这样的爱，是他给的。如今他好不容易聚魂，他再怎样对她，其实都不过分的，然而他没舍得。他傻透了，然而这样傻的一个人，在未来，她还得做一件令他满盘皆输的事。她会亲自毁去徽灵之力，让它永远毁在神农鼎里。

只不过这一次，她不必再被劈得魂飞魄散，或许能做个凡人，运气好的话，会过小仙草那样的一生。到最后，琉双依旧不能给晏潮生完满的爱情。

毁了徽灵之力，这是她为空桑，为晏潮生，为小妖鸟，甚至还未找到的长欢，乃至八荒每一个人唯一能做的事。也是她需要完成的使命。没有了徽灵之力，魔神永远无法降世，风伏命的阴谋也不会成功。她来到这个世界，一直以来，对不起的只有一个人，她看向身边的人。他不是妖君，是从头到尾，对她很好的少年晏潮生。那个匍匐在莲花台上，还自卑地掩住衣襟，怕自己不够好看的小弟子。

元宵节人间阳气旺，晏潮生身穿一身玄衣，眼尾带着化不去的鳞片，冷冷地注视着人间。因为琉双，他已经是冷冰冰的魂体了。

琉双的手指卷着晏潮生的袍子，觉得自己要是没有小仙草的记忆就好了，她一定好好爱他，这样一个爱她到死的人，这一生过得实在太苦了。不过，若没有小仙草的记忆，她活不到现在。她捧着晏潮生的脸，小声唤道："晏潮生。"

晏潮生低头，不太敢听她说话，眼神清冷，透着不耐烦："你烦不烦，以为本君真的……"

琉双在晏潮生唇上印下一吻。他的嘴唇抖了抖，睫毛都不再颤动，所有的话都被堵了回去。他心中感到又震撼又苦涩，明明这样甜的吻，他在后来孤寂的万年里，期盼良久，可如今那股苦味，几乎酸楚得令他难以承受。她说，他们的事，已经被她放下，成为过去了。

琉双退开一些，见他又隐忍又感伤的模样，心里一软，脑子一热说："人间已经开春，虽然晚了三年，我现在嫁给你吧。"他为这个承诺而死，她总要在徽灵之力消散前，成全他这个愿望。

晏潮生的拳头突然握紧，再也受不了，身旁的碎瓦都化作了齑粉，他冷冷地抬眼看她，死死地压抑着什么，然后竟然一言不发，推开她，身影消失在了房顶上。

琉双满头雾水，她想过晏潮生的许多种反应，甚至还想过他会骂自己自作多情，没想到他的反应是怒不可遏，那一瞬间，她清楚地看见了他眼睛里的怒意，仿佛一把燎原的火，恨不得把她烧个干净。

晏潮生把琉双扔在了人间的屋顶上。

晏潮生本来以为自己扮作少年时，会做得很好，他以为自己不会介意的。然而他终究还是低估了自己作为一个男人的妒忌心。他一路眼睛发红，恨得要死，把自己的嘴唇咬出血来。

混账！混账！她竟然真的想要嫁给这个少年，纵然这如今也是他，可他知道，当琉双说出那句话时，证明跋涉光阴来到她身边的自己，已经彻底被她遗忘。他们曾灵婴相抱，共许白头。如今守望着那些美好记忆的，只剩自己。他赤红着眼睛，喉咙里发出压低的低吼，又似呜咽。上元节处处热闹，张灯结彩。她不要他了，永远不要他了，连他唯一拥有的恨，也被放下。

琉双在屋顶上，默默地裹紧大氅。

空桑少主主动请求嫁人，那个人跑了，把她扔在了屋顶上，她本来以为自己要这样过一夜，然而没过多久，晏潮生回来了。

晏潮生解下身上的袍子，往她的身上一裹。冷笑道："嫁我？你肯嫁，本君还不肯娶。"

琉双被拒绝，瞪大了眼睛，直视着他，想看看是不是真的。却看见他微红的眼眶，琉双有些犹疑："你怎么了？"

晏潮生没有回答，连同袍子裹住她，和她一起抱进怀里。

她怔愣之时，头顶落下一个冰冷的吻。

"赤水琉双，"晏潮生低声开口，闭了闭眼睛，"好好的，你要好好的。"他再不骗她，不令她伤心了。

晏潮生低低地告诉她："琉双，你该嫁的，不是我，我没有这个荣幸。"

琉双仰起头，天上不知何时，纷纷扬扬地下起一场雪。那是这个冬天下的最后一场雪，他笑了笑，依稀间，是桀骜的帝王模样。君主曾征战四方，不可一世，然而此刻他温柔地笑着，却浅浅地红了眼眶。他的眼睛里有太多东西，琉双还来不及探寻，眼睛被人盖住，她眨了眨眼睛，眼前一片黑暗。晏潮生说："别多看，但在心里永远记住我今日的样子，琉双。"

皇城仍旧灯火通明，人间的上元节，也唤作元宵节，熙熙攘攘，如此热闹。

一场大雪掩盖住天地间的污浊，晏潮生俯身抱住她，雪落满身，犹如白头。也算赴一场白首之约。

晏潮生摩挲着琉双手腕间的锁灵契，琉双虽然不解何意，但妖君难得看上去不再故意对她恶语相加，她没有挣扎，犹豫了一下，任由他盖住自己的眼睛，靠在他的肩上。

算了，不嫁就不嫁，待她没了，晏潮生反应过来，别后悔得太难过就行。

苍穹之上，凡人肉眼看不见的地方，紫雷微微闪烁，晏潮生眯着眼睛看着那处，良久，不屑地弯了弯唇。

天道注定？他从不信命，曾经不信，现在也不信。

第二十章

八荒与她

琉双抿着嘴唇，
她以为他们走的路相悖，
爱她的少年已经死了，
所以连一眼都不曾抬头看他。

两个人回到幽冥之地后，琉双又被关了起来。

琉双本来想着，与晏潮生成亲，全他一个心愿，凡人的成亲并非合灵，他们在人间生活一段日子，仙界也没过去多久，然后自己再联系少幽，取出体内的徽灵之力。

徽灵之力由她的神魂供养，没了神魂，届时她没法活下去，最好的情况，或许就是再也做不了仙子，而是和白追旭一样，做个凡人。差一点，或许再也醒不过来了。

不过，现在也能陪晏潮生一段日子，不过他似乎很是不屑这种“施舍”，反而把她囚禁了起来。

琉双很无语，她实在是想不通，在人间的上元节，两个人不是说开和好了吗？为什么他能够说翻脸就翻脸。她心中挂念被抓走的少幽，还有处境不明的空桑，却又不能问晏潮生。怕本来就没有哄好的妖君，更加生气，适得其反。她拖着长长的链子，走到门边看出去。

看守她的，已经不是好糊弄的小侍婢，而是威风凛凛的赤鸢。她有些哭笑不得，在某方面，晏潮生洞察人心是一等一厉害。他或许也看出她想要离开幽冥之地了，就提前把她关了起来。

赤鸢把脑袋探过来，警告地看了她一眼。琉双笑道：“你放心，我不是想要逃跑。”

赤鸢从鼻子里喷出一口气，一看就不好招惹。琉双上辈子与它相处近百年，尚且勉强收获它的友善，它与刚出生就追随晏潮生的妖鸟青鸾不同，它妖性十足，足够凶恶，也足够狡诈。

琉双只好退了回来，心里犯愁，难道真的要困在这里，眼睁睁地看着风伏命从昆仑取走灵脉？

很显然琉双那日说的话，晏潮生全然没有放在心上。他没有与她和好，甜甜蜜蜜地过上几日的意思。

琉双隐约觉得不对劲，晏潮生其实不至于晾着她，除非是怕她阻止他要做的事。

晏潮生想做什么？她思来想去，无非也只能想到从五条灵脉中取出魔神灵力的事。

“妖君在做什么？”琉双每次向路过的宫婢问，总是得不到答案。琉双轻快的心情，渐渐觉察出不对劲。她下定决心，若晏潮生再不出现，她就会想办法去与他道个别，然后离开，总不至于真让风伏命集齐五条灵脉，届时无人可敌。

她得去昆仑毁去自己的徽灵之力，不然等风伏命主动来找她，届时才是八荒的灾难。

却不料，在她下定决心的这一日，半夜幽冥之地下起了雨，滴滴答答的雨声吵醒琉双，幽冥之地很少下雨，除非阴年阴时。琉双猛地从床上坐起来，感到一阵心悸。她有种不祥的预感，仿佛风雨将至。

阴风呼号，空荡荡的宫殿没了驻守的小宫女，琉璃灯盏的光十分黯淡。

今年明明不是阴年，此刻明明也不是阴时。那就只有一种可能，妖魔降世，杀孽横生！

眼前的光影交错，恍然间，琉双还以为院子里依旧有自己种下的凤凰树，她曾经在这样一个雨夜去救自己院子中的生灵，想要挽救和晏潮生破碎的家。她拎着裙摆去窗边，推开窗户，看见曾经种凤凰树的地方，站了一个玄衣男子。

他侧对着她，遥望着院子的另一头，沐浴在狂风骤雨之中，看向天际，衣衫被风吹得翻飞。一张侧脸，冷酷严峻，睥睨天下。云层中若隐若现的天雷，一直追着他。

琉双恍惚从男子的身上看见了熟悉的影子。一个荒谬的想法，比上次还要清晰。琉双的心跳加快，后退一步，晏潮生为什么会站在院子里的那个地方，又为何会恰好将她囚禁在上辈子住过的宫殿？真是巧合吗？

晏潮生回头，那股疏冷感散了，他并不在意那雷，皱眉道：“关窗。”

琉双没动，下一瞬间，他进了屋子，强行关上窗户，他的手覆盖在琉双的手上，灵力涌出，琉双这才发现，不知何时，她的手上沾了雨中的阴气。

晏潮生似乎没有意识到琉双发白的小脸，凌空抛出一个惊雷，说道："昆仑同意把灵脉给风伏命了。"

琉双："什么？"不可能，怎会这样快！

"昆仑很识趣，如今风伏命嗜杀成性，哪怕他们抵死不给灵脉，牺牲了即墨少幽，他们最后依旧保不住灵脉。"晏潮生看着琉双，"与其这样，不如给了风伏命，所以如今风伏命的手中，有四条灵脉，仅差空桑那一条。"

"你说四条？"琉双愣了一下，旋即想起自己与少幽假意大婚那日，把灵脉引向了昆仑，三条灵脉交错，如今风伏命得了昆仑的灵脉，可不就等于四条？

乌鸦哀哀地叫着。

一室沉默中，晏潮生突然开口："琉双，明日我便要出征。"

这句话，熟悉得不能再熟悉，上辈子，琉双最讨厌的就是这句话，因为这意味着，她或许又得在擎苍山等上好几年。

一股寒意冲入她的心里，险些令她倒吸一口凉气。她看向面前的男子，他毫无遮掩的意味，甚至轻轻地笑了笑。他抬起手，想要摸摸她的脸。琉双猛地后退一步，晏潮生的手僵在空中，两个人四目相对，良久，他若无其事收了回来。这份从容，绝不是少年晏潮生。

琉双的躲闪令他的目光暗下去，很快外面有妖鸟的叫声在催促他，琉双这才注意到，晏潮生穿的是战甲。冷冰冰的、厚重的战甲，紧贴着他的身子。原来天已经快明，他口中的"明日"，其实就在此刻。

晏潮生深深地看了琉双一眼，拿起长戟，转身就走。

琉双心中不知哪里涌上一股冲动，追上去，拽住他的衣角。

晏潮生回头，便看见琉双努力憋着泪的眼睛："他呢？"

他笑了笑，淡淡地道："死了。你终于认出来了！"

琉双的脑海一片空白，反应过来便是一掌击向晏潮生的心脏："为什么会是你？把他还给我。"

这一刻，她忘记自己的手腕上还被晏潮生系着锁灵契，一掌打下去，轻飘飘的，还被晏潮生抓住了手腕。

晏潮生又冷静又残酷地说："我也是他。"

琉双："不，你不是！你把他还给我！"

晏潮生捏紧了琉双的手腕，依旧笑道："别闹了，琉双，自欺欺人不好玩。我回来，也不是为你。"

琉双感到全身发冷，这样冷酷的人，只有她记忆里那个坏得透顶的晏潮生。她泪眼蒙眬地看着他，恨与怒交织在一起。

晏潮生抬起琉双的下巴，在妖鸟的长鸣声中，不顾她的挣扎与厌恶，在她的额头上亲了亲。

"好好保重。"晏潮生走到门口，脸上的笑意，终于淡了下去，他低下头，捂住自己心口的位置。

他找了她这么多年，终于找到了，却不敢与她多相处几日，他怕自己多看她几眼，最后会不择手段地留在她的身边，继续骗她，贪婪地演上一辈子的戏。只有不看，才能强迫自己割舍。天雷在逼他这个逆天者离开，他只有以最快的速度，令五条灵脉融合。知道她在意即墨少幽，怕她捣乱，所以他才一直关着她。

他今夜来道别，并没有任何掩饰，她能认出他，他心里其实是高兴的。至少，他曾停留在她的心上过，哪怕太短了，短到他们尚未来得及好好相处，什么都已来不及。

"你不是他。"她这样说。

那日在皇城的屋顶上，热热闹闹的元宵节，他终于明白过来，她要的是什么，不是他。他就算骗她一辈子，她也不会快乐。他就算苟延残喘在这世间，她也不会再爱他。他什么都看得清楚、明白，然而击向他胸口的这一掌，为何依旧令他痛得痉挛起来？

晏潮生闭了闭眼睛，走向滂沱的大雨中，青鸾和赤鸢一同跟在他的身后。

伏珩抱拳道："一切就绪，只待妖君命令。"

晏潮生："出发。"

趁着一场阴气四溢的大雨出发，等到天明，将士们的灵力，会增加不少。

晏潮生在大雨中，最后一次回头看，想要看琉双最后一眼，然而那扇门已经阖上，他看不见琉双的身影。他收回视线，想起很久之前，他每次出征，身上穿的，都是琉双缝制的战甲，她总是站在那里，等他归来。

再也没有人等他回来了，他明白，早在很多年前，他就该知道，天雷带走的，不仅是她作为小仙草的身体，更是他们之间所有的缘分。他所有的遗憾，无非只是，恨不相逢少年时。

大军消失在幽冥之地。

琉双回到屋里，待雨停后，她洗了把脸，冷着脸，手一扬，锁链碎裂，化作齑粉。其实那日渡劫以后，她已经有了离开的能力，晏潮生太过低估如今的她，太相信锁灵契。而她，她想要弥补自己犯下的错，一直没有离开，直到昨夜，晏潮生再不隐藏，她也没有留下的必要了。

昆仑妥协的速度快得令人不敢相信，她难免怀疑，背后是晏潮生在推波助澜。

琉双看不懂晏潮生想要做什么，她强迫自己不要再去想那个少年妖君，一想起自己原本想说给那个人听的话，他再也听不见，心里感到一阵难受。她飞身出去，幽冥之地如今留下的，全是老弱病残，没有一个人能拦得住她，或是发现她。

琉双飞了好一会儿，看见一个小宫婢，朝她的院子方向来。

那个侍婢飘着，怀里抱着一盆花。花儿开得艳丽，是人间早春的色彩，然而这样的颜色，不可能出现在幽冥之地。

琉双犹豫片刻，停下脚步，这一看，她愣住了。

那张熟悉的脸，赫然是长欢。

尚且还稚嫩的长欢，她才成为侍婢，还没有被人欺负过，身上的阴沉感很浅，显得十分天真。这个新侍婢，脸色惨白地抱着花盆，嘀咕道："那座殿里住着什么人啊？幽冥之地万年不开花，竟然让我去给她养花。都说妖君恨她，恨一个人，是这样的吗？"

琉双遥望着长欢走远。

晏潮生……她曾爱过，恨过，失望过，也决定忘记和放下的人，他口口声声地说着回来并非为她，最后却不忘把长欢还给了她。

琉双没有现身与长欢相见，知道自己所珍惜的都还在，长欢也好好的，她的心里已经很高兴。纵然再见，长欢也不认得她，不会再像为当初的小仙草做的那样，装扮成凡人的模样了。所有的事情，终究都还是在潜移默化中发生了改变。

门前，一个人被锁住，翅膀恹恹地垂在身后，琉双定睛一看，竟然是丛夏。她的身后有一块碑，碑文上阐述了这三年她对妖界众人的欺骗。

包括琉双这些年救那些小妖怪的事迹，全被她列在上面。晏潮生没把她怎么样，然而让她失去不属于她的，已经委实令养尊处优的蝴蝶精感到难受。今后妖界的众人会怎样看待从夏，就不是他能管的事了。

琉双的目光在碑文上一扫而过，怪不得，此次回来后，晏潮生把侍婢都换了，他不想琉双从众人的态度变化中，推测出他所做的一切。他笃定能关住她，届时待他出征回来，或许八荒又是另一番景象。

晏潮生为什么要做这么多事？

这些无关紧要的小事，在琉双看来，显得多余。

琉双走向蝴蝶精，从夏瞪大眼睛，道："你……你……"挣开锁灵契了？

"你要杀我？"从夏很紧张。

她本来就是晏潮生留给琉双处置的，她怕死得很，如今不住地道歉："是我贪图虚荣，我不是要故意害你的。"

琉双感到又好气又好笑道："我不杀你。"

琉双懒得理从夏，从她的身边走过去。从夏虽然做了不少错事，然而也确实在虚荣心促使下，为妖族做了不少事。

琉双没有打算去找晏潮生和风伏命，不管最后他们谁成功了，最后缺的也只不过是徽灵之心。

魔神的不死之力，数万年后，化作一个仙族女婴的心脏，使她有了一段奇遇，有再来一次的机会。故事既然由这里开始，便也应该在这里结束。

魔神予琉双珍宝，要她护这山河无恙。曾经她懵懂不知事，把所有的力量，化作一个小仙境，最终被晏潮生用太初镜困住焚烧汲取。她其实已经知道所有真相，上辈子，晏潮生到底还是不舍得她死，他动了几分真心。试图毁了苍蓝来保住她，却不知道在琉双的心里，苍蓝是比她自己更重要的存在。

琉双飞向昆仑的一路上，看见人间已经开春了，瑰丽的春日，阳光烂漫。马驹在林间跑着，人们的吆喝声此起彼伏。这样一幅美丽的画卷，突然令她的心安定下来。

她想起热热闹闹的上元节时的人间。仙族已经遗忘人间太久，凡人们失去庇佑，一日复一日，已经不再有信仰，灵脉也开始枯竭。

这一场劫难，在所难免。每个族类各司其职，八荒归心，才是最好的结局。

她忽然不再恨晏潮生。殊途同归，与八荒的安危比起来，那些早已微不足道。每个人都有自己的使命，她在九天之上俯视凡尘，晏潮生的使命是带着妖族冲破桎梏。而少幽、风伏命，哪怕是姬香寒，每个人都必须为自己的使命、为自己身后无数的族人而谋划。包括琉双，她也曾努力守护苍蓝，虽九死其犹未悔。化作血泪与飞灰，与他们一同葬入春日的湖泊。她曾跳下弱水，忍受蚀骨之痛，也要保住空桑安然无恙。

有了大爱，小爱便显得微不足道起来。

琉双此刻一点儿都不害怕，犹记起几年前，自己初活过来，被赤水翀逼着去昆仑取出幻颜珠，那时候懵懂而彷徨。如今去昆仑，明明是一条必死之路，她的心里却十分平静，如人间涓涓流过的春水，与身后的仙妖大战背道而驰。

琉双到昆仑时，一轮朝阳初升。昆仑的灵脉被人取走，眼见桃花即将开败，桃林再不复往日灼灼。一副萧瑟、惨淡的模样，令人感到惋惜。

失去灵脉的供养，琉双看见不少刚出生的仙族幼儿，死在了母亲怀里。还有许多老者，性命垂危。如今若是风伏命有良心，分一点儿灵脉过来，他们还能残喘着活下去，慢慢适应以后，便与人间的小仙境无疑了。可显然，风伏命不在意他们的死活，他想要全部的魔神灵力。

琉双没有驻足，一路朝着昆仑的大殿走去。

沃姜的白发披散着，手中占卜的桃木四散，最后一片，指向刚迈入殿中的琉双。

“来啦。”沃姜看着琉双，布满沟壑的脸上，透着岁月的从容。

“老境主昨日已经仙去，少主也回来了，如今正在殿中送老境主最后一程，仙子不妨耐心地等等，稍后老朽和少主，一同为你开启神农鼎。”

沃姜的占卜之术登峰造极，他呕心沥血地占卜，一定也猜到了自己的来意。琉双的心里感到有些哀伤，恭敬地行了个礼。

倒是沃姜笑道：“哎，都是那么回事儿，没了灵脉，我们这些本来就超脱天地自然的老家伙，总会走到尽头。还得庆幸，风伏命没有动手硬抢，我们如今可打不过他。如今看起来，最聪明的，当属姬氏那个不起眼的丫头，姬香寒，她们长留这些年活下来的子民最多，都小看了她啊。坐，丫头。”

琉双在沃姜的身边，席地坐下：“仙尊，一切都会结束的。”

“难为你了，”沃姜说，“怕不怕？”

琉双笑着摇摇头。沃姜或许是世间少数几个知道她身怀徽灵之心的人之一。

战火纷飞的八荒，他们还有如此平和的时刻，委实不易。

沃姜：“少主也知道徽灵之力在你的身上，可他没想过让你牺牲。八荒子民的命是命，你的命也并非蝼蚁。仙子今日前来焚尽徽灵之力，老朽钦佩。”还好徽灵之心的主人，一心向善。

或许上辈子，少幽也早就知晓，所以他引着小仙草向善，教她世故。若徽灵之心都被染黑，八荒之中的人注定要迎来一场灾难。

琉双等到傍晚，少幽缓步走来。

他的身后跟着像条小尾巴一样的风采意，风采意见了琉双，没有以前的嚣张跋扈，只紧张地看向少幽。

少幽神色平和，没有因为丧父过分痛苦。看见琉双，他清和的眸子，扫了她一眼：“在幽冥之地，可有被他欺负？”

琉双摇了摇头。

少幽低声道：“那便好。”

沃姜咳了一声，风采意嘟起嘴。

少幽失笑：“我不会乱来的，走吧，琉双仙子。”

少幽率先带路，走向安放神农鼎的仙殿。又嘱咐风采意道：“在这里等我。”原本像只骄傲小孔雀的风采意，听了少幽的话，泄气地等在原地。她不知道少幽要带着琉双去做什么，他们这些神神道道的大人物，又不可能告诉她，急得她探头探脑，生怕少幽带着琉双私奔了。

沃姜看笑了：“丫头，耐心些，或许会有柳暗花明的一天。”

风采意的眼睛亮得不行。

沃姜：“哼，不过得等你那个混账哥哥没了再说。”

风采意讪讪地笑，她倒是对风伏命没什么感情，风伏命也没把她的命当回事。

琉双跟在少幽的身后，一路快要开败的桃花，透着颓靡的气息。

少幽：“可否怪我？”

琉双：“自然不怪，这是我自己选的路。”

大殿前，二人停下脚步，少幽回头，说道：“琉双，我曾一直觉得不公平，自认对你的恋慕之意，不比晏潮生少，为何最后，你还是对他动了心。如今方明白——”

少幽面容如清雅的梨花，笑得无奈：“我们每个人，都有不得不去做的事，都得做出令自己心痛万分的选择。你身负徽灵之心，为了不让魔神降世，毁灭风伏命的野心，最终都会走到这一步。晏潮生是相繇王族，背负血海深仇降生，他更需要徽灵之心，这是他与生俱来，带着妖族走出困顿的使命。他明明有很多路，却选择了对他来说最艰难的一条，只为给你一丝活下去的机会。”

“什么……”琉双惊讶地看着少幽。

少幽低下头，唇边溢出鲜血，是因为这段日子在风伏命手中受的伤过重，他说：“在回昆仑的路上，我看见了带着妖兵和幽冥之地的士兵去空桑的晏潮生。你安然出现在这里的那一刻，我便明白了，阻止魔神灭世，有两条路：第一，毁了徽灵之心；第二，毁了世间所有的灵脉。”

“你是说，晏潮生要去毁了灵脉……”琉双立即明白过来，否认道，“不可能，纵然是上古王族,也不可能毁去魔神的灵脉。况且……”况且他还是心狠手辣的妖君。他不要魔神力量了吗?

“我也不知你们之间发生了什么。”少幽用洞察一切的目光看着琉双，温和地笑笑，说，“但我想，晏潮生是觉得，当他领兵出发的那一刻，你再也不用殉神农鼎了。”

别说是琉双，远远地跟着他们的沃姜，都瞪大了眼睛。心里惊叹道，晏潮生这小子，要是真被他做成功了，此后天下的灵脉尽毁，各族再也没有三六九等之分。届时妖族、幽冥之地、人族，自然也不会低仙族一等，都能安稳地生活在这世间。

然而毁去魔神的灵脉，这种事情，集八荒之力，也不可能做到，晏潮生怎么敢想？不但不会成功，还会被汹涌的灵脉，反噬得粉身碎骨。晏潮生疯了吗?

连少幽也觉得不可能成功，所以他才会带着琉双来到这里。

若五条灵脉相合，晏潮生失败，八荒中将再也没人能与风伏命抗衡，届时琉双被抓，风伏命取走她的徽灵之力，会变成魔神，成为真正的八荒共主，再无逆转的可能。他们能做的，便是提前毁去徽灵之力，阻止这一切发生。

四周沉默得可怕，琉双的手心出了一层汗，她不愿相信从少幽口中听到的一切。那个自私自利的晏潮生，永远征战在外，凉薄无情，总爱看她哭的男人，竟然是去毁魔神灵脉的?

那日晏潮生笑得冷淡，说:我不是为你回来的。晏潮生也确实没有为她做太多事，他自从醒来后，总是把她拎来拎去，讲话冷嘲热讽，连唯一温情些的上元节那日，他坐在屋顶上，也只是说，不和她成婚。

晏潮生带着大军出发，最后只给她留下一个冷冰冰的背影。

琉双抿着嘴唇，她以为他们走的路相悖，爱她的少年已经死了，所以连一眼都不曾抬头看他。

“琉双，”少幽道，“你想去看看他，或是最后看看空桑，你的爹娘和子民吗？”

“少主！我们没有时间了。”沃姜忍不住出声，少幽抬起手：“师尊，我的心中有分寸，我带着神农鼎和她一起去，若晏潮生……他失败，我会赶在风伏命动手之前，熔炼徽灵之心。”

沃姜叹了口气，不再说话。他实在没有资格阻止，晏潮生宁愿牺牲自己与天道抗衡，都要保琉双的一线生机，保众生的安宁万世，他哪能在晏潮生为八荒奋战厮杀时，取走琉双的心？

晏潮生在那一夜穿上甲胄，只有一个信念：八荒与她，都要好好的。

“去吗？”少幽问。

少幽从来没法去做晏潮生做的事，但这一刻，他作为挚友，也有最后能为琉双做的事。

这些年来，仙族每当有大变动时，凡间也会有异变。人们推开窗，在街头巷尾指着不同寻常的天幕，纷纷猜测发生了何事。

被晏潮生放走的说书先生，半眯着眼睛看向天际，一敲手中的折扇，说道：“犹记得，那空桑仙将白氏的大公子死时，人间的雪，下了三日三夜。”

“那洪先生，这九天惊雷，又是为何？”有人问。

世间不太平，一会儿仙族大战，一会儿下界流窜着妖族。凡人们不乞求仙族庇佑，只盼能安稳度日。

先生抖了抖衣袍，目露凝重之色，道：“八荒惊变。”

春风一口气吹绿大地，本该万物复苏，然而今日的九天惊雷，令所有人感到恐惧。

凡人们无法窥探发生了何事，看着异变的天幕，心中惶然不已。与此同时，空桑万物凋零，仙境的大门已经被毁坏，大地犹如被灼烧过。

空桑仙境一日之内被风伏命带天兵闯入。

姬香寒站在殿中，看着赤水翀和紫夫人，她以来使的身份，劝赤水翀归降。她虽然是赤水翀的子侄辈，然而年纪不比赤水翀小多少，这一辈少境主中，她是最早掌权的，也是最早臣服风伏命的。

姬香寒知道的秘密，不比他们中的每一个人少，她活得久了，从少幽的母亲出逃开始，她就在一步步谋划今日的局面。

几千年前，姬香寒还是个小姑娘，她去昆仑做客，在宴席上无意偷听到秘辛。

相繇帝君的麾下曾有两位大将，一个是夜魔罗，另一个是郗川。夜魔罗被镇压，郗川却凭借自己的能力，侥幸有一丝魂魄逃离。

此后在世间数年，郗川换了无数张面皮，数种身份，甚至魅惑了少幽的母亲岚姬，与岚姬青梅竹马地“长大”，岚姬嫁给昆仑境主后，听信郗川的话，误以为镇压在昆仑禁地的灵脉眼是邪物，把它交给了郗川。

后来岚姬才知道，灵脉眼没了，意味着灵脉开始枯竭，相繇王族后裔也能借腹降生，重现于世。郗川本意是骗人，却动了情，悲愤之中，去了幽冥之地，终日寻找岚姬的残魂。

昆仑境主因此事产生了心魔，渡劫失败。而姬香寒，也是最早知道晏潮生会降生的人。八荒几乎没人知道相繇一族留了两个心眼，一是晏潮生，二是灵脉眼，灵脉眼如同开启一切的钥匙，命运从那一刻开始，发生转变，少幽不顾生死地寻找母亲，何尝不是为了寻回灵脉眼，使灵脉停止枯竭?

姬香寒彼时没有能力阻止，唯一能做的，是带着族人明哲保身，应对接下来的灾祸。当时这些在位者，各有野心，没有一个人会相信姬香寒，如今姬香寒能做的，也不过是为他们分析利弊。

姬香寒说：“我并非劝赤水伯父忍辱偷生，而是如今的局面，三大仙境哪怕联合起来，也不是风伏命的对手。风伏命有汲取灵脉修炼的本事和狠心，我们谁也没有，便注定有朝一日，他能剑指三大仙境。”

此话一出，所有人震惊得面面相觑。

赤水翀也皱眉道：“你是说他进步飞速，是因为汲取灵脉来修炼？”

这不是加速灵脉凋零，不顾族人的死活吗？紫夫人问道：“灵脉融于仙境根基，并非灵气，无法渡入仙体，风伏命是怎么做到的？”

“他出生时天降祥瑞，龙鸣不绝，我探查多年，方知他有转换灵力之力。”到了如今，姬香寒也没什么好隐瞒的，把她调查多年的，昔日老天君，不仅借风伏命的灵力，还转换风伏命寿命的事说了出来，一室沉默。

“把灵脉给他吧。”姬香寒没了往日的模样，叹了口气，“赤水伯父，我幼时就听过你的仁厚之名，交出灵脉，好歹能暂且保你空桑族人的性命，即墨少幽倒是迎战了，结果如何呢？鲜血浸染了整个仙境，昆仑的桃花或许数千年也不会再开。”

赤水翀闭了闭眼睛，搁在以往，赤水翀定看不上姬香寒这样带着满族投靠风伏命的人，如今回忆起往事，他的空桑折损弟子无数，连风伏命的麾下也死伤不少，只有姬香寒的族人，最为安定。

那日琉双带仙兵去驰援少幽，赤水翀已经放下因为第五条灵脉生出的野心。曾经的四位境主中，空桑境主赤水翀最为有威信，灵力最高强。因为空桑少主孱弱，赤水翀不仅要作为父亲护着女儿，也希望有朝一日空桑能在四大仙境中扬眉吐气。

日复一日，那时琉双还并未拿走清盈玉，赤水翀也借助清盈玉洗清杂念，没想到野心渐渐化作心魔，险些带走他的宽仁，酿下大错。如今他终于悔悟，明白了琉双当初的那番话，也知道眼前的姬香寒是出自好心。

姬氏少主若存心隔岸观火之意，如今拥有四条灵脉的风伏命不消片刻，就能打进来。

赤水翀看向空桑的老臣，目露哀戚之色。紫夫人明白过来他的决定，宽慰地道：“去吧，我们不怪境主。”

赤水翀拍拍夫人的手，心头带上些许暖意，外面的哀号声不绝，赤水翀把灵脉化作的息壤，交到姬香寒的手中前，有些犹豫：“少主可知，五条灵脉若相合，会发生何事？”

姬香寒捧着最后一条灵脉，笑笑：“赤水伯父，过刚易折，不破不立，八荒仙族本就走向败落，不如试试赌一次？”

看着姬香寒眉眼间的自信从容、大胆果敢，赤水翀缄默下来。他也曾风华正茂，意气风发，如今真的老了，这些孩子，也都长大了。

龙吟虎啸之声，响彻八荒的每一寸土地。

少幽和琉双还在赶来的路上，看见刚刚绽放花骨朵的花儿，一瞬间凋零。

沃姜说：“五条灵脉相合了！”

琉双抿了抿嘴唇，她害怕空桑出事，风伏命心性凉薄，手段狠辣，昔日只怕晏潮生毁了空桑，万万没想到，空桑会毁在风伏命的手中。

“别怕，琉双，或许赤水伯父已经想通。”他们和姬香寒都能想明白的事，赤水翀想来也不会再执着。

琉双忧心忡忡。目光触及空桑的焦土，勾起她上辈子最害怕的回忆，她全身冰凉，恨不得冲进空桑，看爹爹和娘亲是否安好。

沃姜拉住她：“别冲动，丫头。”

少幽也说："空桑族人都没事，你看。"

他们混迹在风伏命的天兵中，风伏命今日大军压阵，以三人的灵力，扮作普通仙兵，完全不用担心被发现。

琉双抬头，赤水翀带着紫夫人还有一众空桑仙族，全部走出来，叩拜"天君"。

风伏命的额间，不知何时隐隐显露出了魔纹，五条灵脉，最后汇聚成一枚没有任何杂质的邪骨珠。

"哈哈哈——"风伏命看着手中晶莹剔透的邪骨珠，大笑道，"皆说八荒各自安稳方长久，本君偏不信，如今五条灵脉尽在吾手，何人不俯首称臣？什么相繇王族，我风氏才是世间唯一的王族。"

仙族均抬头望着风伏命，面露恐惧之色，到了现在，谁还不明白？什么天君，什么几届君主，风伏命从来都看不上，他要做的竟然是早已消失在世间的魔神！

五条灵脉相合的后果，竟然是汇聚成一颗邪骨珠！

不，应该说，它就是最初的魔神的力量，被相繇王族守护着，以灵脉的模样示人。直至相繇王族被屠杀，上古帝王死去，灵脉四散，鲜少再有人知晓这个秘密。

时隔万年，仙族们第一次认识到，当初由于野心被推翻，还被安上无数罪名的相繇一族，竟然是邪骨珠的守护者。

相繇王族守护世间安宁，其余仙族，为了一己之私，却设计屠戮干净了他们！这是何等的愚蠢，何等的令人追悔莫及！然而如今，谁也无法阻止风伏命了。

原本千辛万苦地才回到风伏命身边的宓楚，看见这一幕，失声道："怎……怎么会这样……"她一心要嫁给八荒最尊贵的男子，可眼前的风伏命，离成魔只差一步之遥。她喃喃着道，"魔神，他想做魔神！"

宓楚的梦碎了，甚至开始害怕苍穹之上的那个男人。魔神断情绝爱，岂会爱她护她？他只会杀了她！到了此刻，她方才明白父亲的苦心。

宓楚感到恐惧，下意识地想到父亲说的深不可测的那个男子，他叫什么来着？晏潮生！对，父亲说，妖族或许是世间最后回归安稳的希望。她终于开始后悔，想起那日晏潮生毁了自己体内的幻颜珠，她费尽心思，才骗过父亲，去给风伏命报信，说晏潮生活过来了，而自己能帮他攻打空桑。她在空桑长大，熟悉仙境的每一个角落。风伏命笑得莫名其妙，却也留下了她。

片刻前，宓楚还想着和姬香寒争风吃醋，怨她自作主张地说服赤水翀归降，看上去比自己有用。如今，宓楚只想后退，宁愿自己从未来过，哪怕是回父亲的身边，老老实实地被关一辈子都好。

下一刻，风伏命捏住她的脖子，笑道：“你想去哪里，吾的天妃？”

宓楚的脸色惨白。姬香寒也看向她，轻轻地笑了笑。比起宓楚，她显然早就知道会发生何事。疯了，宓楚心想，这个女人难道不怕“魔神”吗？

风伏命眯着眼睛：“蠢物，吾最厌恶背叛。”

宓楚勉强笑道：“没有，天……天君误会了。”

“错了，”风伏命不悦地道，“是魔神。”

宓楚对于风伏命来说，本来就再没有什么价值，风伏命不喜欢背弃者，也不喜欢懦弱之人，宓楚背弃空桑，来到他的身边，逃离楼辛竺都要跟着他，风伏命本来就只当一场好戏看。

如今她退后的脚步惹得风伏命不快，眼看他要杀了宓楚，一道长剑刺过来。

琉双见了，皱起眉头。少幽拉住她，摇了摇头。

风伏命阴冷地笑道：“敢与吾动手？”他扔了宓楚，掌中一道华光过去，一个人被击落天际，吐出一口血来。

宓楚这才看见，是白羽嚣。她浑身一抖，一股巨大的悲哀，顷刻间笼罩了她。然而白羽嚣并不看她，少年仙将，拄着剑，自己站起来。白羽嚣看得分明，风伏命俨然就要成魔，他一心想做魔神，早已没了约束。

宓楚有罪，楼族长却镇守灵脉千年。若这件事能过去……宓楚必须被关在无妄海，赎罪到死那一刻。然而风伏命当着所有人的面杀等同境主养女的宓楚，空桑的其他人，日后焉有活路？

琉双不在，兄长没了，境主也渐渐老去，他白羽嚣便是空桑的脊梁。他若胆怯了，空桑众人真的能在风伏命的手中活下去吗？

“羽嚣，退下！”白族长急忙站出来，跪下请罪道，“小儿无知，还望天……魔神陛下恕罪。”

风伏命眯起眼睛：“无知？他一身反骨，最适合滋养邪骨珠。”

白族长浑身一震，后知后觉地反应过来，风伏命哪里是真的不容他人冒犯，他是嫌这些年灵脉枯竭，有所损耗，邪骨珠不够强大，便拿空桑众人的血来祭奠！

白羽嚣和白族长哪里是如今的风伏命的对手，眼见风伏命抬抬手指，他们就要魂飞魄散，琉双咬破了嘴唇，明白自己不能出去，她若出去了，徽灵之心保不住，才是众生的祸患。

就在此时，一声妖鸟的长鸣响起。

银色的长戟架住风伏命的轩辕剑，琉双看着那个人，身披战甲，挡在他们空桑仙境前面。

风伏命眯着眼睛，道：“你总算出现了，孽畜。”

那个人冷冷一笑：“孽畜是你们风氏这些乱臣贼子，本君是相繇氏最后一个人，今日前来就是要取你的狗命！”

琉双隐在无数仙兵中，遥遥地望着晏潮生。他的眉眼桀骜，哪怕是面对拿着邪骨珠的风伏命，依旧狂妄得不可一世。她记起很久很久以前，她还是一棵小仙草，没有化形。仙妖大战的战火弥散到了苍蓝，彼时风雨飘摇，所有的精怪吓得不轻，身穿银色战甲的晏潮生，便是这样，抬手护住了他们，笑得恣意猖狂。他随手一护，宛如只是心情好放个生。她却记那张脸，记了许多年。

那时候他的衣袂带风，长戟冷锐，一眼都懒得回头看他们这些蝼蚁，也不曾在她的身边驻足，却是她爱上他的开始。后来他受伤，又掉入苍蓝，她问树爷爷：“他是谁？”

树爷爷笑眯眯地说：“他啊，是这世间唯一以妖身修诡道之人。”

她问：“是坏人？”

树爷爷：“是枭雄。”

老树是徽灵之心化出来的生灵，根茎遍布地下，渐渐知道许多事。他的很多话影响了后来的琉双。他说晏潮生是乱臣贼子，说他屠杀仙族，当上两境之主，说他是个不折不扣的、冷血的坏人，可她第一次认识他，他便是这样抬起长戟，站在她的身前，去做她不能做的事。

许多年后，到了如今，她忘记了他当时的眉眼，却记得他盛气凌人，发脾气让人滚的样子，与此刻完全重合。

人人都怕如今的风伏命，风伏命拿着掌控八荒命脉的邪骨珠，哪怕一时半刻无法将其纳为己有，灵力也不是众人能抗衡的。他手握轩辕剑，身后站着无数天兵。

晏潮生的一双妖鸟，在天边化作比翼，他轻笑了一下，对青鸾说：“和它一道滚。”这是冷冰冰的命令，青鸾无法忤逆他，眸中流出一滴泪，跟着赤鸢越飞越远。

宿伦他们却不能走。上古妖鸟能存活至今，自有一套生存法则。他们却不同，晏潮生今日若败了，魔神降世，八荒的每一个人，都会沦为风伏命手中的蝼蚁。

风伏命仰头，吞下邪骨珠。没有足够的徽灵之心，他无法纳化邪骨珠，然而魔神之力，借助一点，便已是惊天动地，岂又需要纳化之后？一个修炼不足万年的小孽障，也想与他抗衡？

晏潮生长戟一挥，冷冷地道："相繇王族，晏潮生，今日，便为我相繇一族正名。"

昔日，风氏亲手推翻相繇王族，给他们扣上祸世暴虐的帽子。

如今晏潮生冰冷的声音响起，仙族们又羞愧又紧张地看着天幕中一银一白两道身影，他们憎恶妖族，甚至追杀妖族数万年，从未想过，有朝一日护着他们的，是他们看不起的妖族之人。他们希望他赢，尽管所有人都知道，这不可能。哪有人能打败魔神？上古诸天神陨落，仙族沦为刍狗，魔神承载天下所有的厄运，却也有至高无上的力量。

天幕变色，两道光辉交织，轩辕剑与葬天长戟交接，大地震动起来。

风伏命额头上的魔纹一路蔓延，显得十分妖异，晏潮生眼角冷冰冰的鳞片，彻底化作相繇族的银瞳。

人间万兽嘶鸣，地面裂开一道裂纹。

空桑守护的结界尽数破碎，仙族们不敢直视，纷纷逃窜。

这一战一直从正午打到天色暗沉，晏潮生掉落下来，单膝跪地，用葬天撑住身子。

他的右胳膊被斩断，葬天被他握在左手中。他的长发披散着，他大口大口地吐出淤血来。他的全身都是伤，战甲已经破碎。

沃姜心里沉甸甸的，对琉双说："走吧，他已经败了，再不走，被风伏命发现你在这里，会来不及。"

若说之前，两个人还能战成平手，如今晏潮生已经挡不住吞了邪骨珠的风伏命。琉双和少幽若立刻走，还来得及用神农鼎炼化徽灵之力，不让风伏命有真正变成魔神的机会。

仙族辛苦蛰伏数万年，或许在后世，尚且有条出路。

连少幽也知道，他们已到穷途末路，再无选择，他点了点头，示意琉双离开。

琉双跟着他们走了数步，她看见脚下一片焦土，大抵四处都是这场大战带来的痕迹。

仙界尚且如此，何况凡尘？

春日刚发出的嫩芽，在灵力相接中，化作齑粉。很快，晏潮生也会和他们一样，消散于世间。他本来不必如此，他也可以夺得灵脉，在她不知道真相的时候，剜去她的心脏，变成魔神，凌驾于八荒之上。然而前世今生，晏潮生都没有这样做……

琉双的脚步越来越慢，最后，她停下来，到底还是回了头。

晏潮生似心有所感，也抬起了眼睛，他握着葬天，一直在颤抖。他走到了末路。

对上琉双的目光，晏潮生的眼神依旧是冰冷的，冰冷得没有一丝感情，就如同那日，他说要出发征战，说不是为她回来。他活着，张开的手臂与挥动的长戟，为的是他的族人，他的八荒。

晏潮生只看了琉双一眼，便不愿再看。然而，在琉双的目光下，他单臂支撑着葬天站了起来，葬天犹如昔日的青鸾，发出一声铮鸣，在他的掌中成为粉尘。晏潮生连法器都没有了。他摇摇晃晃地背对着她，踉跄着脚步，单手结出法印，撕碎身上的封印。

沃姜原本想拽着琉双赶紧走，看见这一幕，困惑万分地问道："他想做什么？"

晏潮生死过一回，连妖身都没了，自然也没内丹，相繇王族与生俱来的优势，已经没了个一干二净。他的魂息如今散得差不多，哪里来的封印？

琉双却突然明白过来，嘴唇颤抖了一下。

只见天幕之中，厚重的云层仿佛被一只手拨开，九天玄雷狂躁地闪动，直指晏潮生。

并非劫雷，竟是天道不容的玄雷！劈散身体，劈散魂魄，劈散所有的功德与福泽，万物尽可毁。诸天玄雷包裹着他，一道又一道，顷刻将他身上的魂息劈得一干二净。他痛苦万分，那样坚强的人，终于受不了，嘶吼出声。他裹挟着诸天玄雷，用尽最后的力气，朝着风伏命砸去。要与风伏命同归于尽。

风伏命万没想到晏潮生能引出玄雷，他震怒不已，想要逃离，却已经来不及。他的视线锁定琉双，最后一刻，他心想，对，跳下弱水的那日便知道了，徽灵之心在琉双的身上，只要取出她的心，就能纳化魔神的灵力，成为真正的魔神，届时就算是玄雷，也无法伤害他分毫。

风伏命被晏潮生逼得发了疯，孤注一掷，不管身后的玄雷，手掌化爪，要取琉双的心脏。

少幽也早知不妙，恐怕风伏命吞下邪骨珠那一刻，就已经觉察到他们的存在了。他顾不得太多，与沃姜一起，以自己化灵泉的灵力为引，召唤出神农鼎。

苍生命运在前，每个人都是任由摆布的蝼蚁。

"琉双！"少幽道。

是赌能够侥幸活着，还是为了八荒每一个生灵死去？琉双丝毫不犹豫地纵身跳入神农鼎。

琉双的眼里映出风伏命狰狞的面孔，风伏命的手触碰到她的一刹那，漫天紫色的玄雷，天道的震怒，把他劈成飞灰。玄雷慢慢消失，那团余光中，却仿佛固执地伸出一只染血的手，想要挣扎着去拉神农鼎中的琉双。

晏潮生真的做到了，然而他自己早已消散，也无法再救她。他选择不看她，不抱她，不留恋，也不爱她。然而临了，他殉了玄雷，最后的残念，却是想要拉住她，让她从神农鼎中出来。

琉双想起那日上元节，他们在人间的屋顶。凡尘浮华，处处张灯结彩，晏潮生说："赤水琉双，好好的，你要好好的。"她曾以为晏潮生负了自己的一生，以为小仙草凄惨地死去，是他带来的灾祸。

与生俱来的使命压弯晏潮生的脊梁，夜魔罗带着妖族在他的面前殉塔，他最后依旧选择做一个合格的两界君王。他的每一滴血流尽，每一丝魂息不保。而他唯一能为记忆里那个乖巧可爱的夫人做的，是从玄雷的光影中，固执又绝望地伸出手，试图救她。

都说上古相繇一族无情，此生最难动情，他们刻薄、残酷、冷漠。守着一条滂沱的灵脉，对自己的妻儿都不曾动容。

神农鼎还未彻底炼化琉双的神魂，琉双在神火之中，明净的眼眸，注视晏潮生和风伏命一起消散。

耳边听着少幽和沃姜，还有跑过来的姬香寒，众人手忙脚乱地阻止神农鼎炼化她的声音。

他们叽叽喳喳地吵着。

"疼……"琉双无意识地呢喃着，神农鼎本来就是神器，她没有大声哭出来，已是坚强万分。

姬香寒看着这一场惊心动魄的玄雷，本来打算雷打不动地明哲保身，此刻也钦佩不已，帮着救人。让她跳神农鼎，她怕是也会有片刻犹豫的。

"怎么样，神农鼎能停止吗？"

众人急出一身的汗，合力勉强停下了旋转的神农鼎。

"赤水琉双，"姬香寒探头去看，"还活着吧？"

晏潮生那小子疯了一样引了玄雷弄死了风伏命，若还保不住琉双，那实在太过惨烈。

神农鼎安静下来，姬香寒率先过去，看见神农鼎中，琉双趴在里面，她蜷缩着身体，身上的仙衣早已被神农鼎化尽，姬香寒连忙解下外袍，盖住她。

得知琉双还活着，少幽和沃姜都松了口气。

“邪骨珠……”琉双的眼睛却没有看他们，她看着天际，那一处，原本是风伏命死去的地方。

风伏命的身躯和神魂，与晏潮生一同被玄雷击得溃散，众人这才惊觉，风伏命虽然死了，邪骨珠竟然还未完全破碎。它带着无数裂痕，顽强得仿佛散发着甘美味道的果实，引诱众生采撷。

大家倒抽了一口凉气。成为魔神，便是天地共主，邪骨珠还残存的那一刻，少幽等人，几乎立即觉察无数试图靠过来的气息。

那些遥遥观望的，还未走远的仙族和妖族，无不想要得到它。或许能永远孤独地守着它，不动心的，只有冷冰冰的上古相繇王族。

琉双坐起来，她盖住自己的心口，把神农鼎炼化了一半的徽灵之力强行取了出来。

“琉双！”少幽蹙眉，神农鼎对她的伤害已经无法逆转，她留下徽灵之力，还能当仙子，都会慢慢好起来，如今她取出徽灵之力，就不可挽回了。

琉双披着姬香寒的衣裙，她眉间的冰蓝色仙印褪去。

眼见越来越多的气息被破碎的邪骨珠吸引，汇聚过来，琉双抽出自己哺育徽灵之力的那一魂，它与徽灵之心相伴，已经数百年，也是唯一能操控徽灵之力的东西。

“赤水琉双？”除了少幽，姬香寒最先明白过来琉双要做什么，问道，“你想好了？”

琉双点头，看向空桑的方向，轻轻笑了笑。她想，晏潮生没做完的事，她来帮他做。这是她的使命，也是她情愿的。

那缕魂魄如同手持利刃的神女，带着徽灵之力冲入邪骨珠中。邪骨珠骤然破碎，化作无数纷繁的灵力，星星点点地涌入世间，仿佛星子坠落遍地，最终融入大地。世间再无徽灵之心，也再也没有魔神之力。

有的，是一个全新的八荒。姬香寒吸了口气，发自内心地轻轻笑了起来。

少幽早知道这样做的代价，他无法像姬香寒那样畅快地笑起来，他哀伤地回头，神农鼎中，再无那位小仙子的身影。他走过去，看见里面只剩一枚小小的、嫩绿色的种子。

七百年后，人间七月，荷花开遍池塘。

烟柳画舫之中，有人在说书。

当初相繇王族帝君晏潮生大战风伏命，被编成脍炙人口、荡气回肠的故事。

惊堂木一敲："就这样，相繇氏最后一个帝君牺牲后，世间再无四大仙境，此后所有活下来的仙族，在灵脉没有以后，灵力各自溃散不少，选择开宗立派，创立一个个仙门，如今还会每隔数年，招收凡人弟子。"

有人附和道："我知道，金禅宗今年就山门大开，在凡间寻找有灵根的孩子，将来修仙问道。各位家有适龄孩子的，记得送去试试！"

这话换来一阵笑闹："我家孩子不去金禅宗，吵着要去苍羽宗，说那里的仙君，才是世间最厉害的仙君，还曾是赤水仙子的旧友。"

丝竹声声入耳。

人群中，有一只纤长白皙的手，拨开人群，抱起混迹在人群中的小女孩。她眨着眼睛，被人挤散了发髻，不气不闹，十分乖巧，小脸脏兮兮的。

男子叹了口气，温和地训斥道："不是说了，别乱跑，怎么又跑来听故事，人群杂乱，踩着你怎么办？"

虽然踩不坏，可总会疼。小姑娘又天真又活泼，对什么都好奇，教她得费好大的劲儿。

小姑娘说："师尊，先生说帝君可威风了，他这样，又那样那样，很快就打败了风伏命。"

男子虽然戴着帷帽，气质却惊为天人，闻言摸了摸她的头。荷花开得烂漫，他替她理好乱掉的头发："行了，回去苍羽宗，让你师姐给你好好洗洗，下次再这样，为师定要责罚。"

少幽的大手牵着她的小手，走在热闹的河畔。

不断有喊孩子回家吃饭的妇人，有的妇人的手里还拿着洗衣棍。她听见妇人们口中唤出一个个名字：赵承宗、李志、王微明，甚至狗蛋、柱子。

"师尊，我为何没有名字？"她眨着眼睛，"我今日问了师姐们，她们说小仙草不是名字，是我的本体。"

少幽："你想叫什么，便是什么。"

夕阳把她小小的影子拉得老长，河畔有人在吟诵诗词。

瑰丽的夕阳，送这对师徒走远，风中依稀还能听见她软软的声音："那我叫流霜好不好……"

与故事里的王族小帝君晏潮生，相伴的琉双。

少幽失笑，是啊，如今八荒太平，你都已经回来，他也该归来了。

番外一

岁岁年年

她的后脑被人扣住，
整个人跌入他怀里，
少年的气息袭来，
揉碎了她眼里的月光。

又过了好几年，琉双如今看上去，也是十二三岁的少女了。

与其他宗门一样，苍羽宗也是每三十年收一次徒，少幽拿起名册，看见上面的人数，从一百零六，变成一百零七，蹙起眉。

门下弟子知道他厌恶中饱私囊，开后门的作风。主动解释道："掌门，此次聚贤会，过了初选的，原本的确只有一百零六名弟子，前些日子您下了山，宗门山下，姬宗主遗弃了一个小孩。姬宗主说，苍羽宗爱收不收，若不收，随那孩子去何处。"

"孩子……"少幽咀嚼着这两个字，又听他提起姬宗主，"你是说，姬香寒来过？那个孩子是姬香寒扔在山下的？"

"是，弟子不敢说谎。"

"好，我知道了。"少幽向来清正的面庞，染上一丝怪异之色。

仙妖大战以后，姬香寒和一个妖族合了灵，这夫妻俩的事，在修真界传了好一阵子，据说还是姬香寒年少时对不住人家，把人家扔脑后数千年，如今在一起，那男子生气得很，变着法子折腾她。偏偏一颗玲珑心的姬香寒，不仅没有生气，反而乐在其中，笑眯眯地哄着道侣，还随他去妖界住了数十年。

姬氏的掌门人都跟着一个妖怪跑了，那段时间，姬氏门下的所有弟子哭丧着脸，四处寻找自家宗主，最后还是几个长老，强行把人揪了回来。那个妖族男子也寸步不离地跟了回去。

自此所有人都知晓，姬掌门的道侣，据说是上古妖族，叫作战雪央。虽说如今仙妖之间，再无旧日那么深的龃龉，妖族的地位也水涨船高，只要不是害人的妖，大可大大方方地行走于世间，可仙妖结合的，他俩是第一对。

旁人不说，姬氏活下来的族人，也有不少人站出来反对他们，后来被战雪央一手出神入化的医术折服，倒是不少人觍着脸求医，渐渐忘记了两个人的门第之别。

少幽不好世间八卦，知道这些事的时候，还是数百年前，那时他找了天下间残存的息壤，一心想令琉双留下的种子发芽。

风采意陪着他，俨然都快成为种花、种菜的好手了。

终于在百年前，那颗种子有了一丝生气，发出嫩芽来，又经过一番精心的照看，终于修成一个粉雕玉琢的女娃娃。

少幽不怎么照看小琉双，倒是风采意，见了软乎乎的女娃娃，眼睛都亮了，少幽心大，任由风采意抱了琉双去，养在她的屋子里。

养了这么些年，倒也平安地长大。少幽偶尔教她些法术，又给她喂符水，怕琉双是仙草所化，沾染妖气。琉双和风采意的感情好得不得了，不知道从哪里听说了些话，以为少幽是自己的师尊，便一直“师尊师尊”地叫着。

少幽第一次听见，拿着书的手停顿了一下，旋即也便由她叫去。他知道，自己多年未结的心结，从那时候，就解开了。小姑娘可爱极了，少幽渐渐地也没法把她当作昔日的仙子看，只当作苍羽宗的孩子看待，随她这一世怎么活。

她与晏潮生，同样为了苍生舍弃了自己，小仙草幻化以后，便把前尘往事忘了个干净。

少幽见她每日快快乐乐的，苍羽宗的师兄、师姐们也很宠爱她，心里为她感到高兴。倒是晏潮生，自那惨烈一战后，再无消息。

如今听到姬香寒送来了一个孩子，少年模样，他难免想多了些。毕竟姬香寒的道侣战雪央，当初可是晏潮生的手下。他们那些上古妖族，总留了些秘密的法子，或许能救自己主上。只不过往他们苍羽宗送，是何意？

弟子见少幽不说话，以为自己做错了，十分惶恐：“弟子这就赶他走。”

少幽：“不必，可测过灵根？”

“测过，”那个弟子说，“能修炼，不过……灵根颇杂乱，看不出是什么天赋。”

少幽：“姬香寒还留下什么话没有？”

弟子说：“姬宗主说，她如今有孕，不方便看孩子，他们夫妇二人的性子不好，养不出什么光风霁月的好人，还是宗主您……您比较适合培养君子。”

少幽抿着嘴唇，揉了揉太阳穴：“行了，知道了，且让他一同参与入门测试吧。”

少幽的心中，俨然已经有了数，若真是晏潮生，不好好栽培，将来恐怕又是一个魔头。晏潮生救了整个八荒，也算对昆仑有恩，少幽倒不介意多养一个人，可是，让他见琉双，真的好吗？

到了仙门大开那日，凡尘中求仙的弟子，皆进入宗门的小境界中。

少幽坐在上首，听弟子们宣读完规则，问道："琉双呢？"

几个亲传弟子没回答他，倒是风采意说："考核关卡中，缺一个守关弟子，琉双自己请缨，我便同意她去了。"

少幽一听，眼角抽了抽。

风采意这些年惯会看他的脸色，当即委屈地道："怎么了？我做错什么了吗？琉双如今也长大了，她的灵力不低，那些凡人还是小孩子，她完全能管住他们。"

风采意自作主张地改了守关人，少幽叹息一声，低低地道："没有，我没有怪你。"

风采意的心里甜滋滋的，弟子们在心里闷笑，风姑娘又开始了，不过掌门偏偏就吃她这一套。也不知道最后风姑娘能不能顺利熬成掌门夫人。

少幽："咳，开始吧。"

呈现在众人面前的，是一幅生机勃勃的画卷，那些凡人孩子，如同画卷中的墨点，随着少幽一声开始，画卷开始动了起来。

上面的孩子们，也传了热闹的声音出来。

琉双要守的关卡，在第三关，目前孩子们都在过第一关，倒是用不着她，她便早早地趴在树上看他们。她鲜少见到这么多同龄的孩子，宗门里那些师兄、师姐，最小的，也比她大上一轮。她发间嫩黄的穗子，随着风吹拂轻轻摆动，这些孩子如今都是凡体，她藏得好，他们都发现不了她。

苍羽宗收徒很严格，只要八到十二岁的孩子，超过年龄便不收入门下。

一群半大的少年里，为首的那个，最打眼，旁人都是背着自己的包袱，闷头不吭声，各走各的，只有他一个人，穿着锦衣华裳，三五个人簇拥着他，花式拍马屁。

琉双听见他们说："二皇子，我在家中就听父亲说过您天赋异禀，此次苍羽宗考核，您必定不在话下。"

还有的人说："二皇子殿下神武不凡，今日一见，果然比传闻中更神。"

二皇子听了，下巴仰起来，恨不得拿鼻孔看人。

琉双偏了偏头，努力去想二皇子是个什么官职，为何旁边的小少年都要巴结他。不过什么官职，都是没用的，琉双心想，他们一会儿就知道厉害了，苍羽宗的入门考核，与身份、地位无关，只与心性、天赋相关。

孩子们的面前，有一棵参天巨树，其他路都已被封死。

一百多个孩子叽叽喳喳地吵了好一会儿。琉双看见，只有一个少年不合群。他站在人群的最后，不和别人说话，甚至别人试图与他说话，他也没什么反应。

他看上去十一二岁的模样，脸蛋带着血污，嘴唇死死地抿着，只看着那棵巨树。

琉双的视线掠过他瘦削的小脸，落在他的腹部。他不关心任何人，看起来很饿，他的肚子扁平，几乎凹陷下去，不知道几日没有吃东西了。

这时候，那个少年的目光如鹰隼，直直地朝着琉双的方向看过来，吓得她连忙一缩脑袋，把自己藏在巨树间。做完这个傻傻的动作，她才想起自己用了隐身符咒，他们看不见自己，果然，她慢吞吞地探出头，那个男孩也没有多余的反应，收回了目光。

而这个时候，孩子们也终于意识到，第一关的测试，恐怕需要他们爬树。问天道，自然该不断向上。这倒不难，他们反应过来，开始争先恐后地往上爬，生怕慢了被淘汰。

琉双看见，那个少年也开始爬树。他的速度很快，虽然一开始被挤在后面，可是他的身手敏捷，很快就爬在前面来了。

“啊——”有人惊呼，从空中掉落下去，孩子们惊疑不定地看去，只见巨树上，突然长满倒刺，倒刺如同一个个小钩子，能划破他们的皮肤，刺入皮肉中去。

这下爬得起劲的孩子们一僵，犹豫起来。他们看向那个摔下去的孩子，这么高，他死了吗？

少年的动作也停顿了一下，然后咬着牙继续往上爬，不曾停顿。琉双看见，倒刺划破他的手指，他跟感觉不到疼一样，抱紧树干，继续往上。

二皇子显然比其他人要镇定，他出发来仙门之前，国师就叮嘱过，仙门测试多幻境，不会真的闹出人命，要他遇见什么情况都别慌，这般才能脱颖而出。于是他定下心，目光闪了闪，踩了一脚身后孩子的肩膀，继续往上。被他踩了一脚的少年，只是一个商人之子，敢怒不敢言地看着他。也不知是不是二皇子的心理作用，虽然倒刺划破皮肉，不过却是不怎么疼了，他靠着阴损的法子，爬到了前面。

一条嘶嘶吐着芯子的蛇，就在这时盘旋而下，二皇子差点松开手，却看见他旁边的少年，面无表情地伸出两指，插入蛇的七寸之中，那条蛇当即掉下树去，引起一阵尖叫。其他人，这才注意到沉默寡言的玄衣少年。他没搭理任何人，继续往上爬，仿佛什么都不是他的阻碍，二皇子眼神晦暗地看他一眼，回过神，也生怕落了后。

很快，他们就要爬到琉双的藏身之地了。

琉双离近了才看见，那个二皇子，显然也是修炼过一段时间法术的，他的足下有风劲，身子也没和树干贴实；相反，另一个玄衣男孩，什么都没学过，凭着一股气性和狠劲，在往上爬。

纵然这样，二皇子也落后了一步有余，他的表情不太好看，直接伸手，狠狠地拽了前面那个小子一把。

晏潮生没有防备他，到底他也只是一个半大小孩，眼看要坠下去。然而他以为的事没有发生，一只白皙的小手握住他的手，枝繁叶茂的树叶后，一张粉雕玉琢的少女的小脸探出来。桃腮杏眸，眼睛水汪汪的。她犹豫着拉住他，旋即又后悔似的，连忙松开他的手，有几分懊恼，退回树丛中去。

晏潮生愣住，再看她，她又不见了。

底下的二皇子见无事发生，纳闷极了，然而晏潮生愣神的工夫，他已经超过晏潮生很远，当下也觉得不亏。

晏潮生收回目光，满是鲜血的手指蜷缩了一下，继续往上爬。他看着前面的二皇子，自己的腿上还绑着一柄匕首。晏潮生想起什么，停顿了一下，也没对二皇子做什么，反倒落在二皇子后面，不紧不慢地爬起来。

这棵树高得像是看不见尽头，孩子们流汗又流血，不少人在中途就放弃了。

还有不少被突发情况吓得撒手的，最后过关的，只有五十人。

爬上大树，他们的脚就到了实地上，所有的伤竟然在一瞬间不治而愈。孩子们的脸上都露出喜色，晏潮生回头，那棵大树已经不见了。他的脸上看不出什么，不见高兴，也不见低落，慢吞吞地低下头去。

方才惊鸿一瞥，像饿坏了以后出现的梦。他看向自己枯瘦的手，少年的指节分明，还未彻底长开，全身带着一股药味。指腹粗糙，是这些年跟着一群林间小妖，摸惯了兵器的手，当时还鲜血淋漓，谁会主动握住这样一只手呢？

第二关的守关师兄，早早地就在这里等着他们，笑着说了声恭喜，旋即让他们过五行桥。

桥上凶险万分，会出现和受考核的弟子属性相反的东西，譬如当水属性的弟子，走上五行桥时，就会不断地遇见火球，只要有修炼的天分，在这种情况下很可能会激发出天赋，走上求仙问道的第一步。

二皇子是金属性，金克木，他能较好地运用基础法术，很快削断桥上的木藤。他得意地过去以后，孩子们也有了底气，一一过去尝试。

若不能激发天赋，忍住恐惧和疼痛，足够坚定，也能过去。晏潮生是后者，有了第一关的经验，这回再痛，孩子们也不愿意放弃。这样一来，到了第三关，还剩下三十多人。

而队伍中，出现了一个众人都不曾注意到的少女，琉双轻巧地走过五行桥，乔装成受考核的孩子，进入队伍中间，悄悄地冲师姐点头。

师姐笑道："最后一关，找到紫灵果的，可进入苍羽阁。灵果只有二十枚，开始吧。"

琉双的出现，自然也引起了孩子们的注意。她生得好看，又没刻意掩盖容貌。大家忍不住想，先前孩子们里有这样一个人吗？他们怎么没有注意到？

不过只有二十枚的果子，分去了他们的注意力。

四处生机蓬勃，绿草如茵，二皇子的眸光一转："谁要与孤一道？"

大家的眼睛一亮，人多灵果少，这个时候，结盟是最佳打算。不少先前就讨好他的人，自然立刻去了他的身边。

还有几个见识了他先前踩着别人爬树的，不愿和他一道，自发组成了一队。

晏潮生的目光落在琉双的身上，他没有多看，也没有加入任何阵营。

二皇子目不转睛地看着琉双，虽说他是个半大孩子，不过半大的男孩，谁不喜欢漂亮的少女呢？他当即表示，琉双如果和他们走，找到灵果，会分给她一枚。

琉双认真地想了想，她的任务是给他们增加阻碍。二皇子既然愿意增加难度，她自然不会推拒。至于另一队，师姐会跟着。她答应了二皇子的邀约。

走了几步，二皇子不耐烦地回头："臭小子，你跟着我们做什么？"

他们这群人，要么是达官显贵的后人，要么是有些修炼根基的，唯一和他们不一样的，只有琉双这个水灵灵的姑娘，不过她容貌美丽，在如春日的画卷中，像一朵含苞待放的花儿，这些贵人的小公子，丝毫无法掩盖她的色彩。闻言，琉双也好奇地看着默默地跟在后面的人。

他的目光没有一丝波动，他抿着嘴唇，不言也不语，越过人群，扫了她一眼。

有人道："殿下，从一开始，就没人见过他说话，林遥他们说，他们测试过了，这小子听不见，还是个哑巴。"

"原来是个傻的，孤说为何怎样都没反应。"二皇子扬了扬下巴，让人将晏潮生赶走。晏潮生虽然没有展露五行法术，身手却不错，几个孩子加起来，都不是他的对手。二皇子沉下脸。

"殿下，别管他了，被别人抢先了灵果怎么办？"

二皇子这才放下这个念头，急忙去找灵果。灵果在一个山洞中，由一只沉睡的灵兽看守。

当众人找到这一处山洞时，琉双悄悄地把它唤醒了。

孩子们被追得吱哇叫着乱逃，最后费了九牛二虎之力，相互合作，这才勉强牵制住灵兽。

而二皇子则和几个有心思的孩子见状撇开他们，直奔洞中，去取灵果。

琉双原本帮着牵制灵兽，见此有些生气，这几个孩子虽然天资不错，但心眼儿也太坏了。

孩子们反应过来上了当，纷纷气愤不平。

这时候，晏潮生出现了，他的动作出奇地快，他从地上滚进去，用匕首捅死了灵兽，接着从灵兽的腹部爬起来，一言不发地走进洞中。

没一会儿，他一个人出来了。

二皇子等人在后面边骂边追，晏潮生带着满脸的伤和还未散去的狠戾之色，径自走到琉双的面前，看着她，嘴唇抿得死死的，冲她伸出手。

琉双一愣，他的掌心，赫然是红彤彤的一枚灵果。

"给我的吗？"琉双轻声问。

晏潮生盯着琉双的唇，似乎在分辨什么，许久，沉默颔首。见她不接，以为她嫌弃自己的东西，他的目光变得阴沉起来。

琉双这才连忙接过来，说："谢谢。"她看晏潮生的表现，猜到孩子们说得不错，他好像确实听不见，也不会说话。

晏潮生低着头，不敢再看她。给了琉双一枚果子后，他把怀里剩下的一堆果子，往天上一抛，一群半大的孩子，立刻争抢起来，再无人注意他。

许多年后，琉双想起晏潮生进入宗门的这一幕，依旧觉得他真勇敢，真聪明。

尽管他那时候又聋又哑，很凶悍，还很孤僻。她弯起眼眸，忍不住笑了。

没多久，晏潮生被收入了苍羽宗门下。

少幽看着那张缩小版妖君的脸，让一位师弟收下了晏潮生，好好教导、照顾。

师弟也曾是昆仑翘楚，为人正派，教一个少年，不在话下。

得知考核前发生的事，少幽暗暗道姬香寒夫妇不靠谱，他们把晏潮生送来，忘了他是凡躯，不给人家少年准备干粮，而苍羽宗的山下又有不得杀生的规矩，晏潮生想自己去捕猎也不行。故此，晏潮生参加考核时，已经饿了好几日。

来了新的弟子，琉双就不是最小的师妹了，她得负责在宗门给新弟子们讲心法。

心法的功课最无聊，一群师兄、师姐，也是仗着小师妹有耐性，才让她去教心法课。心法讲究静心，不如修炼有趣、有用，弟子们都不爱学。琉双一开始讲心法，弟子们战战兢兢地来，后面知道琉双的脾气好，也不会告状，就都不爱来了。

只有晏潮生，他次次辰时就到，从不缺席。每一次都盯着她，一言不发，却听得十分专注。她莫名有些不敢对上他的目光。

琉双本来以为晏潮生是个热爱学习的好弟子，没想到有一次，她路过朝露殿，听见弟子们议论。

“那个晏潮生怎么回事？不是说是杂灵根吗？怎么修炼起来，比萧澜还快？”萧澜便是二皇子。

“人家那不是杂灵根，我师尊说，那是罕见的全灵根，每种功法，他能都运用。”

“天才？”

“可不是，上个月比试，他还打败了咱们的大师兄。”

弟子们都不太信：“大师兄已经修习三十多年了，他这么快就打败大师兄，那为何还要去修心法课？”

那可是基础弟子的课程，要知道，晏潮生连基础剑法课也不上了。

琉双听了他们的话，才知道晏潮生这样厉害，她不免就有些别扭起来。他都会，为什么还要来呀？

于是在下一次上完心法课之时，琉双叫住了晏潮生。他跟着琉双进入内殿，一路上沉默不语，眼睛也不乱看，十分规矩。她说：“你已经学得很好，不必来了。”

他辨认出琉双说了什么，脸色白了白，倒是没多说什么。

琉双的本意是他大可学习更精妙的法术，不必耽误时间在浅显的心法课上。见晏潮生沉默的样子，她福至心灵，连忙摆手：“我不是赶你走，是没有什么能教给你了，引气之法，你已经学三次了。”

晏潮生低着头，自然没有听见她的话，转身离开。

琉双眨了眨眼睛，拿起一本自己的小札，追了上去。晏潮生听不见，琉双为了叫住他，只能牵住他的衣角晃了晃。

晏潮生抬起头，目光有几分阴沉的模样，显得十分冷淡，却到底没有挣开她。

琉双说：“这是我以前修炼的小札，送给你，可比心法有用多了。”

晏潮生拿着小札，后知后觉地想明白她的意思，嘴唇抿了抿，眼底的阴郁散去。

晏潮生的视线下移，琉双连忙松开手。

琉双听人说晏潮生不愿别人碰他，怕他生气，连忙说：“我不是故意冒犯你的。”

晏潮生没什么反应，离开了。

没过几日，琉双收到一颗拳头大的东珠。师叔无奈地道：“我那个小弟子出任务换来的，非要送给你，说是谢谢你的小札，双儿，收着吧。”

东珠珍贵，就算是琉双，也鲜少见这么大一颗。这个回礼未免也太贵重了些，琉双想还给晏潮生，他在屋里修行，听说她的来意，直接把门一关，反倒生了气。

琉双看着他脸上的伤口，为了找东珠弄的吗？她还未完全开窍，看不出少年无法说出口的心思，况且晏潮生纵然能说话，也不会对她说这些。

琉双想起饿了好几天，却还给她抢灵果的晏潮生，下意识地想待他好些：“采意姐姐，有什么办法，可以让原本听不见的人听见？”

“你是想帮晏潮生吧？”风采意笑道，“少幽说，他的灵魂受过伤，过几年，魂魄再稳些，自然就能看见、听见了。”

上古血脉的每一位少主，都有自己独特的能力，姬香寒的能力是强行开启轮回道，在能力随着灵脉消失前，她用在了晏潮生身上。只可惜晏潮生虽然得以转生，魂魄至今不稳，需要些年头。

琉双：“那现在有什么办法吗？”

风采意：“嗯，没办法，得等到自己稳固。”

若真有什么办法，少幽他们早就使用了，姬香寒和战雪央也不会等到现在。这件事琉双便一直记挂着，她也说不上来为什么，就想看他笑一笑。

他们这一辈的弟子，住的院子都离得不远，这两年到了情窦初开的年龄，弟子们中不乏春心萌动的，少幽从不扼制弟子们的天性，只要不过分出格就好。

二皇子萧澜也不例外，他近日也不知道中了什么邪，每次都在夜间，写一些酸诗，化作灵蝶，送到琉双的房里。

萧澜喜欢琉双的事，在弟子当中算不得秘密，晏潮生也知道，他在夜间推开门，偏了偏头，看着那一群群蝴蝶，往琉双屋子里飞。

晏潮生伸手截住，蝴蝶在他手中化作诗词，他眼皮子都不抬，冥火燃起，所有蝴蝶，都化作了灰烬。

如此三番，二皇子终于觉察不对劲，跟着蝴蝶来，发现了晏潮生干的事。两个人当即打了起来，晏潮生冷着脸，盯着二皇子这张脸可劲儿揍。

弟子内斗，是会受处罚的，然而二皇子看上去实在太凄惨，脑袋像个充血的猪头，众人哑然无言，受罚的就变成了晏潮生一个人。

他的师尊说："只要你说出内斗原因，为师就可以替你求情。"

晏潮生摇摇头。

"不说？"师尊叹了口气，"得，去洗剑吧。"

剑气伤人，会令人痛苦万分，晏潮生二话不说就去洗剑。琉双得知，也很担心，她寻来洗剑池，问晏潮生："你打他做什么呀？"

晏潮生不像那么笨的人，有事也该在宗门外处理才对，弟子们出任务，总会外出的。他看琉双一眼，手指沾了洗剑池的水，写在一旁的青石板上："不关你的事，走开。"

琉双轻轻地嘀咕道："脾气真臭。"不过她怎么看他，都不觉得讨厌。

晏潮生抿着嘴唇，不说话了，又固执地去洗剑。

琉双拿晏潮生没办法，只好蹲在一旁，帮他洗剑。

晏潮生捉住琉双的手腕，蹙眉，在青石板上写："走。"

"不走，你是我的小师弟呀，我小时候，师兄们也会替我承担惩罚的。"琉双说得倒不错，晏潮生的师尊和少幽是同门，自己和他便也算师姐弟关系。

晏潮生："我不小了，不需要……"他还没写完，盯着"不小了"那几个字，又用力抹去，耳根有些发红。抬眼看她，还好她没看出异样，心思纯洁得很。

晏潮生在琉双困惑的目光下，写完："我能受得住剑气，不需要你帮我。"

琉双有几分被拒绝的失落，不说话。

晏潮生的心里也跟着难受起来，他闷头洗剑，心里很清楚，比起萧澜，自己更不配。他出生在一个农家，因为魂魄不稳，出生时哭也不哭，被父母扔在了山上，险些被狼叼走。姬香寒夫妇捡到了他，让他在聚魂器中长大，后来又大了些，他才偶尔能和一群小妖怪玩耍。他听不见，自然也不能说话。

谁都不要他，他自然没指望琉双要他，只不过……萧澜实在不是什么好东西，配不上她。

日后，若有很好的人出现，他一定不会阻拦她的姻缘的。这个念头一起，他的心里便闷闷地痛。

琉双被晏潮生拒绝，起身出去了。

晏潮生垂头洗剑，剑气割伤他的手，他却仿佛觉察不到痛，麻木地用力洗剑。他到底还是赶走了她，她也不会回来了。

正在晏潮生难受至极之时，琉双又欢欢喜喜地跑了回来："你不要我帮，那你穿上这个吧，这件仙衣能防剑气！"

原来琉双离开，不是厌憎他了，而是去给他取仙衣。晏潮生用力抿紧嘴唇，才能不泄露那一刻心里涌起来的欢喜。

琉双陪着晏潮生洗剑，这样一板一眼的动作，他却做得格外认真。

琉双看着看着，便睡着了。

晏潮生擦干手，看了她好一会儿，俯身抱起她。她的身子软乎乎的，一入他的怀里，烫得他想丢开，他极力忍住心中的躁动，抱着她出去。她似乎有所察觉，眼皮颤抖了一下，晏潮生的脑中嗡鸣一声，下意识地把一道灵力打进去，这下她彻底睡了过去，不会醒来。他舒了口气，抱着她的手臂更紧，趁着现在月色正好，送她回去，应该也不会被发现。

才这样想，他的师尊就目瞪口呆地看着他。

晏潮生对上师尊的目光，慌乱了一瞬间，然而还是没有放下琉双，好半晌，他才平复心情，平静地看着师尊。

他的师尊是个万年光棍，了然地说："你入门那年试炼，为师都看见了，她救了你，你才对她这么好吧？"这些年，这小子出任务攒的灵石，全用来变着法子给琉双师侄买东西了。

有的让自己送，有的让师姐送。琉双身上的漂亮小裙子，还是京都小姐们最爱的款式，全是这小子买的，啧，跟个痴汉似的。

晏潮生："……"

他没对师尊说，恩情在他这里什么都不是，姬香寒和战雪央救了他，养了他几年，他都没给那两个人送过一枚灵石。那两个人坑他的时候，他暴怒起来还会追着他们打，自然打不打得过要另说。

他怀里的琉双从树叶中第一次探出脸，他的目光便移不开，那时候琉双不伸手拉他，他也不会掉下去。

既然师尊默认，他也懒得否认，绕过师尊，把琉双送回了屋子。

晏潮生第一次来少女的香闺。他本来就不是什么克己守礼的人，只是在她面前有点儿自卑，才显得沉默寡言，每个月的比试，他下手又毒又狠，大多数时候，师兄们都怕了他。如今她酣睡着，他草草地扫了一眼她房间里的东西，忍不住有几分高兴。

很多东西都是他悄悄给她买的，他比所有同门出任务都勤快，攒起来很多灵石，看见什么都给她买。一直不知道她喜不喜欢，如今看来，大多数她都很喜欢。

这一晚，少年的心里欢喜，加上抱了她，第一次做了个亵渎她的梦。他醒过来，身子颤抖了一下，目光有些发直，尽管克制自己不去回味梦中的余韵，却也忍不住抿着嘴唇想，若是……若是真的就好了。

晏潮生躺了一会儿，少年人躁动的身子僵着。然而这样的梦，又实在容易激起少年的征服欲与以往想都不敢想的野心。

师尊说他日后若魂魄稳固，就能像正常人一样，他的天资奇佳，是同龄人中的翘楚。他……他其实也很厉害，不比其他人差多少。晏潮生的眸子暗了些，既然如此，他想试一试。就悄悄试一试，若她有半点不喜，他立刻就退回来，乖乖地做苍羽宗的普通弟子。

晏潮生好不容易下定了决心，然而实践起来，却发现自己颇有些束手无策。他这个年龄，少年人刚长成，第一次喜欢上一个人，还是悄悄地滋长着的热烈又纯挚的恋慕，习惯了内敛，一时间要他表露心意，晏潮生完全做不到。他没什么经验，只好观察别的师兄、师姐是怎么做的。

晏潮生选的对象，是刚入门一起修习的师兄，这位师兄与一位师姐交好，也没表露心意，而且人比较羞怯，正好适合不好意思表露心意的晏潮生。

结果晏潮生暗中跟了师兄几日，发现师兄颇为木讷，只敢偷偷看那位师姐，人家对他说几句话，他都面红耳赤，半晌接不上来话。

晏潮生颇为嫌弃地皱紧眉。他正要换个观察对象，结果当日晚上，这对准仙侣就有了行动，偏偏主动的不是师兄，而是那位师姐。

师姐霸气地把师兄堵在回院子的路上："今日咱们就说个清楚，你每次见了我就绕道，看也不看我，我与你说话，你也爱答不理，到底是什么意思？"

师兄的脸，腾的一下红了。

师姐："你是不是讨厌我？"

师兄急得直摇头，很想表达自己并不讨厌她，是害羞才会这样，然而越着急，越说不出话。

眼看师姐失落地离开，晏潮生的眼中划过一抹嗤笑。就这样，都没勇气表露自己的心意?

没想到师姐红着眼眶走了几步后，又风风火火地跑回来，捧着师兄的脸，强行印了个吻，师兄整个人都傻眼了。

师姐："不管你喜欢不喜欢我，反正我喜欢你，若你不反对，明日我便去禀明师尊，若你生气，大可出手教训我。"

师兄哪里会反对？那一瞬间心花怒放的模样，看得晏潮生沉下了脸。

两个人自然是成了，晏潮生转身，不想看那两个人你侬我侬。他本来是想找个和自己一样的人当作参考学习的，没想到师兄比他还不顶用。师姐也真是，这年头的修仙者都外向，师兄尚未主动，师姐便表明了心意。

晏潮生绝不承认自己心中的欣羡。同时，他也明白了一个要面对的现实，那便是难以说出口的卑怯情感，不论在什么样的情况下，都很难改变。他在心里看不起师兄不敢表露心意，落在自己的身上，又何尝不是不敢有分毫冒进。他在心里嘲讽别人那一日就该明白，自己比师兄难多了。因为他喜欢的，是一个还未开窍的少女。晏潮生以往也和师兄一样，见了琉双总避开她走，他的目光追随着她，却不愿她看见自己，也时常不知道该如何应对她。然而，一旦是与她有关的事，她自己都没有他上心。

不过这次晏潮生长进许多，他不再躲在暗处，决定靠近她。

每人每隔三个月有一次宗门任务，大多数时候并不为赚取灵石，而是保证百姓们安居乐业，查看山下是否有害人的灵兽，如有则将它们抓获。

少幽把琉双当弟子养，因此，琉双也不例外，需要参加。

宗门任务大多是随机分配的，琉双此次本来应该与一个师妹下山，没想到到了山门前，来的人变成了晏潮生。

她惊讶地看着他："灵韵师妹呢？"

他没法表达，只用一双干净漆黑的眼睛看着她，琉双揣测："她有事与你交换宗门任务了吗？"

晏潮生停顿了一下，点头。他自然不会告诉琉双，他用了许多灵符，才换来与她同行的机会。

琉双舒了口气，两个人并肩走着，晏潮生主动拿走她身上的包袱，修行时门派内不许弟子娇气，她没有带储物袋，自己背了个小包袱，现在全被晏潮生拿着。她看着晏潮生清隽的脸庞，还有他颀长的身躯，不知为何心里生出几分别扭，这份别扭让她觉得脸热，是和别的师兄、师妹下山，没有感受到的。

若和灵韵一起走，两个少女必定是一路上叽叽喳喳的，欢声笑语。可和晏潮生一起，他没法说话，还不爱笑，十分沉默自是不必说。

琉双试着找了两个话题缓解尴尬的气氛，见晏潮生神色紧绷，如临大敌般看向她，心里感到一阵懊恼。她以前也想过亲近这位师弟的，可是就在去年，本来是分配给她和晏潮生的任务，却不见他与自己同行，她使猜测他不太喜欢和自己相处。他看上去独来独往，性子也颇为孤僻，自己这么吵，是不是打扰到他了？

于是接下来的时间，琉双尽量少说话，晏潮生默默地抿紧嘴唇。

两个人就这样诡异地去了一个村落。

那个村落最近晚间有凶兽出没，他们俩的任务也简单，将其诛杀了即可。

他们夜间一同出去，林间四处飞舞着萤火。

这样本来应该十分暧昧的独处时光，令有心人难免想入非非。

晏潮生的心思不在凶兽身上，他说不出来地紧张，偏偏他越紧张，一张年轻俊俏的脸，显得越冷漠、狂傲。

身边的琉双默默地离晏潮生远了些。他的拳头握紧了些，他有些懊丧地发现自己比师兄还不如。他还不如不跟着她，远远地看着，表现或许还好些。

琉双停下来："就在这里守株待兔吧。"她找了个隐蔽处，在看林间漂亮的萤火虫。晏潮生看着她在月光下若隐若现的脸，心跳很快，随手一握，捉了好几只萤火虫递给她。

晏潮生紧张得掌心汗湿，这还是第一次，当着她的面，给她这样讨好的礼物。

琉双见晏潮生靠过来蹲下，他的身形比她高大多了。他绷着脸，摊开手，递到她的面前。她莫名也有点紧张，结果低头一看，晏潮生捏死了十来只萤火虫。

“……”两个人相对无言。

琉双感到有几分惊讶，忐忑不安地看着他，不明白晏潮生想做什么。吓唬她？他们过了那个年龄了吧？而且晏潮生几年前也没有这般恶劣，一直对她还不错，以前没听说晏潮生对她有意见呀？

晏潮生僵硬地收回了手，转身背过去。

漫天飞舞的萤火中，她看着晏潮生懊恼的背影，还有落在他肩上，他都顾不上拂去的萤火虫，一个大胆的猜测出现在她的心里。琉双的耳根有些红，好在黑夜里没人能看见。

这样的猜测不能有，一旦有了，两个人待在一起更觉得不对劲，她一面好奇地看着晏潮生，一面十分想要验证自己的猜测对不对。这个猜想并没有令琉双苦恼，她抱着膝盖，小脸埋进去，悄悄笑了笑。情窦初开的少年少女待在一起，一点儿微末的动静，都会扩大数倍。

他们靠得很近，晏潮生能闻见琉双身上的香气，却也怕她听见自己剧烈的心跳声。

琉双当然听不见晏潮生的心跳声，她只看见晏潮生微动的喉结，上下滚了滚，那幅画面她说不出来的……唉！真让人紧张。

晏潮生注意到琉双偶尔打量的目光，僵硬得一动不敢动，好在他快要受不住时，那只凶兽的出现，拯救了他。他如一支离弦的箭，立刻消失在琉双的身边。

待琉双赶过去，晏潮生已经杀死了凶兽，他蹲在凶兽的旁边，低着头，喘息得厉害。

那只凶兽被砍得七零八落，琉双见了，眨了眨眼睛：好凶。

而且晏潮生杀死凶兽，怎么还喘得如此厉害？她有些担心，拍了拍晏潮生的肩膀：“你没事吧？”

晏潮生的身体剧烈地一抖，他抬起一双漆黑的眼睛看着她。视线慢慢地移到她的手上，琉双感觉到了他的那一抖，松开手，后知后觉地记起来他不爱让人碰的：“不好意思，不好意思。”

晏潮生抿紧了嘴唇，手指蜷缩了一下。那种感觉又来了，他想握住那只手，让她别离开自己的身体。可这样会吓坏她，他遗憾地没有动。

琉双：“你还好吗？”

晏潮生盯着琉双的嘴唇，不太好，他心想，可晏潮生到底还是点了点头。

琉双什么力都没出，干脆帮着晏潮生把凶兽的内丹取出来。明明很简单的任务，晏潮生以往做过许多更凶险的任务，却只觉得今晚惊心动魄。他除了捏死一堆萤火虫外，还在她的面前凶残地砍死凶兽，其他什么都没做。

晏潮生感到气闷不已，他就说，还不如远远地守着她，这简直比什么都不做还要糟糕。琉双会怎么看他？凶残的暴力狂？她会不会已经讨厌他了？他低落无比地想着。

琉双抿着嘴唇，心脏也扑通扑通地直跳，极力保持平静。她一点儿都不觉得晏潮生可怕，她想起几年前自己初见他的时候，他孤身一人抢了灵果，捧到她的面前。

少女虽然懵懂，可是每个女孩子大抵都是敏感的，纵然晏潮生没有表露得太明显，她仍旧从他的态度里，感受到了不一样的东西。她隐约触碰到的东西，令她也绷紧了小脸。

怎么办？不觉得排斥，只想弯起眼睛，冲着他笑。她克制住这个想法，轻轻地咳了咳。

身边的晏潮生立刻看了过来。

琉双极力告诉自己，若是自作多情就糟了。

回到宗门以后，没几日便发生了一件事，让琉双更加不确定起来，晏潮生又开始疏远她了，他近来和一位师姐走得很近，听那位师姐讲话时，眼神专注、认真，他大多数时间都和那位师姐在一起。

琉双看得心里不太舒服，脸颊鼓了鼓。

午后，又听说晏潮生给师姐送去不少法器，她险些把窗前的灵植叶子揪下来，原来真是她想多了。她小心地看着窗前的花，这是自己培育出来的灵植，灵植的嫩芽能传递外界的声音，若送给晏潮生，他说不定就能听见了。

她在心里生着闷气，眼见灵植都要结出种子了，心里更觉得有些委屈。他喜欢师姐，为什么要给自己灵果？还来听心法课，送自己东珠呢？

恰好这时候，献殷勤的二皇子又来了，她本来不想搭理这个心术不正的弟子，一想到晏潮生，那股属于少女的愤懑和委屈立刻让她改变了主意。他都和别人好了！

琉双也没听清楚二皇子说了什么，笑着看向二皇子，就是不看拐角处走过来的晏潮生。

自从上次晏潮生调换任务，陪同琉双下下山，搞砸了一切后，晏潮生苦恼了一段时间，因此，他才特意请教师姐，还送去了谢礼。

晏潮生终于向师姐取完经，明白怎么讨好女孩子时，刚走过来就看见琉双和二皇子有说有笑的。他面无表情地看着，掌心被掐出血来。晏潮生目光阴郁地看着二皇子，死死地抿紧了嘴唇。

晏潮生离得远，却隐约能从嘴形辨别二皇子说了些什么花言巧语。二皇子倾身离琉双越来越近，和他当日看见师姐吻师兄的场景一模一样，偏偏少女心不在焉地点着头，没有躲闪，落在晏潮生的眼里，成了另一番景象。

晏潮生咬着牙转身就走。没等踏出琉双的院落，他突然折返，五指成拳，仙气全凝在拳头上面，拽开二皇子，当着她的面，把二皇子摁着打了一顿。

琉双目瞪口呆地看着晏潮生，晏潮生抬起发红的眼眶，冷冷地瞪着她。明明是暴怒，她偏偏看出几分委屈之色。晏潮生松开二皇子，朝她走过来。一手掐着琉双的下巴，一手擦她的嘴唇，擦得她很疼，她的嘴唇被晏潮生揉得变了形。

琉双反应过来晏潮生误会了什么，心里笑开，那股气莫名地尽数散去。取而代之的，是悄悄在心里散开的羞赧和喜悦。她呆呆地看着晏潮生，任由他粗暴地给她擦嘴唇，觉得他这副样子，比起以往的谨慎、卑怯，可爱不知多少倍。

眼见晏潮生整个人快要气炸了，再无昔日在自己面前的小心、谨慎，嘴唇上也要疼死了，她才终于轻轻告诉他："他没亲。"

晏潮生的手连同暴怒的表情，一同僵住。

如同当头棒喝，方才气得想要杀人的晏潮生，在这一刻，慌张地松开了琉双。

琉双的嘴唇被他揉得泛红，一双眼睛仿佛会说话，一眨不眨地看着他。

晏潮生的脑袋嗡的一声。得了，这下不必再表明心意，他都直接越过心意，做了再明显不过的事，容不得他辩解。

地上的二皇子要气炸了："晏潮生，你发什么疯！"

琉双和晏潮生谁也没理他，晏潮生不理他是根本听不见，琉双的注意力则全被晏潮生吸引。她看晏潮生发怒的表情渐渐变得僵硬，以往苍白的面颊上，没有多大反应，显得十分平静。然而少年严实的衣襟下，露出来的一片脖子上的肌肤，已经红得不像话。

晏潮生的反应冲淡了琉双心中的惊讶和羞赧，她再也忍不住，眼睛弯了弯。看来她的感觉没有出错，不是她自作多情，这样的误会实在太好笑，哪怕嘴唇上的刺痛，也不能阻止琉双此刻的心情。哪怕晏潮生不说，她也知道他恐怕尴尬、羞涩到极点，有多么崩溃。她越笑，晏潮生的脖子越红。最后他只得捂住她的嘴唇收场。

琉双第一次看见晏潮生落荒而逃。

二皇子平白无故地被揍了一顿，还是第二回，气得不轻。晏潮生触犯宗门规定，再次受罚就不是洗剑这么简单。他领了足足三十仙鞭。

晏潮生的皮肉被打得绽开，挨完打还得去跪瀑布，他照旧不说自己揍二皇子的理由。

琉双拿了仙药去看他，晏潮生跪得笔直。他的目光虚虚地盯着瀑布，心里不知道在想些什么。总之神思恍惚，看不出悔改之意。他的后背全是血，琉双感到有些心疼，晏潮生自己却不知道，看见琉双时，他抿紧了嘴唇，眼里全是紧张之色。晏潮生不怕仙鞭，别说区区三十鞭，就算五十鞭，一百鞭，他也受得住。他害怕的是琉双的态度，他怕从她的眼睛里，看见对自己多管闲事，干预她私事的气恼，还有……怕她的拒绝。

琉双盘腿坐在晏潮生的面前，也不说话，流水声哗哗响，鸟儿飞上枝头。

琉双的指尖拈了一颗药丸，递到晏潮生的唇边："张嘴。"

晏潮生下意识地听话张嘴吃了，连问也没问是什么，她叹了口气："疼不疼呀？"

晏潮生摇头，一点都不疼。

琉双问："上次你打他，也是因为我吗？"

许久，晏潮生低下头，这便是默认了。琉双的眼里亮晶晶的，她又拈了一颗糖丸一样的东西喂他："再张嘴。"

晏潮生的脸颊止不住地发热，他自小坚强，战雪央夫妇照顾他时，往往也不像凡人照顾自己的子女那般小心。他的心快要被琉双的态度给灼化，知道他的心意，依旧不讨厌他，是有点喜欢他吗？他目光灼灼，她难得也被他看得面露羞涩之色。

琉双的脸泛着醉人的红意，她指了指他的耳朵："能听见我的声音吗？"

晏潮生方才根本没注意到琉双喂他吃的是什么，他的注意力全被她吸引，就算是毒药，这会儿也尝不出来。被琉双一提醒，他才感觉到自己的耳朵里怪怪的，他渐渐听见了流水的声音，还有她的声音。

他从出生以来，第一次听见声音，是她的声音。

琉双见晏潮生没反应，有点儿急了："不能听见？是没有用吗？不可能呀……"

她困惑地想要检查一下，却迎来一个炽热的怀抱。琉双的脸颊抵着晏潮生的胸膛，感受到了他如同擂鼓的心跳。

晏潮生向师姐学的那些，最后到底都没用上。他做梦也想不到，琉双会喜欢他。一时间觉得很不真实，偏偏又止不住唇角上扬。

与他同住一个院子的师兄，看见从来不笑的师弟这几日眉眼都是笑意，觉得瘆得慌，怕他被邪魔侵体，还悄悄去禀报了师尊。

晏潮生平日看起来果敢、冷漠，但此时心有所属的少年，哪里还能维持住一派冷漠的表情？

苍羽门不禁止弟子们交好、恋爱，但是任凭师兄怎么想，也想不到掌门最疼爱的小仙草，与自己的小师弟在一起了。

他们起初发现不对劲，是晚上晏潮生总是悄悄出去，他一出去，天明才回来，身上还带着露珠。

某个清晨，几个和他一起长大，关系很好的师兄把他堵住，个个十分忧虑。

"师弟，昨晚你做什么去了？"

晏潮生看了他们一眼，没有吭声。有位师兄的鼻子十分灵敏，他在晏潮生身上嗅了嗅，震惊地道："和……和女人在一起？"

晏潮生不仅没否认，还翘了翘唇角。见他这副模样，师兄们惊呆了，他们宁可猜测师弟最近被什么邪物缠上，或者半夜出去做什么坏事，也不敢相信他夜晚出去会女孩子了。一群还单身的师兄，纷纷对他投去羡慕、妒忌的目光。

师弟看上去如此冷漠，没想到如此会来事。尤其是知晓那个人是琉双小师妹以后，众位师兄恨不得把他摁住捶一通。

他们年少时，哪个没有悄悄喜欢过琉双，没想到被这小子得逞了！

第二天晚上，晏潮生照样按时出去，几个师兄合计："师弟总是晚间出去，他们到底做什么了？"

少年少女，旖旎的夜，几个人交换着眼神，不可言说的笑意从眼睛里泄露出来。

这件事不知道为什么在部分弟子中悄悄传开，有一日先前那个腼腆的师兄，找到晏潮生，私下说："师弟，有一事请教。"

晏潮生看过去。

师兄涨红了脸，压低声音："那个，传授一点双修的技巧吧。"

晏潮生神色古怪地看着他："谁跟你说我有。"

“你和琉双师妹，难道没有……”师兄咳了一声，挠挠头，“放心，师兄会为你保密。”

他原本想为今后与道侣合灵以后做打算，没想到晏潮生沉默许久，咬牙挤出几个字：“我和琉双什么都没发生，至今连亲都没亲过。”

师兄惊呆了：“那你晚上做什么去了？”

当然是陪着她看月亮，再为她采露珠。琉双与他们的体质不同，她从一棵小仙草修炼而来，多吸纳月光有好处，他平日里陪着她修炼，还为她采花露。

师兄闷笑道：“师弟这般纯情啊。”

晏潮生的脸色黑了，他“哼”了一声。

今夜，月光照样皎洁，琉双早早地就爬上屋顶等着晏潮生。琉双纳闷地说：“今日师姐来问我一个问题，结果半晌支支吾吾的，也没能问出来，我追问，她只说算了。”这件事令她又好奇又困惑。她口中的师姐，恰好是白日找晏潮生的师兄的准道侣。

晏潮生立刻便猜到师姐是来做什么的，他感到又好气又好笑。

琉双说：“大家最近看我都好奇怪。晏潮生，你知道发生了什么吗？”

晏潮生顶着琉双的目光，含糊着道：“没什么，好好修炼，别管他们。”

“哦。”琉双倒也乖，没有继续追问。丝毫不知道自己背了怎样一口大黑锅。晏潮生守着她，给她布阵，又让她修炼累了靠着自己睡一会儿。或许是今夜的月光过于皎洁，他看着琉双毫无睡意的脸，颇有些心猿意马。

晏潮生的喉结动了动，他倒是没想什么龌龊的事，双修一事，只能合灵仪式以后才做。但他很想亲一亲她，可以的吧？

琉双觉察到晏潮生异样的目光，抬眸看他：“怎么了？”那眼神亮晶晶的。

晏潮生说：“你闭上眼睛。”

琉双听话地闭上了眼睛，晏潮生越靠越近，琉双似乎感觉到他要做什么，手指拽紧他的衣摆，悄悄地把眼睛睁开一条缝。

两个人之间只有一指之隔，晏潮生觉察到她的动作，心里想笑，觉得她可爱极了。他退开，若无其事把她头发上的叶子拿下去：“树叶掉了。”

“……”琉双睁开眼睛，眼睛里带着还没散去的期待、懵懂和懊恼。却在下一刻，她的后脑被人扣住，整个人跌入他怀里，少年的气息袭来，揉碎了她眼里的月光，他插入她发中的手指越发用力，到了最后，琉双如同醉了酒，只勉强记得那晚清亮如水的月色。

晏潮生抚着琉双的头发，低声道："他们说的，是这个。"

苍羽宗入冬的时候，战雪央夫妇来了一趟。

他们到底对晏潮生有恩，晏潮生去山门前迎接他们。

姬香寒眨了眨眼睛，故意说："你在这里过得如何？若不适应，可以和我们一起回去。"

晏潮生看了姬香寒一眼，正说着话，一个小身影飞扑而来。

琉双喘着气，很委屈："他们说你要走了。"

晏潮生的心中软成一片："不走，我在这里陪你一辈子。"

晏潮生冷着脸再看姬香寒这个始作俑者，却见她笑倒在战雪央的怀里："我就说吧，你如今就算用棍子打，他也不会和我们回去。你输了，快给灵石。"

战雪央无奈地从怀里掏出一个灵石袋子递给姬香寒。

然后两个不靠谱的人，一起被晏潮生打出了门派。两个人跑出老远，还在不可自抑地笑："他终于再不像原来那般死气沉沉的。"

宿伦这几年过惯惬意的日子后，终于想起自家主上还被寄养在苍羽宗。

伏珩臭着脸。

宿伦乐不可支："不是不让你跟着主上，他如今不再是修为之身，只是个普通的凡人，你凶神恶煞的，跟着主上多影响主上交友啊。他当日拉着风伏命殉道，若知道自己还有重来一次的机会，必定不想再做妖君了。"

当妖君的一生，实在太苦。还有一句话宿伦没说，不过大家心知肚明，晏潮生再没来世与轮回了，他唯一所愿，恐怕是为自己活一次。这次没有不幸，也没有苦痛，他在未来等琉双，给她一个干净的，全无保留的少年。

伏珩担忧地道："若赤水琉双，依旧对他不好怎么办？"

"怎么办？"宿伦笑着摇头，"你若不放心，咱们去远远地看上一眼如何？"

伏珩迟疑着，点了点头。他是个正经的妖，与仙不对付的那种，当初战雪央和姬香寒要把主上送去苍羽宗，伏珩就不赞同。谁见过把妖君送到仙山去学艺的？何况那个人还是少幽。谁不知道少幽曾经和主上是情敌，若他折磨还是个孩子的少主怎么办？

伏珩一脸严肃地跟着宿伦出发，他心想，若主上过得不好，他今日和一众妖族，就算拆了苍羽宗，也要带主上回来。

他们到达苍羽宗的山下时正值人间三月。杏花吹满头，还未到苍羽宗，就见到了下山做完任务回去的晏潮生。

晏潮生已经有了英俊的轮廓，正在排队买八宝鸭。他背着一柄剑，英气十足，伏珩这一群念及旧主人的，险些红了眼眶。有妖怪立刻就要冲过去。

宿伦一柄折扇横开，阻止这群大老粗："做什么？做什么？"

"主上是妖君，本该在妖宫享受八荒妖族供奉，美人、珍宝环绕在侧，苍羽宗怎敢指使他，这些凡人怎么敢让他等！"

宿伦无奈地道："主上甘之如饴，你胆敢过去，别看他现在好脾气，背上的那柄剑，下一刻就会染上你的血。"

这句话令妖族众人不敢上前，晏潮生虽然已经是个修仙的凡人，不过当初他以一己之力，对抗天道的景象，无人敢忘。

"且再看看。"宿伦安抚道。

于是一群大妖怪，眼巴巴地看着自家主上，排队买完了八宝鸭，又去买小孩子才吃的糖人。他的步子从容，没有半点儿不耐烦。

路过他们时，晏潮生的脚步一顿，眼风扫了过来。晏潮生眯了眯眼睛，一众妖怪难得有些紧张："这是发现咱们了？"

"主上如今修习了收妖的法术，若硬要收了咱们，从还是不从？"

晏潮生的压迫感只有片刻，对上宿伦微笑的神情，他皱了皱眉，宿伦笑着，俯首作了个揖。

晏潮生最后没搭理他们，朝苍羽宗的方向去了。

大妖们问："主上还记得我们吗？"

所有人都看向宿伦，宿伦笑得意味不明："谁知道呢？不管记不记得，他现在都过得很好。"

众人不解，排队买些东西，能看出过得很好？当初晏潮生做两界君主时，要什么有什么，多风光啊！

他们跟着晏潮生到了山脚下，看见一个穿着粉色衣裳的少女远远地从苍羽宗跑下来迎她。

晏潮生一直冷淡的表情，见了她，眼中漾开一层层笑意。

少女去抓晏潮生的手："你藏了什么？"她看见八宝鸭和小糖人，眉眼弯弯的，开心极了。

晏潮生："采意师姐不是让你好好修习，这段时日不能出宗门吗？"

琉双眨着眼睛："我修习得很好，你下山历练，我想你啦。"

琉双甜甜的声音，却不及她的话语更甜，晏潮生眉眼柔和，止不住也跟着笑起来。被她喜欢，是能幸福一辈子的事。

晏潮生蹲下来："来，我背你回去。"

琉双从善如流，爬上他的背，小腿直晃。嘴里叼着小糖人："我已经突破啦，晏潮生，你下次历练带上我吧？"

晏潮生纠正她道："该叫什么？"

琉双说："夫君，我不怕危险，你也带上我吧。"

晏潮生弯起唇："嗯。"

琉双觉察到什么，转头看去。

人间杏花纷纷扬扬，妖怪们的身影不知何时，早已悄悄消失不见。她轻轻笑了笑，更紧地握住晏潮生的手。而晏潮生，他带着琉双一路走入繁华深处，直到觉察到妖气散去，也没回头。

番外二

沧海桑田

人间的一场春雨下得真大啊，
他握不住她虚幻的手指，
突然吐出一口血来。

他第一次听见“琉双”这个名字，还是年少时拜入空桑学艺。晏潮生记得那日下了一场大雨，纷纷扬扬的，整个空桑为之落泪。她死了，按照空桑的仪式，会让仙体随水漂流，其后几日，她会消散于天地间。仙道凉薄，并不会为谁守灵。

晏潮生与几个弟子一同守着漂流的天河止水，看着小小的、孤独的一叶仙舟在水上漂流。

弟子们一个个打着呵欠：“据说少主是境主唯一的女儿，真没想到这般年轻，就死了。”

“紫夫人哭得死去活来，境主也似乎老了几十岁。”

“你见过少主吗？”有人问晏潮生。

晏潮生摇摇头，他入门晚，那位少主被养在仙境的最深处，他自然没有见过。几个弟子嘿嘿笑：“那倒可惜，她虽然没有旁的本事，长相却是一等一的美。”

晏潮生十分平静，并不好奇，也不同情那个早逝的少主。他们偷懒，他却站得笔直，盯着那叶仙舟，直到仙子与扁舟一同看不见，大雨已经把他的肩膀打湿。他收回目光，并不知道后来万年的岁月里，自己会为那个孤独的小仙子，肝肠寸断。

晏潮生在空桑修习三十年，妖族的血统如同刻在他骨子里的耻辱。他们欺他，辱他，最严重的时候，他曾经被门内的师兄弟暗算，那一次他全身的骨头都断了，半张皮都被剥落。他含恨咬牙待在冰冷的巢穴中，听他们放肆地大笑。

“妖就该回到妖怪应该在的地方，区区妖族，也妄想修仙。”

“还以为境主会帮他，可笑，他或许不知道，连境主也觉得他卑贱如蝼蚁，死了才好。”

晏潮生在山洞里饿了数个月，一只眼睛被洞中的毒蜘蛛刺瞎，他血淋淋地爬出来，楼辛竺把他捡了回去。

楼辛竺收了晏潮生为徒，看他这副凄惨的模样，深深地叹了口气。

伤好以后，晏潮生问楼辛竺：“你想要什么？”

楼辛竺：“为何笃定我一定有所图，若我只是看你可怜呢？”

晏潮生冷冷地笑了笑：“不会有人觉得我可怜。”他踽踽独行于世间，所有对他好的人，无不有所图。有时候图的是他的一身皮囊，有时候图的是他的血肉。他的心早已冷了，明白世间不会有人可怜他，更何况是真正的爱护他。

楼辛竺拍了拍晏潮生的肩，没有说话。

晏潮生修习的天分极高，令楼辛竺十分感叹，他也算一个合格的师尊，毫不吝啬地教导了晏潮生许多东西。后来楼辛竺因为灵脉动荡身受重伤，那些人害怕晏潮生复仇，故技重施地陷害他。晏潮生体内的血脉觉醒，与闯入的妖族一起，屠了半个空桑。

楼辛竺看着晏潮生他冷酷的脸，落下泪来：“你终归还是恨的，没有原谅空桑……”

晏潮生笑得轻慢：“师尊难道以为，我是以德抱怨之人？以德报怨，何以报德？”

半个空桑因灵脉动荡而毁，半个空桑因为晏潮生和妖族沦亡，楼辛竺死死地握住晏潮生的手：“为师只有一事请求，乱世飘摇，只愿你在未来，可以像为师这些年护着你一般，护着我的女儿，宓楚。”

晏潮生倒也答得干脆：“好。”

楼辛竺咽了气。

晏潮生并不排斥护着宓楚，他拜入楼辛竺的门下时，宓楚温婉善良，少主死后，她就等同于少主。楼辛竺一直有意让宓楚和晏潮生在一起。晏潮生一副无所谓的样子，他孑然一身，懂得杀人，却不知何为爱人。

年少时也像别的妖一样，想着妻子、孩子、热炕头，后来在仙境艰难沉浮，只觉得能度日便好。何况宓楚并未负他、害他，他偶尔作战归来，宓楚还会问候他。她跟了晏潮生两年，晏潮生没有碰她，战场已经耗尽他的精力，宓楚对他的来说，就像一阵风，一片叶子。

后来有一日，宓楚不知道从哪里找到一枚珠子，吃下去痛了几日，醒来后变了张脸。

晏潮生注视着那张脸，多看了几眼。

彼时他只是一个小山头的妖主，问她："还合灵吗？"

宓楚咬着嘴唇，忐忑不安地道："我还没准备好，能再给我一些时间吗？"

他不置可否。

这年冬日，天刚冷，妖怪们最艰难的时候，宓楚不见了。晏潮生全身是伤，迷迷糊糊间听人说："宓楚仙子离开了。"他"嗯"了一声，说到底还是有几分失望，他又只是一个人了。

在几百年的征战中，他的血脉慢慢觉醒，收了青鸾、赤鸾，遇见伏珩、宿伦，还找到了母亲梦姬的残魄。梦姬告诉晏潮生，他是相繇王族与妖族的希望，梦姬用她的能力，一次次逼他回看当日被灭族的情景。那些噩梦侵扰着他，她甚至让他体会族人魂飞魄散之痛。最痛苦的时候，他望向自己的母亲，期盼从梦姬的眼睛里，看见对孩子受苦的不忍。

然而梦姬冷漠地看着他，眼里只有野心和执拗。

晏潮生便明白，有些东西，是他注定一辈子都得不到的。

又过去百年，那时候万事俱备，只差徽灵之力。他寻遍八荒，都没有找到，直到有一日，在人间的一处仙境，他感受到不一样的气息。然而仙境无主，徽灵之力稀薄四散，绝不是真正的纯净之力。他如同一个猎手，冷酷地监视着苍蓝仙境。只待找到徽灵之力的源头，便收归己用。

晏潮生无论如何也想不到，她会一派天真地自投罗网，还把他当恩人。他想要杀她，直接剜出心脏，梦姬却贪婪地说："不急，她的徽灵之力已经不完整，待她淬心，再取心不迟。"

晏潮生觉得好笑："淬心之痛，犹如万箭穿心，她受得了几回？又如何能自愿？"

梦姬望着他，笑了："她会愿意的，她喜欢你。"

——她喜欢你。

晏潮生第一次听人这样说，如同在听一个荒诞的笑话。没人会喜欢他，纵使真的有意靠近，也是别有所图。

梦姬："让她爱上你，自愿淬心，为你收拢徽灵之力，助你一统八荒。"

晏潮生觉得可笑极了，他走到如今，连少年时残存的一丝悲悯情怀都已不见。

他漫不经心问琉双，是否愿意嫁给他。

晏潮生以为她会像多年前的宓楚那般各种推脱，没想到她的眼睛亮亮的：“你会下聘礼吗？”

晏潮生说：“下。”

琉双用力地点头：“那我嫁。”

后来晏潮生记不清那场大婚是如何完成的，琉双像是快乐的小松鼠，什么都不懂，却又一本正经地指点他：“娘亲说要花轿，还有桂圆、枣子，嫁衣要大红色的，不能水红，还有……”

晏潮生被烦得够呛，恨不得把她拽过来直接剜了心算了。想到魔神之力，又容许她在自己的身边碍眼。新婚的第一夜，琉双蜷在他的怀里，睡得香甜。

晏潮生冷冷地嗤笑着，看着她，以为她什么都懂，没承想什么都不懂。桂圆硌着她，她在梦里，露出了委屈的表情。他面无表情地把一床乱七八糟的东西扫下去，她这才舒展了眉头。她长得极美，作为徽灵之力的载体，哪有不好看的？

晏潮生眯了眯眼睛，宓楚已经离开很久，他几乎记不清宓楚的模样，只觉得隐约有几分眼熟，旋即不得不抛诸脑后，因为小仙草睡姿霸道，几乎趴在了他的怀里。他黑着脸，手几次放在她的脖子上，她丝毫没有觉察到危险，兀自睡得香甜。

晏潮生一开始没有打算碰她，她傻得可爱又可怜，哪怕不和她有夫妻之实，她也一日比一日依赖他。她会缠着他给她做琉璃灯盏，会嫌弃他的床榻太硬，会在他去无情殿睡时，眼泪汪汪地望着他：“你不喜欢我了吗？”

晏潮生在心中冷嘲，就没喜欢过她。然而当夜，她仍旧与她睡在了一块儿，她十分娇气，被凡人夫妻养大，高床软枕才睡得着，屋里熏了香，四处一派岁月静好的模样。她什么都喜欢最好的，却不嫌弃他一身冰凉。

晏潮生的心里有几分火大，睡在一块儿可能只有她能睡得好，他甚至怀疑琉双是不是故意折磨他。他对她的怜惜之意本来就不深，后来忍耐到达了一个顶点，那一次征战归来，受了伤，憋了一肚子火，与她一同饮了酒，干脆懒得忍耐，欺身压了上去。她嘤嘤地哭着，显得又娇气又好笑。

“哭什么？闭嘴。”他恶声恶气地道，只觉得酣畅淋漓，最后，忍不住亲了亲她，尽量给她渡些灵气。

这种事一旦开始，他很难不沉溺，直到有一日，梦姬冷冷地看着他：“别忘了，你要做什么。”

他停顿了一下，目光冷下去："没忘。"

一个女人而已，相繇王族本来就难以动情，虚情假意，他哪里会当真？从那以后，他鲜少碰她，她乖得很，眨着眼睛，只是有些失落和疑惑。

晏潮生冷冷地说："本君体质极寒。"

其实也算实话，她又笑起来，跑去从箱子里找了一件战甲："夫君，我为你做的，你喜欢吗？"

那是他长大以后，第一次收到礼物，他沉默良久，任由她给自己穿上，旋即问她："你要什么？"

她不解地偏了偏头。

晏潮生忽略自己心里升起的感觉，不耐烦地重复一遍："你想要什么，大可直说。"

不都是这样吗？有所图，才会对他好。

她想了半晌，喜笑颜开："什么都可以吗？我想要夫君和我去苍蓝，去见爹娘和树爷爷他们。"

晏潮生万万没想到她会说出这个答案，她那"凡人爹娘"，如今坟头的草都几丈高了。但那些都是她的亲人，她想把他介绍给他们。

晏潮生道："以后再说，近日事务繁忙。"

琉双也不失落，和长欢去院子里料理花朵去了。

晏潮生第一次重伤归来，半夜待在无情殿疗伤，他已经习惯一个人舔舐伤口，窗外淅淅沥沥地下着雨。

有人闯进来，晏潮生警觉地睁开眼睛，就见琉双哭成了泪人："夫君，你疼不疼呀……"

晏潮生无语地注视着那双眼泪汪汪的眼睛，以前就算他要死时，也没人为他哭得这么难过。他的心里，生出几分无奈，伤口都没那么疼了，却依旧不忘威胁她："再擅闯无情殿，丢你去喂鱼。"

琉双抱着他的脑袋，眼泪糊了他一脸。他摸着小仙草软软的脸，把她的眼泪擦去，话语依旧冷漠："不许压着本君。"

从那以后，他每次受伤，她就哭得止也止不住，一副比他还疼的模样。

他有时候撑着下巴，好笑地看着她哭，从来不哄她。

春去秋来，晏潮生过了人生中最美好的一段日子。直到第一次给琉双服下淬心的药，那一次她痛得几乎昏迷过去，他看了良久，捏开她咬破的嘴唇，让她咬自己。

“夫君，我没事，不疼……”琉双别开头，不愿伤害他，轻轻的、安慰他的声音，有一瞬间，令他的心如同被一只手攥紧。他抱着她，表情阴郁、沉冷。

许久不给他造梦的梦姬，如今又频繁地给他造梦，让他一遍遍地看着族人惨死。看着那些人为他的降生，付出了怎样的代价。

晏潮生冷冷地道：“你不必如此，我不会爱上她。”

梦姬说：“你最好这样，永远记住自己的身份。”

有一日幽冥之地刮着风，琉双靠在晏潮生的怀里，甜甜地问他：“夫君，若有一日我们有了孩子，你想要小皇子还是小公主？”

晏潮生的心猝不及防地感到一疼，他目光阴沉，没有说话。晏潮生再明白不过，他们不可能有孩子，他也不会让她有孩子，她本来……也不可能与他长长久久地活下去。

那一夜晏潮生有些失控，抱紧了她，要了一遍又一遍。她原本还有些害羞的，后来被折腾得生了气。他睡得不安稳，在梦里重复道：“我不在乎你，一点儿都不在乎你……”

晏潮生醒来后，发现琉双不见了，他连衣服都来不及穿好，赤着脚惊慌地走出去，最后在长欢的院子找到了她。他听见琉双和长欢说：“我最近几日都不回去了，和你睡好不好。”

琉双有些后怕地小腿儿微微颤抖的模样，让晏潮生心里沉甸甸的情绪散去，微不可察地觉得有些好笑。

最后，晏潮生懒得和她废话，把她扛了回去。忍也忍不住，故意吓唬她，她又挣扎又踹他，累得小脸通红。后来发现妖君故意耍她，气得半日不和他说话。他静静地看了她许久，心里升起暖意，旋即伴随而来的，是无尽的寒冷。

徽灵之心总有一日会淬炼完成。后来晏潮生开始避开与小仙草相处，在外征战的时间多了，还让宿伦送她回去。她却总在擎苍山等他，日复一日，年复一年。

宿伦叹了口气：“她不愿走，说要陪着你，不怕幽冥之地苦寒，妖君，何不强送夫人回去？”

晏潮生沉默许久，说：“强送，她会哭。”哭了他哄不好。

宿伦深深地看了晏潮生一眼，晏潮生却久久地没有说话。晏潮生明明清楚地意识到，自己对她越冷漠越好，可是总也迈不出那一步。

直到徽灵之心淬炼的最后一年，他整个人像笼罩了一层寒冰，在战场上疯狂地杀戮，几乎令仙兵听到名字就落荒而逃。

连伏珩都觉得晏潮生不对劲，他收了兵刃，决心快刀斩乱麻。

然而，当晏潮生坐着赤鸾回去时，她站在擎苍山顶，冲他灿烂地笑，他几乎赤红了眼睛，盯着她，最后低声说："回去吧。"

梦姬问："为何还不动手？"

"还差最后一次淬炼。"晏潮生平静地撒谎。

梦姬死死地盯着他，当天晚上，再一次让他体会到族人被炼狱火灼般的痛，他冷汗涔涔地醒来，看着身边的琉双，骤然阴冷地笑了。

第二天，晏潮生问宿伦："有什么法子可以逼走她？"

宿伦起初以为晏潮生在开玩笑，便笑道："让女子心碎离开，不外乎移情别恋。"

晏潮生："好。"

恰逢宓楚向他求救，说忍受不了风伏命的冷漠与残暴。晏潮生接回了宓楚，盯着那张与小仙草相似的脸，他皱紧了眉头，几乎想把这张脸从宓楚的脸上揭下来。如宿伦所料，计划进行得很顺利，琉双最后伤心地离开了。

与她解灵那日，他远远地看着琉双一点点走出自己的生命。指甲把掌心掐出血来，他自始至终，无动于衷地看着。

宿伦问晏潮生："陛下既然舍不得，为何不把她追回来？"

晏潮生笑了一声，透着一股子狠意："谁对你说，本君舍不得？"

伏珩说："夫人在幽冥之地外，说想求见妖君，他们苍蓝好像出了事。"

晏潮生饮下杯中的酒："赶走她。"

伏珩："可是……夫人不愿走。若她硬闯，属下……"

晏潮生饮了一杯又一杯，几乎吼道："那就对她动手，还要本君教你吗？"

伏珩连忙告退。

晏潮生望着跳动的烛火，酒打湿衣襟。他闭了闭眼睛，出门，也不看幽冥之地外的她，飞了很远的路，冷冷地俯瞰众生，一抬手，燃尽整个苍蓝。他身上的黑气层层叠叠的，是滔天的罪孽，而脚下，是一片炼狱红尘。

晏潮生握住手中碧绿的珠子。这是她最后的生机，纵然没有徽灵之心十分之一的效果。

梦姬歇斯底里地道："你把她藏到哪里去了？你竟然让她逃了！你撒谎，你为了她撒谎，你忘记你的族人了吗？这种珠子能顶什么用？”

梦姬化作魂息，就要追出去，晏潮生死死地禁锢着她，十分冷漠。

他冷冷地笑：“你也配动她？”

晏潮生身上魔气森然，梦姬愣住，突然落泪。

然而，世事无常，晏潮生算无遗策，却忘了琉双愿意为苍蓝舍生忘死。她捏碎了那颗让他发了疯，入了魔，也要保住的徽灵之心，堕入滚滚红尘。

那个清晨，他知道琉双不想见自己，她撑着伞在等着少幽。

乌篷船摇呀摇，她不知道少幽已经死了百年，为了昆仑，化作绵延的灵脉。

晏潮生藏住一身魔气，化作少幽的模样，想最后看看她。她却认出了他，连死，也不愿死在他的身边。

她脚步踉跄着离开，人间的朝阳升起，他带着一身魔气，看着水中面无表情的自己，几乎握不住碧绿的珠子。

晏潮生本来是想要成全她的。

可是最后当他跌跌撞撞地发了疯似的赶过去时，却看见她已经闭上了眼睛。

人间的一场春雨下得真大啊，他握不住她虚幻的手指，突然吐出一口血来。

那些事，他已经遗忘许久了。

今日，幽冥之地下着雪。

长欢推开门进来，用冷冰冰的语气说：“院子里的凤凰树再次枯死。”

晏潮生睁开眼睛，一语不发，挥了挥手，凤凰树再次变得生机蓬勃。长欢讽刺地看着他：“何必如此，妖君还记得她吗？”

她？晏潮生冷冷地想，不记得了。早在一万年前，他亲自抽出自己的情丝，将之封印的那一刻，已经不记得她。他已经忘记了她的名字，也快忘记了她的样子。

如今相繇一族沉冤昭雪，妖族与幽冥之地，都能过上正常的日子。他作为八荒之主，日复一日，守着空荡荡的大殿，做着应该做的事。

长欢见晏潮生的神情冷淡，气愤地离开。

傍晚，宿伦回来了，摇摇头：“依旧没寻到新的使人复生的魂器。”

晏潮生停笔，淡淡地道：“那就别寻了。”

宿伦望着晏潮生，过了许久才说："是。"一万年过去，晏潮生什么办法都试过了。但凡还有一线希望，也不至于无奈地放弃。

宿伦："妖君可曾后悔？"

"悔？"晏潮生笑道，"本君从不后悔！"

宿伦松了口气，抽出情丝那么久，再多的不舍，也应该放下了。如今四海升平，八荒之主晏潮生，被天下人爱戴，他会有更好的将来，彻底忘了那个人。

宿伦离开后，晏潮生踩着厚厚的积雪，回到了琉双曾住过的院子。

回廊上的风铃轻响，他垂眸笑了笑。依稀有个模糊的影子，会从另一头，跑入他的怀抱，唤他夫君。

当夜八荒天雷引动，紫色的雷电密布整个幽冥之地，宿伦等人胆战心惊地看过去，只看见银色的八足蛟龙在紫色的天雷下奄奄一息。

晏潮生在法阵之中，强引天雷，蛇身化蛟需要万年，蛟身化龙也要万年。

那时候晏潮生离蛟身化龙，只剩最后一步，只要完成便可成神。他抽出情丝，本该无欲无求，可蛟龙的眼睛，温柔地看着院子里唯一的那棵树，他把它保护得很好，纵然滚滚天雷劈下，它依旧毫发无损。

宿伦意识到，晏潮生并没有在渡劫。

滚滚的紫色天雷中，晏潮生记起很早以前。那一年她刚嫁给他，他重伤归来，怕她发现了难过，便一个人躲在其他宫殿里疗伤，她泪眼蒙眬，委屈地站在门口，傻傻地问他："你是不是不要我了？"

银龙的鳞片一寸寸化作灰烬，晏潮生的骨头碎裂，神脉尽断，大口大口地吐着血。却依旧不忘温柔地冲她笑起来："要啊，别哭。"

我从不曾屈服于世间的柔情，你若哭了，我哄不好的。